U0137801

王阳明诗

校 注

李庆／撰

上

上海古籍出版社

浙江绍兴王阳明墓

适间

贵笔特切罪之先生

间候楷间当刑

印日虽雨不可以画前

纳未刻投候想

竦直拯些 宿顿首

诈山 宿顿首拜

间

咨文已发善人明日川

矢幸

宿拜首

王阳明手札

浙歷家纍亂藤繚寧知絕根脉丈夫貴剛膓光

陰勿虛擲頭白眼昏昏呼嗟亦何及

宿净寺 十月至杭王師道人遷寧縻與　是日途謝病思居西湖

老屋深松覆古藤鷗樓記昔年曾棋聲竹裏

消閒書藥裹總前對病僧烟艇避人長曉出高

峰望遠亦時登而今更是多牽繫欲似當時又

不能

又

常苦人間不盡愁每搆須是入山休若為此夜

山中宿猶自中宵煎百憂百戰西江方底定六

日本九州大学藏四卷本《阳明文录》

目　　录

去妇叹五首　楚人有间于新娶而去其妇者。其妇无所归，
　　去之山间独居，怀绻不忘，终无他适。予闻其事而悲之，为

前　言

　　王守仁(1472—1529)，号阳明，余姚人。明弘治十二年(1499)进士，任职京城。正德初，因上书得罪，被贬往贵州龙场。后调回，任职于庐陵、北京、滁州、南京。正德十一年，被提拔为南赣巡抚、督军。镇压福建、江西等地的民众反叛，平息江西的宸濠之乱，被封新建伯，官至南京兵部尚书。晚年总督两广军务，抱病平息思、田之乱，死于任上。他是明朝中期重要的政治人物和思想家。16 世纪以来，他倡导的"心学"思想，对中国明清两朝，乃至近代中国和东亚社会有重大影响，是中国历史上可数的著名人物之一。

一

　　关于王阳明的生平传记，在他去世后不久，弟子钱德洪等就编撰了《年谱》(见上古本《王阳明全集》后附录)。明代的学者们，如王世贞等，对王阳明的生平,做过一些辨证(见《弇山堂外集》)。陈龙正、叶绍颙的《阳明先生要书》辑有王阳明生平逸事①。明末,黄宗羲对他的生平和性理语录,曾有收录(见《明儒学案》)。清代,毛奇龄有《王文成传本》一卷(见《毛西河集》)曾对神化王阳明的传说加以批驳,尤侗有《王文成传》,万斯同《明史列传稿》、王鸿绪《明史稿》、张廷玉《明史》有王阳明的传。但总的说来,限于体例,上述的传记并不详细。

王阳明第一本近代式的传记,是日本学者高瀬武次郎(1868—1950,一作 1869 年生)撰写的《王阳明详传》(日本东京,弘文堂,1915 年)②。后来日本学者的各种著述,多根据此书。然而,在今日看来,其中有不少地方,需要改正、补充、商榷。近年国内虽有不少有关王阳明生平的论说,但是似尚未见全面系统的著作。

关于王阳明的研究,五百多年来,涉及思想、文化、政治、经济、社会各个领域,不仅在中国本土,还波及东亚各地、欧美诸国,形成了所谓的"阳明学"。但是,无须讳言,对于王阳明生平的了解,至今仍基本停留在数百年前的水平③。要进行深入研究,就必须对他的生平有更全面的把握,必须从对他的作品的认真解读开始。

---

① 崇祯八年刊,《幾亭全书》卷五十四,见《四库禁毁丛刊》集部第 12 册。其附录卷四即为阳明的"遗言逸事"。

② 关于高瀬的生平等,可参见拙著《日本汉学史》(上海人民出版社,2012 年)第二部 167 页。

③ 现在流行的各种王阳明的传记,除根据《明史》本传外,大多仅局限于明代钱德洪等编的《年谱》、冯梦龙的《皇明大儒王阳明出身靖难录》等资料,略加发挥而已。高瀬武次郎的《王阳明详传》所据的资料,基本就是如此。许多明显的错误,仍在被引述。笔者曾撰文略有论及,可参拙著《王阳明传》(上海古籍出版社,2021 年)。

二

五百多年来,对王阳明著述的收集、编撰,主要有两个时期,一是从他晚年的明代嘉靖初期到隆庆年间《王文成公全书》的出版,另一就是20世纪80年代以来的各种研究。[①]

王阳明在世时,就出版过他的著作。如《朱子晚年定论》(正德十三年刊,见《年谱》)、《传习录》[②]、诗文集《居夷集》(嘉靖三年刊,徐珊编,丘养浩刊,原书现存于国家图书馆、上海图书馆、台北故宫博物院图书馆)等数种,余下的诗文稿件,手迹遗墨,多散于世。

王阳明生前,他的著述就有人收集,比如他的弟子邹守益收集有《阳明文稿》[③]。据钱德洪等的《年谱》载,嘉靖六年邹守益在广德曾想刊刻《文录》,和王阳明有过交涉。但他的刻本现在似已无存。

现存最早的阳明文集,据笔者所知,有被认为是嘉靖十二年黄绾序刊

---

①　关于王阳明著作的收辑出版历史,已经多有叙说,见日本山下龙二《阳明学研究下——展开篇》(日本现代情报社,1971年);吉田公平《王阳明研究史》,载冈田武彦主编《阳明学的世界》(日本明德出版社,1987年);永富青地《王守仁著作的文献学研究》(日本汲古书院,2007年)第一章;新编《王阳明全集》(浙江古籍出版社,2010年。以下简称"浙古本《全集》")之《出版说明》,等等。大致明晰,此从略。

②　正德十三年薛侃编刊,三卷。相当于现所见本的卷上。后嘉靖三年有南大吉刻本,再后钱德洪增补,在嘉靖三十五年刊行。最后在隆庆六年,收入《王文成公全书》,为后来流传的基本刊本。关于《传习录》的刊刻过程的研究,可见陈荣捷《王阳明传习录详注集评》(中国台湾学生书局,1983年)所载《传习录略史》。上引钱明《阳明全书成书经过考》,载《王阳明全集》(上海古籍出版社,1992年。以下简称"上古本《全集》")1632—1648页。

③　见钱德洪《刻文录叙说》,此文载嘉靖三十六年胡宗宪序刻本《阳明文录》,现《王阳明全集》(上古本《全集》)1573—1579页。

本《阳明先生文录》①，但是，对此还有再探讨的余地。比较确定的嘉靖刊《阳明文录》，有嘉靖十四年钱德洪等编、闻人铨(邦正)刊的"姑苏本"(成于嘉靖十五年。此书台北"中央"图书馆有藏本)。

该书分为《文录》五卷，《外集》九卷(包括各种书信、记说序等，还有诗赋)，《别录》十卷。

姑苏本《文录》，由于主持编辑者钱德洪当时并非将其作为全集来编纂，所以，王阳明的文字，多有遗漏。

嘉靖三十三年，编了《阳明文粹》的宋仪望，又重刻了姑苏本《文录》。因为当时他"出按河东"(见《河东重刻阳明先生文集序》)，故此又称"河东"本。

嘉靖三十六年，唐尧臣遵胡宗宪之命，重刊姑苏本于杭州天真书院，胡宗宪做《序》，此为胡宗宪序的姑苏本再刊本(此本日本内阁文库有藏本。内阁文库今改名为"国立公文书馆")。

嘉靖十四年间，有贵州巡抚王杏和贵州地区王门弟子编刊的《新刊阳明先生文录续编》(《文录续编》)刊行。该书以"文""书""跋""杂著""祭文""墓志""诗"等文体分类编排，和姑苏本文字有出入，有可增补姑苏本的若干文字。②

---

① 此书现有日本京都大学藏本。吴震曾言及。但据日本学者永富青地的研究，京都大学本是否全为黄绾本，尚有疑问。见前引《王守仁著作的文献学研究》第二章。日本九州大学所藏四卷本《阳明文录》，或云为嘉靖九年所刊。但是，对此还有再探讨的余地。参见水野实、永富青地《九大本阳明先生文录详考》，载日本《阳明学》杂志第 11 期。

② 关于此书，近代最早关注者为上海已故藏书家黄裳先生。他在 1952 年有跋，言此书原为赵次侯藏书。此书现存上海图书馆。近年，对此书进行了调查的有日本的永富青地博士(见日本《东洋的思想与宗教》第 23 号，2006 年)。此后，钱明博士在对阳明贵州诗歌的研究中，也利用了此书。

此外,刻印者颇多。笔者所知,有嘉靖十五年邹守益序刊本,有嘉靖二十六年张良才重刊姑苏本,赣州范庆刻《文录》十七卷《语录》三卷本,嘉靖二十九年的"闾东"本等。

"闾东"本当即所谓"关中本"《文录》,和其他本不同,增加了王阳明的诸多"公移",多有姑苏本《文录》未收者①。

此一系统的版本,有后来嘉靖二十九年王春复序(王乃欧阳德的弟子)、董聪刊刻的《阳明先生文录·正录·外录·别录》本。

总之,嘉靖间,王阳明的《文录》,"闽、越、河东、关中皆有刻本"(嘉靖三十六年本《文录》胡宗宪《序》)。

《文录》本,是明代嘉靖时期,有关王阳明著述的主体。

当时编辑刊行的,还有王畿编的《王文成公文选》(此书后钟惺有序。现存于国家图书馆、中国人民大学图书馆等多处);嘉靖三十二年的《阳明先生文粹》,此后隆庆年间有再版(日本内阁有隆庆六年闰二月宋仪望后跋的刊本)。

此外,在明代刊行的有关王阳明的著述,笔者所见的,还有:

王阳明之子王正亿编的《阳明先生家乘》(与嘉靖四十五年钱德洪编刊的《阳明文录续编》合刊,后改为《世德纪》,收入《王文成公全书》)。

王宗沐的《阳明先生与晋溪书》(现存上海图书馆)。

孟津的《阳明则言》(现存日本内阁文库)。

曾才汉的《阳明先生遗言录》(《诸儒理学语要》之一部分,现存日本

---

① 日本京都大学、早稻田大学图书馆有藏本。永富青地已经作了很详细的研究,见前引《王守仁著作的文献学研究》131—156 页,此不详述。

京都大学图书馆)。

朱得之的《稽山承语》(现存台北"中研院"史语所图书馆)。

杨嘉猷辑的《咏学诗》(附于其万历所刊《传习录》后,但基本是从隆庆本《全书》中录出)。

等等,不一一详列。

到明代隆庆年间,阳明之学一时兴盛,当时按察浙江的谢廷杰刻《王文成公全书》,他在编辑《全书》时,对《文录》有所增补,增加了《续录》《世德纪》等,对文字也有所修改,增加了一些文字,如一些诗题后的年代等。该书由当时身居宰辅的徐阶作序,故又称"徐阶序刊本"(关于此书,参见《四库全书总目提要·集部》)。此书也先后有不同印本,被视为当时最完全之本,成为后世王阳明著作最基础的文本。此为王阳明著述收集整理的一个段落。

此后有关阳明著作,刊刻的还有不少,但文献的收集和研究,在相当长的时期内,基本不出上述范围。

由于清代主流对于阳明学的批判态度,故清朝除了少数学者对阳明之学有所论述外(如清初李绂曾撰《阳明学录》,对阳明著述有所记载,惜不传),对王阳明著述的收辑并无多大进展。

清代的"阳明全书",有康熙年间俞嶙重刊的《阳明先生全集》,乃是根据隆庆本所刊。此本的特色之一,是新编了《年谱》,对旧谱做了删节整理,比较简明。

乾隆朝编纂《四库全书》时,王阳明的诗文已经不甚齐全了。

要之,明代以后编刊的王阳明著述,主要依据的是隆庆年间的《全书》本。隆庆间的《全书》,也有不同刊印本(见孙诒让《四库简明目录标注补录》)。

关于整个清代对王阳明著作以及阳明学的研究,是值得进一步研究的课题①,至今尚少全面的专门之作。

三

王阳明一生,踪迹遍于中原各地,他未收入全集的诗文,长期以来,以分散的形态流传。在清朝比较零星地进行过一些收集,但成果不大。

民国时期商务印书馆的《四部丛刊》《万有文库》,中华书局的《四部备要》等等,虽说刊印王阳明著作的种类不少,但从资料来源,从著作收集等文献学的专门角度分析,尚无大的突破。

近年以来,对王阳明文献的收辑,大致在三个领域平行地进行。

(一)思想宗教研究领域

在这领域,日本的学者关注得比较早,明治时期的思想家三宅雪岭、山田准等多有关于阳明学的论说。在 20 世纪中叶后,楠本正继、冈田武彦、荒木见悟、山下龙二、福田殖、吉田公平等都对阳明学有所研究。20世纪后半叶,日本学界进行的《阳明学大系》的编撰和《王阳明全集》(明德出版社)的出版,是日本关于阳明学文献研究的重要成果。山下龙二、吉田公平等有专门论说《阳明文录》《传习录》成书的论著。② 而收辑王阳

---

① 可见梁启超《中国近三百年学术史》(复旦大学出版社,1985 年,朱维铮校注《梁启超论清学史二种》本)第五节《阳明学派之余波及其修正》。《千顷堂书目》《四库简明目录标注》《中国丛书综录》《中国善本古籍总目》等书目都著录了一些有关王阳明文献的著作,不详列。

② 见山下龙二《阳明学研究下——展开篇》178—193 页。吉田公平《关于钱绪山的〈王文成公全书〉所收〈文录续编〉的编纂》,载日本《东北大学教养学部纪要》41 辑(1984 年)。此外,久须本文雄的《王阳明的禅思想研究》(日本地上社,1958 年)也曾谈到过阳明的佚文。

明语录成果显著的：有在美国的学者陈荣捷，他整理注释《传习录》，汇录了散见的语录；①80 年代后期，北京大学的陈来②、复旦大学的吴震也努力收集了王阳明的语录③，多有成果。

（二）书法艺术领域

王阳明的墨迹，作为文物，早从明代起，就有学者关注，从美术、书法的角度收罗，为鉴赏家喜爱。据载，王阳明去世不久，便有人收藏。如清代安岐的《墨缘汇观录》、端方的《壬寅消夏录》、潘正炜的《听帆楼书画记》都有记载。潇洒的文人袁枚，严谨的大学士阮元，都曾藏有他的墨迹。

王阳明的墨迹在日本留存不少。如《临别寄怀书》《何陋轩记》《王阳明家书》等，在日本有关阳明研究和书法、美术著作中，如日本的《美术大系》《书法大系》，有记载。④

近年中国的一些书法艺术著作，如顾廷龙先生主编的《中国美术全集》（上海书画出版社，1989 年）、《书法大成》（上海书店出版社，1991 年），上海图书馆编的《上海图书馆藏明清名家手稿》（上海古籍出版社，2006 年），徐邦达先生的《古书画过眼要录》（紫禁城出版社，2006 年）等，都有一些和王阳明有关的资料。近年来拍卖行业中，有阳明遗墨出现，更成为关注的热点。

---

① 见陈荣捷《王阳明传习录详注集评》389—420 页，《传习录拾遗》共 51 条。

② 陈来主要从《阳明先生遗言录》《稽山承语》《明儒学案》以及明人文集等文献中辑录阳明语录，数量达二百余条。有些发表在《中国文化》第九号（1993 年），《清华汉学研究》第一集（1994 年），《中国哲学》第 16 辑（1996 年）、第 17 辑（1996 年）等。

③ 吴震的成果主要是从日本京都大学所收《阳明文录》中辑得，见《学人》第一辑（江苏文艺出版社，1992 年）。

④ 《临别寄怀书》现存京都博物馆，《何陋轩记》现存东京博物馆。岛田虔次《王阳明集》（朝日新闻社，1974 年），田中一松等编《日本美术大系》（讲谈社，1959 年）、《书法大系》（平凡社，1930—1931 年）等，对王阳明的资料有叙说、收录。《王阳明家书》，有吴昌硕等题跋。凡此，容专门论说。

浙江余姚书画院的计文渊先生长期关注于此,加以汇集,出版了《王阳明法书集》(西泠印社出版社,1996 年),乃是近年王阳明墨迹汇集的重要成果。

(三)诗文研究领域

明代的文人,有关注过王阳明诗文者,比如田汝成的《西湖游览志余》中,有所记载,但多零散,不被重视。此后,明末钱谦益《列朝诗集》、清代沈德潜《明诗别裁集》、陈田《明诗纪事》均收有若干诗作,稍有评语。

在日本,出现了《诗选》(见《和刻本汉诗集成》)、嵩山堂本《阳明诗注》等诗歌选本。总之,都并非对王阳明诗歌的全面研究。

"文革"之后,在中国大陆打破当时学术界的固定观念,率先提出要对阳明学加以分析研究的,是杭州大学的沈善洪先生和浙江社科院的王凤贤先生,他们对推动王阳明文献的整理,做了很大的努力。① 中国人民大学的张立文教授也为此做了不少工作②。因此,上一世纪末,有《王阳明全集》整理之事。

20 世纪 80 年代,中国大陆关注散佚王阳明诗文的学者,有叶树望、诸焕灿、杨天石等先生③。

致力王阳明诗文辑佚和文献研究的日本学者,有日本防卫大学的水

① 沈善洪、王凤贤在 20 世纪 80 年代初就出版了《王阳明哲学研究》(浙江人民出版社,1981 年)。在 1994 年第八届世界中国哲学大会上,也谈到这个问题。笔者曾面聆。后来他们又发表《王阳明的心学及其积极影响》,此文由日本二松学舍的田中千寻译成日语发表。

② 张立文编《王阳明全集》(北京红旗出版社,1996 年)。

③ 叶树望《新发现的王阳明佚文六件》,《文献》1989 年第 4 期;诸焕灿《新发现的王守仁"镇远旅邸与友人书"》,《文献》1990 年第 1 期;杨天石《王阳明答周冲书五通》,《中国哲学》第一辑,1979 年,此文实从台湾《大陆》杂志上移录而来。已故的复旦大学历史系教授吴杰先生,生前关注并从事王阳明诗文的收集。20 世纪 80 年代中期,笔者从事《全明诗》编纂资料的调查,吴杰先生就告知笔者,阳明早期的诗文多有散落,在某些地方志中可见。遗憾的是,他的成果现已无法查见。

野实先生①。后来他和永富青地一起,对日本所藏的阳明文献进行了书志学的调查②。

浙江社科院的吴光先生主持进行了《王阳明全集》的校订。钱明先生也投入了这一项目,做了大量的工作。他们将收集到的诗文,对原来的全集加以增补,1992 年由上海古籍出版社出版,是为上古本《全集》,促进了王阳明诗文收集工作的全面展开。

此后钱明发表了自己的收集成果,见所著《阳明学的形成与发展》。又在有关贵州的诗歌方面,有所收获。在本世纪初重新整理《王阳明全集》时,将计文渊、永富青地等多人的成果收入,编成《新编王阳明全集》,由浙江古籍出版社出版(以下简称浙古本《全集》),增加了诗歌百多首。

在浙古本《全集》编辑的同时,浙江大学的束景南先生也在收集编撰《王阳明佚文辑考编年》,取得了出色成果,于 2012 年在上海古籍出版社出版了他的《阳明佚文辑考编年》(以下简称《辑考编年》),多有独到的发现。③

以上为迄今为止王阳明著作编辑出版的大致情况。

四

简要地介绍了王阳明著作收集刊布的概况后,想重点谈谈王阳明诗

---

① 水野实在 20 世纪 90 年代,在日本的中国学会上发表了关于《大学古本旁释》的论文,已经注意到不同刊本中,王阳明的注释文字的异同。笔者曾聆听。他后来修改整理,发表在《日本中国学会报》第 46 辑(1994 年)。

② 水野实、永富青地的《九大本文录中王守仁的逸诗文》《九大本阳明先生诗录小考》发表在日本《汲古》杂志第 33 号(1997 年)、35 号(1999 年);《九大本阳明先生文录详考》,载日本《阳明学》杂志第 11 期(1999 年)。永富青地的《关于上海图书馆〈阳明先生与晋溪书〉》,载《汲古》第 49 号(2006 年)。

③ 关于此书,参见拙文《阳明学研究的坚固基石》,刊于《中国典籍与文化》2014 年第 1 期。2015 年,上海古籍出版社又出版了修订本。

歌(包括赋)的收集、研究情况。

王阳明年轻时,致力于诗文创作,也想在文坛一显身手。弘治后期,王阳明为当时文坛盟主李东阳的门下,与开始在文坛崭露头角的李梦阳等交往,多有创作。到弘治、正德之交,转而面向"圣学",表示不再执念辞章。而实际上,受贬前往贵州龙场、在贵州生活的期间,在南京等地和朋友的交往中,在巡抚江西的戎马风云中,仍然有不少诗作,用以抒发心中的郁闷、欢快、哀怨和抱负,并用以表达自己的心学理念。

然而,学界长期以来把王阳明定位于一个"明代的理学(或道学)家",对于他的研究多注重于思想层面,注重于《传习录》,而对他的诗歌和其他文字的研究,非常薄弱(关于王阳明文学的研究,近年一些年轻的学者有过一些论说,关于这方面的情况在此不展开了),最明显的证明,就是至今还没有一部完全的王阳明诗歌的注释本。这乃是笔者决心撰写此《王阳明诗校注》的主要原因。

如上第二部分所述,王阳明的诗作,最早成书的,有在王阳明生前刊布的诗文集《居夷集》,其中卷二、卷三,收有在贵州,以及前往贵州途中的诗作。该书卷二是"居夷诗",从《去妇叹》开始到《再过濂溪祠用前韵》;而卷三则是在京入狱和前往贵州途中之作,从《咎言》到《天心湖阻泊既济书事》,包括了现在刊行的《王阳明全集》卷十九中的"狱中诗""赴谪诗"。

《居夷集》中的诗和嘉靖本《阳明文录》以及现行《全集》本所收者多有异同之处,最明显的是没有收后来广为流传的那两首《泛海》《武夷次壁间韵》,深有意味。由此可见王守仁一些诗歌流布的轨迹。

此书为最早的王阳明诗歌文本，多有可供校勘处。

其次，有日本现存的《阳明诗录》四卷。

由于钱德洪等开始收辑王阳明著作时，对于如何收集，有不同的看法，故薛侃自己编刊了《阳明诗录》。薛氏《后序》云："先生既殁，吾友宽也检诸笥，得诗数卷焉；畿也衷诸录，得诗数卷焉。侃受而读之，付姪铠锓诸梓。"此书，现有存本（日本九州大学有存书。又，据笔者所见，日本内阁文库也存有残本）。

再次，值得重视的，还有前面提到过的王杏刊刻的《文录续编》。此《文录续编》，是后来隆庆年间编纂《王文成公全书》的重要来源之一。隆庆本《全书》中比《文录》增多的《续录》部分，多有据此录入者。

隆庆年间刊刻的徐阶序本《王文成公全书》，增补了一些《阳明文录》中未收的诗赋，可以说是当时在阳明学颇为流行之际，后学们努力收集的成果。

根据隆庆本《全书》编刊的上古版《王阳明全集》卷二十九中所收的诗歌，《澹然子序》在《文录续编》中题为《澹然子四号》，收在《文录续编》卷三的"五律"部分；自《试诸生有作》开始到《诸门人送至龙里道中二首》，见于《文录续编》卷三的"七律"部分（中缺一首《龙冈谩书》，此诗的情况比较特殊）。

余下《赠陈宗鲁》见同卷五言古诗，《醉后歌用燕思亭韵》见七言古诗，《题施总兵所翁龙》见于长短句古诗。

应当指出，《王文成公全书》的《续录》部分所收上述各诗的排列顺序，和《文录续编》的排列顺序完全一致，所以当是从《文录续编》中辑出。

这些早期的诗歌文本，当是钱德洪等编撰《阳明文录》《续录》，后来隆庆年间刊刻《王文成公全书》的资料来源。

当今整理阳明的诗歌,追根溯源,从史料的源头开始探讨,是完全必要的。以上是明代王阳明诗歌的流布概况。

这种状态,基本维系了近五百年,直到 20 世纪的末叶情况才发生了变化。如上所述,近年在整理出版《王阳明全集》(包括"新编本")的过程中,计文渊、钱明等学者收集了各种散逸的王阳明诗歌,束景南先生也独自做了大量的辑佚工作,对于他们的成果,当然不应忽视。

以上各书所收诗歌,按其沿袭流变情况大致如下图:

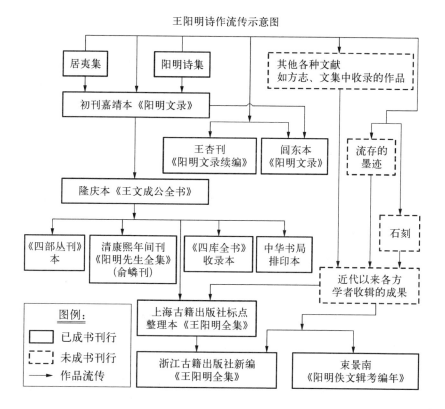

王阳明诗作流传示意图

　　笔者是在上述收集的基础上,把笔者所见的所有王阳明的诗赋,全部汇集,加以整理;参考、汇总有关的研究成果,加以考辨,对全部作品进行笺注。

五

　　那么,为什么必须要对王阳明的诗歌进行注释和研究呢? 那是因为,王阳明的诗歌研究在王阳明研究和有关领域的研究中,占着相当重要的位置。主要表现为:

　　王阳明的诗歌作品相当多,总数八百余首,反映了他在各个时期,尤其是在贵州,在北京、南京任职期间,在江西平定"宸濠之乱"前后时期的经历、思想、情感的情况,对于全面地认识王阳明这个人物,认识他波澜跌宕的人生,有着其他史料无法替代的作用。比如,王阳明究竟是在什么时候、通过怎样的路线前往贵州的? 在贵州,他具体的生活状况如何? 这是有关他生平的重大事件,在现存的《行状》《年谱》中,所言不详,而在王阳明的"赴谪诗""居夷诗"中,就有很多的记载。又比如,正德十四年平定宸濠之乱以后,王阳明前往杭州"献俘"前后的行程,在王阳明的《年谱》等文献的记载中,多不详,但是,如果我们比较细致地阅读和分析"江西诗"中的,以及后来辑佚收罗的诗歌,就可以对这一段的情况,有比以前明确得多的认识和了解。①

　　第二,王阳明的诗歌作品,作为诗歌而言,在明代文学史上,也应该占有自己的位置。正如有的评论者所说: 王阳明是从学习诗歌而走向

---

　　① 本节中所涉及的王阳明诗歌,可参见本书的注释,不一一赘引。

"心学"的,他并非如明代一些理学家,是在研究"性理"之学以后,才凑上一些诗歌作品,所以他的诗作,有着自己的特色。

就整个明代诗歌发展的历史而言,由元末明初,沿袭元代比较自由的文学氛围,到永乐后期,开始用《四书》《五经》开科取士,文网渐密,台阁体登场。这一趋势延续到正德初年,发生了变化,随着李东阳的去世,经过吴中诗人王鏊、文徵明等的简短过渡,一批年轻的"郎官",以李梦阳等为代表,在文坛上掀起了"复古"的浪潮。同时,在社会上通俗化的倾向也日见蔓延。

王阳明的诗歌,就是处于这样的转折时期,他的诗歌也有一个前后期在内容、风格上转变的过程,因而,在明代诗歌史,或者说在明代文化变迁史上,都是一个值得进一步研究的关键之处。

第三,王阳明的诗歌研究,不仅在文学上,就是对于王阳明思想的研究而言,也有应当重视之处。比如,在他的诗歌中,可以看到对于一些历史事件的看法,比如对于晋代的王敦之乱中,王导究竟起了什么作用?王阳明有着自己的见解,对此,后来杨慎也有同感。① 这中间或许结合了自己的遭遇,而这对于认识正德末年王阳明的思想变化,是很有参考价值的。

在他的诗歌中,可以看到他对于宋代理学认识的一些变化的踪迹。所以有的学者特地把王阳明的诗歌分出"理学"一类(见日本《阳明诗选》),有的还专门选取部分"理学诗",加以注释和探讨(日本学者松川健二《宋明的思想诗》,北海道大学图书刊行会,1982 年)。又比如,关于王

---

① 　王阳明对于王导的看法,见他所作《纪梦》诗,杨慎的见解见《升庵诗话》。

阳明著名的"致良知"的思想,究竟是在什么时候确立的?学界向有争论。有的学者认为王阳明在二十多岁时,就已经对于朱子、对于宋代理学有着反对和批判的意识。但是,从他诗歌的字里行间透露出来的对于朱熹、对于二程、对于周敦颐等的态度来看,上述的论断就显得有些过于简单化了。①

第四,在王阳明的诗歌作品中,我们还可以看到在他经过和生活过的地区的一些风土人情,比如,《谪居绝粮,请学于农,将田南山,永言寄怀》"夷俗多火耕,仿习亦颇便",是当时贵州农耕的情况,《去妇叹五首》之五的"浣衣涧冰合,采苓山雪深",乃是在贵州当地的生活风情;又比如,王阳明在江西时所见的经历过战争动乱前后的农村景象。还有,从他和一些僧侣有关的诗中,反映出来的当时佛教流传的实际情况,这对于研究明朝当时的佛教、道教,都是第一手的资料。此外,对于研究明代中期的政治(如,中央政府内的权力结构,中央政府的人际关系和政争),对于探讨明朝政府的南方少数民族政策,中央和地方的政治运作情况,等等,都有着相当的参考价值,提供了可靠线索。这些都是可以进一步探讨的课题。

总之,王阳明的诗歌,在他留存下来的著述中,占有相当的分量,也是比较难以解读的部分,而他的诗歌,不仅对王阳明本人的研究,而且对于其他相关领域的研究,都可起到很有价值的参考作用,所以对这些诗歌,不应视而不见,不加关注。笔者在这里所做的,就是为进行这些诗歌研究所做的一点基础工作和初步的探索,这方面还有很大的展开空间。

---

① 参见《萍乡道中谒濂溪祠》《陟湘于迈,岳麓是尊,仰止先哲,因怀友生,丽泽兴感,〈伐木〉寄言二首》等诗。

六

综上所述,嘉靖间刊本《阳明文录》所收的诗歌,是最早的阳明诗歌的汇总,隆庆本《王文成公全书》对其做了第一次集中的补充,到近年刊行的上古本、浙古本《全集》和束景南《辑考编年》,又进行了第二次较全面的补充。王阳明的诗歌,又对文学、思想和历史等领域的研究具有相当的史料价值,故在此汇总上述王阳明的诗作,加以整理注释。

《王阳明诗校注》大致由如下部分组成:

一、前言

包括王阳明生平简介、文集流变等,重点谈诗歌的编撰收集历史,有关文本的关系,王阳明诗歌包括赋在明代文学思想和历史研究中的意义、作用,本书编写的经过与笔者的看法等。

二、凡例

三、正文

全书基本按原书刊刻情况,分为六卷:

第一卷、第二卷:《文录》"外集"的卷一、卷二,相当于上古本《全集》卷十九。

第三卷、第四卷:《文录》"外集"的卷三、卷四,相当于上古本《全集》卷二十。

第五卷:《王文成公全书》卷二十九,相当于上古本《全集》卷二十九;另外又有上古本《全集》卷三十二、浙古本《全集》卷四十二中的诗歌。

第六卷：浙古本《全集》卷四十三及束景南《辑考编年》所收而上古本、浙古本《全集》未收的部分。

附录：包括"王阳明诗赋编年""题跋、著录""引用文献"等部分。

正文卷一至卷四以日本内阁文库所藏嘉靖间胡宗宪重刻《阳明文录》本为底本；卷五补遗，以据隆庆间刊《王文成公全书》本的上古本《全集》卷二十九、卷三十二，浙古本《全集》卷四十二等为底本；卷六补遗部分，收录浙古本《全集》、束景南《辑考编年》所辑作品。

四、校勘

已刊的《文录》《全集》部分，主要用刊刻在其之前或同时的文本校勘。

对校本包括：（1）明刊《居夷集》（上图藏本）；（2）《阳明先生文录》（九州大学本）；（3）明刊《诗选》（日本内阁文库存，国内未见）；（4）王杏刊《文录续编》（上图藏本）。

参校本：一方面，参考其他版本，如日本现存《阳明文粹》（日本内阁藏隆庆六年闰二月宋仪望后跋本）、《王阳明诗选》（汉诗大系影印本）等。原则上，不繁复使用后来版本。因为根据近年出版的《王阳明全集》的校勘结果看，文字出入非常有限。且一般说来，不当以后出文本改易其所据之祖本。另一方面，与其他材料比照校勘，主要包括：（1）各种手迹，石刻拓片，有关的影印件（如计文渊编《王阳明法书集》等）；（2）方志、诗文评等古籍中的记录；（3）今人的研究成果；（4）其他资料。

《补遗》部分，因为是从各种文献中辑出，则根据有关说明，尽量考其出处，辨其真伪，核其文字，定其是非。

五、考释

考释分为对总类和单独诗歌的考释。

总类的考释(如"居夷诗"等),主要说明此类诗歌的概况。

诗歌的考释,主要包括阐明题意、辨明诗歌出处、诗歌编年、诗歌考证等部分。

诗歌编年,有两种意义,一是诗中所言之事的年代,一是诗文所写的年月,两者未必一致。王阳明的诗歌,有不少难以确定。因为他的生平情况,虽说有不少"传记"之类,或是不详,或是人云亦云,以讹传讹。前人收《文录》时,已经有编年,有的当时便有误讹,对此,则尽力考求,加以分辨。

诗歌考证主要做以下一些工作:

(1) 辨其真伪。现收集的王阳明诗歌中,有误收者,有可能不是王阳明之作者(两说者),还有可能是后人所作者。发现误收、有疑问的诗歌有数十首。

(2) 考证和诗歌有关的事件、人物、地名、职官等。

(3) 考其本事。对有关诗歌的一些历史事件,根据文献记载,阐明其本事。

(4) 其他有关事项。

六、笺注

对所有诗赋都作比较详细的注释。不是包括注音、详究语意典故原委的"详注",也并非只作文字说明的"简注",而是注重说明诗意,并给出根据的注释。力求对于作品有比较符合其本来意义的解释。

这里的"注释"是指现代意义上的说法。实际上包括了笺和注,主要有如下内容:

1. 对诗中文字的注释。原则上都取明代以前的典籍所见有关词语,加以说明。同时注意明代语词的特点。

2. 注释有关典故:包括历史、儒学、佛道,尽量找到出处,说明其意。但不作探源性考证以及不同说法的考辨。否则,易有过于繁复之嫌。

3. 注释专门概念。阳明诗歌中,有不少是讲性理之作,因此,尽量注意概念的变化。

4. 注释相关时间、地点、人员、事件。

5. 为了便于理解,间或根据自己所见,稍加串讲说明。

6. 为了避免繁复,凡前文注释过的内容,标明前已有注,尽量不再重引。

七、附录

1. 王阳明诗赋编年

因《文录》和后来的《续编》、辑佚,多有编年混乱处。笔者将所有诗歌,按其所涉及的事件,另行编年。不可定者,则尽力作大致推断,撰一简明的作品编年,列于书后,以便查考。

2. 题跋、著录

收录对阳明诗文集的著录、题跋,主要取和诗歌文本有关者。

3. 征引文献目录

七

最后,简单地谈谈本书撰写经过。对王阳明诗歌的注释,开始于上一世纪的 80 年代。笔者当时在复旦大学古籍整理研究所工作，参与了由章培恒先生等主持的《全明诗》的编纂，于涉及明代的文学历史、思想宗教等方面的问题，写了几篇论文。当时就感觉到，要深入进行明代的文史、思想研究，王阳明是一个无法回避的人物。而寻找前人有关王阳明的研究成果，颇难令人满意。尤其有关他的诗歌的研究成果，更是非常稀少。于是，就尝试着阅读注释他的诗歌，思考王阳明的思想和明代文学的关系，并收集了一些有关的资料。但是，这项工作，由于出国，在相当长的时期，把主要精力用于拙著《日本汉学史》的撰写，实际上搁置了下来。只有个别年份，为了给学生上课，选取一些王阳明的诗歌，进行解读。当然，在撰写《日本汉学史》的过程中，接触到不少有关的资料，不时有意识地收集着。直到 2008 年前后，《日本汉学史》基本完稿，在进行联系出版、看校样等具体事务工作，这才又翻出箧存的有关王阳明的资料和旧稿。几经风雨，总算弄成这样一部稿子。

任何研究著述，都有着著者本人和时代的局限性，这部注释稿也是如此，不可能是完美的，只是这一个时代的阶段性产物。作为研究者，我们都在探索的道路上。只有在无尽的探索中，才能接近历史的真相。而每个人的人生是有限的。

笔者自知学力有限，诚恳地期待着各方专家、读者的批判指教。

李　庆

2012 年草

2014 年改

2018 年再修改

凡　例

一、底　　本

王阳明诗歌的底本,主要由三个部分组成:

1. 正文。以明嘉靖刊《阳明文录》本为底本。

现行的上古本《全集》卷十九、二十中所收诗赋,原是《阳明文录》中"外集"部分,这是最初的比较完全的阳明诗歌汇总。此部分以日本内阁文库所藏嘉靖间胡宗宪重刻《阳明文录》本为底本。

2. 补遗。主要是现行的上古本《全集》(文中未特别注明的《全集》,俱指上古本《全集》)卷二十九中的诗赋,这些诗赋在明隆庆间刊刻《王文成公全书》时已收入,上古本已做了整理,故以上古本为底本。

3. 辑佚。近年有不少学者对王阳明的诗文做了辑佚。辑佚部分,上古本《全集》有若干,浙古本《全集》比上古本增补了不少诗,束景南《阳明佚文辑考编年》也收有不少诗歌。他们所收,乃近年散见成果的汇集,故按照发表年代,先把上古本《全集》卷三十二,浙古本《全集》卷四十二、四十三所收的诗歌列出,参核束景南《辑考编年》,再把《辑考编年》多收的作品列于后。

所有作品,按以上文本顺序,依次排列,不作更动,以便检核。

二、文　　字

异体字、俗体字:凡是涉及人名、地名、书名的,不做改动。可能产生异义的,一般不做改动。其他,则依照上古社"中国古典文学丛书"通例,改为正体字。不一一出校。

三、标　　点

1. 用新式标点。

2. 所有注释等文字,一般不用省略号。凡引文,中间有隔断者,用两对或三对引号;或用冒号,以引述形式表示。

四、校　　勘

1. 对于有关文字,先做校勘,列于正文之后。如一个题目下有若干诗歌,则分列于题目和各诗下。

2.《文录》《全集》部分,主要用刊刻在其之前或同时的文本校勘。参考后来文本整理者的成果,但原则上,不繁复使用后来版本,不以后出文本改易其所据祖本的文字。

3. 校勘部分用 [一][二]标示,列于该词后。

4. 校勘的基本形式:"某某,《某某》作'某某'。"如有判断,则在后加"当作某某";如有推测,则作"或当作'某某'""殆为'某某'"。

五、考　　释

1. 根据资料,对所注诗赋的产生时代,有关人物、事件、地名,以及其真伪等有关问题,加以适当的考证、解释。

2. 有关的考释,列于各诗歌"校勘"之后,如无"校勘",则列于各作品正文之后。

3. 如有一题多诗的情况,所列位置的原则与"校勘"部分相同。

六、笺　　注

1. 除了一些非常见字以外,原则上不注音。

2. 注重说明诗文中词语之意。诗中文字的注释,先注词义,后列前人有关用例。原则上取明代以前典籍中的资料。

3. 笺注用(1)(2)表示。正文中,若所笺注内容在一句内,则标号位于标点符号前;若所笺注内容包含数句,则标号位于标点符号后。

4. 笺注文字一般次于各篇正文之后;正文过长者,则分为若干段,列于各段之后,序号连续。

5. 同一条笺注,笺注数个词语者,每个词语间空一格。

6. 全书中,同题有数首诗时,原本中有的标明"其一""其二"等,有的标"一""二"等,有的则未标。本书统一体例,在原来未标数字处,加上"(一)""(二)"等数字,以明眉目,并作说明;原有"其一""其二"处,仍其旧貌;"(一)""其一"有标者,亦有未标者,统一添加,不另出校。

7. 凡前文已注释过的内容,后文中一般不再重复,仅表明"见前"。

8. 注释中引用资料,不再具体列出版本。

9. 人名、地名。有关王阳明的交游,与其有重要关系者,略作考察,其余历史人物,一般仅据常用资料说明,不再追溯考原。

10. 论著书名,引用资料,最初标明全名、作者等,此后则多用略称。应用文献,不再作版本考定。书名除特殊情况外,用通常之名。所引资料,列出书名、篇名,或卷数。书名、篇名之间用圆点断开。卷数用"一""二十"表示,不用阿拉伯数字,不一一详列版本页数。

11. 专门概念。诗歌中有讲性理之作,因此,尽量注意其中概念的变化,区分早期和后期的不同。在"考释"和"笺注"部分略作说明。

附　　录

1. 王阳明诗赋编年

《文录》和后来的《续编》、辑佚,编年多有混乱处。笔者将所有诗歌,按其所涉及的事件,另行编年。未定者,则尽力作大致推断,撰简明作品编年,列于书后,以便查考。

2. 王阳明诗歌重出、伪作

仅列诗歌题目。

3. 题跋、著录

主要收录和王阳明诗歌文本有关的题跋。凡《王阳明全集》中已收录、寻常可见者,一般不再赘录。

4. 引用文献

卷 一

赋骚七首

太白楼赋⁽¹⁾　丙辰⁽²⁾

　　岁丙辰之孟冬兮⁽³⁾,泛扁舟予南征⁽⁴⁾。凌济川之惊涛兮⁽⁵⁾,览层构乎任城⁽⁶⁾。曰太白之故居兮⁽⁷⁾,俨高风之犹在⁽⁸⁾。蔡侯导余以从陟兮⁽⁹⁾,将放观乎四海。木萧萧而乱下兮,江浩浩而无穷;⁽¹⁰⁾鲸敖敖而涌海兮⁽¹¹⁾,鹏翼翼而承风⁽¹²⁾;月生辉於采石兮⁽¹³⁾,日留景於岳峰⁽¹⁴⁾;蔽长烟乎天姥兮⁽¹⁵⁾,渺匡庐之云松⁽¹⁶⁾。慨昔人之安在兮⁽¹⁷⁾,吾将上下求索而不可⁽¹⁸⁾。蹇余虽非白之俦兮⁽¹⁹⁾,遇季真之知我⁽²⁰⁾。羌后人之视今兮⁽²¹⁾,又乌知其不果⁽²²⁾?吁嗟太白公奚为其居此兮⁽²³⁾,余奚为其复来?倚穹霄以流盼兮⁽²⁴⁾,固千载之一哀⁽²⁵⁾!

　　昔夏桀之颠覆兮⁽²⁶⁾,尹退乎莘之野⁽²⁷⁾;成汤之立贤兮,乃登庸而伐夏。⁽²⁸⁾谓鼎俎其要说兮⁽²⁹⁾,维党人之挤诟⁽³⁰⁾。曾圣哲之匡时兮⁽³¹⁾,夫焉前枉而直后⁽³²⁾!当天宝之末代兮⁽³³⁾,淫好色以信

逸⁽³⁴⁾。恶来妹喜其猖獗兮⁽³⁵⁾,众皆狐媚以贪婪⁽³⁶⁾。判独毅而不顾兮⁽³⁷⁾,爰命夫以仆妾之役⁽³⁸⁾。宁直死以颅颔兮⁽³⁹⁾,夫焉患得而局促⁽⁴⁰⁾。开元之绍基兮⁽⁴¹⁾,亦遑遑其求理⁽⁴²⁾。生逢时以就列兮⁽⁴³⁾,固云台麒阁而容与⁽⁴⁴⁾。夫何漂泊于天之涯兮,登斯楼乎延伫⁽⁴⁵⁾。信流俗之嫉妒兮⁽⁴⁶⁾,自前世而固然。怀夫子之故都兮⁽⁴⁷⁾,沛余涕之湲湲⁽⁴⁸⁾。庙堂之偃蹇兮⁽⁴⁹⁾,或非情之所好。惟不合于斯世兮,恣沈酣而远眺⁽⁵⁰⁾。

进吾不遇于武丁兮⁽⁵¹⁾,退吾将颜氏之箪瓢⁽⁵²⁾。奚曲蘖其昏迷兮⁽⁵³⁾,亦夫子之所逃⁽⁵⁴⁾。管仲之辅纠兮⁽⁵⁵⁾,孔圣与其改行⁽⁵⁶⁾。佐璘而失节兮⁽⁵⁷⁾,始以见道之未明。睹夜郎之有作兮⁽⁵⁸⁾,横逸气以徘徊⁽⁵⁹⁾;亦初心之无他兮⁽⁶⁰⁾,故虽悔而弗摧⁽⁶¹⁾。吁嗟其谁无过兮,抗直气之为难⁽⁶²⁾。轻万乘于褐夫兮⁽⁶³⁾,固孟轲之所叹⁽⁶⁴⁾。旷绝代而相感兮⁽⁶⁵⁾,望天宇之漫漫⁽⁶⁶⁾。去夫子其千祀兮⁽⁶⁷⁾,世益隘以周容⁽⁶⁸⁾。媒妇妾以驰骛兮⁽⁶⁹⁾,又从而为之吮痈⁽⁷⁰⁾。贤者化而改度兮⁽⁷¹⁾,竞规曲以为同⁽⁷²⁾。

卒曰[一]⁽⁷³⁾:嶂山青兮河流泻⁽⁷⁴⁾,风飕飕兮澹平野⁽⁷⁵⁾。凭高楼兮不见⁽⁷⁶⁾,舟楫纷兮楼之下⁽⁷⁷⁾,舟之人兮俨服⁽⁷⁸⁾,亦有庶几夫子之踪者⁽⁷⁹⁾!

校勘

[一] 卒曰:底本无,据上古本《全集》补。

考释

此赋当作于弘治九年(1496),时王阳明二十五岁。该年会考,再次落榜。在回故乡途中,经太白楼,有感而作。钱德洪编《年谱》:"及丙辰会试,果为忌者所抑。同舍有以不第为耻者,先生慰之曰:'世以不得第为耻,吾以不得第动心为耻。'识者服之。归余姚,结诗社龙泉山寺。"此赋可补《年谱》未载。(《年谱》指上古本《全集》后所附者。后所引《年谱》,凡未特注明者,概指此《年谱》。)由此见王阳明年轻时的想法和志向。多用四书、五经、《史记》《汉书》《楚辞》语,述太白行踪,且为其事永王辨。对世情之不满,有激荡之气,显济世为用的抱负。

笺注

（1）太白楼:即太白酒楼,是唐代贺兰氏经营的酒楼,原址坐落在古任城东门里(今济宁市内)。明洪武二十四年(1391)重建太白楼,移迁于南门城楼东城墙之上(今址)。

（2）丙辰:弘治九年(1496)。

（3）孟冬:冬季初月,一般指农历十月。《礼记·月令》:"孟冬之月,日在尾。"

（4）南征:此指由北京南返。

（5）济川:济水。《尚书·禹贡》:"导沇水,东流为济。入于河,溢为荥,东出于陶丘北,又东至于菏,又东北会于汶,又东北入于海。"

（6）层构:指层层的建筑。汉枚乘《七发》:"连廊四注,台城层构。"

（7）太白之故居:《旧唐书·李白传》:"李白,字太白。""父为任城尉,因家焉。"

（8）高风:唐李白《赠崔侍郎》:"高风摧秀木,虚弹落惊禽。"此指李白之高傲风骨。

（9）蔡侯:引导阳明登楼者,其人待考。唐杜甫《送孔巢父谢病归游江东兼呈李白》:"蔡侯静者意有余,清夜置酒临前除。"或用杜诗中"蔡侯"指代设宴款待之人。

（10）此两句化用唐杜甫《登高》:"无边落木萧萧下,不尽长江滚滚来。"

（11）敖敖:颀长状。《诗经·硕人》:"硕人敖敖,说于农郊。"汉郑玄《笺》:"敖敖,犹颀颀也。"此指大鱼在海中舒展自由状。　涌海：海浪冲涌。杜甫《遣兴二首》："顿辔海徒涌，神人身更长。"

(12) 唐李白《上李邕》："大鹏一日同风起，扶摇直上九万里。假令风歇时下来，犹能簸却沧溟水。"　翼翼：展翅貌。

(13) 五代王定保《唐摭言》："李白着宫锦袍，游采石江中，傲然自得，旁若无人，因醉入水中捉月而死。"

(14) 岳：庐岳。即庐山。

(15) 长烟：弥漫在空中的雾气。晋郭璞《游仙诗》之六："升降随长烟，飘飖戏九垓。"　天姥：山名。唐李白《梦游天姥吟留别》："天姥连天向天横，势拔五岳掩赤城。天台四万八千丈，对此欲倒东南倾。"

(16) 匡庐：即庐山。《后汉书·郡国四》"庐山郡"："寻阳有九江，东合为大江"下，汉刘昭《注》引南朝宋慧远《庐山记略》："有匡俗先生者，出殷周之际，隐遁潜居其下，受道于仙人而共岭，时谓所止为仙人之庐而命焉。"　云松：云间松树。唐李白《望庐山五老峰》："庐山东南五老峰，青天削出金芙蓉。九江秀色可揽结，吾将此地巢云松。"

(17) 慨：感慨。

(18) 《楚辞·离骚》："路漫漫其修远兮，吾将上下而求索。"

(19) 蹇：语首助词。《楚辞·九歌·云中君》："蹇将憺兮寿宫，与日月兮齐光。"汉王逸《注》："蹇，词也。"清王夫之《楚辞通释》："蹇，楚人语助词。"　非俦：非为同等之类。王阳明自谦语。

(20) 季真：唐贺知章，字季真，越州永兴(今浙江萧山)人。唐孟棨《本事诗·高逸》："李太白初自蜀至京师，舍于逆旅，贺监知章闻其名，首访之，既奇其资，复请为文。出《蜀道难》以示之。读未竟，称叹者数四，号为'谪仙'，解金龟换酒，与倾尽醉，期不间日，由是称誉光赫。"

(21) 羌：语词。 后人之视今：晋王羲之《兰亭集序》："后之视今，亦犹今之视昔。"

(22) 乌知：如何知道。

(23) 奚为：疑问词。《孟子·梁惠王下》："乐正子入见，曰：'君奚为不见孟轲也？'"

(24) 穹霄：苍天。 流盼：犹流眄。转动眼珠观看。

(25) 一哀：《礼记·檀弓》："孔子之卫，遇旧馆人之丧，入而哭之哀，出，使子贡说骖而赙之。子贡曰：'于门人之丧，未有所说骖，说骖于旧馆，无乃已重乎？'夫子曰：'予乡者入而哭之，遇于一哀而出涕。予恶夫涕之无从也，小子行之！'"

(26) 夏桀：夏朝末代君王，名履癸。暴虐荒淫。汤起兵伐桀，败之于鸣条，流死于南巢。

(27) 尹：商汤大臣，名伊，一名挚，尹是官名。相传生于伊水，故名。助汤伐夏桀，被尊为阿衡。汤去世后历佐卜丙（即外丙）、仲壬二王。后太甲即位，因荒淫失度，被伊尹放逐到桐宫，三年后迎之复位。 莘：有莘国。故址在今河南省开封市，旧陈留县东。一说，在今山东省曹县北。

(28) 登庸：起用。《尚书·尧典》："帝曰：'畴咨若时登庸。'"孔安国《传》："畴，谁。庸，用也。谁能咸熙庶绩，顺是事者，将登用之。"此两句见《史记·殷本纪》："伊尹名阿衡。阿衡欲奸汤而无由，乃为有莘氏媵臣，负鼎俎，以滋味说汤，致于王道。或曰，伊尹处士，汤使人聘迎之，五反然后肯往从汤，言素王及九主之事。汤举任以国政。"

(29) 谓鼎俎：见笺注(28)中"负鼎俎，以滋味说汤，致于王道"。

(30) 党人：朋比勾结之人。《楚辞·离骚》："惟夫党人之偷乐兮，路幽昧以险隘。"挤诟：排挤诋毁。宋孙光宪《北梦琐言》卷八："郑文公畋，与卢相携亲表也，阀阅相齐,词学相均。同在中书,因公事不叶,挥霍间言语相挤诟,不觉砚瓦翻泼。谓宰相斗击,亦不然也,竟以此出官矣。"

(31) 圣哲:俊杰之人。《左传·文公六年》:"古之王者,知命之不长,是以并建圣哲。"唐孔颖达《疏》:"圣哲,是人之俊者。" 匡时:纠正时事。《后汉书·荀淑传》:"平运则弘道以求志,陵夷则濡迹以匡时。"

(32) 夫:发语词。 焉:反问,焉能。 枉:弯曲,弯屈。 直:正直。

(33) 天宝:唐玄宗年号。

(34) 信谗:相信谗言。《楚辞·离骚》:"荃不察余之中情兮,反信谗而齌怒。"

(35) 恶来:一作"恶来革"。《韩非子·说林下》:"崇侯、恶来知不适纣之诛也,而不见武王之灭之也。"商纣王的大臣,飞廉(又作蜚廉)之子,以勇力而闻名。武王伐纣之时,被周武王处死。 妹喜:夏桀的妃子。《列女传·夏桀妹喜传》:桀"日夜与妹喜及宫女饮酒,无有休时。置妹喜于膝上,听用其言"。桀伐有施国,有施国以妹喜嫁之,貌美而无德行,桀很宠幸她,凡事言听计从,昏乱失道,终于导致夏朝灭亡。

(36) 狐媚:以阴柔手段迷惑人。唐骆宾王《为徐敬业讨武曌檄》:"入门见嫉,蛾眉不肯让人;掩袖工谗,狐媚偏能惑主。"

(37) 判:区别。《楚辞·离骚》:"薋菉葹以盈室兮,判独离而不服。"汉王逸《注》:"判,别也。"

(38) 爰:指示词。

(39) 颠顇:不饱。《楚辞·离骚》:"长颠顇亦何伤。"汉王逸《注》:"颠顇,不饱貌。"

(40) 患得:《论语·阳货》:"其未得之也,患得之;既得之,患失之。苟患失之,无所不至矣!" 局促:犹蜷局,局曲不伸貌。《楚辞·离骚》:"仆夫悲余马怀兮,蜷局顾而不行。"汉王逸《注》:"蜷局,诘屈不行貌。"

(41) 开元:唐玄宗年号。 绍基:登基。登上皇帝之位。

(42) 遑遑：匆忙状。《列子·杨朱》："遑遑尔竞一时之虚誉,规死后之余荣;偊偊尔慎耳目之观听,惜身意之是非。"

(43) 逢时：遇到好时代。 就列：此指位居高官。《论语·季氏》："陈力就列,不能者止。"

(44) 云台：汉宫之阁。东汉明帝永平三年(60),汉明帝命人在云台阁画随汉光武帝有功的二十八名将军之像,称为云台二十八将,以示表彰。 麒阁：麒麟阁,汉代阁名,在未央宫中。汉宣帝时曾图霍光等十一功臣像于阁上,以表功绩。后多以画像于"麒麟阁"表示卓越功勋和最高的荣誉。 容与：从容闲舒貌。《后汉书·冯衍传下》："意斟愖而不澹兮,俟回风而容与。"唐李贤《注》："容与,犹从容也。"

(45) 延伫：长时间站立。《楚辞·离骚》："悔相道之不察兮,延伫乎吾将反。"汉王逸《注》："延,长也;伫,立貌。"

(46) 流俗：平庸低俗。晋葛洪《抱朴子·博喻》："英儒硕生,不饰细辩于浅近之徒;达人伟士,不变皎察于流俗之中。"

(47) 夫子：此指李白。

(48) 湲湲：此喻泪水流动状。

(49) 偃蹇：《楚辞·离骚》："望瑶台之偃蹇兮,见有娀之佚女。"汉王逸《注》："偃蹇,高貌。"

(50) 沈酣：饮酒尽兴,酣畅状。宋辛弃疾《贺新郎》："江左沈酣求名者,岂识浊醪妙理。"

(51)《史记·夏本纪》："帝小乙崩,子帝武丁立。帝武丁即位,思复兴殷,而未得其佐。"又《史记·殷本纪》："武丁修政行德,天下咸欢,殷道复兴。"

(52)《论语·雍也》："子曰:'贤哉回也,一箪食,一瓢饮,在陋巷,人不堪其忧,回也不改其乐。'"

(53) 曲糵：酿酒之曲。此指酒。《尚书·说命下》："若作酒醴，尔惟曲糵。"汉孔安国《传》："酒醴须曲糵以成。"

(54) 此句指李白以酒醉逃离现实。唐李白《将进酒》："钟鼓馔玉不足贵，但愿长醉不复醒。"

(55)《史记·管晏列传》："（管仲）少时常与鲍叔牙游，鲍叔知其贤。管仲贫困，常欺鲍叔，鲍叔终善遇之，不以为言。已而鲍叔事齐公子小白，管仲事公子纠。及小白立，为桓公，公子纠死，管仲囚焉。鲍叔遂进管仲。管仲既用，任政于齐，齐桓公以霸，九合诸侯，一匡天下，管仲之谋也。"

(56)《论语·宪问》："子贡曰：'管仲非仁者与？桓公杀公子纠，不能死，又相之。'子曰：'管仲相桓公，霸诸侯，一匡天下，民到于今受其赐。微管仲，吾其被发左衽矣。岂若匹夫匹妇之为谅也，自经于沟渎而莫之知也。'"

(57) 璘：永王璘。唐玄宗十六子。元辛文房《唐才子传》卷第二"李白"："禄山反，明皇在蜀，永王璘节度东南，白时卧庐山，辟为僚佐。璘起兵反，白逃还彭泽。璘败，累系浔阳狱。初，白游并州，见郭子仪，奇之，曾救其死罪；至是，郭子仪请官以赎，诏长流夜郎。"

(58) 李白夜郎之作，有《忆秋浦桃花旧游，时窜夜郎》"三载夜郎还，于兹炼金骨"、《经离乱后，天恩流夜郎，忆旧游书怀，赠江夏韦太守良宰》"传闻赦书至，却放夜郎回"、《江夏使君叔席上赠史郎中》"昔放三湘去，今还万死余"、《江上赠窦长史》"万里南迁夜郎国，三年归及长风沙"等。

(59) 逸气：超脱世俗之气。魏曹丕《与吴质书》："公幹有逸气，但未遒耳。"

(60) 初心：本初的想法。《华严经·如来名号品》："并初心菩萨着有病也。"唐白居易《画弥勒上生帧记》："今因老病，重此证明，所以表不忘初心而必果本愿也。"

(61) 弗摧：未灭。《国语·吴语》："夫越王好信以爱民，四方归之，年谷时孰，日长炎炎，及吾犹可以战也；为虺弗摧，为蛇将若何？"

(62) 抗直：刚强正直。《史记·鲁仲连邹阳列传论》："邹阳辞虽不逊，然其比物连类，有足悲者，亦可谓抗直不桡矣，吾是以附之列传焉。"

(63) 万乘：万辆车。此指君王。　褐夫：穿粗布衣服的人，古代用以指贫贱者。

(64) 《孟子·公孙丑》："北宫黝之养勇也，不肤挠，不目逃，思以一毫挫于人，若挞之于市朝。不受于褐宽博，亦不受于万乘之君，视刺万乘之君，若刺褐夫。无严诸侯，恶声至，必反之。""'敢问何谓浩然之气？'曰：'难言也。其为气也，至大至刚，以直养而无害，则塞于天地之间。其为气也，配义与道；无是，馁也。……'"

(65) 旷：久也。《文选》陈琳《为袁绍檄豫州》："怨旷思归，流涕北顾。"唐吕延济《注》："怨，别；旷，久也。"　绝代：年代远古。晋郭璞《尔雅序》："总绝代之离词，辩同实而殊号者也。"宋邢昺《疏》："绝代，犹远代也。"　相感：相互感应。《易·系辞下》："往者屈也，来者信也，屈信相感而利生焉。"

(66) 天宇：穹宇。　漫漫：广远无际貌。

(67) 千祀：犹千年。唐柳宗元《吊屈原文》："后先生盖千祀兮，余再逐而浮湘。"

(68) 周容：奉迎、讨好。《楚辞·离骚》："背绳墨以追曲兮，竟周容以为度。"

(69) 媒妇妾：此指靠着妇妾或以妇妾顺从之状。《礼记·曲礼》："士曰妇人，庶人曰妻。"《礼记·内则》："聘则为妻，奔则为妾。"　驰骛：奔走，追名逐利。《史记·李斯世家》："此布衣驰骛之时，而游说者之秋也。"

(70) 吮痈：《庄子·列御寇》："秦王有病召医。破痈溃痤者得车一乘，舐痔者得车五乘，所治愈下，得车愈多。"《史记·佞幸列传》："文帝尝病痈，邓通常为帝嗒吮之。"

(71) 改度：违反常规。《周易参同契》卷下："纤芥不正，悔吝为贼。二至改度，乖错委曲。隆冬大暑，盛夏霜雪。"清袁仁林《注》："改度，背违常度。"

（72）规曲：《礼记·深衣》："袂圜以应规；曲袷如矩以应方。"此指规矩。

（73）卒：终了之词。

（74）峄山：又名东山，位于邹城东南。《孟子·尽上心》："孔子登东山而小鲁，登泰山而小天下。"

（75）飕飕：风声。　平野：平坦广阔的原野。汉晁错《言兵事书》："平原广野，此车骑之地，步兵十不当一。"

（76）凭高楼：陆龟蒙《奉酬袭美苦雨四声重寄三十二句》："幽栖眠疏窗，豪居凭高楼。"

（77）纷兮：纷然。《九歌·河伯》："与女游兮河之渚，流澌纷兮将来下。"

（78）俨：庄敬貌。《尔雅·释诂》："俨，敬也。"此乃王阳明自身的形象。

（79）踪者：继前人步武者。元吴澄《临川王文公集序》："唐之文能变八代之弊，追先汉之踪者，昌黎韩氏而已。"

九华山赋(1)　壬戌(2)

　　九华为江南奇特之最，而《史记》所录，独无其名，盖马迁足迹之所未至耳。不然，当列诸天台、四明之上，而乃略而不书耶？壬戌正旦，予观九华，尽得其胜。已而有所感遇，遂援笔而赋之。其辞曰：[一]

校勘

［一］此序据释印光《民国九华山志》卷九补。

考释

　　九华山，旧名九子山，唐李太白，以山有九峰如莲华，易今名。李白《改九子山为九华山联句序》："青阳县南有九子山，山高数千丈，上有九峰如莲华。按图征名，无所依据。太史公南游，略而不书。事绝古老之口，复阙名贤之纪，虽灵仙往复，而赋咏罕闻。予乃削其旧号，加以九华之目。”据传，唐金地藏驻锡于此，灵异甚著，为江东香火之宗。此赋可和后面的游九华山诸诗《游九华》《九华山下柯秀才家》《夜宿无相寺》《题四老围棋图》《无相寺三首》《化城寺六首》等互参。

此云“壬戌”，然《年谱》云：“十有四年辛酉，先生三十岁，在京师。奉命审录江北。先生录囚多所平反。事竣，遂游九华，作《游九华赋》，宿无相、化城诸寺。”或为“审录”以后所撰。

循长江而南下，指青阳以幽讨[(3)]。启鸿蒙之神秀[(4)]，发九华之天巧[(5)]。非效灵于坤轴[(6)]，孰构奇于玄造[(7)]！涉五溪而径入[(8)]，宿无相之窈窕[(9)]。访王生于邃谷[(10)]，掏金沙之清潦[(11)]。凌风雨乎半霄[(12)]，登望江而远眺[(13)]。

步千仞之苍壁[(14)]，俯龙池于深窅[(15)]。吊谪仙之遗迹[(16)]，跻化城之缥缈[(17)]。钦钵盂之朝露[(18)]，见莲花之孤标[(19)]。扣云门而望天柱[(20)]，列仙舞于晴昊[(21)]。俨双椒之辟门[(22)]，真人驾阳云而独蹻[(23)]。翠盖平临乎石照[(24)]，绮霞掩映乎天姥[(25)]。二神升于翠微[(26)]，九子邻于积稻[(27)]。炎熇起于玉甑[(28)]，烂石碑之文藻[(29)]。回澄秋于枕月[(30)]，建少微之星旄[(31)]。覆瓯承滴翠之余沥[(32)]，展旗立云外之旌纛[(33)]。下安禅而步逍遥[(34)]，览双泉于松杪[(35)]。逾西洪而憩黄石[(36)]，悬百丈之灏灏[(37)]。濑流觞而萦纡[(38)]，遗石船于涧道[(39)]；呼白鹤于云峰[(40)]，钓嘉鱼于龙沼[(41)]；倚透碧之峗屼[(42)]，谢尘寰之纷扰[(43)]。攀齐云之巉削[(44)]，鉴琉璃之浩渼[(45)]。沿东阳而西历[(46)]，飧九节之蒲草[(47)]。樵人导余以冥探⁽⁴⁸⁾，排碧云之瑶岛⁽⁴⁹⁾。群峦翳其缪蔼⁽⁵⁰⁾，失阴阳之昏晓⁽⁵¹⁾。垂七布之沉沉⁽⁵²⁾，灵龟隐而复桃⁽⁵³⁾。履高僧而屦招贤⁽⁵⁴⁾，开白日之杲杲⁽⁵⁵⁾。试胡茗于春阳⁽⁵⁶⁾，汲垂云之渊湫⁽⁵⁷⁾；凌绣壁而据石屋[二]⁽⁵⁸⁾，何文殊螺髻之蟠纠⁽⁵⁹⁾？梯拱辰而北盼⁽⁶⁰⁾，隮遗光于拾宝⁽⁶¹⁾。缁裳迂于黄匏⁽⁶²⁾，休圆寂之幽俏⁽⁶³⁾。

校勘

［二］凌：一作陵。

笺注

（1）九华山：见上《考释》。

（2）壬戌：弘治十五年（1502）。

（3）青阳：县名。九华山在青阳县西南四十里，延袤百八十里。　幽讨：寻幽探胜。唐杜甫《赠李白》："李侯金闺彦，脱身事幽讨。"

（4）鸿蒙：宇宙原始之状。《淮南子·精神训》："古未有天地之时，惟像无形。窈窈冥冥，芒芠漠闵，澒蒙鸿洞，莫知其门。"汉高诱《注》："皆未成形之气也。"　神秀：神奇秀美。唐杜甫《望岳》："造化钟神秀，阴阳割昏晓。"

（5）天巧：不假雕饰，自然工巧。唐韩愈《答孟郊》："规模背时利，文字觑天巧。"

（6）效灵：显示灵验。北齐樊逊《天保五年举秀才对策》："山鬼效灵，海神率职。"　坤轴：古人想象中的地轴。晋张华《博物志·地》："昆仑山北地转下三千六百里，有八玄幽都，方二十万里。地下有四柱，四柱广十万里，地有三千六百轴，犬牙相举。"唐司空图《诗品·流动》："荒荒坤轴，悠悠天枢。"

（7）玄造：犹造化。

（8）五溪：释印光《民国九华山志》卷二："龙、缥、舒、双、濂，五溪之水，合于六泉口，而为一溪，故谓之五溪。"

（9）无相：无相寺。释印光《民国九华山志》卷二："无相寺，在头陀岭下。本唐人王季文书堂，季文临终舍为寺，宋治平元年赐今额。"　窈窕：幽深玄妙状。

（10）王生：唐末王季文。宋计有功《唐诗纪事》卷二十九"王季文"："季文，字宗素，池阳人。少厌名利，居九华，遇异人，授九仙飞化之术曰：'子当先决科于词籍，后策名于真列，冥注使然，不可移也。'登咸通中进士第，授秘书郎。寻谢病归九华，日一浴于山之龙潭，寒暑不渝。"作有《九华山谣》。　邃谷：邃谷岩。释印光《民国九华山志》卷二："邃谷岩，在东藏源南。林谷深窈，人迹罕到，岩户高迥，炎热不生。夏秋樵竖往往于中持冰雪而出。"

（11）金沙：金沙泉。释印光《民国九华山志》卷二："金沙泉，有二：一在地藏塔前，石刻'金沙泉'三字。一在无相寺南，则大不盈瓯。皆四时不竭，金沙为底。"此当指后者。　清潦：此指清澈的泉水。唐王勃《滕王阁序》："潦水尽而寒潭清，烟光凝而暮山紫。"

（12）半霄：半空。

（13）望江：望江亭。释印光《民国九华山志》卷六："望江亭，在碧霄亭之上。"

（14）千仞：形容极高或极深。古以八尺为仞。《庄子·秋水》："千里之远不足以举其大，千仞之高不足以极其深。"　苍壁：苍绿的山崖。

（15）龙池：释印光《民国九华山志》卷二："龙池，在上下华池之间。山之绝顶，壁立属天，自五龙湾合流为千尺泉，注池中，喷沫跑珠，涌泅数丈，龙所宅焉。大旱取水，祷则雨。"　深窅：深幽。

（16）谪仙之遗迹：指李白书堂。释印光《民国九华山志》卷六："李太白书堂，在化城寺东，龙女泉之侧，唐天宝末建。宋南渡后，堂宇芜没。嘉熙初，邑令蔡元龙作草堂于化城寺之东偏。明成化间，邑人柯志洪、吴瓛、僧德侃重建，增置两庑，前立石坊。"

（17）化城：化城寺。释印光《民国九华山志》卷二："化城寺，在天台峰西南。九华九十九峰,独此处于山顶得平地,有溪有田,四山环绕如城。唐至德初,诸葛节等,买僧檀公旧地,为金地藏建。建中二年,郡守张岩请额,为地藏道场。明宣德间,福庆重建。" 缥缈:高远隐约貌。

(18) 钵盂:钵盂峰。释印光《民国九华山志》卷二:"钵盂峰。在茗地源之西南,形如覆钵。南连黄池峰,西接平田冈。侧有石立,俨然如僧。"

(19) 莲花:莲华峰。释印光《民国九华山志》卷二:"莲华峰。在广福寺翠盖峰东。乱峰层蠹如莲华,上中下三处,皆有庵。唯上莲华尤胜。石瓣嵌空,如菡萏初舒,色青紫欲浮。" 孤标:山峰孤兀突出。

(20) 云门:云门峰。释印光《民国九华山志》卷二:"云门峰。在开元观南。两阜相向如门,云气出入,春夏有泉涌沸而下。" 天柱:天柱峰。释印光《民国九华山志》卷二:"天柱峰。在净居、翠峰西南。耸拔千仞,如柱倚天。此华东第一峰也。邑人施达书堂在焉。其下有天柱庵,今为翠峰寺。"

(21) 晴昊:晴空。

(22) 双椒:或指椒木。传仙道服食椒木。李道纯《中和集》卷二《金丹妙诀》中三品:"休粮辟谷,忍寒食秒,服饵椒木,晒背卧冰,日持一斋。" 辟门:开门。《尚书·舜典》:"询于四岳,辟四门。"此句或指陈置香木,开门相迎。

(23) 真人:真人峰。释印光《民国九华山志》卷二:"真人峰。在帻峰前。端险挺立,如真官神人。旧传葛稚川尝居焉。" 阳云:阳台之云。战国楚宋玉《高唐赋序》:"妾在巫山之阳,高丘之岨,且为朝云,暮为行雨,朝朝暮暮,阳台之下。"后或指男女幽会之所。 蹻:鞋履。《史记·虞卿传》:"虞卿者,游说之士也。蹑蹻檐簦说赵孝成王。"独蹻:特立独行。此"真人",双关。

(24) 翠盖:翠盖峰。释印光《民国九华山志》卷二:"翠盖峰。在双峰之北,一名盖山。其舒姑泉,为雪潭。" 平临:指两处高低相近,可平视之。唐薛涛《筹边楼》:"平临云鸟八窗秋。" 石照:释印光《民国九华山志》卷二:"九子峰南、九子溪北畔有石窍奇观,南北透光,名石照;石照深如井,名'天井'。"

(25) 绮霞:绮霞峰。释印光《民国九华山志》卷二:"绮霞峰。在龙池东。傍临巨
壑,林木尤美。朝暄夕照,灿若绮霞。"　天姥:九华山老婆峰。释印光《民国
九华山志》卷二:"老妪石在崇圣院侧,俗呼老婆峰。"

(26) 二神:二神峰。释印光《民国九华山志》卷二:"二神峰,在天池、凤栖之间。
二峰骈肩而立,一视一顾,俨若神人。"　翠微:翠微峰,释印光《民国九华山
志》卷二:"翠微峰。在升云峰下,天香岭南。凝烟积翠,朝暮如一。"

(27) 九子:九子峰。释印光《民国九华山志》卷二:"九子峰,在碧岩峰侧,列峙者
九,尤多小峰。林滋诗云:'大者嶙峋若虎兕,小者径崽如婴儿。'初山名九
子,以此。太白乃更名九华云。"　积稻:稻积峰,释印光《民国九华山志》卷
二:"稻积峰,在山西。亦曰莲华,盖一峰二名。"

(28) 炎燠:暑天热气。宋欧阳修《憎蚊》:"荒城繁草树,旱气飞炎燠。"　玉甑:玉
甑峰。释印光《民国九华山志》卷二:"玉甑峰,在列仙峰北,碧云峰南。色类
瑱雕,形如碗脱,下有悬岩,灶釜相似,故名玉甑。"

(29) 烂:烂漫。　石碑:石碑峰。释印光《民国九华山志》卷二:"石碑峰,在滴翠
峰西。旧志'石牌',误。"　文藻:文华辞藻。晋陈寿《三国志·魏书·文帝
纪》:"文帝天资文藻,下笔成章,博闻强识,才艺兼该"。

(30) 枕月:枕月峰。释印光《民国九华山志》卷二:"枕月峰,在双峰、野螺之间。
其峰中曲,状如石枕。每山月初上,皎皎从峰而出。"

(31) 少微:少微峰。释印光《民国九华山志》卷二:"少微峰,在翠峰南。以费拾遗
故居名。"　旐:古代的一种旗子。

(32) 覆瓯:覆瓯峰。释印光《民国九华山志》卷二:"覆瓯峰,在广福院西。峰椒有
石,觳若覆瓯。"　滴翠:山峰名。释印光《民国九华山志》卷二:"滴翠峰。在
天柱庵后。有三袭,上大下小,缜润削成,烟岚不绝,空翠常滴,极其幽深高

峻。其绝顶，则人莫能上。" 余沥：剩余的酒水或余物。

(33) 展旗：展旗峰。释印光《民国九华山志》卷二："展旗峰，在天柱峰侧。古诗云：'山形南去疾如驰，高处展开三丈旗。'得其状矣。" 旌纛：泛指旗帜。

(34) 安禅：安禅峰，释印光《民国九华山志》卷二："安禅峰。在莲花庵东，梁杯渡、唐道济栖茅于此。" 逍遥：逍遥台。释印光《民国九华山志》卷二："逍遥台。在崇圣院侧，翠瀑泉上，灵鹤山之半。坐此，则西南诸峰，历历可数。"

(35) 双泉：泉名。释印光《民国九华山志》卷二："双泉，在龙安院西，二泉相距咫尺。"

(36) 西洪：西洪岭。释印光《民国九华山志》卷二："西洪岭，在莲花峰北。萦纡数里，有亭，游山自西入必经焉。" 黄石：黄石溪。释印光《民国九华山志》卷二："黄石溪，在华山之南，岩思岭下。水脉高低，灌田甚广。"

(37) 百丈：百丈潭。释印光《民国九华山志》卷二："百丈潭，在资圣庵前。水自云峰而下，高数百丈。潭面南北广六丈，东西三丈，黯然如墨。有龙居焉。" 灏灏：水势浩大状。

(38) 流觞：流觞濑。清周赟《九华山志》卷二："流觞濑，在百丈潭上，有石渠天井。唐李昭象避乱入山隐处，与客就水泛觞之所。"按：此条不见《民国九华山志》。 萦纡：盘旋曲折。

(39) 石船：石船涧。释印光《民国九华山志》卷二："石船涧，在福海院南十里许，其下有石如舰。"

(40) 白鹤：白鹤庙。释印光《民国九华山志》卷六："白鹤庙，在云峰绝顶，昔有白鹤来集其上，故名。"

(41) 嘉鱼：嘉鱼池。释印光《民国九华山志》卷二："嘉鱼池，在龙游涧下。中有石台，窦子明、李化文垂钓处也。其水多出异鱼。或岁旱，祷之，云雨即至。故池又呼为仙人塘，台为祈雨坛。池深数尺，周可三四丈，峻壁四合，上有二水,凑为重瀑,乃山东之奇胜也。" 龙沼:龙池。释印光《民国九华山志》卷二:"龙池,在上下华池之间。山之绝顶,壁立属天。自五龙湾合流为千尺泉,注池中,喷沫跳珠,涌泅数丈,龙所宅焉。大旱取水祷,辄雨。"

(42) 透碧:透碧岩。释印光《民国九华山志》卷二:"透碧岩,一名透壁,在滴翠峰侧。高约二丈,广如之,深倍其数。" 㠉屼:犹崎㠉,巉屼。险峻貌。

(43) 尘寰:尘世。

(44) 齐云:池州齐山。 巉削:险峻,陡峭。宋朱熹《云谷记》:"四隗皆巉削,下数百丈,使人眩视,悸不自保。"

(45) 琉璃:琉璃滩。释印光《民国九华山志》卷二:"琉璃滩,在青峭湾东。水流澄澈,光若凝冰。" 浩漾:水无际貌。

(46) 东阳:东阳涧。释印光《民国九华山志》卷二:"东阳涧,在双石之朝阳。"

(47) 九节之蒲草:九华山的一种蒲草。释印光《民国九华山志》卷八:"九节菖蒲。丛生溪谷间砂石上,根一寸九节。方技家云:东流石上生者佳。……张籍诗:'石上生菖蒲,一寸十二节。仙人劝我食,令我头青面如雪。'"

(48) 冥探:探寻幽深处。元黄溍《西峴峰》:"冥探指顶绝,有路忽通透。"

(49) 碧云:碧云峰。释印光《民国九华山志》卷二:"碧云峰,在广化院东南。其峰巉屼,上连空碧。" 瑶岛:传说中仙人之岛。《群音类选·蟠桃记·王母玩桃》:"须知道天台路,窅通瑶岛。"

(50) 翳:遮蔽。 缭:古同"缭",萦绕。 蔼:同"霭",云气。

(51) 唐杜甫《望岳》:"造化钟神秀,阴阳割昏晓。"

(52) 七布:七布泉。释印光《民国九华山志》卷二:"七布泉,在福海寺西。夏秋潭注,分而为七,散落崖谷。所谓'云边野鹤穷来处,石上寒樵见落时'是也。"

(53) 灵龟:灵龟石。释印光《民国九华山志》卷二:"灵龟石,在碧云庵上,以形似名。" 佻:或通"兆",显现。

(54) 履：鞋。屦：古代鞋的木底。此皆作踪迹解。

(55) 杲杲：日出之容。梁刘勰《文心雕龙·物色》："杲杲为日出之容,洒洒拟雨雪之状。"

(56) 试胡茗：释印光《民国九华山志》卷二："煎茶峰,峰有二：一在香林峰北,一在广福院东。以峰形似人,傍有石如炉,故云。或云：金地藏入山时,行渴,煮泉而饮。则当在香林者是。""茗地源,在神光岭之南。云雾滋沃,茶味殊佳。亦称闵源溪。"卷八："九华茶,唯茗源最佳,见称于阳明九华赋。" 春阳：春天的阳光。元吴潜《九华山天台峰新晴晓望》："一莲峰簇万花红,春阳百里涤晓风。"

(57) 垂云：垂云涧。释印光《民国九华山志》卷二："垂云涧,在九子峰顶,有瀑布,白如垂云。"

(58) 绣壁：绣石壁。释印光《民国九华山志》卷二："绣石壁,在净信院南。石发垣衣,剥蚀紫绿,宛如古锦,故云。" 石屋：释印光《民国九华山志》卷二："石室,在碧云庵山半。内有程介翁伯南居晦等同游题名。"

(59) 文殊：文殊峰。释印光《民国九华山志》卷二："文殊峰,在九子峰北。形如人乘狮子,前即狮子行道峰也。" 螺髻：螺髻峰。释印光《民国九华山志》卷二："螺髻峰,在碧云庵西,如黛鬟高绾。"

(60) 拱辰：拱辰峰。释印光《民国九华山志》卷二："拱辰峰,在文殊院后。诸峰罗列,若众星拱北然。"

(61) 隳：毁坏,崩毁。 遗光：前人遗留的恩泽。 拾宝：拾宝岩。释印光《民国九华山志》卷二："拾宝岩,在圆寂寺西南。"此句或指在拾宝岩消磨了白天余下的时光。

(62) 缁裳：僧人穿的黑色服。此代指僧人。 黄匏：释印光《民国九华山志》卷二："黄匏城,在碧云庵。远望长江,又名望江洲。"

（63）圆寂：圆寂寺。曾名拾宝庵。位于九华山莲花峰北、拾宝岩东麓。

    乌呼春于丛篁[64]，和云韶之鸎鸎[65]。唤起促余之晨兴[66]，落星河于檐橑[67]。护山嘎其惊飞[68]，怪游人之太早。揽卉木之如濯[69]，被晨辉而争姣[70]。静镵声之剥啄[71]，幽人剧参蕨于冥杳[72]。碧鸡哕于青林[73]，鹃翻云而失皓[74]。隐捣药以樛萝[75]，挟提壶饼焦而翔绕[76]。凤凰承盂冠以相遗[77]，饮沆瀣之仙醥[78]；羞竹实以嬉翔[79]，集梧枝之嫋嫋[80]。岚欲雨而霏霏[81]，鸣湿湿于薁葆[82]；躏三游而转青[83]，峭拂天香于茫渺[84]。

笺注

（64）丛篁：竹丛。元方回《鄱阳分水岭》："丛篁鸣野鸟，黯黯天欲雨。"

（65）云韶：传说中黄帝《云门》乐和虞舜《大韶》乐的并称。此指美妙的乐曲。鸎鸎：鸟鸣叫声。《文选·射雉赋》："麦渐渐以擢芒，雉鸎鸎而朝鸲。"南朝宋徐爰《注》："鸎鸎，雉声也。"

（66）唤起：鸟名。韩愈《赠同游》"唤起窗全曙"，黄庭坚云：唤起鸣于春晓，江南谓之春唤鸟。见题尤袤《全唐诗话·韩愈》、阮阅《诗话总龟》卷十九、胡仔《苕溪渔隐丛话后集》卷十。晨兴：早起。宋陆游《晨兴》："欲晓不能寐，亟起坐北堂。"

（67）星河：银河。 檐橑：屋檐栏杆。

（68）护山：鸟名。释印光《民国九华山志》卷八："惜春鸟，形似燕而小，其声清切，翅绮黄白。春深见人，啼曰：莫摘花果。或犯之，则群飞掠人，连声而呼，乡人目之曰护山鸟。"

（69）卉木：草木。《诗经·出车》："春日迟迟，卉木萋萋。"《毛传》："卉，草也。"

(70) 姣：姣美。

(71) 镵：《广韵》："吴人云犁铁。"唐杜甫《寓同谷县歌》："长镵长镵白木柄，我生托子以为命。"此指山中采药等用的铁镵。　剥啄：象声词。宋苏轼《次韵赵令铄惠酒》："门前听剥啄，烹鱼得尺素。"此指采药挖掘土石之声。

(72) 幽人：幽深处隐居之人。　剧：挖掘。通"掘"。吴语音同。　参蕨：人参、蕨菜。此泛指药物野菜。　冥杳：迷茫深远。《楚辞·涉江》："深林杳以冥冥兮，乃猿狖之所居。"

(73) 碧鸡：山鸟名。释印光《民国九华山志》卷八："碧鸡，雌雄相逐，性不肯群，形采如鸦。翠膊碧臆，鸣声甚清。"　哕：有节奏的鸣声。《文选·东京赋》："銮声哕哕，和鸣铗铗。"薛综注："哕哕，和鸣声。"

(74) 鹔：鸟名。明徐渭《白鹔》："鹔鸟自南来，贸入西河里。"　失皓：唐杜颀《白环赋》："分清辉于绮殿，失皓质于琼筵。"皓质，洁白的质地。

(75) 捣药：鸟名。宋叶廷珪《海录碎事》卷二十二上《鸟兽草木部·飞鸟门》："捣药鸟：不见其形，但闻其声如杵臼敲磕，人谓之葛仙翁捣药鸟。"　樛萝：纠结盘绕的萝蔓。

(76) 提壶：亦作"提胡芦"。鸟名。即鹈鹕。释印光《民国九华山志》卷八："提壶芦，状类燕子，色错黄褐。春日则呼曰：提壶芦，沽美酒。"唐刘禹锡《和苏郎中寻丰安里旧居寄主客张郎中》："池看科斗成文字，鸟听提壶忆献酬。"　饼焦：鸟名。释印光《民国九华山志》卷八："婆婆饼焦，大不逾雀。每春夏秋，啼曰：婆婆饼焦。俗名胡须怪鸟。"　翔绕：绕圈飞翔。

(77) 凤凰：此指山凤凰。释印光《民国九华山志》卷八："山凤凰，大如雄雉，绣颈衮背，劲骸悍目。朱冠特起，形如戴盂，夜以承雨露，则互饮之。亦不常见，或曰：竹实生，则来栖隐焉。"　盂冠：指山凤凰"朱冠特起，形如戴盂"。

(78) 沆瀣：清露。《文选·琴赋》："餐沆瀣兮带朝霞。"张铣《注》："沆瀣，清露也。"

仙醴：仙界清酒。《左思·蜀都赋》："觞以清醴，鲜以紫鳞。"《集韵》："酒清谓
之醴。"

(79) 羞：珍馐。汉张衡《南都赋》："珍羞琅玕，充溢圆方。"此作动词。 竹实：
《韩诗外传》卷八："凤乃止帝东园，集帝梧桐，食帝竹实，没身不去。" 嬉翔：
嬉乐飞翔。

(80) 集梧枝：唐杜甫《秋兴》之八："香稻啄余鹦鹉粒，碧梧栖老凤凰枝。" 嫋嫋：轻
盈纤美，摇曳飘动。晋左思《吴都赋》："蔼蔼翠幄，嫋嫋素女。"

(81) 岚：山中雾气。唐白居易《新栽竹》："未夜青岚入，先秋白露团。"《楚辞·九
章·涉江》："霰雪纷其无垠兮，云霏霏而承宇。"

(82) 湿湿：鸟名，又该鸟的鸣声。释印光《民国九华山志》卷八："湿湿鸟，鸟自呼
其名。晴鸣则雨，不鸣则晴。羽色黝翠，修尾扬翅，其形亦如燕。" 蘴葖：汉
扬雄《方言》："陈、楚之郊谓之蘴，鲁、齐之郊谓之荛，关之东西谓之芜菁，赵、
魏谓之大芥。"此指草丛。

(83)《尔雅·释言》："跋。躐也。"《疏》："李巡曰：跋，前行曰躐。" 三游：三游洞。
释印光《民国九华山志》卷二："三游洞。在双峰下。洞有三曲，如螺旋。"

(84) 天香：岭名。释印光《民国九华山志》卷二："天香岭。在少微峰北，卧云庵
前。费拾遗隐居其下，有诏起之，不就。使臣恐其逸也，遽于岭上焚香谕
旨。" 茫渺：犹渺茫。苏轼《将至广州用过韵寄迈迨二子》："我亦困诗酒，去
道愈茫渺。"

席泓潭以濯缨(85)，浮桃泻而扬缟(86)。淙渐渐而落荫(87)，饮猿
猱之捷狡(88)。睨斧柯而升大还(89)，望会仙于云表(90)。悯子京之故
宅(91)，款知微之碧桃(92)。候金光之闪映(93)，睫累景于穹坳(94)。弄
玄珠于赤水(95)，舞千尺之潜蛟(96)。并花塘而峻极(97)，散香林之回

飙⁽⁹⁸⁾。抚浮屠之突兀⁽⁹⁹⁾，泛五钗之翠涛⁽¹⁰⁰⁾。袭珍芳于绝巘⁽¹⁰¹⁾，袅金步之摇摇⁽¹⁰²⁾。莎罗踯躅芬敷而灿耀⁽¹⁰³⁾，幢玉女之妖娇⁽¹⁰⁴⁾。搴龙须于灵宝⁽¹⁰⁵⁾，堕钵囊之飘摇⁽¹⁰⁶⁾。开仙掌于嵚嵌⁽¹⁰⁷⁾，散青馨之迢迢⁽¹⁰⁸⁾。披白云而躔崇寿⁽¹⁰⁹⁾，见参错之僧寮⁽¹¹⁰⁾。日既夕而山冥⁽¹¹¹⁾，挂星辰于窾嶅⁽¹¹²⁾。宿南台之明月⁽¹¹³⁾，虎夜啸而罴嗥⁽¹¹⁴⁾。鹿麂群游于左右⁽¹¹⁵⁾，若将侣幽人之岑寥⁽¹¹⁶⁾。迥高寒其无寐⁽¹¹⁷⁾，闻冰壑之洞箫⁽¹¹⁸⁾。

笺注

(85) 潭：殆即濯缨潭。释印光《民国九华山志》卷二："濯缨潭。即清水潭，在澜溪上源。一名洗心，以其洁，故云。"

(86) 浮桃：浮桃涧。释印光《民国九华山志》卷二："浮桃涧。在悬水西南。昔赵知微种桃千株于中峰之北，乡人于涧下获桃以鬻。""碧桃岩。在双峰下。赵知微种桃千树，花皆碧色，每开时，率徒饮其下。"

(87) 淙：水声，水流淙淙。 澌澌：澌澌水，释印光《民国九华山志》卷二："在中峰北，西流或浅而出，或深而衍，乱如丝焚，其声澌澌然。"

(88) 饮猿：饮猿潭。宋陈岩《饮猿潭》："月照秋空风满林，孤猿渴饮碧潭深。我今忘我兼忘物，兀坐怡然不动心。" 猱：亦猿猴。 捷狡：犹狡捷。曹植《白马篇》："狡捷过猴猿，勇剽若豹螭。"

(89) 斧柯：斧柯岭。释印光《民国九华山志》卷二："斧柯岭。在中峰下。世传有仙客围棋于此。宋陈岩诗：'偶尔观棋忽烂柯，岂知胜负是如何？归来笑问人间事，恰是人间胜负多。'" 大还：岭名。释印光《民国九华山志》卷二："大还岭。在中峰下。赵知微炼丹处。"

(90) 会仙：峰名。释印光《民国九华山志》卷二："会仙峰。在中峰之侧。赵知微尝中秋遇雨,率其徒登峰上,月出云净,诸峰呈露,及归复雨,因名之。" 云表:云外。汉张衡《西京赋》:"立修茎之仙掌,承云表之清露。"

(91) 子京:滕宗谅,字子京,北宋河南洛阳人。北宋庆历年间的岳州知府,因范仲淹《岳阳楼记》而为世人所知,《宋史·滕子京传》曰:"宗谅尚气,倜傥自任,好施予,及卒,无余财。"释印光《民国九华山志》卷二:"谏堂山。因有滕子京书堂,故名。"

(92) 知微:道士赵知微。《太平广记》卷八五:"九华山道士赵知微乃皇甫玄真之师。少有凌云之志,入兹山,结庐于凤凰岭前,讽诵道书,炼志幽寂。蕙兰以为服,松柏以为粮。赵数十年,遂臻玄牝。由是好奇之士多从之。" 碧桃:碧桃岩。参注(86)。

(93) 金光:金光洞。释印光《民国九华山志》卷二:"在香林峰下。洞有穴,可望而不可入。入则神光金色充塞洞口,有致敬者,则仿佛见金人像。或谓金地藏尝居洞中。"

(94) 睇累景:指各种景色入眼。 穹坳:幽深的山坳。

(95) 玄珠句:典见《庄子·天地》:"黄帝游乎赤水之北,登乎昆仑之丘而南望,还归,遗其玄珠。"

(96) 潜蛟:深潜的蛟龙。宋苏轼《前赤壁赋》:"舞幽壑之潜蛟。"

(97) 花塘:涧名。释印光《民国九华山志》卷二:"花塘涧。在龙池西,其水自放生池来。盖化城盛时,浮屠数百,诵偈所散香花,随流而下。"

(98) 香林:峰名。释印光《民国九华山志》卷二:"香林峰。在云外峰南。西则平田冈,傍则金光洞。此峰多药草。" 回飙:旋转的狂风。汉贾谊《惜誓》:"临中国之众人兮,托回飙乎尚羊。"

(99) 浮屠:亦作浮图、休屠,皆即佛陀之异译。后并称佛塔为浮屠。此指佛塔。突兀:高耸状。唐杜甫《茅屋为秋风所破歌》:"呜呼,何时眼前突兀见此屋,吾庐独坏受冻死亦足！"

(100) 五钗：释印光《民国九华山志》卷八："五钗松，松子如小栗，三角。""谓之五钗松者，钗本双股，松叶皆双，故名。而此松有五叶，如钗，有五股，因名为五钗松耳。" 翠涛：松涛。

(101) 珍芳：珍奇之花。宋杨万里《题张以道上舍寒绿轩》："先生饥肠诗作梗，小摘珍芳汲水井。" 绝巘：极高的山峰。唐李白《望终南山寄紫阁隐者》："何当造幽人，灭迹栖绝巘？"

(102) 袅：袅袅。摇曳状。《楚辞·九歌》："袅袅兮秋风，洞庭波兮木叶下。" 金步：金步摇。古代女性首饰。金珠装缀，步则摇动，故名。唐白居易《长恨歌》："云鬓花颜金步摇，芙蓉帐暖度春宵。"

(103) 莎罗：犹索落。物体之间的摩擦声音。 踯躅：徘徊不定状。 芬敷：犹敷芳。香气散发。宋欧阳修《希真堂东手种菊花十月始开》："君看金蕊正芬敷，晓日浮霜相照耀。"

(104) 玉女：草名，即女萝。释印光《民国九华山志》卷八："玉女幢叶细长而清泽，经霜不凋，高及一二丈。自根而上，皆成层级，状如幢节。生阴岩绝巘之上，俨成行列。烟霞笼蔽，若羽卫然。"

(105) 龙须：典出《史记·孝武本纪》："黄帝采首山铜，铸鼎于荆山下。鼎既成，有龙垂胡须下迎黄帝。黄帝上骑，群臣后宫从上龙七十余人，龙乃上去。余小臣不得上，乃悉持龙须，龙须拔，堕黄帝之弓。百姓仰望黄帝既上天，乃抱其弓与龙胡须号，故后世因名其处曰鼎湖，其弓曰乌号。"此龙须指龙须草。释印光《民国九华山志》卷八："龙须草，长三尺，劲细无节，丛生岩壁。采者攀援而得之，织以为席，精密可用。" 灵宝：黄帝荆山铸鼎处在河南灵宝铸鼎塬。

(106) 钵囊：花名。释印光《民国九华山志》卷八："钵囊花，木本，高丈余，叶细而长，色翠而泽。花生叶上，萼如黄葵，香闻数里。或闻金地藏游南台，适有花落钵中,他时不落,其以此而名与。"

(107) 仙掌:植物名。释印光《民国九华山志》卷八:"仙掌扇,木端生叶三四,大如羽翼,两面相合,色翠清香。峰岭岩洞之前多生之。"　嵚嵌:高低不平。

(108) 青馨:草木的清香。《国语·周语》:"其德足以昭其馨香。"　迢迢:遥远。《乐府诗集》:"迢迢牵牛星,皎皎河汉女。"

(109) 蹢:蹢踯。《说文》:"蹢踯,行无常貌。"唐独孤及《癸卯岁赴南丰道中闻京师失守寄权士繇韩幼深》:"深泥驾疲牛,蹢踯余何之。"　崇寿:寺名。释印光《民国九华山志》卷三:"崇寿寺,在曹山北之龟山。南唐升元间建,宋祥符间赐今额。"

(110) 参错:参差交错。

(111) 山冥:山色渐暗。宋王炎《南柯子·山冥云阴重》:"山冥云阴重,天寒雨意浓。数枝幽艳湿啼红。"

(112) 窿嶅:高山。嶅:通作磝。《集韵》:"山高貌。"唐韩愈《别知赋》:"山磝磝其相轧,树蓊蓊其相摎。"

(113) 南台:释印光《民国九华山志》卷二:"南台。在平田冈下,有庵,名南台。后有石浮图。"

(114) 虎夜啸:夜间虎啸。唐刘长卿《虎丘寺路宴》:"虎啸崖谷寒,猿鸣松杉暮。"　罴嗥:《楚辞·招隐士》:"虎豹斗兮熊罴咆。"

(115) 鹿麇:唐戴叔伦《山居》:"麋鹿自成群,何人到白云?山中无外事,终日醉醺醺。"

(116) 岑:通沉。岑寥:沉寂,寂静。北魏孝文帝《吊殷比干文》:"天沉寥而廓落兮,地寂漻而辽阒。"

(117) 高寒:宋苏轼《水调歌头》:"高处不胜寒。"　无寐:无眠。《诗经·小宛》:"予子行役,夙夜无已。"

(118) 洞箫:管乐器。简称箫。古代的箫以竹管编排而成,称为箫。后有单管箫。发音清幽凄婉。

　　溪女厉晴泷而曝尤⁽¹¹⁹⁾,杂精苓之春苗⁽¹²⁰⁾。邀予觞以玉液⁽¹²¹⁾,饭玉粒之琼瑶⁽¹²²⁾;溢辞余而远去⁽¹²³⁾,飒霞裾之飘飘⁽¹²⁴⁾。复中峰而怅望⁽¹²⁵⁾。或仙踪之可招⁽¹²⁶⁾。乃下见阳陵之蜿蜒⁽¹²⁷⁾,忽有感于子明之宿要⁽¹²⁸⁾。逝予将遗世而独立⁽¹²⁹⁾,采石芝于层霄⁽¹³⁰⁾。虽长处于穷僻⁽¹³¹⁾,乃永离乎厒嚣⁽¹³²⁾。彼苍黎之缉缉⁽¹³³⁾,固吾生之同胞⁽¹³⁴⁾;苟颠连之能济⁽¹³⁵⁾,吾岂靳于一毛⁽¹³⁶⁾!矧狂胡之越獗⁽¹³⁷⁾,王师局而奔劳⁽¹³⁸⁾。

　　吾宁不欲请长缨于阙下⁽¹³⁹⁾,快平生之郁陶⁽¹⁴⁰⁾?顾力微而任重,惧覆败于或遭;又出位以图远⁽¹⁴¹⁾,将无诮于鹓鶵⁽¹⁴²⁾。嗟有生之迫隘⁽¹⁴³⁾,等灭没于风泡⁽¹⁴⁴⁾;亦富贵其奚为⁽¹⁴⁵⁾?犹荣蕣之一朝⁽¹⁴⁶⁾。旷百世而兴感⁽¹⁴⁷⁾,蔽雄杰于蓬蒿⁽¹⁴⁸⁾。吾诚不能同草木而腐柯⁽¹⁴⁹⁾,又何避乎群喙之呶呶⁽¹⁵⁰⁾!已矣乎!吾其鞭风霆而骑日月⁽¹⁵¹⁾,被九霞之翠袍⁽¹⁵²⁾。抟鹏翼于北溟⁽¹⁵³⁾,钓三山之巨鳌⁽¹⁵⁴⁾。道昆仑而息驾⁽¹⁵⁵⁾,听王母之云璈⁽¹⁵⁶⁾。呼浮丘于子晋⁽¹⁵⁷⁾,招勾曲之三茅⁽¹⁵⁸⁾。长遨游于碧落⁽¹⁵⁹⁾,共太虚而逍遥⁽¹⁶⁰⁾。

笺注

(119) 溪女:在溪水中的女子。此或指修道的女子。《正统道藏·洞玄部众术类》所收《上清六甲祈祷秘法》:"令传上士,受持行用,佐国治乱,驱使六甲六丁,天游十二溪女,那延五天女,共为一部。" 厉:《诗经·邶风·匏有苦叶》"深则厉",毛《传》："以衣涉水为厉,谓由带以上也。" 泷：湍急之流。
朮：盖苍朮、参朮、松朮之类也。道家向有饵朮之习。唐段成式《酉阳杂俎
续集·支诺皋下》："天宝中,处士崔元微洛东有宅,耽道,饵朮及茯苓三
十载。"

(120) 精：黄精。药草名。多年生草本,中医以根茎入药。三国魏嵇康《与山巨源
绝交书》："又闻道士遗言,饵朮黄精,令人久寿,意甚信之。" 苓：茯苓,道
家传有长生之效。唐贾岛《赠牛山人》："二十年中饵茯苓,致书半是老
君经。"

(121) 玉液：琼浆。所谓饮之能使人升仙的浆液。《汉武故事》："太上之药有中华
紫蜜、云山朱蜜、玉液金浆。"

(122) 玉粒、琼瑶：皆仙人服食之物。《山海经·西山经》谓峚山有玉膏,黄帝
食之。

(123) 溘：溘然,忽然。

(124) 飒：迅疾、倏忽貌。战国宋玉《风赋》："有风飒然而至。" 霞裾：犹霞衣。
仙人的衣裾。宋苏轼《次韵韶倅李通直》之二："待我丹成驭风去,借君琼珮
与霞裾。"

(125) 中峰：山峰名。释印光《民国九华山志》卷二："中峰。在东藏源东。众峰环
峙,而此独中踞。上睇日月,下睏云雨。清泉迸石,翠雾凝空,昔有罗汉
居之。"

(126) 《文选·郭有道碑》"几行其招",唐李善《注》："招,犹召也。"

(127) 阳陵,即陵阳山。九华山,汉代称陵阳山。

(128) 子明：汉代太乙真人窦子明。《元和郡县志图》卷二十八《江南道四》："陵阳
山,在县北三十里。窦子明于此得仙。" 要：通"邀",邀请。

(129) 遗世：抛弃世俗世界。汉李延年《佳人歌》："北方有佳人,遗世而独立。"

(130) 石芝：传说中的一种灵芝。晋朝葛洪《抱朴子·内篇》："五芝者，有石芝、有木芝、有草芝、有肉芝、有菌芝，各有百许种也。" 层霄：指云气。宋苏轼《西江月·顷在黄州》："照野涵涵浅浪，横空暧暧层霄。"

(131) 穷僻：穷困偏僻。《淮南子·原道训》："处穷僻之乡，侧溪谷之间。"

(132) 嚣嚣：喧嚣，喧嚣。

(133) 苍黎：苍生黎民。 缉缉：窃窃私语。《魏书·阳固传》："予实无罪，骋汝诡言。番番缉缉，谗言侧入。"

(134) 同胞：《汉书·东方朔传》："同胞之徒无所容居，其故何也？"颜师古《注》引苏林曰："胞音胞胎之胞也，言亲兄弟。"

(135) 颠连：困顿不堪。宋张载《西铭》："凡天下疲癃残疾，惸独鳏寡，皆吾兄弟之颠连而无告者也。"

(136) 靳于一毛：《孟子·尽心上》："杨子取为我，拔一毛而利天下，不为也。"靳，吝惜。

(137) 狂胡句：当指北方小王子部落的入侵。《明通鉴》卷三十九"弘治十四年四月"："先是小王子、和硕诸部连兵大举，自红盐池、花马池入，纵横数千里，延绥、宁夏皆告警。"

(138) 局：局促。《明通鉴》卷三十九"十五年正月"："朱晖率师还。晖本非制胜才，师行纡回无纪律，边民死者遍野。转输征发动数十万，而先后仅获首功十五级。"

(139) 请长缨：请战。《汉书·终军传》："军自请：'愿受长缨，必羁南越王而致之阙下。'"阙下：宫阙之下。借指帝王所居的宫廷。

(140) 郁陶：因忧喜而纠结。《史记·五帝本纪》："象鄂不怿，曰：'我思舜正郁陶！'舜曰：'然，尔其庶矣！'"

(141) 出位：《易·艮》："君子以思不出其位。"魏王弼《注》："各止其所，不侵害也。"唐李翱《劝河南尹复故事书》："伏望不轻改二百年之旧礼,重惜一时之所未达,意尽词真,无以越职出位。"据《年谱》,当时王阳明为刑部云南清吏司主事,奉命审录江北。故平定北方非其任内之务。

(142) 鹪鹩：晋张华《鹪鹩赋》："鹪鹩,小鸟也,生于蒿莱之间,长于藩篱之下,翔集寻常之内,而生生之理足矣。色浅体陋,不为人用,形微处卑,物莫之害,繁滋族类,乘居匹游,翩翩然有以自乐也。"此喻庸碌官僚。

(143) 迫胁：迫胁;逼迫。《史记·司马相如列传》："悲世俗之迫胁兮,揭轻举而远游。"

(144) 风泡：佛教用语,《宝藏论》以水喻空,以风吹成泡喻色。同"幻泡",喻事物虚幻无常。

(145) 奚为：疑问词。为什么。

(146) 荣蕣：蕣荣;即木槿花。晋郭璞《游仙》之七："蕣荣不终朝,蜉蝣岂见夕?"

(147) 旷百世：相隔百年。唐韩愈《祭田横墓文》："事有旷百世而相感者,余不自知其何心。"

(148) 雄杰：宋司马光《论横山疏》："汉高祖之雄杰,为冒顿所围,七日不火食。"蓬蒿：《庄子·逍遥游》："(斥鷃)翱翔蓬蒿之间。"

(149) 腐柯：烂柯。典出南朝梁任昉《述异记》卷上晋王质伐木入山典,喻时间久远。

(150) 呹呹：说话唠叨。唐柳宗元《答韦立论师道书》："岂可使呹呹者早暮咈吾耳,骚吾心。"

(151) 鞭风霆：宋陆游《闵雨》："鞭龙起风霆,尚继丰年诗。" 骑日月：《庄子·齐物论》："乘云气,骑日月,而游乎四海之外。死生无变于己,而况利害之端乎。"

(152) 九霞翠袍：九霞裾。宋张孝祥《水调歌头·隆中三顾客》："举酒对明月,高曳九霞裾。"

(153) 抟鹏翼于北溟:《庄子·逍遥游》:"北冥有鱼,其名为鲲。鲲之大,不知其几
千里也。化而为鸟,其名为鹏。""鹏之徙于南冥也,水击三千里,抟扶摇而
上者九万里,去以六月息者也。"

(154) 三山:指传说中的神仙所居三座山,有蓬莱、方丈、瀛洲。　巨鳌:《列子·
汤问》:"而五山之根,无所连着,常随潮波上下往还,不得暂峙焉。仙圣毒
之,诉之于帝。帝恐流于西极,失群圣之居,乃命禺强使巨鳌十五举首而戴
之,迭为三番,六万岁一交焉,五山始峙。而龙伯之国有大人,举足不盈数
步而暨五山之所,一钓而连六鳌,合负而趣归其国,灼其骨以数焉。于是岱
舆、员峤二山流于北极,沈于大海。"

(155) 道昆仑:《楚辞·九歌·河伯》:"乘水车兮荷盖,驾两龙兮骖螭。登昆仑兮
四望,心飞扬兮浩荡。"　息驾:停车休息。魏曹植《美女篇》:"行徒用息驾,
休者以忘餐。"

(156) 听王母之云璈:《太平广记》卷第三"神仙三·汉武帝":"王母乃命诸侍女王
子登弹八琅之璈,又命侍女董双成吹云和之笙,石公子击昆庭之金,许飞琼
鼓震灵之簧,婉凌华拊五灵之石,范成君击湘阴之磬,段安香作九天之钧。
于是众声澈朗,灵音骇空。"

(157) 浮丘、子晋:传说人物。子晋相传为周灵王太子,喜吹笙作凤凰鸣,被浮丘
公引往嵩山修炼,后升仙。晋葛洪《抱朴子·释滞》:"昔子晋舍视膳之役,
弃储贰之重,而灵王不责之以不孝。"《列仙传》:"王子晋好吹笙,道人浮丘
公接以上嵩山。"

(158) 三茅:三茅君,道教人物。汉代成仙的茅盈、茅固、茅衷三兄弟。为茅山派
的始祖。传说茅盈,字叔申,道教茅山派的开山人物。茅固,茅盈的二弟,
曾为执金吾,后弃官从茅盈学道句曲山。《后汉书·郭太傅传》后,有其传。

茅衷，字思和。曾为五官大夫、西河太守。闻兄长茅盈得道，弃官渡江，从
兄学道于句曲山，后得仙道。梁陶弘景《真灵位业图》将茅衷列为太清左
位，名"句曲山真人定录右禁师茅君"。

(159) 碧落：道家认为东方第一层天，碧霞满空，称"碧落"。唐白居易《长恨歌》：
"上穷碧落下黄泉，两处茫茫皆不见。"

(160) 太虚：上天。

乱曰(161)：蓬壶之巍巍兮(162)，列仙之所逃兮；九华之矫矫
兮(163)，吾将于此巢兮(164)。匪尘心之足搅兮(165)，念鞠育之劬劳
兮(166)。苟初心之可绍兮(167)，永矢弗挠兮(168)！

笺注

(161) 乱：古代乐曲的最后一章或辞赋末尾总括全篇要旨的部分。

(162) 蓬壶：蓬莱。古代传说中的海中仙山。晋王嘉《拾遗记·高辛》："三壶则海
中三山也。一曰方壶，则方丈也；二曰蓬壶，则蓬莱也；三曰瀛壶，则瀛洲
也。形如壶器。" 巍巍：遥远貌。《诗经·大雅·瞻卬》："巍巍昊天，无不
克巩。"

(163) 矫矫：超凡特立，不同凡响貌。

(164) 于此巢：指在此居住。《诗经·召南·鹊巢》："维鹊有巢，维鸠居之。"《礼
记·礼运》："先王未有宫室，冬则居营窟，夏则居橧巢。"

(165) 尘心：世尘之心。

(166) 鞠育：抚育。《诗经·小雅·蓼莪》："父兮生我，母兮鞠我。拊我畜我，长我
育我。" 劬劳：劳苦。《诗经·小雅·蓼莪》："哀哀父母，生我劬劳。"

(167) 初心：佛教语。《华严经》"不忘初心"，最初的本源之心。 绍，接续。《韩

非子·难三》:"以此绍殷,是以乱易暴也。"

(168) 永矢:即永誓,发誓永远。《诗经·卫风·考槃》:"独寐寤言,永矢弗谖。"

吊屈平赋⁽¹⁾　丙寅^{[一](2)}

正德丙寅,某以罪谪贵阳^[二],取道沅、湘。感屈原之事,为文而吊之。其词曰:

山黯惨兮江夜波⁽³⁾,风飕飕兮木落森柯⁽⁴⁾。泛中流兮焉泊⁽⁵⁾?湛椒醑兮吊湘累⁽⁶⁾。云冥冥兮月星蔽晦⁽⁷⁾,冰崚嶒兮霰又下⁽⁸⁾。累之宫兮安在⁽⁹⁾?怅无见兮愁予⁽¹⁰⁾。高岸兮嶔崎⁽¹¹⁾,纷纠错兮樛枝⁽¹²⁾。下深渊兮不恻⁽¹³⁾,穴颓洞兮蛟螭⁽¹⁴⁾。山岑兮无极⁽¹⁵⁾,空谷谽谺兮迥寥寂⁽¹⁶⁾。猿啾啾兮吟雨⁽¹⁷⁾,熊罴嗥兮虎交迹⁽¹⁸⁾。念累之穷兮焉托处⁽¹⁹⁾?四山无人兮骇狐鼠⁽²⁰⁾,魑魅游兮群跳啸⁽²¹⁾,瞰出入兮为累奸宄⁽²²⁾。嫉累正直兮反诋为殃⁽²³⁾,昵比上官兮子兰为臧⁽²⁴⁾。幽丛薄兮畴侣⁽²⁵⁾,怀故都兮增伤⁽²⁶⁾。望九疑兮参差⁽²⁷⁾,就重华兮陈辞⁽²⁸⁾。沮积雪兮涧道绝⁽²⁹⁾,洞庭渺邈兮天路迷⁽³⁰⁾。要彭咸兮江潭⁽³¹⁾,召申屠兮使骖⁽³²⁾。娥鼓瑟兮冯夷舞⁽³³⁾,聊遨游兮湘之浦⁽³⁴⁾。乘回波兮泊兰渚⁽³⁵⁾,眷故都兮独延伫⁽³⁶⁾。君不还兮郢为墟⁽³⁷⁾,心壹郁兮欲谁语⁽³⁸⁾!郢为墟兮函崤亦焚⁽³⁹⁾,谗鬼逋勤兮快不酬冤⁽⁴⁰⁾。历千载兮耿忠愊⁽⁴¹⁾,君可复兮排帝阍⁽⁴²⁾。望遁迹兮渭阳⁽⁴³⁾,箕罹囚兮其佯以狂⁽⁴⁴⁾。艰贞兮晦明⁽⁴⁵⁾,怀若人兮将予退藏⁽⁴⁶⁾。宗国沦兮摧腑肝⁽⁴⁷⁾,忠愤激兮中道难⁽⁴⁸⁾。勉低回兮不

忍⁽⁴⁹⁾，溘自沈兮心所安⁽⁵⁰⁾。雄之诔兮谗喙⁽⁵¹⁾，众狂稚兮谓累扬⁽⁵²⁾。已为魃为魅兮为谗媵妾⁽⁵³⁾，累视若鼠兮佞颡有泚⁽⁵⁴⁾。累忽举兮云中龙⁽⁵⁵⁾，蒵晻霭兮飘风⁽⁵⁶⁾；横四海兮倏忽⁽⁵⁷⁾，驷玉虬兮上冲⁽⁵⁸⁾；降望兮大壑⁽⁵⁹⁾，山川萧条兮济寥廓⁽⁶⁰⁾。逝远去兮无穷⁽⁶¹⁾，怀故都兮蜷局⁽⁶²⁾。

乱曰⁽⁶³⁾：日西夕兮沅湘流⁽⁶⁴⁾，楚山嵯峨兮无冬秋⁽⁶⁵⁾。累不见兮涕泗，世愈隘兮孰知我忧⁽⁶⁶⁾！

校勘

［一］现存王阳明生前所刊《居夷集》中无"丙寅"二字。

［二］某：《居夷集》作"守仁"。

考释

　　王阳明于正德元年十二月上疏，受廷杖。于次年被贬为龙场驿丞，取道沅、湘而往。考此赋，在守仁生前所刊的《居夷集》中收录，无"丙寅"二字。又，在日本内阁文库所藏《阳明诗选》残本中，此赋列于正德丁卯年"赴谪诗"内。当作于"丁卯"年，赴黔行程之中。

笺注

（1）《史记·屈原列传》："屈平疾王听之不聪也，谗谄之蔽明也，邪曲之害公也，方正之不容也，故忧愁幽思而作《离骚》。"

（2）丙寅：正德元年。

（3）黯惨：阴暗惨淡。唐杜甫《渼陂行》："天地黯惨忽异色，波涛万顷堆琉璃。"
江夜波：夜间的江波。唐杜甫《江亭送眉州辛别驾升之（得芜字）》："柳影含云幕，江波近酒壶。异方惊会面，终宴惜征途。沙晚低风蝶，天晴喜浴凫。"

（4）飕飕：阴积状。唐杜甫《积草岭》："飕飕林响交，惨惨石状变。"清仇兆鳌《详

注》："飔飔、惨惨，皆形容积阴也。"　森柯：森林树木。唐李白《自巴东舟行

经瞿唐峡，登巫山最高峰，晚还题壁》："积雪照空谷，悲风鸣森柯。"

（5）中流：此指在水流之中。《汉书·贾谊传》："是犹度江河，亡维楫，中流而遇

风波，船必覆矣。"

（6）湛：清醇状。　椒醑：以椒浸制的芳烈之酒。晋张协《洛禊赋》："布椒醑，荐

柔嘉，祈休吉，蠲百痾。"　湘累：指屈原。《汉书·扬雄传》："钦吊楚之湘

累。"唐颜师古《注》引李奇曰："诸不以罪死曰累，荀息、仇牧皆是也。屈原赴

湘死，故曰湘累也。"

（7）冥冥：天空阴沉。唐李白《远别离》："日惨惨兮云冥冥，猩猩啼烟兮鬼啸雨。"

蔽晦：《楚辞·惜誓》："浮云陈而蔽晦兮，使日月乎无光。"

（8）峻嶒：高耸突兀。梁沈约《钟山诗应西阳王教》："郁律构丹巘，峻嶒起青

嶂。"　霰：冰雪珠。《楚辞·涉江》："霰雪纷其无垠兮，云霏霏而承宇。"

（9）累之宫：屈原被禁之所。宋苏轼《屈原庙赋》："浮扁舟以适楚兮，过屈原之遗

宫。览江上之重山兮，曰惟子之故乡。"相传在武陵。累，《说文》："一曰大索

也。"引申为被禁。《左传·成公三年》："两释累囚。"

（10）战国楚宋玉《神女赋序》："罔兮不乐，怅然失志。"此指没有找到，怅然发愁。

（11）高岸：指沿途的高山。《诗经·十月之交》："高岸为谷，深谷为陵。"　嵚崎：

高耸崎岖状。宋谢灵运《山居赋》："上嵚崎而蒙笼，下深沉而浇激。"

（12）纠错：枝条交错状。《楚辞·九辩》"叶菸邑而无色兮，枝烦挐而交横"，汉王

逸《注》："柯条纠错而崱巍也。"　樛枝：参见《九华山赋》注(75)。

（13）深渊：《楚辞·招魂》："悬人以娭，投之深渊些。"此指途中的另一边为深渊。

（14）颎洞：弥漫无边状。汉贾谊《旱云赋》："运清浊之颎洞兮，正重沓而并起。"

蛟螭，犹蛟龙。泛指水族。汉扬雄《羽猎赋》："探岩排碕，薄索蛟螭。"

（15）山岑：山峰。魏曹植《赠丁仪王粲》："山岑高无极，泾渭扬浊清。"

(16) 谽谺：深谷空虚状。《汉书·司马相如传》："通谷豀兮谽谺。"《史记》作"谽翩"，又作"谽呀"。　迥：《说文》："迥，远也。"　寥寂：寂静无声、冷落。

(17) 啾啾：猿鸣叫声。《楚辞·九歌》："雷填填兮雨冥冥，猿啾啾兮狖夜鸣。"

(18) 嘷：野兽吼叫。

(19) 累：指被禁的屈原。见上注(9)。　穷：处境恶劣；困屯。　托处：安栖居住。《汉书·贾邹枚路传》："为宫室之丽至于此，使其后世曾不得聚庐而托处焉。"

(20) 骇：惊扰；骚动。《说文》："骇，惊也。"　狐鼠：此喻谄媚小人。

(21) 魑魅：《左传·文公十八年》："投诸四裔，以御魑魅。"杜预《注》曰："魑魅，山林异气所生，为人害者。"《抱朴子·登涉篇》："山精，形如小儿，独足向后，夜喜犯人，名曰魃。"

(22) 瞰：俯看。《文选·解嘲》："高明之家，鬼瞰其室。"《五臣注》："是知高明富贵之家，鬼神窥望其室，将害其满盈之志矣。"　奸宄：《尚书·舜典》："蛮夷猾夏，寇贼奸宄。"汉孔安国《传》："在外曰奸，在内曰宄。"

(23) 嫉：嫉妒。《楚辞·离骚》："世溷浊而嫉贤兮，好蔽美而称恶。"　正直：《楚辞·卜居》："宁廉洁正直以自清乎，将突梯滑稽如脂如韦以絜楹乎？"　诋：诬陷。《汉书·哀帝纪》："除任子令及诽谤诋欺法。"颜师古《注》："诋，诬也。"　殃：祸害。《尚书·伊训》："作不善，降之百殃。"

(24) 昵比：亲近，勾结。《尚书·说命中》："昵比罪人。"　上官：上官靳尚。　子兰：楚令尹。楚顷襄王之弟。此句所言，见《史记·屈原贾生列传》："上官大夫与之同列，争宠而心害其能。怀王使屈原造为宪令，屈平属草稿未定。上官大夫见而欲夺之，屈平不与，因谗之曰：'王使屈平为令，众莫不知，每一令出，平伐其功，以为"非我莫能为"也。'王怒而疏屈平。……长子顷襄王立，以其弟子兰为令尹。楚人既咎子兰以劝怀王入秦而不反也。……令尹子兰闻之大怒，卒使上官大夫短屈原于顷襄王，顷襄王怒而迁之。"　为臧：隐匿。隐瞒真情。

(25) 幽丛:深林。 畴侣:同伴。梁江淹《张黄门协》:"高谈玩四时,索居慕畴侣。"

(26) 故都:楚国之都。《楚辞·九章·哀郢》:"去故都而就远兮,遵江夏以流亡。"楚文王定都于郢,今属湖北荆州市。因在纪山之南,又称纪郢、南郢。自楚昭王起,楚国曾多次迁都。如楚昭王曾迁都鄀,楚顷襄王在白起攻破纪郢后曾迁都陈。凡迁都所至,当时多称为"郢"。

(27) 九疑:亦作"九嶷"。山名。在湖南宁远县南。《山海经·海内经》:"南方苍梧之丘,苍梧之渊,其中有九嶷山,舜之所葬,在长沙零陵界中。"郭璞注:"其山九溪皆相似,故云'九疑'。" 参差:指山高低不齐。

(28) 重华:帝舜。《尚书·舜典》:"曰若稽古帝舜,曰重华,协于帝。"《楚辞·九章·涉江》:"驾青虬兮骖白螭,吾与重华游兮瑶之圃。"

(29) 沮:阻止,沮遏。《礼记·儒行》:"溯流转漕,谷恒输沮。" 积雪:《楚辞·九歌·湘君》:"桂棹兮兰枻,斲冰兮积雪。"王逸《注》:"言己乘船,遭天盛寒,举其棹楫,斲斫冰冻,纷然如积雪。" 涧道:山谷中的路。

(30) 洞庭:洞庭湖。 渺邈:遥远,不清。

(31) 要:同"邀"。 彭咸:传说中殷朝贤大夫。《离骚》:"虽不周于今之人兮,愿依彭咸之遗则。"汉王逸《注》:"彭咸,殷贤大夫。谏其君不听,投水而死。" 江潭:江边。《楚辞·渔父》:"屈原既放,游于江潭,行吟泽畔,颜色憔悴,形容枯槁。"

(32) 申屠:又作申徒,申徒狄。殷末人。《楚辞·悲回风》:"望大河之洲渚兮,悲申屠之抗迹。"汉王逸《注》:"申徒狄也,遇暗君遁世离俗,自拥石赴河,故言抗迹也。"宋洪兴祖《楚辞补注》引《淮南注》曰:"申徒狄,殷末人也。不忍见纣乱,自沉深渊。" 骖:骖马。《楚辞·九歌·国殇》:"停骖遥望独徘徊。"

(33) 《楚辞·远游》:"使湘灵鼓瑟兮,令海若舞冯夷。"娥:指娥皇、女英,为湘灵。

冯夷：也作"冰夷"，河伯。《抱朴子·鬼神》："冯夷以八月上庚日渡黄河溺水，天帝署为河伯。"

(34) 遨游：宋苏轼《赤壁赋》："挟飞仙以遨游，抱明月而长终。"　湘浦：湘水边。传说娥皇所在地。宋谢灵运《缓歌行》："娥皇发湘浦，霄明出河洲。"

(35) 乘回波：《楚辞·九歌·少司命》："入不言兮出不辞，乘回风兮载云旗。"　兰渚：渚的美称。《文选》曹植《应诏诗》："朝发鸾台，夕宿兰渚。"吕向注："鸾台、兰渚，并路边地，美言之也。"

(36) 眷：《史记·屈原贾生列传》："虽放流，眷顾楚国，系心怀王，不忘欲返。"　延伫：长久伫立。《楚辞·离骚》："悔相道之不察兮，延伫乎吾将反。"汉王逸《注》："延，长也；伫，立貌。"

(37) 郢为墟：见前注(26)。宋司马光《资治通鉴》卷四"周赧王"三十七年(癸未，前278)："秦大良造白起伐楚，拔郢，烧夷陵。楚襄王兵散，遂不复战，东北徙都于陈。秦以郢为南郡，封白起为武安君。"

(38) 壹郁：同抑郁。汉贾谊《吊屈原赋》："国其莫我知兮，独壹郁其谁语？"

(39) 函崤：《西都赋》："左据函谷二崤之间。"函：函谷关。崤：山名。在今河南省洛宁县北崤，晋国要塞。函崤代指当时关东各国。

(40) 逸鬼：原来诬陷屈原的人，因秦灭楚，也都仓皇逃窜被杀而为逸鬼。　逋：《说文》："逋，亡也。"《尚书·大诰》："于伐殷逋播臣。"　酬冤：申冤。《南齐书·朱谦之传》："谦之挥刀酬冤，既申私礼；系颈就死，又明公法。"

(41) 耿忠：耿耿忠心。汉刘向《楚辞·九叹·惜贤》："进雄鸠之耿耿兮，谗介介而蔽之。"　愊，烦闷，郁结。

(42) 帝阍：《楚辞·离骚》："吾令帝阍开关兮，倚阊阖而望予。"汉王逸《注》："帝，谓天帝也；阍，主门者。"《史记·司马相如传》："排阊阖而入帝宫。"此句意为：你可以复起去天帝那里。

(43) 望：吕望。《战国策·秦策三》："臣（范雎）闻始时吕尚之遇文王也，身为渔父，而钓于渭阳之滨耳。"　遁迹：隐藏行迹；隐居。《晋书·文苑传·李充》："政异徵辞，拔本塞源，遁迹永日，寻响穷年，刻意离性而失其常然。"

(44) 箕：箕子。《史记·宋微子世家》："箕子者，纣亲戚也。""纣为淫泆，箕子谏，不听。人或曰：'可以去矣。'箕子曰：'为人臣谏不听而去，是彰君之恶而自说于民，吾不忍也。'乃被发详狂而为奴。遂隐而鼓琴以自悲，故传之曰箕子操。"《索隐》曰："箕，国；子，爵也。司马彪曰'箕子名胥馀'。"

(45) 艰贞、晦明：《周易·明夷》："明夷，利艰贞。……晦其明也。"唐孔颖达《疏》："既处明夷之世，外晦其明，恐陷於邪道，故利在艰固其贞，不失其正。"后遂以"晦明"谓韬晦隐迹。

(46) 若人：那人。《论语·宪问》："子曰：'君子哉若人！尚德哉若人！'"　退藏：《周易·系辞上》："圣人以此洗心，退藏於密，吉凶与民同患，神以知来，知以藏往。"汉韩康伯《注》："言其道深微，万物日用而不能知其原，故曰退藏於密，犹藏诸用也。"

(47) 宗国：同宗之国。屈原、楚王同宗。

(48) 忠愤：忠义愤激。　中道：行程的中途。《离骚》："约黄昏以为期兮，羌中道而改路！"庆按：此据宋洪兴祖《楚辞补注》本。洪兴祖云："疑此二句后人所增耳。"此处或有"中正之道"义。

(49) 勉：《说文》："勉，强也。"《楚辞·离骚》："曰勉升降以上下兮。"　低回：《楚辞·九章·抽思》："低佪夷犹，宿北姑兮。"　不忍：《楚辞·离骚》："浇身被服强圉兮，纵欲而不忍。"

(50) 溘：忽然；突然。　自沈：即自沉。汉王逸《楚辞章句·离骚序》："屈原放在草野，复作《九章》，援天引圣以自证明。终不见省，不忍以清白久居浊世，遂赴汨罗，自沉而死。"

(51) 雄：此指当权之小人。　逸喙：进逸之口。《楚辞·山鬼》"君思我兮然疑作"，洪兴祖《楚辞补注》："言怀王有思我时，然逸言妄作，故令狐疑也。"

(52) 狂稚：疏狂幼稚。　累，指屈原。　扬：指屈原露才扬己。班适《离骚序》："今夫屈原，露才扬己。"《楚辞·离骚》："众女嫉余之蛾眉兮，谣诼谓余以善淫。"

(53) 魈、魅：见前注(21)。　媵妾：《礼记·内则》："聘则为妻，奔则为妾。"《汉书·平帝纪》："其出媵妾，皆归家得嫁，如孝文时故事。"唐颜师古《注》："媵妾，谓从皇后俱来者。"此指那些进逸的众臣。

(54) 鼠，鼠辈。蔑称。　佞颡：谗佞的脸面。　有泚：典出《孟子·滕文公上》："其颡有泚，睨而不视。"额上出汗貌。

(55) 忽举：迅捷升腾。《楚辞·九歌·云中君》："灵皇皇兮既降，猋远举兮云中。"

(56) 荠：疑通"近"。　晻霭：昏暗的云气。宋王安石《定林示道源》："迢迢晻霭中，疑有白玉台。"　飘风：飘忽之风。《楚辞·九歌·大司命》："广开兮天门，纷吾乘兮玄云。令飘风兮先驱，使冻雨兮洒尘。"

(57) 横四海：《楚辞·九歌·云中君》："览冀州兮有余，横四海兮焉穷。"　倏忽：迅捷。《淮南子·修务训》："且夫精神滑淖纤微，倏忽变化，与物推移。"

(58) 驷玉虬：《楚辞·离骚》："驷玉虬以桀鹥兮，溘埃风余上征。"宋洪兴祖《楚辞补注》："有角曰龙，无角曰虬。"

(59) 降望大壑：《楚辞·远游》："上至列缺兮，降望大壑。下峥嵘而无地兮，上寥廓而无天。"此指从空中往下看。

(60) 山川萧条：《楚辞·远游》："山萧条而无兽兮，野寂漠其无人。"宋洪兴祖《楚辞补注》引颜师古曰："寥廓，广远也。"濨，莽苍激荡貌。北魏郦道元《水经注》："倾涧濨荡。"

(61) 逝远去：《楚辞·离骚》："勉远逝而无狐疑兮，孰求美而释女？"指决心远去。

或云：逝同"誓"，表决心之词。

(62) 蜷局：《楚辞·离骚》："仆夫悲余马怀兮，蜷局顾而不行。"王逸注："蜷局，诘屈不行貌。"

(63) 乱：见卷一《九华山赋》注(161)。

(64) 日西夕：汉司马相如《美人赋》："时日西夕，玄阴晦冥，流风惨冽，素雪飘零。"沅湘：沅水、湘水。殆此时王阳明正途经沅湘。

(65) 嵯峨：《楚辞·招隐士》："山气茏葼兮石嵯峨，溪谷崭岩兮水曾波。"

(66) 世愈隘：《楚辞·九叹·远逝》："阜隘狭而幽险兮，石嵾嵯以翳日。"汉王逸《注》："言己居险隘之处，山石蔽日。"此或指世道愈发险隘。 我忧：《诗经·王风·黍离》："知我者谓我心忧，不知我者谓我何求。"

思归轩赋(1)　庚辰(2)

　　阳明子之官于虔也(3)，廨之后乔木蔚然(4)。退食而望(5)，若处深麓而游于其乡之园也(6)。构轩其下，而名之曰"思归"焉(7)。

　　门人相谓曰(8)："归乎！夫子之役役于兵革(9)，而没没于徽缠也(10)，而靡寒暑焉，而靡昏朝焉(11)，而发萧萧焉(12)，而色焦焦焉(13)。虽其心之固嚣嚣也(14)，而不免于呿呿焉(15)，哓哓焉(16)，亦奚为乎(17)！槁中竭外而徒以劳劳(18)，焉为乎哉？且长谷之迢迢也(19)，穷林之寥寥也(20)，而耕焉，而樵焉，亦焉往而弗宜矣。夫退身以全节，大知也(21)；敛德以享道，大时也(22)；怡神养性以游于造物，大熙也⁽²³⁾，又夫子之夙期也⁽²⁴⁾。而今日之归，又奚以思为乎哉⁽²⁵⁾？"

则又相谓曰："夫子之思归也，其亦在陈之怀欤⁽²⁶⁾？吾党之小子，其狂且简⁽²⁷⁾，伥伥然若瞽之无与偕也⁽²⁸⁾，非吾夫子之归，孰从而裁之乎⁽²⁹⁾？"

则又相谓曰："嗟呼，夫子而得其归也，斯土之人为失其归矣乎⁽³⁰⁾！天下之大也^[一]，而皆若是焉，其谁与为理乎⁽³¹⁾？虽然，夫子而得其归也，而后得于道⁽³²⁾。惟夫天下之不得于道也，故若是其贸贸⁽³³⁾。夫道得而志全，志全而化理⁽³⁴⁾，化理而人安。则夫斯人之徒，亦未始为不得其归也。而今日之归又奚疑乎？而奚以思为乎？"⁽³⁵⁾

阳明子闻之，怃然而叹曰⁽³⁶⁾：吾思乎！吾思乎！吾亲老矣，而暇以他为乎？虽然⁽³⁷⁾，之言也，其始也，吾私焉⁽³⁸⁾；其次也，吾资焉⁽³⁹⁾；又其次也，吾几焉⁽⁴⁰⁾。乃援琴而歌之⁽⁴¹⁾。

歌曰：归兮归兮，又奚疑兮！吾行日非兮⁽⁴²⁾，吾亲日衰兮，胡不然兮⁽⁴³⁾？日思予旋兮⁽⁴⁴⁾，后悔可迁兮⁽⁴⁵⁾？归兮归兮，二三子之言兮⁽⁴⁶⁾！

正德己卯三月既望，阳明山人王守仁书。^[二]

校勘

［一］束景南《辑考编年》收计文渊所得稿本"天"前有"且"字。

［二］此跋语，据计文渊所得原稿本补。

考释

庚辰为明正德十五年。其时,王阳明已平定了江西宸濠之乱。然而正德帝执意"亲征"。经过正德十四年后半年到正德十五年初的各种波折,王阳明在正德十五年上半年,终于控制住了江西的局面,而对于朝廷官场的弊端丑陋,也看得更为清楚。是年六月,王阳明从九江、南昌一带回到赣州,七月重上平定宸濠的"捷音"。而朝廷中,权臣江彬等多衔之,虽有张永等护持,他还是深感宦海险恶,屡生归意,遂以祖母岑太夫人去世和父亲王华生病为由,数次上疏请乞省葬(见《年谱》)。《思归轩赋》就是在这样背景下的产物。

笺注

(1)思归轩:在赣州府公署。明康河修、明董天锡纂《嘉靖赣州府志》(明嘉靖十五年刻本)卷六《公署》:"中为堂,曰肃清。后为轩,曰光明正大。为后堂曰抑抑。后堂之左又为轩,曰思归轩。"

(2)庚辰:正德十五年。

(3)虔:赣州,因虔水流经,又称虔州。宋绍兴二十二年(1152)改虔州为赣州。

(4)廨:官舍。

(5)退食:《诗经·羔羊》:"退食自公,委蛇委蛇。"汉郑玄《笺》:"退食,谓减膳也。"宋朱熹《集传》:"退食,退朝而食于家也。"此乃用《集传》之意。

(6)深麓:深山。王阳明诗:"夕阳归鸟投深麓,烟火行人望远村。"

(7)思归:《论语·公冶长》:"子在陈,曰:'归与!归与!吾党之小子狂简,斐然成章,不知所以裁之。'"朱熹《集注》:"此孔子周流四方,道不行而思归之叹也。"

(8)门人:弟子。　相谓:交谈;互相告语。

(9)役役:辛苦忙碌状。《庄子·齐物论》:"终身役役,而不见其成功。"　兵革:兵器衣甲,比喻战争。《礼记·礼运》:"冕弁兵革,藏于私家,非礼也,是谓胁君。"汉郑玄《注》:"兵革,君之武卫及军器也。"

(10) 没没:无声无息状。　徽缠:绳索。亦比喻束缚,牵累。魏阮籍《猕猴赋》:"婴徽缠以拘制兮,顾西山而长吟。"

(11) 靡:《尔雅》:"靡,无也。"　昏朝:朝夕。

(12) 萧萧:花白稀疏的样子。宋李纲《摘鬓间白发有感》:"萧萧不胜梳,扰扰仅盈掬。"

(13) 焦焦:同憔憔。憔悴也。

(14) 嚣嚣:《孟子·尽心》:"人知之亦嚣嚣,人不知亦嚣嚣。"汉赵岐《注》:"嚣嚣,自得无欲之貌。"

(15) 呶呶:说话唠唠叨叨。唐柳宗元《答韦中立论师道书》:"岂可使呶呶者早暮咈吾耳,骚吾心?"

(16) 哓哓:《诗经·鸱鸮》:"予室翘翘,风雨所漂摇,予维音哓哓。"《毛传》:"哓哓,惧也。"汉郑玄《笺》:"音哓哓然,恐惧告愬之意。"

(17) 奚为:疑问词,为何。

(18) 劳劳:辛苦状。《玉台新咏·为焦仲卿妻作》:"举手长劳劳,二情同依依。"

(19) 长谷:深山穷谷。与山外距离远、人迹罕至的山岭、山谷。　迢迢:遥远貌。晋潘岳《内顾诗》之一:"漫漫三千里,迢迢远行客。"此指山谷漫长通向远方。

(20) 穷林:人迹罕至的森林。唐柳宗元《零陵郡复乳穴记》:"且夫乳穴必在深山穷林,冰雪之所储,豺虎之所庐。"　寥寥:空旷貌。《文选》江淹《效谢混游览》:"凄凄节序高,寥寥心悟永。"唐李善《注》:"《庄子》曰:'寥已吾志。'郭象曰:'寥然空虚也。'"

(21) 退身:退隐。《管子·宙合》:"故退身不舍端,修业不息版,以待清明。"　全节:保全操守。《汉书·昭帝纪》:"栘中监苏武前使匈奴,留单于庭十九岁乃还,奉使全节,以武为典属国,赐钱百万。"　知:同智。

(22) 敛：聚集。《孟子·尽心》："易其田畴，薄其税敛，民可使富也。" 享道：饮食之仪规。《穀梁传·哀公元年》："郊，享道也。"范宁注："享者，饮食之道。"大时：最有利的时机。《战国策·秦策三》："今攻齐，此君之大时也已。"鲍彪注："得时之利无大于此。"

(23) 造物：创造万物之神，或指自然。 熙：和乐，熙怡。《庄子·外篇·马蹄》："含哺而熙，鼓腹而游。"

(24) 夫子：门人对王阳明的尊称。 夙期：夙愿。

(25) 奚以思为乎哉：为何还要考虑呢？

(26) 在陈之怀：指如孔子在陈国，因道不行而思归时的情怀。参前注(7)。

(27) 见前注(7)。吾党之小子：指从阳明治学之人。 狂简：宋朱熹《论语集注》："志大而略于事也。"

(28)《礼记·仲尼燕居》："治国而无礼，譬犹瞽之无相与，伥伥乎其何之。" 伥伥然：无所适状。《荀子·修身》："人无法则伥伥然。"唐杨倞《注》："伥伥，无所适貌，言不知所措履。" 瞽：乐官也。《尚书·胤征》："瞽奏鼓。" 无与偕：没有与其呼应。

(29) 孰从而裁之：见前注(7)引孔子语。裁：裁断。宋朱熹《论语集注》："裁之，割正也。"以上言弟子期待。

(30) 斯土之人：指在赣州之人，当时，有不少学者往赣州从王阳明学。此句意为：先生是归了，而到这里来的人不就失去了他们的归所了吗？

(31) 理：裁理，指教。

(32) 道：天下至理。

(33) 贸贸：本指目不明状。《礼记·檀弓下》："有饿者蒙袂辑屦贸贸然来。"汉郑玄《注》："贸贸，目不明之貌。"此引申为不明方向。

(34) 化理：此指化解道理，弘扬道理。唐柳宗元《河间刘氏志文》："克生良子，用扬懿美,有其文武,弘我化理。"

(35) 归:归去,归所。此句指:"斯人之徒",最终也未必不得其归也。认为夫子归犹不归,无须"疑",无须"思"。

(36) 怃然:怅然若失状。《论语·微子》:"夫子怃然曰:'鸟兽不可与同群,吾非斯人之徒与而谁与?'"宋邢昺《疏》:"怃,失意貌。"

(37) 虽然:即使如此。

(38) 私:偏爱。

(39) 资:资用。有所得。

(40) 几:接近,达到。此数句,典出《庄子·齐物论》:"庸也者,用也;用也者,通也;通也者,得也;适得而几矣。"

(41) 援琴:持琴,弹琴。《韩非子·十过》:"乃召师涓,令坐师旷之旁,援琴鼓之。"

(42) 吾行:犹吾侪,吾辈。 日非:犹言一天天变化。

(43) 胡:反问语词。此句意为:为什么不那样呢?

(44) 旋:回归。

(45) 后悔可迁:后悔改变初衷。宋范仲淹《睦州谢上表》:"俟其迁悔,复于宫闱。"

(46) 二三子:犹言诸君;几个人。《论语·述而》:"子曰:'二三子以我为隐乎?吾无隐乎尔。吾无行而不与二三子者,是丘也。'"此指前面"相谓"而言的学生。

咎言(1) 丙寅(2)

正德丙寅冬十一月,守仁以罪下锦衣狱。省愆内讼(3),时有所述。既出,而录之(4)。

何玄夜之漫漫兮⁽⁵⁾，悄予怀之独结⁽⁶⁾。严霜下而增寒兮⁽⁷⁾，皦明月之在隙⁽⁸⁾。风呶呶以憎木兮⁽⁹⁾，鸟惊呼而未息⁽¹⁰⁾。魂营营以怊恍兮⁽¹¹⁾，目眢其焉极⁽¹²⁾！懔寒飙之中人兮⁽¹³⁾，杳不知其所自。夜展转而九起兮⁽¹⁴⁾，沾予襟之如泗⁽¹⁵⁾。胡定省之弗遑兮⁽¹⁶⁾，岂荼甘之如荠⁽¹⁷⁾？怀前哲之耿光兮⁽¹⁸⁾，耻周容以为比⁽¹⁹⁾。何天高之冥冥兮⁽²⁰⁾，孰察予之衷⁽²¹⁾？予匪戚于累囚兮⁽²²⁾，牿匪予之为恫⁽²³⁾。沛洪波之浩浩兮，造云坂之濛濛⁽²⁴⁾；税予驾其安止兮⁽²⁵⁾，终予去此其焉从⁽²⁶⁾？孰瘿瘰之在颈兮⁽²⁷⁾，谓累足之何伤⁽²⁸⁾？熏目而弗顾兮⁽²⁹⁾，惟盲者以为常⁽³⁰⁾。孔训之服膺兮⁽³¹⁾，恶讦以为直⁽³²⁾。辞婉娈期巷遇兮⁽³³⁾，岂予言之未力⁽³⁴⁾？皇天之无私兮⁽³⁵⁾，鉴予情之靡他⁽³⁶⁾！宁保身之弗知兮⁽³⁷⁾，膺斧锧之谓何⁽³⁸⁾。蒙出位之为惩兮⁽³⁹⁾，信愚忠而蹈亟⁽⁴⁰⁾。苟圣明之有神兮⁽⁴¹⁾，虽九死其焉恤⁽⁴²⁾！

乱曰⁽⁴³⁾：予年将中⁽⁴⁴⁾，岁月道兮⁽⁴⁵⁾！深谷崆峒⁽⁴⁶⁾，逝息游兮⁽⁴⁷⁾；飘然凌风，八极周兮⁽⁴⁸⁾。孰乐之同，不均忧兮⁽⁴⁹⁾。匪修名崇仁之求兮⁽⁵⁰⁾，出处时从天命何忧兮⁽⁵¹⁾！

考释

此赋当是王阳明在正德初上疏，被关进锦衣卫监狱时所撰，反映了当时他的处境和心态。但关于他入狱的时间等情况，史书记载多有出入：

上古本《全集》卷十九《狱中诗十四首》下注："正德丙寅年十二月以上疏忤逆瑾，下锦衣狱作。"是"十二月"，与此赋序所言"十一月"不同。

高岱《鸿猷录》卷十二《刘瑾之变》，原作"正德二年正月""杖守仁，谪丞远驿"。上海古籍出版社标点本《鸿猷录》据家刻本等改为"闰正月"，又引《实录》，"系杖守仁于元年十二月乙丑”。

《年谱》载：“武宗正德元年丙寅，先生三十五岁，在京师。”“二月，上封事，下诏狱，谪龙场驿驿丞。”“已而廷杖四十，既绝复苏。寻谪贵州龙场驿驿丞。”

谈迁《国榷》(断句本。中华书局，1956 年)卷四十六“正德元年”十二月乙丑：“兵部主事王阳明谪贵州龙场驿丞。疏救戴铣等，下狱，杖三十。”(庆按：不是四十，也不是有些资料所言的五十。)

王世贞《弇山堂别集》曰：“《双溪杂记》言，王伯安奏刘瑾，被挞几死，谪龙场驿丞，以此名闻天下。杨文襄公作王海日公华墓志铭，其说亦同而加详。考之《国史》与《王文成公年谱》《行状》《文集》，止是救南京给事中戴铣等忤刘瑾，下狱杖谪，本无所谓劾瑾也。以杨文襄之在吏部，用文成为属，王恭襄之在兵部，与文成若一人，而鲁莽乃尔，安在其为野史家乘耶。”

《明通鉴》(标点整理本，中华书局，1989 年)卷四十一，“武宗正德元年”十二月乙丑，条下曰：“谪兵部主事王阳明为龙场驿驿丞。”

此条下列《考异》曰：“文成谪龙场驿丞，诸书多系之明年正月，证之《实录》，乃是年十二月乙丑也。刘健、谢迁之罢在十月，刘菶等谕救即在其时。文成之得罪又因救刘菶等。而《年谱》乃作元年二月。恐传写者误脱‘十’字耳。今据《实录》。”(《明通鉴》第 4 册，1566 页)

当以十二月较可靠。而其时间是在该月“乙丑”。考正德二年“春正月乙亥朔”(见《明通鉴》，1569 页)和“乙丑”当相差十天。也就是说，乙丑当在十二月二十日前后。

笺注

（1）咎：罪，过失。

（2）丙寅：正德元年。守仁上疏得罪，参见上考释。

（3）省愆：反省罪过和过失。　内讼：自责。《论语·公冶长》：“吾未见能见其过而内自讼者也。"魏何晏《集解》引包咸曰："讼,犹责也。言人有过,莫能自责。"《晋书·蔡谟传》:"且归罪有司,内讼思愆。"

（4）参见上考释。当在正德二年出狱后作。

（5）玄夜:黑夜。汉刘桢《公燕》:"遗思在玄夜,相与复翱翔。"

（6）悄:悄然。指"予怀",即内心活动之状。　结:郁结。忧思烦冤纠结不解。《楚辞·远游》:"遭沈浊而污秽兮,独郁结其谁语?"王逸注:"思虑烦冤无告陈也。"

（7）严霜:凛冽的霜;浓霜。《楚辞·九辩》:"秋既先戒以白露兮,冬又申之以严霜。"

（8）皦:明亮。东晋左思《杂诗》:"明月出云崖,皦皦流素光。"　隙,空隙。宋苏轼《虞美人》:"波声拍枕长淮晓,隙月窥人小。无情汴水自东流,只载一船离恨向西州。"

（9）呦呦:此殆指不间断状。　憎:唐李中《落花》:"酷恨西园雨,生憎南陌风。"

（10）未息:不停。杜甫《秦州杂诗二十首》十九:"凤林戈未息,鱼海路常难。"

（11）营营:往来盘旋貌。此指不安定状。《楚辞·远游》:"夜耿耿而不寐兮,魂营营而至曙。"　恍恍:也作"恍况",失意状。《楚辞·远游》:"视倏忽而无见兮,听恍恍而无闻。"

（12）窅:《说文》:"窅,深目也。"深远貌。

（13）懔:危惧、戒慎。　寒飙:寒冷狂风。晋陆厥《中山王孺子妾歌二首》之二:"岁暮寒飙及,秋水落芙蕖。"　中人:伤害人。《楚辞·九辩》:"憯凄增欷兮,薄寒之中人。"

（14）展转:辗转。翻身貌。多形容忧思不寐、卧不安席。《诗经·周南·关雎》:"窈窕淑女,寤寐求之。求之不得,寤寐思服。悠哉悠哉!辗转反侧。"　九起:多次起来。

（15）沾予襟:泪水沾自己的衣襟。《尸子》卷下:"曾子每读《丧礼》,泣下沾襟。"

泗：鼻水。《诗经·陈风·泽陂》："寤寐无为，涕泗滂沱。"毛《传》："自目曰涕，自鼻曰泗。"

(16) 定省：定时探望问安父母。《礼记·曲礼上》："凡为人子之礼，冬温而夏凊，昏定而晨省。"汉郑玄《注》："安定其床衽也，省问其安否如何。" 弗遑：无暇。《尚书·无逸》："自朝至于日中昃，不遑暇食，用咸和万民。"唐孔颖达《疏》："遑，亦暇也。"

(17)《诗经·邶风·谷风》："谁谓荼苦，其甘如荠。"荼：苦菜。荠：荠菜，其味先苦后甜。

(18) 前哲：过往的哲人。宋谢灵运《山居赋》："仰前哲之遗训，俯性情之所便。"耿光：光辉。《尚书·立政》："以觐文王之耿光，以扬武王之大烈。"汉孔安国《传》："能使四夷宾服，所以见祖之光明，扬父之大业。"

(19) 周容：迎合讨好。《楚辞·离骚》："背绳墨以追曲兮，竞周容以为度。"王逸注："周，合也。苟合于世，以求容媚也。" 为比：朋比为党。《论语·学而》："君子周而不比。小人比而不周。"

(20) 冥冥：昏晦不可测状。《诗经·小雅·无将大车》："无将大车，维尘冥冥。"

(21) 予之衷：我的内心。《离骚》："荃不察余之衷情。"

(22) 累囚：见卷一《吊屈平赋》注(9)。

(23) 牿：古同梏，桎梏，束缚。《尚书·费誓》："今惟淫舍牿牛马。"此句之意为，我不惧怕被束缚。

(24) 云坂：云雾缭绕之山地。唐李贺《七月一日晓入太行山》："新桥倚云坂，候虫嘶露朴。" 濛濛：又作"蒙蒙"，云雾状。《楚辞·九辩》："愿皓日之显行兮，云蒙蒙而蔽之。"

(25) 税驾：指解驾，停车。《史记·李斯列传》："物极则衰，吾未知所税驾也。"此谓休息或归宿。晋陆机《招隐》："富贵苟难图，税驾从所欲。" 安止：安居；停留；

安歇。汉焦赣《易林·豫之观》：“胶车木马，不利远驾，出门有害，安止得全。”

(26) 此句犹言：我最终会到何方去呢？

(27) 瘿、瘰：皆为颈部肿瘤。

(28) 累足：足累，不适。《史记·吴王濞列传》：“吴王身有内病，不能朝请二十余年，尝患见疑，无以自白，胁肩累足，犹惧不见释。” 此句乃承上而言，意为：谁会有瘿瘰之疾，而只说是“累足”无妨害呢？

(29) 熏目：目受烟熏。

(30) 盲者：眼不明者。两句意为：眼睛受熏而能不顾，那只有本来目盲者才习以为常。

(31) 孔训：孔子之训。善言，有教益的话。

(32) 恶讦：《论语·阳货》：“子贡曰：‘君子亦有恶乎？’子曰：‘有恶：恶称人之恶者，恶居下流而讪上者，恶勇而无礼者，恶果敢而窒者。’曰：‘赐也亦有恶乎？’‘恶徼以为知者，恶不孙以为勇者，恶讦以为直者。’”汉包咸《注》：“讦谓攻发人之阴私。”

(33) 婉娈：柔顺；柔媚。汉蔡邕《太傅安乐侯胡公夫人灵表》：“契阔中馈，婉恋供养。” 巷遇：遇巷。相遇于巷。意指不期而遇。语本《周易·睽》：“九二，遇主于巷。”王弼《注》：“出门同趣，不期而遇。”

(34) 言之未力：所言不够雄辩。

(35) 皇天：对天及天神的尊称。《尚书·大禹谟》：“皇天眷命，奄有四海，为天下君。”

(36) 靡他：没有其他。指心中无他念。《诗经·柏舟》：“泛彼柏舟，在彼河侧，髧彼两髦，实难我特，之死矢靡他。”

(37) 保身：保全自己。《文选·幽通赋》：“浑元运物，流不处兮。保身遗名，民之表兮。”唐李善《注》引曹大家曰：“言人生能保其身。”

(38) 斧锧：受斧钺之刑。《晏子春秋·内篇·问下十一》："寡君之事毕矣，婴无斧锧之罪，请辞而行。"

(39) 出位：越位；超越本分。《周易·艮》："君子以思不出其位。"王弼《注》："各止其所，不侵害也。"

(40) 信：的确；果真。　殛：通殛。诛也。《尚书·汤誓》："乃殛鲧于羽山。"

(41) 圣明：皇帝的代称。此指正德皇帝。

(42) 九死：犹万死。指多次受罚。九，数之极也。《楚辞·离骚》："亦余心之所善兮，虽九死其犹未悔。"　恤：顾及，顾念。

(43) 乱：见卷一《九华山赋》注(161)。

(44) 中：中年。时王阳明三十五岁，故谓"将中"。

(45) 遒：迫近。《楚辞·九辩》："岁忽忽而遒尽兮，恐余寿之弗将。"

(46) 崆峒：高山。

(47) 逝息：遁居。唐陈鸿《东城老父传》："(贾昌)遂长逝息于长安佛寺，学大师佛旨。"此句谓遁居"深谷崆峒"，日游其间。

(48) 飘然：飘忽状。《楚辞·九章·涉江》："怀信侘傺，我飘然远行兮！"　八极：《庄子·秋水》："无南无北，奭然四解，沦于不测。"唐成玄英《疏》："四方八极，奭然无碍。"　周：遍，周游。

(49) 乐之同：同乐。　均忧：分担忧患。

(50) 修名：好名声。《隋书·列女传序》："其修名彰于既往，徽音传于不朽，不亦休乎！"　崇仁：高贵的仁义。

(51) 出处：出仕和隐退。　天命：儒家学说指外在的上"天"所决定的命运。《论语·为政》："子曰：'吾十有五而志于学，三十而立，四十而不惑，五十而知天命。'"

守俭弟归，曰仁歌楚声为别，予亦和之[1]

庭有竹兮青青，上乔木兮鸟嘤嘤[2]；妹之来兮[3]，弟与偕行。竹青青兮雨风，鸟嘤嘤兮西东[4]！弟之归兮，兄谁与同[5]？江云暗兮暑雨[6]，江波渺渺兮愁予[7]；弟别兄兮须臾[8]，兄思弟兮何处？景翳翳兮桑榆[9]，念重闱兮离居[10]；路修远兮崎岖[11]，沮风波兮江湖[12]。山有洞兮洞有云，深林窅兮涧道曛[13]。松落落兮葛累累[14]，猿啾啾兮鹤怨群[15]。山之人兮不归[16]，山鬼昼啸兮下上烟霏[17]。风嫋嫋兮桂花落[18]，草萋萋兮春日迟[19]。葺予屋兮云间，荒予圃兮溪之阳；驱虎豹兮无践我藿[20]，扰麋鹿兮无骇我场[21]。解予绶兮钟阜[22]，委予佩兮江湄[23]。往者不可追兮[24]，叹凤德之日衰[25]；将沮溺其耦耕兮，孰接舆之避予[26]。回予驾兮扶桑[27]，鼓予枻兮沧浪[28]。终携汝兮空谷[29]，采三秀兮徜徉[30]。

考释

守俭：王阳明异母弟。陆深《海日先生行状》："子四人。长守仁，郑出（按：指王华元配夫人郑氏）；南京兵部尚书，封新建伯。次守俭，杨出（按：王华侧室杨氏）；太学生。次守文，赵出（按：王华继室赵氏）；郡庠生。次守章，杨出。一女，赵出；适南京工部都水郎中、同邑徐爱。" 曰仁：徐爱字。徐爱（1487—1517），字曰仁，号横山。余姚马堰人。正德三年（1508）中戊辰科三甲进士。出知祁州，升南京兵部员外郎，转南京工部郎中。正德十二年卒。见《明儒学案》卷十一《浙中王门学案一》。又，《明史》有传。

此赋当和《咎言》作于相近时期。"守俭归"，在正德二年初。考此赋意，当为守仁受贬离京之前事。《年谱》："徐爱，先生妹婿也。因先生将赴龙场，纳贽北面，奋然有志于学。爱与蔡宗衮、朱节同举乡贡。先生作《别三子序》以赠之。"可参见上古本《王阳明全集》卷七《别三子序》。

笺注

（1）楚声：楚地的曲调，音多悲。宋苏轼《竹枝歌序》："《竹枝》歌，本楚声，幽怨恻怛，若有所深悲者。"

（2）《诗经·小雅·伐木》："伐木丁丁，鸟鸣嘤嘤。出自幽谷，迁于乔木。"嘤嘤：鸟和鸣声。

（3）妹：当为王守俭的同父异母之妹、徐爱之妻。见考释。

（4）西东：泛指四方，无定向。《史记·屈原贾生列传》："怵迫之徒兮或趋西东。"裴骃《集解》引孟康曰："怵，为利所诱怵也；迫，迫贫贱，东西趋利也。"

（5）兄：指王阳明自己。下文同。

（6）江云：江云渭树。比喻深厚的离情别意。唐杜甫《春日忆李白》诗："渭北春天树，江东日暮云。何时一樽酒，重与细论文。"　暑雨：夏天之雨。梁钟嵘《诗品序》："若乃春风春鸟，秋月秋蝉，夏云暑雨，冬月祁寒，斯四候之感诸诗者也。"

（7）渺渺：宽广貌。唐武元衡《夏日别卢太卿》："汉水清且广，江波渺复深。叶舟烟雨夜，之子别离心。"

（8）须臾：顷刻。宋洪迈《容斋三笔·瞬息须臾》："瞬息、须臾、顷刻，皆不久之辞，与释氏'一弹指间''一刹那顷'之义同，而释书分别甚备……又《毗昙论》云：'一刹那者翻为一念，一怛刹那翻为一瞬，六十怛刹那为一息，一息为一罗婆，三十罗婆为一摩睺罗，翻为一须臾。'又《僧祇律》云：'二十念为一瞬，二十瞬名一弹指，二十弹指名一罗预，二十罗预名一须臾，一日一夜有三十须臾。'"

（9）翳翳：昏暗貌。晋陶渊明《归去来兮辞》："景翳翳以将入。"指垂暮之状。　桑榆：《文选》曹植《赠白马王彪》："年在桑榆间，影响不能追。"李善注："日在桑榆,以喻人之将老。"

(10) 重闱:旧称父母或祖父母。宋岳珂《桯史·周益公降官》:"尊重闱而濡浃于庆施。" 离居:散处;分居。《诗经·小雅·雨无正》:"正大夫离居,莫知我勘。"郑玄《笺》:"长官之大夫于王流于彘而皆散处。"

(11) 修远:长远,辽远。多指道路。《楚辞·离骚》:"路曼曼其修远兮,吾将上下而求索。"

(12) 沮:受阻。

(13) 深林:茂密的树林。《荀子·宥坐》:"夫芷兰生于深林,非以无人而不芳。" 窅:深远貌。 涧道:山涧流经之道。唐杜甫《题张氏隐居》之一:"涧道余寒历冰雪,石门斜日到林丘。" 曛:日没时的余光。此指阴暗不明状。

(14) 落落:稀疏;零落。汉杜笃《首阳山赋》:"长松落落,卉木蒙蒙。" 累累:众多貌。

(15) 啾啾:鸟兽虫的鸣叫声。《楚辞·山鬼》:"雷填填兮雨冥冥,猿啾啾兮狖夜鸣。" 鹤怨群:离群之怨。齐孔稚珪《北山移文》:"蕙帐空兮夜鹤怨,山人去兮晓猿惊。"猿惊鹤怨,意谓猿鹤因隐士出山、蕙帐空空而惊诧和愁怨。后因以"猿惊鹤怨"形容对官场厌倦、期待归隐的心情。

(16) 山之人:山人。隐居在山中的士人。 不归:《国风·邶风·式微》:"式微,式微,胡不归?微君之故,胡为乎中露!"

(17) 山鬼:山精。《九歌·山鬼》:"若有人兮山之阿,被薜荔兮带女罗。既含睇兮又宜笑,子慕予兮善窈窕。" 烟霏:烟霭笼罩、云雾纷飞状。《文选·广绝交论》:"骆驿纵横,烟霏雨散。"唐李善《注》:"烟霏雨散,众多也。"

(18) 嫋嫋:袅袅。微风吹拂缭绕貌。《楚辞·湘夫人》:"袅袅兮秋风。" 桂花:月亮。与上句"昼啸"之"昼"对举。北周庾信《舟中望月》诗:"天汉看珠蚌,星桥视桂花。"

(19) 萋萋：《诗经·周南·葛覃》："葛之覃兮，施于中谷，维叶萋萋。"毛《传》："萋萋，茂盛貌。" 迟：迟迟。阳光温暖的样子。《诗经·豳风·七月》："春日迟迟，采蘩祁祁。"朱熹集传："迟迟，日长而暄也。"

(20) 藿：豆类，《广雅·释草》："豆角谓之荚，其叶谓之藿。"此指种植的食物。

(21) 麋鹿：泛指野生鹿类。

(22) 钟阜：指神话传说中地处极北、气候苦寒的钟山。《文选》任昉《为范尚书让吏部封侯第一表》："关外一区，怅望钟阜。"李善《注》引许慎曰："钟阜，北陆无日之地。"

(23) 《楚辞·九歌·湘君》："捐余玦兮江中，遗余佩兮澧浦。"

(24) 《论语·子罕》："子在川上曰：'逝者如斯夫！不舍昼夜。'"《论语正义》："此章记孔子感叹时事既往，不可追复也。"

(25) 叹凤德：《论语·微子》："楚狂接舆歌而过孔子曰：'凤兮，凤兮！何德之衰？往者不可谏，来者犹可追。已而，已而！今之从政者殆而！'孔子下，欲与之言。趋而辟之，不得与之言。"

(26) 《论语·微子》："长沮、桀溺耦而耕，孔子过之，使子路问津焉。长沮曰：'夫执舆者为谁？'子路曰：'为孔丘。'曰：'是鲁孔丘与？'曰：'是也。'曰：'是知津矣。'问于桀溺。桀溺曰：'子为谁？'曰：'为仲由。'曰：'是鲁孔丘之徒与？'对曰：'然。'曰：'滔滔者天下皆是也，而谁以易之？且而与其从辟人之士也，岂若从辟世之士哉？'耰而不辍。子路行以告。夫子怃然曰：'鸟兽不可与同群，吾非斯人之徒与而谁与？天下有道，丘不与易也。'"沮溺：古代隐士长沮、桀溺。 耦耕：二人并耕。后亦泛指农事或务农。接舆：春秋时期楚国隐士。

(27) 扶桑：《楚辞·九歌·东君》："暾将出兮东方，照吾槛兮扶桑。"汉王逸《注》："日出，下浴於汤谷，上拂其扶桑，爰始而登，照曜四方。"传说日出于扶桑之下,拂其树杪而升,因谓为日出处。后演变为东方地名,多指日本。

(28) 鼓予枻:枻,亦作"栧"。划桨,泛舟。 沧浪:沧浪之水。《楚辞·渔父》:"沧浪之水清兮,可以濯吾缨,沧浪之水浊兮,可以濯吾足。"

(29) 空谷:空旷幽深的山谷。多指贤者隐居的地方。《诗经·小雅·白驹》:"皎皎白驹,在彼空谷。"孔颖达疏:"贤者隐居,必当潜处山谷。"

(30) 三秀:芝草。《楚辞·九歌·山鬼》:"采三秀兮于山间。"汉王逸《注》:"三秀,谓芝草也。"《尔雅翼·释草》:"芝,瑞草,一岁三华,故《楚辞》谓之三秀。"

祈雨辞 正德丙子南赣作(1)。

呜呼!十日不雨兮,田且无禾;一月不雨兮,川且无波。一月不雨兮,民已为疴;再月不雨兮,民将奈何?小民无罪兮,天无咎民!抚巡失职兮(2),罪在予臣。呜呼!盗贼兮为民大屯(3),天或罪此兮赫威降嗔(4);民则何罪兮,玉石俱焚?呜呼!民则何罪兮,天何遽怒(5)?油然兴云兮(6),雨兹下土。彼罪曷逭兮(7),哀此穷苦!

考释

题下标为"正德丙子在南赣作",然上古本《全集》卷二十三有《时雨堂记》,标为"丁丑"所撰。考"正德丙子"为正德十一年。《年谱》"正德十一年丙子":"先生四十五岁,在南京。"又考《明通鉴》"正德十二年丁丑","王阳明行抵赣州",讨伐"大帽山"。《年谱》正德十二年"四月班师","时三月不雨。至于四月,先生方驻军上杭,祷于行台,得雨,以为未足。及班师,一雨三日,民大悦。有司请名行台之堂曰'时雨堂',取王师若时雨之义也;先生乃为记"。可见此辞当作于丁丑。《文录》

编者,殆未详考。

《时雨堂记》可与此《祈雨辞》互参,录于下备考:

> 正德丁丑三月,奉命平漳寇驻军上杭。旱甚,祷于行台,雨日夜,民以为未足。逮四月戊午班师,雨,明日又雨,又明日大雨,农乃出城。登城南之楼以观,民大悦。

> 有司请名行台之堂为"时雨",且曰:"民苦于盗久,又重以旱,谓将靡遗。今始去兵革之役而大雨适降,所谓王师若时雨,今皆有焉,请以志其实。"

> 呜呼! 民惟稼穑,德惟雨,惟天阴骘,惟皇克宪,惟将士用命效力,去其莨蜮,惟乃有司实稽获之,以庶克有秋。乃予何德之有,而敢叨其功? 然而乐民之乐,亦不容于无纪也。巡抚都御史王阳明书。是日参政陈策、佥事胡琏至,自班师。

笺注

(1) 正德丙子:正德十一年。当为丁丑撰,见上考释。

(2) 时王阳明为南赣汀漳等处巡抚。《年谱》"正德十一年丙子":"九月升都察院左佥都御史,巡抚南赣汀漳等处。"

(3) 盗贼:《年谱》"正德十一年丙子":"是时,汀漳各郡皆有巨寇,尚书王琼特举先生。"盗贼,当指在江西、福建、广东交界地带的詹师富、温火烧、卢珂、黄金巢、池仲容等(见《明通鉴》正德十二年)。　大屯:大难。《周易·屯卦·象》曰:"屯,刚柔始交而难生。动乎险中,大亨贞。"《说文》:"屯,难也。像草木初生。"

(4) 赫威:巨大的威势。　嗔:生气,震怒。

(5) 遽怒:突然发怒。

(6) 油然:云起之状。《孟子·梁惠王上》:"天油然作云,沛然下雨,则苗浡然兴之矣。"赵岐注:"油然,兴云之貌。"

(7) 曷遁:怎么能逃脱呢?

归越诗三十五首　弘治壬戌年,以刑部主事告病归越并楚游作。

考释

归越,指从北京返回余姚。王阳明弘治十一、十二年间赴京,十二年春会试,中进士。十五年因病归越。此处王阳明之诗,所据为嘉靖间其弟子所编《阳明文录》,并非王阳明诗作始于此时。参见下《补遗》。

弘治壬戌,为弘治十五年。"归越诗"中有《九华山下柯秀才家》诸诗,当与前《九华山赋》为同时所作。《年谱》载,弘治十四年,"奉命审录江北","事竣,遂游九华,作《游九华赋》"。如是,则此"归越诗"中诗作时间,并非都为"弘治壬戌",当再考。具体见下。

游牛峰寺四首　牛峰今改名浮峰。
考释

牛峰,山阴(今属绍兴)山名,后改称浮峰,在城西。徐元梅等修嘉庆《山阴县志》卷三"山":"牛头山在县西六十五里……王阳明改名浮峰。"此山多有名士归隐于此。诗中提到的冯夷,即为传说中的仙人,此指隐士。四首诗多写春天之事。

《年谱》"弘治十五年",王阳明"告病归越"。在越时,游山阴浮峰。《游牛峰寺四首》等诗作,当为弘治十五年事。又,此诗《阳明文录》本未标"(一)""(二)"等数字,此为校注者所加。类似情况下同,不另说明。

(一)

洞门春霭闭深松[1],飞磴缠空转石峰[2]。猛虎踞崖如出柙[3],

断螭蟠顶讶悬钟[4]。金城绛阙应无处[5]，翠壁丹书尚有踪[6]。天下断区皆一到[7]，此山殊不厌来重。

笺注

（1）春霭：春日的云气。唐高适《登广陵栖灵寺塔》："远思驻江帆，暮时结春霭。"

（2）飞磴：凌空的山道。宋苏轼《径山道中次韵》："高望功臣山，云外盘飞磴。"

（3）猛虎：此指山石状。　厓，通崖。　柙：关动物的笼子。《说文》木部："柙，槛也，以藏虎兕。"《论语·季氏》："虎兕出于柙，龟玉毁于椟中。"

（4）螭：《说文·虫部》："螭，若龙而黄，北方谓之地蝼。从虫，离声。或云：无角曰螭，丑知切。"　蟠：《广雅·释诂》："曲也。"《文选》王延寿《鲁灵光殿赋》"蟠螭宛转而承楣"引唐李周翰注："邹阳《狱中上书自明》：'蟠木根柢。'"此指山石林木状。

（5）金城绛阙：此指黄色、绛色的寺院建筑。汉荀悦《汉纪·高祖纪》："望见岩堑间有金城绛阙，而被甲执兵者守卫之。"

（6）翠壁：绿色山崖。唐司空曙《题凌云寺》："百丈金身开翠壁，万龛灯焰隔烟萝。"　丹书：或指山崖上的丹书文字、壁画。

（7）断区：绝断之地，绝境。

（二）

萦纡鸟道入云松[1]，下数湖南百二峰[2]。岩犬吠人时出树[3]，山僧迎客自鸣钟。凌飙陟险真扶病[4]，异日探奇是旧踪[5]。欲扣灵关问丹诀[6]，春风萝薜隔重重[7]。

笺注

（1）萦纡：弯曲盘旋。唐白居易《长恨歌》："云栈萦纡登剑阁。"　鸟道：小路。

唐李白《蜀道难》:"西当太白有鸟道,可以横绝峨眉巅。"

(2)湖南:此当指湖的南边,盖即今芝塘湖。标点本标为"湖南"地名,误。

(3)岩犬:山间之犬。

(4)凌飙:凌驾长风。宋文彦博《早夏言怀》:"霜纨徒比月,仙驭好凌飙。" 扶病:支撑病体。亦指带病工作或行动。《礼记·问丧》:"身病体赢,以杖扶病也。"

(5)探奇:探奇访胜。探寻奇景,访求名胜。

(6)灵关:仙界的关门。唐吴筠《高士咏·河上公》:"灵关畅玄旨,万乘趋道风。"《云笈七签》卷九:"登七宝於玄圃,攀飞梯於灵关。" 丹诀:此泛指炼丹法术。晋干宝《搜神记》卷一:"有人入焦山七年,老君与之木钻,使穿一盘石。……积四十年,石穿,遂得神仙丹诀。"唐陆龟蒙《寄茅山何道士》:"终身持玉舄,丹诀未应传。"

(7)萝薜:女萝、薜荔。俱植物。《诗经·頍弁》:"茑与女萝,施于松柏。"毛《传》:"女萝,菟丝、松萝也。"《楚辞·九歌·山鬼》:"若有人兮山之阿,被薜荔兮带女萝。"

(三)

偶寻春寺入层峰,曾到浑疑是梦中[1]。飞鸟去边悬栈道,冯夷宿处有幽宫[2]。溪云晚度千岩雨,海月凉飘万里风[3]。夜拥苍厓卧丹洞[4],山中亦自有王公[5]。

笺注

(1)浑疑:宋刘克庄《满庭芳·记梦》:"浑疑是芙蓉城里,又似牡丹坪。"

(2)冯夷:传说中的黄河之神,泛指水神。《庄子·大宗师》:"冯夷得之,以游大川。"唐成玄英《疏》:"姓冯名夷,弘农华阴潼乡堤首里人也。服八石,得山仙。大川,黄河也。天帝锡冯夷为河伯,故游处盟津大川之中也。"或指为神仙,此指隐居求道者。

（3）此联仿唐杜甫《绝句》"窗含西岭千秋雪,门泊东吴万里船"句式。

（4）苍厓:苍崖。青苍色崖壁。 丹洞:道观,求道者居所。唐王勃《寻道观》:

"碧坛清桂阈,丹洞肃松枢。"唐刘禹锡《麻姑山》:"云盖青山龙卧处,日临丹

洞鹤归时。"

（5）王公:此乃王阳明自称。

（四）

一卧禅房隔岁心[1],五峰烟月听猿吟[2]。飞湍映树悬苍玉[3],
香粉吹香落细金[4]。翠壁年多霜藓合[5],石床春尽雨花深[6]。胜
游过眼俱陈迹,珍重新题满竹林。

笺注

（1）禅房:佛徒习静之所。泛指寺院。 岁心:远离尘世和年月之感。

（2）烟月:唐杜牧《旅宿》:"湘江好烟月,门系钓鱼船。" 猿吟:杜牧《云》:"渡江

随鸟影,拥树隔猿吟。"

（3）飞湍:急流。唐李白《蜀道难》:"飞湍瀑流争喧豗,砯崖转石万壑雷。" 映

树:与树木相映。唐刘禹锡《踏歌词》:"唱尽新词欢不见,红霞映树鹧鸪

鸣。" 苍玉:水苍玉。有斑纹的深青色玉石。《礼记·玉藻》:"公侯佩山玄

玉而朱组绶;大夫佩水苍玉而纯组绶。"汉郑玄《注》:"玉有山玄、水苍者,视

之文色所似也。"唐孔颖达《疏》:"玉色似山之玄而杂有文,似水之苍而杂有

文。"此指水映树影,如水苍玉。

（4）香粉:花粉。 吹香:香气飘溢。 细金:指春天黄色的小花。

（5）霜藓:色白之苔藓。

（6）石床：平坦可卧之石。唐刘沧《与重幽上人话旧》："庭树蝉声初入夏，石床苔
　　色几经秋。" 雨花：指雨点打在石床上溅起的水花。

又四绝句

考释

　　此四首多记初秋时节事。当作于秋天，和前四诗非同时之作。明王杏刊《阳
明先生文录续编》卷二"诗类·五言绝句"收此《四绝句》。前二首题为"牛峰寺二
绝句"，殆此四首亦非一时之作。

（一）

　　翠壁看无厌，山池坐益清。深林落轻叶，不道是秋声。

（二）

　　怪石有千窟，老松多半枝。清风洒岩洞，是我再来时。

（三）

　　人间酷暑避不得，清风都在深山中。池边一坐即三日，忽见岩
头碧树红(1)。

笺注

（1）碧树红：树叶变红。唐杜光庭《题福唐观二首》之二："树红树碧高低影，烟淡
　　烟浓远近秋。"此言"酷暑避不得"，当为夏日到初秋之作。

（四）

两到浮峰兴转剧[1]，醉眠三日不知还。眼前风景色色异，惟有人声似世间。

笺注

（1）浮峰：牛峰。见前《游牛峰寺》考释。　兴转剧：兴致增高。

姑苏吴氏海天楼次邝尹韵

晴雪吹寒春事浓，江楼三月尚残冬。青山暗逐回廊转，碧海真成捷径通[1]。风暖檐牙双燕剧[2]，云深帘幕万花重[3]。倚栏天北疑回首，想像丹梯下六龙[4]。

考释

该诗有"晴雪吹寒春事浓，江楼三月尚残冬"句，当记初春之事，和前后诗季节不同。王阳明弘治十五年归越乃在秋季，其诗或记弘治十五年春三月到苏州时事。邝尹，或指邝璠（1465—1505），字廷瑞，今河北任丘人。明弘治六年进士，为吴县县令，后曾为知府、河南右参政。所编《便民图纂》，或为其知吴县时所编印。该书首刻于明弘治十四年。此外尚刻有《涉史随笔》一卷（宋葛洪撰，明正德十一年刻）、《韦斋集》十二卷（宋朱松撰）附《玉澜集》一卷（宋朱楫撰，明弘治十六年刻）。

笺注

（1）碧海：唐李商隐《嫦娥》："嫦娥应悔偷灵药，碧海青天夜夜心。"

（2）檐牙：檐际翘出如牙的部分。　双燕：唐白居易《燕诗》:"梁上有双燕,翩翩

雄与雌。"　剧:戏耍。唐李白《长干行》:"妾发初覆额,折花门前剧。"

（3）帘幕:唐杜牧《题宣州开元寺水阁》:"深秋帘幕千家雨,落日楼台一笛风。"

（4）丹梯:高入云霄的山峰。《文选》谢朓《敬亭山诗》:"要欲追奇趣,即此陵丹

梯。"唐李善《注》:"丹梯,谓山也。"　六龙:指太阳。传说日神乘车,驾以六

龙。汉刘向《九叹·远游》:"贯颃濛以东揭兮,维六龙于扶桑。"

山中立秋日偶书

风吹蝉声乱,林卧惊新秋(1)。山池静澄碧(2),暑气亦已收。青

峰出白云,突兀成琼楼(3)。祖裼坐溪石(4),对之心悠悠。候忽无定

态,变化不可求。浩然发长啸,忽起双白鸥(5)。

考释

此当为弘治十五年事,已在浙江故里。

笺注

（1）林卧:卧于林中。唐岑参《林卧》:"偶得鱼鸟趣,复兹水木凉。远峰带雨色,

落日摇川光。臼中西山药,袖里淮南方。唯爱隐几时,独游无何乡。"

（2）澄碧:清澈碧透。

（3）突兀:高耸状。唐杜甫《茅屋为秋风所破歌》:"呜呼,何时眼前突兀见此屋,

吾庐独坏受冻死亦足。"　琼楼:形容华美的建筑物。诗文中有时指仙宫中

的楼台。宋苏轼《水调歌头·丙辰中秋兼怀子由》:"我欲乘风归去,又恐琼

楼玉宇,高处不胜寒。"

（4）祖裼:祖臂。《孟子·公孙丑上》:"尔为尔,我为我,虽祖裼裸裎于我侧,尔焉

能浼我哉?"宋朱熹《集注》:"袒裼,露臂也。"

（5）双白鸥：前代诗人多有用此者。梁何逊《咏白鸥兼嘲别者诗》:"可怜双白鸥,
　　　朝夕水上游。"唐李白《古风》:"摇裔双白鸥,鸣飞沧江流。宜与海人狎,岂伊云
　　　鹤俦。"唐杜甫《独立》:"空外一鸷鸟,河间双白鸥。飘飖搏击便,容易往来游。"

夜雨山翁家偶书

　　山空秋夜静,月明松桧凉。沿溪步月色,溪影摇空苍(1)。山翁
隔水语,酒熟呼我尝。褰衣涉溪去(2),笑引开竹房(3)。谦言值暮
夜(4),盘餐百无将(5)。露华明橘柚(6),摘献冰盘香(7)。洗盏对酬
酢(8),浩歌入苍茫(9)。

考释

　　考王阳明行迹,当为弘治十五年秋之事。此诗与上一首《山中立秋日偶书》,
皆秋天山间景色。

笺注

（1）空苍：苍天,苍穹。宋叶适《齐云楼》:"虚景混空苍,嚣声收远肆。"

（2）褰衣：提起衣服。褰：揭起,提起。《诗经·郑风·褰裳》:"子惠思我,褰裳
　　　涉溱。"

（3）竹房：竹子搭建的房子。江南多有。唐任翻《宿巾子山禅寺》:"前峰月映半
　　　江水,僧在翠微开竹房。"

（4）谦言：谦虚话。章炳麟《新方言·释言二》:"惟应人招饮,谦言曰扰。"

（5）无将：俱无准备。宁波、绍兴一带方言。

（6）露华：清冷的月光。南齐王俭《春夕》:"露华方照夜,云彩复经春。"唐杜牧

《寝夜》："露华惊敝褐,灯影挂尘冠。"

（7）盘香：绕成螺旋形的线香。

（8）酬酢：主客相互敬酒,主敬称"酬",客还敬称"酢"。《淮南子·主术训》："觞酌俎豆酬酢之礼,所以效善也。"

（9）浩歌：长歌、纵情放歌。《楚辞·九歌·少司命》："望美人兮未来,临风恍兮浩歌。" 苍茫：辽阔无边。歌声与心情扩展。

寻春

十里湖光放小舟⁽¹⁾,谩寻春事及西畴⁽²⁾。江鸥意到忽飞去⁽³⁾,野老情深只自留⁽⁴⁾。日暮草香含雨气⁽⁵⁾,九峰晴色散溪流⁽⁶⁾。吾侪是处皆行乐,何必兰亭说旧游⁽⁷⁾？

考释

《年谱》载,王阳明在弘治十五年八月疏请告归,"明年遂移疾钱塘西湖。复思用世",则此诗当为弘治十六年春在杭州时作。

笺注

（1）湖光：湖光山色。此指杭州西湖风光。宋王炎《和马宜州卜居七首·白莲池》："处士幽居安在,荷花十里西湖。"

（2）谩寻：随意探寻。宋吴潜《朝中措》："谩寻欢笑,翠涛杯满,金缕歌清。" 西畴：西面的田畴。泛指田地。晋陶潜《归去来兮辞》："农人告余以春及,将有事于西畴。"

（3）江鸥：此指湖上水鸟。北周庾信《奉和永丰殿下言志》之九："野鹤能自猎,江鸥解独渔。"唐杜甫《秋兴》："萦怀总是天边月,骋目徒然江上鸥。"

（4）野老：村野老人。南朝梁丘迟《旦发渔浦潭》诗："村童忽相聚，野老时一望。"

　　　唐杜甫《哀江头》诗："少陵野老吞声哭，春日潜行曲江曲。"

（5）草香：青草散发的清气，或指草木。

（6）九峰：指杭州九峰。宋徐侨有《初晴出南山过西湖往九峰复饮于湖光》诗。

　　　"九峰"或解作"众峰"。

（7）兰亭：在绍兴西南兰渚山下。传王羲之有《兰亭序》。此喻故乡。时王阳明

　　　在杭州，故有此说。

西湖醉中漫书二首

考释

　　此诗在西湖作。时间同上诗。《年谱》弘治五年举浙江乡试，十年奔波考场。诗中有"十年尘海"句，"十年"殆指王阳明自弘治五年举浙江乡试至弘治十五年。

（一）

　　十年尘海劳魂梦(1)，此日重来眼倍清(2)。好景恨无苏老笔(3)，乞归徒有贺公情(4)。白凫飞处青林晚(5)，翠壁明边返照晴(6)。烂醉湖云宿湖寺，不知山月堕江城(7)。

笺注

（1）十年尘海：见前本诗考释。　魂梦：梦魂。宋晏几道《鹧鸪天》："从别后，忆

　　　相逢，几番魂梦与君同。"

（2）眼倍清：所见倍加清晰。或指此时觉道、佛之误。《年谱》：弘治十五年"是

　　　年先生渐悟仙、释二氏之非"。

（3）苏老：苏轼。所作《湖上初雨》："欲把西湖当西子,浓妆淡抹总相宜。"

（4）贺公：唐代贺知章。会稽人,晚年上表乞归,请为道士,隐居鉴湖,自号四明
　　狂客,人称酒仙。李白《送贺宾客归越》："镜湖流水漾清波,狂客归舟逸兴
　　多。山阴道士如相见,应写《黄庭》换白鹅。"唐杜甫《饮中八仙歌》："知章骑
　　马似乘船,眼花落井水底眠。"

（5）白凫：白色的野水鸟。　青林：青绿色树林。

（6）翠壁：苍翠的山。见前《游牛峰寺》（一）注（6）。　明边：指山崖被夕阳所照
　　到之处。

（7）山月：山间月色。唐马戴《闻瀑布冰折》："万仞冰峭折,寒声投白云。光摇山
　　月堕,我向石床闻。"

（二）

　　掩映红妆莫谩猜[1],隔林知是藕花开[2]。共君醉卧不须到,自
有香风拂面来。

笺注

（1）掩映：似隐似现。唐白居易《夜泛阳坞入明月湾即事寄崔湖州》："掩映橘林
　　千点火,泓澄潭水一盆油。"　谩猜：任意猜测。元李道纯《水调歌头·言
　　道》："三元秘秋水,未悟谩猜量。"

（2）藕花：荷花。宋李清照《如梦令》："兴尽晚回舟,误入藕花深处。"

九华山下柯秀才家

　　苍峰抱层嶂,翠瀑绕双溪。下有幽人宅[1],萝深客到迷[2]。

考释

　　九华山,参见前《九华山赋》注。此诗下至《书梅竹小画》,俱为游九华山诗。当和前《九华山赋》为前后之作,可互参照。当为弘治十四年事。柯秀才名乔。

笺注

(1)幽人:幽隐之人;隐士。《周易·履卦》之"九二":"履道坦坦,幽人贞吉。"唐孔颖达《疏》:"幽人贞吉者,既无险难,故在幽隐之人守正得吉。"

(2)萝:有藤蔓的植物。唐李涛《赠山翁》:"松萝深处住,闲野不生愁。鸟语烟岚静,水声门户秋。"

夜宿无相寺

　　春宵卧无相⁽¹⁾,月照五溪花⁽²⁾。掬水洗双眼⁽³⁾,披云看九华。岩头金佛国,树杪谪仙家⁽⁴⁾。仿佛闻笙鹤⁽⁵⁾,青天落绛霞⁽⁶⁾。

考释

　　无相寺,九华山开山寺庙之一。释印光《民国九华山志》卷三:"在头陀岭下。本唐人王季文堂。季文临终舍为寺,宋治平元年赐今额。"殆隋代有僧在此诵经念佛。王季文为唐咸通二年(861)进士。

笺注

(1)无相:无相寺。

(2)五溪:释印光《民国九华山志》卷二:"龙、缥、舒、双、濂,五溪之水,合于六泉口,而为一溪,故谓之五溪。其水经五溪桥,至梅根,入大江。是五溪固九华之门户也。"

(3)掬水:以手抔水。《礼记·礼运》:"污尊而抔饮,蒉桴而土鼓。"唐孔颖达

《疏》："以手掬之而饮,故云抔饮。"

（4）谪仙家：李白旧居。李白有《改九子山为九华山联句并序》,已见前《九华山赋》考释。

（5）笙鹤：汉刘向《列仙传》卷上："王子乔,周灵王太子晋也。好吹笙,作凤鸣。游伊洛之间,道士浮丘公接以上嵩高山三十余年。后求之于山上,见桓良曰：'告我家,七月七日待我于缑氏山巅。'至时,果乘白鹤驻山头,望之不得到。"后以"笙鹤"指仙人乘骑之仙鹤。

（6）绛霞：丹霞。指仙人降临时的云彩。宋张君房《云笈七签》卷之四十一"七签杂法"："太素三元君服紫气浮云锦帔、九色龙锦羽裙,建宝琅扶晨羽冠,腰流金火铃虎符龙书,而坐空中焉。膝下常有绿丹青三素之云气,郁然冠其形也。"

题四老围棋图

世外烟霞亦许时[1],至今风致后人思[2]。却怀刘项当年事[3],不及山中一着棋[4]。

考释

四老,指传说中的"商山四皓"。四皓,《汉书·张良传》："顾上有所不能致者四人。"唐颜师古《注》："四人,谓园公、绮里季、夏黄公、甪里先生。所谓商山四皓。"《四老围棋图》,传说四皓善围棋,历史上以此为题材的画,所在多有。据《宣和画谱》著录,有关商山四皓围棋题材的画,有石格《四皓围棋图》、祁序《四皓弈棋图》、支仲元《四皓弈棋图》、李公麟《四皓围棋图》等。其他有五代孙位《四皓围棋图》、宋执焕《四皓围棋图》、元代黄溍《四皓围棋图》、明代谢时臣《四皓围棋图》等等。王阳明所题为何人之作,不详。

笺注

(1) 烟霞:烟雾、云霞。山水胜景。　许时:有些时日。宋柳永《梦还京》:"追忆
当初,绣阁话别太容易。日许时犹阻归计。"

(2) 风致:风味、情趣。宋陈师道《后山诗话》:"鲁直《与方蒙书》:'顷洪甥送令嗣
二诗,风致洒落,才思高秀。'"

(3) 刘项:刘邦、项羽的并称。唐章碣《焚书坑》:"坑灰未冷山东乱,刘项原来不
读书。"

(4) 山中:尘世之外。唐王维《送别》:"山中相送罢,日暮掩柴扉。"

无相寺三首

考释

无相寺,见前《夜宿无相寺》考释。

(一)

老僧岩下屋,绕屋皆松竹。朝闻春鸟啼,夜伴岩虎宿⁽¹⁾。

笺注

(1) 岩虎:或指如虎状岩石。朱元璋《钟山云》:"岩虎镇山风偃草,潭龙嘘气水
明星。"

(二)

坐望九华碧,浮云生晓寒。山灵应秘惜⁽¹⁾,不许俗人看。

笺注

（1）山灵：山之神灵。金元好问《读书山雪中》："山灵为渠也放颠，世界幻入兜罗绵。" 秘惜：隐藏珍惜，不以示人。宋苏轼《龙虎铅汞论》："卷舌以舐悬痈，近得此法，初甚秘惜，云此禅家所得向上一路，千金不传。"

<h1 style="text-align:center">（三）</h1>

静夜闻林雨，山灵似欲留。只愁梯石滑[1]，不得到峰头。

笺注

（1）梯石：唐杜甫《飞仙阁》："栈云阑干峻，梯石结构牢。"仇兆鳌注："垒石成梯，坚于结构。"

化城寺六首

考释

化城寺传为九华山地藏菩萨的开山祖寺。晋隆安五年(401)天竺僧杯渡于此筑室为庵。唐开元年间，僧人檀号居之，寺额曰"化城"。"化城"，见后秦鸠摩罗什译本《法华经·化城喻品之七》："作是念已，以方便力，于险道中，过三百由旬、化作一城。告众人言，汝等勿怖，莫得退还。今此大城，可于中止，随意所作。若入是城，快得安隐。若能前至宝所，亦可得去。是时疲极之众、心大欢喜，叹未曾有，我等今者、免斯恶道，快得安隐。于是众人前入化城，生已度想，生安隐想。"

化城寺位于九华山的中心谷地。此谷地南有芙蓉峰，北有白云山，东为东崖，西为神光岭。

此六首诗前三首为七言，后三首为五言，恐非一时之作。又，为便于区分，下文标明(一)至(六)。

(一)

化城高住万山深,楼阁凭空上界侵⁽¹⁾。天外清秋度明月,人间微雨结浮阴。钵龙降处云生座⁽²⁾,岩虎归时风满林⁽³⁾。最爱山僧能好事,夜堂灯火伴孤吟。

笺注

(1)上界:天上神仙居所。唐张九龄《祠紫盖山经玉泉山寺》:"上界投佛影,中天扬梵音。"宋张君房《云笈七签》卷十三:"上界宫馆,生于窈冥,皆有五色之气而结成。"

(2)钵龙:钵中之龙。唐房玄龄等《晋书·艺术传·僧涉》:"僧涉者,西域人也,不知何姓。少为沙门,符坚时入长安。虚静服气,不食五谷,日能行五百里,言未然之事,验若指掌。能以秘祝下神龙,每旱,坚常使之咒龙请雨。俄而龙下钵中,天辄大雨,坚及群臣亲就钵观之。卒于长安。后大旱移时,符坚叹曰:'涉公若在,岂忧此乎!'"

(3)岩虎:此或指山中之虎。又,见前《无相寺三首》(一)注(1)。

(二)

云里轩窗半上钩⁽¹⁾,望中千里见江流。高林日出三更晓,幽谷风多六月秋。⁽²⁾仙骨自怜何日化⁽³⁾,尘缘翻觉此生浮⁽⁴⁾。夜深忽起蓬莱兴⁽⁵⁾,飞上青天十二楼⁽⁶⁾。

笺注

(1)半上:未全升起。 钩:玉钩。喻残月。

（2）高林：乔木树林。唐常建《题破山寺后禅院》："清晨入古寺，初日照高林。竹
径通幽处，禅房花木深。" 幽谷：幽深山谷。

（3）仙骨：道教语。谓成仙的资质。晋葛洪撰、胡守为校释《神仙传校释》卷四：
"于是神人授以素书朱英丸方、道灵教戒、五行变化，凡二十五卷，告墨子曰：
'子既有仙分缘，又聪明，得此便成，不必须师也。'墨子拜受合作，遂得其
效。"(中华书局，2010 年)唐杜甫《送孔巢父谢病归游江东兼呈李白》："自是
君身有仙骨，世人那得知其故。"

（4）尘缘：佛教、道教谓与尘世的因缘。唐韦应物《春月观省属城始憩东西林精
舍》："佳士亦栖息，善身绝尘缘。"

（5）蓬莱：传说中仙人所在之处，有蓬莱、方丈、瀛洲三岛。蓬莱兴：离开尘世
之兴。

（6）十二楼：天上神仙居所。《史记·封禅书》："方士有言：'黄帝时为五城十二
楼，以候神人于执期，命曰迎年。'"

<h1 style="text-align:center">（三）</h1>

　　云端鼓角落星斗⁽¹⁾，松顶袈裟散雨花⁽²⁾。一百六峰开碧汉⁽³⁾，
八十四梯踏紫霞⁽⁴⁾。山空仙骨葬金椁⁽⁵⁾，春暖石芝抽玉芽⁽⁶⁾。独
挥谈麈拂烟雾⁽⁷⁾，一笑天地真无涯。

笺注

（1）鼓角：鼓角之声。唐杜甫《阁夜》："五更鼓角声悲壮，三峡星河影动摇。"此当
指寺院中钟鼓之声。

（2）松顶：松崖之顶。 雨花：佛教有诸天雨、各色香花之说。《法华经》："佛说
法，天雨曼陀罗花。"指佛法普降，凡世开花。

（3）碧汉：青天。南朝梁江总《和衡阳殿下高楼看妓》："起楼侵碧汉，初日照红
妆。"以上多佛家色彩。

（4）紫霞：紫色云霞。道家谓神仙乘紫霞而行。

（5）金椁：金子做的棺椁，乃不朽之意。又参见下诗（六）注（5）"金骨"注。

（6）石芝：稀有灵芝。宋苏轼《石芝诗并引》："予昔梦食石芝，作诗记之，今乃真
得石芝于海上，子由和前诗见寄。……肉芝烹熟石芝老，笑唾熊掌翠雕胡。"
玉芽：嫩芽。此多道家养生之意。

（7）谈麈：古时清谈时所执麈尾。宋黄庭坚《次韵奉送公定》："每来促谈麈，风生
庭竹枝。"宋史容《注》："鹿之大者曰麈。群鹿随之，视麈尾所转，故谈者
挥之。"

（四）

化城天上寺，石磴八星躔[1]。云外开丹井[2]，峰头耕石田[3]。
月明猿听偈，风静鹤参禅。今日揩双眼，幽怀二十年[4]。

笺注

（1）八星：《宋史·天文志二》："紫微垣东蕃八星，西蕃七星，在北斗北，左右
环列，翊卫之象也。" 躔：《方言》："躔，历行也。日运为躔，月运为逡。"

（2）丹井：炼丹取水的井。南朝梁江淹《杂体诗·效谢灵运游山》："乳窦既
滴沥，丹井复寥泬。"唐顾况《山中》："野人爱向山中宿，况在葛洪丹
井西。"

（3）石田：山间多石而贫瘠之地。唐寒山《诗》："土牛耕石田，未有得稻日。"

（4）幽怀：隐藏在内心的情感。《水经注·庐江水》引晋吴猛诗："旷载畅幽怀，倾
盖付三益。"唐皇甫枚《三水小牍·步飞烟》："兼题短叶，用寄幽怀。"二十年

前曾过此,或二十多年来一直有此"听偈""参禅"、炼丹、耕田的隐存之念?
疑此诗为正德十四年游九华山前后时作。

(五)

僧屋烟霏外⁽¹⁾,山深绝世哗⁽²⁾。茶分龙井水⁽³⁾,饭带石田砂⁽⁴⁾。
香细云岚杂⁽⁵⁾,窗高峰影遮。林栖无一事,终日弄丹霞⁽⁶⁾。

笺注

(1)烟霏:山中之云气。唐韩愈《山石》:"天明独去无道路,出入高下穷烟霏。"王
　　阳明《登泰山》:"晓登泰山道,行行入烟霏。"

(2)世哗:世间浮夸的喧哗。

(3)龙井水:宋秦观《龙井记》:"龙井旧名拢泓,距钱塘十里,吴赤乌中,方士葛洪
　　尝炼丹于此。"其他地方也有名龙井者。宋苏轼《次韵杨次公惠径山龙井
　　水》:"空烦远致龙渊水,宁复临池似伯英。"此指清冽山泉。

(4)石田:见上诗(四)注(3)。

(5)云岚:山中云雾之气。唐白居易《春游二林寺》:"熙熙风土暖,蔼蔼云岚积。"

(6)丹霞:红霞。三国魏曹丕《丹霞蔽日行》:"丹霞蔽日,采虹垂天。"

(六)

突兀开穹阁⁽¹⁾,氤氲散晓钟⁽²⁾。饭遗黄稻粒⁽³⁾,花发五钗松⁽⁴⁾。
金骨藏灵塔⁽⁵⁾,神光照远峰。微茫竟何是⁽⁶⁾?老衲话遗踪⁽⁷⁾。

笺注

(1)突兀:高耸貌。唐杜甫《茅屋为秋风所破歌》:"何时眼前突兀见此屋。"　穹
　　阁:高阁。宋潘兴嗣《滕王阁春日晚眺》:"重叠西屏对面开,巍城穹阁信雄

哉。眼中孤鹜云边没,望里长江槛外来。"

（2）氤氲:烟云弥漫,光气混动状。唐张九龄《湖口望庐山瀑布泉》:"灵山多秀色,空水共氤氲。"

（3）黄稻粒:稻米之黄粒。唐杜甫《秋兴》:"香稻啄余鹦鹉粒,碧梧栖老凤凰枝。"

（4）五钗松:宋陈岩《五钗松》:"五股钗松黛色鲜,山家插鬓不成妍。"参见前《九华山赋》注(100)。

（5）金骨:佛骨,仙骨。唐李白《感兴》诗之五:"西山玉童子,使我炼金骨。欲逐黄鹤飞,相呼向蓬阙。"宋仁宗《佛牙舍利赞》:"惟有吾师金骨在,曾经百炼色长新。"此金骨,或指金地藏之骨。释印光《民国九华山志》卷三:"金地藏塔……金地藏者,唐时新罗国王金宪英之近族也。自幼出家,法名乔觉。于二十四岁时,航海东来,卓锡九华。初栖东岩,土杂半粟,苦行多年。逮至德初,有诸葛节等见之,遂群相惊叹曰:和尚苦行如此,某等深过。已乃买僧檀公旧地,建化城寺,请居之。贞元十年,寿九十九岁,跏趺示寂。兜罗手软,金锁骨鸣,灵异昭著,识者知为是地藏王菩萨化身,仍称其本姓为金地藏。"　灵塔:佛塔。

（6）微茫:迷茫混沌。唐李白《梦游天姥吟留别》:"烟涛微茫信难求。"

（7）老衲:老僧。唐戴叔伦《题横山寺》:"老衲供茶碗,斜阳送客舟。"　遗踪:遗留的踪迹。此诗或写秋天。

李白祠二首

考释

李白祠,据元辛文房《唐才子传·李白传》:"白晚节好黄老,度牛渚矶,乘酒抓月,沉水中。"此即李白投水抓月的传说。李白死后,《宋史·牟子才传》:"初,子才在太平建李白祠。"可见宋代已有李白祠。后各地建太白祠者,不在少数。此处所言,殆指九华山之祠。释印光《民国九华山志》卷六:"李太白书堂,在化城寺东,龙女泉之侧,唐天宝末建。宋南渡后,堂宇芜没。嘉熙初,邑令蔡元龙作草堂于化城寺之东偏。明成化间,邑人柯志洪、吴璘、僧德侃重建,增置两庑,前立石坊。隆庆三年毁于火。万历五年,知县苏万民访旧址,即僧房后高阜补建。二十二年,知县蔡立身阅旧址狭隘,乃相地于东岩之下,重建祠宇三间,东西两厢,徙石坊其前。"今歙县亦有太白楼。或云,明正统五年,工部右侍郎周枕命广济寺僧修惠于寺前建清风亭;同时,在寺前建谪仙楼,肖太白像祭祀于楼上。清康熙元年,太平知府胡季瀛重建,易名为"太白楼",又将神霄宫旁的李白祠移建于此。从诗歌内容看,此祠当在九华山上,或已经湮没。又,王阳明《太白楼赋》作于弘治九年,而此诗列于"归越诗"三十五首"弘治壬戌年",非一时之作。可见守仁年轻时代,多受李白影响。参见前《太白楼赋》及下文《登泰山》等诗注。

(一)

千古人豪去,空山尚有祠。竹深荒旧径,藓合失残碑。云雨罗文藻[1],溪泉系梦思[2]。老僧殊未解[3],犹自索题诗。

笺注

(1)罗:本指用网捕捉。引申为约束,防范;阻止。文藻:本指词彩、文采。《三国志·魏志·文帝纪》:"文帝天资文藻,下笔成章。"此指文思。

(2)溪泉:九华山之五溪等。见前《夜宿无相寺》注。　系:约束;羁绊。汉贾谊《鹏鸟赋》:"愚士系俗兮,窘若囚拘。"

(3)殊:很,非常。

（二）

谪仙栖隐地⁽¹⁾，千载尚高风。云散九峰雨⁽²⁾，岩飞百丈虹⁽³⁾。寺僧传旧事，词客吊遗踪⁽⁴⁾。回首苍茫外⁽⁵⁾，青山感慨中。

笺注

（1）谪仙：李白。参见前考释。

（2）九峰：唐李白《吟九华山》："昔在九江上，遥望九华峰。天河挂绿水，秀出九芙蓉。我欲一挥手，谁人可相从？君为东道主，于此卧云松。"九华因而得名。又，九华山号称九十九峰，其中以天台、天柱、十王、莲花、罗汉、独秀、芙蓉等九峰最为雄伟。

（3）百丈虹：长虹。宋韩维《送王奉议知吴江县》："闻说吴江上，长桥百丈虹。"

（4）词客：擅长文词的人。唐王维《偶然作》之六："宿世谬词客，前身应画师。"遗踪：见前《化城寺》（六）注(7)。

（5）苍茫：空旷迷茫，无边无际。晋潘岳《哀永逝文》："视天日兮苍茫，面邑里兮萧散。"

双峰

考释

双峰乃九华山峰名。释印光《民国九华山志》卷二："双峰，在卧云庵东北，九华之极高者，崭岩双顶，其泉亦名双溪。由甲子岭、广胜寺横睇，则二峰并峙，尤为竞秀。"

凌崖望双峰，苍茫竟何在？载拜西北风⁽¹⁾，为我扫浮霭⁽²⁾。

笺注

（1）载拜：再拜。拜了又拜，表示恭敬。古代的一种礼节。清马瑞辰《毛诗传笺通释》卷十二《秦风》："'载寝载兴'，正义：'我念我之君子则有寝则有兴之劳。'瑞辰按：再、载古通用。《吕氏春秋·顺民》篇'文王载拜稽首'，《当务》篇'孔子曰，异哉，直躬之为信也，一父而载取名焉'，皆假载为再。《文选》曹子建《应诏诗》'骈骖倦路，再寝再兴'，李善《注》引《诗》'再寝再兴'，盖本三家《诗》，今作《毛诗》者疑误，或李《注》就文易字，亦载即为再之证。"

（2）浮霭：浮动的云雾。

莲花峰

考释

释印光《民国九华山志》卷二："莲华峰，在广福寺翠盖峰东。乱峰层矗如莲华，上中下三处，皆有庵。唯上莲华尤胜。石瓣嵌空，如菡萏初舒，色青紫欲浮。"

夜静凉飒发[(1)]，轻云散碧空。玉钩挂新月，露出青芙蓉[(2)]。

笺注

（1）飒：《说文》："飒，翔风也。"《广雅》："飒飒，风也。"

（2）青芙蓉：此指莲花峰。

列仙峰

灵峭九万丈[(1)]，参差生晓寒[(2)]。仙人招我去，挥手青云端[一]。

校勘

〔一〕青云：释印光《民国九华山志》卷二引王阳明诗，作"碧云"。

考释

列仙峰，九华山峰名。释印光《民国九华山志》卷二："列仙峰，在香林峰北，与天柱峰相属。峰顶石有人形，行者、顾者、舞者、拜者，接踵而从，俨然仙侣之列也。"

笺注

（1）峭：山势峻拔。《集韵》："峭，峻也。"

（2）晓寒：拂晓的寒气。

云门峰

云门出孤月(1)，秋色坐苍涛(2)。夜久群籁绝(3)，独照宫锦袍。

考释

云门峰，释印光《民国九华山志》卷二："云门峰，在开元观南。两阜相向如门，云气出入，春夏有泉涌沸而下。"

笺注

（1）云门：云门峰。

（2）苍涛：苍莽的云海。宋苏轼《武昌西山》："归来解剑亭前路，苍崖半入云涛堆。"

（3）群籁：各种声响。籁，孔穴发出的声音，泛指声响。

芙蓉阁二首[一]

校勘

[一] 二首：原无。"二首"二字原次于下一首《书梅竹小画》题后，然该诗仅一
　　　 首，殆误植。今更正。

考释

　　芙蓉阁，化城寺中之阁。释印光《民国九华山志》卷三："芙蓉阁，在化城寺山
门左。佛棱建；后毁，能滨重建；再火，宗佛又建。明王阳明有诗。此阁与前神光
楼、藏经楼，三名皆不顶格者，疑神光恐属地藏塔，此二属化城故。"又诗中有"明日
归城市，风尘又马鞍"句，当为将离开时所作。

（一）

　　青山意不尽，还向月中看。明日归城市，风尘又马鞍。

（二）

　　岩下云万重，洞口桃千树。终岁无人来，惟许山僧住。

书梅竹小画

考释

　　此与前《九华山下柯秀才家》当为同时作。时在初春，也可能为弘治十五年
春。与上《云门峰》等秋意正浓之作，并非同时。

寒倚春霄苍玉杖⁽¹⁾，九华峰顶独归来。柯家草亭深雪里，却有梅花傍竹开。

笺注

（1）苍玉杖：竹杖。明王相《归兴》："白首欲凭苍玉杖，青春能负紫霞尊。"苍玉，喻指青翠的竹子。

山东诗六首　弘治甲子年起复，主试山东时作。

考释

弘治甲子，弘治十七年。《年谱》"守仁三十三岁"，"秋，主考山东乡试"。此次山东乡试，王守仁乃应山东监察御史陆偁之聘。

陆偁，明弘治六年进士，见《弘治六年登科录》："贯浙江宁波府瑾县，军籍，府学生。字君美。"

何乔远《名山藏》卷二《儒林记》下"王守仁"条："当大比，朝旨，用国初故事，从御史礼聘考试官。守仁应山东聘，因北上，改授兵部武选司。"试录出其手。《乡试录》见上古版《全集》卷二十二所载。关于王守仁该年北上授"兵部武选司"主事的时间，《全集》中有数处记载：其一《年谱》为"九月"；其二卷九《给由疏》在"七月"；其三，下"京师诗"注称"弘治乙丑年"，当以《给由疏》为是。秋九月，王守仁在山东。山东乡试，地点当在济南。此为过往泰安时登临泰山。

登泰山五首

考释

诗中有"秋容淡相辉"句,时当该年秋天。

(一)

晓登泰山道,行行入烟霏(1)。阳光散岩壑(2),秋容淡相辉(3)。云梯挂青壁(4),仰见蛛丝微(5)。长风吹海色(6),飘遥送天衣(7)。峰顶动笙乐,青童两相依(8)。振衣将往从(9),凌云忽高飞。挥手若相待,丹霞闪余晖。凡躯无健羽(10),怅望未能归(11)。

笺注

(1)行行:行走貌。《古诗十九首》:"行行重行行,与君生离别。"

(2)岩壑:山峦溪谷。南朝宋谢灵运《酬从弟惠连》:"寝瘵谢人徒,灭迹入云峰。岩壑寓耳目,欢爱隔音容。"

(3)秋容:秋色。

(4)云梯:此指入云的山路。南朝宋谢灵运《登石门最高顶》:"惜无同怀客,共登青云梯。"唐李白《梦游天姥吟留别》:"脚著谢公屐,身登青云梯。"清王琦《注》:"青云梯,谓山岭高峻,如上入青云,故名。"

(5)蛛丝微:山路如蛛丝状。

(6)海色:拂晓时天色。唐李白《古风》之十八:"鸡鸣海色动,谒帝罗公侯。"清王琦《注》引杨齐贤曰:"海色,晓色也。鸡鸣之时,天色昧明,如海气曚眬然。"

(7)天衣:比喻天空中飘浮的云。元张可久《人月圆·会稽怀古》:"荷花十里,清风鉴水,明月天衣。"

(8)青童:传说中的仙童。南朝梁任昉《述异记》卷上:"(洞庭山)昔有青童秉烛飙飞轮之车至此,其迹存焉。"

（9）振衣:整理服装。《楚辞·渔父》:"新沐者必弹冠,新浴者必振衣。"

（10）健羽:矫健的翅膀。此喻才能。

（11）归:宋苏轼《水调歌头》:"我欲乘风归去,又恐琼楼玉宇,高处不胜寒。"

（二）

天门何崔嵬[(1)],下见青云浮[(2)]。泱漭绝人世[(3)],迥豁高天秋[(4)]。暝色从地起[(5)],夜宿天上楼。天鸡鸣半夜,日出东海头。隐约蓬壶树[(6)],缥缈扶桑洲[(7)]。浩歌落青冥[(8)],遗响入沧流[(9)]。唐虞变楚汉[(10)],灭没如风沤[(11)]。藐矣鹤山仙[(12)],秦皇岂堪求[(13)]?金砂费日月[(14)],颓颜竟难留[(15)]。吾意在庞古[(16)],泠然驭凉飕[(17)]。相期广成子[(18)],太虚显遨游[(19)]。枯槁向岩谷[(20)],黄绮不足俦[(21)]。

笺注

（1）天门:泰山有"三天门",为岱顶关阙,登泰山顶必经之地。　崔嵬:巍峨高耸状。

（2）青云:青天白云。《汉书·扬雄传上》:"青云为纷,虹霓为缳。"

（3）泱漭:广大苍茫。三国魏曹植《上牛表》:"臣闻物以洪珍,细亦或贵,故不见僬侥之微,不知泱漭之泰。"

（4）迥豁:空旷辽阔。

（5）暝色:暮色;夜色。南朝宋谢灵运《石壁精舍还湖中作》:"林壑敛暝色,云霞收夕霏。"

（6）蓬壶:即蓬莱。见前《九华山赋》注(162)。

（7）扶桑:地名。此泛指东方。见前《守俭弟归曰仁歌楚声为别予亦和之》注(27)。

（8）青冥：指青天，青苍幽远。《楚辞·九章·悲回风》："据青冥而摅虹兮，遂倏忽而打天。"唐李白《梦游天姥吟留别》："青冥浩荡不见底，日月照耀金银台。"

（9）沧流：沧海之流。唐岑参《送许拾遗恩归江宁拜亲》："束帛仍赐衣，恩波涨沧流。"

（10）唐虞：唐尧、虞舜。尧与舜的时代。《论语·泰伯》："唐虞之际，于斯为盛。"楚汉：项羽、刘邦时代。

（11）风沤：风中的泡沫。比喻短暂虚幻。宋陆游《戊午元日读书至夜分有感》："未收浮世风沤梦，尚了前生蠹简缘。"风沤梦，泡影般的梦。

（12）鹤山仙：仙人子安。《南齐书·州郡志下》："夏口城据黄鹄矶，世传仙人子安乘黄鹄过此上也。"后因称仙人子安为鹤山仙人。泛指缥缈中之仙人。

（13）秦皇：秦始皇。此句指始皇如何能追求得到。

（14）金砂：亦作"金沙"。道教外丹派炼丹的材料。此指道教炼丹养生之法。《参同契》卷上："金砂入五内，雾散若风雨。"

（15）颓颜：衰老的容貌。宋欧阳修《送张生》："一别相逢十七春，颓颜衰发互相询。"

（16）庞古：远古庞鸿之状态。庞鸿：古代天体未成，宇宙浑然一体状。

（17）泠然：轻妙貌。《庄子·逍遥游》："夫列子御风而行，泠然善也。"凉飔：冷风。汉赵壹《迅风赋》："啾啾飕飕，吟啸相求。"此指飘逸之风。

（18）广成子：传说中的仙人。晋葛洪《神仙传·广成子》："广成子者，古之仙人也。居崆峒之山石室之中。黄帝闻而造焉。"

（19）太虚：太空。空寂玄奥之境。《庄子·知北游》："是以不过乎昆仑，不游乎太虚。"

（20）枯槁：憔悴。《楚辞·渔父》："形容枯槁。"

（21）黄绮：汉初商山四皓中之夏黄公、绮里季的合称。参见前《题四老围棋图》诗考释。晋陶潜《饮酒》之六："咄咄俗中愚，且当从黄绮。"此指即使如黄、绮那样的高人。　不足俦：不足与其为俦。可见其志在仙道。

（三）

穷崖不可极，飞步凌烟虹[1]。危泉泻石道[2]，空影垂云松[3]。千峰互攒簇[4]，掩映青芙蓉[5]。高台倚巉削[6]，倾侧临崆峒[7]。失足堕烟雾，碎骨颠崖中。下愚竟难晓[8]，摧折纷相从[9]。吾方坐日观，披云笑天风[10]。赤水问轩后[11]，苍梧叫重瞳[12]。隐隐落天语[13]，阊阖开玲珑[14]。去去勿复道[15]，浊世将焉穷！

笺注

（1）烟虹：云天中的彩虹。南朝宋鲍照《望孤石》："蚌节流绮藻，辉石乱烟虹。"

（2）危泉：高垂直下之泉流。

（3）空影：唐刘禹锡《韩十八侍御见示岳阳楼别窦司直诗》："空影渡鹓鸿，秋声思芦苇。"此指山峰间的高空。

（4）攒簇：簇聚；簇拥。簇拥汇聚。

（5）青芙蓉：此指群峰如芙蓉状。见前《李白祠》（二）注（2）。

（6）巉削：山势险峻陡峭。宋朱熹《云谷记》："四陨皆巉削，下数百丈，使人眩视，悸不自保。"

（7）崆峒：仙山。唐曹唐《仙都即景》："旌节暗迎归碧落，笙歌遥听隔崆峒。"此指山高峻貌。

（8）下愚：愚笨之人。《论语·阳货》："子曰：'唯上知与下愚不移。'"

（9）摧折：毁灭，断折、挫折。《汉书·贾山传》："雷霆之所击，无不摧折者；万钧之所压，无不糜灭者。"

（10）披云：拨开云层。汉徐幹《中论·审大臣》："文王之识也，灼然若披云而见日，霍然若开雾而观天。"三国魏嵇康《琴赋》："天吴踊跃于重渊，王乔披云而下坠。" 天风：昊天之风。汉佚名《饮马长城窟行》："枯桑知天风，海水知天寒。"

(11) 赤水：相传轩辕所游之地。王粲《曲江池赋》："固知轩后，徒游赤水之湄。"

(12) 重瞳：指舜。《山海经·海内经》："南方苍梧之丘，苍梧之渊，其中有九疑山，舜之所葬。"晋郭璞《注》："其山九溪皆相似，故云九疑。古者总名其地为苍梧也。"

(13) 天语：上天之告语。唐李白《明堂赋》："听天语之察察，拟帝居之将将。"

(14) 阊阖：阊阖风的省称。晋郭璞《游仙》之二："阊阖西南来，潜波涣鳞起。" 玲珑：或指人灵巧敏捷。

(15) 复道：重复说道。

（四）

尘网苦羁縻⁽¹⁾，富贵真露草⁽²⁾！不如骑白鹿⁽³⁾，东游入蓬岛⁽⁴⁾。朝登太山望⁽⁵⁾，洪涛隔缥缈⁽⁶⁾。阳辉出海云，来作天门晓。遥见碧霞君⁽⁷⁾，翩翩起员峤⁽⁸⁾。玉女紫鸾笙⁽⁹⁾，双吹入晴昊⁽¹⁰⁾。举首望不及，下拜风浩浩。掷我玉虚篇⁽¹¹⁾，读之殊未了。傍有长眉翁⁽¹²⁾，一一能指道。从此炼金砂⁽¹³⁾，人间迹如扫⁽¹⁴⁾。

笺注

（1）尘网：在世间受到的束缚。

（2）露草：沾露的草。此形容短暂。

（3）骑白鹿：晋葛洪《神仙传》卷八《卫叔卿》："卫叔卿者，中山人也，服云母得仙。……乘云车，骑白鹿。"古代传说中，仙人多骑白鹿。故白鹿后成道家象征。后因以"骑白鹿"指仙人行空之术。唐李白《至陵阳山登天柱石酬韩侍御见招隐黄山》:"韩众骑白鹿,西往华山中。玉女千余人,相随在云空。"

（4）蓬岛:蓬壶仙岛,见前《九华山赋》注(162)。

（5）太山:泰山。

（6）洪涛:海涛。

（7）碧霞君:碧霞元君,即天仙玉女泰山碧霞元君。明谢肇淛《五杂俎·地部二》:"岱为东方主发生之地,故祈嗣者之祷于是,而其后乃傅会为碧霞元君之神,以诳愚俗。"

（8）员峤:神话中的仙山名。《列子·汤问》:"渤海之东不知几亿万里,有大壑焉。……其中有五山焉:一曰岱舆,二曰员峤,三曰方壶,四曰瀛洲,五曰蓬莱。"

（9）玉女:传说中的仙女。晋王嘉《拾遗记》卷十:"洞庭浮于水上,其下有金堂数百间,玉女居之。"　紫鸾:传说中神鸟。

（10）双吹:仿李白《古风》"两两白玉童,双吹紫鸾笙"之意。　晴昊:晴空。唐杜甫《苏端薛复筵简薛华醉歌》:"安得健步移远梅,乱插繁花向晴昊。"

（11）玉虚篇:北周庾信《步虚词》之二:"寂绝乘丹气,玄冥上玉虚。"玉虚乃道教中的上天之地。玉虚篇,此则泛指道教经典。

（12）长眉翁:高寿隐者。

（13）炼金砂:道教金丹派的养生修炼。见《登泰山五首》(二)注(14)。

（14）迹如扫:不见踪迹。唐杜甫《赠李白》:"苦乏大药资,山林迹如扫。"

（五）

　　我才不救时,匡扶志空大(1)。置我有无间(2),缓急非所赖(3)。孤坐万峰颠,嗒然遗下块(4)。已矣复何求(5)?至精谅斯在(6)。淡泊非虚杳⁽⁷⁾,洒脱无蒂芥⁽⁸⁾。世人闻予言,不笑即吁怪⁽⁹⁾。吾亦不强语,惟复笑相待。鲁叟不可作⁽¹⁰⁾,此意聊自快⁽¹¹⁾。

笺注

(1)匡扶:匡正扶持。

(2)有无间:可有可无处。此乃隐指自己被任为"郎",乃无关紧要的小官。后来上疏言事,其内在原因或在此。

(3)缓急:偏义复词,重在急,谓危急之事或发生变故之时。

(4)嗒然:身心俱遣、物我两忘的神态。《庄子·齐物论》:"嗒焉若丧其偶。" 遗下块:抛弃心中块垒。宋苏轼《书晁补之所藏与可画竹诗》:"与可画竹时,见竹不见人。岂独不见人,嗒然遗其身。"金元好问《论诗三十首》:"纵横诗笔见高情,何物能浇块垒平?"

(5)已矣:感叹语。晋陶渊明《归去来辞》:"已矣乎!寓形宇内复几时,曷不委心任去留?胡为遑遑欲何之?"

(6)至精:最为精要处。 谅:确实。 斯在:在斯。就在于此。乃是自己豁然开悟之感。

(7)淡泊:淡然虚名,简朴生活。三国诸葛亮《诫子书》:"非淡泊无以明志,非宁静无以致远。" 虚杳:虚无杳然。

(8)洒脱:身心自然不拘束。 蒂芥:本指细小的梗塞物,后喻内心不满、不快。汉司马相如《子虚赋》:"吞若云梦者八九于其胸中,曾不芥蒂。"

(9)吁怪:惊讶,感到奇怪。唐杜甫《病柏》:"客从何乡来,伫立久吁怪。"

(10)鲁叟:迂腐的鲁国儒生。唐李白《嘲鲁儒》:"鲁叟谈五经,白发死章句。"

(11)聊自快:聊以自己快乐。据《年谱》"弘治十有五年壬戌,三十一岁","是年先生渐悟仙释二氏之非"。此诗可见当时对"仙释"二氏的态度。此时之作,多有李白《梦游天姥吟留别》诗意,感情冲涌,迷茫恍惚,既有追求,又无从着手,向往出世,却又有独得天机的自负,间杂厌世出家之念。

泰山高次王内翰司献韵

欧生诚楚人[(1)],但识庐山高[(2)]。庐山之高犹可计寻丈[(3)],若夫泰山,仰视恍惚[(4)],吾不知其尚在青天之下乎?其已直出青天上?我欲仿拟试作《泰山高》,但恐培塿之见未能测识高大[一][(5)],笔底难具状。

扶舆磅礴元气钟[(6)],突兀半遮天地东[(7)];南衡北恒西泰华[二][(8)],俯视岖嵝谁争雄[(9)]?人寰茫昧乍隐见[(10)],雷雨初解开鸿蒙[(11)];绣壁丹梯[(12)],烟霏霮𩆝[(13)];海日初涌,照耀苍翠。平麓远抱沧海湾[(14)],日观正与扶桑对[(15)]。听涛声之下泻,知百川之东会[(16)]。天门石扇[(17)],豁然中开[(18)];幽崖邃谷[(19)],襞积隐埋[(20)]。中有遁世之流[(21)],龟潜雌伏[(22)],餐霞吸秀于其间[(23)],往往怪谲多仙才[(24)]。上有百丈之飞湍[(25)],悬空络石穿云而直下[(26)],其源疑自青天来。岩头肤寸出烟雾[(27)],须臾滂沱遍九垓[(28)]。古来登封[(29)],七十二主[(30)];后来相效,纷纷如雨;[(31)]玉检金函无不为[(32)],只今埋没知何许[(33)]?

但见白云犹复起,封中断碑无字[(34)],天外日日磨[(35)],刚风飞尘过眼倏[(36)],超忽飘荡[(37)],岂复有遗踪[(38)]!天空翠华远[(39)],落日辞千峰。鲁郊获麟[(40)],岐阳会凤[(41)];明堂既毁[(42)],閟宫兴颂[(43)]。宣尼曳杖[(44)],逍遥一去不复来[(45)],幽泉呜咽而含悲[(46)],群峦拱揖如相送⁽⁴⁷⁾。俯仰宇宙，千载相望，堕山乔岳⁽⁴⁸⁾，尚被其光⁽⁴⁹⁾，峻极配天，无敢颉颃⁽⁵⁰⁾。嗟予瞻眺门墙外⁽⁵¹⁾，何能仿佛窥室堂⁽⁵²⁾？也来攀附摄遗迹⁽⁵³⁾，三千之下⁽⁵⁴⁾，不知亦许再拜占末行⁽⁵⁵⁾？吁嗟乎！泰山之高，其高不可极。半壁回首[三]⁽⁵⁶⁾，此身不觉已在东斗傍⁽⁵⁷⁾。

弘治十七年甲子九月既望，余姚阳明山人王守仁识[四]。

校勘

［一］培塿：束景南《辑考编年》引孙星衍《泰山石刻记》作"丘垤"。

［二］泰：《泰山石刻记》作"有"。

［三］半壁：《泰山石刻记》作"忽然"。

［四］此跋据束景南《辑考编年》所收《泰山高诗碑》补。

考释

　　束景南《辑考编年》收有《泰山高诗碑》，云：见孙星衍《泰山石刻记》，汪子卿《泰山志》卷三，乾隆《泰安县志》卷三。考其文字，与此个别字不同，当为同一诗。束景南录有该诗后跋："弘治十七年甲子九月既望，余姚阳明山人王守仁识。"可补《全集》不足。内翰，翰林院学士之称。苏洵《上欧阳内翰第一书》中说："洵少年不学，生二十五岁，始知读书。""春末夏初游泰山，有诗纪行。"《金史》卷一百二十六《王若虚传》："王若虚，字从之，藁城人也。""用荐入为国史院编修官，迁应奉翰林文字。"金元好问曾为王若虚撰《内翰王公墓表》。

　　王内翰，束景南认为指王瓒。《明清进士录》："王瓒，弘治九年一甲二名进士，永嘉人，字思献。充经筵讲官，进讲'举直错枉'，以讽刘瑾。瑾怒，矫旨诘责。几得祸。"其说是。诗题中"司献"与王瓒字"思献"同音。

笺注

（1）欧生：宋欧阳修。他是庐陵人，古属楚地。

（2）欧阳修曾撰《庐山高赠同年刘中允归南康》。

（3）寻丈：泛指八尺到一丈之间的长度。寻，八尺；丈，十尺。

（4）恍惚：亦作"恍忽"。迷离，模糊不清。《韩非子·忠孝》："世之所为烈士者"，"为恬淡之学，而理恍惚之言。臣以为恬淡，无用之教也；恍惚，无法之言也"。《史记·司马相如列传》："于是乎周览泛观，瞋盼轧沕，芒芒恍忽，视之无端，察之无崖。"

（5）培塿：小土丘。又作部娄。《晋书·刘元海载记》："当为崇冈峻阜，何能为培塿乎。"

（6）扶舆：亦作"扶于""扶与"。犹扶摇，盘旋升腾貌。　磅礴：广大无边，气势宏伟。宋文天祥《正气歌》："是气所磅礴，凛冽万古存。"　元气：中国古代思想中，指构成宇宙自然的本原之气。亦指人精神上的张力。

（7）突兀：高耸挺立状。

（8）南衡：南岳衡山。　北恒：北岳恒山。　西泰华：西岳华山。明杨基《送魏万之安西》："云散岳莲开泰华，月寒郊树隐新丰。"

（9）伛偻：腰背弯曲。《淮南子·精神训》："子求行年五十有四，而病伛偻。"此指从泰山的角度视诸山。　争雄：争强；争胜。南朝梁刘勰《文心雕龙·明诗》："袁、孙已下，虽各有雕采，而辞趣一揆，莫与争雄。"

（10）人寰：人世，人间。　茫昧：模糊不清。唐韩愈《南山诗》："山经及地志，茫昧非受授。"　隐见：隐现。

（11）鸿蒙：亦作"鸿濛"。混沌状态。《庄子·在宥》："云将东游，过扶摇之枝，而适遭鸿蒙。"

（12）绣壁：色彩斑斓的山崖。　丹梯：丹墀；山路。南朝宋谢灵运《拟魏太子邺中集诗·阮瑀》:"蹦步陵丹梯,并坐侍君子。"或作高耸之山峰。《文选·敬亭山诗》:"要欲追奇趣,即此陵丹梯。"唐李善《注》:"丹梯,谓山也。"

(13) 霭霏:云气黑沉。《说文》:"霏,云黑貌。"

(14) 平麓:低平的山麓。

(15) 日观:泰山峰名。为著名的观日出之处。北魏郦道元《水经注·汶水》引汉应劭《汉官仪》:"泰山东南山顶名曰日观。日观者,鸡一鸣时,见日始欲出,长三丈许,故以名焉。" 扶桑:此指传说中的东方古国名。《南齐书·东南夷传赞》:"东夷海外,碣石、扶桑。"《梁书·诸夷传·扶桑国》:"扶桑在大汉国东二万余里,地在中国之东,其土多扶桑木,故以为名。"

(16) 百川:江河湖泽的总称。汉乐府《长歌行》:"百川东到海,何时复西归?" 会:通"汇",汇聚。

(17) 天门:泰山的三天门,见《登泰山五首》(二)注(1)。

(18) 豁然:开阔、通达状。晋陶渊明《桃花源记》:"初极狭,才通人。复行数十步,豁然开朗。"

(19) 幽崖:幽深的石崖。唐沈佺期《巫山高》:"巫山高不极,合沓奇状新。暗谷疑风雨,幽崖若鬼神。"唐贾岛《雨后宿刘司马池上》:"静想泉根本,幽崖落几层。" 邃谷:深邃的山谷。明何景明《说琴》:"桐之生邃谷,据盘石。"

(20) 襞积:亦作"襞绩"。重叠;堆积。《梁书·张缅传》:"蕴芳华以襞积,非党人之所媚。"唐陆龟蒙《椹李花赋》:"弱植攲危,繁梢襞积。"

(21) 遁世:避世隐居。

(22) 龟潜:犹龟藏。比喻深居简出。宋叶适《曾晦之挽词》:"骥老尚能舒骏逸,龟潜终不慕芳甘。" 雌伏:与雄飞相对,喻退藏不进。《后汉书·赵典传》:"兄弟温初为京兆郡丞,叹曰:'大丈夫当雄飞,安能雌伏?'"唐黄滔《周以龙兴赋》:"老聃之道,汉祖之颜,永宜雌伏。"

(23) 餐霞吸秀：餐食日霞，吸饮玉液、精气等天地精华。此指道家养身之法。《汉书·司马相如传下》："呼吸沆瀣兮餐朝霞。"唐颜师古《注》引应劭曰："《列仙传》陵阳子言，春食朝霞，朝霞者，日始欲出赤黄气也。"

(24) 怪谲：怪异荒诞。晋郭璞《山海经注·图赞·厌火国》："有人兽体，厥状怪谲。"　仙才：神仙之才，杰出才华者。宋王得臣《麈史》卷中："庆历间，宋景文诸公在馆，尝评唐人之诗，云'太白仙才，长吉鬼才'，其余不尽记也。"

(25) 飞湍：飞流直下的瀑布。北魏郦道元《水经注·庐江水》："（白水）水出山腹，挂流三四百丈，飞湍林表，望若悬素。"唐李白《蜀道难》："飞湍瀑流争喧豗，砯崖转石万壑雷。"

(26) 络石：水流缠绕着石块。与"穿云"相对。宋苏轼《书王定国所藏烟江叠嶂图》："萦林络石隐复见，下赴谷口为奔川。"

(27) 肤寸：古时一指宽度为寸，伸直四指的宽度为肤（一肤为四寸）。用以比喻极小。西汉刘向《战国策·秦策》："肤寸之地无得者，岂齐不欲地哉？ 形弗能有也。"

(28) 九垓：亦作"九畡""九陔"。中央至八极之地。《国语·郑语》："王者居九畡之田，收经入以食兆民。"汉韦昭《注》："九畡，九州之极数。"晋葛洪《抱朴子·审举》："今普天一统，九垓同风。"以上所述为泰山自然景观。

(29) 登封：登山封禅。《史记·秦本纪》：始皇帝二十八年（前219），"始皇帝东巡，登封泰山，刻石颂功德，禅于梁父山"。

(30) 七十二主：《史记·封禅书》引管仲之言，曰"古者封泰山禅梁父者七十二家"，因年代久远，"其仪阙然堙灭，其详不可得而记闻"。然后人如南宋马端临《文献通考·郊社考十七》引隋王通之说，斥"七十二家"封禅之说乃"陋儒之见，《诗》《书》所不载，非事实"。

(31) 秦始皇以后，汉武帝、东汉光武帝、唐高宗、唐玄宗、宋真宗等多有封禅之举。

此后泰山多有玉检等出土,最近一次乃民国二十年(1931)。时国民军第十五路军宁夏马鸿逵部驻军泰安,在蒿里山施工中,于文峰塔故址先后掘得宋、唐两份玉册(当时仅披露唐玉册)。此事容媛《泰山麓发现唐明皇封禅玉简》一文有详细之披露(见《燕京学报》第十三期《二十二年国内学术界消息》)。

(32)玉检:玉牒书的封箧。亦借指玉牒书。《汉书·武帝纪》"登封泰山"唐颜师古《注》引三国魏孟康曰:"王者功成治定,告成功于天……刻石纪号,有金策石函,金泥玉检之封焉。"唐李商隐《赠华阳宋真人兼寄清都刘先生》:"玉检赐书迷凤篆,金华归驾冷龙鳞。" 金函:金匣。《北史·赤土传》:"以铸金为多罗叶,隐起成文以为表,金函封之,令婆罗门以香花奏蠡鼓而送之。"唐苏鹗《杜阳杂编》卷上:"其玉之香,可闻地数百步,虽锁之金函石匮,终不能掩其气。" 无不为:无所不为。

(33)历代记载,泰山多有玉检等出土。东汉应劭《风俗通义》卷二"封泰山禅梁父":"俗说岱宗上有金箧玉册,能知人年寿长短。汉武帝探策得十八,倒读曰八十,后果寿八十。"《隋书·五行志》载北齐天统初年"泰山封禅坛中玉璧自出"。此后多有记载,参本首注(31)。

(34)封中:即埋藏玉牒书之处。《史记·封禅书》:"皆至泰山,祭后土。昼有白云起封中。若有象景光,屑如有望。" 断碑:断裂残缺的石碑。 无字:宋陆游《吟东山》:"别墅有棋沙缉缉,断碑无字藓斑斑。"

(35)日日磨:指时光消磨。《晋书·天文志上》:"天旁转如推磨而左行,日月右行,随天左转,故日月实东行,而天牵之以西没。"

(36)刚风:又作罡风,高天劲风。明屠隆《彩毫记·游玩月宫》:"虚空来往罡风里,大地山河一掌轮。"

(37)超忽:遥远貌。《文选》王巾《头陀寺碑文》:"东望平皋,千里超忽。"五臣吕向

《注》:"超忽,远貌。"唐李白《送杨山人归天台》:"客有思天台,东行路超忽。"

(38) 遗踪:犹遗迹。陆游《沈园》:"犹吊遗踪一泫然。"

(39) 翠华:天子仪仗中以翠羽为饰的旗帜或车盖。《文选·上林赋》:"建翠华之旗,树灵鼍之鼓。"唐李善《注》:"翠华,以翠羽为葆也。"南朝梁沈约《九日侍宴乐游苑》:"虹旌迢递,翠华葳蕤。"

(40)《春秋·哀公十四年》:"春,西狩获麟。"晋杜预《注》:"麟者仁兽,圣王之嘉瑞也。时无明王出而遇获,仲尼伤周道之不兴,感嘉瑞之无应,故因《鲁春秋》而修中兴之教,绝笔于'获麟'之一句,所感而作,固所以为终也。"

(41) 岐阳会凤:《国语·周语上》:"周之兴也,鸑鷟鸣于岐山。"三君曰:"鸑鷟,凤之别名也。《诗》云:'凤凰鸣矣,于彼高冈。'其在岐山之脊乎。"后因以"鸑鷟鸣岐"指兴王道、成帝业的瑞兆。

(42) 明堂:天子理政、朝会、祭祀,百官朝拜之所。《礼记》有《明堂位》篇。《宋书·礼志》:"(徐邈)曰:'明堂之制,既其难详。且乐主于和,礼主于敬,故质文不同,音器亦殊。既茅茨广厦,不一其度,何必守其形范,而不知弘本顺民乎。九服咸宁,河朔无尘,然后明堂辟雍,可崇而修之。'"孔汪曰:"推此知既毁之后,则殷禘所绝矣。"

(43) 閟宫:神庙。《诗经·鲁颂·閟宫》:"閟宫有侐,实实枚枚。"《毛传》:"閟,闭也。先姒姜嫄之庙在周,常闭而无事,孟仲子曰:是禖宫也。"汉郑玄《笺》:"閟,神也。姜嫄神所依,故庙曰神宫。"《閟宫》是颂扬后稷农事的诗。

(44) 宣尼:孔子。   曳杖:《礼记·檀弓上》:"孔子蚤作,负手曳杖,消摇于门,歌曰:'泰山其颓乎! 梁木其坏乎! 哲人其萎乎!'既歌而入,当户而坐。子贡闻之,曰:'泰山其颓,则吾将安仰? 梁木其坏,哲人其萎,则吾将安放? 夫子殆将病也。'遂趋而入。夫子曰:'赐! 尔来何迟也?'"《曳杖歌》用泰山快要崩塌、梁木快要折断来比喻生命快要停息,表达了作者对生命流逝的无奈与叹息。

(45) 逍遥：缓步远行。《楚辞·九章·哀郢》："去终古之所居兮，今逍遥而来东。"《文选·长门赋》："夫何一佳人兮，步逍遥以自虞。"五臣刘良《注》："逍遥，行貌。"

(46) 幽泉：幽深隐僻的泉水。晋左思《魏都赋》："潜龙浮景，而幽泉高镜。"唐韦庄《诉衷情》："角声呜咽，星斗渐微茫。露冷月残人未起，留不住，泪千行。"

(47) 拱揖：亦作"拱挹"。拱手作揖以示敬意。《周礼·夏官·小臣》"小臣掌王之小命，诏相王之小法仪"汉郑玄《注》："趋行拱揖之容。"按：以上感叹千古时光变迁，往事多消磨。

(48) 堕山乔岳：《诗经·周颂·般》："於皇时周！陟其高山。隋山乔岳，允犹翕河。"堕者，隋之假借。《说文》云："隋，山之隋隋者。"与"乔"相对。"堕山乔岳"指大小山峦。

(49) 其：指泰山。

(50) 颉颃：亦作"颉亢"。不相上下，相抗衡。《晋书·文苑传序》："潘（潘岳）、夏（夏侯湛）连辉，颉颃名辈。"

(51) 瞻眺：远望；观看。宋朱熹《释奠斋居》："瞻眺庭宇肃，仰首但秋旻。" 门墙外：尚未入门。用《论语》典。《论语·子张》："夫子之墙数仞，不得其门而入……"

(52) 室堂：后为室，前为堂。此两句典见《论语·先进》："从我于陈、蔡者，皆不及门也。"" 由也升堂矣，未入于室也。"后多用"及门""登堂入室"指得师道真传之程度。汉王充《论衡·须颂》："从门应庭，听堂室之言，什而失九，如升堂窥室，百不失一。"

(53) 攀附：牵攀依附。

(54) 三千之下：传说孔子有弟子三千。《史记·孔子世家》："孔子以诗书礼乐教，弟子盖三千焉。"此指圣人众多的门徒。

(55) 末行：下位；门下。唐李商隐《王十二兄与畏之员外相访见招不去因寄》："谢傅门前旧末行，今朝歌管属檀郎。"

(56) 半壁：半山腰。唐李白、高霁《改九子山为九华山》联句："妙有分二气，灵山开九华。层标遏迟日，半壁明朝霞。"

(57) 东斗：东方之星。道家分一天为五斗，东斗位于东方。《云笈七签》说："五斗位者，阳明为东斗，丹元为南斗，阴精为西斗，北极为北斗，天开一星，以为中斗，上及玄冥。"

京师诗八首　弘治乙丑年，改除兵部主事时作。

考释

　　弘治乙丑年：弘治十八年（1505）。王守仁"改除兵部主事"在弘治十七年，见《年谱》《给由疏》，亦见前"山东诗"。《明史·职官志》："兵部主事三人，正六品。"此题下注"弘治乙丑"，乃概指。

忆龙泉山

　　我爱龙泉寺[(1)]，寺僧颇疏野[(2)]。尽日坐井栏[(3)]，有时卧松下。一夕别山云[(4)]，三年走车马[(5)]。愧杀岩下泉[(6)]，朝夕自清泻。

考释

　　龙泉山，又称灵绪山、屿山。位于余姚市姚江北岸。传南宋初，高宗赵构为躲避金兵追索,逃经余姚时,登此山,饮泉水。故名。

王守仁弘治十年二十六岁离家寓京师,十二年举进士出身。后在京师、江北等地行走,至十五年告病归。至十五年后,渐悟仙释之非,思想一变。弘治十七年又上京。诗中有"三年走车马",可能指弘治十二年至十五年这三年,故此诗未必定作于弘治十八年。

笺注

（1）龙泉寺：位于余姚市龙泉山南麓。始建于东晋成帝咸康二年(336),与杭州灵隐寺、宁波天童寺同为浙东名刹。日本学者久须本文雄认为王守仁二十五岁时在该寺约五个月(见所著《王阳明禅的思想研究》126页,日本名古屋,日进堂书店,1957年)。此说可供参考。

（2）疏野：唐司空图《诗品》"疏野"："惟性所宅,真取不羁。控物自富,与率为期。"旧题宋尤袤《全唐诗话·李约》："约曰：'某所赏者,疏野耳。若远山将翠幕遮,古松用彩物裹,氊腥涴鹿跑泉,音乐乱山鸟声,此则实不如在叔父大厅也。'"

（3）井：龙泉井。位于龙泉寺内。宋王安石《龙泉寺石井二首》："山腰石有千年润,海眼泉无一日干。天下苍生待霖雨,不知龙向此中蟠。""人传湫水未尝枯,满底苍苔乱发粗。四海旱多霖雨少,此中端有卧龙无?"宋苏轼《送刘寺丞赴余姚》："余姚古县亦何有,龙井白泉甘胜乳。"

（4）山云：此喻山居生活。唐韦应物《与友生野饮效陶体》："聊舒远世踪,坐望还山云。"

（5）走车马：言自己三年间奔波。宋王珪《依韵和犯景仁翰留题子履草堂二首》："门前车马走尘埃,偶到东园眼暂开。"

（6）岩下泉：见上注(3)。

忆诸弟

久别龙山云[1]，时梦龙山雨。觉来枕簟凉[2]，诸弟在何许？终年走风尘，何似山中住。百岁如转蓬[3]，拂衣从此去[4]。

考释

上古本《全集》卷三十八收录明陆深《海日先生行状》："先生元配赠夫人郑氏""寿四十九，先先生三十六年卒。继室赵氏，封夫人，而侧室杨氏。子四人"。"长守仁，郑出。""次守俭，杨出，太学生。次守文，赵出，郡庠生。次守章，杨出。一女，赵出"。

笺注

（1）龙山：即王守仁故乡之龙泉山。

（2）枕簟：枕头、竹席。

（3）转蓬：随风飘转的蓬蒿。比喻飘零无定。唐杜甫《八月十五夜月》："转蓬行地远，攀桂仰天高。"

（4）拂衣：提起或撩起衣襟。《左传·襄公二十六年》："（叔向）曰：'奸以事君者，吾所能御也。'拂衣从之。"晋杜预《注》："拂衣，褰裳也。"引申为振衣而去。归隐。晋殷仲文《解尚书表》："进不能见危授命，忘身殉国；退不能辞粟首阳，拂衣高谢。"南朝宋谢灵运《述祖德》："高揖七州外，拂衣五湖里。"

寄舅

老舅近何如？心性老不改。世故恼情怀[1]，光阴不相待[2]。借问同辈中，乡邻几人在？从今且为乐，旧事无劳悔[3]！

考释

舅：《尔雅·释亲》："母之晜弟为舅，母之从父晜弟为从舅。""妇称夫之父曰舅,称夫之母曰姑。"《说文》:"妻之父为外舅。"此诗当为王守仁赠其岳父诸让之作。诸让,字养和,号介庵。成化戊子举人,乙未进士。官至山东布政使司左参议。王守仁有《祭外舅介庵先生文》(见叶树望《新发现的王阳明佚文六件》)。据该文,"弘治八年岁次乙卯夏四月甲寅朔",诸让已去世。如是,则此诗必当作于弘治八年四月前。非为弘治十八年在京师之作。

笺注

(1) 世故:世间事情。三国魏嵇康《与山巨源绝交书》:"机务缠其心,世故烦其虑。"唐李商隐《为贺拔员外上李相公启》:"世故推迁,年华荏苒。" 情怀:心情、心境。晋袁宏《后汉纪·灵帝纪下》:"老臣得罪,当与新妇俱归私门,惟受恩累世,今当离宫殿,情怀恋恋。"唐杜甫《北征》:"老夫情怀恶,呕泄卧数日。"

(2) 光阴:时间;岁月。唐李白《春夜宴从弟桃李园序》:"光阴者,百代之过客。"

(3) 无劳悔:无须悔恨。南朝陈徐陵《谏仁山深法师罢道书》:"愿弃俗事,务息尘劳,正念相应,行志两全。薄加详虑,更可思维,悔之在前,无劳后恨。"

送人东归

　　五泄佳山水[1],平生思一游。送子东归省,莼鲈况复秋[2]。幽探须及壮[3],世事苦悠悠[4]。来岁春风里,长安忆故丘[5]。

笺注

(1) 五泄:在诸暨市西群山之中。泄,乃指瀑布。瀑从五泄山巅飞流而下,折为五级,总称五泄溪。

(2) 莼鲈:典出南朝宋刘义庆《世说新语·识鉴》:"张季鹰辟齐王东曹掾,在洛,见秋风起,因思吴中莼菜羹、鲈鱼脍,曰:'人生贵得适意尔,何能羁宦数千里以要名爵?'遂命驾便归。俄而齐王败,时人皆谓为见机。"后因以为思乡赋归之典。

(3)幽探:探求幽胜之境。唐张籍《和李仆射西园》:"虚坐诗情远,幽探道侣兼。" 及壮:壮,壮年。杜甫《后出塞五首》之一:"男儿生世间,及壮当封侯。"

(4)悠悠:长久,长远。唐陈子昂《登幽州台歌》:"念天地之悠悠,独怆然而涕下。"

(5)长安:此指当时的京师北京。 故丘:故国、故园。唐杜甫《解闷十二首》之三:"一辞故国十经秋,每见秋瓜忆故丘。"

寄西湖友

予有西湖梦,西湖亦梦予。三年成阔别⁽¹⁾,近事竟何如? 况有诸贤在⁽²⁾,他时终卜庐⁽³⁾。但恐吾归日,君还轩冕拘⁽⁴⁾。

考释

此西湖,当指杭州西湖。王守仁以"西湖"为题的诗有数首,此诗寄赠何人,不详。或编者因诗中有"三年成阔别"句,列于此弘治十八年。

笺注

(1)王守仁弘治十五年回乡,殆是时经过西湖。

(2)况:何况。《世说新语·自新》:"况君前途尚可。" 诸贤:此指西湖诸友。

(3)卜庐:卜居。择地选屋居住。唐杜甫《寄题江外草堂》:"嗜酒爱风竹,卜居必林泉。"

(4)轩冕:古时大夫以上官员的车乘和冕服。《管子·立政》:"生则有轩冕、服

位、穀禄、田宅之分,死则有棺椁、绞衾、圹垄之度。"唐李白《赠孟浩然》:"吾
爱孟夫子,风流天下闻。红颜弃轩冕,白首卧松云。"

赠阳伯

阳伯即伯阳^{[一](1)},伯阳竟安在? 大道即人心^{[二](2)},万古未尝
改。长生在求仁⁽³⁾,金丹非外待⁽⁴⁾。缪矣三十年⁽⁵⁾,于今吾始悔⁽⁶⁾!

> 诸阳伯有希仙之志,吾将进之于道也。于其归,书扇为
> 别。阳明山人伯安识。^[三]

校勘

[一] 即:守仁所书扇面作"慕"。

[二] 人心:守仁所书扇面作"吾心"。

[三] 此跋上古本《全集》也未收,此据王守仁手书扇面补。

考释

此诗有王守仁手书真迹扇面存世,现存日本定静美术馆,见计文渊《王阳明法
书集》收录。考上古本《全集》收有《书诸伯阳卷》。"阳伯"一作"扬伯",乃守仁妻
侄诸偁之字。束景南《辑考编年》中收有《别诸伯生》一诗,据其考证,诸偁为王守
仁岳父诸让之孙,其父名用文,为诸让次子。按:此诗的写作时间不甚详。当是
反映其思想之作。

笺注

(1)阳伯:为王守仁妻侄诸偁之字。　　伯阳:有多种说法。一说,为古代贤人。
《墨子·所染》"舜染于许由、伯阳",清孙诒让《墨子间诂》:"此伯阳自是舜时

贤人。"《吕氏春秋·本味》："故黄帝立四面,尧、舜得伯阳、续耳然后成,凡贤人之德有以知之也。"汉高诱《注》："伯阳、续耳皆贤人,尧用之以成功也。"今人陈奇猷《吕氏春秋校释》："伯阳、续耳系舜七友中之二友。"参见宋王应麟《小学绀珠·名臣·舜七友》。一说为老子的字。见《史记·老子韩非列传》。《文选·与满公琰书》："西有伯阳之馆,北有旷野之望。"唐李善《注》："伯阳,即老子也。"

（2）大道：正道、常理。指最高的自然法则、治世原理、伦理纲常。原为先秦诸子中的用语,后成儒家学说的重要概念。《礼记·礼运》："孔子曰：'大道之行也,与三代之英,丘未之逮也,而有志焉。'"有"大道之行也"的大同理念和"大道既隐"时的小康之说。　人心：人的内心。指人内在的思想观念、情感、意识等。"心"为程朱理学和阳明学关注的重要观念。此时,已可见其关注"人心"之倾向。

（3）长生：长生不老。道家用语。《太上纯阳真经·了三得一经》："天一生水,人同自然,肾为北极之枢,精食万化,滋养百骸,赖以永年而长生不老。"　仁：儒家学说中最高的道德。历代多有不同解释。《论语·颜渊》："樊迟问仁。子曰：'爱人。'"又："克己复礼为仁。一日克己复礼,天下归仁焉。"又《卫灵公》："子曰：'志士仁人,无求生以害仁,有杀身以成仁。'"

（4）金丹：道家外丹派烧炼而成的长生之药。晋葛洪《抱朴子·金丹》："夫金丹之为物,烧之愈久,变化愈妙；黄金入火,百炼不消,埋之,毕天不朽。服此二物,炼人身体,故能令人不老不死。"明代道教流行,道家或以金丹为最高的修炼目标。守仁此殆指道教养生之说。　外待：有待于自身之外。

（5）三十年：当为三十岁以后之作。守仁弘治十四年三十岁。《年谱》：成化十八年,十一岁。"一日,与同学生走长安街,遇一相士。异之,曰：吾为尔相,后须忆吾言：须拂领,其时入圣境；须至上丹台,其时结圣胎；须至下丹田,其时圣果圆。先生感其言,自后每对书辄静坐凝思。"可见道家影响。此说"三十年"殆概数。

（6）始悔：开始悔恨。可见此时王守仁对道教的看法。

故山[1]

鉴水终年碧[2]，云山尽日闲[3]。故山不可到，幽梦每相关[4]。
雾豹言长隐[5]，云龙欲共攀[6]。缘知丹壑意[7]，未胜紫宸班[8]。

笺注

（1）故山：故乡之山；故乡。唐王维《山中与裴秀才迪书》："近腊月下，景气和畅，故山殊可过。"唐王建《十五日夜望月寄杜郎中》："逢人渐觉乡音异，却恨莺声似故山。"

（2）鉴水：鉴湖。在绍兴城西南。清顾祖禹《读史方舆纪要》卷九十二"绍兴府"："鉴湖城南三里。亦曰镜湖，一名长湖，又为南湖。旧湖南并山，北属州城，漕渠东距曹娥江，西距西小江，潮汐往来处也。"东汉顺帝永和五年（140），会稽太守马臻将山阴和会稽两地来水汇集成湖，是为古鉴湖，有"鉴湖八百里"之称。

（3）云山：云遮雾绕之山。南朝梁吴均《同柳吴兴乌亭集送柳舍人》："云山离暗暖，花雾共依霏。"唐王昌龄《过华阴》："云起太华山，云山共明灭。"

（4）幽梦：幽思、幽怨之梦。宋秦观《八六子·倚危亭恨如芳草》："夜月一帘幽梦，春风十里柔情。"

（5）雾豹：喻隐居伏处，退藏避害。汉刘向《列女传·陶答子妻》："答子治陶三年，名誉不兴，家富三倍。其妻谏曰：能薄而官大，是谓婴害；无功而家昌，是

谓积殃。南山有玄豹,雾雨七日而不下食者,欲以泽其毛而成文章也,故藏

而远害。"

（6）云龙：乘云之龙,喻君臣风云际会。《周易·乾卦·文言》"九五"："云从龙,

风从虎,圣人作而万物睹。"唐孔颖达《疏》："龙是水畜,云是水,故龙吟则景

云出,是云从龙也。"

（7）丹壑：丹色丘壑。此指山林隐居。唐姚合《送雍陶及第归觐》："路寻丹壑断,

人近白云居。幽石题名处,凭君亦记余。"

（8）紫宸：宫殿名,天子所居。此指列居朝班为官。《晋书·后妃传序》："若乃作

配皇极,齐体紫宸。"

忆鉴湖友(1)

长见人来说,扁舟每独游(2)。春风梅市晚(3),月色鉴湖秋。空

有烟霞好(4),犹为尘世留(5)。自今当勇往,先与报江鸥(6)。

考释

此诗为怀念故乡之友人,而可见此时王守仁内心或归隐或出世的矛盾交错。

笺注

（1）鉴湖：在绍兴。见前《故山》注(2)。

（2）扁舟：小船。《史记·货殖列传》："范蠡既雪会稽之耻,乃喟然而叹曰：'计然

之策七,越用其五而得意。既已施于国,吾欲用之家。'乃乘扁舟浮于江湖。"

唐李白《宣州谢朓楼饯别校书叔云》："人生在世不得意,明朝散发弄扁舟。"

（3）梅市：地名,在绍兴。相传汉梅福避王莽乱,至会稽,人多依之,遂为村市。

唐刘长卿《送人游越》："梅市门何在,兰亭水尚流。"

（4）烟霞：烟雾，云霞。此指自然山色。南朝齐谢朓《拟宋玉风赋》："烟霞润色，荃蕙结芳。"

（5）尘世：现实世俗世界。和佛教彼岸世界的"净土"相对。唐元稹《度门寺》："心源虽了了，尘世苦憧憧。"

（6）江鸥：江上之鸥。水鸟。此指不为"尘世"拘束之人。唐杜甫《江村》："自去自来梁上燕，相亲相近水中鸥。"唐雍陶《送徐山人归睦州旧隐》："初归山犬翻惊主，久别江鸥却避人。"

狱中诗十四首　正德丙寅年十二月以上疏忤逆瑾，下锦衣狱作。

考释

正德丙寅，正德元年（1436）。关于王阳明入狱年月，参见卷一《咎言》考释。此"狱中诗"大致可分三类：一，狱中所见所思；二，狱中读书感想；三，出狱临别。

不寐

天寒岁云暮(1)，冰雪关河迥(2)。幽室魍魉生(3)，不寐知夜永(4)。惊风起林木(5)，骤若波浪汹(6)。我心良匪石(7)，讵为戚欣动(8)！滔滔眼前事，逝者去相踵(9)。崖穷犹可陟，水深犹可泳。焉知非日月(10)，胡为乱予衷(11)？深谷自逶迤(12)，烟霞日悠永[一](13)。匡时在贤达(14)，归哉盍耕垄(15)！

校勘

[一]悠永：原书空白，据上古本《全集》补。《居夷集》作"颎洞"。

考释

此诗当是守仁上书进谏被逮，入镇抚司监狱时所作，反映他当时仍坚信自己的信念，准备归田的心情。

笺注

（1）岁云暮：一年将尽，岁月流逝。《古诗十九首》："凛凛岁云暮，蝼蛄夕鸣悲。"

（2）关河：关山江河。宋柳永《八声甘州》："渐霜风凄紧，关河冷落，残照当楼。"
迥：《说文》："远也。"

（3）幽室：幽暗之屋。《礼记·仲尼燕居》："譬如终夜有求于幽室之中，非烛何见？"东汉刘珍等《东观汉记·张湛传》："以笃行纯淑，乡里归德，虽居幽室闇处，必自整顿，三辅以为仪表。"此指幽禁之室。　魑魅："木石之怪"的总称。《国语·鲁语下》："木石之怪曰夔、罔两。"此指想象中的妖魔。

（4）夜永：夜长；夜深。唐张乔《雨中宿僧院》："夜永楼台雨，更深江海人。"

（5）惊风：烈、强劲的风。汉司马相如《上林赋》："然后扬节而上浮，凌惊风，历骇猋。"明刘基《燕歌行》："愁如惊风鼓春潮，岁云暮矣山寂寥。"

（6）骤：迅疾，猛快。宋柳永《雨霖铃》："寒蝉凄切，对长亭晚，骤雨初歇。"此上二句隐指因上书受责事。

（7）匪石：非石。形容坚定不移。《诗经·邶风·柏舟》："我心匪石，不可转也。"唐孔颖达《正义》："言我心非如石然，石虽坚尚可转，我心坚不可转也。"

（8）讵：《说文》："犹岂也。"　戚欣：忧愁与欢乐。宋陆游《风云昼晦夜遂大雪》："老翁两耳聩，无地着戚欣。"

（9）逝者：已经往者。《论语》："子在川上曰：逝者如斯夫，不舍昼夜。"　相踵：相继；追随。南朝梁简文帝《戎昭将军刘显墓铭》："衬彼故茔，流芬相踵。"

(10) 焉知非日月：翻用古诗《别诗》之三"安知非日月，弦望自有时"诗意，指随着时间推移，事态会有变化。

(11) 胡为：反问词。《诗经·邶风·式微》："微君之故，胡为乎中露。" 予衷：我心。宋欧阳修《除文彦博易镇判大名府制》："眷言邦哲，实简予衷。"

(12) 逶迤：曲折绵延。

(13) 悠永：久远。这两句指：道路和时日都漫长。

(14) 匡时：匡正世事；挽救时局。 贤达：贤明通达之人。汉王充《论衡·效力》："文儒非必诸生也，贤达用文则是矣。"

(15) 归哉：回家。此指归田，归隐。《诗经·小雅·黍苗》："我行既集，盖云归哉。"陶渊明《归去来辞》："田园将芜胡不归？" 盍：反问词。何不。 耕垄：躬耕垄亩。

有室七章

考释

有室：此室指被关押之处。此七章，乃仿《诗经》体之作。

（一）

有室如簴⁽¹⁾，周之崇墉⁽²⁾。窒如穴处⁽³⁾，无秋无冬⁽⁴⁾！

笺注

（1）簴：上古本《全集》作簴。簴：古代挂钟磬的架子上的立柱。《周礼·春官·典庸器》："帅其属而设笋簴。"亦作虡。此句殆仿《国语·鲁语》"室如悬磬"

句例。汉韦昭《注》："悬磬，言鲁府藏空虚，但有榱梁如悬磬也。"此指室狭小如悬钟木架。

（2）周：环绕。　崇墉：高墙；高城。《文选·鲁灵光殿赋》："崇墉冈连以岭属，朱阙岩岩而双立。"张载《注》："墉，墙也。"

（3）窒：阻塞不通。　穴处：处洞穴中。《汉书·翼奉传》："知日蚀地震之效昭然可明，犹巢居知风，穴处知雨，亦不足多，适所习耳。"唐颜师古《注》："穴处，狐貍之类也。"

（4）指感觉不到外界季节冷暖变化。

（二）

耿彼屋漏(1)，天光入之(2)。瞻彼日月(3)，何嗟及之(4)！

笺注

（1）屋漏：唐杜甫《茅屋为秋风所破歌》："床头屋漏无干处，雨脚如麻未断绝。"

（2）天光：天色，亮光。宋朱熹《观书有感》："半亩方塘一鉴开，天光云影共徘徊。"

（3）瞻：看，眺望。《诗经·邶风·雄雉》："瞻彼日月，悠悠我思。"

（4）嗟：悲叹声。《诗经·王风·中谷有蓷》："啜其泣矣，何嗟及矣。"表示叹息。

（三）

倏晦倏明(1)，凄其以风(2)。倏雨倏雪，当昼而蒙(3)。

笺注

（1）倏：《广雅》："疾也。"此指快速变化。《楚辞·招魂》"往来倏忽"汉王逸《注》："疾貌。"

（2）凄：凄凉，凄惨。《诗经·邶风·绿衣》："绤兮绤兮，凄其以风。"

（3）蒙：遮蔽；阴暗。《尚书·洪范》："曰蒙，恒风若。"

（四）

夜何其矣⁽¹⁾，靡星靡粲⁽²⁾。岂无白日？寤寐永叹⁽³⁾！

笺注

（1）《诗经·小雅·庭燎》："夜如何其？夜未央。"汉郑玄《笺》："问早晚之辞。"

（2）靡：无也。《诗经·小雅·采薇》："靡室靡家。"《史记·屈原贾生列传》："靡不毕现。" 粲：鲜明，明亮。唐王建《白纻歌》："天河漫漫北斗璨，宫中乌啼知夜半。"

（3）寤寐：或醒或睡。《诗经·周南·关雎》："参差荇菜，左右流之。窈窕淑女，寤寐求之。"

（五）

心之忧矣⁽¹⁾，匪家匪室⁽²⁾。或其启矣⁽³⁾，殒予匪恤⁽⁴⁾。

笺注

（1）《诗经·小雅·柏舟》："心之忧矣，如匪澣衣。"

（2）匪：非，不。 家室：《诗经·周南·桃夭》："桃之夭夭，灼灼其华。之子于归，宜其室家。"《毛传》："家室，犹室家也。"清陈奂《传疏》："《孟子·滕文公》篇：'丈夫生而愿为之有室，女子生而愿为之有家。'"

（3）启：肇启；发端；开启。指上书进谏，欲启君心。

（4）殒：或通"陨"，损毁。 恤：顾惜。

（六）

氤氲其埃⁽¹⁾，日之光矣。渊渊其鼓⁽²⁾，朝既昌矣⁽³⁾。

笺注

（1）氤氲：氤氲。原始阴阳之气交汇状。又作"细缊"。《易·系辞下》："天地细
缊，万物化淳。"《白虎通·嫁娶》引《易》："天地氤氲，万物化淳。" 埃：尘埃。
风起扬沙曰埃。《汉书·景十三王传》："然云蒸列布，杳冥昼昏；尘埃布覆，
昧不见泰山。"

（2）渊渊：鼓声。亦泛用作象声词。南朝宋刘义庆《世说新语·言语》："衡(祢
衡)扬枹为《渔阳》掺挝，渊渊有金石声，四坐为之改容。" 鼓：指夜间更
鼓声。

（3）指天色早上渐渐大明。或隐指自己所为，当可昭明。

（七）

朝既式矣[1]，日既夕矣[2]。悠悠我思[3]，曷其极矣[4]！

笺注

（1）式：语词。《诗经·邶风·式微》："式微，式微！胡不归？"此句仿《诗经·齐
风·鸡鸣》"朝既盈矣"句式。

（2）《诗经·王风·君子于役》："日之夕矣，羊牛下来。"

（3）《诗经·郑风·子衿》："青青子佩，悠悠我思。纵我不往，子宁不来？"

（4）曷：何时。《尚书·大诰》："鱼曷其极。"《诗经·唐风·鸨羽》："悠悠苍天，曷
其有极？"汉郑玄《笺》："极，已也。"指所思无尽极。

读易

囚居亦何事？省愆惧安饱[1]。瞑坐玩羲《易》[2]，洗心见微

奥⁽³⁾。乃知先天翁⁽⁴⁾，画画有至教⁽⁵⁾。包蒙戒为寇⁽⁶⁾，童牿事宜早⁽⁷⁾；蹇蹇匪为节⁽⁸⁾，虩虩未违道⁽⁹⁾。《遁》四获我心⁽¹⁰⁾，《蛊》上庸自保⁽¹¹⁾。俯仰天地间⁽¹²⁾，触目俱浩浩⁽¹³⁾。箪瓢有余乐⁽¹⁴⁾，此意良匪矫⁽¹⁵⁾。幽哉阳明麓⁽¹⁶⁾，可以忘吾老⁽¹⁷⁾。

考释

嘉靖七年戊子(1528)，王阳明平思、田之乱，再逢当年狱中友林省吾，曾如此回忆："正德初，某以武选郎抵逆瑾，逮锦衣狱；而省吾亦以大理评触时讳在系，相与讲《易》于桎梏之间者弥月，盖昼夜不怠，忘其身之为拘囚也。"见《送别省吾林都宪序》，上古本《全集》卷二十二，第884页。

笺注

(1) 省愆：反省过失。明刘若愚《酌中志·大内规制纪略》："（文华殿）殿之后曰玉食馆、端敬殿、理办房，过小门而北曰省愆居。""凡遇天变灾眚，圣驾居此，以示修省之意。" 惧安饱：惧饱食而无所用心。《论语·阳货》："饱食终日，无所用心，难矣哉。"

(2) 瞑坐：闭目静坐。宋李昉等《太平广记》卷十九录唐卢氏《逸史·李林甫》："(道士)遂却与李公出大门，复以竹杖授之，一如来时之状。入其宅，登堂，见身瞑坐于床上。" 玩：玩赏；玩味。 羲《易》：此指《周易》。唐孔颖达《周易正义》认为"伏羲画卦"。又，参见下注(4)。

(3) 洗心：洗涤心胸。比喻除去恶念或杂念。《周易·系辞上》："圣人以此洗心，退藏于密。" 微奥：微言奥义。宋王安石《诗义序》："微言奥义，既自得之，又命承学之臣训释厥遗，乐与天下共之。"

(4) 先天翁：此指传说中画《易》的伏羲。宋朱熹认为，伏羲所画，为《先天易》；周文王所画，为《后天易》。宋朱熹《易学启蒙》："伏羲《先天》、文王《后天》诸图,其图传自邵康节。"

（5）至教：极其高明的道理、见解。唐普光《俱舍光记》五："至极之教，故名至教，亦名圣教量。"

（6）包蒙：包容愚昧。《周易·蒙》："九二：包蒙，吉。"唐孔颖达《正义》："包，谓包含。九二以刚居中，童蒙悉来归己，九二能含容而不距。" 戒为寇：《周易·蒙》："上九：击蒙，不利为寇，利御寇。"三国王弼《注》："处蒙之终，以刚居上，击去童蒙以发其昧者也。""童蒙愿发而己能击去之，合上下之愿，故莫不顺也。为之扞御，则物咸附之。若欲取之，则物咸叛矣。故不利为寇，利御寇也。"这也就是说要如"九二"所说的那样"包蒙"，如"上九"所说的那样"击蒙"，以达"莫不顺"之目的。按，此隐指"上书进谏"事。

（7）童牿：童牛角上架上横木，以防止其触伤人、物，并保护其角。《周易·大畜》"六四"："童牛之牿，元吉。"三国王弼《注》："处艮之始，履得其位，能健。初距不以角，柔以止刚。"唐孔颖达《正义》："止其初也。"故"事宜早"。

（8）蹇蹇：蹇，通"謇"。此指艰难不顺。《周易·蹇》"六二"："王臣蹇蹇，匪躬之故。" 节：气节。宋陆游《有所感》："气节陵夷谁独立，文章衰坏正横流。"

（9）虩虩：恐惧貌。《周易·震》："震来虩虩，笑言哑哑。"三国王弼《注》："震之为义，威至而后乃惧也。故曰震来虩虩，恐惧之貌也。"唐李鼎祚《集解》引虞翻曰："多惧，故虩虩。" 违道：违背正义。《尚书·大禹谟》："罔违道以干百姓之誉。"此二句意为：心怀惶恐，謇直进谏，非为干誉，故不违大道。

（10）遁四：《周易·遁》："九四：好遁，君子吉，小人否。《象》曰：君子好遁，小人否。"王守仁本有遁隐之心，故曰"获我心"。

（11）蛊上：《周易·蛊》："上九：不事王侯，高尚其事。……《象》曰：不事王侯，志可则也。" 庸：《说文》："用也。"

（12）《孟子·尽心上》："仰不愧于天，俯不怍于人。"

(13) 浩浩：广阔浩大。《尚书·尧典》："汤汤洪水方割,荡荡怀山襄陵,浩浩滔天。"唐孔颖达《正义》："浩浩,盛大若漫天。"此二句言举世纷乱,如沧海横流。

(14)《论语·雍也》："子曰：'贤哉回也。一箪食,一瓢饮,在陋巷,人不堪其忧,回也不改其乐。贤哉回也。'" 余乐：不尽之乐。晋陶潜《桃花源诗》："怡然有余乐,于何劳智慧。"

(15) 矫：矫饰。《晋书·凉武昭王李玄盛传》："匪矫情而任荒,乃冥合而一往。"

(16) 阳明麓：殆指故乡余姚的龙泉山山麓。

(17) 忘吾老：忘记自己的年纪。《论语·述而》："叶公问孔子于子路,子路不对。子曰：'女奚不曰：其为人也,发愤忘食,乐以忘忧,不知老之将至云尔。'"

岁暮

兀坐经旬成木石⁽¹⁾,忽惊岁暮还思乡。高檐白日不到地⁽²⁾,深夜黠鼠时登床⁽³⁾。峰头雾雪开草阁⁽⁴⁾,瀑下古松闲石房⁽⁵⁾。溪鹤洞猿尔无恙⁽⁶⁾,春江归棹吾相将⁽⁷⁾。

考释

此当为正德元年岁暮。

笺注

（1）兀坐：独自端坐。唐戴叔伦《晖上人独坐亭》："萧条心境外,兀坐独参禅。"宋苏轼《客住假寐》："谒入不得去,兀坐如枯株。" 经旬：宋释文珦《经旬》："经旬坐春雨,畏湿不下席。"

（2）高檐：高屋檐。唐杜牧《阿房宫赋》："檐牙高啄。"见前《姑苏吴氏海天楼次邝尹韵》注(3)。 白日：太阳,阳光。

（3）宋苏轼《黠鼠赋》："苏子夜坐，有鼠方啮。拊床而止之，既止复作。" 黠鼠：狡黠的老鼠。

（4）霁雪：雪后放晴。 草阁：草屋。

（5）石房：石屋。唐鲍溶《送僧文江》："吴王剑池上，禅子石房深。"唐孟贯《寄山中高逸人》："猿共摘山果，僧邻住石房。"

（6）溪鹤：溪中之鹤。宋朱敦儒《桂枝香》："旧溪鹤在，寻云弄水，是事休问。" 洞猿：洞中之猿。宋陈允平《冷泉亭》："云外有香丹桂落，洞中无月白猿哀。"

（7）春江：白居易《琵琶行》："春江花朝秋月夜，往往取酒还独倾。" 归棹：归舟。唐王勃《临江》诗之二："去骖嘶别路，归棹隐寒洲。" 相将：行将。《秦并六国平话》卷上："张车、严仲子往齐赵求救，相将一旬余日，并无音信。"

见月

　　屋罅见明月(1)，还见地上霜(2)。客子夜中起，旁皇涕沾裳(3)。匪为严霜苦，悲此明月光。月光如流水，徘徊照高堂(4)。胡为此幽室，奄忽逾飞扬(5)？逝者不可及，来者犹可望。(6)盈虚有天运(7)，叹息何能忘(8)！

笺注

（1）罅：缝隙；裂缝。唐姚合《拾得古砚》："背面生罅隙，质状朴且丑。"

（2）地上霜：唐李白《静夜思》："床前明月光，疑是地上霜。"

（3）旁皇：彷徨。 涕沾裳：汉张衡《四愁诗》："我所思兮在汉阳，欲往从之陇坂长，侧身西望涕沾裳。"

（4）高堂：高敞的堂室。汉王充《论衡·别通》："开户内光，坐高堂之上。"三国魏曹植《怨歌行》:"明月照高楼,流光正徘徊。"

（5）奄忽:急遽;匆匆。《后汉书·赵岐传》:"卧蓐七年,自虑奄忽,乃为遗令敕兄子。" 逾:越发。 飞扬:激越张扬。《庄子·天地》:"趣舍滑心,使性飞扬。"

（6）《论语·微子》:"楚狂接舆歌而过孔子曰:'凤兮凤兮,何德之衰!往者不可谏,来者犹可追。已而,已而!今之从政者殆而!'" 来者:继其踵者。唐陈子昂《登幽州台歌》:"前不见古人,后不见来者。念天地之悠悠,独怆然而涕下。"

（7）盈虚:事物盛衰变化。《周易·剥》:"君子尚消息盈虚,天行也。"《庄子·秋水》:"消息盈虚,终则有始。" 天运:犹天命。自然运行。《庄子·天运》:"天其运乎?地其处乎?"

（8）何能:怎么能;怎么可以。《古诗十九首》:"为乐当及时,何能待来兹?"

天涯

天涯岁暮冰霜结,永巷人稀罔象游[1]。长夜星辰瞻阁道[2],晓天钟鼓隔云楼[3]。思家有泪仍多病[4],报主无能合远投[5]。留得升平双眼在[6],且应蓑笠卧沧洲[7]。

笺注

（1）永巷:后宫关押宫人处。《尔雅·释宫》"宫中弄谓之壶"宋邢昺《疏》引魏王肃曰:"今后宫称永巷,是宫内道名也。"后为关押宫中人处。《史记·吕太后本纪》:"吕后最怨戚夫人及其子赵王,乃令永巷囚戚夫人,而召赵王。" 罔象:虚无。《文选·洞箫赋》:"薄索合沓,罔象相求。"唐李善《注》:"罔象,虚无罔象然也。"指很少有人前往。

（2）阁道：复道。宫中道。《史记·秦始皇本纪》："先作前殿阿房，东西五百步，南北五十丈，上可以坐万人，下可以建五丈旗。周驰为阁道，自殿下直抵南山。"此指监狱周围之道。

（3）晓天钟鼓：报晓的钟鼓。古代击以报时。唐杜甫《院中晚晴怀西郭茅舍》："復有楼台衔暮景，不劳钟鼓报新晴。"　云楼：耸入云霄的高楼。晋郭璞《山海经图赞·琅邪台》："琅邪巀嶭，屹若云楼。"此或指谯楼。

（4）仍：频繁，重复，频仍。

（5）远投：投放到远处。唐宋之问《桂州三月三日》："代业京华里，远投魑魅乡。"

（6）升平：太平。《汉书·梅福传》："使孝武帝听用其计，升平可致。"唐颜师古《注》引张晏曰："民有三年之储曰升平。"

（7）蓑笠：蓑衣和笠帽。唐柳宗元《江雪》："孤舟蓑笠翁，独钓寒江雪。"　沧州：滨水处。隐居之所。三国魏阮籍《为郑冲劝晋王笺》："然后临沧洲而谢支伯，登箕山以揖许由。"　卧沧洲：放任于山野江湖。唐牟融《处厚游杭作诗寄之》："念我故人劳碌久，不如投老卧沧洲。"

屋罅月[1]

幽室不知年[2]，夜长昼苦短。但见屋罅月，清光自亏满。佳人宴清夜[3]，繁丝激哀管[4]；朱阁出浮云[5]，高歌正凄婉[6]。宁知幽室妇[7]，中夜独愁叹[8]。良人事游侠[9]，经岁去不返[10]。来归在何时？年华忽将晚[11]。萧条念宗祀[12]，泪下长如霰[13]。

笺注

（1）屋罅：见前《见月》注(1)。

（2）不知年：不知时光变迁。

（3）佳人：美人。唐杜甫《佳人》："绝代有佳人，幽居在空谷。" 清夜：清静的夜晚。汉司马相如《长门赋》："悬明月以自照兮，徂清夜于洞房。"

（4）丝、管：乐器。宋翁卷《白纻词》："急竹繁丝互催逼，吴娘娇浓玉无力。" 激：激荡。此指弦竹之乐交汇。

（5）朱阁：朱色楼阁。晋陆机《赠尚书郎顾彦先》之二："玄云拖朱阁，振风薄绮疏。" 浮云：《古诗十九首·西北有高楼》："西北有高楼，上与浮云齐。"

（6）凄婉：悲凉婉转；哀伤。宋陈允平《绕佛阁》："天外渐觉，归雁声远。离思凄婉，重怀执手，东风翠苹岸。"

（7）幽室妇：此乃作者自况。与前"宴清夜"之佳人相对照。

（8）《晋书·祖逖传》："（逖）与司空刘琨俱为司州主簿，情好绸缪，共被同寝。中夜闻荒鸡鸣，蹴琨觉曰：'此非恶声也。'因起舞。" 中夜：半夜，深夜。

（9）良人：古时夫妻互称为良人。《古诗十九首·凛凛岁云暮》："良人惟古欢，枉驾惠前绥。愿得长巧笑，携手同车归。" 游侠：任侠。打击强暴帮助弱小的侠义行为。《史记·汲郑列传》："（汲黯）好学，游侠，任气节，内行修洁，好直谏，数犯主之颜色。"

（10）经岁：经年。唐白居易《和酬郑侍御东阳春闷放怀追越游见寄》："东南门馆别经岁，春眼怅望秋心悲。"

（11）年华：时光。人生。 忽：倏忽间。 将晚：将暮。消逝。

（12）萧条：寂寞冷落无生气。《楚辞·远游》："山萧条而无兽兮，野寂漠其无人。" 宗祀：祭祀祖宗。此指家族。

（13）霰：冰雨。宋文天祥《发鱼台》："天寒日欲短，游子泪如霰。"

别友狱中

居常念朋旧⁽¹⁾，簿领成阔绝⁽²⁾。嗟我二三友，胡然此簪盍⁽³⁾！累累图圉间⁽⁴⁾，讲诵未能辍⁽⁵⁾。桎梏敢忘罪⁽⁶⁾？至道良足悦⁽⁷⁾。所恨精诚眇⁽⁸⁾，尚口徒自蹶⁽⁹⁾。天王本明圣⁽¹⁰⁾，旋已但中热⁽¹¹⁾。行藏未可期⁽¹²⁾，明当与君别。愿言无诡随⁽¹³⁾，努力从前哲⁽¹⁴⁾！

考释

此当在次年(正德二年，1507)被贬龙场出狱前之作。王阳明出狱时间，见前《咎言》考释。狱中友有林省吾，见前《读易》考释。

笺注

（1）朋旧：友朋故旧。南朝宋鲍照《学陶彭泽体诗》："但使尊酒满，朋旧数相过。"

（2）簿领：书信文书。《文选》刘桢《杂诗》："沉迷簿领书，回回自昏乱。"唐刘良《注》："簿领书，谓文书也。"　阔绝：阔别，久绝音信。

（3）胡然：反问。何以。　簪盍：即盍簪。《周易·豫》："九四，由豫，大有得；勿疑，朋盍簪。"朱熹《本义》："然又当至诚不疑，则朋类合而从之矣。"后因以"簪盍"谓朋友相聚。

（4）累累：指牢狱(图圉)众多。宋陆游《沁园春》："念累累枯冢，茫茫梦境，王侯蝼蚁，毕竟成尘。"或指自身憔悴貌。《礼记·玉藻》："表容累累。"　图圉：监牢。《韩非子·三守》："至于守司图圉，禁制刑罚，人臣擅之，此谓刑劫。"

（5）讲诵：讲解，诵读。辍：停止。汉刘珍等《东观汉记·邓弘传》："师事刘述，常在师门，布衣徒行，讲诵孜孜不辍。"王阳明在狱中读书情况，参见前《读易》。

（6）桎梏：脚镣手铐。此指被关押。　敢忘：反问。"何敢忘"之意。

（7）至道：至精至微之道。《礼记·学记》："虽有嘉肴，弗食，不知其旨也；虽有至道,弗学,不知其善也。"

（8）精诚：精微至真。《庄子·渔父》："真者,精诚之至也。不精不诚,不能动人。"　眇：细小,微小。少。

（9）尚口：徒尚口说。《易·困》："有言不信,尚口乃穷也。"唐孔颖达《疏》："处困求通,在于修德,非用言以免困;徒尚口说,更致困穷。"　蹶：颠蹶,困顿挫折。汉桓宽《盐铁论·疾贪》："百姓颠蹶而不扶,犹赤子临井焉,听其入也。若此,则何以为民父母?"

（10）天王：此殆指明正德皇帝。　明圣：圣明。

（11）旋已：旋即,随即就。宋苏轼《湖上夜归》："清吟杂梦寐,得句旋已忘。"　中热：热衷;内心焦躁。

（12）行藏：指出处、行止。《论语·述而》："用之则行,舍之则藏。"晋潘岳《西征赋》："孔随时以行藏,蘧与国而舒卷。"

（13）诡随：妄随人意。《诗经·大雅·民劳》："无纵诡随,以谨无良。"毛《传》："诡随,诡人之善,随人之恶者。"宋朱熹《集传》："诡随,不顾是非而妄随人也。"

（14）前哲：前代贤哲。《文心雕龙·原道》："至夫子继圣,独秀前哲。"

赴谪诗五十五首　正德丁卯年赴谪贵阳龙场驿作。

考释

正德丁卯乃正德二年（1507）。关于守仁赴谪的时间,记载多有不同。《年谱》：正德元年"二月,上封事",下诏狱。"二年夏,赴谪至钱塘"。三年春,"至龙场"。这与历史记载多有出入。当以正德二年春夏间为是。见前《咎言》考释。

此五十五首诗中,从《答汪抑之三首》至《梦与抑之昆季语,湛崔皆在焉。觉而有感,因记以诗三首》诸诗,乃怀念京中诸友,当为出京南行前后之作,可见其当时交游以及心态;从《因雨和杜韵》至《广信元夕蒋太守舟中夜话》诸诗,颇杂乱,多有可疑处,见下各诗考释。余下多记赴龙场途中经历。

答汪抑之三首^[一]

校勘

[一] 三首:《居夷集》无"三首"二字。

考释

汪抑之:汪俊。《明史·汪俊传》:"汪俊,字抑之,弋阳人。父凤,进士,贵州参政。俊举弘治六年会试第一,授庶吉士,进编修。正德中,与修《孝宗实录》,以不附刘瑾、焦芳,调南京工部员外郎。瑾、芳败,召复原官。累迁侍读学士,擢礼部右侍郎。嘉靖元年转吏部左侍郎。"因"大礼仪"事,"遂抗疏乞休。再请益力,帝怒,责以肆慢,允其去。召席书未至,令吴一鹏署事。《明伦大典》成,落俊职,卒于家。隆庆初,赠少保,谥文庄。俊行谊修洁,立朝光明端介。学宗洛、闽。与王阳明交好,而不同其说。学者称'石潭先生'"。

(一)

去国心已恫⁽¹⁾,别子意弥恻⁽²⁾。伊迩怨昕夕⁽³⁾,况兹万里隔!恋恋岐路间⁽⁴⁾,执手何能默⁽⁵⁾?子有昆弟居⁽⁶⁾,而我远亲侧⁽⁷⁾;回思菽水欢⁽⁸⁾,羡子何由得⁽⁹⁾!知子念我深,夙夜敢忘惕⁽¹⁰⁾!良心忠信资^{[一](11)},蛮貊非我戚⁽¹²⁾。

校勘

［一］良心：《居夷集》作"良无"。

笺注

（1）心恫：恫心；痛心；痛恨。《新唐书·萧锐传》："我是以恫心疾首，思刷厥耻。"

（2）弥：愈发。　恻：哀伤不忍。南朝陈徐陵《为贞阳侯答王太尉书》："无识之徒，忽然逆战。前旌未举，即自披猖，惊悼之情，弥以伤恻。"

（3）伊迩：近处。《诗经·小雅·谷风》："不远伊迩，薄送我畿。"　昕夕：早晚、朝暮。宋沈括《贺年启》："祈颂之诚，昕夕于是。"此句意谓即使在近处，尚有朝暮难以相见之怨。

（4）恋恋：依恋不舍状。《后汉书·何进传》："惟受恩累世，今当远离宫殿，情怀恋恋。"　歧路间：岔路口；分别处。三国魏曹植《美女篇》："美女妖且闲，采桑歧路间。"

（5）执手：握手；拉手。《诗经·郑风·遵大路》："遵大路兮，掺执子之手兮。"汉郑玄《笺》："言执手者，思望之甚也。"宋柳永《雨霖铃》："执手相看泪眼，竟无语凝噎。"

（6）汪俊有弟汪伟。《明史·汪俊传》："弟伟，字器之。由庶吉士授检讨。与俊皆忤刘瑾，调南京礼部主事。瑾诛，复故官。屡迁南京国子祭酒。武宗以巡幸至，率诸生请幸学，不从。江彬矫旨取玉砚，伟曰：'有秀才时故砚，可持去。'俊罢官之岁，伟亦至吏部右侍郎，偕廷臣数争'大礼'，又伏阙力争。及席书、张璁等议行，犹持前说不变。转官左侍郎，为陈洸劾罢，卒于家。"

（7）远亲侧：远离亲人身边。

（8）菽水欢：菽水承欢。《礼记·檀弓下》："子路曰：'伤哉，贫也！生无以为养，死无以为礼也。'孔子曰：'啜菽饮水尽其欢，斯之谓孝。'"侍奉父母使其欢喜。菽水，豆和水，指普通饮食。

（9）羡子：羡慕你。宋欧阳修《送徐生之渑池》："羡子年少正得路，有如扶桑初日升。"

(10) 惕：小心谨慎；不解怠。宋朱熹《戊申封事》："尚当朝兢夕惕，居安虑危，而不可以少怠。"

(11) 忠信：忠诚信实。《周易·乾》："九三曰……君子进德修业，忠信所以进德也。"　资：此指凭借。《世说新语·文学》："夫无者，诚万物之所资。"

(12) 蛮貊：南方和北方部族。亦泛指四方部族。《尚书·武成》："华夏蛮貊，罔不率俾。"汉桓宽《盐铁论·通有》："求蛮貉之物以眩中国。"贵州当时被认为是未开发的"蛮"地。　戚：忧愁；悲哀；担忧。

（二）

北风春尚号[1]，浮云正南驰[2]。风云一相失[3]，各在天一涯。客子怀往路[4]，起视明星稀[5]。驱车赴长坂[6]，迢迢入岚霏[7]。旅宿苍山底[一][8]，雾雨昏朝弥[9]。间关不足道[10]，嗟此白日微[11]。切磋怀良友[12]，愿言毋心违[13]！

校勘

［一］山：《居夷集》作"峡"。

笺注

（1）此句可见当时为初春时节。

（2）浮云：王阳明自喻。　南驰：向南而去。南朝宋鲍照《芜城赋》："南驰苍梧涨海，北走紫塞雁门。"

（3）相失：错过。唐杜甫《忆昔二首》之二："齐纨鲁缟车班班，男耕女桑不相失。"

（4）客子：离家在外的人。汉王粲《怀德》："鹳鹆在幽草，客子泪已零。去乡三十载,幸遭天下平。"此指守仁自身。　往路:前去的道路。旧题汉李陵《与苏武》诗之二:"行人怀往路,何以慰我愁。"

(5)星稀:星星稀少。时已天明也。唐李白《下终南山过斛斯山人宿置酒》:"长歌吟松风,曲尽河星稀。"

(6)驱车:驾车。《古诗十九首》:"驱车上东门,遥望郭北墓。"　长坂:长的坡道;高坡。汉司马相如《哀二世赋》:"登陂陁之长坂兮,坌入曾宫之嵯峨。"

(7)岚霏:山间云雾。宋林逋《山阁偶书》:"但将松籁延佳客,常带岚霏认远村。"

(8)苍山:青山。唐刘长卿《逢雪宿芙蓉山主人》:"日暮苍山远,天寒白屋贫。"

(9)昏朝:朝夕。　弥:弥茫。

(10)间关:道路崎岖。《后汉书·邓寇列传》:"使者间关诣阙。"唐李贤《注》:"间关,犹崎岖也。"

(11)白日:太阳;阳光。汉王粲《登楼赋》:"步栖迟以徙倚兮,白日忽其将匿。"

(12)切磋:切磋相正。宋王安石《与王深父书》之一:"自与足下别,日思规箴切劘之补,甚于饥渴。"

(13)愿言:思念殷切貌。《诗经·卫风·伯兮》:"愿言思伯,甘心首疾。"郑玄《笺》:"愿,念也。我念思伯,心不能已。"　心违:心愿没有达到。唐杜甫《忆昔行》:"秋山眼冷魂未归,仙赏心违泪交堕。"

(三)

闻子赋茅屋[1],来归在何年[2]?索居间楚越[3],连峰郁参天[4]。缅怀岩中隐[5],磴道穷扳缘[6]。江云动苍壁,山月流澄川[7]。朝采石上芝[8],暮漱松间泉[9]。鹅湖有前约[10],鹿洞多遗编[11]。寄子春鸿书[12],待我秋江船[13]。

笺注

（1）赋：铺陈。设置。　茅屋：《左传·桓公二年》："清庙茅屋。"杜预注："以茅饰屋，著俭也。"

（2）来归：归来。汉乐府《陌上桑》："来归相怨怒，但坐观罗敷。"

（3）索居：离散孤独而居。《礼记·檀弓上》："吾离群而索居，亦已久矣。"汉郑玄《注》："群，谓同门朋友也；索，犹散也。"晋陶潜《祭程氏妹文》："兄弟索居，乖隔楚越。"

（4）郁：葱郁。青翠繁盛貌。　参天：高悬或高耸于天空。宋梅尧臣《和永叔啼鸟》："深林参天不见日，满壑呼啸谁识名。"

（5）岩中隐：山间隐居。

（6）磴道：登山的石径。南朝宋颜延之《七绎》："岩屋桥构，磴道相临。"　扳缘：攀着他物向上爬。

（7）山月：此指山月之光。　澄川：澄净的川流。南朝宋谢灵运《上留田行》："循听一何矗矗，上留田。澄川一何皎皎，上留田。"

（8）石上芝：殆即"石芝"。又道教传说中的灵草。宋苏轼《石芝》："肉芝烹熟石芝老，笑唾熊掌蕲雕胡。"

（9）漱松间泉：宋张磐《绮罗香·渔浦有感》："浦月窥檐，松泉漱枕，屏里吴山何处。"此二句指想象中的"岩隐"生活。

（10）鹅湖：江西省铅山县荷湖山。晋末有龚氏畜鹅于此，因名鹅湖山。宋淳熙二年吕祖谦约朱熹、陆九龄、陆九渊兄弟讲学鹅湖寺，后人立书院。《宋史·儒林传四·陆九渊》："九渊尝与朱熹会鹅湖，论辨所学，多不合。"此乃著名的"鹅湖之会"。后人于此立书院。

（11）鹿洞：白鹿洞书院，位于江西庐山五老峰南麓后屏山之阳。唐代贞元时，李渤、李涉兄弟于此隐居。后南宋淳熙六年，朱熹知南康军，重建白鹿洞书院，

　　因而有名。　遗编：前人遗留下来的诗文。

(12) 春鸿书：指春雁北还传书。唐杜甫《天末怀李白》："鸿雁几时到，江湖秋水
　　　多。"唐李商隐《离思》："朔雁传书绝，湘篁染泪多。"

(13) 秋江船：指回归之舟。唐王昌龄《重别李评事》："莫道秋江离别难，舟船明日
　　　是长安。"

阳明子之南也，其友湛元明歌九章以赠，崔子钟和之以五诗，于是阳明子作八咏以答之

考释

　　湛元明：湛若水。《明史·湛若水传》："湛若水，字元明，增城人。弘治五年
举于乡，从陈献章游，不乐仕进，母命之出，乃入南京国子监。十八年会试，学士张
元祯、杨廷和为考官，抚其卷曰：'非白沙之徒不能为此。'置第二，赐进士，选庶吉
士，授翰林院编修。""已，迁南京国子监祭酒，作《心性图说》以教士，拜礼部侍郎。
仿《大学衍义补》，作《格物通》，上于朝。历南京吏、礼、兵三部尚书。""老，请致仕，
年九十五卒。"又黄绾《阳明先生行状》：甲子(弘治十七年)，阳明"改兵部武库司
主事。明年，白沙陈先生高弟甘泉湛公若水，一会而定交，共明圣学"。

　　崔子钟：崔铣。《明史·崔铣传》："字子钟，又字仲凫，初号后渠，改号少石，
安阳(今河南安阳市)人。弘治十八年进士，选庶吉士，授编修。"

　　关于二人赠送王阳明的诗，湛若水《泉翁先生大全集》卷四十有《九章赠别》，
曰："《九章》，赠阳明山人王伯安也。山人为天德王道之学，不偶于时，以言见遣。"
九章之名为《窈窕》《迟迟》《黄鸟》《北风》《行行》《我有》《皇天》《穷索》《天地》。湛
若水《王阳明墓志铭》中列有两首：第七首《皇天》曰"皇天常无私，日月常盈亏"；
第九首《天地》曰"天地我一体，宇宙本同家"。可见当时情景。

阳明此八咏,前两首和第八主要是写离别之情。余五首多言对儒学的看法。

第三首言儒学流变;第四首谈心、理关系;第五首言道、器不可分为二;第六首探讨虚静、中、未发、欲等《周易》和太极说的概念;第七首涉及宋代的濂洛之学,可见当时王阳明与诸友探讨理学状况。"龙场大悟"之前,王阳明多承周敦颐、二程之说,然也已显现对正统解释的疑问倾向。又,这些诗也可见当时王阳明与湛、崔的思想交流。

其一^[一]

君莫歌九章⁽¹⁾,歌以伤我心^[二]。微言破寥寂⁽²⁾,重以离别吟。别离悲尚浅,言微感逾深。瓦缶易谐俗,谁辩黄钟音?⁽³⁾

校勘

[一] 其一:原本无,据体例补。

[二] 以:《居夷集》作"之"。

笺注

(1) 九章:湛若水所作九首诗。参考释。

(2) 微言:含蓄精微的言辞。《逸周书·大戒》:"微言入心,凤喻动众。"

(3) 瓦缶、黄钟:比喻艺术性较低和较高的文艺作品。明谢榛《四溟诗话》卷三:"试诵我诗一篇或一联,以见黄钟瓦缶,声调同异,则工拙两存乎心,所论公平,靡不服矣。"瓦缶,亦作"瓦釜",古代用作简单的乐器。后以指粗俗的音乐或平庸的事物。黄钟,古之打击乐器,多为庙堂所用。 谐俗:与时俗相谐合。

其二

君莫歌五诗⁽¹⁾,歌之增离忧⁽²⁾。岂无良朋侣⁽³⁾?洵乐相邀

游[4]。譬彼桃与李[5]，不为仓囷谋[6]。君莫忘五诗，忘之我焉求[7]？

笺注

（1）五诗：崔铣所作五诗。

（2）离忧：离别的忧思；离人的忧伤。唐杜甫《长沙送李十一》："李杜齐名真忝窃，朔云寒菊倍离忧。"仇兆鳌注："离忧，离别生忧也。"

（3）良朋侣：良朋；泛指好友。《诗经·常棣》："每有良朋。"《周易·兑》："《象》曰：丽泽，兑；君子以朋友讲习。"唐孔颖达《疏》："同门曰朋，同志曰友。"

（4）洵：确实。　遨游：漫游，畅游。宋苏轼《赤壁赋》："挟飞仙以遨游，抱明月而长终"。

（5）桃与李：《乐府诗集·相和歌辞三·鸡鸣》："桃在露井上，李树在桃旁，虫来啮桃根，李树代桃僵。树木身相代，兄弟还相忘！"谓以桃李能共患难，言弟兄岂能相忘，当同甘苦。

（6）仓囷：贮藏粮食的仓库。《韩非子·难二》："因发仓囷赐贫穷。"此指为生计谋。

（7）焉求：晋陶潜《归去来辞》："世与我而相违，复驾言兮焉求？"

其三

　　洙泗流浸微[1]，伊洛仅如线[2]；后来三四公[3]，瑕瑜未相掩[4]。嗟予不量力，跛鳖期致远[5]。屡兴还屡仆，惴息几不免[6]。道逢同心人[7]，秉节倡予敢[8]。力争毫厘间，万里或可勉。[9]风波忽相失[10]，言之泪徒泫[11]。

笺注

（1）洙泗：洙水和泗水。《水经》："泗水出鲁卞县北山。""洙水出泰山盖县临乐山。西南至卞县,入于泗。"《汉书·地理志》作"入池水"。北魏郦道元《水经注》:"《地理志》曰:临乐山,洙水所出,西北至盖入泗水。或作池字,盖字误也。"关于洙、泗二水,历来记载议论纷然,不赘引。盖二水在今山东,洙水在北,泗水在南。古时春秋时属鲁国地。孔子在洙泗之间聚徒讲学。《礼记·檀弓上》:"吾与女事夫子于洙泗之间。"后以此称孔子儒家之学。　浸微:渐渐衰微。东汉班固《汉书·董仲舒传》:"上嘉唐虞,下悼桀纣,浸微浸灭浸明浸昌之道,虚心以改。"又,王阳明《朱子晚年定论序》:"洙泗之传,至孟子而息。千五百余年,濂溪、明道始复追寻其绪。自后辨析日详,然亦日就支离决裂,旋复湮晦。"

(2)伊洛:指宋程颢、程颐的理学。程氏兄弟洛阳人,讲学伊洛之间,故称。《宋史·隐逸传下·刘勉之》:"时蔡京用事,禁止毋得挟元祐书,自是伊洛之学不行。"　仅如线:不绝如线,指孔子之学传承衰危。《公羊传·僖公四年》:"南夷与北狄交,中国不绝若线。"汉何休《注》:"线,缝帛缕,以喻微也。"

(3)三四公:此指二程以后的理学诸公。

(4)瑕瑜:瑕,玉上的斑点,指缺点。瑜,美玉。《礼记·聘义》:"瑕不掩瑜,瑜不掩瑕,忠也。"指优点和不足都很明显。

(5)跛鳖:跛行。宋邹浩《秋蝇》:"驱除付疲兵,只足增跛鳖。"　致远:远行。指有所作为。

(6)惴息:恐惧不安。唐司空图《容成侯传》:"物怪遇之,莫不惴息自废。"

(7)同心人:情志相同之人。唐薛涛《春望四首》之三:"不结同心人,空结同心草。"

(8)秉节:持节。节,古代使臣所持的符节。宋欧阳修《武恭王公神道碑》:"秉节治戎,出征入卫。"此盖阳明自谓,应奉天命,首倡振兴儒学之"符节"。

(9)毫厘、万里:《大戴礼记·保傅》:"《易》曰:'正其本,万物理。失之毫厘,差之

千里。'故君子慎始也。" 可勉：可以努力达到。唐太宗李世民《帝范·崇
文》："非知之难，惟行之不易；行之可勉，惟终实难。"

（10）风波：当指正德元年王阳明上疏遭贬谪事。

（11）泪徒泫：徒然流泪潜泫。《隋书·杨玄感传》："谁谓国家一旦至此，执笔潜
泫，言无所具。"

其四

此心还此理⁽¹⁾，宁论己与人⁽²⁾！千古一嘘吸⁽³⁾，谁为叹离群⁽⁴⁾？
浩浩天地内，何物非同春⁽⁵⁾！相思辄奋励⁽⁶⁾，无为俗所分⁽⁷⁾。但使
心无间⁽⁸⁾，万里如相亲。不见宴游交⁽⁹⁾，征逐胥以沦⁽¹⁰⁾。

笺注

（1）心、理：儒学的重要概念。各家有不同的解说。同一人在不同的时期和场
合，也有不同表述。如二程、朱、陆都认为理是世界万物的终极本原。陆九
渊强调心即理，认为"人皆有是心，心皆具是理，心即理也"（《与李宰书》）。
朱熹则认为"天地之间，有理有气。理也者，形而上之道也，生物之本也"
（《朱子语类》卷一一七）。又《朱文公文集·答黄道夫》："天下万物当然之则
便是理。"由此处可见王阳明此时对"心""理"概念的理解倾向。

（2）宁论：哪管。即不顾及之意。杜甫《秋雨叹》："城中斗米换衾裯，相许宁论两
相直。"陆龟蒙《奉酬袭美苦雨见寄》："自爱垂名野史中，宁论抱困荒城侧。"

（3）嘘吸：吐纳呼吸。《庄子·天运》："风起北方，一西一东，有上彷徨，孰嘘吸
是？"唐成玄英《疏》："嘘吸，犹吐纳也。"《三国志·魏志·管辂传》"共为欢
乐"南朝宋裴松之《注》引《辂别传》："殷殷雷声，嘘吸雨灵。"或谓呼吸，即千
古一呼吸间。

（4）离群：脱离亲朋伴侣。唐王勃《江亭夜月送别》："津亭秋月夜,谁见泣离群?"

（5）同春：同被春光。

（6）奋励：奋发激励。北齐颜之推《颜氏家训·勉学》："勃然奋励,不可恐慑也。"

（7）无为：不要,不用。此指不要被"俗"务分心。

（8）无间：没有隔阂;关系极密。宋陈亮《酌古论·李愬》："愬复能待以厚礼,示
　　　 之赤诚,言笑无间,洞见肺腑。"

（9）宴游交：宴饮游乐之交。《论语·季氏》："乐骄乐,乐佚游,乐宴乐,损矣。"

（10）征逐：此指酒食征逐。谓酒肉朋友互相邀请吃喝玩乐。语本唐韩愈《柳子厚
　　　 墓志铭》："今夫平居里巷相慕悦,酒食游戏相征逐,诩诩强笑语以相取
　　　 下。"　胥：皆。《方言》："胥,皆也。"　沦：指沦陷、沦丧,没落。唐张鷟《游
　　　 仙窟》："下官堂构不绍,家业沦胥。"

其五

　　器道不可离(1),二之即非性(2)。孔圣欲无言(3),下学从泛应(4)。
君子勤小物(5),蕴蓄乃成行(6)。我诵穷索篇(7),于子既闻命(8)。如
何圜中士(9),空谷以为静(10)?

笺注

（1）器、道：中国思想中的基本概念。一般而言,器,指具象的事物、方法;道,指
　　　 抽象的理论、规律。《易·系辞上》："形而上者谓之道,形而下者谓之器。"对
　　　 此,各个时期、不同学派有不同解说。王阳明此时所受的主要是宋代理学的
　　　 道器观。他提出"道器不可离"的看法,已显现出和当时处于正统地位的朱
　　　 子学说的差异。朱熹在《答黄道夫》中曰："理也者,形而上之道也,生物之本
　　　 也;气也者,形而下之器也,生物之具也。"存在着将二者分离的倾向。当然,

朱子之说存在变化,其后学的解释也有分化。而王阳明则强调二者不可分。

（2）性：人和物的自然本质。《论语·阳货》："子曰：'性相近也,习相远也。'"《孟子·告子》："生之谓性。"后在翻译成汉语的佛教经典中,把梵文"tathāgata-dhātu"等语也翻译成"性"或"佛性",其意也是指事物内在的不可变易的本质。各种解释有不同的倾向。阳明此所言性,殆理学之性。

（3）《论语·阳货》："子曰：'予欲无言。'子贡曰：'子如不言,则小子何述焉?'子曰：'天何言哉? 四时行焉,百物生焉,天何言哉?'可见孔子不欲言抽象的性与天道。"

（4）下学：低层次之学,具体的人、事之学。《论语·宪问》："不怨天,不尤人,下学而上达。" 泛应：敷衍。不求甚解。

（5）勤小物：注意小事。《国语·晋语》："《周书》有之曰：'怨不在大,亦不在小。'夫君子能勤小物,故无大患。"

（6）蕴蓄：逐步聚蓄。 成行：殆用《庄子·逍遥游》"适千里者三月聚粮"之典。

（7）穷索：苦心思索。宋程颢《识仁篇》："学者须先识仁。仁者,浑然与物同体,义、礼、智、信皆仁也。识得此理,以诚敬存之而已,不须防检,不须穷索。若心懈,则有防;心苟不懈,何防之有! 理有未得,故须穷索;存久自明,安待穷索!"宋朱熹《答林择之书》："熹近只就此处见得向来所未见底意思,乃知'存久自明,何待穷索'之语,是真实不诳语。"

（8）闻命：听从教导、接受天命。《孟子·万章上》："咸丘蒙曰：'舜之不臣尧,则吾既得闻命矣。'"

（9）圜中士：《周礼·秋官》："司圜中士六人。"圜,牢狱也。王阳明前此被系狱,此际乃赴贬龙场途中,故以"圜中士"自称也。

（10）空谷以为静：处于空谷中那样安静。《诗经·白驹》："皎皎白驹,在彼空谷。"《庄子·徐无鬼》："闻人足音跫然而喜也。"指对于儒学的心性之说,世间知者寥寥,宛如空谷足音。

其六

　　静虚非虚寂⁽¹⁾,中有未发中⁽²⁾。中有亦何有⁽³⁾? 无之即成空⁽⁴⁾。无欲见真体⁽⁵⁾,忘助皆非功⁽⁶⁾。至哉玄化机⁽⁷⁾,非子孰与穷⁽⁸⁾!

笺注

（1）静虚:虚、静,是指心态的宁静、空明状,自然的原始状态。周敦颐主张静虚:"或问:'圣可学乎?'濂溪先生(周敦颐)曰:'可。''有要乎?'曰:'有。''请问焉。'曰:'一为要,一者无欲也。无欲则静虚动直。静虚则明,明则通;动直则公,公则溥。明通公溥,庶矣乎。'"(朱熹、吕祖谦《近思录》卷四《存养》)朱熹则认为:"夫易,变易也,兼指一动一静、已发未发而言之也。太极者,性情之妙也,乃一动一静、未发已发之理也,故曰《易》有太极,言即其动静、阖辟而皆有是理也。若以易字专指已发为言,是又以心为已发之说也。"(朱熹《答吴晦叔四》)　寂:当指佛教中所说的"空""无"状况。对此,也有多种解释。《年谱》"弘治十五年":"是年先生渐悟仙释二氏之非。"这已经区分了"静虚"和"虚寂"。王阳明《传习录·上》:"吾自幼笃专二氏,自谓既有所得,谓儒者为不足学。其后居夷三载,见得圣人之学,若是其简易广大,始自叹悔,错用了三十年气力。大抵二氏之学,其妙与圣人只有毫厘之间。"他的思想转变,有一个过程。此句,可见其区分儒佛之别的倾向。

（2）中、未发:也是儒学专门概念。中,见《中庸》:"喜怒哀乐之未发,谓之中;发而皆中节,谓之和。"《近思录》引程颐语:"'喜怒哀乐未发谓之中',中也者,言寂然不动者也,故曰'天下之大本'。"(《近思录》卷一《道体》)朱熹认为:

"《中庸》未发已发之义,前此认得此心流行之体,又因程子凡言心者,皆指已发而言,遂目心为已发,性为未发。"(朱熹《与湖南诸公论中和第一书》)是既有判断人性的价值意义,又有从本体上来探讨的意义。

（3）中：这里的中当是指作为本体的"中",守仁此时也认为其为"虚",但认为静中有"未发"的态势和张力,并非"虚寂",所以有"亦何有"之问。和前面所说的"静虚"可互参。

（4）无之：以其为"无",为自然本原状态。

（5）无欲：程朱理学强调"无欲"。二程认为："无人欲,即皆天理。"(《二程遗书》卷十五)朱熹也在一定程度上主张："私欲全无,天理尽见,即此便是仁。"(《朱子语类》卷十二)虽说在不同时期,朱熹对"欲"的论说或有侧重不同,朱熹又有不全盘否定"欲"之说,但程朱之说的基本倾向,多主"无欲"即"天理"。

（6）忘助：道教修炼用语。勿忘勿助,是指在修炼之中,对于身体内景的变化,保持自然的状况。明张三丰《道源浅近说》："神息相依,守其清净自然曰勿忘,顺其清净自然曰勿助。勿忘勿助,以默以柔,息活泼而心自在。" 非功：非功夫所在。

（7）玄化：自然神妙。唐王昌龄《岳阳别李十七越宾》："闭门观玄化,携手遗损益。" 机：机微。

（8）穷：穷尽;探究。《吕氏春秋·下贤》："穷高极远,而测深厚。"

其七

忆与美人别⁽¹⁾,赠我青琅函⁽²⁾。受之不敢发,焚香始开缄⁽³⁾;讽诵意弥远⁽⁴⁾,期我濂洛间⁽⁵⁾。道远恐莫致⁽⁶⁾,庶几终不惭⁽⁷⁾。

笺注

（1）美人：指上所见湛若水等友人。

（2）青琅函：殆指青色织品和玉石装潢的函套，又指这种函套装的书籍。唐欧阳
　　詹《李评事公进示文集因赠之》："逮兹觏清扬，幸睹青琅编。"有学者认为，此
　　"青琅函"就是弘治十七年刊行的陈白沙的文集，以此说明王阳明和陈白沙
　　学术的关联，可供参考(见姜允明《从"陆王学派"一词的商榷论儒佛会通》)。

（3）开缄：开拆(函件等)。唐李白《久别离》："况有锦字书，开缄使人嗟。"

（4）弥远：久远；深长。《文选》班固《幽通赋》："靖潜处以永思兮，经日月而弥
　　远。"唐李善《注》引曹大家曰："言己安静长思，不欲毁绝先人之功迹，日月不
　　居，忽复大远。"

（5）濂洛：濂，濂学，宋代周敦颐，字茂叔，晚号濂溪先生。洛，洛学，一般指程颢、
　　程颐开创之学派，也有将邵雍归入者。王阳明此处在儒学中专提"濂洛"，可
　　见当时他和湛若水等对儒学的期待。再考阳明前后诗文中，鲜有言及"关
　　闽"者，值得玩味。

（6）《诗经·卫风·竹竿》："岂不尔思？远莫致之。"此指自己可能达不到那样的
　　地步。

（7）庶几：或许能够。《史记·秦始皇本纪》："庶几息兵革。"　不惭：无愧于心。
　　唐李白《侠客行》："纵死侠骨香，不惭世上英。"

其八

　　忆与美人别，惠我云锦裳[1]。锦裳不足贵，遗我冰雪肠[2]。寸
肠亦何遗[3]？誓言终不渝。珍重美人意，深秋以为期[4]。

笺注

（1）云锦裳：云纹的织物，美丽的衣服。此喻华美文章。宋苏轼《潮州韩文公庙

碑》:"手抉云汉分天章,天孙为织云锦裳。"

（2）冰雪肠:纯洁透彻之心。宋苏轼《九月十五日观月听琴西湖一首示坐客》:
"使我冰雪肠,不受曲蘗醺。"清王文诰案:"纪昀曰:清思袅袅,静意可掬,不
似俗手貌为恼恍语。"宋杨万里《谢陈希颜惠兔羓》:"先生锦心冰雪肠,银钩
珠唾千万章。"

（3）寸肠:指胸臆,心间。唐韩偓《感旧》:"省趋弘阁侍貂珰,指坐恩深刻寸肠。"

（4）《诗经·卫风·氓》:"将子无怒,秋以为期。"

南游三首[一] 元明与予有衡岳、罗浮之期,赋《南游》,申约也[二]。

校勘

［一］《居夷集》无"三首"二字。

［二］《居夷集》"申约"前,有"以"字。

考释

元明:湛若水,字元明。见前《阳明子之南也》诗考释。衡岳:南岳衡山。唐
许浑《送卢先辈自衡岳赴复州嘉礼》之二:"万重岭峤辞衡岳,千里山陂问竟陵。"罗
浮:山名。在广东省东江北岸惠州一带。晋葛洪曾在此山修道,道教称为"第七
洞天"。南朝陈徐陵《奉和山地》:"罗浮无定所,郁岛屡迁移。"申约:重申约定。

其一

南游何迢迢(1),苍山亦南驰(2)。如何衡阳雁(3),不见燕台书(4)？
莫歌澧浦曲(5),莫吊湘君祠(6)。苍梧烟雨绝(7),从谁问九疑(8)？

笺注

（1）迢迢：遥远的样子。晋潘岳《内顾诗》之一："漫漫三千里，迢迢远行客。"

（2）苍山：青山。

（3）衡阳雁：南飞之雁。宋范仲淹《渔家傲·秋思》："塞下秋来风景异，衡阳雁去无留意。"

（4）燕台书：燕台句。唐代李商隐尝作《燕台诗》四首，描情摹怨、忆旧伤别，传颂一时。后因以"燕台句"指工于言情的诗词佳作。此代湛若水等友朋所作之精美诗文。宋周邦彦《瑞龙吟·春词》："惟有旧家秋娘，声价如故。吟笺赋笔，犹记《燕台》句。"燕台，战国时燕昭王所筑黄金台。相传燕昭王筑此台以招纳天下贤士。见南朝梁任昉《述异记》卷下。

（5）澧浦曲，即指《湘君》《湘夫人》。

（6）湘君祠：亦称湘妃祠，又名湘山祠。《史记·秦始皇本纪》："始皇还，过彭城，斋戒祷祠，欲出周鼎泗水。使千人没水求之，弗得。乃西南渡淮水，之衡山、南郡。浮江，至湘山祠。逢大风，几不得渡。上问博士曰：'湘君何神？'博士对曰：'闻之，尧女，舜之妻，而葬此。'"宋杨时《湘君祠》："鸟鼠荒庭暮，秋花覆短墙。苍梧云不断，湘水意何长。泽岸蒹葭绿，篱根草树黄。萧萧竹间泪，千古一悲伤。"

（7）苍梧：地名。《礼记·檀弓上》："舜葬于苍梧之野。"一说，葬处为湖南醴陵九嶷山一带。

（8）九疑：九嶷山。在湖南广东交界处。

其二[一]

　　九疑不可问，罗浮如可攀(1)。遥拜罗浮云，奠以双琼环(2)。渺渺洞庭波(3)，东逝何时还(4)？生人不努力(5)，草木同衰残(6)！

校勘

[一] 此在《居夷集》为"其三"。应由洞庭而往九嶷山,《居夷集》顺序为是。

笺注

（1）如可攀：似乎可以攀登。

（2）琼：似玉的美石。《诗经·著》："尚之以琼英乎而。"毛《传》："琼英,美石似玉者。"唐李商隐《一片》："一片琼英价动天,连城十二昔虚传。" 环：《说文》："环,璧也。"

（3）洞庭波：见《楚辞·九歌·湘夫人》："袅袅兮秋风,洞庭波兮木叶下。"显示作者远行的伤感之情。

（4）东逝：向东流逝。明杨慎《西江月》："滚滚长江东逝水,浪花淘尽英雄。"

（5）生人：活着的人。《庄子·至乐》："视子所言,皆生人之累也,死则无此矣。"《乐府诗集·长歌行》："百川东到海,何时复西归。少壮不努力,老大徒伤悲。"

（6）衰残：衰老残缺。唐卢仝《除夜》："衰残归未遂,寂寞此宵情。旧国余千里,新年隔数更。"和草木一样衰灭。

其三^[一]

    洞庭何渺茫,衡岳何崔嵬！风飘回雁雪⁽¹⁾,美人归未归⁽²⁾？我有紫瑜珮⁽³⁾,留挂芙蓉台⁽⁴⁾。下有蛟龙峡⁽⁵⁾,往往兴云雷⁽⁶⁾。

校勘

[一]《居夷集》此为"其二"。

笺注

（1）回雁：回雁峰,向称衡岳第一峰,为南方赏雪胜地。

（2）美人：殆指湛若水，因为他是广东人，故有此问。

（3）瑜珮：玉佩。亦借指戴玉佩的人。唐裴守真《奉和太子纳妃太平公主出降》："瑜珮升青殿，穟华降紫微。"

（4）芙蓉台：此指离别时的楼台。

（5）蛟龙峡：指变幻不定、蛟龙翻腾的峡谷。

（6）兴云雷：兴起云雷。《易·屯》："《象》曰：云雷，屯，君子以经纶。"

忆昔答乔白岩，因寄储柴墟三首

考释

乔白岩：乔宇，号白岩。《明史·乔宇传》："乔宇，字希大，山西乐平人。祖毅，工部左侍郎。父凤，职方郎中。皆以清节显。宇登成化二十年进士，授礼部主事。弘治初，王恕为吏部，调之文选，三迁至郎中。门无私谒。擢太常少卿。武宗嗣位，遣祀中镇、西海。还朝，条上道中所见军民困苦六事。已，迁光禄卿，历户部左、右侍郎。刘瑾败，大臣多以党附见劾，宇独无所染。拜南京礼部尚书。"后历任吏部尚书等。死后谥"庄简"。王阳明有《送宗伯乔白岩序》，载上古本《全集》卷七，可参见。

储柴墟：储巏，号柴墟。《明史》卷二八六《文苑传二》云："储巏，字静夫，泰州人。九岁能属文。母疾，刲股疗之，卒不起。家贫，力营墓域。"

其一

忆昔与君约[1]，玩《易》探玄微[2]。君行赴西岳[3]，经年始来归[4]。方将事穷索[5]，忽复当远辞[6]。相去万里余，后会安可期[7]？

问我长生诀⁽⁸⁾，惑也吾谁欺⁽⁹⁾！盈亏消息间⁽¹⁰⁾，至哉天地机⁽¹¹⁾。圣狂天渊隔⁽¹²⁾，失得分毫厘⁽¹³⁾。

笺注

（1）与君约：指与乔宇曾有约定。

（2）玄微：深奥精微。《世说新语·识鉴》南朝梁刘孝标《注》引晋邓粲《晋纪》：王湛兄子王济往省湛，"因共谈《易》。剖析入微，妙言奇趣，济所未闻，叹不能测"。

（3）赴西岳：《明史·乔宇传》："武宗嗣位，遣祀中镇、西海。"

（4）经年：过了很久。宋柳永《雨霖铃》："此去经年，应是良辰好景虚设。"

（5）穷索：深究探索。参见前《阳明子之南也……作八咏以答之》其五注(7)。

（6）忽复：突然再次。唐李白《行路难》："忽复乘舟梦日边。" 远辞：指自己被贬远行。

（7）安可期：怎么可预见。古乐府《西门行》："人寿非金石，年命安可期？"

（8）长生诀：长生之诀。守仁尝事道家养生之学，故有此问。

（9）惑也：感到疑惑。 吾谁欺：犹吾欺谁。

（10）盈亏：自然的消长变化。《易·谦·彖》："天道亏盈而益谦。" 消息：万物的消亡生息。《易·丰·彖》："日中则昃，月盈则食，天地盈虚，与时消息。"

（11）至哉：《易·坤·彖》"至哉坤元"注："至谓至极也。" 天地机：天地自然发展的枢机。《荀子·天论》："是天地之变、阴阳之化，物之罕至者也。" 此两句指天地自然消息兴衰之机极其精微。

（12）圣狂：圣人和狂妄者。宋苏轼《书义一》："惟圣罔念作狂，惟狂克念作圣。" 天渊隔：天渊之别。

（13）分毫厘：差别就在毫厘之间。《荀子·儒效》："圣人也者，本仁义，当是非，齐言行，不失豪(毫)厘。"此反映王阳明对道家养生说的思考和对于"天地机"

的认识。

其二

　　毫厘何所辩？惟在公与私[(1)]。公私何所辩？天动与人为[(2)]。遗体岂不贵[(3)]？践形乃无亏[(4)]。愿君崇德性[(5)]，问学刊支离[(6)]。毋为气所役[一][(7)]，毋为物所疑[(8)]；恬淡自无欲[(9)]，精专绝交驰[(10)]。博弈亦何事[(11)]，好之甘若饴[(12)]？吟咏有性情[(13)]，丧志非所宜[(14)]。非君爱忠告，斯语容见嗤[(15)]；试问柴墟子[(16)]，吾言亦何如？

校勘

[一] 毋：上古本《全集》作"无"。

笺注

（1）公、私：《说文》："公，平分也。""私，禾也。"《尚书·周官》："以公灭私，民其允怀。""公""私"概念，历史上多有变化。

（2）天动：天地自然的变动。魏李康《运命论》："天动星回，而辰极犹居其所。"人为：人力作为。汉扬雄《法言·问明》："命者，天之命也，非人为也。"此可见王阳明区别"圣""狂"的标准之一。

（3）遗体：指自己的身体。因为父母所生，故自己身体为父母所遗之体。《礼记·祭义》："身也者，父母之遗体也。"

（4）践形：体现人所天赋的品质。《孟子·尽心上》："形色，天性也，惟圣人然后可以践形。"唐韩愈《答侯生问〈论语〉书》："圣人践形之说，孟子详于其书。"

（5）德性：道德品性。《礼记·中庸》："故君子尊德性而道问学。"汉郑玄《注》："德性，谓性至诚者也。"唐孔颖达《疏》："'君子尊德性'者，谓君子贤人尊敬此圣人道德之性，自然至诚也。"

（6）问学：求知；求学。见上注引《礼记·中庸》。 刊：削除。《礼记·杂记》："刊其柄与末。"汉郑玄《注》："犹削也。" 支离：繁琐杂乱。汉扬雄《法言·五百》："或问：'天地简易而法之，何五经之支离？'曰：'支离盖其所以为简易也。'"

（7）气：王阳明此时的思想，对于"气"的看法，主要还是当时占主流的宋明理学的见解。大致是和"理"相对的概念，包含两个方面：其一，带有物质性的、本源性的"一元之气"。其二，带有主体性、与"性""情"相关的"气性"之"气"。此处的"气"当指主体的因素，所谓"负才使气"之气。《北史·薛憕传》："常郁郁不得志，每在人间，辄陵架胜达，负才使气，未尝趋世禄之门。"气的概念，在历史上多有变动。参见（日）小野泽精一、福永光司、山井涌编著，李庆译《气的思想》（上海人民出版社，1990 年）。

（8）疑：通凝。《荀子·解蔽》："凡以知，人之性也；可以知，物之理也。以可以知人之性，求可以知物之理，而无所疑止之，则没世穷年不能遍也。"唐杨倞《注》："疑止谓有所不为。疑或为凝。"

（9）恬淡、无欲：指心境清静淡泊，没有世俗欲求。汉王充《论衡·道虚》："世或以老子之道为可以度世，恬淡无欲，养精爱气。"

（10）精专：精纯专一。《汉书·佞幸传·石显》："以显久典事，中人无外党，精专可信任，遂委以政。" 交驰：交相奔走往来。宋文天祥《指南录后序》："使辙交驰。"此指心性不能精一。

（11）博弈：泛指游戏。《论语·阳货》："子曰：'饱食终日，无所用心，难矣哉！不有博弈者乎？为之犹贤乎已。'"

（12）甘若饴：甘之若饴。汉赵晔《吴越春秋·句践归国外传》："尝胆不苦甘如饴，令我采葛以作丝。"

（13）吟咏：歌唱。《诗经·关雎序》："吟咏情性，以风其上。"《晋书·郗鉴传》："躬耕陇亩,吟咏不倦,以儒雅著名。"

(14)丧志:玩物丧志。沉迷于所爱好的事物,而丧失远大的理想。《尚书·旅獒》:"玩人丧德,玩物丧志。"

(15)见嗤:被讥笑,嗤笑。汉扬雄《逐贫赋》:"贫曰:唯唯。主人见逐,多言益嗤。心有所怀,愿得尽辞。"

(16)柴墟子:储巏。见前考释。

其三

柴墟吾所爱[1],春阳溢鬓眉[2];白岩吾所爱[3],慎默长如愚[4]。二君廊庙器[5],予亦山泉姿[6]。度量较齿德[7],长者皆吾师。置我五人末[8],庶亦忘崇卑[9]。迢迢万里别,心事两不疑[10]。北风送南雁[11],慰我长相思。

笺注

(1)爱:钟爱,此有钦慕意。李白《赠孟浩然》:"吾爱孟夫子,风流天下闻。"

(2)春阳:春天的阳光。此指容态和蔼如春天阳光。汉荀悦《申鉴·杂言上》:"喜如春阳,怒如秋霜。" 鬓眉:鬓发和眉毛。汉刘向《新序·善谋》谓四皓"皆年八十有余,鬓眉皓白,衣冠甚伟"。此指储氏和蔼亲切。

(3)白岩:乔宇。见考释。

(4)慎默:谨慎少言。汉刘向《说苑·敬慎》:"孔子之周,观于太庙,右陛之前,有金人焉,三缄其口,而铭其背曰:'古之慎言人也,戒之哉,戒之哉!无多言,多言多败。'" 如愚:大智若愚。《老子》:"大智若愚,大巧若拙,大音希声,大象无形。"

(5)廊庙器:能肩负朝廷重任者。《三国志·蜀书·许靖传》评曰:"蒋济以为(许靖)大较廊庙器也。"

（6）山泉：指山水风景。南朝齐谢朓《直中书省》："朋情以郁陶，春物方骀荡。安得凌风翰，聊恣山泉赏。"此指自己乃恣意于山水之人。

（7）度量：气度、胸怀。《汉书·谷永传》："明度量以程能，考功实以定德"。

齿德：年纪和品行。《孟子·公孙丑下》："天下有达尊三：爵一，齿一，德一。"

（8）五人：或指前诗中所言汪俊、湛若水、乔宇、储巏及崔铣。

（9）崇卑：亦作"崇庳"。高下。《周易·系辞下》："夫《易》，圣人所以崇德而广业也。知崇礼卑，崇效天，卑法地。天地设位，而《易》行乎其中矣。"

（10）两不疑：互不猜疑。传汉苏武《留别妻》："结发为夫妻，恩爱两不疑。"

（11）北风、南雁：见前《南游三首》其三笺注(1)。可知时为冬季。

一日 怀抑之也。抑之之赠，既尝答以三诗，意若有歉焉，是以赋也。

考释

此诗名"一日"，殆取"日复一日"，时间流逝之意。参见下注(1)。

抑之：汪俊，字抑之。见前《答汪抑之三首》注。意若有歉，指意犹未尽。

其一

一日复一日(1)，去子日以远(2)。惠我金石言(3)，沉郁未能展(4)。人生各有际(5)，道谊尤所眷(6)。尝嗤儿女悲(7)，忧来仍不免。缅怀沧洲期(8)，聊以慰迟晚(9)。

笺注

（1）此句意，指日子一天天过去，光阴流逝。见《后汉书·光武帝纪》："日复一日，安敢远期十岁乎。"

（2）子：此指汪抑之。　日以远：一天天地远离。《楚辞·涉江》："鸾鸟凤皇，日以远兮。燕雀乌鹊，巢堂坛兮。"

（3）金石言：黄金宝石般的语言，宝贵的教导或劝告。宋梅尧臣《寄送谢师厚余姚宰》："但诵金石言，于时傥无忤。"

（4）沉郁：心情沉闷忧郁。　未能展：无法舒展。

（5）际：际会；机遇。汉王充《论衡·偶会》："良辅超拔于际会。"

（6）道谊：道义。宋戴复古《送侄孙汝白往东嘉》："道谊无穷达，文章有是非。"

（7）儿女悲：《南史·曹景宗传》武帝于华光殿宴饮联句，令沈约赋韵。"至景宗，韵已用尽，唯余竞、病二字。景宗操笔立成一诗：'去时儿女悲，归来笳鼓竞。借问行路人，何如霍去病。'"

（8）沧洲：隐士的居处。参前《天涯》注（8）。

（9）迟晚：以后；晚年。

其二

迟晚不足叹⁽¹⁾，人命各有常⁽²⁾。相去忽万里，河山郁苍苍⁽³⁾。中夜不能寐⁽⁴⁾，起视江月光⁽⁵⁾。中情良自抑⁽⁶⁾，美人难自忘^{[一](7)}。

校勘

［一］自：《居夷集》作"可"。

笺注

（1）明吕坤《呻吟语·修身》："老不足叹，可叹是老而虚生。"

（2）有常：有定规，有规律。《礼记·曲礼上》："假尔泰龟有常，假尔泰筮有常。"

（3）郁苍苍：指山河郁郁苍苍。《诗经·蒹葭》："蒹葭苍苍，白露为霜。"毛《传》："苍苍，盛也。"

（4）中夜：夜半。《晋书·祖逖传》："（逖）与司空刘琨俱为司州主簿，情好绸缪，共被同寝。中夜闻荒鸡鸣，蹴琨觉曰：'此非恶声也。'因起舞。"

（5）江月光：江水中的月光。此时似在水边。守仁出京，或乘舟南行。当时多以运河舟行向南。

（6）中情：内心的情感。　良：深久。《后汉书·祭遵传》："帝东归过汧，幸遵营，劳飨士卒，作黄门武乐，良夜乃罢。"唐李贤《注》："良犹深也。"　自抑：克制、约束自己。唐柳宗元《梦归赋》："忽崩骞上下兮，聊按行而自抑。"

（7）美人：或指想象中之美人，亦指友朋。　难自忘：自己难以忘怀。表现出内心的孤独感。

其三

美人隔江水，仿佛若可睹[1]。风吹蒹葭雪[2]，飘荡知何处？美人有瑶瑟[3]，清奏含太古[4]。高楼明月夜，惆怅为谁鼓[5]？

笺注

（1）此乃仿曹植《洛神赋》意境。《洛神赋》："余从京域，言归东藩。""容与乎阳林，流眄乎洛川。于是精移神骇，忽焉思散。俯则未察，仰以殊观。睹一丽人，于岩之畔。"

（2）蒹葭雪：蒹葭盛开如雪。元郭钰《重和答周闻孙进士兼寄宗瑾》："飘零不改旧乡音，来往空山费独寻。楚地人烟三户在，汉家宫阙五云深。急风乱飐蒹葭雪，斜日残明橘柚金。公瑾雄姿最英发，还乡何日共论心。"

（3）瑶瑟：用玉装饰的琴瑟。相传湘妃鼓瑶琴。宋陆游《月中过蜻蜓浦》："缓篙
溯月勿遽行，坐待湘妃鼓瑶瑟。"

（4）太古：太古之音。白居易《废琴》："丝桐合为琴，中有太古声。古声淡无味，
不称今人情。"

（5）《古诗十九首·西北有高楼》："西北有高楼，上与浮云齐。"宋朱敦儒《水调歌
头·和董弥大中秋》："平生看明月，西北有高楼。" 为谁鼓：指寒夜江边，高
楼飘来的古琴之声，怅然感慨，此为谁所鼓，谁人能解。

梦与抑之昆季语，湛、崔皆在焉。觉而有感，因纪以诗三首

考释

抑之昆季，指汪俊与其弟汪伟。湛、崔：湛若水，崔铣。俱见前诗注。

可见王阳明南行途中，思绪仍滞留在和汪俊、汪伟、湛若水、崔铣等人离别之
时的状态，可视为前《阳明子之南也》等诗之续作。其一、其三讲述梦中所见离别
情景，其二回忆梦中议论"易"的内容，多涉《周易》之说。可见当时守仁的思维
状况。

其一

梦与故人语，语我以相思。才为旬日别，宛若三秋期。[1]令弟
坐我侧[2]，屈指如有为[3]；须臾湛君至[4]，崔子行相随[5]。肴醑旋罗
列[6]，语笑如平时。纵言及微奥[7]，会意忘其辞[8]。觉来复何有？
起坐空嗟咨[9]！

笺注

（1）当为离开北京南往之途中所作。考王阳明上书得罪，时在正德元年十二月。《明通鉴考异》曰："文成谪龙场驿丞，诸书多系之明年正月，证之《实录》，乃是年十二月乙丑也。刘健、谢迁之罢在十月，刘瑾等论救即在其时。文成之得罪又因救刘瑾等。而《年谱》乃作元年二月，恐传写者误脱'十'字耳。今据《实录》。"其说是。而其出京，按照当时法律，《大明会典》卷一百六十二"刑部四"《律例三》"职制"条"官员赴任过限"款曰："凡已除官员在京者以除日为始，在外者以领照会日为始，各依已定程限赴任。若无故过限者，一日笞十，每十日加一等。罪止杖八十，并附过还职。"所以，离京当在正德二年初。此云"旬日"，则当在还未到杭州时。　旬日：十天。亦指较短的时日。　三秋期：过了三年。过了很长时间。《诗经·王风·采葛》："彼采葛兮，一日不见，如三月兮！彼采萧兮，一日不见，如三秋兮！彼采艾兮，一日不见，如三岁兮！"

（2）令弟：指汪伟。以下八句，述说梦中所见境况。

（3）屈指：首屈一指。喻特出。宋孟元老《东京梦华录·马行街铺席》："南食则寺桥金家，九曲子周家最为屈指。"　有为：有所作为。《易·系辞上》："是以君子将有为也。"

（4）须臾：片刻。《荀子·劝学》："吾尝终日而思矣，不如须臾之所学也。"　湛君：湛若水。

（5）崔子：崔铣。

（6）肴醑：佳肴美酒。《隋书·柳彧传》："肴醑肆陈，丝竹繁会，竭资破产，竞此一时。"

（7）微奥：微妙玄奥。

（8）会意：领会其意。　忘其辞：忘了那些具体话语。晋陶潜《五柳先生传》："闲静少言，不慕荣利。好读书，不求甚解；每有会意，便欣然忘食。"以上为回忆当时相聚时的情景。

（9）嗟咨：感慨叹息。宋陆游《读杜诗》："后世单作诗人看，使我抚几空嗟咨。"最后两句为醒后感叹。

其二

起坐忆所梦，默溯犹历历[(1)]；初谈自有形[(2)]，继论入无极[(3)]。无极生往来，往来万化出；[(4)]万化无停机[(5)]，往来何时息！来者胡为信？往者胡为屈？[(6)]微哉屈信间[(7)]，子午当其屈[一][(8)]。非子尽精微，此理谁与测？何当衡庐间[(9)]，相携玩羲《易》[(10)]。

校勘

［一］屈：《居夷集》亦作"窟"。据上古本《全集》改。

笺注

（1）默溯：默默回忆。

（2）有形：指具象的事物。《老子》第四十二章："道生一，一生二，二生三，三生万物。"第四十一章："大象无形。"这一般认为是道家学说中的"生成论"。后来，《易传·系辞上》有"易有太极，是生两仪，两仪生四象，四象生八卦"之说。到宋代，周敦颐作《太极图说》，朱熹又有《太极图说解》，构成了宋代理学本原论和生成论的基本理论。《朱子语类》卷七十五《易十一·上系下·解〈系辞上〉第十一章》："以物论之，易之有太极，如木之有根，浮屠之有顶。但木之根、浮图之顶是有形之极，太极却不是一物，无方所顿放，是无形之极。故周子曰'无极而太极'，是他说得有功处。"他特别强调"无极而太极"。关于朱熹的论说，参见拙著《中国文化中人的观念》(学林出版社，1996 年) 126—128 页。

（3）无极：本指宇宙最原初的状况。这一概念到唐代以后，渐生变化。朱熹解释
　　"无极而太极"，强调"太极"。《朱子文集》卷三十六《书·答陆子美(陆九
　　韶)》："伏承示谕《太极》《西铭》之失，备悉指意。"《朱子文集》卷三十六卷
　　《书·答陆子敬(陆九渊)》："至熹前书所谓'不言无极，则太极同于一物，而
　　不足为万化根本；不言太极，则无极沦于空寂，而不能为万化根本'，乃是推
　　本周子之意，以为当时若不如此两下说破，则读者错认语意，必有偏见之
　　病。"朱熹论"太极""无极"，可见他《太极图说解》等著作，这朱熹理学理论中
　　的一个重要观念。这里王阳明谈"无极"而不及"太极"，恐非偶然。

（4）此两句乃从前引《易传·系辞上》"易有太极，是生两仪，两仪生四象，四象生
　　八卦"而出。和当时占主流思想的程朱理学"生成论"的基本观念"无极而太
　　极"，略有不同。

（5）万化：万事万物的变化。《申鉴·政体》(京房语)："古帝王以功举贤，则万化
　　成，瑞应着。" 停机：停止的机运。

（6）信、屈：伸、屈。《易·系辞下》："往者屈也，来者信也，屈信相感而利生焉。"

（7）微哉：非常微小。指屈、信之间，差别甚微。

（8）子午：古代天文中指通过南北两极的基准线。此句或是以己之"基准"来面
　　对"屈"之意。

（9）何当：何日，何时。晋干宝《搜神记》卷十六："故见鄙姿，逢君辉光。身远心
　　近，何当暂忘。" 衡庐：衡山、庐山，殆泛指山野之间。

（10）羲易：伏羲之《易》。已见前《读易》注(2)。

其三

衡庐曾有约，相携尚无时。[1] 去事多翻覆[2]，来踪岂前知[3]？
斜月满虚牖[4]，树影何参差[5]；林风正萧瑟[6]，惊鹊无宁枝[7]。邈彼

二三子⁽⁸⁾,怓焉劳我思⁽⁹⁾。

笺注

（1）此乃沿袭上诗"何当衡庐间,相携玩羲《易》"而言。

（2）去事:过往之事。　翻覆:反复无常;变化不定。《文选·北山移文》:"岂期终始参差,苍黄翻覆。"吕延济《注》:"翻覆,不定也。"

（3）来踪:未来之行迹。

（4）斜月:西斜的落月。《乐府诗集·子夜四时歌·秋歌八》:"凉风开窗寝,斜月垂光照。"　虚牖:虚开的窗。唐王维《老将行》:"苍茫古木连穷巷,寥落寒山对虚牖。"

（5）树影、参差:月光所照树影高低错落貌。唐李涉《杂曲歌辞·竹枝》:"绿潭红树影参差。"

（6）萧瑟:风吹拂树木发出的声音和凄凉貌。宋苏轼《仙都山鹿》:"长松千树风萧瑟。"

（7）惊鹊:受惊的乌鹊。比喻无处栖身之人。东汉曹操《短歌行》:"月明星稀,乌鹊南飞。绕树三匝,何枝可依。"

（8）邈:遥远貌。《文选》嵇康《琴赋》:"翩緜飘邈,微音迅逝。"吕向《注》:"翩緜飘邈,声飞而远也。"

（9）怓焉:忧思伤痛状。《诗经·小雅·小弁》:"我心忧伤,怓焉如捣。"　劳:劳费。《诗经·邶风·燕燕》:"远送于南。瞻望弗及,实劳我心。"

因雨和杜韵

晚堂疏雨暗柴门⁽¹⁾,忽入残荷泻石盆。万里沧江生白发⁽²⁾,几人灯火坐黄昏？客途最觉秋先到⁽³⁾，荒径惟怜菊尚存⁽⁴⁾。却忆故园耕钓处⁽⁵⁾，短蓑长笛下江村⁽⁶⁾。

考释

此诗至《移居胜果寺二首》之一，《居夷集》与《王文成公全书》同，殆《全书》编者据前者编入，又增《移居胜果寺二首》之二。然明万历三十一年吴达可刊《文成先生文要》，有《移居胜果寺二首》，而无此诗。由此推知，这几首诗在编纂过程中，多有变化，颇有可再探讨处。又，考此诗内容，有"客途最觉秋先到"句，所见时间与守仁前往龙场明显不合。殆非赴龙场之时所作。

和杜韵：具体指何诗，待考。考杜甫有《咏怀古迹五首》之三，韵与此诗同，但意境稍异。又有《白帝》："白帝城中云出门，白帝城下雨翻盆。高江急峡雷霆斗，古木苍藤日月昏。戎马不如归马逸，千家今有百家存。哀哀寡妇诛求尽，恸哭秋原何处村？"与此诗韵亦同。又，王阳明还有"和杜"之诗，乃和杜牧之作。存疑备考。

笺注

（1）柴门：用柴木做的简陋之门。

（2）沧江：此泛指江湖。南朝梁任昉《赠郭桐庐》："沧江路穷此，湍险方自兹。"
生白发：王阳明被贬，时方三十六岁。此诗所咏为秋天景色，与王阳明赴龙场时间明显不合。

（3）客途：客行途中。宋陆游《感昔》："最是客途愁绝处，巫山庙下听猿声。"

（4）荒径：荒芜小路。晋陶潜《归去来辞》："三径就荒，松菊犹存。"

（5）耕钓：相传商伊尹未仕时耕于莘野，周吕尚未仕时钓于渭水，后常以"耕钓"喻隐居不仕。

（6）短蓑：短蓑衣。唐孟郊《送淡公》："短蓑不怕雨，白鹭相争飞。" 江村：江边之村。杜甫有《江村即事》:"清江一曲抱村流,长夏江村事事幽。"乃记其在四川旅居时事。

赴谪次北新关喜见诸弟

扁舟风雨泊江关(1),兄弟相看梦寐间(2)。已分天涯成死别(3),宁知意外得生还! 投荒自识君恩远(4),多病心便吏事闲(5)。携汝耕樵应有日(6),好移茅屋傍云山(7)。

考释

赴谪,指赴贵州龙场途中。北新关:在杭州北,设钞关受税处也。为明代运河的七大税关之一。清许梦闳《北新关志》:"明设北关,三十取一,岁额相仍,收有常则。"

笺注

(1)扁舟:小船。唐李白《宣州谢朓楼饯别校书叔云》:"人生在世不称意,明朝散发弄扁舟。"可见王阳明乃是沿运河乘舟而来。

(2)兄弟:王阳明有弟守俭、守文、守章,俱异母所出(见陆深《海日先生行状》)。梦寐:睡梦之中。唐杜甫《羌村》诗:"夜阑更秉烛,相对如梦寐。"

(3)已分:已经料定。《汉书·苏武传》:"自分已死久矣。"指自己被捕入狱,或无法生还。

(4)投荒:贬谪、流放至荒远之地。宋黄庭坚《采桑子》:"投荒万里无归路,雪点鬓繁。"

(5)吏事:政事、官务。

(6)耕樵:耕种、打柴的隐居生活。

（7）傍云山：和青山白云为伴，闲居。　云山：指隐者居处。南朝梁江淹《萧被
　　　侍中敦劝表》："臣不能遵烟洲而谢支伯，迎云山而揖许由。"按："支伯"一作
　　　"歧伯"。

南屏

　　溪风漠漠南屏路⁽¹⁾，春服初成病眼开⁽²⁾。花竹日新僧已老⁽³⁾，
湖山如旧我重来⁽⁴⁾。层楼雨急青林迥⁽⁵⁾，古殿云晴碧嶂回⁽⁶⁾。独
有幽禽解相信⁽⁷⁾，双飞时下读书台⁽⁸⁾。

考释

　　南屏，杭州山名。考诗意境悠闲，与前后"赴谪"诗迥异，当非此时之作。王阳
明"赴谪"之前，曾多次往返京越之间，此诗应和前"归越诗"中的"西湖"诸诗，为相
近之作。

笺注

（1）漠漠：迷蒙状。唐王维《积雨辋川庄作》："漠漠水田飞白鹭，阴阴夏木啭
　　　黄鹂。"

（2）春服：春天的衣服。《论语·先进》："暮春者，春服既成，冠者五六人，童子六
　　　七人，浴乎沂，风乎舞雩，咏而归。"

（3）花竹：僧寺中的花和竹。唐顾况《寻僧二首》："方丈玲珑花竹闲，已将心印出
　　　人间。"

（4）重来：考守仁此前数次往返北京和故乡，杭州乃途经之地。又三十二岁时
　　　"移疾钱塘西湖"。此诗云"病眼开"，与之相合。

（5）青林：云烟，云雾。《文选·羽猎赋》："羽骑营营，昒分殊事，缤纷往来，轳轳

不绝,若光若灭者,布乎青林之下。"张铣《注》:"烟色,青林映之,故云青林。"
迥:变化大,完全不同。

(6)碧嶂:青绿色如屏障的山峰。唐李白《忆襄阳旧游赠马少府巨》:"开窗碧嶂
满,拂镜沧江流。"

(7)幽禽:鸣声幽雅的禽鸟。唐贾岛《光州王建使君水亭作》:"极浦清相似,幽禽
到不虚。"　相信:相互间的信息。

(8)读书台:南屏山宋代建亭,宋丞相杜范读书于此。

卧病静慈写怀

　　卧病空山春复夏(1),山中幽事最能知(2)。雨晴阶下泉声急(3),
夜静松间月色迟(4)。把卷有时眠白石(5),解缨随意濯清漪(6)。吴
山越峤俱堪老(7),正奈燕云系远思(8)。

考释

　　静慈,寺院名,疑即净慈寺。在杭州南屏山下。此诗所咏,乃春夏之交时景
色。此首和下面《移居胜果寺二首》等,皆是在春夏所作。与王阳明"赴谪"时间
不合。

笺注

(1)可见是在春夏之际。在山中养病。

(2)幽事:深幽景观。唐杜甫《秦州杂诗》之九:"丛篁低地碧,高柳半天青。稠叠
多幽事,喧呼阅使星。"

(3)阶下泉声急:晋张协《杂诗》之十:"阶下伏泉涌,堂上水衣生。"

(4)松间月色迟:唐王维《山居秋暝》:"明月松间照,清泉石上流。竹喧归浣女,

莲动下渔舟。"按：今杭州云栖寺有今人归质忱"昼晴阶下泉声细，夜深林间
月色迟"之联，殆从以上两句诗出。

（5）把卷：持书，展卷。   白石：《诗经·唐风·扬之水》："扬之水，白石凿凿。
素衣朱襮，从子于沃。"

（6）解缨：解去冠系。谓去官。唐钱起《归义寺题震上人壁》："不作解缨客，宁知
舍筏喻。" 濯清漪：《楚辞·渔父》："沧浪之水清兮，可以濯吾缨。"

（7）吴山越峤：吴越之地的山岭。宋苏轼《座上复借韵送岢岚军通判叶朝奉》：
"梦里吴山连越峤，樽前羌妇杂胡儿。"

（8）燕云：燕云之地。燕指幽州，云指云州。后以燕云泛指华北地区。时北边
"小王子"等连犯大同、宣府，为明大患。见《明通鉴》"弘治九年"以后记载。
《年谱》：弘治十二年，王阳明观政工部，疏陈边务，上"边务八事，言极剀切"。
此诗所言，和正德元年所上疏之事不同。益可证非为该年所撰。

移居胜果寺二首[一]

校勘

［一］《居夷集》无"二首"二字，无第二首。

考释

胜果寺：在杭州凤凰山。又名圣果寺，原称崇圣寺。隋文帝开皇二年始建，
唐昭宗乾宁间无著文喜禅师重建。宋室南渡，被划作殿司衙，徙寺包家山。元还
故址，至正年间毁，明洪武年间重建。清释超乾有《圣果寺志》（见《武林掌故丛
编》）。又，该诗之（二），现存最早的王阳明诗集《居夷集》未收。

（一）

　　江上俱知山色好，峰回始见寺门开。半空虚阁有云住⁽¹⁾，六月深松无暑来⁽²⁾。病肺正思移枕簟⁽³⁾，洗心兼得远尘埃⁽⁴⁾。富春咫尺烟涛外⁽⁵⁾，时倚层霞望钓台⁽⁶⁾。

笺注

（1）虚阁：凌空之阁。明文徵明《鸡鸣山凭虚阁》："金陵佳胜石头城，杰阁登临正雨晴。"

（2）六月：当为夏天之际。王阳明正德二年夏天，不可能在杭州。可知此诗不是该年之作。

（3）病肺：可见王阳明肺中有病。

（4）洗心：荡涤心胸，自行修炼，清除邪杂念想。

（5）富春：富春江。

（6）钓台：钓鱼台。富春江有严子陵钓鱼台。

（二）

　　病余岩阁坐朝暾⁽¹⁾，异景相新得未闻。日脚倒明千顷雾⁽²⁾，雨声高度万峰云⁽³⁾。越山阵水当吴峤⁽⁴⁾，江月随潮上海门⁽⁵⁾。便欲携书从此老，不教猿鹤更移文⁽⁶⁾。

笺注

（1）岩阁：岩石上的台阁。　朝暾：清晨照射的日光。唐代李白《题元丹丘颍阳山居》："举迹倚松石，谈笑迷朝暾。"

（2）日脚：穿过云隙射下来的日光。

（3）高度万峰云：在万峰的云端之上，也可听到雨声。

（4）当：阻挡；对峙。

（5）江月、海门：宋吴琚《念奴娇》："晚来波静，海门飞上明月。"

（6）此句用南齐孔稚珪《北山移文》故事。《北山移文》乃南朝孔稚珪虚构山林口
吻，讽刺假装隐居而真心向往荣华富贵者之作。或云文中所说"周子"为周
颙。但经考证，与周颙仕历颇有出入。当为调侃假隐士之作。　猿鹤：为
《北山移文》中"山林"的代表，借以讽刺伪装隐居者。　移文：与檄文相似的
文体。元张翥《最高楼为山村仇先生寿》："西湖鸥鹭长为侣，北山猿鹤莫
移文。"

忆别

　　忆别江干风雪阴(1)，艰难岁月两侵寻(2)。重看骨肉情何限(3)，
况复斯文约旧深(4)。贤圣可期先立志(5)，尘凡未脱谩言心(6)。移
家便住烟霞壑(7)，绿水青山长对吟。

考释

　　此诗云"忆别江干""重看骨肉"，或途中回忆在钱塘与亲人相别而作。

笺注

（1）江干：江岸。从"风雪阴"，可知是在冬季。或在离开杭州时作。

（2）侵寻：渐进，渐次发展。《史记·孝武本纪》："是岁，天子始巡郡县，侵寻于泰
山矣。"

（3）见前《守俭弟归，日仁歌楚声为别予亦和之》，守仁与其弟别于京师，今得

再见。

（4）斯文：礼乐制度，文化。《论语·子罕》："天之将丧斯文也，后死者不得与于斯文
也。" 约：约定。此或指自己内心的志向。 旧深：此指志向的长久、执着。

（5）可期：此指可以期望成为圣贤之人。《年谱》弘治十八年："是年先生门人始
进。学者溺于词章记诵，不复知有身心之学。先生首倡言之，使人先立必为
圣人之志。闻者渐觉兴起，有愿执贽及门者。"

（6）谩：此指随意。

（7）烟霞壑：此指隐居的沟壑。元刘祁《过颍亭》："九山西络烟霞去，一水南吞涧
壑流。"

泛海

险夷原不滞胸中(1)，何异浮云过太空！夜静海涛三万里，月明
飞锡下天风。(2)

考释

此诗乃是证明王阳明曾在正德二年投海赴福建的主要根据。因泛海事本系
乌有。关于守仁赴龙场前有杭州养病，投水赴闽之说，殆后学为崇其师，据传言编
撰。然时间上终无法圆其说，故有关王阳明正德元年、二年的记事，多与《实录》等
史书不合。明代王世贞《弇山堂别集》、清代毛奇龄《毛西河集》有辨证。然后世好
奇炫怪，神话王阳明，"入海逢神，进山遇道"之说，传之不绝。故此诗以及下面与
之关联的《武夷次壁间韵》，恐皆非王阳明之作。理由如下：

1. 现存最早的王阳明诗集为《居夷集》，该集乃王阳明生前在世时所刊。为后
来最早的王阳明诗文全集《阳明文录》收录诗文的重要依据。《居夷集》中的诗歌，

《阳明文录》全部收录,而且排列顺序一致。唯独此《泛海》《武夷次壁间韵》未收,又《移居胜果寺二首》有出入,说明这些诗的来源,颇待考证。

2. 关于"泛海"的传说,早在明代当时就有人指出乃是痴人说梦。湛若水《阳明先生墓志铭》:"人或告曰,阳明公至浙沈于江矣,至福建始起矣,登鼓山之诗曰'海上曾为沧水使,山中又拜武夷君'有征矣。甘泉子闻之笑曰,此佯狂避世也。故为之作诗有云:'佯狂欲浮海,说梦痴人前。'后数年,会于滁,乃吐实。彼夸虚执有以为神奇者,乌足以知公者哉。"

湛若水为王阳明数十年的老友,且此《墓志铭》乃应王阳明家人所托而作,可信度断非多年后王阳明弟子据传闻所作之文或世间流传的小说流可比。

3. 考李东阳等敕撰、申时行等奉敕重修《大明会典》卷一百六十二,"刑部四·律例三""职制"条的"官员赴任过限"款:

"凡已除官员在京者以除日为始,在外者以领照会日为始,各依已定程限赴任。若无故过限者,一日笞十,每十日加一等。罪止杖八十,并附过还职。""其中途阻风被盗,病丧事不能前进者,听于所在官司给凭以备照勘。"

下有具体的案例:

"有违至一月以上问罪,三月以上,送部别用。半年以上,罢职。"

又有:"若无故迁延过半月以上不辞朝出城者,参提问罪。"

卷一百七十一"刑部十三·律例十三""捕亡"条的"徒流人逃"款:

"凡徒流迁徙囚人,役限内而逃者,一日笞五十,每三日加一等。"

当时王阳明为被贬受罚之人,按当时法令,断无法擅自到福建绕一圈,再养病一年才赴任之理。

据此,再考王阳明到贵州后的行迹,可知此诗及下《武夷次壁间韵》诗当非王阳明之作。对此事,笔者另有考。参见拙作《王阳明传》(上海古籍出版社,2021 年)。

笺注

（1）险夷：坎坷和平坦：金刘祁《归潜志》卷十三："晡至林虑山，横峙天西，如城壁相衔，争雄角锐，泼黛凝青，而高下险夷不一。"

（2）飞锡：僧人等执锡杖飞空。宋释道诚《释氏要览》卷下："今僧游行，嘉称飞锡。此因高僧隐峰游五台，出淮西，掷锡飞空而往也。若西天得道僧，往来多是飞锡。"天风：风行天空。《汉乐府·饮马长城窟行》："枯桑知天风，海水知天寒。"

武夷次壁间韵

肩舆飞度万峰云⁽¹⁾，回首沧波月下闻。海上真为沧水使⁽²⁾，山中又遇武夷君⁽³⁾。溪流九曲初谙路⁽⁴⁾，精舍千年始及门⁽⁵⁾。归去高堂慰垂白⁽⁶⁾，细探更拟任春分⁽⁷⁾。

考释

此诗多道教色彩，似非守仁之作。说见前《泛海》诗考释。又，诗曰"肩舆飞度万峰云"，如按小说家言，守仁赴黔途中，遭刘瑾派人追杀，仓皇入水而逃，安能"肩舆飞度万峰云"？

笺注

（1）肩舆：轿子。

（2）沧水使：苍水使。典出《吴越春秋》卷六《越王无余外传》："禹乃东巡登衡岳，血白马以祭，不幸所求。禹乃登山，仰天而啸。因梦见赤绣衣男子，自称玄夷苍水使者，闻帝使文命于斯，故来候之，非厥岁月，将告以期，无为戏吟。故倚歌覆釜之山，东顾谓禹曰：'欲得我山神书者，斋于黄帝岩岳之下三月，庚子登山发石，金简之书存矣。'禹退，又斋三月，庚子登宛委山，发金简之书。"清仇兆鳌《杜诗详注·荆南兵马使太常卿赵公大食刀歌》诗注引《搜神记》曰:"秦时有人夜渡河,见一人丈余,手横刀而立,叱之,乃曰:'吾苍水使者也。'"今本《搜神记》未见。

(3)武夷君:古代传说中武夷山的仙人。

(4)溪流九曲:武夷山有九曲溪。

(5)精舍:盖指武夷宫。武夷宫又名会仙观、冲佑观、万年宫,在武夷山大王峰南麓,前临九曲溪口,是历代帝王祭祀武夷神君的地方。始建于唐天宝年间。

(6)高堂:古代父母居正屋,故用高堂指父母居处,或代称父母。　垂白:白发下垂。谓年老。《汉书·杜业传》:"诚哀老姊垂白,随无状子出关。"唐颜师古《注》:"垂白者,言白发下垂也。"

(7)春分:时当在旧历二月中旬。

草萍驿次林见素韵奉寄

　　山行风雪瘦能当⁽¹⁾,会喜江花照野航⁽²⁾。本与宦途成懒散⁽³⁾,颇因诗景受闲忙⁽⁴⁾。乡心草色春同远⁽⁵⁾,客鬓松梢晚更苍⁽⁶⁾。料得烟霞终有分⁽⁷⁾,未须连夜梦溪堂⁽⁸⁾。

考释

　　草萍驿:宋代衢州在常山设有草萍驿,草萍驿在球川县(今属常山县)。《读史方舆纪要》卷九十三:"草萍驿,县西四十里。江浙于此分界。又西四十里即江西玉山县也。隆庆初,并入广济驿,置公馆于此。今详见玉山县。广济驿,在县城东。旧在城内,嘉靖四十二年迁今所。本曰广济水驿,后并入草萍马驿,曰广济渡水马驿。"元卢琦《圭峰集》有《草萍驿和萨天锡》。

林见素：林俊（1452—1527），字待用，号见素，莆田人。生于明代宗景泰三年，卒于世宗嘉靖六年，年七十六岁。成化十四年（1478）登进士第。事见《明史·林俊传》。林俊原诗待考。

笺注

（1）风雪：此风雪和前《忆别》一诗的时间、天气正相连接，诗意也相近。　瘦：此殆指自己身体的消瘦。

（2）江花：阳光照在江波上反射的辉光。唐白居易《忆江南》："日出江花红胜火。"　野航：宋元王祯《农书》卷十七："野航，田家小渡舟也。"或指随意航行。宋苏轼《莲》："城中担上卖莲房，未抵西湖泛野航。"

（3）宦途：官宦经历。此句指自己本来就懒散于官宦的生活。

（4）诗景：如诗如画的景色。唐张籍《送从弟戴玄往苏州》："江天诗景好，回日莫令赊。"　闲忙：典出唐白居易《闲忙》："奔走朝行内，栖迟林墅间。多因病后退，少及健时还。斑白霜侵鬓，苍黄日下山。闲忙俱过日，忙校不如闲。"

（5）五代李煜《清平乐》："离恨恰如春草，更行更远还生。"

（6）客鬓：旅人的鬓发。唐杜甫《早花》："直苦风尘暗，谁忧客鬓催。"　松梢：松树梢。宋葛长庚《菊花新》："有一点沙鸥，点破松梢翠。凄然念起。"此句是说旅人的鬓发与向晚的松梢相照，显得益发苍凉。

（7）烟霞：见前《忆别》诗注。指隐居生活。

（8）溪堂：临溪的堂舍。此指自己的居所。

玉山东岳庙遇旧识严星士[1]

忆昨东归亭下路[2]，数峰箫管隔秋云[3]。肩舆欲到妨多事，鼓枻重来会有云[4]。春夜绝怜灯节近[5],溪声最好月中闻[6]。行藏无用君平卜[7],请看沙边鸥鹭群[8]。

笺注

(1)玉山:现属江西上饶。当时属江西广信府。　东岳庙:指上饶东岳庙。星士:以星相命术为人推算的术士。

(2)东归:玉山在杭州、余姚西面,故谓回杭州、余姚为"东归"。　亭:指驿亭。秦汉时,每十里设置一亭,后每五里有短亭,供行人歇脚,或亲友话别。唐李白《菩萨蛮》:"何处是归程,长亭连短亭。"

(3)箫管:管乐器,泛指音乐。

(4)鼓枻:划桨,泛舟。

(5)灯节:指正月十五元宵节。又称烧灯节。宋刘辰翁《忆秦娥》词:"烧灯节,朝京道上风和雪。"按:此可见王阳明的行程。若此诗确为王阳明赴龙场时之作,则在正月十五日前已到了此地。然这显然与当时的行程日期不合,容当重考。

(6)唐杜牧《题宣州开元寺》:"溪声入僧梦,月色晖粉堵。"

(7)行藏:进退出入。宋苏轼《贺欧阳少师致仕启》:"是以用舍行藏,仲尼独许于颜子。"　君平卜:严君平占卜。严君平,原本姓庄,名遵,字君平,后避汉明帝刘庄讳,才将其改为严姓。西汉成都人,善占卜。见《汉书·严君平传》。

(8)鸥鹭:唐杜甫《旅夜书怀》:"飘飘何所似,天地一沙鸥。"

广信元夕蒋太守舟中夜话

　　楼台灯火水西东,箫鼓星桥渡碧空[1]。何处忽谈尘世外?百年惟此月明中。客途孤寂浑常事，远地相求见古风^[一]。别后新诗如不惜，衡南今亦有飞鸿⁽²⁾。

校勘

[一] 远：《居夷集》作"长"。

考释

　广信：清顾祖禹《读史方舆纪要》卷八十三"江西一"："广信府东与浙江衢州府接界，南与福建建宁府接界。"元至正二十年(1360)朱元璋改信州路置广信府，治所在上饶县，辖境相当今江西贵溪以东的信江流域地。明洪武三年(1370)徙治今上饶市。1912年废。此盖指时广信府治地上饶。　元夕：农历正月十五日为上元节，是夜称元夕。　蒋太守：殆为广信府太守。

　此诗与前诗，与王守仁当时的行程日期不合。

笺注

（1）箫鼓：乐器；音乐声。宋陆游《游山西村》："箫鼓追随春社近，衣冠简朴古风存。"　星桥：传说中的鹊桥。唐苏味道《正月十五夜》："火树银花合，星桥铁锁开。"

（2）衡南：南岳衡山以南。　飞鸿：此指鸿雁传书。《汉书·苏武传》："教使者谓单于，言天子射上林中，得雁，足有系帛书。"

夜泊石亭寺用韵呈陈、娄诸公，因寄储柴墟都宪及乔白岩太常诸友

　廿年不到石亭寺⁽¹⁾，惟有西山只旧青。白拂挂墙僧已去⁽²⁾，红

阑照水客重经⁽³⁾。沙村远树凝春望⁽⁴⁾,江雨孤篷入夜听⁽⁵⁾。何处故人还笑语?东风啼鸟梦初醒⁽⁶⁾。

怅望沙头成久坐,江洲春树何青青。烟霞故国虚梦想,风雨客途真惯经⁽⁷⁾!白璧屡投终自信⁽⁸⁾,朱弦一绝好谁听⁽⁹⁾?扁舟心事沧浪旧,从与渔人笑独醒。⁽¹⁰⁾

考释

石亭寺:《光绪江西通志》卷一百二十一《胜迹略四·寺观一》:"石亭寺在章江门外。唐建。前观察使韦丹有遗爱碑,覆以石亭。大中十三年,丹子宙观察江西,奏以为石亭院,裴休题额。宋政和间闲废为观。明初复为寺。亦称石亭观音院。"　陈:待考。或为陈凤梧。　娄:或为娄谅。　储柴墟:储巏。　都宪:储巏曾官都察院左佥都御史,故称。　乔白岩:乔宇。见前。　太常:乔宇时为太常少卿。

笺注

（1）廿年:《年谱》"弘治元年":是年七月,亲迎夫人诸氏于洪都。并居于外舅诸养和官署,以官署所蓄之纸习字。至此约二十年。

（2）白拂:白色拂尘。晋法显《佛国记》:"左右执白拂而侍。"

（3）红阑:红色阑杆。

（4）沙村:沙洲或江边的村落。

（5）孤篷:孤舟。唐皮日休《鲁望以轮钩相示缅怀高致因作》之三:"孤篷半夜无余事,应被严滩聒酒醒。"

（6）东风啼鸟:唐杜牧《金谷园》:"日暮东风怨啼鸟,落花犹似坠楼人。"

（7）惯经:惯常经历。元薛昂夫《端正好·闺怨》:"偏今宵是怎生,乍别离不惯经。"

（8）白璧屡投：此以和氏璧之事自喻。和氏璧事，见《韩非子·和氏》"楚人和氏
得玉璞楚山中"，献给楚王，被认为是石，"以和为诳，而刖其右足"。三次上
献，"方得明其为玉，后称'和氏之璧'"。

（9）朱弦绝：用钟子期、俞伯牙故事。《韩诗外传》卷九："伯牙鼓琴，钟子期听
之。……钟子期死，伯牙擗琴绝弦，终身不复鼓琴，以为世无足与鼓琴也。"
宋王安石《伯牙》："千载朱弦无此悲，欲弹孤绝鬼神疑。故人舍我归黄壤，流
水高山深相知。"

（10）《楚辞·渔父》："屈原曰：举世皆浊我独清，众人皆醉我独醒，是以见放。渔
父曰：圣人不凝滞于物，而能与世推移。……渔父莞尔而笑，鼓枻而去。歌
曰：'沧浪之水清兮，可以濯吾缨；沧浪之水浊兮，可以濯吾足。'遂去，不复
与言。"

过分宜望钤冈庙

共传峰顶树^{[一]（1）}，古庙有灵神。楚俗多尊鬼^{（2）}，巫言解惑
人^{（3）}。望裡存旧典^{（4）}，捍御及斯民^{（5）}。世事浑如此^{（6）}，题诗感慨新！

校勘

[一] 顶：《居夷集》作"头"。

考释

钤冈岭，又名钤山，位于今分宜县南部。它与今被淹没于水下的分宜古县城
隔河相望。《读史方舆纪要》卷八十七"江西""袁州分宜县"条下："钤冈，在县南二
里秀江南岸。群峰回合，如列屏障，冈独端秀巉重，正与县对。登其上，则四远皆
在目前。《志》云：冈延袤数十里，而至城南，新泽水出其右，长寿水出其左，而夹

于山末,故名曰钤。又仙女台,在县东南五里,群山环抱,一峰高耸。"钤冈庙,盖即仰山行祠。《光绪江西通志》卷七十四"建置略四·坛庙二":"仰山行祠在钤冈之巅,祀仰山龙神。明洪武初,邑人李成叔重建,后毁;永乐八年,知县汪树重建,崇祯十六年复毁。国朝乾隆二十五年知县杨弘纲重建。"

笺注

(1)共传:大家都传说。唐杜甫《奉赠王中允维》:"共传收庾信,不比得陈琳。"

(2)楚俗:楚地的社会风俗。分宜古属楚国之地。　尊鬼:见下注。

(3)巫言:巫师之言。　唐元稹《赛神》:"楚俗不事事,巫风事妖神。"关于楚地尊神鬼风俗,见《荆楚岁时记》,不赘引。

(4)望:祭祀名。祭山川,望而祭之。《尚书·舜典》:"望于山川。"禋:用烟祭祀。《周礼·春官·大宗伯》:"以禋祀,祀昊天上帝。"汉郑玄《注》:"禋之言烟,周人尚臭,烟气之臭闻者。"　旧典:旧时典式。《尚书·君牙》:"君牙,乃惟由先正旧典时式。"唐孔颖达《疏》:"惟当奉用先世正官之法,诸臣所行故事旧典,于是法则之。"

(5)捍御:抵御。保障。　斯民:指老百姓。《孟子·万章上》:"予将以斯道觉斯民也。"

(6)浑:浑然、浑沌不清。

杂诗三首

考释

　　此三首,写赴黔途中的感受。第一首是险途,第二首是平坦道路,第三首是总括。

其一

危栈断我前⁽¹⁾，猛虎尾我后。倒崖落我左⁽²⁾，绝壑临我右。我足复荆榛⁽³⁾，雨雪更纷骤。邈然思古人⁽⁴⁾，无闷聊自有⁽⁵⁾。无闷虽足珍，警惕忘尔守⁽⁶⁾。君观真宰意⁽⁷⁾，匪薄亦良厚⁽⁸⁾。

笺注

（1）危栈：高而险的栈道。《宋史·孙长卿传》："泥阳有罗川、马岭，上构危栈，下临不测之渊，过者惴恐。"

（2）倒崖：如倾欲倒之绝壁。

（3）荆榛：丛生灌木，多用以形容荒芜情景。魏曹植《归思赋》："城邑寂以空虚，草木秽而荆榛。"

（4）邈然：高远貌。晋陶潜《咏贫士》之五："袁安困积雪，邈然不可干。"

（5）无闷：没有苦恼。多形容遗世索居或致仕退休者的心情。《易·乾·文言》："遁世无闷，不见是而无闷。乐则行之，忧则违之。"

（6）《易·乾》九三："君子终日乾乾，夕惕若厉，无咎。"　守：操守。

（7）真宰：宇宙的主宰。或自然本性。《庄子·齐物论》："若有真宰，而特不得其眹。"

（8）匪薄：浅显，浅陋。匪，通"菲"。唐李朝威《柳毅传》："妇人匪薄，不足以确厚永心，故因君爱子，以托相生。"　良厚：厚实，丰富。《后汉书·隗嚣传》："光武素闻其风声，报以殊礼，言称字，用敌国之仪，所以慰藉之良厚。"此句意为"真宰"之意，即使"匪薄"也良厚。即"贫贱忧戚，庸玉汝以成"（《西铭》）之意。

其二

青山清我目，流水静我耳；琴瑟在我御⁽¹⁾，经书满我几⁽²⁾。措足践坦道⁽³⁾，悦心有妙理⁽⁴⁾。顽冥非所惩⁽⁵⁾，贤达何靡靡⁽⁶⁾！乾乾怀往训⁽⁷⁾，敢忘惜分晷⁽⁸⁾？悠哉天地内，不知老将至⁽⁹⁾。

笺注

（1）御：此指车驾。

（2）几：几案。

（3）措足：立足，置身。唐谷神子《博异志·敬元颖》："某以用钱僦居，今移出，何以取措足之所？"

（4）悦心：心情欢悦。　妙理：神妙的道理。

（5）顽冥：愚钝无知。　惩：恐也。《礼记·表记》："以怨报怨，则民有所惩。"

（6）贤达：贤明通达。通达之人。　靡靡：柔弱，萎靡不振。

（7）乾乾：自强不息状。《周易·乾》九三："君子终日乾乾，夕惕若厉，无咎。"　往训：古人的教诲。

（8）分晷：寸晷分阴。寸晷、分阴，皆言时间极短。

（9）《论语·述而》"不知老之将至云尔。"唐杜甫《丹青引赠曹将军霸》："丹青不知老将至，富贵于我如浮云。"

其三

　　羊肠亦坦道⁽¹⁾，太虚何阴晴⁽²⁾？灯窗玩古《易》⁽³⁾，欣然获我情。起舞还再拜⁽⁴⁾，圣训垂明明⁽⁵⁾；拜舞讵逾节⁽⁶⁾？顿忘乐所形⁽⁷⁾。敛衽复端坐⁽⁸⁾，玄思窥沉溟⁽⁹⁾。寒根固生意⁽¹⁰⁾，息灰抱阳精⁽¹¹⁾。冲漠际无极⁽¹²⁾，列宿罗青冥⁽¹³⁾。夜深向晦息⁽¹⁴⁾，始闻风雨声。

笺注

（1）羊肠：羊肠小道。

（2）太虚：飘渺的宇宙。《庄子·知北游》："是以不过乎昆仑,不游乎太虚。"

（3）古易：古时的《易》。

（4）起舞：动容而情不自禁状。《礼记·乐记》："舞,动其容也。" 再拜：拜了又拜,表示恭敬。拜,表示敬意之礼。《说文解字》引扬雄说："拜,从两手下也。"

（5）圣训：圣人之训。此当指古《易》中的内容。 垂：垂示。 明明：分明。《诗经·大雅·常武》："赫赫明明,王命卿士。"毛《传》："明明然,察也。"

（6）拜舞：指前情不自禁而行"再拜"之礼。 讵：岂,难道。 逾节：超越节度。《礼记·曲礼上》："礼不逾节,不侵侮,不好狎。"唐孔颖达《疏》："礼不逾越节度也。"

（7）顿：顿然,一下子。 忘形：忘其本来面目。《庄子·德充符》："德有所长而形有所忘。"

（8）敛衽：整理衣服。表示恭敬。《战国策·楚策一》："一国之众,见君莫不敛衽而拜,抚委而服。"宋叶适《李仲举墓志铭》："当七国之时,周虽已衰,使有贤主如宣王者复出,赫然奋发,举文武之遗典而修明之,诸侯有不敛衽而朝者乎?"衽,衣襟。 端坐：安坐;正坐。汉王符《潜夫论·救边》："今苟以己无惨怛冤痛,故端坐相仍。"

（9）玄思：深思。《文选》江淹《杂体诗·效张绰杂述》："矗矗玄思清,胸中去机巧。"唐吕延济《注》："玄,远也。" 沉溟：幽深渺茫。

(10)寒根：寒冬时植物的根。宋欧阳修《渔家傲》："腊月年光如激浪,冻云欲折寒根向。"

(11)灰：指"葭灰占律"的葭灰。即古时在十二律管中置以芦苇暝之灰,放在密室,以占气候变化。具体方法,见《隋书·律历志》等记载。 阳精：太阳,光明。《礼记·月令》"月令第六"唐孔颖达《疏》："月是阴精,日为阳精。"此句意为：葭灰在等待着"阳精"的到来。

(12)冲漠：虚寂恬静。晋张协《七命》："冲漠公子,含华隐曜。" 际：作动词解,展开。

(13) 列宿：众多的星宿。《淮南子·天文训》："荧惑常以十月入太微，受制而出行
列宿。" 青冥：青苍幽远。指青天。《楚辞·九章·悲回风》："据青冥而攄虹
兮，遂儵忽而扪天。"汉王逸《注》："上至玄冥，舒光耀也。所至高眇不可逮也。"

(14) 晦息：睡觉。《易·随·象》："泽中有雷，随，君子以向晦入宴息。"

袁州府宜春台四绝

考释

　　明《正德袁州府志》卷五《祠庙》："宜春侯祠：在宜春台下。侯名成，长沙定王
发之子，封宜春侯。始于城中立五台，其最胜者宜春台，植桃李以万计。及薨，因
葬台下西北偏。"又据其记载，台上有南宋的仰山行祠、明代的韩文公祠(祀韩愈)、
三先生祠(祀周敦颐、程颢、程颐)。

(一)

　　宜春台上还春望⁽¹⁾，山水南来眼未尝⁽²⁾。却笑韩公亦多事⁽³⁾，
更从南浦羡滕王⁽⁴⁾。

笺注

（1）春望：春天眺望。唐杜甫有《春望》诗。

（2）眼未尝：尚未见过。

（3）韩公：韩愈。其有《新修滕王阁记》："愈少时则闻江南多临观之美，而滕王阁
独为第一，有瑰伟绝特之称；及得三王所为序、赋、记等，壮其文辞，益欲往一
观而读之，以忘吾忧；系官于朝，愿莫之遂。十四年，以言事斥守揭阳，便道

取疾以至海上,又不得过南昌而观所谓滕王阁者。其冬,以天子进大号,加

恩区内,移刺袁州。袁于南昌为属邑,私喜幸自语,以为当得躬诣大府,受约

束于下执事,及其无事且还,傥得一至其处,窃寄目偿所愿焉。"

(4)南浦:在江西南昌西南。唐王勃《滕王阁序》:"画栋朝飞南浦云,朱帘暮卷西

山雨。"

(二)

台名何事只宜春⁽¹⁾?山色无时不可人⁽²⁾。不用烟花费妆

点⁽³⁾,尽教刊落尽嶙峋⁽⁴⁾。

笺注

(1)宜春:宜于春天。故有后"山色无时"句。

(2)可人:令人喜爱。

(3)烟花:春天艳丽的景色。唐李白《送孟浩然之广陵》:"故人西辞黄鹤楼,烟花

三月下扬州。" 妆点:装饰,打扮。

(4)刊落:砍伐、删除。《后汉书·班彪传上》:"一人之精,文重思烦,故其书刊落

不尽,尚有盈辞,多不齐一。"此指自然的神斧天工。 嶙峋:山峰、岩石等耸

立重叠状。《汉书·扬雄传》:"岭嶙峋崅,洞无涯兮。"此句指宜春台周边之

山色,自然变化,天工斧断,刊落草木,显出突兀峻峭山岩。

(三)

持修江藻拜祠前⁽¹⁾,正是春风欲暮天。童冠尽多归咏兴⁽²⁾,城

南兼说有温泉⁽³⁾。^[一]

校勘

［一］《居夷集》此后有"右三先生祠"五字。

笺注

（1）持修：佩持。　江藻：江中的藻类。或为江蓠。一种香草。《楚辞·离骚》："又况揭车与江离。"宋洪兴祖《补注》："揭车、江离，皆香草。"

（2）《论语·先进》："（曾点曰）莫春者，春服既成，冠者五六人，童子六七人，浴乎沂，风乎舞雩，咏而归。"　童冠：指上文所言冠者、童子。　归咏：即"咏而归"。

（3）宜春西南明月山有温泉。

（四）

　　古庙香灯几许年？增修还费大官钱(1)。至今楚地多风雨，犹道山神驾铁船(2)。[一]

校勘

［一］《居夷集》后有"右孚惠庙"四字。

笺注

（1）官钱：官家费用。《宋史·食货志上一》："乏粮种、耕牛者，令司农以官钱给借。"

（2）"驾铁船"为佛典中常用之比喻，如《碧岩录》三十三则"马载驴驼上铁船"，《颂古联珠通集》卷十二"却向沧溟驾铁船"。此"犹道山神驾铁船"，意为楚地多"风雨"，而可支配"大官钱"者犹在谈神论佛，不顾民瘼。

夜宿宣风馆

　　山石崎岖古辙痕⁽¹⁾，沙溪马渡水犹浑⁽²⁾。夕阳归鸟投深麓，烟火行人望远村⁽³⁾。天际浮云生白发⁽⁴⁾，林间孤月坐黄昏。越南冀北俱千里⁽⁵⁾，正恐春愁入夜魂⁽⁶⁾。

考释

　　宣风馆：清顾祖禹《读史方舆纪要》卷八十七："宣风镇，在县东七十里，宋时置宣风驿，后废。镇东西凡三里，为水陆之冲。"今有宣风镇，位于萍乡市东部，隶属芦溪县，古称"仙风"。当即此地。

笺注

（1）古辙：昔日留下的车轮印迹。唐贾岛《送陈商》："君于荒榛中，寻得古辙行。"

（2）沙溪：砂石河床的溪流。　马渡：骑马渡过。可见溪不甚深险。

（3）明夏以正《西溪》："几家烟火自朝昏，一派溪流出远村。"

（4）唐李商隐《赠郑谠处士》："浪迹江湖白发新，浮云一片是吾身。"

（5）越南："越"之南。冀北："冀"之北。泛指从北方到南方。

（6）夜魂：夜晚孤寂愁苦的情思。

萍乡道中谒濂溪祠^[一]

　　木偶相沿恐未真⁽¹⁾，清辉亦复凛衣巾⁽²⁾。簿书曾屑乘田吏⁽³⁾，俎豆犹存畏垒民⁽⁴⁾。碧水苍山俱过化⁽⁵⁾，光风霁月自传神⁽⁶⁾。千年私淑心丧后⁽⁷⁾，下拜春祠荐渚蘋⁽⁸⁾。

校勘

[一]《居夷集》作"谒濂溪祠萍乡道中"，日本九州大学所收《阳明先生文录》卷四

作"前谒濂溪祠"。

考释

　　萍乡：江西萍乡。清顾祖禹《读史方舆纪要》卷八十六"袁州府"条下："萍乡县，府西百四十里。" 濂溪祠：濂溪，宋周敦颐号。周敦颐为宋代道学开创者之一。主要著作有《太极图说》《通书》等，后人编有《周子全书》。曾在萍乡建书院讲学。明代时萍乡有濂溪祠。王守仁诗中多言及濂溪。见下。

笺注

（1）木偶：当指祠中供奉的偶像。

（2）清辉：清光。日月的光辉。晋葛洪《抱朴子·博喻》："否终则承之以泰，晦极则清辉晨耀。" 凛衣巾：衣巾凛然庄严。

（3）簿书：财物出纳的簿册。《周礼·天官·小宰》"八曰听出入以要会"汉郑玄《注》："要会，谓计最之簿书。"后指官吏簿册工作。 乘田吏：春秋时鲁国主管畜牧的小吏。《孟子·万章下》："（孔子）尝为乘田矣。"汉赵岐《注》："乘田，苑囿之吏也，主六畜之刍牧者也。"后用以指小吏。宋王安石《寄曾子固》："脱身负米将求志，勠力乘田岂为名？"此句意：曾经作为"乘田吏"琐琐碌碌于簿册之间。

（4）俎豆：俎和豆。古代祭祀时盛食物的礼器。引申为祭祀、奉祀。 畏垒民：畏垒山民。《庄子·庚桑楚》："老聃之役有庚桑楚者，偏得老聃之道，以北居畏垒之山，其臣之画然知者去之，其妾之挈然仁者远之。"乃是传说中得老子之道而山居者。周敦颐曾隐居山中，此或可视为守仁自况。

（5）过化：经过感化。《孟子·尽心上》："夫君子所过者化，所存者神，上下与天地同流。"

（6）传神：见上注引《孟子·尽心上》。

（7）私淑：未得亲身教授，敬而尊之为师。《孟子·离娄下》："予未得为孔子徒

也。予私淑诸人也。"　心丧：不服丧而心存哀悼。《礼记·檀弓上》："事师
无犯无隐，左右就养无方，服勤至死，心丧三年。"汉郑玄《注》："心丧，戚容如
丧父而无服也。"

（8）荐：祭祀奉献。《仪礼·特牲礼》："荐两豆。"　渚蘋：江渚中的蘋草。唐白
居易《采石墓》："渚蘋溪草犹堪荐，大雅遗风不可闻。"按：或云此二句非白居
易原作，为后人所加。

宿萍乡武云观

　　晓行山径树高低，雨后春泥没马蹄。翠色绝云开远嶂⁽¹⁾，寒声
隔竹隐晴溪⁽²⁾。已闻南去艰舟楫，漫忆东归沮杖藜⁽³⁾。夜宿仙家
见明月⁽⁴⁾，清光还似鉴湖西⁽⁵⁾。

考释

　　武云观：今江西萍乡城南有武云山，又有"武云巷"。地名当渊源有自。武云
山原有古庙，内有"老君殿"，名真圣观。雍正年间，改名武云观。即今萍乡南门桥
附近武云山金轮寺所在位置。或即王阳明曾留宿处。

笺注

（1）翠色绝云：指翠绿色树木遮天。　远嶂：远处如屏风状的山。南朝梁沈约
　　《游沈道士馆》："山嶂远重叠，竹树近蒙笼。"

（2）宋叶绍翁《夜书所见》："萧萧梧叶送寒声，江上秋风动客情。"　晴溪：晴日的
　　溪流。宋胡仲弓《晴溪》："晴溪湛如酒。"　隐：指竹林后有溪流。

（3）沮：沮难，感到困难。　杖藜：藜杖。用藜的老茎做的手杖。《晋书·山涛
　　传》："魏帝尝赐景帝春服，帝以赐涛。又以母老，并赐藜杖一枚。"

（4）仙家：武云观为道观,故云仙家。

（5）鉴湖：故乡绍兴之湖。已见前注。

醴陵道中风雨夜宿泗州寺次韵

风雨偏从险道尝[一],深泥没马陷车箱(1)。虚传鸟路通巴蜀(2),岂必羊肠在太行(3)! 远渡渐看连暝色(4),晚霞会喜见朝阳。水南昏黑投僧寺,还理羲编坐夜长(5)。

校勘

[一] 尝:《居夷集》作"当"。

考释

清顾祖禹《读史方舆纪要》卷八十,醴陵"县南九十里有泗州驿"。泗州寺:据《光绪湖南通志》卷二百三十八"醴陵县":"泗州寺,在县西南。一名崇林寺,唐建。"又,王守仁从萍乡至此。宋范成大《行程记》:"自袁州萍乡县至醴陵,两日程耳。"

笺注

（1）车箱:当是马车的车厢。

（2）鸟路:鸟道。山间小道。唐李白《蜀道难》:"西当太白有鸟道,可以横绝峨嵋巅。"

（3）太行山羊肠坂为古坂道,南起今河南焦作沁阳市常平村,北抵山西晋城市泽州县碗城村。因崎岖缠绕、曲曲弯弯、形似羊肠,故名。用实有之太行山羊肠坂,来喻眼前小道之险要。又见上《杂诗》三首其三的笺注(1)。

（4）远渡:远方的渡口。 暝色:暮色。南朝宋谢灵运《石壁精舍还湖中作》:"林壑敛暝色,云霞收夕霏。"

（5）羲编：伏羲所编之书，指《易经》，已见前。

长沙答周生

旅倦憩江观⁽¹⁾，病齿废谈诵⁽²⁾。之子特相求⁽³⁾，礼殚意弥重⁽⁴⁾。自言绝学余⁽⁵⁾，有志莫与共⁽⁶⁾；手持一编书⁽⁷⁾，披历见肝衷⁽⁸⁾；近希小范踪⁽⁹⁾，远为贾生恸⁽¹⁰⁾；兵符及射艺⁽¹¹⁾，方技靡不综⁽¹²⁾。我方惩创后⁽¹³⁾，见之色亦动。子诚仁者心⁽¹⁴⁾，所言亦屡中⁽¹⁵⁾；愿子且求志，蕴蓄事涵泳⁽¹⁶⁾。孔圣固惶惶，与点乐归咏；⁽¹⁷⁾回也王佐才⁽¹⁸⁾，闭户避邻巷⁽¹⁹⁾。知子信美才⁽²⁰⁾，大构中梁栋⁽²¹⁾；未当匠石求⁽²²⁾，滋植务培壅⁽²³⁾。愧子勤绻意，何以相规讽⁽²⁴⁾？养心在寡欲⁽²⁵⁾，操存舍即纵⁽²⁶⁾。岳麓何森森⁽²⁷⁾，遗址自南宋⁽²⁸⁾；江山足游息，贤迹尚堪踵⁽²⁹⁾。何当谢病来⁽³⁰⁾，士气多沈勇⁽³¹⁾。

考释

周生：当为王守仁在湖南长沙的后学，名"金"。王杏刊《新刊阳明先生文录续编》卷一收有《答文鸣提学书》，是王守仁写给当时在湖广任按察司提学佥事的朋友陈凤梧（字文鸣，江西泰和人，弘治九年进士）的。书曰："病齿兼虚下，留长沙八日。大风雨绝往来，间稍霁，则独与周生金者渡橘洲，登岳麓。尝有三诗奉怀文鸣与成之、懋贞，录上请正。又有一长诗，稿留周生处，今已记忆不全，兼亦无益之谈，不足呈也。"（参日本学者永富青地《王守仁著作的文献学研究》187—188 页）由此可见有关阳明在长沙数首诗写作之状况。

《长沙答周生》以下至《次韵答赵太守王推官》诸诗，俱为途经长沙时之作。

考诸诗内容,上古本《全集》所列顺序有误。《次韵答赵太守王推官》所记,当为最初到达时之事。

笺注

(1)江观:或为江畔的道观。

(2)病齿:此时守仁患牙疾。见上考释。

(3)之子:此指前来的学子,周生。《诗经·周南·桃夭》:"之子于归。"

(4)礼殚:尽礼节。《旧唐书·音乐志三》:"诚备祝嘏,礼殚珪币。"

(5)绝学:独有之学,失传之学。明黄宗羲《宋元学案》"横渠学案"录宋张载语:"为天地立心,为生民立命,为往圣继绝学,为万世开太平。"

(6)莫与共:无相同者。晋陆机《五等诸侯论》:"国庆独飨其利,主忧莫与共害。"

(7)一编书:《史记·留侯世家》:"良尝闲从容步游下邳圯上,有一老父,衣褐,至良所,直堕其履圯下,顾谓良曰:'孺子,下取履!'"后约相见,良数次晚到。再次约,"五日,良夜未半往。有顷,父亦来,喜曰:'当如是。'出一编书,曰:'读此则为王者师矣。后十年兴,十三年孺子见我济北,谷城山下黄石即我矣。'遂去,无他言,不复见。旦日,视其书,乃太公兵法也。良因异之,常习诵读之。"故后世有"一编书"之说。宋辛弃疾《木兰花慢·席上呈张仲固帅兴元》:"一编书是帝王师。小试去征西。更草草离筵,匆匆去路,愁满旌旗。"

(8)披历见肝衷:披历肝胆,坦述胸怀。唐崔沔《为安国相王让东宫第三表》:"前累表自陈,披历肝胆,恳诚所守,期在不移。"

(9)希:仰慕。　小范:范仲淹,北宋名臣。《宋史·范仲淹传》:"字希文。唐宰相履冰之后。"谥"文正"。曾经略西北,时西夏人称:"小范老子胸里有几万甲兵。"宋陆游《醉中歌》:"元祐大苏逝不返,庆历小范有谁知。"其所撰《岳阳楼记》中的名句"先天下之忧而忧,后天下之乐而乐",为天下知。此句云,近人仰慕如范仲淹者。

(10) 贾生：贾谊。事见《汉书·贾谊传》：汉文帝时太中大夫。因不容于朝臣，被放为长沙王太傅。感己不遇，有《吊屈原赋》等作，多悲恻语。后人多哀之。

(11) 兵符：兵信神符。兵书，用兵之略。《史记·五帝本纪》张守节《正义》引《龙鱼河图》："天遣玄女下授黄帝兵信神符，制伏蚩尤，帝因使之主兵，以制八方。"　射艺：射箭的技艺。武艺。《周礼·地官·保氏》："养国子以道，乃教之六艺：一曰五礼，二曰六乐，三曰五射，四曰五驭，五曰六书，六曰九数。"

(12) 方技：《汉书·艺文志》："方技者，皆生生之具，王官之一守也。"乃指各方面的技艺知识。　靡不综：无不贯综。清黄虞稷《周亮工行状》："先生于书，四部六籍靡不综举，标新领异，务归隽永。"

(13) 惩创：指自己因上疏受廷杖，被贬龙场。

(14) 仁者：《孟子·离娄下》："仁者爱人。"六祖《坛经》："不是风动，不是幡动，仁者心动。"

(15) 屡中：多次切中关键。《论语·季氏》："赐不受命而货殖焉，亿则屡中。"

(16) 蕴蓄：积累蕴存。　涵泳：沉潜玩索，从容探求。晋左思《吴都赋》："涵泳乎其中。"

(17) 孔子奔于陈，故云"惶惶"。点：曾点，字皙。孔子弟子。　乐归咏：事见《论语·先进》，参见前注。

(18) 回：颜回，字子渊。孔子弟子。　王佐才：辅佐君王之才。魏曹植《薤露行》："怀此王佐才，慷慨独不群。"

(19) 《论语·雍也》："贤哉，回也！一箪食，一瓢饮，在陋巷，人不堪其忧，回也不改其乐。"朱子《集注》引程子注："不以贫窭累其心而改其所乐也。"

(20) 信：确实。　美才：出色之才。

(21) 大构：大构驾。结架材木。指建筑。《淮南子·本经训》："大构驾，兴宫室。"高诱注："构，连也；驾，材木相乘驾也。"

（22）未当：尚未受到。　匠石：名为石的巧匠。典出《庄子·徐无鬼》。后亦用以泛称能工巧匠或擅长写作的人。

（23）滋植：种植。《淮南子·主术训》："务修田畴，滋植桑麻。肥硗高下，各因其宜。"　培壅：在植物根部堆土。《宋史·苏云卿传》："披荆畚砾为圃，艺植耘芟，灌溉培壅，皆有法度。"

（24）规讽：规劝讽喻。南朝梁刘勰《文心雕龙·辨骚》："讥桀、纣之猖披，伤羿、浇之颠陨，规讽之旨也。"

（25）养心：修养心神。《孟子·尽心下》："养心莫善於寡欲。"

（26）《孟子·告子上》："孔子曰：'操则存，舍则亡，出入无时，莫知其乡，惟心之谓与！'"　操存：执持心志，不使丧失。

（27）岳麓：长沙岳麓山。

（28）南宋时，理学大师张栻主持书院，明末吴道行《岳麓山水总记》载，山上有宋理宗题字的吹香亭。此后渐为人知晓。

（29）贤迹：贤人之迹。　堪踵：值得继其步武。

（30）何当：犹合当，应当。宋王安石《次韵答陈正叔》之二："何当水石他年住，更把韦编静处开。"　谢病：称病。《战国策·秦策三》："应侯因谢病，请归相印。"

（31）沈勇：沉勇。沉着果敢。

陟湘于迈⁽¹⁾**，岳麓是尊，仰止先哲**⁽²⁾**，因怀友生，丽泽兴感**⁽³⁾**，伐木寄言二首**[一]⁽⁴⁾

其一

客行长沙道，山川郁稠缪⁽⁵⁾。西探指岳麓⁽⁶⁾，凌晨渡湘流。逾冈复陟巘⁽⁷⁾,吊古还寻幽⁽⁸⁾。林壑有余采⁽⁹⁾,普贤此藏修⁽¹⁰⁾。我来实仰止,匪伊事盘游⁽¹¹⁾。衡云闲晓望^{[二](12)},洞野浮春洲⁽¹³⁾。怀我二三友⁽¹⁴⁾,《伐木》增离忧。何当此来聚⁽¹⁵⁾,道谊日相求⁽¹⁶⁾。

校勘

[一]《居夷集》无"二首"二字。且《居夷集》此诗分为三首,见下《其二》校勘。

[二]闲:《居夷集》作"开"。

笺注

(1)于迈:犹于征。《诗经·棫朴》:"周王于迈,六师及之。"汉郑玄《笺》:"迈,行。"唐杜甫《赠李十五丈别》:"于迈恨不同,所思无由宣。"

(2)仰止:景仰。《诗经·小雅·车辖》:"高山仰止,景行行止。" 先哲:当指诗中所言朱熹、张栻等。

(3)丽泽:《周易·兑》:"丽泽,兑。君子以朋友讲习。"

(4)伐木:《诗经·小雅·伐木》:"伐木丁丁,鸟鸣嘤嘤。出自幽谷,迁于乔木。"《毛诗序》云:"《伐木》,燕朋友故旧也。自天子至于庶人,未有不须友以成者。亲亲以睦,友贤不弃,不遗故旧,则民德归厚矣。"

(5)郁:葱郁。 稠缪:此指山林致密相连状。

(6)岳麓山在长沙西面,故言"西探"。

(7)陟巘:登陟山岭。《诗经·大雅·生民之什》:"陟则在巘,复降在原。"关于游历岳麓山情况,参见下《游岳麓书事》等诗。

(8)寻幽:探寻幽深静谧之处。

(9)林壑:山林涧谷。宋欧阳修《醉翁亭记》:"环滁皆山也,其西南诸峰,林壑尤美。" 余采:遗留下来的风采。南朝梁刘勰《文心雕龙·时序》:"应对固无方,篇章亦不匮,遗风余采,莫与比盛。"

(10) 藏修：专心学习。《礼记·学记》："君子之于学也，藏焉，修焉，息焉，游焉。"
汉郑玄《注》："藏谓怀抱之；修，习也。"

(11) 匪伊：匪，否定词。伊，指代词，那、彼。

(12) 衡云：南岳衡山在附近，故曰"衡云"。

(13) 洞野：莽苍之野。或指洞庭之野。南齐谢朓《奉和随王殿下》之三："月阴洞
野色，日华丽池光。"

(14) 二三友：见前。殆指友人。参见前《长沙答周生》考释所引《答陈文鸣书》。

(15) 何当：犹"合当"。见前《长沙答周生》注(30)。

(16) 道谊：道义。宋戴复古《送侄孙汝白往东嘉》："道谊无穷达，文章有是非。"

其二[一]

林间憩白石，好风亦时来。春阳熙百物，欣然得予怀。缅思两
夫子(1)，此地得徘徊。当年麇童冠(2)，旷代登堂阶(3)。高情讵今
昔(4)，物色遗吾侪(5)。顾谓二三子(6)，取瑟为我谐(7)。我弹尔为歌，
尔舞我与偕(8)。吾道有至乐，富贵真浮埃!(9)若时乘大化(10)，勿愧
点与回(11)。陟冈采松柏，将以遗所思；勿采松柏枝，两贤昔所
依(12)。缘峰践台石，将以望所期(13)；勿践台上石，两贤昔所
跻(15)。两贤去邈矣(16)，我友何相违(17)？吾斯未能信，役役空尔
疲(18)。胡不此簪盍(19)，丽泽相邀嬉(20)？渴饮松下泉，饥餐石上
芝(21)。偃仰绝余念(22)，迁客难久稽(23)。洞庭春浪阔，浮云隔九
疑(24)。江洲满芳草，目极令人悲(25)。已矣从此去，奚必兹山为(26)!
恋系乃从欲(27)，安土惟随时(28)。晚闻冀有得(29)，此外吾何知!

校勘

[一]《居夷集》将《其二》分为两首。第二首到"勿愧点与回"为止，以下为第
　　三首。

笺注

（1）缅思：遥想。唐杜甫《画鹘行》："缅思云沙际，自有烟雾质。"　两夫子：当指
　　　朱熹和张栻，见下《游岳麓书事》。

（2）靡：风靡。　童冠：汉蔡邕《彭城姜伯淮碑》："童冠自远方而集者，盖千
　　　余人。"

（3）旷代：空前，绝代。南朝宋谢灵运《伤己赋》："丁旷代之渥惠，遭谬眷于君
　　　子。"　登堂阶：指师从受教。《论语·先进》："子曰：'由也升堂矣，未入于室
　　　也。'"此指师从之人空前。

（4）高情：高尚的情致。《晋书·孙绰传》："高情远致，弟子早已伏膺。"

（5）物色：景色；景象。宋苏舜钦《寄王几道同年》："新安道中物色佳，山昏云澹
　　　晚雨斜。"

（6）二三子：此当指弟子等随从之人。

（7）瑟：古代弦拨乐器。《诗经·小雅·鹿鸣》："我有嘉宾，鼓瑟吹笙。"　谐：
　　　《尔雅》："和也。"《左传·襄公十一年》："如乐之和，无所不谐。"

（8）偕：共同。《说文》："偕，俱也。"

（9）此两句典出《论语·述而》："子曰：'饭疏食饮水，曲肱而枕之，乐亦在其中
　　　矣。不义而富且贵，于我如浮云。'"浮埃：飘浮的尘土。

（10）乘大化：晋陶渊明《归去来兮辞》："聊乘化以归尽，乐夫天命复奚疑。"此引申
　　　为乘化登仙。

（11）点：曾点。回：颜回。见前《长沙答周生》注（17）、（18）、（19）。

（12）两贤：即前所云"两夫子"，朱熹、张栻。因松柏而思古人。

(13) 所期：所期待的。

(14) 践：踩，踏。

(15) 跻：登临。此四句与前四句，都是写守仁自己的心理。可见对二人的尊崇。

(16) 邈：遥远。

(17) 相违：相离。《说文》："违，离也。"晋陶渊明《归去来兮辞》："归去来兮，请息交以绝游。世与我而相违，复驾言兮焉求！"

(18) 役役：劳苦不息的样子。　空尔疲：白白疲劳。唐李白《秋日鲁郡尧祠亭上宴别杜补阙范侍御》："相思各万里，茫然空尔思。"

(19) 簪盍：谓朋友相聚。《周易·豫》："勿疑，朋盍簪。"宋朱熹《本义》："然又当至诚不疑，则朋类合而从之矣。"

(20) 丽泽：见前"其一"注(3)。意为朋友讲习交流。

(21) 石上芝：石上的灵草。

(22) 偃仰：俯仰。比喻随世俗沉浮或进退。《荀子·非相》："与时迁徙，与世偃仰。"

(23) 迁客：指遭贬斥放逐之人。南朝梁江淹《恨赋》："或有孤臣危涕，孽子坠心，迁客海上，流戍陇阴。"此为王阳明自称。

(24) 九疑：《史记·五帝本纪》：舜"践帝位三十九年，南巡狩，崩于苍梧之野，葬于江南九疑"。清顾祖禹《读史方舆纪要》卷七十五"湖广一"："九疑山，在永州府道州宁远县南六十里。"

(25) 目极：极目。尽目力所及。魏王粲《登楼赋》："平原远而极目兮，蔽荆山之高岑。"

(26) 奚必：何必。　兹山：犹此山。　为：语尾词。《史记·卫将军骠骑列传》："匈奴未灭，何以家为？"

(27) 恋系：留恋系念。　从欲：顺从欲念。

(28) 安土：安居。《汉书·元帝纪》："安土重迁，黎民之性；骨肉相附，人情所
　　愿也。"

(29) 晚闻：得知迟晚。

游岳麓书事

醴陵西来涉湘水[1]，信宿江城沮风雨[2]。不独病齿畏风湿[3]，
泥潦侵途绝行旅[4]。人言岳麓最形胜，隔水溟蒙隐云雾[5]。赵侯
需晴邀我游[6]，故人徐陈各传语[7]；周生好事屡来速[8]，森森雨脚
何由住[9]！晓来阴翳稍披拂[10]，便携周生涉江去[11]。戒令休遣府
中知[12]，徒尔劳人更妨务[13]。橘洲僧寺浮江流[一][14]，鸣钟出延立
沙际。停桡一至答其情[15]，三洲连绵亦佳处。行云散漫浮日
色[16]，是时峰峦益开霁[17]。乱流荡桨济倏忽[18]，系楫江边老
檀树[19]。

岸行里许入麓口[20]，周生道予勤指顾[21]。柳溪梅堤存仿
佛[22]，道林林壑独如故[23]。赤沙想像虚田中[24]，西屿倾颓今冢
墓[25]。道乡荒址留突兀[26]，赫曦远望石如鼓[27]。殿堂释菜礼从
宜[28]，下拜朱张息游地[29]。凿石开山面势改，双峰辟阙见江渚[30]；
闻是吴君所规画[31]，此举良是反遭忌。九仞谁亏一篑功，叹息遗基
独延伫[32]！浮屠观阁摩青霄[33]，盘据名区遍寰宇；其徒素为儒所
摈，以此方之反多愧。爱礼思存告朔羊[34]，况此实作匪文具[35]。
人云赵侯意颇深，隐忍调停旋修举[36]；昨来风雨破栋脊[37]，方遣圬

人补残敝⁽³⁸⁾。予闻此语心稍慰，野人蔬蕨亦罗置⁽³⁹⁾。欣然一酌才举杯，津夫走报郡侯至⁽⁴⁰⁾。此行隐迹何由闻⁽⁴¹⁾？遣骑候访自吾寓⁽⁴²⁾。潜来鄙意正为此⁽⁴³⁾，仓卒行庖益劳费⁽⁴⁴⁾。整冠出迓见两盖⁽⁴⁵⁾，乃知王君亦同御⁽⁴⁶⁾。肴羞层叠丝竹繁⁽⁴⁷⁾，避席兴辞恳莫拒⁽⁴⁸⁾。多仪劣薄非所承⁽⁴⁹⁾，乐阕觞周日将暮⁽⁵⁰⁾。黄堂吏散君请先⁽⁵¹⁾，病夫沾醉须少憩⁽⁵²⁾。

入舟暝色渐微茫⁽⁵³⁾，却喜顺流还易渡。严城灯火人已稀⁽⁵⁴⁾，小巷曲折忘归路。仙宫酣倦成熟寐⁽⁵⁵⁾，晓闻檐声复如注⁽⁵⁶⁾。昨游偶遂实天假⁽⁵⁷⁾，信知行乐皆有数⁽⁵⁸⁾。涉蹢差偿夙好心⁽⁵⁹⁾，尚有名山敢多慕⁽⁶⁰⁾！齿角盈亏分则然^{[二](61)}，行李虽淹吾不恶⁽⁶²⁾。

校勘

［一］江：《居夷集》作"中"。

［二］盈亏：《居夷集》作"亏盈"。

笺注

（1）醴陵：今湖南醴陵。

（2）信宿：连住两三夜。《诗经·小雅·九罭》："公归不复，子女信宿。"北魏郦道元《水经注·江水》："流连信宿，不觉忘返。" 江城：指长沙。

（3）病齿：齿痛。守仁患牙病。

（4）泥潦侵途：道路泥水淤积。

（5）溟蒙：亦作"溟濛"。迷蒙不清。唐郑谷《送许棠先辈之官泾县》："芜湖春荡漾，梅雨昼溟濛。"

（6）赵侯：即下首所言"赵太守"。殆指赵维藩，字介夫。乾隆《长沙县志》卷十八

"职官"："弘治三年进士。"时为长沙知府。

（7）徐、陈：当指在长沙的故人。据束景南《辑考纪年》：徐为徐守诚，余姚人，时

　　　为湖广佥事。陈指陈文鸣，当时为湖广提学。

（8）周生：见上《长沙答周生》。　来速：来邀请。速，邀请，招致；不速之客。

（9）森森雨脚：阴雨不断。晋张协《杂诗》之四："翳翳结繁云，森森散雨足。"森

　　　森，众多的样子。

（10）阴翳：阴霾，阴云。明方孝孺《东河驿值雪次茅长史白战体韵》："明朝阴翳

　　　尽扫除，天际诸峰翠相并。"　披拂：吹动。拨开。唐韩愈《秋怀》诗之一："秋

　　　风一披拂，策策鸣不已。"

（11）涉江：此指渡过湘江。

（12）府中：此指赵太守之府衙等处。

（13）妨务：妨碍其公务。

（14）橘洲：橘子洲，在湘江中。

（15）停桡：停船。

（16）行云：飘动的云彩。《列子·汤问》："饯于郊衢，抚节悲歌，声振林木，响遏行

　　　云。"　日色：阳光。

（17）开霁：放晴。

（18）济：渡过。　倏忽：短时间。《淮南子·修务训》："且夫精神滑淖纤微，倏忽

　　　变化，与物推移。"

（19）系楫：系船；停泊。汉贾谊《治安策》："若夫经制不定，是犹度江河亡维楫，中

　　　流遇风波，船必覆矣。"

（20）麓口：山脚入口。

（21）道予：引导我。　指顾：回头指点。唐李朝威《柳毅传》："指顾之际，山与舟

　　　相逼。"

(22) 柳溪梅堤：皆岳麓山名胜。宋朱熹《奉同张敬夫城南二十咏·梅堤》："仙人
冰雪姿，贞秀绝伦拟。驿使讵知闻，寻香问烟水。"《奉同张敬夫城南二十
咏·柳堤》："渚华初出水，堤树亦成行。吟罢天津句，薰风拂面凉。" 存仿
佛：依稀犹存。

(23) 道林：岳麓山佛寺。林壑，山林山谷。唐杜甫《岳麓山道林二寺行》："玉泉之
南麓山殊，道林林壑争盘纡。"

(24) 赤沙：赤沙湖。唐杜甫《岳麓山道林二寺行》："寺门高开洞庭野，殿脚插入赤
沙湖。"又按：湖南有两赤沙湖，一在湖南汉寿，又名蠡湖、赤鼻湖，东通洞庭；
一在在今湖南华容县南，亦谓之赤亭湖。明王嗣奭《杜臆》"无可考，注在永
州，远不相及"。此殆指岳麓山寺附近之湖。

(25) 西屿：岳麓胜景。宋朱熹《奉同张敬夫城南二十咏·西屿》："朝吟东渚风，夕
弄西屿月。人境谅非遥，湖山自幽绝。"

(26) 道乡：道乡台，在今湖南长沙市西岳麓寺傍。明吴琭《三才广志》卷一千一百
三十八："道乡台，在善化县岳麓山寺。"或泛指修道之地。

(27) 赫曦：赫曦台。宋朱熹《云谷记》："予尝名湘西岳麓之顶曰赫曦台。张伯和
父为大书，状甚伟。至是而知彼为不足以当之，将移刻以侈其胜绝。"见《建
筑与文化》2008 年第一期载谢伟斌、柳肃《岳麓书院赫曦台历史考源》。王阳
明有《赫曦台》诗存留，见后。

(28) 殿堂：殆指朱熹、张栻旧时讲学的场所。 释菜：古代入学时祭祀先圣先师
的典礼。《礼记·月令》："（仲春之月）上丁，命乐正习舞，释菜。"汉郑玄
《注》："将舞，必释菜于先师以礼之。"

(29) 朱张：朱熹、张栻。

(30) 辟阙：即"禹辟伊阙"的简称。《淮南子·人间训》："古者沟防不修，水为民
害，禹凿龙门，辟伊阙，平治水土，使民得陆处。"伊阙，在今河南省洛阳市南

二十里处的龙门石窟前。此地两山对峙，伊水从中穿过，称为伊阙。至晚在杜甫时已将伊阙叫作龙门了。此谓眼前两峰如伊阙。

(31) 吴君：或指吴世忠。《明史·吴世忠传》："字懋贞，金溪人，弘治三年进士。"为官有担当，官至右佥都御史。吴世忠《题岳麓书院诗序》："弘治甲子十月，予薄任楚藩。乙丑十月，分守湖南。……今学者承朱张之教，而天下坐享道学讲明之功，顾乃使其遗址荒榛如此，不亦可为人文世道之叹也哉！……予技庠，亟欲重建，顾力尚未足哉，因先为四方而并序其后，以志予慨焉。"

(32) 延伫：久立；久留。《楚辞·离骚》："悔相道之不察兮，延伫乎吾将反。"汉王逸《注》："延，长也；伫，立貌。"以上是在朱张书院遗址。

(33) 浮屠观阁：佛教寺庙。 摩：触摸。接触。 青霄：青空，碧空。此指山上寺院之高。

(34) 思存：铭记在心。《诗经·郑风·出其东门》："出其东门，有女如云。虽则如云，匪我思存。" 告朔羊：照例应付。原指鲁国自文公起不亲到祖庙告祭，只杀一只羊应付一下。后比喻例行办事，敷衍了事。《论语·八佾》："子贡欲去告朔之饩羊。"

(35) 文具：文饰具结，指敷衍应付。

(36) 此指虽说儒生们多不屑佛教，但是赵太守还是隐忍调停，修缮朱、张等的儒学遗址。

(37) 栋脊：屋梁。

(38) 圬人：泥瓦匠人。《左传·襄公三十一年》："司空以时平易道路，圬人以时塓馆宫室。"晋杜预《注》："圬人，涂者。"

(39) 野人：荒野之人，此指岳麓山中之人。 蔬蕨：山间的菜蔬。唐孟郊《长安羁旅行》："野策藤竹轻，山蔬薇蕨新。"

(40) 津夫：津渡的船夫。 郡侯：当即赵太守。

(41) 隐迹：隐蔽形迹。

(42) 此句意指赵太守遣骑造访王阳明的寓所。

(43) 此王阳明自语。为不妨碍公干，特隐迹潜行。

(44) 行庖：厨房。准备膳食。唐李贺《荣华乐》："丹穴取凤充行庖，爨爨如拳那
　　足食？"

(45) 出讶：出迎。

(46) 王君：当为下首所言"王推官"，名教。《乾隆长沙县志》卷十八"职官"谓王教
　　为"宜宾人"。　同御：同车。

(47) 肴羞：美味菜肴。　丝竹：音乐。

(48) 避席：离席。古人席地而坐，离席起立，以示敬意。《吕氏春秋·慎大览》：
　　"武王避席再拜之，此非贵房也，贵其言也。"　兴辞：起立辞谢。《礼记·曲
　　礼上》："客若降等，执食兴辞。"

(49) 多仪：仪式太多。过分排场。　劣薄：犹薄劣；拙劣。此为谦辞。《后汉
　　书·孔融传》："至于轻弱薄劣，犹昆虫之相啮，适足还害其身。"

(50) 乐阕：音乐终了。隋江总《三日侍宴宣猷堂曲水》："礼周羽爵遍。乐阕光阴
　　移。"　觞周：觞，酒杯。酒过一巡。此指喝足了酒。《晏子春秋·谏上三》：
　　"男女群乐者，周觞五献，过之者诛。"

(51) 黄堂：古代太守衙中正堂。《后汉书·郭丹传》："敕以丹事编署黄堂，以为后
　　法。"唐李贤《注》："黄堂，太守之厅事。"　黄堂吏散：此指太守衙中的官吏完
　　事散去。

(52) 病夫：王阳明自称，正病齿。

(53) 入舟：此乃回到湘江渡口舟上。

(54) 严城：管理肃整之城。梁何逊《临行公车》："禁门俨犹闭，严城方警夜。"

(55) 仙宫酣倦：如在仙宫酒酣而倦梦。宋吴文英《霜叶飞·重九》："记醉踏南屏，

彩扇咽寒蝉,倦梦不知蛮素。"　熟寐:熟睡。唐柳宗元《读书》:"倦极更倒
卧,熟寐乃一苏。"

(56)檐声:雨时屋檐的水声。宋刘克庄《贺新郎·张倅生日》:"宿云收尽檐声止。
玳筵开,高台风月,后堂罗绮。"　如注:屋檐的雨水像往下灌注似的,雨声
很大。

(57)天假:上天所给予的。梁沈约《与徐勉书》:"若天假其年,还得平健,才力所
堪,惟思是策。"

(58)有数:有定数。

(59)差偿:略微满足。　夙好:素来喜爱。宋陆游《发书画还故山戏作》:"平生
钻故纸,夙好老尤笃。"

(60)多慕:多有向往。

(61)齿角:年齿、丫角。　盈亏:月之圆、缺。此指人生和自然的变化。　分:认
识。便可坦然。宋戴复古《沁园春》:"向临邛涤器,可怜司马,成都卖卜,谁
识君平。分则宜然,吾何敢怨,蝼蚁逍遥戴粒行。"此指世间万物在变化,认
识了,便顺其自然。

(62)行李:行旅。　淹:此指行程淹留。

次韵答赵太守王推官

诘朝事虔谒⁽¹⁾,玄居宿斋沐⁽²⁾。积霖喜新霁⁽³⁾,风日散清燠⁽⁴⁾。
兰桡渡芳渚⁽⁵⁾,半涉见水陆⁽⁶⁾;溪山俨新宇⁽⁷⁾,雷雨荒大麓⁽⁸⁾。皇皇
弦诵区⁽⁹⁾,斯文昔炳郁⁽¹⁰⁾;兴废尚屯疑⁽¹¹⁾,使我怀悱懊⁽¹²⁾。近闻牧
守贤,经营亟乘屋⁽¹³⁾。方舟为予来⁽¹⁴⁾,飞盖遥肃肃⁽¹⁵⁾。花絮媚晚

筵⁽¹⁶⁾，韶景正柔淑⁽¹⁷⁾。浴沂谅同情⁽¹⁸⁾，及兹授春服⁽¹⁹⁾。令德倡高
词^{[一](20)}，混珠愧鱼目⁽²¹⁾！努力崇修名，迁疏自岩谷⁽²²⁾。

校勘

［一］词：原作"祠"，据上古本《全集》改。

考释

赵太守、王推官，指长沙太守赵维藩、推官王教。见上《游岳麓书事》注（6）
（47）。考此诗意，为刚到长沙时酬答之作，当次于《长沙答周生》等诗之前。

笺注

（1）诘朝：同"诘旦"，即平明，清晨。《左传·僖公二十八年》："戒尔车乘，敬尔君
事，诘朝将见。"晋杜预《注》："诘朝，平旦。" 虔谒：虔诚谒见。

（2）玄居：幽居。僻静的居处。 斋沐：斋戒沐浴。唐卢纶《酬李端公野寺病居
见寄》："斋沐暂思同静室，清羸已觉助禅心。"

（3）积霖：连续阴雨。 新霁：雨雪后初晴。战国楚宋玉《高唐赋》："遇天雨之
新霁兮，观百谷之俱集。"

（4）清燠：清爽温和的空气。元虞集《奎章阁记》："不过启户牖，以顺清燠，树庋
阁以栖图书而已。"

（5）兰桡：小舟。元萨都剌《寄朱舜咨王伯循了即休》："木落淮南秋，兰桡泊瓜
渚。" 芳渚：芳草丛生的水中陆地。

（6）水陆：水中或水边陆地。

（7）俨：整齐的样子。 新宇：新的屋舍。

（8）大麓：此指大山的山麓。此两句或指在经过大雨洗刷的溪山之间，有整齐的
屋舍。

（9）弦诵：管弦诵读。指文明教养。《乐府诗集·郊庙歌辞》："弦诵成风，笙歌

合响。"

(10) 炳郁：兴盛辉煌。

(11) 兴废：指此地的兴或废。见前《游岳麓书事》注(31)。　屯疑：疑难。屯，屯塞，困难。

(12) 悱懊：(心情)懊丧积郁。悱，悱恻；积郁。《楚辞·九歌·湘君》："隐思君兮悱恻。"懊，懊丧，烦恼。

(13) 亟乘屋：急迫地修理房屋。《诗经·豳风·七月》："亟其乘屋，其始播百谷。"汉郑玄《注》："亟，急；乘，治也。十月定星将中，急当治野庐之屋。"清马瑞辰《毛诗传笺通释》："乘屋，谓覆盖其屋。"

(14) 方舟：两船相并。《庄子·山木》："方舟而济于河，有虚船来触舟，虽有偏心之人，不怒。"唐成玄英《疏》："两舟相并曰方舟。"汉班固《西都赋》："方舟并鹜，俛仰极乐。"

(15) 飞盖：驰车；驱车。魏曹植《公宴》："清夜游西园，飞盖相追随。"　肃肃：此或指车马疾速貌。《诗经·召南·小星》："肃肃宵征，夙夜在公，寔命不同。"《毛传》："肃肃，疾貌。"此指太守水陆两路相迎之状。

(16) 花絮：轻柔飘逸的花。宋柳永《迷神引》："时觉春残，渐渐飘花絮。"

(17) 韶景：春景。美景。唐欧阳詹《小苑春望宫池柳色》："东风韶景至，垂柳御沟新。"　柔淑：温润清晰。

(18) 浴沂：《论语·先进》："浴乎沂，风乎舞雩，咏而归。"后多用喻怡然处世的情操。　同情：相同之感。

(19) 春服：春天的服装。见上注引《论语·先进》。又晋陶潜《时运》："袭我春服，薄言东郊。"意思是说，到此，授我春天的服装。

(20) 高词：高妙的诗作。唐韩愈《醉赠张秘书》："险语破鬼胆，高词媲皇坟。"

(21) 混珠愧鱼目：或指席间赵太守等发表高论或好的词章，自己愧为迂疏在野之人,如混珠之"鱼目",此乃王阳明自谦。

(22) 迂疏:迂腐疏阔,指不切实际之论。岩谷:山谷。唐张乔《题玄哲禅师影堂》:"岩谷藏虚塔,江湖散学人。"这两句意为,应当努力崇尚好的名声;如只发不切实际之论,那自然就在山野了。"高词"以下四句,是对赵太守的尊奉,也是王守仁自谦之辞。

天心湖阻泊既济书事[一]

挂席下长沙⁽¹⁾,瞬息百余里。舟人共扬眉,予独忧其驶⁽²⁾。日暮入沅江⁽³⁾,抵石舟果圮⁽⁴⁾。补敝诘朝发⁽⁵⁾,冲风遂龃龉⁽⁶⁾。暝泊后江湖⁽⁷⁾,萧条旁嶜垒⁽⁸⁾。月黑波涛惊,蛟鼍互睥睨⁽⁹⁾。翌午风益厉⁽¹⁰⁾,狼狈收断汜⁽¹¹⁾。天心数里间⁽¹²⁾,三日但遥指⁽¹³⁾。甚雨迅雷电⁽¹⁴⁾,作势殊未已⁽¹⁵⁾。溟溟云雾中,四望渺涯涘⁽¹⁶⁾。篙桨不得施⁽¹⁷⁾,丁夫尽嗟噫⁽¹⁸⁾。淋漓念同胞⁽¹⁹⁾,吾宁忍暴使⁽²⁰⁾?馈粥且倾橐⁽²¹⁾,苦甘吾与尔。众意在必济⁽²²⁾,粮绝亦均死。凭陵向高浪⁽²³⁾,吾亦讵容止⁽²⁴⁾。虎怒安可撄⁽²⁵⁾?志同稍足倚⁽²⁶⁾。且令并岸行⁽²⁷⁾,试涉湖滨沚⁽²⁸⁾。收舵幸无事⁽²⁹⁾,风雨亦浸弛⁽³⁰⁾。逡巡缘沚湄⁽³¹⁾,迤逦就风势⁽³²⁾。新涨翼回湍⁽³³⁾,倏忽逝如矢⁽³⁴⁾。夜入武阳江⁽³⁵⁾,渔村稳堪舣⁽³⁶⁾。籴市谋晚炊⁽³⁷⁾,且为众人喜。江醪信漓浊⁽³⁸⁾,聊复荡胸滓⁽³⁹⁾。济险在需时⁽⁴⁰⁾,徼幸岂常理?尔辈勿轻生,偶然非可恃!⁽⁴¹⁾

校勘

[一]《湖南通志》收此诗,题作《天心湖阻风》。见下。

考释

　　天心湖分属汉寿与沅江两县,沅江县明代亦属常德府(今属益阳)。《湖南通志》"龙阳(今汉寿)县"下载:"天心湖在县东南六十里,接沅江县界,东连洞庭湖。"又在"沅江县"下载:"天心湖(互详龙阳县)在西北四十里,龙阳、沅江二县受资水会于此,入洞庭湖。"下录王守仁此诗,题为《天心湖阻风》。又,清陶澍等《洞庭湖志》卷之二《湖山四·湖·龙阳县》:"天心湖,在县东一百里,有上下天心,东连洞庭。"

　　又清顾祖禹《读史方舆纪要》卷八十一"湖广六""沅江县"下也载"天心湖"。

　　此诗记述了王守仁离开长沙进入沅水后的旅途状况。

笺注

(1)挂席:犹挂帆。《文选》谢灵运《游赤石进帆海》:"扬帆采石华,挂席拾海月。"唐李善《注》:"扬帆、挂席,其义一也。"此指乘舟离开长沙。

(2)駃:快,迅疾。《尸子》:"黄河龙门,駃流如竹箭。"

(3)沅江:注入洞庭湖的长江右岸支流。湖南西部大河。北魏郦道元《水经注》:"沅水下至下隽县西","入洞庭"。由沅江而上,为当时进入云贵的主要通道。

(4)圮:倒塌。破裂,分裂。《三国志·吴书·诸葛恪传》:"是以悲痛,肝心圮裂。"

(5)补敝:修整破旧的东西。《史记·太史公自序》:"存亡国,继绝世,补敝起废,王道之大者。" 诘朝:同"诘旦"。见上《次韵答赵太守王推官》诗注。

(6)冲风:顶着风;冒着风。《楚辞·九歌·河伯》:"与女游兮九河,冲风起兮横波。" 龃龉:原意为上下齿不合。此指行程不顺。明徐弘祖《徐霞客游记·滇游日记三》:"始甚峻,一里,转西渐夷,于是皆车道平拓,无龃龉之虑矣。"

(7)暝泊:晚上停泊。

（8）萧条：寂寞冷清。唐崔融《嵩山启母庙碑》："访遗踪于女峡，风雨萧条。" 罨垒：或指架着渔网的石垒。《说文》："罨，鱼网也。"

（9）鼍：爬行动物。背尾有鳞甲，俗称扬子鳄。《国语·晋语》："鼋鼍鱼鳖，莫不能化。" 睥睨：眼睛斜视。《史记·信陵君列传》："睥睨故久立，与其客语。"

(10) 翌午：第二天中午。

(11) 断汜：无法通行的江边。汜，通涘，水边。唐白居易《长庆二年出守杭州路次蓝溪作》："余杭乃名郡，郡郭临江汜。"

(12) 天心：天心湖。

(13) 遥指：远远地指望。唐杜牧《清明》："借问酒家何处有，牧童遥指杏花村。"

(14) 甚雨：大雨。《礼记·玉藻》："君子之居恒当户，寝恒东首，若有疾风、迅雷、甚雨，则必变，虽夜必兴，衣服冠而坐。"

(15) 作势：显出某种态势。

(16) 涯涘：水边；岸。《庄子·秋水》："今尔出于涯涘，观于大海。" 渺涯涘：渺无际涯。

(17) 篙桨：船篙、船桨。

(18) 丁夫：指船工随从。 嗟嗟：感叹词。表示慨叹。汉王符《潜夫论·述赦》："一岁载赦，奴儿嗟嗟。"

(19) 淋漓：湿水淌下，流滴不停。此指大雨状。

(20) 宁忍：怎么忍心。《诗经·大雅·云汉》："群公先正，则不我助。父母先祖，胡宁忍予。" 暴使：强行差使。

(21) 饘粥：稀饭。《说文》："厚者曰饘，稀者曰粥。" 倾囊：倾囊，倾其所有。宋司马光《酬赵少卿药园见赠》："栽培亲荷锸，购买屡倾囊。"

(22) 必济：一定要渡过。苏轼《记过合浦》："天未欲使从是也，吾辈必济。"

(23) 凭陵：冒犯。此指顶着风浪。

(24) 讵容止：岂能阻止。宋陈棣《次韵陶幾道观洪积仁诗编》："讵容陶令赋归去。"

(25) 虎怒：此指狂风暴雨的天气。　攖：接触，触犯。

(26) 志同：同心协力。

(27) 并岸行：沿着江岸而行。

(28) 沚：《说文》："小渚曰沚。"《楚辞·陶壅》："淹低沚兮京沚。"汉王逸《注》："京沚，即高洲也。"

(29) 收舵：收起船舵，指停下。

(30) 浸弛：渐渐松弛。渐渐平息。元周霆震《古金城谣序》："国家承平百年，武备浸弛。"

(31) 逡巡：有所顾忌而徘徊。汉贾谊《新书·过秦论上》："逡巡而不敢进。"　沚湄：小渚、江边。此句意为，谨慎地沿着小渚边。

(32) 迤逦：曲折不断。慢慢地，迂回曲折而行。

(33) 翼：辅助。　回湍：回旋的急流。唐骆宾王《早发诸暨》："薄烟横绝巘，轻冻涩回湍。"

(34) 此句意为倏忽间，船如箭矢般飞逝，顺流而下。

(35) 武阳江：在汉寿县。或指舞阳江，沅江支流。"舞""武"同音。

(36) 舣：停泊。

(37) 籴市：购买粮食。

(38) 江醪：江村的米酒。宋黄庭坚《次韵师厚食蟹》："海馔糖蟹肥，江醪白蚁醇。"　信：确实。　漓浊：混浊。宋曹勋《约桑守公肃同还剡》："浊酒淳漓元不较，梅花的皪欲同攀。"

(39) 滓：滓脚、残滓。此指胸中残存的混浊沉闷。《朱子语类》卷一："天地始初混沌未分时，想只有水火二者，水之滓脚便成地。"

（40）需：此指《周易》的《需卦》："《需》：有孚，光亨，贞吉，利涉大川。"《彖》曰：
　　　"《需》，须也。险在前也，刚健而不陷。其义不困穷矣。"乃是说君子遇险，要
　　　刚强而不陷入其中，等待时机，才不会困顿无法。

（41）此乃警戒诸人，此次顶风行船，带有偶然因素，非可常恃。

卷　二

居夷诗

考释

　　"居夷"本意,当是王阳明居住在贵州之作,然其中多有讲述赴贵州途中之事者。又,此处题下,未如前"归越诗""京师诗"等类下,标明诗歌数目。此"居夷诗"乃出自王阳明生前门人韩柱、徐珊校的《居夷集》卷二。殆与前后诸类诗所出之处不同。

去妇叹五首[一]　　楚人有间于新娶而去其妇者。其妇无所归,去之山间独居,怀绻不忘,终无他适。予闻其事而悲之,为作《去妇叹》。

校勘

[一]《居夷集》无"五首"二字。

考释

　　此五首诗,列于前《天心湖阻泊既济书事》和后《罗旧驿》之间,或系王阳明在此途中所见闻者。此地正属古代"楚国",故称"楚人"。可见当时社会状况。

（一）

委身奉箕帚⁽¹⁾，中道成弃捐⁽²⁾。苍蝇间白璧，君心亦何愆！⁽³⁾
独嗟贫家女，素质难为妍⁽⁴⁾。命薄良自喟⁽⁵⁾，敢忘君子贤？春华不
再艳⁽⁶⁾，颓魄无重圆⁽⁷⁾。新欢莫终恃⁽⁸⁾，令仪慎周还⁽⁹⁾。

笺注

（1）箕帚：簸箕和扫帚，供扫除之用。此指为人之妻。

（2）弃捐：抛弃。遗弃。汉班婕妤《怨歌行》："弃捐箧笥中，恩情中道绝。"

（3）此句仿三国魏曹植《赠白马王彪》"苍蝇间白黑，谗巧令亲疏"句。"苍蝇"典
　　见《诗经·小雅·青蝇》"营营青蝇止于樊"汉郑玄《笺》："蝇之为虫，汗白使
　　黑，汗黑使白。喻佞人变乱善恶也。"

（4）素质：本质素朴。　妍：妍丽。

（5）喟：叹气的样子。《论语·先进》："夫子喟然叹曰。"

（6）春华：犹春花。

（7）魄：月魄。《文选》谢惠连《秋怀诗》："颓魄不再圆，倾羲无两旦。"唐李善
　　《注》："魄，月魄也。"

（8）恃：依赖。《诗经·小雅·蓼莪》："无父何怙，无母何恃？"

（9）令仪：整肃威仪。《诗经·湛露》："其桐其椅，其实离离。岂弟君子，莫不令
　　仪。"唐孔颖达《疏》："虽得王之燕礼，饮酒不至於醉。莫不善其威仪，令可观
　　望也。"　慎周还：谨慎周全地奉还。指谨慎地遵守令仪。

（二）

依违出门去⁽¹⁾，欲行复迟迟⁽²⁾。邻妪尽出别⁽³⁾，强语含辛悲。

陋质容有缪⁽⁴⁾,放逐理则宜⁽⁵⁾;姑老籍相慰,缺乏多所资。⁽⁶⁾妾行长已矣⁽⁷⁾,会面当无时!

笺注

（1）依违：迟疑。汉刘向《九叹·离世》："余思旧邦,心依违兮。"

（2）迟迟：舒迟状。《诗经·邶风·谷风》："行道迟迟,中心有违。"《毛传》："迟迟,舒行貌。"

（3）妪：老年妇女。

（4）陋质：多指女子或女子的身体。三国魏曹植《出妇赋》："以才薄之陋质,奉君子之清尘。"

（5）理则宜：从道理上说是对的。《晋书·陶侃传》："望隆分陕,理则宜然。"这是去妇自身的委屈之言。

（6）姑老：殆指家中的婆婆。这两句是说家中的婆婆尚待慰藉,要又大多关切资助。

（7）长已矣：长久逝去。唐杜甫《石壕吏》："存者且偷生,死者长已矣。"

（三）

妾命如草芥⁽¹⁾,君身比琅玕⁽²⁾。奈何以妾故,废食怀愤冤⁽³⁾?无为伤姑意⁽⁴⁾,燕尔且为欢⁽⁵⁾;中厨存宿旨⁽⁶⁾,为姑备朝餐。畜育意千绪⁽⁷⁾,仓卒徒悲酸⁽⁸⁾。伊迩望门屏⁽⁹⁾,盍从新人言⁽¹⁰⁾?夫意已如此,妾还当谁颜⁽¹¹⁾!

笺注

（1）草芥：小草。不足珍惜之物。宋苏洵《六国论》："子孙视之不甚惜,举以予人,如弃草芥。"

（2）琅玕：美玉。三国魏曹植《美女篇》："头上金爵钗，腰佩翠琅玕。"

（3）废食：宋司马光《远谋》："庙堂之上，焦心劳思，忘寝废食以忧之。"

（4）无为：勿要。唐王勃《送杜少甫之任蜀州》："无为在歧路，儿女共沾巾。"

（5）燕尔：指新婚。

（6）宿旨：留下的甘美食物。

（7）畜育：抚蓄养育。《诗经·小雅·蓼莪》："父兮生我，母兮鞠我。拊我畜我，长我育我。"

（8）仓卒：仓猝，仓促。匆忙急迫。《汉书·王嘉传》："临事仓卒乃求，非所以明朝廷也。" 悲酸：悲痛，悲哀。汉乐府《长歌行》："老大徒伤悲。"

（9）伊迩：将近，不远。《诗经·邶风·谷风》："不远伊迩，薄送我畿。"

(10）盍：疑问词，何故。《庄子·盗跖》："子张问于满苟得曰：'盍不为行？'"此两句指：近看门屏已按新人之意更换。

(11）当谁颜：面对谁的脸。意为无脸见人。

（四）

　　去矣勿复道(1)，已去还踌躇。鸡鸣尚闻响(2)，犬恋犹相随。感此摧肝肺(3)，泪下不可挥。冈回行渐远，日落群鸟飞(4)。群鸟各有托，孤妾去何之？

笺注

（1）复道：重复说及。

（2）闻响：听到声响。

（3）摧肝肺：摧肝裂肝之痛。晋潘岳《为任子咸妻作孤女泽兰哀辞》："耳存遗响，目想余颜，寝度伏枕，摧心剖肝。"

（4）宋张君房《云笈七签》卷九六："日落西山兮夕鸟归飞,百年一馆兮志与
　　愿违。"

（五）

　　空谷多凄风⁽¹⁾,树木何潇森⁽²⁾！浣衣涧冰合⁽³⁾,采苓山雪深⁽⁴⁾。
离居寄岩穴,忧思托鸣琴⁽⁵⁾。朝弹《别鹤操》⁽⁶⁾,暮弹孤鸿吟⁽⁷⁾。弹
苦思弥切⁽⁸⁾,嵾峨隔云岑⁽⁹⁾。君聪甚明哲,何因闻此音?

笺注

（1）凄风:凄凉之风,喻凄苦情景。南朝梁殷芸《小说·袁安》:"雹遂为之沉沦,
　　伏而不起,乃无苦雨凄风焉。"

（2）潇森:清幽阴冷。金张宇《感怀》:"羲经读罢无人会,庭竹潇森夜月寒。"

（3）涧冰合:山涧结冰。

（4）苓:菌类植物名。

（5）托鸣琴:寄托于鸣琴。唐权德舆《月夜江行》:"幽兴惜瑶草,素怀寄鸣琴。"

（6）别鹤操:晋崔豹《古今注》卷中:"《别鹤操》,商陵牧子所作也。娶妻五年而
　　无子,父兄将为之改娶。妻闻之,中夜起,倚户而悲啸。牧子闻之,怆然而
　　悲,乃歌曰:'将乖比翼隔天端,山川悠远路漫漫,揽衣不寝食忘餐!'后人因
　　为乐章焉。"后用以指夫妻分离,抒发别情。

（7）孤鸿吟:或亦为琴曲。待考。

（8）弥切:愈发迫切。

（9）嵾峨:高峻山峰。《楚辞》刘向《九叹》:"登嵾峨以长企兮,望南郢而窥之。"汉
　　王逸《注》:"嵾峨,锐山也。"　云岑:云雾缭绕的山峰。晋陶潜《归鸟》:"翼翼
　　归鸟,晨去于林。远之八表,近憩云岑。"

罗旧驿

客行日日万峰头,山水南来亦胜游。市谷鸟啼村雨暗[一],刺桐花暝石溪幽(1)。蛮烟喜过青杨瘴(2),乡思愁经芳杜洲(3)。身在夜郎家万里(4),五云天北是神州(5)。

校勘

[一] 市:《居夷集》作"布"。"布"为是。

考释

从《罗旧驿》到《七盘》诸诗,记王阳明沿沅水进入贵州龙场之事。然考王阳明入黔路线,上古本《全集》中诸诗的排列顺序有误。说见下。

罗旧驿,据清顾祖禹《读史方舆纪要》卷八十一《湖广六·辰州府·沅州》:"罗旧站堡,州东四十里。又州西四十里为白茅滩哨堡,五十里为冷水站堡,九十里为晃州站堡,堡故蛮州也,亦宋熙宁中收复。今有晃州马驿,并置巡司于此。《志》云:已上四堡,俱隶沅州卫。○鲇鱼站堡,在州西百二十里,又西十里为南宁哨堡,又西二十里为平溪站堡及太平哨堡。《志》云:已上四堡俱隶平溪卫。"

又:"沅州,府西南二百七十里。东南至靖州三百里,西至贵州思州府一百九十里,北至保靖卫三百里。"

"沅水驿,州城南二里。又州东北八十里有盈口驿,东南八十里有卢黔水驿。又罗旧马驿,置于罗旧堡。"

据以上记录,再考谭其骧主编《中国历史地图册》"元明时期"卷"湖广"(66—67 页),可知,沅州当在今芷江县附近。而罗旧驿在沅州东面(约在今怀化市南面),沅水驿在沅州南二里(当在芷江县南)。王阳明沿着沅水由东北向西南行,先到罗旧驿。

此诗言在旅途中的景观和思乡的哀愁。

笺注

（1）刺桐花：花期在每年三月。四川贵州一带有此花。或称"龙牙花"。此也可见王阳明经过时当在春天。　暝、幽：都指天气阴雨黯然。

（2）蛮烟：蛮地的雾气、炊烟。　青杨瘴：湘西四川产青杨树。此或指瘴气弥漫的青杨树林。

（3）芳杜洲：长着甘棠林的水中沙洲。

（4）夜郎：古地名。今贵州西北及云南一带。此夜郎当是湖南沅陵的夜郎县。

（5）五云：青、白、赤、黑、黄五种颜色的云彩。色彩变幻的云天。

沅水驿

　　辰阳南望接沅州，碧树林中古驿楼。远客日怜风土异，空山惟见瘴云浮。耶溪有信从谁问(1)？楚水无情只自流。却幸此身如野鹤(2)，人间随地可淹留(3)。

考释

　　沅水驿，已见上诗考释。辰阳：今湖南省怀化市辰溪县。清顾祖禹《读史方舆纪要》卷八十一《湖广七·辰州府·辰溪县》："辰阳城，在县西北。汉县治此。梁陈间移今治。隋改曰辰溪。五代时，马氏尝析辰溪置辰阳县，盖因汉旧名，寻复废。宋白曰：'后汉建武二十五年，置辰阳县，本汉之辰陵。'考《汉志》，无辰陵，有辰阳，白误也。"

笺注

（1）耶溪：即若耶溪，浙江河流。其水流入绍兴镜湖。唐李白《越女词五首》之五："镜湖水如月，耶溪女如雪。"

（2）野鹤：野生的仙鹤。喻隐居闲散之人。唐刘长卿《送方外上人》："孤云将野鹤，岂向人间住。"

（3）淹留：羁留；逗留。《楚辞·离骚》："时缤纷其变易兮，又何可以淹留？"

钟鼓洞

见说水南多异迹，岩头时有鼓钟声[一]。空遗石壁千年在，未信金砂九转成(1)。远地星辰瞻北极，春山明月坐更深。年来夷险还忘却(2)，始信羊肠路亦平。

校勘

[一] 岩：同治《沅陵县志》作"岸"。

考释

钟鼓洞在湖南大酉山。清顾祖禹《读史方舆纪要》卷八十一《湖广七·辰州府·沅陵县》："大酉山，府西北四十里。道书第二十六洞天也。上有龙湫。又小酉山，在府西北五十里，山下有石穴，相传中有书千卷，昔人避秦，隐学于此。"《湖广通志》卷十二："钟鼓洞在(辰溪)县南，龟山石壁峭立，入数十步，二石悬焉，扣之作钟鼓声。"今洞内有王阳明的石刻题咏："见说水南多异迹，岸头时有钟鼓声。"又，同治《沅陵县志》："瑾诛，(王守仁)量移庐陵知县，归途过辰溪，游大酉山钟鼓洞，题诗于石。"

明沈瓒编撰、清李涌重编、陈心传补编《五溪蛮图志》(岳麓书社，2012 年)第二集"五溪风土"十一"古迹""大酉山":"在辰溪县西南一十五里。山有洞,周围一百里。又有九峰岭、钟鼓洞、仙人桥、聘仙径,为二十六洞天。名曰太虚宫洞、妙华之天、善卷墓、秦人藏书室、张果老炼丹地,咸在焉。山下道观,久废。碑刻文字,横翳荆棘,岁植野烧,皴剥不真。溪人亦无传录者。文献不足,可胜叹哉!……钟鼓洞,系丹山庵岩址下之一大罅隙。因庵中每鸣铜鼓,隙中亦常应声同鸣,故名。"

诗中有"年来夷险还忘却,始信羊肠路亦平"句,考其诗意,此诗似当作于由贵州返庐陵时。不当列于此。

笺注

（1）金砂:道教金丹派语。龟山为张果炼丹修道的古遗址。《辰州府志》:"丹山在南门外西,辰、沅交汇处,壁立万仞。上有庵,窗棂映水,山碧风清,顶有果老丹池。"同治《辰溪县志·山川》卷五:"唐时,张果老隐大酉山,曾炼丹药于此地,今炼丹池在爪山头,故又名爪山。"　九转:指反复烧炼金丹。道家修仙炼丹,以九转为贵。唐吕岩《渔父·朝帝》:"九转功成数尽乾,开炉拨鼎见金丹。"

（2）夷:平坦。　夷险:指顺境、逆境。晋葛洪《抱朴子》:"竭身命以殉国,经夷险而一节者,忠臣也。"

（3）羊肠:已见前《杂诗三首》其三注(1)。

平溪馆次王文济韵

山城寥落闭黄昏[(1)],灯火人家隔水村。清世独便吾职易[(2)],穷途还赖此心存[(3)]。蛮烟瘴雾承相往[一][(4)],翠壁丹崖好共论[(5)]。畎亩投闲终有日[(6)],小臣何以答君恩?

校勘

[一] 承相往:《居夷集》作"承相待",是。

考释

王文济:名铠,字文济,号守拙。忻州人。时为贵州参议,故称"少参"。见《贵州通志》。后王阳明有《即席次王文济少参韵二首》。

清顾祖禹《读史方舆纪要》卷八十一《湖广七·沅州府·麻阳县》:"平溪卫,沅州西百五十里。洪武二十二年建。城周九里有奇。南至贵州思州府三十里。今亦置平溪卫。详见贵州。"卷一百二十二《贵州三·思州府》:"平溪驿,府东北四十里平溪卫城外,有平溪渡。又东北三十里有晃州驿,又七十里为便溪驿,有便溪浮桥。又东五十里即沅州也。"

平溪馆,在今玉屏县。玉屏古名平溪。宋置平溪峒。明洪武二十三年(1390)设平溪卫。

笺注

(1)寥落:冷清。唐元稹《行宫》:"寥落古行宫,宫花寂寞红。"

(2)清世:清平世界。元蔡松年《水调歌头·丙辰九日从猎涿水道中》:"老境玩清世,甘作醉乡侯。"

(3)穷途:处境困窘。《吴越春秋·王僚使公子光传》:"子胥曰:夫人赈穷途,少饭亦何嫌哉?" 此心:殆指济世之心。

(4)蛮烟瘴雾:南方的烟雾瘴气。宋黄公度《眼儿媚·梅词和傅参议韵》:"如今憔悴,蛮烟瘴雨,谁肯寻搜。"

(5)翠壁丹崖:青翠绮丽的岩壁。三国魏嵇康《琴赋》:"丹崖崄巇,青壁万寻。"

(6)畎亩:田野;田间务农。《孟子·告子下》:"舜发于畎亩之中。" 投闲:置于闲散职位。唐韩愈《进学解》:"动而得谤,名亦随之。投闲置散,乃分之宜。" 终有日:总有结束的时候。

清平卫即事

积雨山途喜乍晴,暖云浮动水花明⁽¹⁾。故园日与青春远⁽²⁾,敝缊凉思白苧轻⁽³⁾。烟际卉衣窥绝栈时土苗方仇杀⁽⁴⁾,峰头戍角隐孤城⁽⁵⁾。华夷节制严冠履⁽⁶⁾,漫说殊方列省卿⁽⁷⁾。

考释

清顾祖禹《读史方舆纪要》卷一百二十一《贵州二·都匀府·清平县》:"清平县,府北百三十里,北至清平卫一里。自昔为蛮夷地。洪武十四年,开置清平堡。二十二年,升为清平长官司,属平越卫。二十三年,置清平卫于司北,因改属清平卫。"又,卷一百二十一《贵州二·平越军民府·清平卫》:"清平卫,府东北六十里,东至兴隆卫六十里,西至扬义长官司四十里,南至都匀府一百三十里。"在今凯里市西北。王阳明当先经过"七盘",到兴隆卫,再到清平卫。

笺注

(1)水花:浪花,或泛指水中之花。唐李白《送崔氏昆季之金陵》:"峡石入水花,碧流日更长。"此句说天光水色明媚。

(2)青春:此指青绿的春天景色。唐杜甫《闻官军收河南河北》:"白日放歌须纵酒,青春作伴好还乡。"

(3)敝缊:破旧的乱絮棉衣。《礼记·玉藻》:"纩为茧,缊为袍。"汉郑玄《注》:"纩谓今之新绵也,缊谓今纩及旧絮也。"　白苧:白色苧麻的衣服。唐戴叔伦《白苧词》:"新裁白苧胜红绡,玉佩珠缨金步摇。"

(4)卉衣:卉服。《后汉书·南蛮西南夷传赞》:"百蛮蠢居,仞彼方徼。镂体卉衣,凭深阻峭。"唐李贤《注》:"卉衣,草服也。"　绝栈:绝壁栈道。　此句有原注文"时土苗方仇杀",或指广西岑猛、黄骥、李蛮等互相仇杀,岑濬趁势作乱被勘事。明高岱《鸿猷录》卷十五:"广西诸土酋族,岑氏为大。"明初准其世袭。后岑氏家乱,黄骥、李蛮等发兵介入。岑猛逃走。明廷命岑氏一族的思恩知府岑濬助猛,濬因此而发兵自立。弘治十八年,明廷"发兵讨濬,戮之"。又贵州的水东、水西土司的争斗,见下。

(5)戍角:戍边军队的号角。宋姜夔《扬州慢序》:"暮色渐起,戍角悲鸣。"

(6)华夷:此指明廷与少数民族。　冠履:帽、鞋。比喻上下尊卑之分。　严冠履:严格等级秩序。

(7)殊方:他乡,远方。《晋书·裴秀传》:"故虽有峻山巨海之隔,绝域殊方之迥,登降诡曲之因,皆可得举而定者。"　列省卿:设置官员。

兴隆卫书壁

山城高下见楼台⁽¹⁾,野戍参差暮角催⁽²⁾。贵竹路从峰顶入⁽³⁾,夜郎人自日边来⁽⁴⁾。莺花夹道惊春老⁽⁵⁾,雉堞连云向晚开^{[一](6)}。尺素屡题还屡掷⁽⁷⁾,衡南那有雁飞回⁽⁸⁾?

校勘

[一]堞:原作"蝶",据上古本《全集》改。

考释

兴隆卫:清顾祖禹《读史方舆纪要》卷一百二十一《贵州二·平越军民府·清平卫》:"兴隆卫,府东北百二十里,南至清平卫六十里,西至黄平州界七十五里,东北至偏桥卫六十里。……宋、元皆为羁縻蛮地。《通志》:'宋为狼洞砦,属黄平府,元因之。'未详所据。明朝洪武二十二年始置兴隆卫军民指挥使司,隶贵州都司。《通志》:'洪武八年,为四川播州重安长官司地。二十二年,颍国公傅友德征南,以其地当西南要冲,始置今卫。初名兴龙,后改为隆。万历二十一年改今属。'……

兴隆城,今卫治。洪武二十六年建。"

　　兴隆卫在今黄平县。

笺注

（1）楼台：建筑物。唐杜甫《院中晚晴怀西郭茅舍》："复有楼台衔暮景,不劳钟鼓

　　　报新晴。"

（2）野戍：野外戍防。　暮角：黄昏时的军队号角。宋李清照《忆秦娥》："栖鸦

　　　归后,暮天闻角。"

（3）贵竹：一般指贵州地区。清顾祖禹《读史方舆纪要》卷一百二十二《贵州三·

　　　镇远府》："府东达沅辰,西通贵竹,当往来之冲,为扼要之地。"

（4）夜郎：中国古族名和古国名。战国至汉时主要分布在今贵州西部、北部及

　　　云南东北部、四川南部。此特指贵州地区。　人自日边来：南朝宋刘义庆

　　　《世说新语·夙惠》："(晋元帝)问明帝：'汝意谓长安何如日远?'答曰：'日

　　　远。不闻人从日边来,居然可知。'"日边：太阳的旁边。犹言天边。此指

　　　远处。

（5）莺花：黄鹂、鲜花。南朝梁丘迟《与陈伯之书》："暮春三月,江南草长,杂花生

　　　树,群莺乱飞。"　春老：指暮春时节。由此可见王阳明在旅途中的时节。

（6）雉堞：城上短墙。《文选·芜城赋》："板筑雉堞之殷,井干烽橹之勤。"唐李善

　　　《注》："汉郑玄《周礼注》曰：'雉,长三丈,高一丈。'晋杜预《左氏传注》曰：

　　　'堞,女墙也。'"此泛指城墙。

（7）尺素：指书信。唐张九龄《当涂界寄裴宣州》："委曲风波事,难为尺素传。"

（8）南宋王象之《舆地纪胜》卷五十五《荆湖南路》"衡州"："回雁峰在州城南,或

　　　曰雁不过衡阳,或曰峰势如雁之回。"

七盘

鸟道萦纡下七盘[1]，古藤苍木峡声寒[2]。境多奇绝非吾土，时可淹留是谪官[3]。犹记边峰传羽檄[4]，近闻苗俗化衣冠[5]。投簪实有居夷志[6]，垂白难承菽水欢[7]。

考释

清顾祖禹《读史方舆纪要》卷一百二十一《贵州二·平越军民府·清平卫》："平越军民府，东北至偏桥卫百八十里，东南至都匀府百三十五里，南至新添卫七十里，西北至四川遵义府三百五十里。自府治至布政司百八十里，至京师八千二百里。""七盘坡，府东五里。官道经其上，高峻崎岖，折旋凡七坡。下有溪。一云以盘回七里而名。"

考其位置当在今镇远到黄平一带。景泰元年（1450）四月，明军在安南卫紫塘、弥勒、南窝、阿蒙等寨以及七盘坡、羊肠河、杨老堡、清平等地镇压当地民众，打通了兴隆至镇远的道路。所谓"七盘坡"，当即此"七盘"。关于当时战事，《明史·景帝本纪》《明史·梁铭传》等有记载。

笺注

（1）鸟道。山间小道。　萦纡：盘旋弯曲。唐白居易《长恨歌》："黄埃散漫风萧索，云栈萦纡登剑阁。"

（2）苍木：莽苍的树木。明余飏《秋述》："野雁叫玄霜，寒飙扇苍木。"　峡声：峡谷回声。

（3）淹留：逗留；羁留。三国魏曹丕《燕歌行》："慊慊思归恋故乡，君何淹留寄他方？"　谪官：此守仁自谓。

（4）边峰：边地的山峰，边疆。　羽檄：插上羽毛的文书。古代军事文书，插鸟羽以示紧急。《史记·韩信卢绾列传》："陈豨反，邯郸以北皆豨有，吾以羽檄征天下兵,未有至者,今唯独邯郸中兵耳。”

（5）衣冠:衣帽,指风俗中原文化、文明。唐刘知幾《史通·邑里》:“晋氏之有天
　　下也,自洛阳荡覆,衣冠南渡,江左侨立州县,不存桑梓。”“苗俗”更化,参
　　见《清平卫即事》笺注(6)。

（6）投簪:丢下固冠之簪。比喻弃官。晋陆机《应嘉赋》:“苟形骸之可忘,岂投簪
　　其必谷。”　居夷:在夷地居住。王阳明有《居夷集》。

（7）垂白:须发将白。　菽水:豆类和水,泛指粗茶淡饭,代指对父母的奉养。
　　《礼记·檀弓》:“啜菽饮水,尽其欢,斯之谓孝。”

初至龙场无所止,结草庵居之⁽¹⁾

　　草庵不及肩⁽²⁾,旅倦体方适⁽³⁾。开棘白成篱⁽⁴⁾,土阶漫无级⁽⁵⁾。
迎风亦萧疏⁽⁶⁾,漏雨易补缉⁽⁷⁾。灵濑响朝湍⁽⁸⁾,深林凝暮色⁽⁹⁾。群
獠环聚讯⁽¹⁰⁾,语庞意颇质⁽¹¹⁾。鹿豕且同游,兹类犹人属⁽¹²⁾。匏樽
映瓦豆^{[一](13)},尽醉不知夕⁽¹⁴⁾。缅怀黄唐化⁽¹⁵⁾,略称茅茨迹^{[二](16)}。

校勘

[一] 匏:嘉靖本《文录》此字为墨丁;今标点本作“污”,殆后人所补。《居夷集》
　　　作“匏”,是。此从《居夷集》补。

[二] 茅:《居夷集》作“宛”。

考释

　　龙场:今修文县龙场镇。明洪武十七年(1384)奢香开九驿置龙场为首驿。
正德二年春夏间,王阳明到龙场。此诗之前,为王阳明赴黔途中事,此诗后为到达
龙场后之事。

笺注

（1）所止：所居之地。

（2）及肩：谓高仅与肩齐。《论语·子张》："譬之宫墙,赐之墙也及肩,窥见室家
　　　之好。"指草庵矮小。

（3）旅倦：旅途疲倦。指守仁到达龙场后不久,身体刚适应。

（4）开棘：砍伐荆棘。

（5）土阶：夯土为阶。晋袁宏《后汉纪·光武帝纪一》："礼有损益,质文无常,茅
　　　茨土阶,致其肃也。"

（6）萧疏：清冷;稀落。唐杜甫《除架》："束薪已零落,瓠叶转萧疏。"

（7）补缉：修补。《宋书·刘义欣传》："义欣纲维补缉,随宜经理,劫盗所经,立讨
　　　诛之制。"

（8）灵濑：砂石上灵动的流水。汉王充《论衡书虚》："溪谷之深,流者安洋;浅多
　　　沙石,激扬为濑。"　朝湍：早晨喘急的水流。

（9）深林：幽深之林。唐王维《竹里馆》："深林人不知,明月来相照。"

（10）群獠：众多的当地居民。　环聚讯：环绕着问讯、交谈。

（11）语庞：话语庞杂。　意颇质：话语质朴。

（12）人属：人们的属物。

（13）匏樽：匏瓜剖开做的酒樽。　豆：盛食品的器皿,形状像高脚盘。《周礼·
　　　考工记》："食一豆肉,中人之食也。"

（14）不知夕：不知时日。宋张孝祥《念奴娇》："万象为宾客。扣舷独笑,不知今夕
　　　何夕。"

（15）黄唐化：黄帝、唐尧的教化,古代的教化。黄,黄帝;唐,唐尧。

（16）茅茨：茅屋。《韩非子·五蠹》："尧之王天下也,茅茨不翦,采椽不斫。"

始得东洞,遂改为阳明小洞天三首^[一]

校勘

［一］此诗嘉靖本王阳明《居夷集》题为"移居阳明小洞天",另有题为"始得东洞遂改为阳明小洞天"之诗,上古本《全集》未收。

考释

　　东洞:东面的山洞,即今"阳明小洞天"。在今修文县城东。后有《夏日游阳明小洞天喜诸生偕集偶用唐韵》诗,可参见。

(一)

　　古洞閟荒僻⁽¹⁾,虚设疑相待。披莱历风磴⁽²⁾,移居快幽垲⁽³⁾。营炊就岩窦⁽⁴⁾,放榻依石垒⁽⁵⁾。穿室旋薰塞⁽⁶⁾,夷坎仍洒扫^{[一](7)}。卷帙漫堆列⁽⁸⁾,樽壶动光彩⁽⁹⁾。夷居信何陋⁽¹⁰⁾,恬淡意方在。岂不桑梓怀⁽¹¹⁾?素位聊无悔⁽¹²⁾。

校勘

［一］洒扫:《居夷集》作"扫洒"。

笺注

(1)古洞:即东洞。　閟:通"秘"。掩蔽。

(2)披莱:除去莱草。　风磴:山岩石级。唐杜甫《谒文公上方》:"窈窕入风磴,长萝纷卷舒。"清仇兆鳌《注》:"风磴,石梯凌风。"

(3)幽垲:幽静高爽。

(4)岩窦:岩穴。唐李颀《答高三十五留别》:"韩康虽复在人间,王霸终思隐岩窦。"就着岩穴行炊。

（5）石垒：石墙。

（6）穹窒旋薰塞：《诗经·豳风·七月》："穹窒熏鼠，塞向墐户。"穹窒，完全堵塞。薰，焚香草以取香。薰塞，指焚薰香草清洁空气。

（7）夷坎：指洞中凹凸不平。夷，平坦；坎，坎坷不平。

（8）漫：随意。唐杜甫《闻官军收河南河北》："却看妻子愁何在，漫卷诗书喜欲狂。"

（9）樽壶：酒杯酒壶。　光彩：或指洞中色彩和气氛光亮明快。

（10）信：确实。　陋：简陋，闭塞。《论语·子罕》："子欲居九夷，或曰：'陋，如之何?'子曰：'君子居之，何陋之有?'"

（11）桑梓：故乡。

（13）素位：平素所处之位。《礼记·中庸》："君子素其位而行，不愿乎其外。"

（二）

　　童仆自相语，洞居颇不恶。人力免结构⁽¹⁾，天巧谢雕凿⁽²⁾。清泉傍厨落⁽³⁾，翠雾还成幕⁽⁴⁾。我辈日嬉偃⁽⁵⁾，主人自愉乐。虽无荣戟荣⁽⁶⁾，且远尘嚣聒⁽⁷⁾。但恐霜雪凝，云深衣絮薄⁽⁸⁾。

笺注

（1）结构：连接构架。唐刘禹锡《白侍郎大尹自河南寄示池北新葺水斋即事招宾十四韵兼命同作》："结构疏林下，夤缘曲岸隈。"

（2）天巧：天工之巧。　雕凿：人工雕凿。

（3）此句意为清泉就在炊事场所边流过。

（4）翠雾：苍翠山林中之雾气。

（5）嬉偃：嬉戏休憩。

（6）棨戟：古代官吏所用的仪仗。《后汉书·舆服志上》："公以下至二千石，骑吏四人，千石以下至三百石，县长二人，皆带剑，持棨戟为前列，捷弓韣九鞬。"

（7）尘嚣：人世间的烦扰、喧嚣。陶潜《桃花源诗》："借问游方士，焉测尘嚣外。"　聒：乱声骚扰。《左传·襄公二十六年》："聒而与之语。"唐孔颖达《疏》："声乱叫谓之聒。"

（8）云深：山林深处。唐贾岛《寻隐者不遇》："只在此山中，云深不知处。"

（三）

我闻莞尔笑(1)，周虑愧尔言(2)。上古处巢窟(3)，抔饮皆污樽[一](4)。沍极阳内伏(5)，石穴多冬暄(6)。豹隐文始泽(7)，龙蛰身乃存(8)。岂无数尺榱(9)，轻裘吾不温(10)。邈矣箪瓢子，此心期与论。(11)

校勘

[一] 抔：《居夷集》作"掊"。一本作"杯"，误。

笺注

（1）莞尔：微笑状。《论语》"夫子莞尔而笑，曰……"

（2）此句意为自愧不如你们考虑周密。

（3）巢窟：栖居或藏身洞穴。

（4）抔饮：以手掬水而饮。　污樽：《礼记·礼运》："污尊而抔饮。"汉郑玄《注》："污尊，凿地为尊也。"唐孔颖达《疏》："凿地污下而盛酒，故云'污尊'。"

（5）沍：寒冷。

（6）暄：温暖。南朝梁刘峻《广绝交论》："叙温郁则寒谷成暄，论严苦则春丛零叶。"

（7）此句典出《列女传·贤明·陶答子妻》："妾闻南山有玄豹,雾雨七日而不下食者,何也? 欲以泽其毛而成文章也,故藏而远害。"后因以"豹隐"比喻隐居伏处,爱惜其身。亦作"玄豹""豹雾"。

（8）龙蛰身存:语出《周易·系辞下》："尺蠖之屈,以求信也;龙蛇之蛰,以存身也。"

（9）数尺榱:典出《孟子·尽心下》："堂高数仞,榱题数尺,我得志弗为也。"赵岐注:"木衰题,屋溜也。堂屋数仞,振屋数尺,奢汰之室,使我得志,不居此屋也。"

（10）轻裘:轻暖的皮袍。《论语·雍也》："赤之适齐也,乘肥马,衣轻裘。吾闻之也,君子周急不继富。"

（11）箪瓢子:指颜回。《论语·雍也》："子曰:'贤哉回也! 一箪食,一瓢饮,在陋巷,人不堪其忧,回也不改其乐。贤哉回也!'"此两句说像颜回那样的贤人已经邈然远去了,我还能期待与谁相通共论?

谪居绝粮,请学于农,将田南山,永言寄怀⑴

谪居屡在陈,从者有愠见⑵。山荒聊可田,钱镈还易办⑶。夷俗多火耕⑷,仿习亦颇便。及兹春未深⑸,数亩犹足佃。岂徒实口腹? 且以理荒宴⑹。遗穗及鸟雀⑺,贫寡发余羡⑻。出耒在明晨⑼,山寒易霜霰⑽。

考释

谪居绝粮指食粮不足。当为初到达龙场不久时之事,殆在正德二年春夏间。此下至《无寐二首》,记述王阳明在龙场时的生活状况。

笺注

（1）田：通"佃"，耕作也。　永言：长言；吟咏。《尚书·虞书·舜典》："诗言志，歌永言，声依永，律和声。"

（2）在陈：指孔子在陈绝粮。《论语·卫灵公》："（孔子）在陈绝粮，从者病，莫能兴。子路愠见曰：'君子亦有穷乎？'子曰：'君子固穷，小人穷斯滥矣。'"愠，含怒，生气。

（3）钱镈：古代两种农具，此指农具。《诗经·周颂·臣工》："命我众人，庤乃钱镈。"汉郑玄《笺》："教我庶民，具女田器。"

（4）火耕：以火烧田草后耕作。

（5）春未深：春日未尽。此可见是在王阳明到达龙场不久时节。

（6）荒宴：多指沉溺于宴饮。南朝宋颜延之《五君咏·刘参军》："韬精日沉饮，谁知非荒宴。"因绝粮，曾荒废晏东。

（7）遗穗：遗落在田的谷穗。唐白居易《观刈麦》："右手秉遗穗，左臂悬弊筐。"

（8）贫寡：贫困孤寡。　余羡：盈余；剩余。三国蜀诸葛亮《将苑·击势》："粮食羡余，甲兵坚利。"

（9）耒：古代翻土农具。《说文解字》："耒，手耕曲木也。"

（10）霜霰：霜和霰。霰，雪珠。晋陶潜《归园田居》之二："常恐霜霰至，零落同草莽。"

观稼(1)

　　下田既宜稑(2)，高田亦宜稷(3)。种蔬须土疏(4)，种蓣须土湿(5)。寒多不实秀(6)，暑多有螟螣[一](7)。去草不厌频，耘禾不厌密⁽⁸⁾。物理既可玩⁽⁹⁾，化机还默识⁽¹⁰⁾。即是参赞功⁽¹¹⁾，毋为轻稼穑！

校勘

[一]螣：原作"蜷"，据上古本《全集》改。

笺注

（1）稼：种植谷物。农业劳作。《诗经·魏风·伐檀》："不稼不穑，胡取禾三百廛兮？"

（2）下田：低处的田地。　秫：糯稻。唐韩愈《柳州罗池庙碑》："秔稌充羡兮，蛇蛟结蟠。"

（3）高田：高处的田地。　稷：粟，或黍的一种。《尔雅·释草》晋郭璞《注》："稷，粟也。"《国语·晋语》"黍稷无成"汉韦昭《注》："粱也。"

（4）蔬：菜蔬。　疏：疏松。

（5）蓣：薯类，山药。

（6）不实秀：《论语·子罕》："苗而不秀者有矣夫！秀而不实者有矣夫！"秀，开花；实，结果。

（7）螟螣：食苗的害虫。《诗经·小雅·大田》："去其螟螣，及其蟊贼。"《毛传》："食心曰螟，食叶曰螣。"

（8）耘：除草松土。《管子·乘马数》："使农夫寒耕暑耘。"

（9）物理：事物之理。"物理"乃宋明理学的重要概念，也是当时人重要的思维范畴。宋朱熹《朱子语类》卷十五"大学二"："格物穷理，有一物便有一理。"王阳明后在《传习录·答顾东桥书》中曰："夫物理不外于吾心，外吾心而求物理，无物理矣。"此时，王阳明从朱子说。　玩：玩味，思考。

（10）化机：变化的机微。宋陆游《题宇文子友所藏薛公鹤》："宫保妙笔穷化机。"

默识：默默记住。《论语·述而》："默而识之,学而不厌,诲人不倦,何有于

　　我哉!"

(11) 参赞：参画赞助。

采蕨⁽¹⁾

　　采蕨西山下^[一],扳援陟崔嵬⁽²⁾。游子望乡国⁽³⁾,泪下心如

摧⁽⁴⁾。浮云塞长空⁽⁵⁾,颓阳不可回⁽⁶⁾。南归断舟楫⁽⁷⁾,北望多风

埃⁽⁸⁾。已矣供子职⁽⁹⁾,勿更贻亲哀⁽¹⁰⁾!

校勘

[一] 山下：原作"下山",据上古本《全集》改。

笺注

（１）蕨：菌类草本植物,野菜。

（２）扳援：攀援。宋谢灵运《山居赋》："萝蔓延以攀援,花芬薰而媚秀。" 崔嵬：

　　　有石的土山。《诗经·周南·卷耳》："陟彼崔嵬,我马虺隤。"《毛传》："崔嵬,

　　　土山之戴石者。"

（３）游子：守仁自称。 乡国：故乡。

（４）唐李白《丁都护歌》："一唱都护歌,心摧泪如雨。"

（５）唐李白《扶风豪士歌》："我亦东奔向吴国,浮云四塞道路赊。"

（６）颓阳：落日。唐李白《九日登巴陵置酒望洞庭水军》："剑舞转颓阳,当时日停

　　　曛。"此两句说浮云漫天,夕阳西下。有一种暗淡消逝之感。

（７）唐孟浩然《临洞庭上张丞相》："欲济无舟楫,端居耻圣明。"

（８）《楚辞·离骚》："驷玉虬以桀鹥兮,溘埃风余上征。"指北方边疆仍多事。

（9）子职：儿子对父母应尽的职责。《孟子·万章上》："我竭力耕田，共为子职而已矣。" 供：供养。

（10）贻：遗留。

猗猗(1)

猗猗涧边竹，青青岩畔松(2)。直干历冰雪，密叶留清风。自期永相托(3)，云壑无违踪(4)。如何两分植，憔悴叹西东。人事多翻覆，有如道上蓬(5)。惟应岁寒意(6)，随处还当同。

笺注

（1）猗猗：竹子盛美貌。《诗经·卫风·淇澳》："瞻彼淇澳，绿竹猗猗。"

（2）《古诗十九首》："青青河畔草，郁郁园中柳。"

（3）相托：相互托付、依赖。唐李白《博平郑太守自庐山千里相寻入江夏北市门见访却之武陵立马赠别》："多君重然诺，意气遥相托。"

（4）云壑：云气遮覆的山谷。南朝齐孔稚珪《北山移文》："诱我松桂，欺我云壑。" 无违踪：踪迹不离。违，离也。

（5）唐李白《赠崔郎中宗之》："有如飞蓬人，去逐万里游。"

（6）唐元稹《酬乐天》："多君岁寒意，裁作秋兴诗。"

南溟(1)

南溟有瑞鸟(2)，东海有灵禽(3)。飞游集上苑(4)，结侣珍树林(5)。愿言饰羽仪(6)，共舞箫韶音(7)。风云忽中变，一失难相寻。瑞鸟既遭縻⁽⁸⁾,灵禽投荒岑⁽⁹⁾;天衢雨雪积⁽¹⁰⁾,江汉虞罗侵⁽¹¹⁾。哀哀鸣索侣,病翼飞未任。群鸟亦千百,谁当会其心⁽¹²⁾? 南岳有竹实⁽¹³⁾,丹溜青松阴⁽¹⁴⁾;何时共栖息? 永托云泉深⁽¹⁵⁾。

笺注

（1）南溟：南海;天池。《庄子·逍遥游》:"北溟有鱼,其名为鲲。""化而为鸟,其名为鹏。""是鸟也,海运则将徙于南溟。南溟者,天池也。"诗中王阳明以南溟鲲鹏自况。

（2）瑞鸟：祥瑞之鸟。此指鲲鹏,见诗题注。

（3）灵禽：神鸟。南朝梁简文帝《七励》:"异草双条,灵禽比翼。"殆指同志向的友人。

（4）上苑：皇家园林。南朝梁徐君倩《落日看还》:"妖姬竞早春,上苑逐名辰。"

（5）结侣：结为伴侣。汉王褒《四子讲德论》:"于是相与结侣,携手俱游。"　珍树林：珍奇树木之林。

（6）羽仪：翼翅。晋左思《吴都赋》:"湛淡羽仪,随波参差。理翮整翰,容与自玩。"

（7）箫韶：虞舜时的乐章。《尚书·益稷》:"箫韶九成,凤凰来仪。"此两句指瑞鸟神禽在上苑中自得状。

（8）縻：系縻;束缚。《韩非子·说难》:"大意无所拂悟,辞言无所系縻,然后极骋智辩焉。"

（9）荒岑：荒山。唐朱庆余《和处州韦使君新开南》:"悠然想高躅,坐使变荒岑。"

（10）天衢：京城。唐陈子昂《申宗人冤狱书》:"天衢得以清泰,万国得以欢宁。"

（11）虞罗：掌山泽之虞人所张设的网罗。唐陈子昂《感遇诗》之二三:"岂不在遐远,虞罗忽见寻。多材信为累,叹息此珍禽。"

（12）会其心：领会它的内心。南朝宋刘义庆《世说新语·言语》："简文入华林园，顾
左右曰：'会心处不必在远。'"

（13）南岳：有各种说法。此或指南方之山。　竹实：竹子所结子实，形如小麦，
也称竹米。《韩诗外传》卷八："凤乃止帝东园，集帝梧桐，食帝竹实，没身
不去。"

（14）丹溜：道教传说中的仙水。晋郭璞《游仙诗十九首》之六："陵阳挹丹溜，容成
挥玉杯。"

（15）云泉：高山清泉。此指与世隔绝的隐居生活。白居易《白云泉》："天平山上
白云泉，云自无心水自闲。何必奔冲山下去，更添波浪向人间！"

溪水

溪石何落落⁽¹⁾，溪水何泠泠⁽²⁾。坐石弄溪水，欣然濯我缨⁽³⁾。
溪水清见底，照我白发生⁽⁴⁾。年华若流水，一去无回停。悠悠百年
内，吾道终何成⁽⁵⁾！

笺注

（1）落落：飘逸特立状。唐司空图《二十四诗品》："落落欲往，矫矫不群。"

（2）泠泠：流水清泠。晋虞骞《视月》："泠泠玉潭水，映见娥眉月。"

（3）《楚辞·渔父》："沧浪之水清兮，可以濯我缨。"

（4）感慨之念。何逊《望廨前水竹答崔录事》："乡念一遄回，白发生俄顷。"陆游
《送梁谏议》："湖海还朝白发生，懒随年少事声名。"

（5）吾道：自己信奉之道。自己的理念。《论语·里仁》："吾道一以贯之。"

龙冈新构

诸夷以予穴居颇阴湿,请构小庐。欣然趋事[1],不月而成。诸生闻之,亦皆来集,请名龙冈书院,其轩曰"何陋"。

考释

王阳明有《何陋轩记》,曰:"始予至,无室以止,居于丛棘之间则郁也;迁于东峰,就石穴而居之,又阴以湿。龙场之民,老稚日来视予,喜不予陋,益予比。予尝圃于丛棘之右,民谓予之乐之也,相与伐木阁之材,就其地为轩以居予。"又,束景南《辑考编年》:"《何陋轩记》文真迹见《书迹名品汇刊》二十二册(明)。"上古本《全集》卷二十三,该文标明为"戊辰",乃正德三年。考此诗所咏,乃王阳明到达龙场,《何陋轩记》中所云"处之旬月"所建之屋,可知当为正德二年夏秋间事。守仁由此而离开小阳明洞移居此"龙冈书院"。此二处俱在龙冈山,即文中所言"东峰"。

又,此诗原分为两段,今标点本题下,诗合为一,然考诗意,显非一首。疑题下缺"二首"二字。现分为二首。

(一)

谪居聊假息[2],荒秽亦须治[3]。凿巇薙林条[4],小构自成趣[一][5]。开窗入远峰,架扉出深树[6]。墟寨俯逶迤[7],竹木互蒙翳[8]。畦蔬稍溉锄,花药颇杂莳[9]。宴适岂专予[10],来者得同憩。轮奂非致美[11],毋令易倾敝[12]。

校勘

[一] 趣:原作"趋",据上古本《全集》改。

笺注

(1)趋事:前往办事。南朝齐谢朓《始出尚书省》:"趋事辞宫阙,载笔陪旌棨。"

(2)假息:暂且养息。

（3）荒秽：荒芜。晋陶潜《归园田居》诗之三："晨兴理荒秽，带月荷锄归。"

（4）凿巘：凿山。 薙：剪除。唐温庭筠《上封尚书启》："诛茅绝顶，薙草荒田。"
林条：林木。林中有枝条、藤蔓。

（5）构：房屋，屋宇。明徐霞客《徐霞客游记》："近因顶有新构，遂称此为寺云。"

（6）架扉：推开柴门，用木棍撑住。扉，门。宋叶绍翁《游园不值》："应怜屐齿印
苍苔，小扣柴扉久不开。"

（7）墟寨：村寨。 逶迤：延续不绝。

（8）蒙翳：遮蔽。《新唐书·韩愈列传·附孟郊》："县有投金濑、平陵城。林薄翁
翳，下有积水。郊间往坐水傍，命酒挥琴，裴回赋诗终日，而曹务多废。"

（9）莳：栽种。

（10）宴适：安适。

（11）轮奂：高大，众多。《礼记·檀弓下》："晋献文子成室，晋大夫发焉。张老曰：
'美哉轮焉，美哉奂焉。'" 致美：十分完美。

（12）倾敝：倾颓敝坏。此两句意为：建得高大，并非为致美，只是要它不轻易倒
塌败坏。

（二）

营茅乘田隙[1]，洽旬始苟完[2]。初心待风雨[3]，落成还美观。
锄荒既开径，拓樊亦理园[4]。低檐避松偃[5]，疏土行竹根[6]。勿剪
墙下棘，束列因可藩[7]；莫撷林间萝[8]，蒙笼覆云轩[9]。素缺农圃
学，因兹得深论。毋为轻鄙事[10]，吾道固斯存。

笺注

（1）营茅：建造新居。 田隙：耕种田地的闲余时间。

（2）洽旬：整整一旬。　苟完：《论语》善居室……少有，曰："苟完矣。"

（3）待风雨：《周易·系辞下》："上古穴居而野处，后世圣人易之以宫室，上栋下宇，以待风雨。"待，防备。《韩非子·外储说左上》："今城郭不完，兵甲不备，不可以待不虞。"

（4）拓樊：拓展藩篱。　理园：整理庭园。

（5）松偃：偃松；倒伏之松。唐许浑《题杜居士》："松偃石床平，何人识姓名。"

（6）此句意为：疏松的土里，竹根蔓延。

（7）束列：编扎排列。　可藩：可做藩篱。

（8）撷：摘取，摘除。　萝：藤蔓植物。

（9）蒙笼：草木茂盛貌。汉扬雄《甘泉赋》："乘云阁而上下兮，纷蒙笼以掍成。"

（10）鄙事：鄙人之事。多指各种技艺与耕种等劳动。《论语·子罕》："吾少也贱，故多能鄙事。"魏何晏《集解》引包咸曰："故多能为鄙人之事。"

诸生来

　　简滞动罹咎(1)，废幽得幸免(2)。夷居虽异俗，野朴意所眷(3)。思亲独疚心(4)，疾忧庸自遣(5)。门生颇群集(6)，樽罍亦时展(7)。讲习性所乐(8)，记问复怀腼(9)。林行或沿涧，洞游还陟巘。月榭坐鸣琴(10)，云窗卧披卷(11)。澹泊生道真(12)，旷达匪荒宴(13)。岂必鹿门栖(14)，自得乃高践(15)。

考释

　　此"诸生"，不详何人，当为贵州学子。考此诗意，似非王阳明初到龙场，居所未定时场景。疑此诗或非正德二年之作。

笺注

（1）简：简慢；怠慢；倨傲。　滞：固执；拘泥。　动：动辄。　罹咎：遭受祸患。

（2）废幽：幽废；幽禁废黜。《汉书·五行志上》："赖大臣共诛诸吕而立文帝，惠后幽废。"　两句意为：简慢、滞怠，会动辄罹祸；因被废黜流放，反得幸免。

（3）野朴：鄙野、质朴。《管子·小匡》："是故农之子常为农，朴野而不慝。"唐尹知章《注》："农人之子朴质而野，不为奸慝。"

（4）疚心：因愧疚而内心不安。晋潘岳《秋兴赋》："彼四感之疚心兮，遭一涂之难忍。"

（5）疾忧：指父母为儿女的疾病担忧。《论语·为政》："父母，唯其疾之忧。"此或为自己长辈的病担忧。　庸：《尔雅》："庸，常也。"　自遣：排遣愁闷，宽慰自己。唐元稹《进诗状》："自律诗百韵，至于两韵七言，或因朋友戏投，或以悲欢自遣。"

（6）门生：汉代称受业为弟子，再传为门生，后泛指学生。《后汉书·贾逵传》："皆拜逵所选弟子及门生为千乘。"

（7）樽罍：酒具。罍，古时盛酒温酒之器。王国维有《说罍》。

（8）讲习：讲议研习。《周易·兑》："丽泽，兑；君子以朋友讲习。"唐孔颖达《疏》："朋友聚居，讲习道义。"

（9）记问：指为应付他人问难而记诵，无真知之学。《礼记·学记》："记问之学不足以为人师，必也其听语乎？"　怀腼：怀着羞愧。

（10）月榭：赏月的台榭。南朝梁沈约《郊居赋》："风台累翼，月榭重栌。"

（11）云窗：云雾缭绕的窗户。唐韩愈《华山女》："云窗雾阁事慌惚，重重翠幔深金屏。"

（12）澹泊：恬淡超逸。三国蜀诸葛亮《诫子书》："非淡泊无以明志。"　道真：本原，本性。

（13）荒宴：沉溺于宴饮。见前《谪居绝粮请学于农将田南山永言寄怀》。

（14）鹿门：鹿门山。在今湖北襄阳县。传后汉庞德公携妻子登鹿门山，采药不返。后指隐士所居之地。事见《三国志·蜀书·庞统传》。

(15) 自得：自有所得。　高践：高蹈的举止。《礼记·曲礼》："修身践言，谓之善行。"

西园

方园不盈亩，蔬卉颇成列。分溪免瓮灌(1)，补篱防豕蹢(2)。芜草稍焚薙，清雨夜来歇。濯濯新叶敷(3)，荧荧夜花发(4)。放锄息重阴，旧书漫披阅。倦枕竹下石，醒望松间月(5)。起来步闲谣(6)，晚酌檐下设。尽醉即草铺(7)，忘与邻翁别。

笺注

（1）瓮灌：以瓮浇灌。典出《庄子·天地》："子贡南游于楚，反于晋，过汉阴，见一丈人方将为圃畦，凿隧而入井，抱瓮而出灌，搰搰然用力甚多而见功寡。"

（2）蹢：徘徊。

（3）濯濯：清新；明净。唐韩愈《南山》："春阳潜沮洳，濯濯吐深秀。"

（4）荧荧：光艳貌。《文选·高唐赋》："玄木冬荣，煌煌荧荧。"唐李善《注》："煌煌荧荧，草木花光也。"以上数句，当是春夏间景色。

（5）唐王维《山居秋暝》："明月松间照，清泉石上流。"

（6）步闲：亦作闲步。漫步，散步。唐代孟郊《寄洺州李大夫》："步闲洺水曲，笑激太行云。"　谣：吟唱。

（7）草铺：铺着草的卧处。唐吕岩《牧童》："草铺横野六七里，笛弄晚风三四声。"

水滨洞

送远憩岨谷[1]，濯缨俯清流。沿溪涉危石[2]，曲洞藏深幽[3]。花静馥常閟[4]，溜暗光亦浮[5]。平生泉石好，所遇成淹留[6]。好鸟忽双下[7]，鲦鱼亦群游[8]。坐久尘虑息[9]，澹然与道谋[10]。

考释

水滨洞，指水边的洞窟。

笺注

（1）岨谷：险峻的山谷。

（2）危石：乱石。唐王维《过香积寺》："泉声咽危石，日色冷青松。"

（3）曲洞：弯曲的洞窟。　深幽：深奥幽隐。

（4）馥：香气。　閟：幽静。明谢重辉《圣安寺联句》："肃肃僧寮清，穆穆禅宫閟。"

（5）溜：水流。

（6）淹留：逗留。

（7）好鸟：美丽的鸟。南朝梁吴均《与朱元思书》："泉水激石，泠泠作响；好鸟相鸣，嘤嘤成韵。"

（8）鲦鱼：体小，呈条状，肉可食，生活在淡水中。又作鲦鱼。《庄子·秋水》："庄子曰：'鲦鱼出游从容，是鱼乐也。'"宋陆佃《埤雅》："鲦鱼形狭而长，江淮之间谓之餐鱼。"

（9）尘虑：世尘之虑。俗念。唐刘禹锡《游桃源一百韵》："道芽期日就，尘虑乃冰释。"

（10）与道谋：此指思考探求自然本原、人的本性。

山石

山石犹有理⁽¹⁾，山木犹有枝。人生非木石，别久宁无思！愁来步前庭，仰视行云驰。行云随长风，飘飘去何之？行云有时定，游子无还期。高梁始归燕⁽²⁾，题鴂已先悲⁽³⁾。有生岂不苦，逝者长若斯⁽⁴⁾！已矣复何事？商山行采芝⁽⁵⁾。

笺注

（1）理：纹理；条理。唐刘禹锡《砥石赋》："圭形石质，苍色腻理。"

（2）高梁：房梁。

（3）题鴂：即秭鴂，子规，杜鹃鸟。传说蜀国国王，名杜宇，号望帝，失国身死，化为杜鹃，悲啼不已。唐吴融《子规》："他山叫处花成血，旧苑春来草似烟。"这两句以燕子和杜鹃相对照，以现自身离别之悲哀。

（4）《论语·子罕》："子在川上曰，逝者如斯夫，不舍昼夜。"

（5）指秦末隐士东园公、夏黄公、绮里季、甪里四人，因避秦乱世而隐居商山，采芝充饥，事见《史记·留侯世家》。

无寐二首

其一

烟灯暖无寐⁽¹⁾，忧思坐长往。寒风振乔林⁽²⁾，叶落闻窗响⁽³⁾。起窥庭月光⁽⁴⁾，山空游罔象⁽⁵⁾。怀人阻积雪，崖冰几千丈。

考释

第一首为冬天景象。或为正德二年冬之作。

笺注

(1)烟灯：灯。　无寐：不能入睡。《诗经·魏风·陟岵》："母曰：'嗟！予季行役，夙夜无寐。'"

(2)乔林：树木高大之林。唐韦应物《题郑弘宪侍御遗爱草堂》："长啸攀乔林，慕兹高世躅。"

(3)南朝梁何逊《闺怨》："竹叶响南窗，月光照东壁。"宋沈端节《洞仙歌》："夜来惊怪，冷逼流苏帐。梦破初闻打窗响。"

(4)唐杜甫《倦夜》："竹凉侵卧内，野月满庭隅。"

(5)罔象：虚无之象。

其二

穷崖多杂树[1]，上与青冥连[2]。穿云下飞瀑，谁能识其源？但闻清猿啸[3]，时见皓鹤翻[4]。中有避世士[5]，冥寂栖其巅[6]。翳予亦同调[7]，路绝难攀缘[8]。

笺注

(1)穷崖：高崖、荒僻险峻处。宋欧阳修《〈集古录目〉序》："外至四海九州，名山大泽，穷崖绝谷，荒林破冢，神仙鬼物诡怪所传，莫不皆有。"

(2)青冥：青天。

(3)清猿：猿。因其啼声凄清，故称。

(4)皓鹤：白鹤。唐韦庄《对雪献薛常侍》："皓鹤褵褷飞不辨，玉山重叠冻相连。"

(5)避世士：避世之人。宋苏轼《和陶贫士七首》："古来避世士，死灰或余烟。末路益可羞，朱墨手自研。"

(6)冥寂：静默。《文选》郭璞《游仙诗之三》："绿萝结高林，蒙笼盖一山。中有冥寂士,静啸抚清弦。"唐李善《注》:"冥,玄默也。"

（7）翳:语首助词。

（8）路绝:宋陈与义《次韵张元方春雪》:"人间路绝窗扉语,天上云空阁影移。"
攀缘:攀援。攀拉援引。

诸生夜坐

诸居淡虚寂(1),眇然怀同游(2)。日入山气夕(3),孤亭俯平畴(4)。草际见数骑(5),取径如相求(6);渐近识颜面(7),隔树停鸣驹(8);投辔雁鹜进(9),携榼各有羞(10);分席夜堂坐(11),绛蜡清樽浮(12);鸣琴复散帙(13),壶矢交觥筹(14)。夜弄溪上月,晓陟林间丘。村翁或招饮,洞客偕探幽(15)。讲习有真乐,谈笑无俗流。缅怀风沂兴(16),千载相为谋。

笺注

（1）虚寂:清静;虚无寂静。《淮南子·俶真训》:"若夫神无所掩,心无所载,通洞条达,恬漠无事,无所凝滞,虚寂以待,势利不能诱也。"

（2）眇然:遥远貌。南朝梁江淹《杂体诗·效郭璞游仙》:"眇然万里游,矫掌望烟客。"

（3）山气:山中的云雾之气。晋陶潜《饮酒》:"山气日夕佳,飞鸟相与还。"

（4）孤亭:孤零之亭。龙冈山阳明小洞天附近有亭。　平畴:平坦的原野。晋陶潜《癸卯岁始春怀古田舍》:"平畴交远风,良苗亦怀新。"

（5）草际:草野深处。南朝齐谢朓《和徐都曹出新亭渚》:"日华川上动,风光草际浮。"

（6）取径:选取经由的路径。此指选择道路走过来。

（7）识颜面：识其颜面，面识之人。明朱权《宫词》："新来未识龙颜面，偷揭珠帘看上皇。"

（8）鸣驺：随从显贵出行并传呼喝道的骑卒。或指显贵、官员。南齐孔稚珪《北山移文》："及其鸣驺入谷，鹤书起陇，形驰魄散，志变神动。"

（9）雁鹜进：成行依次而入。唐韩愈《蓝田县丞厅壁记》："卷其前，钳以左手，右手摘纸尾，雁鹜行以进。"

（10）榼：盛酒食的器皿。　羞：通馐。美味的食品。

（11）分席：分别席次也。元王冕《徐竹隐》："却扫红尘喧境寂，岁寒分席待樵渔。"

（12）绛蜡：红烛。　浮：本指用满杯酒罚人。《晏子春秋·杂下十二》："景公饮酒，田桓子侍，望见晏子而复于公曰：'请浮晏子。'"

（13）散帙：打开书帙。读书。《文选》谢灵运《酬从弟惠连》："凌涧寻我室，散帙问所知。"刘良《注》："散帙，谓开书帙也。"

（14）壶矢：壶与矢为投壶用具，称投壶。《礼记·投壶》："投壶之礼：主人奉矢，司射奉中，使人执壶。主人请曰：'某有枉矢哨壶，请以乐宾。'"唐韩愈《画记》："壶矢博弈之具，二百五十有一。"　觥筹：酒杯和酒筹。酒筹用以计算饮酒数量。宋欧阳修《醉翁亭记》："射者中，弈者胜，觥筹交错，起坐而喧哗者，众宾欢也。"

（15）洞客：洞中之客。此王阳明自称。

（16）风沂：《论语·先进》："暮春者，春服既成，冠者五六人，童子六七人，浴乎沂，风乎舞雩，咏而归。"

艾草次胡少参韵

艾草莫艾兰⁽¹⁾，兰有芬芳姿。况生幽谷底，不碍君稻畦⁽²⁾。艾之亦何益？徒令香气衰。荆棘生满道，出刺伤人肌；持刀忌触手[3]，睨视不敢挥[4]。艾草须艾棘，勿为棘所欺[5]。

考释

　　少参：官名。明代各省的参议，称"少参"。《嘉靖贵州通志》卷十七："左参议。胡洪，江南人。"又见明萧彦等撰《掖垣人鉴》卷十一。在贵州期间，王阳明和他多有酬答之作，见下。

笺注

（1）艾：通"刈"。艾草，即刈草。

（2）稻畦：稻田。

（3）触手：刺手，伤及手。

（4）睨视：斜视。《礼记·中庸》："《诗》云：'伐柯伐柯，其则不远。'执柯以伐柯，睨而视之，犹以为远。故君子以人治人，改而止。"

（5）欺：欺凌。此诗以兰、棘比君子、小人。

凤雏次韵答胡少参

　　凤雏生高崖[1]，风雨摧其翼。养疴深林中[2]，百鸟惊辟易[3]。虞人视为妖[4]，举网争弹弋[5]。此本王者瑞[6]，惜哉谁能识！吾方哀其穷[7]，胡忍复相亟[8]？鸱枭据丛林[9]，驱鸟恣搏食。嗟尔独何心？枭凤如白黑[10]。

笺注

（1）凤雏：小凤凰。

（2）养疴：养病。

（3）辟易：逃避。《史记·项羽本纪》："是时,赤泉侯为骑将;追项王,项王瞋目而叱之,赤泉侯人马俱惊,辟易数里。"

（4）虞人：古掌山泽苑囿之官。《周礼·夏官·大司马》："虞人莱所田之野为表。"宋贾公彦《疏》："虞人者,若田在泽,泽虞;若田在山,山虞。"

（5）举网：张网。　弹弋：弹丸与带丝绳的箭。欧阳修《喜雪示徐生》："空枝冻鸟雀,痴不避弹弋。"

（6）王者瑞：王者的祥瑞。

（7）哀其穷：哀其困顿穷迫。唐韩愈《应科目时与人书》："如有力者,哀其穷而运转之。"

（8）亟：通殛。诛杀。

（9）鸱枭：凶残之鸟。

（10）白黑：黑白分明。《管子·明法解》："故以战功之事定勇怯,以官职之治定愚智,故勇怯愚智之见也,如白黑之分。"

鹦鹉和胡韵

鹦鹉生陇西(1),群飞恣鸣游。何意虞罗及(2)？充贡来中州(3)；金绦縻华屋(4),云泉谢林丘(5)。能言实阶祸(6),吞声亦何求(7)！主人有隐寇(8),窃发闻其谋(9)。感君惠养德(10),一语思所酬(11)。惧君不见察(12),杀身反为尤(13)。

考释

胡,即前诗的胡少参。三国祢衡有《鹦鹉赋》,以鹦鹉比喻自身之境况。以上与胡氏唱和诸诗,次于两首与"诸生"有关的诗歌之间。或胡氏也在此期间访王阳明。或为后来编集者编入。

笺注

（1）唐李吉甫《元和郡县志》卷三十九秦州清水县："小陇山,一名陇坻……上多鹦鹉。"唐岑参《赴北庭度陇思家》："西向轮台万里余,也知乡信日应疏。陇山鹦鹉能言语,为报家人数寄书。"清毕沅《关中胜迹图志》卷十六陇山条引《雍胜略》："山高而长,多鹦鹉,亦名鹦鹉山。"

（2）虞罗：虞人所布的网罗。见前《凤雏次韵答胡少参》注(4)。

（3）充贡：充作贡品。

（4）金绦：金丝条。唐杜甫《画鹰》："绦旋光堪摘,轩楹势可呼。" 縻：羁縻。此句意为：关在金丝编的华丽笼中。

（5）谢：辞谢。告别。 此句意为：离开了云泉林丘。东汉祢衡《鹦鹉赋》："想昆山之高岳,思邓林之扶疏。顾六翮之残毁,虽奋迅其焉如。"

（6）能言：东汉祢衡《鹦鹉赋》："性辩慧而能言兮,才聪明以识机。" 阶祸：招致祸患。东汉祢衡《鹦鹉赋》："岂言语以阶乱,将不密以致危。"

（7）吞声：哭泣不敢出声。忍受痛苦,不敢表露。

（8）隐寇：隐藏之敌,暗藏的危险。

（9）窃发：暗中发动。《晋书·汝南王亮楚王玮等传序》："如梁王之御大敌,若朱虚之除大憝,则外寇焉敢凭陵,内难奚由窃发！"

（10）惠养：加恩抚养。《资治通鉴·梁武帝天监五年》："夫一家之长,必惠养子孙；天下之君,必惠养兆民。"

（11）酬：报答。

（12）见察：察辨。《后汉书·延笃传》："则耳有听受之用,目有察见之明。"

（13）尤：怨恨,归咎。《论语·宪问》："不怨天,不尤人。"

诸生

人生多离别,佳会难再遇。如何百里来,三宿便辞去⁽¹⁾？有琴不肯弹,有酒不肯御⁽²⁾。远陟见深情,宁予有弗顾⁽³⁾？洞云还自栖⁽⁴⁾,溪月谁同步⁽⁵⁾？不念南寺时⁽⁶⁾,寒江雪将暮？不记西园日⁽⁷⁾,桃花夹川路？相去倏几月,秋风落高树。富贵犹尘沙⁽⁸⁾,浮名亦飞絮⁽⁹⁾。嗟我二三子,吾道有真趣⁽¹⁰⁾。胡不携书来,茅堂好同住⁽¹¹⁾！

考释

此首与前《诸生来》所言非同时之事；而与《诸生夜坐》中情况似可呼应,因在此"三宿",故有"夜坐"之举。又,此诗有言"秋风落高树",疑为正德三年秋季之事,王阳明在贵阳讲学之后。

笺注

（1）三宿：三日；三夜。唐白居易《答微之咏怀见寄》："分袂二年劳梦寐,并床三宿话平生。"

（2）御：陪伴。唐李白《南奔书怀》："宾御如浮云,从风各消散。"

（3）弗顾：没有顾及。考虑不周。《诗经·小雅·伐木》："宁适不来,微我弗顾。"

（4）洞云：洞中云雾。前《诸生夜坐》云"洞客偕探幽"。

（5）前《诸生夜坐》曰："夜弄溪上月,晓陟林间丘。"

（6）南寺：不详。王阳明《游庐山开先寺》："北风留客非无意,南寺逢僧即未回。"此诸生从远道而来,抑或贵州另有"南寺"。

（7）西园：参见前《西园》诗。

（8）宋范成大《醉江月》："富贵功名皆由命,何必区区仆仆。燕蝠尘中,鸡虫影里,见了还追逐。"

（9）宋晁补之《赠欧阳成判官》："去马来牛随白日,落花飞絮得浮名。"

（10）吾道:或指王阳明此时所奉儒学之道。　真趣:真正的旨趣。南朝梁江淹
　　《杂体诗·效殷仲文兴瞩》:"晨游任所萃,悠悠蕴真趣。"

（11）茅堂:草盖的屋舍。汉韦孟《在邹》:"爰戾于邹,鬝茅作堂。"

游来仙洞早发道中

　　霜风清木叶⁽¹⁾,秋意生萧疏。冲星策晓骑⁽²⁾,幽事将有徂⁽³⁾。股虫乱飞掷⁽⁴⁾,道狭草露濡⁽⁵⁾。倾暑特晨发⁽⁶⁾,征夫已先途⁽⁷⁾。淅米石间溜⁽⁸⁾,炊火岩中庐。烟峰上初日⁽⁹⁾,林鸟相嘤呼⁽¹⁰⁾。意欣物情适⁽¹¹⁾,战胜癯色腴⁽¹²⁾。行乐信宇宙⁽¹³⁾,富贵非吾图!

考释

　　明沈庠、赵瓒《贵州图经新志》:"来仙洞在栖霞山之半,中平敞可居,洞外松竹花草,扶疏交荫,为郡人游乐之地。"栖霞山,在今贵阳城东。此诗所言当为正德三年秋事。

笺注

（1）宋史弥宁《读楚骚》:"一蕊青灯手自挑,霜风木叶下亭皋。"清,作动词解。

（2）冲星:此意同"披星",即披星戴月。形容连夜奔波或早出晚归。

（3）幽事:幽景,胜景。即来仙洞之胜景。徂:往。

（4）股虫:螽斯。或云蝈蝈,或云蝗虫。《诗经·豳风·七月》:"五月斯螽动股。"
　　唐孔颖达《疏》:"螽斯以股翅相摩而鸣。"

（5）草露:《诗经·小雅·湛露》:"湛湛露斯,在彼丰草。"　濡:沾湿。

（6）倾暑:暑热已过。

（7）征夫：远行之人。晋陶潜《归去来兮辞》："行人问征夫以前路。"

（8）淅米：淘米。淅，《类篇》："一曰汰也。" 溜：流动之水。

（9）烟峰：烟雾弥漫的山峰。唐李白《望庐山瀑布》："日照香炉生紫烟，遥看瀑布挂前川。"

（10）嘤呼：嘤嘤鸣叫。《诗经·小雅·伐木》："伐木丁丁，鸟鸣嘤嘤。"

（11）意欣：心意欣慰。 物情：物理人情。唐刘威《游东湖黄处士园林》："物情多与闲相称，所恨求安计不同。"

（12）癯：癯瘦。 腴：腴润。

（13）宇宙：《庄子·齐物论》："旁日月，挟宇宙。"

别友

　　幽寻意方结⁽¹⁾，奈此世累牵⁽²⁾。凌晨驱马别，持杯且为传⁽³⁾。相求苦非远⁽⁴⁾，山路多风烟⁽⁵⁾。所贵明哲士⁽⁶⁾，秉道非苟全⁽⁷⁾。去矣崇令德⁽⁸⁾，吾亦行归田⁽⁹⁾。

考释

　　此诗乃送别来访友人之作。

笺注

（1）幽寻：寻幽。寻求幽胜。

（2）世累：世俗的牵累。三国魏嵇康《东方朔至清》："不为世累所撄，所欲不足无营。"

（3）传：传车。驿站所备的车。《韩非子·外储说右上》："周公旦从鲁闻之，发急传而问之。"

（4）相求：互相寻求。唐韦应物《拟古》诗之十二："芳树自妍芳，春禽自相求。"

（5）风烟：风尘烟雾。唐王勃《送杜少府之任蜀川》："城阙辅三秦，风烟望五津。"

（6）明哲士：明智睿哲的人。《尚书·说命上》："知之曰明哲，明哲实作则。"

（7）秉道：秉承道义。唐柳宗元《清河张府君墓志铭》："逮夫弱冠，遵道秉义。"

　　　苟全：苟且保全。三国蜀诸葛亮《出师表》："苟全性命于乱世，不求闻达于诸侯。"

（8）令德：美德。

（9）归田：指辞官归里，退隐。典出汉张衡《归田赋》。

赠黄太守澍

　　岁晏乡思切[1]，客久亲旧疏[2]。卧疴闭空院[3]，忽来故人车[4]。入门辩眉宇[5]，喜定还惊吁[6]。远行亦安适，符竹膺新除[7]。荒郡号难理[8]，况兹征索余[9]！君才素通敏[10]，窭剧宜有纡[11]。蛮乡虽瘴毒[12]，逐客犹安居。经济非复事[13]，时还理残书。山泉足游憩，鹿麋能友予[14]。澹然穹壤内[15]，容膝皆吾庐[16]。惟营垂白念[17]，旦夕怀归图[18]。君行勉三事[19]，吾计终五湖[20]。

考释

　　此诗中有言"客久"，似非王阳明初到之年。据"岁晏乡思切"，殆在年末时分。下句言"卧疴"，考后《答毛拙庵见招书院》也有"病卧"句。毛科招王阳明，当在正德三年，故此诗或作于正德二年末到三年初。

　　又，此诗陈训明《浅谈王阳明的书艺及其在贵州的遗墨》移录，载《贵阳志资料研究》一九八四年第四期。可参见。

　　黄澍,据《云南通志》卷十九:"黄澍,福建侯官人。""正德三年除姚安知府。"故称"太守"。姚安在云南,殆此时黄澍路过此地。又诗中有"忽来故人车"句,当为以前相识的朋友。

笺注

（1）岁宴:岁末。

（2）亲旧:亲属故旧。《三国志·魏书·王朗传》:"虽流移穷困,朝不谋夕,而收恤亲旧,分多割少,行义甚著。"

（3）卧疴:卧病。南朝宋谢灵运《登池上楼》:"徇禄反穷海,卧疴对空林。"正德二年冬,守仁病齿。

（4）故人:旧友。孟浩然《过故人庄》:"故人具鸡黍,邀我至田家。"

（5）眉宇:本意为双眉上方。多泛指容貌,如眉宇堂堂、眉宇不凡。

（6）惊吁:惊叹。

（7）符竹:竹使符。任命地方官吏的印符。《后汉书·杜诗传》:"旧制发兵,皆以虎符,其余征调,竹使而已。"清王先谦《后汉书集解》引惠栋曰:"汉郑玄《周礼注》:'今日征郡守以竹使符。'" 新除:除夕新年。参考释。

（8）荒郡:荒服之郡。古代指远离京师的边远地方。《尚书·禹贡》:"五百里荒服。"宋王安石《发廪》:"尔来佐荒郡,懔懔常惭疚。"

（9）征索:征派索求。

（10）通敏:通达聪慧。《汉书·赵广汉传》:"以廉洁通敏下士为名。"

（11）窘剧:政事繁杂。 纡:迂缓。宋玉《高唐赋》:"水澹澹而盘纡兮。"

（12）蛮乡:时称南方为"蛮"。此代指所处之贵州龙场驿。

（13）经济:经世济民。指参与政事。 非复事:不再从事。

（14）鹿麋能友:古代隐士们隐于山林之中,喜与鹿等动物为伴。宋苏轼《赤壁赋》:"况吾与子鱼樵于江渚之上,侣鱼虾而友麋鹿。"

(15) 穹壤：天地。南朝梁沈约《齐故安陆昭王碑文》："思所以克播遗尘，敝之穹壤。"

(16) 容膝：狭小居室。晋陶潜《归去来兮辞》："审容膝之易安。"

(17) 垂白：白发下垂。谓年老。此指思念家中长辈。《汉书·杜业传》："诚哀老姊垂白，随无状子出关。"

(18) 归图：归乡之期望。

(19) 三事：古代指正德、利用、厚生三事。《尚书·大禹谟》："地平天成，六府三事允治，万世永赖。"唐孔颖达《疏》："正身之德，利民之用，厚民之生，此三事惟当谐和之。"

(20) 五湖：有各种说法。春秋范蠡佐越王勾践，灭吴国，功成而退，泛舟五湖，后以"归五湖"指归隐。范蠡事见《国语·越语》："反至五湖，范蠡辞于王曰：'君王勉之，臣不复入越国矣。'""遂乘轻舟以浮于五湖，莫知其所终极。"《越语》中的"五湖"，汉韦昭《注》："五湖，今太湖。"

寄友用韵

怀人坐沈夜(1)，帷灯暖幽光(2)。耿耿积烦绪(3)，忽忽如有忘(4)。玄景逝不处(5)，朱炎化微凉(6)。相彼谷中葛(7)，重阴殒衰黄(8)。感此游客子，经年未还乡。伊人不在目，丝竹徒满堂(9)。天深雁书杳，梦短关塞长。(10)情好矢无斁(11)：愿言觊终偿(12)。惠我金石编(13)，徽音激宫商(14)。驰辉不可即(15)，式尔增予伤(16)！馨香袭肝膂(17)，聊用中心藏。

笺注

（1）怀人：怀念远行之人、远方之人。《诗经·周南·卷耳》："嗟我怀人，寘彼周行。" 沈夜：长夜，深夜。

（2）帷灯：帷帐中的灯。 幽光：微弱之光。

（3）耿耿：不安状。《楚辞·远游》："夜耿耿而不寐兮，魂茕茕而至曙。"宋洪兴祖《补注》："耿耿，不安也。"

（4）忽忽：此指迷惑状。汉司马迁《报任安书》："居则忽之有所亡，出则不知有所往。"

（5）玄景：黑影，夜影。《文选》傅玄《杂诗》："玄景随形运，流响归空房。"唐吕向《注》："景，影也。谓雁影映於月光而色玄也。"

（6）朱炎：太阳。《文选》何晏《景福殿赋》："开建阳则朱炎艳，启金光则清风臻。"唐刘良《注》："朱炎，日也。"

（7）谷中葛：《诗经·周志·葛覃》："葛之覃兮，施于中谷，维叶萋萋。"

（8）重阴：云层重重的阴天。汉张衡《南都赋》："玄云合而重阴，谷风起而增哀。"

（9）丝竹：丝竹之乐。

（10）天深：时间隔得很久。宋吴文英《烛影摇红》："素娥愁、天深信远。" 雁书：书信。唐王勃《九日怀封元寂》："今日龙山外，当忆雁书归。" 关塞：边关；边塞。唐杜甫《伤春》诗之一："关塞三千里，烟花一万重。"两句意为：经久难通音问，边塞路途遥远。

（11）矢：通"誓"。发誓。 无斁：不厌恶；不厌烦。《诗经·周志·葛覃》："为絺为绤，服之无斁。"汉郑玄《笺》："斁，厌也。"

（12）觊：希望，期待。唐柳宗元《童区寄传》："自毁齿已上，父兄鬻卖，以觊其利。"

（13）金石编：喻音调铿锵、文辞优美的著作。

（14）徽音：优美的乐声。汉王粲《公宴》："管弦发徽音，曲度清且悲。" 宫商：五音中的宫音与商音。《周礼·春官》:"皆文之以五声,宫商角徵羽。"此指音律。此句意为:美好的声响,协和着宫商之律。比喻所惠的"金石之作"给自己启发,引起共鸣。

(15)驰辉:飞驰的光阴。唐王维《唐故潞州刺史王府君夫人墓志铭》:"驰晖难驻,令问空长。"

(16)式:句首词。　尔:如此,这样。

(17)馨香:芳香。　肝膂:肝胆骨肉。宋范仲淹《谢依所乞依旧知邓州表》:"竭肝膂以论事,犯雷霆而进忠。"比喻友人之情芳香沁心。

秋夜

　　树暝栖翼喧[1],萤飞夜堂静[2]。遥穹出晴月[3],低檐入峰影[4]。窅然坐幽独[5],怀尔抱深警[6]。年徂道无闻[7],心违迹未屏[8]。萧瑟中林秋,云凝松桂冷[9]。山泉岂无适?离人怀故境[10]。安得驾云鸿[11],高飞越南景[12]!

考释

　　此诗言秋天的境况。如为正德二年之作,当次于《赠黄太守澍》之前。

笺注

(1)树暝:暮色中的树。唐皇甫冉《宴东湖流杯亭送欧阳大参赴蜀》:"暝树烟常合,春山雨不分。"　栖翼:欲栖息之鸟。

(2)唐王绩《秋夜喜遇王处士》:"相逢秋月满,更值夜萤飞。"

(3)遥穹:遥远的天穹。南朝宋谢灵运《宋武帝诔》:"如何一旦,缅邈穹昊。"

(4)峰影:唐温庭筠《江岸即事》:"水容侵古岸,峰影度青蘋。"

（5）窅然：怅然状。《庄子·逍遥游》："尧治天下之民，平海内之政，往见四子藐姑射之山，汾水之阳，窅然丧其天下焉。"陆德明《经典释文》："窅然，犹怅然。" 幽独：静寂孤独。《楚辞·九章·涉江》："哀吾生之无乐兮，幽独处乎山中。"

（6）怵尔：怵然，惊危不安状。《庄子·田子方》："今汝怵然有恂目之志，尔于中也殆矣夫！" 深警：深加戒惕。

（7）年徂：岁月流逝。 道：此指守仁信奉之道。 无闻：指尚未闻道。

（8）心违：不合心愿。宋欧阳修《纪德陈情上致政太傅杜相公》："貌先年老因忧国，事与心违始乞身。" 屏：屏退。隐退。《南史·萧藻传》："常以爵禄太过，每思屏退，门庭闲寂，宾客罕通。"

（9）云凝：浓云；密云。南朝齐朱孝廉《白雪曲》："凝云没霄汉，从风飞且散。"

（10）离人：离开家园之人。晋陶潜《赠长沙公族祖》："敬哉离人，临路悽然。款襟或辽，音问其先！"

（11）云鸿：高空之大雁。南朝梁江淹《侍始安王石头》："何如塞北阴，云鸿尽来翔。"

（12）南景：南国的风光景物。

采薪二首

（一）

朝采山上荆[1]，暮采谷中栗。深谷多凄风[2]，霜露沾衣湿。采薪勿辞辛，昨来断薪拾[3]。晚归阴壑底[4]，抱瓮还自汲。薪水良独劳,不愧吾食力⁽⁵⁾！

笺注

（1）荆：一种落叶灌木,无刺。

（2）凄风：寒风。

（3）薪拾：采拾的薪柴。泛指柴薪。宋陆游《炊饭》："薪拾堕巢枝。"

（4）阴壑：幽深的山谷。唐宋之问《太平公主池山赋》："湿云朝莫雨,阴壑古今风。"

（5）食力：自食其力。《礼记·礼器》："食力无数。"元陈澔《礼记集说》："食力,自食其力之人。"

（二）

倚担青崖际⁽¹⁾,历斧崖下石⁽²⁾。持斧起环顾,长松百余尺。徘徊不忍挥,俯略涧边棘⁽³⁾。同行笑吾馁,尔斧安用历？快意岂不能⁽⁴⁾？物材各有适⁽⁵⁾。可以相天子⁽⁶⁾,众稚讵足识⁽⁷⁾！

笺注

（1）倚担：倚靠着担子。宋刘宰《速陈李二居士还茅山》："山僮倚担迟君归,语君雨过黄独肥。"

（2）历斧：即砺斧。砺,磨。唐柳宗元《与崔饶州论石钟乳书》："雍之块璞,皆可以备砥砺。"

（3）俯略：俯身收取。略,通掠。

（4）快意：称心如意,任性而为。唐杜甫《醉为马坠诸公携酒相看》："不虞一蹶终损伤,人生快意多所辱。"

（5）物材：事物的材质、特性。

（6）相：帮助、辅佐。《论语·季氏》："危而不持，颠而不扶，则将焉用彼相矣。"

（7）稚：童稚。唐宋之问《高山引》："中况满室兮童稚，攒众虑于心胸。" 此句意思是：有辅佐天子之才，你们这些稚昧之人怎么会识得？可见王阳明此时的心态。

龙冈漫兴五首[一]

校勘

[一] 日本九州大学藏《阳明先生文录》卷四所收同名，收诗六首。

考释

龙冈，见前《龙冈新构》考释。位于贵州龙场，今修文县龙冈山。此五首概言在龙场的感受。

（一）

投荒万里入炎州(1)，却喜官卑得自由[一]。心在夷居何有陋[二]？身虽吏隐未忘忧(2)。春山卉服时相问(3)，雪寨蓝舆每独游(4)。拟把犁锄从许子[三](5)。谩将弦诵比言游[四](6)。

校勘

[一] 卑：清王士禛《带经堂诗话》（人民文学出版社，1998 年，上册，152 页）载：有王文成公《龙冈漫兴》诗墨迹一卷，"卑"作"闲"。

[二] 夷：康熙间刻本"心在夷居何有陋"中的"夷"字空缺。见《四库存目丛书》影印本，第 50 册 523 页，齐鲁书社，1997 年。

[三] 锄：王文成公《龙冈漫兴》诗墨迹一卷作"鉏"。

［四］比：上古本《全集》"比"作"止"，《龙冈漫兴》诗墨迹一卷亦作"比"，作"比"是。

笺注

（1）投荒：贬谪、流放至荒远之地。宋黄庭坚《采桑子》："又投荒万里无归路，雪点鬓繁。"　炎州：《楚辞·远游》："嘉南州之炎德兮，丽桂树之冬荣。"后因以"炎州"泛指南方广大地区。

（2）吏隐：居官隐于下位，如隐者。指淡泊功利。唐白居易《江州司马厅记》："苟有志于吏隐者，舍此官何求焉？"　忘忧：忘天下之忧。宋范仲淹《岳阳楼记》："先天下之忧而忧，后天下之乐而乐。"

（3）卉服：本指绤葛衣服。《尚书·禹贡》："岛夷卉服。"唐孔颖达《正义》："南海岛夷，草服葛越。"此指当地卉服居民。唐王维《送从弟蕃游淮南》："席帆聊问罪，卉服尽成擒。"

（4）蓝舆：竹轿。宋司马光《王安之以诗二绝见招依韵和呈》之一："蓝舆但恨无人举，坐想纷纷醉落晖。"

（5）犁锄：犁和锄。指耕作。唐顾况《酬信州刘侍郎兄》："愿为南州民，输税事锄犁。"　许子：许由。传为尧舜时代贤人。晋皇甫谧《高士传·许由》："许由隐于沛泽之中，尧以天下让之，乃而遁于中岳，颍水之阳，箕山之下。又召为九州长，由不欲闻之，洗耳于颍水滨。"

（6）《论语·阳货》："子之武城，闻弦歌之声。夫子闻弦歌而笑，曰：'割鸡焉用牛刀？'子游对曰……"弦诵：古代学《诗》，配弦乐而歌者为弦歌，无乐而朗读者为诵，合称"絃诵"。后泛指授业、文学之事。言游：即孔子弟子子游。姓言，名偃，字子游。

（二）

旅况萧条寄草堂(1)，虚檐落日自生凉(2)。芳春已共烟花尽(3)，孟夏俄惊草木长⁽⁴⁾。绝壁千寻凌杳霭⁽⁵⁾,深崖六月宿冰霜。人间不有宣尼叟⁽⁶⁾,谁信申枨未是刚^{[一](7)}?

校勘

[一] 申枨:上古《全集》本作"申韩",作"申枨"是。

笺注

(1)旅况:旅途的情怀或景况。明屠隆《彩毫记·他乡持正》:"穷愁旅况,都消在歌舞筵。"

(2)虚檐:此指凌空之屋。唐杜甫《谒先主庙》:"虚檐交鸟道,枯木半龙鳞。"

(3)芳春:生机勃发的春天。唐陈子昂《送东莱王学士无竞》:"孤松宜晚岁,众木爱芳春。" 烟花:春天美丽的景象。唐李白《辞黄鹤楼》:"故人西辞黄鹤楼,烟花三月下扬州。"

(4)孟夏:初夏。旧历四月。《礼记·月令》:"孟夏之月,日在毕。"《楚辞·九章·抽思》:"望孟夏之短夜兮,何晦明之若岁。"

(5)千寻:古以八尺为一寻。千寻,极高或极长。晋左思《吴都赋》:"擢本千寻,垂荫万亩。"唐刘禹锡《西塞山怀古》:"千寻铁索沉江底,一片降幡出石头。"杳霭:杳渺的云气。唐齐己《闻尚颜上人创居有寄》:"窗临杳霭寒千嶂,枕遍潺湲月一溪。"

(6)宣尼叟:西汉平帝元始元年(1)追谥孔子为褒成宣尼公,后因称孔子为宣尼。

(7)申枨:孔子的弟子。《论语·公冶长》:"子曰:'吾未见刚者。'或对曰:'申枨。'子曰:'枨也欲,焉得刚。'"枨,今读"成"音,古音读"长"。邢昺《疏》引郑玄语:"盖孔子弟子申续。王肃以申缭、申堂、公伯缭皆是申枨。"据后人考证,有误。孔子曾批评申枨有欲不刚。 这两句连起来,意思是人间如果没有孔子,谁相信申枨不刚直呢?

（三）

路僻官卑病益闲，空林惟听鸟间关⁽¹⁾。地无医药凭书卷⁽²⁾，身处蛮夷亦故山⁽³⁾。用世谩怀伊尹耻⁽⁴⁾，思家独切老莱斑⁽⁵⁾。梦魂兼喜无余事，只在耶溪舜水湾⁽⁶⁾。

笺注

（1）间关：拟声词，形容鸟叫声。唐白居易《琵琶行(并序)》："间关莺语花底滑，幽咽泉流水下滩。"

（2）凭书卷：指依靠书卷养病度日。宋陆游《冬夜对书卷有感》："人生如梦终当觉，世事非天孰可凭？万卷虽多当具眼，一言惟恕可铭膺。"

（3）故山：故乡。汉应玚《别诗》之一："朝云浮四海，日暮归故山。"

（4）伊尹：商汤大臣。相传生于伊水，故名。助汤伐夏桀，被尊为阿衡。《左传·襄公二十一年》："伊尹放大甲而相之，卒无怨色。"晋杜预《注》："大甲，汤孙也，荒淫失度。伊尹放之桐宫三年，改悔而复之，而无恨心。"

（5）老莱：春秋楚人。《史记·老子韩非列传》："或曰：老莱子亦楚人也，著书十五篇，言道家之用，与孔子同时云。"汉刘向《列女传》："老莱子孝养二亲，行年七十，婴儿自娱，着五色彩衣，尝取浆上堂，跌仆，因卧地为小儿啼。"为世传"二十四孝"之一。斑：此指彩衣。

（6）耶溪：若耶溪。浙江绍兴境内溪流。已见前。舜水：姚江古名舜江，又称余姚江、舜水。清顾祖禹《读史方舆纪要》卷九十二《浙江四·绍兴府·曹娥江》："曹娥江，府东九十二里，剡溪之下流也。自嵊县流入界，东折而北，至曹娥庙前，又北至上虞县龙山下，名舜江，又西北折，入于海。"

(四)

卧龙一去忘消息⁽¹⁾,千古龙冈漫有名⁽²⁾。草屋何人方管乐⁽³⁾,桑间无耳听咸英⁽⁴⁾。江沙漠漠遗云鸟⁽⁵⁾,草木萧萧动甲兵⁽⁶⁾。好共鹿门庞处士⁽⁷⁾,相期采药入青冥⁽⁸⁾。

笺注

（1）卧龙：诸葛亮字孔明,号卧龙。山名"龙冈",故戏称"卧龙"。

（2）漫：徒然。唐杜甫《宾至》："岂有文章惊海内? 漫劳车马驻江干。"

（3）方：通"仿"。模仿。仿效。此指：自此。 管乐：管仲、乐毅。管仲,春秋时期齐国著名政治家、军事谋略家。见《史记·管晏列传》。乐毅,战国时期燕国名将。见《史记·乐毅列传》。

（4）桑间：桑间在濮水之上,是古代卫国的地方。汉班固《汉书·地理志下》："卫地有桑间濮上之阻,男子亦亟聚会,声色生焉。"《吕氏春秋·音初》："世浊则礼烦而乐淫,郑卫之声,桑间之音,此乱国之所好,衰德之所说。"桑间之咏多为淫靡之音。此谓听惯淫靡之音的人。 咸英：传说中尧乐《咸池》和舜乐《六英》。《艺文类聚》卷四十一《乐部一》引《乐纬》曰："黄帝乐曰《咸池》,帝喾曰《六英》。"此指高雅之乐。

（5）漠漠：唐王维《积雨辋川庄作》："漠漠水田飞白鹭,阴阴夏木啭黄鹂。"

（6）萧萧：拟声词,多形容风声或落叶声。

（7）鹿门庞处士：汉末名士庞德。见《诸生来》注(14)。

（8）青冥：青天。《楚辞·九章·悲回风》："据青冥而摅虹兮,遂儵忽而扪天。"汉王逸《注》："上至玄冥,舒光耀也。所至高眇不可逮也。"青苍幽远之处。

（五）

　　归与吾道在沧浪[1]，颜氏何曾击柝忙[2]？枉尺已非贤者事[3]，斫轮徒有古人方[4]。白云晚忆归岩洞，苍藓春应遍石床[5]。寄语峰头双白鹤[6]，野夫终不久龙场[7]。

笺注

（1）归与：《论语·公冶长》："子在陈，曰：'归与！归与！吾党之小子狂简，斐然成章，不知所以裁之。'"　沧浪：水色清碧。此指纵情山水之间。

（2）颜氏：《韩非子·显学》篇叙述孔子之后"儒分为八"，中有"颜氏之儒"。此指颜回。　击柝：打更巡夜。《孟子·万章下》："辞尊居卑，辞富居寡，恶乎宜乎，抱关击柝。"汉赵岐《注》："辞尊富者，安所宜乎，宜居抱关击柝监门之职也。"此指安于日常杂务。

（3）枉尺：指"枉尺而直寻"，屈折的只有一尺，伸直的却有一寻。比喻在小处委屈，以求得较大好处。《孟子·滕文公下》："枉尺而直寻，宜若可为也。"宋朱熹《集注》："枉，屈也；直，伸也。八尺曰寻。"

（4）斫轮，砍削轮子。《庄子·天道》："臣也以臣之事观之。斫轮，徐则甘而不固，疾则苦而不入。不徐不疾，得之于手而应于心，口不能言，有数存焉于其间。臣不能以喻臣之子，臣之子亦不能受之于臣，是以行年七十而老斫轮。"

（5）苍藓：青苔。唐刘商《画石》："苍藓千年粉绘传，坚贞一片色犹全。那知忽遇非常用，不把分铢补上天。"　石床：平缓之山石。

（6）双白鹤：唐虞世南《飞来双白鹤》："飞来双白鹤，奋翼远凌烟。俱栖集紫盖，一举背青田。扬影过伊洛，流声入管弦。"

（7）野夫：山野村夫。唐刘叉《偶书》："野夫怒见不平处，磨损胸中万古刀。"此为守仁自称。

答毛拙庵见招书院[一]

野夫病卧成疏懒[1]，书卷长抛旧学荒。岂有威仪堪法象[2]？实惭文檄过称扬[3]。移居正拟投医肆[4]，虚席仍烦避讲堂[5]。范我定应无所获[6]，空令多士笑王良[7]。

校勘

[一] 日本九州大学藏《阳明先生文录》卷四所收，作"答毛拙庵"。

考释

毛拙庵：毛科。《嘉靖贵州通志》卷六有徐节《文明书院记》，记毛科在贵州事。又据毛启周等纂修《余姚丰山毛氏族谱》(民国二十年永思堂刊本)：毛，名科，字应魁，拙庵其号，乃毛吉长子。毛科生于明景泰四年(1453)，配埋马(在余姚县梅川乡，今属慈溪市)胡氏，佥宪胡恭之女，生子二，女一。其父毛吉(1424—1465)字宗吉，号思庵，景泰五年(1454)进士，历官广东佥事，进副使，平叛阵亡，赠按察使，谥"忠襄"。配熊氏，生子二，女二。《明史》卷一百六十二有《传》。毛科承父荫入国子监，举成化十三年(1477)乡试，明年成进士。授南京工部主事，历山东兵备副使、贵州提学副使、云南左参政，卒祀乡贤祠。在贵州提学副使任上，毛科曾与王阳明共同修葺书院，率贵阳诸生讲习儒学。书院，当指文明书院。

又，《年谱》正德三年："思州守遣人至驿侮先生，诸夷不平，共殴辱之。守大怒，言诸当道。毛宪副科令先生请谢，且谕以祸福。先生致书复之，守惭服。"此诗乃毛科修葺书院后之作。从王阳明与"思州守"的部下发生纠葛，到毛科从中劝解，到后来"以所事师礼事之"，当有个过程。诗中有"病卧"之句。考守仁病，当在正德二年冬到三年初,见前《赠黄太守澍》。又据王阳明《送毛宪副致仕归桐江书院序》:"正德己巳夏四月,贵州按察副使毛公承上命,得致其仕而归。先是,公尝卜桐江书院于子陵钓台之侧者几年矣,至是将归老焉,谓其志之始获遂也,甚喜。"(见《王阳明全集》1992 年 12 月版第 872 页)可知毛科"正德己巳(四年)"致仕。故毛科修书院、招请王阳明应在正德三年。此诗当作于正德三年。又上古本《全集》卷二十三有《远俗亭记》,乃为毛科所撰,可参见。

笺注

(1)野夫:王阳明自称。病卧:见前《赠黄太守澍》诗注。

(2)威仪:起居动作皆有威德仪则。《诗经·邶风·柏舟》:"威仪棣棣,不可选也。" 法象:效法;模仿。宋范仲淹《奏上时务书》:"我国家累圣求理,而致太平,大约纪纲,法象唐室。"

(3)文檄:文章、檄文。宋文天祥《指南录后序》:"所有文檄,幕下儒生设意修词。"

(4)医肆:本指医生所居之处。《汉书·食货志下》:"工匠医巫卜祝及它方技商贩贾人坐肆列里区谒舍。"颜师古注引如淳曰:"居处所在为区。"此指隐于医肆。元耶律楚材《赠高善长一百韵》:"先生乃医隐,退身慕羲皇。"王阳明写过《答人问神仙》,印过佛教医书《药王菩萨化珠保命真经》,及下《却巫》诗,均言及在贵阳时重视医药,反对巫、卜迷信。

(5)虚席:虚席以待。唐李商隐《贾生》:"宣室求贤访逐臣,贾生才调更无伦;可怜夜半虚前席,不问苍生问鬼神。"

(6)范我:以我为范。

(7)多士:众多贤士。《诗经·文王》:"济济多士,文王以宁。" 王良:此王良,殆指西汉末王良。《后汉书·王良传》:"王良,字仲子,东海兰陵人也。"王莽时,"征拜太中大夫","代宣秉为大司寇司直。在位恭俭。""后以病归。一岁复征。至荥阳。病笃,不任进道。乃过其友人。友人不屑见,曰:'不有忠言奇谋而取大位,何其往来屑屑不惮烦也!'遂拒之。良惭,自后连征,辄称病。"宋刘克庄《水调歌头·喜归》:"客难扬雄拓落,友笑王良来往。"指士人为官而碌碌奔波。

老桧

老桧斜生古驿傍⁽¹⁾,客来系马解衣裳。托根非所还怜汝⁽²⁾,直干不挠终异常⁽³⁾。风雪凛然存节概⁽⁴⁾,刮摩聊尔见文章⁽⁵⁾。何当移植山林下⁽⁶⁾,偃蹇从渠拂汉苍⁽⁷⁾。

笺注

(1)桧:又称圆柏,常绿乔木。

(2)托根:附着生根。《晋书·文苑传·赵至》:"又北土之性,难以托根;投人夜光,鲜不按剑。" 非所:非当在之处。

(3)直干:直挺的树干。宋苏轼《王复秀才新居双桧二首》之二:"凛然相对敢相欺,直干凌云未要奇。"

(4)节概:操守、气概。《文选·吴都赋》:"士有陷坚之锐,俗有节概之风。"唐李周翰《注》:"俗有志节梗慨之人。"

(5)刮摩:刮削擦触。《礼记·明堂位》:"刮楹达乡。"汉郑玄《注》:"刮,刮摩也。"此指岁月的侵蚀及人为的损伤。 文章:树干的鳞斑。

(6)何当:何时方能。唐孟浩然(一作张子容)《长安早春》:"何当桂枝擢,归及柳条新。"

(7)偃蹇:高耸茂盛。《楚辞·离骚》:"望瑶台之偃蹇兮,见有娀之佚女。"汉王逸

《注》："偃蹇，高貌。"　汉苍：指苍天。　此句意为：顺着它那高耸茂盛的枝干，可以触拂苍天。

却巫

卧病空山无药石[1]，相传土俗事神巫[2]。吾行久矣将焉祷？众议纷然反见迂。[3] 积习片言容未解[4]，舆情三月或应孚[5]。也知伯有能为厉[6]，自笑孙侨非丈夫[7]。

考释

此诗显示王阳明不信巫术，也反映了王阳明的自负。

又，诗言"卧病"，与前诗为相近时期之作。当为正德二年末到三年初之作。

笺注

（1）药石：治病的药物和砭石，泛指药物。《左传·襄公二十三年》："臧孙曰：'季孙之爱我，疾疢也。孟孙之恶我，药石也。美疢不如恶石。'"

（2）贵州土俗，多行巫术，多信神灵。

（3）《论语·述而》："子疾病，子路请祷。子曰：'有诸？'子路对曰：'有之。'《诔》曰：'祷尔于上下神祇。'子曰：'丘之祷久矣。'"见迂：被认为迂腐。

（4）积习：长久累积而成的习惯。

（5）舆情：群情；民情。　孚：为人所信服。

（6）伯有：名良霄。春秋郑国大夫。相传死后鬼魂作祟。《左传·昭公七年》："郑人相惊以伯有，曰：'伯有至矣。'则皆走，不知所往。"　厉：恶鬼；祸患。《左传·成公十年》："晋侯梦大厉。"

（7）孙侨：公孙侨。即春秋郑国的子产。《左传·昭公元年》载：晋侯有疾，郑伯使公孙侨如晋聘,且问疾。晋国叔向问国君之疾病,卜人云乃"是实沈、台骀在作怪",太史不知其详。请问这是什么神灵? 子产说,那是古时高辛氏的儿子实沈和金天氏的后裔台骀,然而他们与晋侯之病无关。晋侯之病,殆是因为过于劳累和有四个同姓妻妾之故。又,《左传·昭公七年》:晋侯有疾,韩宣子迎子产问是否是有厉鬼之故。子产曰:"以君之明,子为大政,其何厉之有?"而赵景子问:"伯有犹能为鬼乎?"子产曰:"能。""其魂魄犹能冯依于人。"王守仁说"孙侨非丈夫",殆指他未敢明言无厉鬼不信神灵。为言暧昧,不敢担当。

过天生桥[一]

水光如练落长松(1),云际天桥隐白虹。辽鹤不来华表烂(2),仙人一去石桥空(3)。徒闻鹊驾横秋夕(4),谩说秦鞭到海东(5)。移放长江还济险(6),可怜虚却万山中(7)。

校勘

[一] 此诗一名"龙泉石径"。见黄万机《客籍文人与贵州文化》(贵州人民出版社,1992年)。

考释

天生桥,具体不详。或指谷堡天生桥,位于修文县谷堡乡哨上村,距县城西北约十二公里。

笺注

(1)水光如练:南朝齐谢朓《晚登三山还望京邑》:"余霞散成绮,澄江静如练。"
长松:高大的松树。

（2）辽鹤、华表：典出晋陶潜《搜神后记》卷一："丁令威，本辽东人，学道于灵虚山，后化鹤归辽，集城门华表柱。时有少年，举弓欲射之，鹤乃飞，徘徊空中而言曰：'有鸟有鸟丁令威，去家千年今始归。城郭如故人民非，何不学仙冢累累。'遂高上冲天。"后以"华表鹤"指久别之人。

（3）仙人、石桥：古代仙人建桥传说甚多。元萨都剌《三衢马太守昂夫索题烂柯山石桥》："沿口龙眠紫气多，登临聊和《采芝歌》。烂柯仙子何年去？鞭石仙人此地过。乌鹊横空秋有影，银河垂地水无波。遥知题柱凌云客，天近应闻织女梭。"此喻天生桥也。

（4）唐韩鄂《岁华记丽》引汉应劭《风俗通》："织女七夕当渡河，使鹊为桥。"鹊驾，鹊桥。宋李清照《行香子》："星桥鹊驾，经年才见，想离情别恨难穷。"　秋夕，秋天的晚上。此指七夕。

（5）典出"秦王鞭石""驱石驾沧津"。《艺文类聚》卷七九引晋伏琛《三齐略记》："始皇作石桥，欲过海观日出处。于时有神人，能驱石下海，城阳一山石，尽起立，巍巍东倾，状似相随而去云。石去不速，神人辄鞭之，尽流血，石莫不悉赤，至今犹尔。"后常用以咏桥或咏造桥。

（6）济险：攀渡险阻。见前《过大心湖》诗注。

（7）虚却：白白却置。

南霁云祠

　　死矣中丞莫谩疑[1]，孤城援绝久知危。贺兰未灭空遗恨[2]，南八如生定有为[3]。风雨长廊嘶铁马[4]，松杉阴雾卷灵旗[5]。英魂千载知何处？岁岁边人赛旅祠[6]。

考释

南霁云,唐代将领。安史之乱时,南霁云保卫睢阳战死。事见《新唐书》本传。南霁云后代有人在贵州为官,行善政,百姓欲立祠奉祀,辞不肯受,请改立其祖先。旧时贵州多黑神庙,来由即此。此诗时间不详。或当在正德三年,守仁应毛科之招,到贵阳,见到该祠后所咏。南霁云祠,在今贵阳市中。始建于元朝,明洪武十七年(1384)重修。明景泰帝辛未年(1451),贵州按察使王宪请于朝,朝廷赐额曰"忠烈",列入秩祀。此乃王阳明的论史诗,可见其志。平濠之乱,临危应变,非偶然也。

笺注

(1)中丞:即张巡,率南霁云等守睢阳,向贺兰进明求援,贺兰不发兵,致城陷,与南霁云等一同被害。事见宋司马光《资治通鉴》卷二百十九、二百二十。

　　谩疑:诋毁、怀疑。此句有不同理解:其一指"中丞"疑南霁云。韩愈《张中丞传后叙》:"巡呼云:'南八,男儿死耳,不可为不义屈!'云笑曰:'欲将以有为也。公有言,云敢不死!'即不屈。"然而,张巡之言,是怀疑还是激励?其二,指后世之人疑"中丞"。后人对张巡有所批评、怀疑。见《新唐书·张巡传》:"时议者或谓:巡始守睢阳,众六万,既粮尽,不持满按队出再生之路,与夫食人,宁若全人?"列此备考。

(2)唐韩愈《张中丞传后叙》:"南霁云之乞救于贺兰也,贺兰嫉巡、远之声威功绩出己上,不肯出师救。爱霁云之勇且壮,不听其语,强留之,具食与乐,延霁云坐。霁云慷慨语曰:'云来时,睢阳之人不食月余日矣。云虽欲独食,义不忍;虽食,且不下咽。'因拔所佩刀断一指,血淋漓,以示贺兰。一座大惊,皆感激,为云泣下。云知贺兰终无为云出师意,即驰去。将出城,抽矢射佛寺浮屠,矢着其上砖半箭,曰:'吾归破贼,必灭贺兰,此矢所以志也。'"贺兰,贺兰进明。

（3）南八：霁云行八。

（4）铁马：挂在宫殿、庙宇等屋檐下的铜片或铁片,风吹过时能互相撞击发出声音。

（5）灵旗：灵幡。此两句是说祠中肃穆萧杀的景色。

（6）赛：旧时祭祀酬报神恩的活动。 旅祠：行祠。临时的祠堂。宋苏轼《昭灵侯庙碑》：“元祐六年秋旱甚,郡守龙图阁学士左朝奉郎苏轼迎致其骨于西湖之行祠,与吏民祷焉。”

春晴

林下春晴风渐和,高岩残雪已无多。游丝冉冉花枝静(1),青璧迢迢白鸟过(2)。忽向山中怀旧侣(3),几从洞口梦烟萝(4)。客衣尘土终须换(5),好与湖边长芰荷(6)。

考释

此诗意,“客衣尘土终须换”,似非刚到龙场时气氛。或为正德三年春之事。应列于《白云堂》等诗后。

笺注

（1）游丝：或指飘浮在空中的柳枝。 冉冉：柔软下垂的样子。三国魏曹植《美女篇》：“柔条纷冉冉,落叶何翩翩。”

（2）青璧：通青碧。此指蓝天。宋惠洪《次韵李商老匡山道中望天池》：“庐山自高寒,青碧开晴天。” 迢迢：遥远貌。

（3）旧侣：旧友。南朝宋谢灵运《晚出西射堂》：“羁雌恋旧侣,迷鸟怀故林。”

（4）烟萝：草树茂密。唐李端《寄庐山真上人》：“更说谢公南座好,烟萝到地几重阴。”

此借指幽居或修真之处。宋苏舜钦《离京后作》："脱身离网罟,含笑入烟萝。"

（5）客衣：客行者之衣。宋晁补之《村居即事》："十载京尘化客衣,故园榆柳识春归。"

（6）芰荷：《楚辞·离骚》："制芰荷以为衣兮,集芙蓉以为裳。"

陆广晓发[一]

初日瞳瞳似晓霞(1),雨痕新霁渡头沙(2)。溪深几曲云藏峡(3),树老千年雪作花(4)。白鸟去边回驿路(5),青崖缺处见人家。遍行奇胜才经此,江上无劳羡九华(6)。

校勘

[一] 日本九州大学藏《阳明先生文录》卷四所收,题作"冬日山行"。

考释

清顾祖禹《读史方舆纪要》卷一百二十一"贵州二·贵州府"条："陆广河,府西北百二十里。源出苗界。或曰即三水江上源也。当水西驿道,于此置巡司以盘诘行者。""《滇纪》：陆广河有水口寨,又有陆广城,为水西要地。"今有"六广"地名,在修文县境内。

笺注

（1）瞳瞳：光亮的样子。宋王安石《余寒》："瞳瞳扶桑日,出有万里光。"

（2）雨痕：指天方新霁,渡口沙滩仍见雨痕。

（3）云藏峡：即"峡藏云"。六广河峡谷深藏在层云之后。

（4）雪作花：指树枝积雪。唐李白《王昭君》其一："燕支长寒雪作花,蛾眉憔悴没胡沙。"宋陈与义《竹》："高枝已约风为友,密叶能留雪作花。"或云,指春天繁花似雪飘落。

（5）唐杜甫《雨四首》其一："微雨不滑道，断云疏复行。紫崖奔处黑，白鸟去
边明。"

（6）九华：九华山。

雪夜

天涯久客岁侵寻⁽¹⁾，茅屋新开枫树林。渐惯省言因病齿⁽²⁾，屡经多难解安心。犹怜未系苍生望，且得闲为白石吟⁽³⁾。乘兴最堪风雪夜，小舟何日返山阴⁽⁴⁾？

考释

此诗为正德二年末到三年初的冬天之事。因该年，守仁病齿，见前《赠黄太守澍》诸诗。此诗中也云"渐惯省言因病齿"，殆为同时之事。

笺注

（1）侵寻：渐渐推进。《史记·孝武本纪》："是岁，天子始巡郡县，侵寻于泰山矣。"南朝宋裴骃《集解》引晋灼曰："遂往之意也。"唐司马贞《索隐》："小颜云：'浸淫渐染之义。'盖寻、淫声相近，假借用耳。"

（2）省言：少说话。   病齿：王阳明牙齿有病，见前。在路过长沙时便有齿病，此时复发。

（3）白石吟：指追求隐居生活。唐李白《古乐府》："拂彼白石，弹吾素琴。"唐陆龟蒙《寒夜同袭美访北禅院寂上人》："明时尚阻青云步，半夜犹自白石吟。"

（4）山阴：绍兴，王阳明故乡。此借用《世说新语·任诞》王子猷"雪夜访戴"故事。

元夕二首

考释

　　元夕:旧称农历正月十五日为上元节,是夜称元夕。考此诗第二首中有"去年今日卧燕台"句,"燕台",指北京,故此当在王阳明到达龙场后第一个元夕之作,当为正德三年事。然而,前"赴谪诗"中有《广信元夕蒋太守舟中夜话》,当为正德二年事。这显然与本诗所言"卧燕台"不合。笔者推测,有两种可能:其一,《广信元夕蒋太守舟中夜话》,本非"赴谪"途中事,原编者误列。其二,如《广信元夕蒋太守舟中夜话》确为"赴谪"途中之事,那么此处"去年今日卧燕台"的"去年今日"为泛指,指正德二年元夕前的冬天。

(一)

　　故园今夕是元宵,独向蛮村坐寂寥。赖有遗经堪作伴⁽¹⁾,喜无车马过相邀。春还草阁梅先动⁽²⁾,月满虚庭雪未消⁽³⁾。堂上花灯诸弟集,重闱应念一身遥⁽⁴⁾。

笺注

(1)遗经:留传下来的经书。唐韩愈《寄卢仝》:"《春秋》三传束高阁,独抱遗经究终始。"

(2)梅先动:梅花先开。唐虞世南《侍宴归雁堂》:"竹开霜后翠,梅动雪前香。"

(3)虚庭:空庭。宋贺铸《宿宝泉山慧日寺》:"虚庭月正中。"

(4)重闱:此指父母。

(二)

　　去年今日卧燕台⁽¹⁾,铜鼓中宵隐地雷⁽²⁾。月傍苑楼灯彩淡⁽³⁾,

风传阁道马蹄回⁽⁴⁾。炎荒万里频回首⁽⁵⁾，羌笛三更谩自哀⁽⁶⁾。尚忆先朝多乐事⁽⁷⁾，孝皇曾为两宫开⁽⁸⁾。

笺注

（1）燕台：本指冀北一带。唐祖咏《望蓟门》："燕台一望客心惊，箫鼓喧喧汉将营。"此指北京。王阳明往贵州，在正德二年。说见前。

（2）地雷：此指地上隐隐的鼓声如雷。

（3）苑楼：庭院楼台。

（4）阁道：栈道。《史记·秦始皇本纪》："先作前殿阿房，东西五百步，南北五十丈，上可以坐万人，下可以建五丈旗。周驰为阁道，自殿下直抵南山。"唐孙樵《兴元新路记》："自白云驿西，并涧皆阁道。" 以上似回忆去年情景。

（5）炎荒：炎热荒凉之地。王阳明《龙冈漫兴》有"投荒万里入炎州"句。

（6）羌笛：唐王之涣《凉州词》："羌笛何须怨杨柳，春风不渡玉门关。"

（7）先朝：前一个皇帝，即下文的"孝皇"。

（8）孝皇：明弘治帝谥孝宗。六岁立为太子，生母淑妃于是年暴薨。养母周太后。 考《明史·孝宗本纪》多次罢"元夕"灯火。此云"为两宫开"事，待考。

家僮作纸灯⁽¹⁾

寥落荒村灯事赊⁽²⁾，蛮奴试巧剪春纱⁽³⁾。花枝绰约含轻雾⁽⁴⁾，月色玲珑映绮霞⁽⁵⁾。取办不徒酬令节⁽⁶⁾，赏心兼是惜年华⁽⁷⁾。如何京国王侯第⁽⁸⁾，一盏中人产十家⁽⁹⁾！

考释

作纸灯，殆为准备元宵节用，故与上两首为同时事，且当次于《元夕二首》

之前。

笺注

（1）家僮：家中年轻的奴仆。

（2）灯事：元宵节张灯游乐之事。明沈德符《万历野获编补遗·畿辅·淹九》："既见友人来中称为淹九，或云灯事阑珊，未忍遽舍，取淹留之义。" 赊：稀少；冷清。钱起《送费秀才归衡州》："不畏心期阻，惟愁面会赊。"

（3）蛮奴：当地的婢仆。 春纱：生丝织成的薄纱。唐万楚《五日观妓》："西施谩道浣春纱，碧玉今时斗丽华。"此指制作纸灯用的材料。

（4）绰约：形容女子风韵柔美动人。此指制作的花灯。 轻雾：轻盈朦胧的雾色。此或指灯光。

（5）月色玲珑：指透过窗户的月色。唐卢纶《赋得彭祖楼送杨德宗归徐州幕》："四户八窗明，玲珑逼上清。" 绮霞：美丽的彩霞。南朝梁何逊《七召》："绮霞映水，蛾月生天。"此指灯彩。

（6）令节：佳节，此指元宵节。

（7）赏心：悦目赏心。 惜年华：怜惜年华。唐王维《晚春严少尹与诸公见过》："鹊乳先春草，莺啼过落花。自怜黄发暮，一倍惜年华。"

（8）京国：京城。

（9）指一盏灯相当于十户中等人家之财产。

白云堂

　　白云僧舍市桥东，别院回廊小径通(1)。岁古檐松存独干(2)，春还庭竹发新丛(3)。晴窗暗映群峰雪，清梵长飘高阁风(4)。迁客从来甘寂寞[5]，青鞋时过月明中[6]。

考释

白云堂：当为僧舍。或云在今贵州东山。

笺注

（1）别院：正宅之外的宅院。

（2）岁古：年岁古老。

（3）此句可见诗当作于初春时节。

（4）清梵：僧尼诵经的声音。南朝梁王僧孺《初夜文》："大招离垢之宾，广集应真之侣，清梵含吐，一唱三叹。"

（5）迁客：被流迁、贬谪之人。宋范仲淹《岳阳楼记》："迁客骚人，多会于此。"

（6）青鞋：草鞋。宋陆游《物外杂题》："送客停山步，寻僧立寺门。青鞋惯泥潦，却爱雨昏昏。"

来仙洞[1]

古洞春寒客到稀[2]，绿苔荒径草霏霏[3]。书悬绝壁留僧偈[4]，花发层萝绣佛衣[5]。壶榼远从童冠集[6]，杖藜随处宦情微[7]。石门遥锁阳明鹤[8]，应笑山人久不归[一][9]。

校勘

[一] 久不归：《居夷集》作"久未归"。

笺注

（1）来仙洞：见前《游来仙洞早发道中》。

（2）春寒：可见是早春时节。与前《游来仙洞早发道中》时所言秋季不同。当为正德四年春。

（3）霏霏：茂盛状。唐欧阳詹《回鸾赋》："郁霏霏以葳蕤，辉熠熠以严颙。"

（4）偈：梵语"偈佗"的简称。佛经中的唱颂之词。

（5）层萝：层层的萝蔓。唐韩愈《游城南十六首·楸树二首》之一："谁人与脱青罗帔，看吐高花万万层。幸自枝条能树立，可烦萝蔓作交加。"

（6）壶榼：本指盛酒或茶水的容器。此借指铺陈酒具饮酒。明沈德符《万历野获编补遗》卷三："水边林下，壶榼无虚日。"　童冠：此殆指随行家童或弟子。

（7）杖藜：拄着手杖行走。藜，野生植物，茎坚韧，可为杖。　宦情：做官的志趣、意愿。《晋书·刘元海载记》："吾本无宦情，惟足下明之。"

（8）石门：此指来仙洞之石门。　阳明鹤：用辽东鹤（见前）之典。

（9）山人：王阳明自称。此两句或意为：石门锁住了这阳明山之鹤，人们应笑那山人久久未归还。

木阁道中雪

　　瘦马支离缘绝壁(1)，连峰窅窕入层云(2)。山村树暝惊鸦阵(3)，涧道雪深逢鹿群(4)。冻合衡茅炊火断(5)，望迷孤戍暮笳闻(6)。正思讲习诸贤在(7)，绛蜡清醅坐夜分(8)。

考释

　　清顾祖禹《读史方舆纪要》卷一百二十一"贵州二·贵州府"条："木阁箐山，府西北五十里。延袤百余里。林木荟蔚，中有道通水西、毕节。上有龙潭，深不可测。"或云木阁即修文县木阁箐，在县城东南。此诗当是守仁应招前往贵阳讲学。

往复途中,经木阁箐山道中事。而讲学当在正德三年,此当为三年冬之事。

笺注

(1)支离:憔悴、衰残瘦弱状。宋陆游《病起书怀》:"病骨支离纱帽宽,孤臣万里客江干。"

(2)窅窕:遥远幽深状。唐韩愈《岐山下》:"昔周有盛德,此鸟鸣高冈;和声随祥风,窅窕相飘扬。"

(3)鸦阵:乌鸦群。宋陆游《湖中暮归》:"乍起鹭行横野去,欲栖鸦阵暗天飞。"

(4)涧道:山涧通道。唐杜甫《题张氏隐居》之一:"涧道余寒历冰雪,石门斜日到林丘。"

(5)冻合:冰封。宋苏轼《雪后书北台壁二首》:"冻合玉楼寒起粟,光摇银海眩生花。"此指大地、房屋冰封状。　衡茅:衡门茅屋,简陋的居室。晋陶潜《辛丑岁七月赴假还江陵夜行涂口》:"养真衡茅下,庶以善自名。"

(6)望迷:望中迷离。远望迷蒙状。　孤戍:孤立的边城。唐杜甫《发秦州》:"日色隐孤戍,鸣啼满城头。"　暮笳:暮色中的笳声。唐杜甫《后出塞》之二:"悲笳数声动,壮士惨不骄。"笳,乐器,多为戍边军队鼓乐所用。

(7)讲习:讲授和学习。此时王阳明应毛科之请,讲学贵州文明学院。

(8)绛蜡:红烛。见前。清醅:清冽的酒。唐白居易《问刘十九》:"绿蚁新醅酒,红泥小火炉。晚来天欲雪,能饮一杯无?"　夜分:夜半。此两句指:想到那些讲习的诸位贤才,正在红烛清酒旁,坐到深夜吧。

元夕雪用苏韵二首

考释

苏韵:指苏轼诗之韵。考苏轼有《雪后书北台壁二首》,用纤、尖韵。其一:

"黄昏犹作雨纤纤,夜静无风势转严。但觉衾裯如泼水,不知庭院已堆盐。五更晓色来书幌,半夜寒声落画檐。试扫北台看马耳,未随埋没有双尖。"其二:"城头初日始翻鸦,陌上晴泥已没车。冻合玉楼寒起粟,光摇银海眩生花。遗蝗入地应千尺,宿麦连云有几家。老病自嗟诗力退,空吟冰柱忆刘叉。"考王阳明诗中有"久客"句,似非初到龙场之年事;其次,前一首《元夕》,说到"独向蛮村坐寂寥",与此诗"林间暮雪定归鸦,山外铃声报使车"情景不同。又,诗中有"阴极阳回知不远"句,下《次韵陆佥宪》有"积素还多达曙明"句,似感知变化之兆。与前各诗无望哀愁不同。故推此诗当作于正德五年。

以下两首和《晓霁用前韵书怀二首》都是用"苏韵",乃所谓"八叉"体诗,与东坡有同气相投之感。

(一)

　　林间暮雪定归鸦[1],山外铃声报使车[2]。玉盏春光传柏叶[3],夜堂银烛乱檐花[4]。萧条音信愁边雁[5],迢递关河梦里家[6]。何日扁舟还旧隐,一蓑江上把鱼叉[7]。

笺注

(1)归鸦:归巢的鸟雀。唐杜光庭《句》:"斜阳古岸归鸦晚,红蓼低沙宿雁愁。"

(2)使车:使者所乘之车。《汉书·萧育传》:"哀帝时,南郡江中多盗贼,拜育为南郡太守。上以育耆旧名臣,乃以三公使车载育入殿中受策。" 此两句说守仁一行在林中时,有使车前来。

(3)玉盏,玉做的酒杯。 柏叶:指柏叶酒。汉应劭《汉官仪》卷下:"正旦饮柏叶酒上寿。"唐杜甫《人日》诗之二:"樽前柏叶休随酒,胜里金花巧耐寒。"

(4)檐花:屋檐边上之花。唐李白《赠崔秋浦》:"山鸟下听事,檐花落酒中。"

（5）边雁：边塞的大雁。唐温庭筠《苏武庙》："云边雁断胡天月，陇上羊归塞草烟。"唐杜甫《月夜忆舍弟》："戌鼓断人行，边秋一雁声。"此句谓阳明孤身炎荒之地，元宵音信萧条，望边雁而生愁。

（6）迢递：遥远。　关河：指山河。宋陆游《诉衷情》："当年万里觅封侯，匹马戍梁州。关河梦断何处，尘暗旧貂裘。"　里家：故里家乡。

（7）一蓑：宋苏轼《定风波》："一蓑烟雨任平生。"

（二）

寒威入夜益廉纤[1]，酒瓮炉床亦戒严[2]。久客渐怜衣有结[3]，蛮居长叹食无盐[4]。饥豺正尔群当路[5]，冻雀从渠自宿檐[6]。阴极阳回知不远[7]，兰芽行见发春尖[8]。

笺注

（1）廉纤：微小，纤细。唐韩愈《晚雨》："廉纤晚雨不能晴，池岸草间蚯蚓鸣。"此处指寒气无处不入。

（2）戒严：严加防范。此指御寒。

（3）衣有结：典出宋李昉等《太平广记》卷第八十六《异人六·抱龙道士》："时有一人，鹑衣百结，颜貌憔悴，亦往庙所。"指衣服破烂不堪，补丁叠补丁。宋赵蕃《大雪》："鹑衣百结不蔽膝，恋恋谁怜范叔贫。"

（4）食无盐：缺盐。《管子·地数》："恶食无盐则肿，守圉之本，其用盐独重。"

（5）正尔：也作"政尔"。正当，正在。宋辛弃疾《永遇乐·检校停云新种杉松戏作》："投老空山，万松手种，政尔堪叹。"

（6）从渠：随他。金元好问《石州慢》："击筑行歌，鞍马赋诗，年少豪举。从渠里社浮沉，枉笑人间风女。"渠，指示代词，那。

（7）阴极阳回：此本于阴阳思想。《周易·说卦》："立天之道曰阴与阳。"就时令
而言，冬天为阴，冬至为阴极；夏天为阳，夏至为阳极。《月令·仲夏之月》：
"是月也，日长至，阴阳争，死生分。"汉代蔡邕《月令章句》："冬至为极，昼露
极短。"阳极生阴，阴极生阳，生生不息，循环不绝。此指冬去春来。或有着
对于自己境遇变化的预感。

（8）兰芽：兰的嫩芽。宋苏轼《浣溪沙·游蕲水清泉寺》："山下兰芽短浸溪，松间
沙路净无泥。" 行见：眼看着，行将。

晓霁用前韵书怀二首

考释

此云"用前韵"指仍用苏轼诗之韵。

（一）

双阙钟声起万鸦(1)，禁城月色满朝车(2)。竟谁诗咏东曹桧(3)？
正忆梅开西寺花(4)。此日天涯伤逐客(5)，何年江上却还家？曾无
一字堪驱使(6)，谩有虚名拟八叉(7)。

笺注

（1）双阙：古代宫殿前两边高台上的楼观。借指宫殿、京都。《古诗十九首·青
青陵上柏》："两宫遥相望，双阙百余尺。"又唐杜甫《承闻河北诸道节度入朝
欢喜口号绝句十二首》之十："意气即归双阙舞，雄豪复遣五陵知。"清仇兆鳌
《详注》："双阙，谓都中。"

（2）朝车：上朝之车，高官显贵的车马。唐于濆《古宴曲》："雉扇合蓬莱，朝车回

紫陌。重门集嘶马,言宴金张宅。"

（3）曹:原为后汉中央官府的机构,属太尉府。东曹为诸曹之一。负责"二千石"即州郡太守级官员的调配。此指朝廷办事机构的官署。

（4）寺:官署名,明朝有太常寺、鸿胪寺、大理寺等。见《明史·职官志》。此泛指朝廷官署。以上四句,乃是回想京城冬日的境况以及感触。

（5）逐客:遭贬官或放逐之人。秦李斯《谏逐客书》:"臣闻吏议逐客,窃以为过矣。"元范梈《休日出郊》:"迁臣逐客皆前辈,幕长郎官尽上才。"

（6）驱使:差遣,使用。《乐府诗集·杂曲歌辞十三·焦仲卿妻》:"非为织作迟,君家妇难为。妾不堪驱使,徒留无所施。"

（7）八叉:指温庭筠。宋尤袤《全唐诗话·温庭筠》:"庭筠才思艳丽,工于小赋,每入试,押官韵作赋,凡八叉手而八韵成,时号温八叉。"此两句指自己的文字,没有一字可供实际的济世之用,只模仿温庭筠,徒有文学虚名而已。

（二）

涧草岩花欲斗纤[1],溪风林雪故争严[2]。连歧尽说还宜麦[3],煮海何曾见作盐[4]。路断暂怜无过客,病余兼喜曝晴檐[5]。谪居亦自多清绝[6],门外群峰玉笋尖[7]。

笺注

（1）斗纤:争纤斗艳。纤,纤艳。《新唐书·李戡传》:"(戡)常恶元和有元白诗,多纤艳不逞,而世竞重之。"

（2）争严:竞相凛冽。

（3）指大雪覆盖下,多歧的道路。

（4）典出"煮海为盐"。煮海水为盐,相传此法始于黄帝之臣凤沙氏。汉宋衷《世本》卷一《宿沙作煮盐》。《汉书》卷四九《晁错传》：“吴王即山铸钱,煮海为盐,诱天下豪桀,白头举事。”此喻雪之大。

（5）曝晴檐：在晴天的屋檐下晒着。宋刘克庄《追用南塘韵题尹刚中潜斋》：“因思眠雨艇,得似曝晴檐。”

（6）清绝：极为凄清。晋陆云《与兄平原书》之十一：“昔读《楚辞》,意不大爱之,顷日视之,实自清绝滔滔。”

（7）玉笋尖：此指因大雪山顶皆白,如玉笋尖。

次韵陆金宪元日喜晴

城里夕阳城外雪,相将十里异阴晴(1)。也知造物曾何意(2)？底是人心苦未平(3)！柏府楼台衔倒影[一](4),茅茨松竹泻寒声(5)。布衾莫谩愁僵卧(6),积素还多达曙明(7)。

校勘

[一] 影:《居夷集》作“景”。

考释

陆金宪,指陆健。《嘉靖贵州通志》卷十九：“金事,陆健,字文顺。”鄞县人。弘治进士,正德间任贵州金事。汉应劭《汉官仪·宪台》：“汉御史府,后汉改称宪台。”后或以宪台称监察官员。《明史·职官志二》都察院设有“左、右金都御史,正四品”。元日当为正德四年元日。下有《舟中除夕二首》诗,乃是正德三年除夕事,当时王阳明已经在前往庐陵途中。则“元日”不当在城内。如是,此诗当次于《元夕雪用苏韵二首》之前。

笺注

（1）相将：行将，将近。唐白居易《城上夜宴》："留春不住登城望，惜夜相将秉烛游。"

（2）造物：制造万物的神灵。《庄子·大宗师》："伟哉，夫造物者将以予为此拘拘也。"唐柳宗元《始得西山宴游记》："洋洋乎与造物者游，而不知其所穷。"

（3）底是：毕竟是。

（4）柏府：御史府。《汉书·朱博传》："又其府中（御史府）列柏树，常有野乌数千栖宿其上，晨去暮来。"后以"乌柏"借指御史府。唐刘禹锡《浙西李大夫述梦四十韵》："建节辞乌柏，宣风看鹭涛。"

（5）寒声：寒风的声响。唐朱邺《扶桑赋》："巨影倒空而漠漠，寒声吹夜以飀飀。" 此两句当是城内风景。

（6）布衾：被褥。唐杜甫《茅屋为秋风所破歌》："布衾多年冷似铁。"

（7）积素：多年交往。此指有交往者。汉王褒《四子讲德论》："昔宁戚商歌，以干齐桓；越石负刍，而寤晏婴：非有积素累旧之欢，皆涂觐卒遇而以为亲者也。"此诗当是进到城内与陆完相见后之作。

元夕木阁山火

　　荒村灯夕偶逢晴(1)，野烧峰头处处明(2)。内苑但知鳌作岭(3)，九门空说火为城(4)。天应为我开奇观，地有兹山不世情(5)。却恐炎威被松柏(6)，休教玉石遂同赪(7)！

考释：

　　与前《木阁道中雪》当为同一次外出所经历，《居夷集》次于"元夕"诗之后，或为自贵阳归龙场时所见。当为正德四年事。

笺注

（1）灯夕：元宵晚上。

（2）野烧：野火。唐严维《荆溪馆呈丘义兴》："野烧明山郭，寒更出县楼。"

（3）鳌作岭：鳌指鳌灯。元宵节用彩灯堆叠成山，像传说中的巨鳌形状。宋王迈《元宵灯》："斗巧争妍照彩鳌。"明刘若愚《酌中志》卷十六《内府诸司职掌》记有明代元宵节前情况。

（4）九门：指北京城东边的东直门、朝阳门，西边的西直门、阜成门，北边的德胜门、安定门，南边的崇文门、正阳门（前门）和宣武门。此指北京城内。　火为城：灯火为城。唐李肇《国史补》："元日冬至，大朝会，百官已集，宰相一至，列烛多至数百炬，谓之火城。"此指元宵节时境况。

（5）不世情：指世上少有之情景。世情：世俗之情，世间的情景。晋陶潜《辛丑岁七月赴假还江陵》："诗书敦宿好，林园无世情。"

（6）炎威：炎热之势。唐刘禹锡《裴祭酒尚书见示寄王左丞高侍郎之什命同作诗》："吟风起天籁，蔽日无炎威。"

（7）同赪：此指同被火灾，玉石俱焚。赪，红色。

夜宿汪氏园

　　小阁藏身一斗方^(1)，夜深虚白自生光^(2)。梁间来下徐生榻^(3)，座上惭无荀令香^(4)。驿树雨声翻屋瓦^(5)，龙池月色浸书床^(6)。他年贵竹传遗事^(7)，应说阳明旧草堂^(8)。

考释

　　据贵州网资料：贵州汪氏原籍徽州休宁。自明初汪灿入黔，留守普定卫（今安顺),世袭百户指挥之职位。见《入黔汪氏旧谱》。又《汪灿公墓志铭》:"公十八从军,历任九夫长、镇抚军官。洪武十四年奉旨南征,统军入黔,平靖黔境,因功钦封,奉为普定卫世袭前所指挥之职。公由此留守黔腹,宅居安顺姬龙街。后娶黄公之女为室,共生五子,长子汪福、次子汪祯、三子汪祥、四子汪裕、五子汪祚。此即后世所谓的五房宗支。"汪氏园:贵州汪氏宅园。在安顺有汪氏宅。

笺注

(1)斗方:一二尺见方。此指一小间。

(2)虚白:《庄子·人间世》:"虚室生白,吉祥止止。"唐杜甫《归》:"虚白高人静,喧卑俗累牵。"

(3)徐生榻:典出《后汉书·徐稺传》:"徐稺字孺子,豫章南昌人也。家贫,常自耕稼,非其力不食。恭俭义让,所居服其德。屡辟公府,不起。时陈蕃为太守,以礼请署功曹,稺不免之,既谒而退。蕃在郡不接宾客,惟稺来特设一榻,去则县之。"后以"迎徐榻"表示礼贤下士。

(4)荀令香:《太平御览》卷七〇三引晋习凿齿《襄阳记》:"荀令君至人家,坐处三日香。"荀令,指三国荀彧。《三国志·魏书·荀彧传》:"荀彧宁文若,颍川颍阴人也。""彧为汉侍中,守尚书令,常居中持重。"

(5)唐方干《冬夜泊僧舍》:"照墙灯焰细,着瓦雨声繁。"唐李商隐《重过圣女祠》:"一春梦雨常飘瓦,尽日灵风不满旗。"

(6)龙池:安顺有龙池。　浸书床:宋陈允平《风入松》:"波影浸书床。"此指月光如水倾泻在书床上。

(7)贵竹:此或指贵州一带,明洪武四年(1371),将元朝的贵州等处军民长官司改名为"贵竹长官司"。

(8)阳明:王阳明自称。此句可见他颇为自信的心态。

春行

冬尽西归满山雪⁽¹⁾,春初复来花满山。白鸥乱浴清溪上,黄鸟双飞绿树间⁽²⁾。物色变迁随转眼,人生岂得长朱颜⁽³⁾!好将吾道从吾党⁽⁴⁾,归把渔竿东海湾⁽⁵⁾。

考释

诗中有"冬尽西归满山雪"句,考龙场在贵州西北,殆所述为从贵州返回龙场时事,又有"好将吾道从吾党",殆言在贵阳讲学,故此诗似当次于正德四年春。

笺注

（1）西归:龙场在贵阳西北,由贵阳归龙场。

（2）黄鸟:已见前注。《诗经·葛覃》:"施于中谷,维叶萋萋。黄鸟于飞,集于灌木。"

（3）朱颜:青春亮丽的颜面。南唐李煜《虞美人》:"雕栏玉砌应犹在,只是朱颜改。"

（4）吾道:见前,自己信奉之道。 吾党:朋辈,意气相投之人。唐韩愈《山石》:"嗟哉吾党二三子,安得至老不更归。"王阳明在正德二年末三年初,有毛科邀其赴书院事,见前《答毛拙庵见招书院》考释。后殆应之,故往贵州讲学。

（5）此句殆用《庄子》子钓于东海典,说明"饰小说以干县令,其于大达亦远矣,是以未尝闻任氏之风俗,其不可与经世亦远矣",阳明盖借此表达远大志向。

村南

花事纷纷春欲酣⁽¹⁾,杖藜随步过村南。田翁开野教新犊⁽²⁾,溪女分流浴种蚕⁽³⁾。稚犬吠人依密槿⁽⁴⁾,闲凫照影立晴潭⁽⁵⁾。偶逢江客传乡信⁽⁶⁾，归卧枫堂梦石龛⁽⁷⁾。

笺注

（1）春欲酣：春天景象日益显然。

（2）开野：开垦荒野。盖指春耕也。

（3）溪女：溪流边的女子。唐李白《采莲曲》："镜湖水如月，耶溪女似雪。" 浴种蚕：浴蚕是一种养蚕的育种方法。《周礼·夏官·马质》："若有马讼，则听之，禁原蚕者。"汉郑玄《注》引《蚕书》："蚕为龙精，月值大火（二月）则浴其种。"

（4）密槿：茂密的木槿丛。此指木槿的篱笆。南朝梁沈约《宿东园》："槿篱疏复密，荆扉新且故。"

（5）闲凫：悠闲的野鸭。唐温庭筠《商山早行》："槲叶落山路，枳花明驿墙。因思杜陵梦，凫雁满回塘。" 晴潭：晴天的水潭。

（6）江客：江上旅人。唐刘长卿《登润州万岁楼》："江客不堪频北望，塞鸿何事又南飞？"

（7）枫堂：枫树之堂，或守仁自命之居所。 石龛：石室。

山途二首

（一）

上山见日下山阴，阴欲开时日欲沈。晚景无多伤远道，朝阳莫更沮云岑⁽¹⁾。人归暝市分渔火⁽²⁾，客舍空林依暮禽⁽³⁾。世事验来还自领^{[一](4)}，古人先已得吾心。⁽⁵⁾

校勘

［一］领：原作"颔"，据上古本《全集》改。

笺注

（1）云岑：云雾缭绕的山峰。唐杜甫《过津口》："和风引桂楫，春日涨云岑。"

（2）暝市：黄昏的市街。　渔火：渔船的灯光。唐张继《枫桥夜泊》："月落乌啼霜满天，江枫渔火对愁眠。"

（3）空林：木叶落尽的树林。唐章八元《新安江行》："古戍悬鱼网，空林露鸟巢。"　暮禽：黄昏的栖鸟。唐王维《归嵩山作》："流水如有意，暮禽相与还。"

（4）验来：语出《鬼谷子·反应第二》："反以观往，复以验来；反以知古，复以知今。"意谓先回顾以往的经过，就可以知道将来的发展。　自领：自己领悟。

（5）此两句意为：对世界上事情的体验，要自己亲身去领悟，古人已经先于我感知了这一点。

（二）

南北驱驰任板舆⁽¹⁾，谪乡何地是安居⁽²⁾？家家细雨残灯后⁽³⁾，处处荒原野烧余⁽⁴⁾。江树欲迷游子望⁽⁵⁾，朔云长断故人书⁽⁶⁾。茂陵多病终萧散⁽⁷⁾，何事相如赋《子虚》⁽⁸⁾？

笺注

（1）板舆：木制轿子。《汉书·王莽传下》："朝见掣茵舆行。"唐颜师古《注》引晋晋灼曰："岂今之板舆而铺茵乎？"晋潘岳《闲居赋》："太夫人乃御板舆，升轻轩，远览王畿，近周家园。"

（2）谪乡：此指贬谪之地。

（3）残灯：将熄的灯。宋陆游《东关》："三更酒醒残灯在，卧听萧萧雨打篷。"

（4）野烧：野火。见前《次韵陆金宪元日喜晴》注(2)。

（5）江树：江边之树。唐李白《秋下荆门》："霜落荆门江树空，布帆无恙挂秋风。"

（6）朔云：北方之云。唐宋璟《奉和圣制送张说巡边》："德风边草偃，胜气朔云平。"此两句意为：江边的树木模糊了游子的眺望，北方的云气长久地断阻着故人的书信。

（7）茂陵：汉武帝刘彻的陵墓。司马相如晚年退居茂陵，此指代司马相如。唐杜甫《琴台》："茂陵多病后，尚爱卓文君。" 萧散：萧洒散逸。

（8）《西京杂记》卷二："司马相如为《上林》《子虚》赋，意思萧散，不復与外事相关。"此乃反问：既然相如"终萧散"，又为何写《子虚赋》？ 此也是作者自身的思考：真萧散否？

白云

白云冉冉出晴峰(1)，客路无心处处逢。已逐肩舆度青壁(2)，还随孤鹤下苍松(3)。此身愧尔长多系(4)，他日从龙谩托踪(5)。断鹜残鸦飞欲尽(6)，故山回首意重重(7)。

笺注

（1）冉冉：缓缓上升状。三国魏曹植《美女篇》："柔条纷冉冉，落叶何翩翩。"

（2）青壁：青色山壁。《晋书·隐逸传·宋纤》："骏铭诗于石壁曰：'丹崖百丈，青壁万寻。'"

（3）孤鹤：唐王睿《松》："寒松耸拔倚苍岑，绿叶扶疏自结阴。……常将正节栖孤鹤，不遣高枝宿众禽。"宋朱熹《孤鹤思太清》："孤鹤悲秋晚，凌风绝太清。"此处或是王阳明自况。

（4）此句意谓与你白云相比,我实在惭愧(愧尔),盖因我于世事有太多羁绊(长多系)。

（5）托踪:寄托形迹、形体。宋胡宿《徐紫微问候启》:"间者修好宝邻,托踪后乘,忝无辱命,良自依仁。" 从龙:《周易·乾卦·九五》:"云从龙,风从虎,圣人作而万物睹。"此代白云。 此句意为他日我脱离人世羁绊,托迹白云之中。

（6）断鹜:离群的孤鹜。宋张先《惜琼花》:"断云孤鹜青山极。楼上徘徊,无尽相忆。" 残鸦:离群的鸦雀。宋吴文英《齐天乐·与冯深居登禹陵》:"三千年事残鸦外,无言倦凭秋树。"

（7）故山:故乡之山。多代故乡。

答刘美之见寄次韵

休疑迁客迹全贫⁽¹⁾,犹有沙鸥日见亲。勋业久辞沧海梦⁽²⁾,烟花多负故园春⁽³⁾。百年长恐终无补,万里宁期尚得身。⁽⁴⁾念我不劳伤鬓雪⁽⁵⁾,知君亦欲拂衣尘⁽⁶⁾。

考释

刘美之:据束景南《辑考编年》考证,名瑜。山东文登人。曾为刑部郎中。弘治甲子冬,有铜仁之命,时为铜仁太守。见所著《王阳明年谱长编》"正德四年"三月。殆刘美之在刑部曾和王阳明有交往,此时有诗寄赠,王阳明次韵和之。刘美之原诗待考。

笺注

（1）迁客:遭贬斥放逐之人。南朝梁江淹《恨赋》:"或有孤臣危涕,孽子坠心,迁客海上,流戍陇阴。" 迹:形迹。 此句意为,不必担心作为迁客的我形迹渺然。

（2）勋业：建勋立业。《三国志·魏书·傅嘏传》："子志大其量，而勋业难为也，可不慎哉！" 沧海梦：于沧海横流之世建勋立业的理想。宋杨蟠《钱塘江上》："路转青山出，沙空白鸟行。几年沧海梦，吟罢独含情。"

（3）烟花：春天美丽的景象。见前《龙冈漫兴五首》（二）笺注（3）。 这两句意为：早已告别了于沧海横流之世建勋立业的梦想，却一再辜负了故乡的大好春光。

（4）尚得身：尚留得此身。 两句意为：（与其）百年（身故）后于事无补，毋宁期待保全此身。

（5）鬓雪：鬓发斑白如雪。唐白居易《别行简》："漠漠病眼花，星星愁鬓雪。"

（6）拂衣尘：振衣而去。谓归隐。唐白居易《题浔阳楼》："永惟孤竹子，拂衣首阳山。"

寄徐掌教

徐稺今安在？空梁榻久悬。[(1)] 北门倾盖日[(2)]，东鲁校文年[(3)]。岁月成超忽[(4)]，风云易变迁。新诗劳寄我，不愧鸟鸣篇[(5)]。

考释

掌教：当时的主讲教授。明清以"掌教"称府、县教官及书院主讲。徐掌教，不详。

笺注

（1）徐稺、悬榻事：见前《夜宿汪氏园》注（3）。又徐掌教，也姓徐，语出双关。此两句指自己等待徐氏久矣。

（2）北门：唐翰林院在银台以北。见宋叶梦得《石林燕语》卷七。后称翰林为"北门学士"。此处指在京城为官。　倾盖：倾盖指途遇友好，停车靠近交谈，伞盖倾斜相交。引申为朋友相交亲切。《史记·鲁仲连邹阳列传》："谚曰：'白头如新，倾盖如故。'何则？知与不知也。"唐司马贞《索隐》引《志林》曰："倾盖者，道行相遇，轩车对语，两盖相切，小敧之，故曰倾。"

（3）东鲁：指王阳明到山东主持乡试事。见《年谱》。　校文：考校文章。《礼记·学记》："比年入学，中年考校。"汉郑玄《注》："乡遂大夫间岁则考学者之德行道艺。"此指主持考试。

（4）超忽：时间异常快速。唐韦应物《元日寄诸弟兼呈崔都水》："新正加我年，故岁去超忽。"

（5）鸟鸣篇：指《诗经·小雅·伐木》，有"伐木丁丁，鸟鸣嘤嘤"句，又有"嘤其鸣矣，求其友声"句。《毛诗序》云："《伐木》，燕朋友故旧也。至天子至于庶人，未有不须友以成者。"此指赠诗包涵亲切友情。

书庭蕉

檐前蕉叶绿成林，长夏全无暑气侵。但得雨声连夜静[1]，不妨月色半床阴[2]。新诗旧叶题将满，老苾疏梧恨共深[3]。莫笑郑人谈讼鹿，至今醒梦两难寻[4]。

笺注

（1）唐白居易《夜雨》："隔窗知夜雨，芭蕉先有声。"

（2）唐白居易《早秋独夜》："独向檐下眠，觉来半床月。"

（3）老苾：疑"苾"指芭蕉之叶。　疏梧：稀疏的梧桐。

（4）郑人讼鹿：典出《列子·周穆王》："郑人有薪于野者，遇骇鹿，御而击之，毙之。恐人见之也，遽而藏之隍中，覆之以蕉，不胜其喜。俄而遗其所藏之处，遂以为梦焉。""薪者之归，不厌失鹿。其夜真梦藏之之处，又梦得之之主。爽旦，案所梦而寻得之。遂讼而争之，归之士师。"此争讼乃因梦与非梦，真实与梦幻而起，或喻在梦中有真实的因素。

送张宪长左迁滇南大参次韵

世味知公最饱谙(1)，百年清德亦何惭(2)！柏台藩省官非左(3)，江汉滇池道益南(4)。绝域烟花怜我远(5)，今宵风月好谁谈？交游若问居夷事(6)，为说山泉颇自堪(7)。

考释

张宪长：待考，或云张贯。称"宪长"，当指监察系统的长官、按察使或巡按使。监察系统，故以柏台称之。藩省，封建时代称属国属地或分封的土地，借指边防重镇。明代巡抚多署"正、副都御史"衔，明代郑晓《今言》卷一："巡抚之必兼宪职也。"《明史·职官志四》："承宣布政使司。左、右布政使各一人，左、右参政左、右参议，无定员。"《明史·职官志二》："都察院。左、右都御史，左、右副都御史，左、右佥都御史。……其在外加都御史或副、佥都御史衔者，有总督，有提督，有巡抚，有总督兼巡抚，提督兼巡抚，及经略、总理、赞理、巡视、抚治等员。"又："十三道监察御史""在外巡按"。"巡按则代天子巡狩"。明洪武年间，"十二道监察御史正七品"。后有变化。可知巡按官阶比巡抚、按察低。"左迁"，降职。明代于各布政使下置参政、参议，时称参政为大参，参议为少参。

笺注

（1）世味：世态。世间炎凉之味。宋陆游《临安春雨初霁》："世味年来薄似纱,谁令骑马客京华?" 谙：通晓。唐白居易《忆江南》："江南好,风景旧曾谙。"

（2）清德：高洁的品德。《后汉书·列女传·皇甫规妻》："妾之先人,清德奕世。"

（3）柏台：御史台的别称。汉御史府中列植柏树,故以"柏台"称之。由贵州按察使或巡按使转任云南参政,可能从正三品降为从三品,但云南为大省,且由监察系统的特任官转为行政系统常任官,也不能说是过大变化。故王阳明云"官非左"。

（4）江汉：今湖北一带。 滇池：以昆明滇池代云南。

（5）绝域：极远之地。《后汉书·班超传》："愿从谷吉,效命绝域。"

（6）交游：相识交往之人。朋友。《管子·权修》："观其交游,则其贤不肖可察也。" 居夷：在蛮夷之地居住。

（7）山泉：山川林泉。犹山水,指风景。南朝齐谢朓《直中书省》："朋情以郁陶,春物方骀荡。安得凌风翰,聊恣山泉赏。" 自堪：自己能胜任,能接受。《晋书·隐逸传·谯秀》："吾气力犹足自堪,岂以垂朽之年累诸君也。"

南庵次韵二首[一]

校勘

[一]《居夷集》无"二首"两字。在下第二首前,有"又"字。

考释

明弘治《贵州图经新志》："圣寿寺在治城南门外霁虹桥之东,旧南庵。前临清潭,后负崇岗,群峰列巇,左右环绕,草木竹石,错置杂陈。"又嘉靖《贵州通志》卷七："武侯祠,在治城南门外。旧圣寿寺,正德间巡按贵州监察御史胡琼改为武侯祠。"可知此庵在贵州城南。诗中有"枫叶""岁晚"句,或为正德三年所作。

(一)

隔水樵渔亦几家⁽¹⁾？缘冈石路入溪斜。松林晚映千峰雨,枫叶秋连万树霞。⁽²⁾渐觉形骸逃物外,未妨游乐在天涯⁽³⁾。频来不用劳僧榻⁽⁴⁾,已僭汀鸥一席沙⁽⁵⁾。

笺注

（1）樵渔:渔人和樵夫。唐王维《桃源行》:"平明闾巷扫花开,薄暮渔樵乘水入。"

（2）此处用韵和意境,见杜牧《山行》:"远上寒山石径斜,白云深处有人家。停车坐爱枫林晚,霜叶红于二月花。"

（3）《庄子·应帝王》:"无根游于殷阳,至蓼水之上,适遭无名人,而问焉,曰:'请问为天下。'无名人曰:'去!汝鄙人也,何问之不豫也!予方将与造物者为人,厌则又乘夫莽眇之鸟,以出六极之外,而游无何有之乡,以处圹埌之野。汝又何帠以治天下感予之心为?'"形骸:人的身体,具体的事物。逃物外:形骸超脱于尘世物象之外,而游乐于"六极之外""无何有之乡"。庄子《逍遥游》:"盲者无以与乎文章之观,聋者无以与乎钟鼓之声。岂唯形骸有聋盲哉? 夫知亦有之。"

（4）劳僧榻:借宿。僧榻,僧人的卧榻。宋梅尧臣《送师厚归南阳会天大风遂宿高阳山寺明日同至》:"拥炉对坐日昏黑,龛灯共借僧榻眠。"

（5）僭:冒用,超越本分。　此句乃以自身比汀鸥。唐杜甫《旅夜书怀》:"飘飘何所似,天地一沙鸥。"

(二)

斜日江波动客衣⁽¹⁾,水南深竹见岩扉⁽²⁾。渔人收网舟初集,野老忘机坐未归⁽³⁾。渐觉云间栖翼乱⁽⁴⁾,愁看天北暮云飞。年年岁晚长为客⁽⁵⁾,闲杀西湖旧钓矶⁽⁶⁾。

笺注

（1）江波：江水波纹。唐李白《乌栖曲》："银箭金壶漏水多,起看秋月堕江波。"

　　客衣：旅装。唐高适《使青夷军入居庸三首》："不知边地别,只讶客衣单。"

（2）深竹：茂密的竹林。唐岑参《题华严寺瑰公禅房》："锡杖倚枯松,绳床映深竹。"　岩扉：石门。唐李商隐《重过圣女祠》："白石岩扉碧藓滋,上清沦谪得归迟。"

（3）忘机：忘却身外的变化。淡然置身世外。唐陆龟蒙《酬袭美夏首病愈见招》："除却伴谈秋水外,野鸥何处更忘机。"

（4）栖翼：指归栖之鸟。晋阮籍《咏怀诗》之十一："隐凤栖翼,潜龙跃鳞。"

（5）岁晚：岁暮,年底。北周庾信《岁晚出横门》："年华改岁阴,游客喜登临。"

（6）钓矶：钓鱼时坐的岩石。北周明帝《贻韦居士》："坐石窥仙洞,乘槎下钓矶。"作者怀念西湖悠闲的日子。亦有垂钓归隐之意。

观傀儡次韵^[一]

处处相逢是戏场,何须傀儡夜登堂? 繁华过眼三更促⁽¹⁾,名利牵人一线长⁽²⁾。稚子自应争诧说⁽³⁾,倭人亦复浪悲伤⁽⁴⁾。本来面目还谁识? 且向樽前学楚狂⁽⁵⁾。

校勘

［一］次：《居夷集》、日本九州大学藏《阳明先生文录》卷四作"用"。

考释

傀儡：傀儡戏。《后汉书·五行志》已有"作傀儡"记载,应劭《风俗通》也有相应记载,但作如何解释,以及傀儡戏的起源,尚有不同看法。

笺注

（1）促：催促。此指三更已到。

（2）此句一指傀儡用线牵动,一指名利牵动人的行动。

（3）稚子：小孩。唐寒山《诗》之二四八："余劝诸稚子,急离火宅中。" 诧说：惊讶,诧异地讲说。

（4）矮人：此指傀儡木偶,或傀儡的操纵表演者。 浪：徒然,白白地。

（5）楚狂：楚国狂人,指接舆。《论语·微子》："楚狂接舆歌而过孔子曰：'凤兮凤兮,何德之衰！'"宋邢昺《疏》："接舆,楚人,姓陆名通,字接舆也。昭王时,政令无常,乃披发佯狂不仕,时人谓之楚狂也。"后用为狂士的通称。

徐都宪同游南庵次韵

岩寺藏春长不夏⁽¹⁾,江花映日艳于桃⁽²⁾。山阴入户川光暮⁽³⁾,林影浮空暑气高⁽⁴⁾。树老岂能知岁月,溪清真可鉴秋毫。但逢佳景须行乐,莫遣风霜着鬓毛。

考释

徐都宪：据束景南考证,为徐文华。《明清进士录》："徐文华,正德三年三甲进士。嘉定人,字用光。擢御史,巡按贵州,平苗有功。于朝敢言,多有奏疏。嘉靖初,迁大理少卿。争大礼,忤张璁、桂萼意,谪遣戍,卒于道。"都宪：明都察院、都御史的别称。

束景南认为徐文华为接替王济巡按贵州。考王济离开在正德四年五月以后（见《骢马归朝序》），又诗中有"林影浮空暑气高"句，故此诗当作于正德四年夏。

笺注

（1）不夏：指保持春天的气温，不热。

（2）江花：唐白居易《忆江南》："日出江花红胜火，春来江水绿如蓝。"此句"江花"有不同解释。王阳明此指江边之花。

（3）川光暮：溪流因山的阴影而光线黯淡。唐李嘉祐《同皇甫冉登重玄阁》："孤云独鸟川光暮，万井千山海色秋。"

（4）林影：山林之影。唐皇甫曾《山下泉》："漾漾带山光，澄澄倒林影。"

即席次王文济少参韵二首^[一]

校勘

［一］《居夷集》无"二首"两字。两首为一首。

考释

少参，见前《送张宪长左迁滇南大参次韵》。王阳明在来贵州时曾与王文济交，见前《平溪馆次王文济韵》。诗中有"溪春两度见新蒲"句，王阳明正德二年春到达龙场，春夏间见新蒲，至此为"两度"。可知作于正德四年秋。

（一）

摇落休教感客途⁽¹⁾，南来秋兴未全孤⁽²⁾。肝肠已自成金石⁽³⁾，齿发从渠变柳蒲⁽⁴⁾。倾倒酒杯金谷罚⁽⁵⁾，逼真词格辋川图⁽⁶⁾。谪乡莫道贫消骨⁽⁷⁾，犹有新诗了旧逋⁽⁸⁾。

笺注

（1）摇落：凋残，零落。《楚辞·九辩》："悲哉秋之为气也！萧瑟兮草木摇落而变衰。"　休教：莫使，莫要。　客途：旅途。

（2）南来：指自己被贬到龙场。　秋兴：秋日情怀。唐孟浩然《奉先张明府休沐还乡海亭宴集》："何以发秋兴，阴虫鸣夜阶。"

（3）肝肠：指内心、心绪。北周庾信《小园赋》："关山则风月凄怆，陇水则肝肠断绝。"　金石：比喻坚固之物。指自己的志向如金石，没有变易。

（4）渠：代词。此指秋天。　柳蒲：柳和水杨。或曰蒲草。皆易生而早凋，因以喻体弱。南朝宋刘义庆《世说新语·言语》："顾悦与简文同年而发蚤白。简文曰：'卿何以先白？'对曰：'蒲柳之姿，望秋而落；松柏之质，经霜弥茂。'"

（5）金谷罚：晋石崇《金谷诗序》："遂各赋诗，以叙中怀，或不能者，罚酒三斗。"后以"金谷罚"指宴会上罚酒。唐李白《春夜宴桃李园序》："如诗不成，罚依金谷酒数。"

（6）词格：诗词的格调。　辋川图：唐诗人王维有《辋川图》，绘辋川别业二十胜景于其上，故名。后借指风景幽胜之处。宋苏轼《李伯时画其弟亮工旧隐宅图》诗："五亩自栽池上竹，十年空看《辋川图》。"

（7）消骨：使人受损毁灭。汉刘向《新序·杂事三》："昔鲁听季孙之说逐孔子，宋信子冉之计逐墨翟，以孔墨之辩而不能自免，何则？众口铄金，积毁消骨。"

（8）了：了却。　旧逋：旧债。《宋史·张虑传》："帅督新昌旧逋，虑手书谏曰：'……今夏税当宽为之期，使田里久饥之甿少还已耗之气血，尚可理旧逋耶？'"

<h2 style="text-align:center">（二）</h2>

　　此身未拟泣穷途⁽¹⁾，随处翻飞野鹤孤⁽²⁾。霜冷几枝存晚菊，溪春两度见新蒲⁽³⁾。荆西寇盗纡筹策^{[一](4)}，湘北流移入画图⁽⁵⁾。莫

怪当筵倍凄切,诛求满地促官逋⁽⁶⁾。

校勘

［一］纤:《居夷集》作"纾"。

笺注

（1）泣穷途:处于困境而悲泣。《晋书·阮籍传》:"籍时率意独驾,不由径路,车
迹所穷,辄恸哭而返。"

（2）野鹤:野生之鹤。喻闲散之人。唐刘长卿《送方外上人》:"孤云将野鹤,岂向
人间住。"此乃守仁自喻。

（3）溪春两度:指经过两次春天。

（4）荆西寇盗:指湖北西部的"盗贼"纵横。《明通鉴》卷四十三"正德四年"九月:
有御史奏:"两广、江西、湖广、四川、陕西等处,自本年正月以来,盗贼纵横,
大肆焚掠。"

（5）流移:流离失所的人。 入画图:殆以宋郑侠《流民图》喻指逃荒者。

（6）诛求:勒索。汉董仲舒《春秋繁露》:"诛求无已,天下空虚,群臣畏恐,莫敢尽
忠。" 促:催促。 官逋:拖欠官府的租税。

赠刘侍御二首

考释

　　刘侍御:为刘寓生。清鄂尔泰《乾隆贵州通志》卷十七:"巡按御史,正德,刘
寓生,石首人。"《光绪荆州府志》卷十九:"刘寓生,字奇进,弘治乙丑进士。选庶吉
士,与湛若水、穆孔晖讲明性学。拜监察御史,抗直敢言,以忤瑾党。嘉靖初,起福
建佥事,致仕归,杜门,如寒素。"又《武宗实录》卷五十九:"正德五年正月丙戌,御

史刘寓生刷卷贵州,多所凌忽镇、巡及二司官,因暴其短,佥事陆健至于忿争。帝为侦事者所奏,逮及锦衣狱。枷于门外数日,得释,黜为民。时刘瑾方务罗织,而寓生年少浮薄,亦有以取之。"所谓"刷卷",是指派御史巡查复核各地诉讼,是否有冤屈不公。见《警世通言·苏知县罗衫再合》:"你受恁般冤苦,见今刷卷御史到任,如何不去告状申理?"刘寓生为弘治十八年新科进士,受命刷卷,与当地官员、佥事陆健等冲突,被朝廷派出的侦探得知,得罪受罚。此诗歌当是王阳明为被逮押送回京的刘寓生所作。刘寓生在京城被罚,《武宗实录》列于正德五年正月,诗中有"又过小春天"之说,考虑途中行程,此诗或作于正德四年十一月。

　　　　蹇以反身[1],困以遂志。今日患难,正阁下受用处也[2]。

　　知之,则处此当自别。病笔不能多及,然其余亦无足言者。聊

　　次韵。某顿首刘侍御大人契长[3]。

笺注

（1）蹇:蹇挫。《周易·蹇·象》:"蹇,君子以反身修德。"

（2）今日患难:见考释。《周易·蹇·彖》:"蹇,难也,险在前也。见险而能止,知矣哉。"

（3）契长:意趣相投的年长之友。

（一）

　　相送溪桥未隔年[1],相逢又过小春天[2]。忧时敢负君臣义?念别羞为儿女怜[3]。

笺注

（1）未隔年:当是在年前相见过之人。

（2）小春天：指十月。明唐寅《顾君满考张西溪索诗饯之》："三年幕下劳王事，
十月江南应小春。"

（3）儿女怜：儿女情长。唐王勃《送杜少府之任蜀州》："无为在歧路，儿女共
沾巾。"

（二）

道自升沈宁有定(1)，心存气节不无偏(2)。知君已得虚舟意(3)，
随处风波只宴然(4)。

笺注

（1）道：道理，规则，自然法则。《老子》："道可道，非常道；名可名，非常名。无
名，天地之始；有名，万物之母。"

（2）无偏：不偏袒。《尚书·洪范》："无偏无颇，遵王之义。"似此句指，虽然自己
主观上坚持气节，有所追求，但也并非不无偏颇。

（3）虚舟：无人驾御的船只。指恬淡之心，随遇而安。《庄子·山木》："方舟而济
于河，有虚船来触舟，虽有惼心之人不怒。"宋司马光《酬王安之闻罢真率
会》："虚舟非有意，飘瓦不须嗔。"

（4）宴然：安定平静貌。这是劝说刘寓生坦然处之。

夜寒

檐际重阴覆夜寒，石炉松火坐更残(1)。穷荒正讶乡书绝(2)，险
路仍愁归梦难(3)。仙侣春风怀越峤[一](4)，钓船明月负严滩(5)。未
因谪宦伤憔悴，客鬓还羞镜里看[二] (6)。

校勘

〔一〕仙：上古本《王阳明全集》校云：疑当作"迁"。

〔二〕客：《居夷集》作"容"。

笺注

（1）更残：漏尽更残。指夜深时分。宋陈起《秋夜怀康节》："无眠辗转听更残，心绪如丝起万端。"

（2）穷荒：极远的边塞。明刘基《郁离子·千里马》："穷荒绝徼，圣人以爪甲视之。" 讶：讶然，讶异，惊讶。

（3）险路：路途艰险。

（4）越峤：越地的山岭。怀念如仙侣般在春风中的故乡生活。

（5）严滩：严光的钓鱼台。在浙江桐庐富春江畔。严光，字子陵。事见《后汉书·严光传》。唐刘长卿《使还七里濑上逢薛承规赴江西贬官》："迁客归人醉晚寒，孤舟暂泊子陵滩。"

（6）客鬓：旅人的鬓发。 两句意为：虽然并非因为伤于谪宦而憔悴，但客旅的沧桑，还是使我难于面对自己的容颜。唐司空图《南至日》："鬓发堪伤白已遍，镜中更待白眉新。"

冬至

客床无寐听潜雷（1），珍重初阳夜半回（2）。天地未尝生意息，冰霜不耐鬓毛催。春添衮线谁能补（3）？岁晚心丹自动灰（4）。料得重闱强健在（5），早看消息报窗梅。

考释

此或指正德三年的冬至。

笺注

（1）潜雷：隐隐的雷声。

（2）初阳：冬至，为一年日照最短时。自此始，阳气回复。故称"初阳"。《尚书·尧典》："日短星昴，以正仲冬。"王阳明《传习录》："仁是造化生生不息之理。虽弥漫周遍，无处不是。然其流行发生，亦只有个渐。所以生生不息。如冬至一阳生。必自一阳生，而后渐渐至于六阳，若无一阳之生，岂有六阳？"

（3）衮线：补衮之线。补衮，典出《诗经·大雅·烝民》："衮职有阙，维仲山甫补之。"补救规谏帝王的过失。又，或用唐孟郊《游子吟》："慈母手中线，游子身上衣"之典，表现思亲之情。

（4）唐杜甫《郑附马池台喜遇郑广文同饮》："白发千茎雪，丹心一寸灰。"唐李商隐《无题四首》之三："春心莫共花争发，一寸相思一寸灰。"心丹，丹心；赤诚之心。句谓不用葭莩而心灰飞动，盖思亲也。

（5）重闱：指父母、亲属。

春日花间偶集示门生

闲来聊与二三子，单夹初成行暮春[(1)]。改课讲题非我事[(2)]，研幾悟道是何人[(3)]？阶前细草雨还碧[(4)]，檐下小桃晴更新[一]。坐起咏歌俱实学[(5)]，毫厘须遣认教真[(6)]。

校勘

[一]桃：《居夷集》作"柳"。当作"桃"。

考释

考王阳明正德五年春已经不在贵阳,说见下。此诗所记,或为正德四年春之事。当次于前。

笺注

（1）单夹:轻便的夹衣。宋杜安世《鹤冲天》:"单夹衣裳,半枕软玉肌体。"可见所说为"暮春"时事。于前诗"冬至"相距数月。诗中有"改课讲题非我事",与前三年春夏间所作《诸生夜坐》"讲习有真乐"意趣颇异,疑非同时之作。故此诗似当言正德四年春之事。

（2）改课讲题:批改作业,讲解课题。泛指授课讲习。

（3）研幾:穷究精微之理。《周易·系辞上》:"夫易,圣人之所以极深而研幾也。"汉韩康伯《注》:"极未形之理则曰深,适动适微之会则曰幾。"　悟道:领悟道理。此时,王阳明已经超越了一般的讲习,而以"悟道"为己任。

（4）唐杜甫《蜀相》:"映阶碧草自春色,隔叶黄鹂空好音。"

（5）实学:此当指"实体达用之学"。不同于当时佛、老的"虚无寂灭之教"。

（6）认教真:此指真切区别体认。

次韵送陆文顺佥宪

贵阳东望楚山平(1),无奈天涯又送行(2)。杯酒豫期倾盖日(3),封书烦慰倚门情(4)。心驰魏阙星辰迥(5),路绕乡山草木荣。京国交游零落尽(6),空将秋月寄猿声(7)。

考释

陆文顺,即陆健,见前《次韵陆佥宪元日喜晴》考释。诗云"空将秋月寄猿声"。

陆文顺和巡按刘寓生因刷卷争执（见前《赠刘侍御二首》考释），此被调离，当在正德四年秋天。

笺注

（1）贵阳：即今贵州地区。　楚山：荆楚之地的山岭。

（2）天涯：指在此边远之地。

（3）倾盖：指相会。已见前注。

（4）倚门：指父母盼望子女之情。《战国策·齐策六》："王孙贾年十五，事闵王。王出走，失王之处。其母曰：'女朝出而晚来，则吾倚门而望；女暮出而不还，则吾倚闾而望。女今事王，王出走，女不知其处，女尚何归？'"

（5）魏阙：古代宫门外两边高耸的楼观。楼观下常为悬布法令之所。借指朝廷。《庄子·让王》："身在江海之上，心居乎魏阙之下。"

（6）京国：京城国都。陆健为弘治年间进士，当与王阳明在京城便相识，故有此说。

（7）唐王维《送杨少府贬郴州》："明到衡山与洞庭，若为秋月听猿声。"

次韵陆金宪病起见寄

一赋《归来》不愿余⁽¹⁾，文园多病滞相如⁽²⁾。篱边竹笋青应满，洞口桃花红自舒。⁽³⁾荷蒉有心还击磬⁽⁴⁾，周公无梦欲删《书》⁽⁵⁾。云间宪伯能相慰⁽⁶⁾，尺素长题问谪居⁽⁷⁾。

考释

诗题曰"病起见寄"，考王阳明正德二年冬到三年春有病，见前。又，王阳明《次韵陆文顺金宪》有"春王正月十七日"句（见上古本《全集》卷二十九）。此两诗和前《次韵陆金宪元日喜晴》，或为前后之作，皆为正德三年之事。

笺注

（1）归来：晋陶渊明赋《归去来辞》。　此句指抱着与陶渊明一样的志向，不留恋官位。

（2）汉司马相如曾任孝文园令，"常有消渴疾"，因此称病闲居。见《史记·司马相如列传》。此乃守仁自况。

（3）此两句写春色，可见与前一首当非一时之作。

（4）《论语·宪问》："子击磬于卫，有荷蒉而过孔氏之门者，曰：'有心哉，击磬乎！'既而曰：'鄙哉！硁硁乎！莫己知也，斯己而已矣。深则厉，浅则揭。'子曰：'果哉！末之难矣。'"朱熹《集注》："此荷蒉者，亦隐士也。圣人之心未尝忘天下，此人闻其磬声而知之。亦非常人矣。"蒉，草筐。磬，石制的打击乐器。

（5）《论语·述而》："子曰：甚矣，吾衰也。久矣，吾不复梦见周公。"《史记·伯夷列传》司马贞《索隐》引《尚书纬》云：孔子得帝魁之书三千三百三十篇，删定一百篇为《尚书》，十八篇为《中侯》。后儒者多信孔子删《书》之说。宋代以后疑经之说出，论今存古文《尚书》为伪作，为经学史上一大公案。

（6）宪伯：指监察系统官员，时陆文顺为"金宪"，殆为按察金事。

（7）尺素：书写用的一尺长左右的白色生绢，借指小的画幅，短的书信。东晋陆机《文赋》："函绵邈于尺素。"

次韵胡少参见过

旋营小酌典春裘[一]⁽¹⁾，佳客真惭竟日留⁽²⁾。长怪岭云迷楚望⁽³⁾，忽闻吴语破乡愁⁽⁴⁾。镜湖自昔堪归老⁽⁵⁾，杞国何人独抱忧⁽⁶⁾！莫讶临花倍惆怅，赏心原不在枝头^{[二](7)}。

校勘

［一］营：上海古籍本作"管"，误。

［二］原：《居夷集》作"愿"。

考释

胡少参：胡洪，已见前注。见过：前来造访。当作于正德四年春。

笺注

（1）旋营：即便置办。《孔子家语·曲礼子贡问》："敛手足形，旋葬而无椁，称其财，为之礼，贫何伤乎？"汉王肃《注》："旋，便。" 典：典当。 春裘：春天防寒之衣。

（2）竟日：终日。明归有光《项脊轩志》："大母过余曰：'吾儿，久不见若影，何竟日默默在此，大类女郎也？'"

（3）迷楚望：远望楚地，一片迷茫。指望乡惆怅。唐刘禹锡《松滋渡望峡中》："梦渚草长迷楚望，夷陵土黑有秦灰。"

（4）吴语：江浙一带的方言。胡洪为江南人。

（5）镜湖：绍兴的湖名。见前。

（6）杞人忧天：《列子·天瑞》载："杞国有人忧天地崩坠，身亡所寄，废寝食者。"

（7）赏心：心意欢乐。

雪中桃次韵

雪里桃花强自春⁽¹⁾，萧疏终觉损精神⁽²⁾。却惭幽竹节逾劲，始信寒梅骨自真。遭际本非甘冷淡,飘零须胜委风尘⁽³⁾。从来此事还希阔⁽⁴⁾,莫怪临轩赏更新。

笺注

(1)强自春:顽强表现自身的春色。

(2)萧疏:冷落,稀稀落落。

(3)风尘:指漂泊江湖的境况。晋陆机《为顾彦先赠妇》之一:"京洛多风尘,素衣化为缁。"

(4)希阔:稀疏;稀少。《汉书·外戚传下·孝成赵皇后》:"皇后自知罪恶深大,朝请希阔。"

舟中除夕二首^[一]

校勘

[一]《居夷集》无"二首"二字。

考释

此当在正德四年除夕,时王阳明或已经离开贵州,前往庐陵途中。《年谱》:正德五年:"先生三月至庐陵。"

又,据明劳堪《宪章类编》卷三十九:"正德四年闰九月,升龙场驿丞王阳明为庐陵知县。"可知王阳明升迁的时间。本卷此首以下诸诗,皆为王阳明离开龙场以后之作。

(一)

扁舟除夕尚穷途,荆楚还怜俗未殊⁽¹⁾。处处送神悬楮马⁽²⁾,家家迎岁换桃符⁽³⁾。江醪信薄聊相慰⁽⁴⁾,世路多歧谩自吁⁽⁵⁾。白发频年伤远别,彩衣何日是庭趋(6)?

笺注

(1)荆楚:此指湖北、湖南一带。王阳明归途殆仍是沿沅水而行。见下。

(2)送神:岁末送神。《汉书·地理志》:"楚人信巫鬼,重淫祀。" 楮马:纸马。春节时烧纸马送神。宋代李心传《建炎以来朝野杂记》乙集卷十九"边防二":"盖蜀人鬻神祠所用楮马,皆以青红抹之,署曰'吴妆纸马',而光延尝为右千牛卫将军故也。"各地似都有类似风俗。

(3)宋王安石《元日》:"爆竹声中一岁除,春风送暖入屠苏。千门万户曈曈日,总把新桃换旧符。"

(4)江醪:江酒。沿江村酒。宋黄庭坚《次韵师厚食蟹》:"海馔糖蟹肥,江醪白蚁醇。" 信:确实。

(5)自吁:自叹。

(6)彩衣:指彩衣娱亲。汉刘向《列女传》:"老莱子孝养二亲,行年七十,婴儿自娱。着五色采衣,尝取浆上堂,跌仆,因卧地为小儿啼。或弄乌鸟于亲侧。"庭趋:趋庭。《论语·季氏》:"(孔子)尝独立,鲤趋而过庭。曰:'学诗乎?'对曰:'未也。''不学诗,无以言。'鲤退而学诗。他日,又独立,鲤趋而过庭。曰:'学礼乎?'对曰:'未也。''不学礼,无以立。'鲤退而学礼。"鲤是孔子之子。后以"趋庭"谓子承父教。

(二)

远客天涯又岁除,孤航随处亦吾庐(1)。也知世上风波满,还恋山中木石居(2)。事业无心从齿发(3),亲交多难绝音书。江湖未就新春计(4),夜半樵歌忽起予(5)。

笺注

（1）吾庐：我的屋舍。晋陶潜《读山海经》之一："众鸟欣有托，吾亦爱吾庐。"

（2）《孟子·尽心上》："舜之居深山之中，与木石居，与鹿豕游，其所以异于深山之野人者几希。"

（3）宋陆游《齿发叹》："乐天悲脱发，退之叹堕齿。吾年垂九十，此事已晚矣。发脱妨危冠，齿堕废大嚼。晨兴对清镜，何以慰寂寞？造物本无心，岂欲使汝衰。曷不望长空，两曜无停时！"齿发，代年龄。

（4）未就：尚未确定。　新春计：指新的一年的打算。

（5）樵歌：樵夫之歌。《汉书·扬雄传下》："士有不谈王道者，则樵夫笑之。"唐颜师古《注》："樵夫，采樵之人。"　起予：《论语·八佾》："子曰：'起予者，商也！始可与言《诗》已矣。'"魏何晏《集解》引包咸曰："孔子言子夏能发明我意，可与共言《诗》。"

溆浦山夜泊^[一]

溆浦山边泊^[二]，云间见驿楼。滩声回远树⁽¹⁾，崖影落中流⁽²⁾。柳放新年绿，人归隔岁舟⁽³⁾。客途时极目⁽⁴⁾，天北暮阴愁⁽⁵⁾。

校勘

［一］溆浦山：上古本《全集》校云：当作"溆浦山"。《居夷集》作"本浦山"。

［二］溆：《居夷集》作"本"。

考释

　　《湖南省志·地理志》："大江口在县治西六十里，为溆水入沅水处。口外，上达芷江，下达辰溪、沅陵。口内，两岸高山，中多石滩。"诗中有"人归隔岁舟"句，可知当是乘舟而归。阳明从龙场赴任庐陵县,在正德五年初。

笺注

(1)滩声:水激滩石发出的声音。唐杜甫《送韩十四江东省觐》:"黄牛峡静滩声
转,白马江寒树影稀。"

(2)崖影:山崖的倒影。

(3)隔岁舟:前有《除夕》诗,在舟上作。正德四年末到五年初,王阳明在乘舟的
旅途渡过,故称"隔岁舟"。

(4)极目:用尽目力眺望。汉王粲《登楼赋》:"平原远而极目兮,蔽荆山之高岑。"

(5)天北:殆指北方的形势。

过江门崖

三年谪宦沮蛮氛⁽¹⁾,天放扁舟下楚云⁽²⁾。归信应先春雁到⁽³⁾,
闲心期与白鸥群⁽⁴⁾。晴溪欲转新年色⁽⁵⁾,苍壁多遗古篆文⁽⁶⁾。此
地从来山水胜,它时回首忆江门。

考释

江门崖:具体不明。或指潕水入沅水处两岸悬崖。王阳明由贵州往庐陵,乃
乘舟,顺沅水而下,经潕浦、辰溪,到沅陵。

笺注

(1)三年:正德二年初到正德四年底,前后共三年。 沮:沮留。 蛮氛:唐韩
愈《潮州刺史谢上表》:"州南近界,涨海连天。毒雾瘴氛,日夕发作。"

(2)楚云:此指沅陵、长沙等楚地。

(3)春雁:相传雁至衡阳雁回峰而止,遇春而回。唐刘商《随阳雁歌送兄南游》:

"南州风土复何如,春雁归时早寄书。"

（4）白鸥群：与白鸥为群。唐李白《过崔八丈水亭》："闲随白鸥玉,沙上自为群。"喻隐退。

（5）晴溪：晴朗天气中的溪流。宋张镃《菩萨蛮》："疏影卧晴溪。"

（6）苍壁：苍翠的山壁。　篆文：篆书。此代壁上石刻。

辰州虎溪龙兴寺闻杨名父将到留韵壁间

杖藜一过虎溪头(1),何处僧房是惠休(2)？云起峰头沈阁影,林疏地底见江流。烟花日暖犹含雨,鸥鹭春闲欲满洲(3)。好景同来不同赏(4),诗篇还为故人留。

考释

虎溪龙兴寺：虎溪山在沅陵县城西北沅、酉二水交汇之处,山上有龙兴寺院,据说始建于唐贞观二年（628）。

杨名父：杨子器,字名父。弘治进士。《武宗实录》卷四十六：正德五年二月甲辰,"升湖广布政司参议杨子器为福建按察司副使"。则杨名父当在此前前往龙兴寺。关于王阳明题壁诗,后罗洪先在《罗洪先集》卷四所载《辰州虎溪精舍记》中曰："阳明先生三年赦归,道出辰州,憩龙兴寺久之,题诗乃去。"又,《邹守益集》卷七《辰州虎溪精舍记》云：王阳明"宿僧舍弥月"。到正德九年,王阳明还有诗回忆当时的情景："记得春眠寺阁云,松林水鹤日为群。诸生问业冲星入,稚子拈香静夜焚。"见下《与沅陵郭掌教》。

关于王阳明和龙兴寺的关系,湛若水《泉翁大全集》卷七十六《金陵答问》中有记述学生在那里听王阳明讲学议论的内容,记王世隆和王阳明谈"好色"的对话。

笺注

（1）虎溪头：虎溪山头。

（2）惠休：六朝时高僧。《宋书·徐湛之传》："时有沙门释惠休，善属文，辞采绮艳，湛之与之甚厚。"

（3）鸥鹭满洲：宋范成大《如梦令》："斜日满江声，何处撑来小渡。休去，休去。惊散一洲鸥鹭。"

（4）宋柳永《雨霖铃》："此去经年，应是良辰好景虚设。便纵有千种风情，更与何人说。"

武陵潮音阁怀元明

高阁凭虚台十寻[1]，卷帘疏雨动微吟[2]。江天云鸟自来去，楚泽风烟无古今。山色渐疑衡岳近，花源欲问武陵深[3]。新春尚沮东归楫[4]，落日谁堪话此心。

考释

武陵：汉代置武陵郡，包括湘西北大部分地区，见《汉书·地理志》。隋代以常德为郡治。历代辖区多有变动。此武陵，当指常德。

潮音阁，据今人梁颂成《从"潮音阁"到"寓贤阁"》引清陈梦雷《古今图书集成》一百二十六卷《常德府古迹考》："寓贤阁，仁上、石柜二圣寺之左。明王阳明谪龙场驿时过武陵，与郡人蒋信、冀元亨于此讲学，故创阁扁曰'寓贤'。"又："潮音阁，即寓贤阁，在二圣寺左建此阁，贮大士于上，以镇水势。"清光绪《湖南通志》卷三十五《地理志·古迹四》："寓贤阁在县西门外。明王阳明谪居龙场驿时过此，与邑人蒋信、冀元亨讲学。"《武陵县志》卷六《古迹》："潮音阁，寓贤阁右，王阳明有诗。"

元明：湛若水,字元明。

笺注

（1）凭虚：凌空。

（2）疏雨：稀疏小雨。宋辛弃疾《临江仙》："枯荷难睡鸭,疏雨暗池塘。" 微吟：
低声吟诵。宋林逋《山园小梅》："幸有微吟可相狎,不须檀板共金樽。"

（3）花源：桃花源。晋陶潜《桃花源记》："晋太元中,武陵人捕鱼为业,缘溪行,忘
路之远近。忽逢桃花林。"

（4）沮：阻止。

阁中坐雨

台下春云及寺门[(1)]，懒夫睡起正开轩[(2)]。烟芜涨野平堤绿[(3)]，
江雨随风入夜喧。道意萧疏惭岁月[(4)]，归心迢递忆乡园[(5)]。年来
身迹如漂梗[(6)]，自笑迂痴欲手援[(7)]。

考释

当在武陵所作。阁当即前诗所云"潮音阁"。

笺注

（1）台：指潮音阁,见前《武陵潮音阁怀元明》考释。

（2）懒夫：王阳明自称。

（3）烟芜：烟雾中的草丛。亦云烟迷茫的草地。唐权德舆《奉陪李大夫九日龙沙
宴会》："烟芜敛暝色,霜菊发寒姿。"涨野：大水弥漫,宛如平野。 此句写开
轩所见沅江景况。

（4）萧疏：无生气状。此指意欲萧然。

（5）迢递：指路途遥远。三国魏嵇康《琴赋》:"指苍梧之迢递,临回江之威夷。"

（6）漂梗：随水漂流的桃梗。《战国策·齐策三》:"(苏秦)谓孟尝君曰:'今者臣来,过于淄上,有土偶人与桃梗相与语。桃梗谓土偶人曰:"子,西岸之土也,埏子以为人,至岁八月,降雨下,淄水至,则汝残矣。"土偶曰:"不然。吾西岸之土也,土则复西岸耳。今子,东国之桃梗也,刻削子以为人,降雨下,淄水至,流子而去,则子漂漂者将何如耳。"'"后以"漂梗"指漂泊者。

（7）迂痴：迂腐痴妄。　手援：《孟子·离娄上》:"天下溺,援之以道;嫂溺,援之以手。子欲手援天下乎?"手援天下,用手来援救天下。原比喻援救的工具和方法不对。后比喻以个人之力欲解救天下之危亡。

霁夜[一]

　　雨霁僧堂钟磬清,春溪月色特分明(1)。沙边宿鹭寒无影(2),洞口流云夜有声。静后始知群动妄(3),闲来还觉道心惊(4)。问津久已惭沮溺,归向东皋学耦耕(5)。

校勘

［一］明邓球《皇明泳化类编》卷五十四"王阳明先生"下,录此诗"沙边宿鹭寒无影"及其下之句题名作"雨霁"。

考释

　　此首和前《潮音阁》《阁中坐雨》、下《僧斋》等数首当俱为同时之作。

笺注

（1）春溪：此仍指沅江。

（2）宿鹭：栖息的鹭。唐郑谷《江际》："万顷白波迷宿鹭，一林黄叶送残蝉。"

（3）群动：众多生物的活动。唐白居易《宴坐闲吟》："意气销磨群动里，形骸变化百年中。"

（4）道心：程朱理学的专门用语。王阳明此指悟道之心。此两句可见王阳明对道心，对动、静等，都有所省思，有所感悟。

（5）《论语·微子》："长沮、桀溺耦而耕，孔子过之，使子路问津焉。"沮溺，长沮、桀溺，古代隐者。东皋：皋是水边地，东皋，水边向阳高地。晋陶潜《归去来兮辞》："登东皋以舒啸，临清流而赋诗。"耦耕：当指学沮溺隐居。

僧斋

尽日僧斋不厌闲(1)，独余春睡得相关。檐前水涨遂无地(2)，江外云晴忽有山。远客趁墟招渡急(3)，舟人晒网得鱼还。也知世事终无补，亦复心存出处间(4)。

笺注

（1）僧斋：此指在寺院居住。　不厌闲：乐得空闲。唐李白《独坐敬亭山》："众鸟高飞尽，孤云独去闲。相看两不厌，只有敬亭山。"

（2）水涨：殆此时水位上升。

（3）趁墟：赶集。宋钱易《南部新书》辛："端州已南，三日一市，谓之趁虚。"

（4）出处：出仕和隐退。汉蔡邕《荐皇甫规表》："修身为行，忠亮阐著，出处抱义，皭然不污。"此两句，可见此时王阳明在出仕和隐退之间纠结的状况。

德山寺次壁间韵

乘兴看山薄暮来⁽¹⁾，山僧迎客寺门开。雨昏碧草春申墓⁽²⁾，云卷青峰善卷台⁽³⁾。性爱烟霞终是僻⁽⁴⁾，诗留名姓不须猜。岩根老衲成灰色⁽⁵⁾，枯坐何年解结胎⁽⁶⁾？

考释

唐李吉甫《元和郡县志》："善德山在(武陵)县东九里，本名枉山。隋开皇中，刺史樊子盖以善卷尝居此，改名善德。"《嘉靖常德府志》卷二记载善德山(德山)时，言"山有乾明寺"；卷二十记载："乾明寺，善德山上，唐咸通间建。"据梁颂成云，德山寺即今常德市善德山上的乾明寺，毁于抗日战争战火。

笺注

（1）薄暮：傍晚。宋范仲淹《岳阳楼记》："薄暮冥冥，虎啸猿啼。"

（2）春申墓：春申君黄歇之墓。《史记·春申君传》："春申君者楚人也，名歇，黄氏，游学博闻，事楚顷襄王。"关于春申君之墓，有多种说法。一说在"黔中郡"，今常德市一带。陈桥驿主编《中国都城辞典》："皇陵冢，即春申君黄歇墓，在江陵城东 35 公里处，泥港湖东岸。"(江西教育出版社，1999 年，1072 页)今常德市有春申阁。

（3）善卷台：善卷传为尧舜时隐士。《吕氏春秋·下贤》："尧不以帝见善卷，北面问焉。"《庄子·让王》："舜以天下让善卷，善卷曰：'余立于宇宙之中，冬日衣皮毛，夏日衣葛絺；春耕种，形足以劳动；秋收敛，身足以休食；日出而作，日入而息，逍遥于天地之间而心意自得。吾何以天下为哉？悲夫，予不知余也！'遂不受，于是去而入深山，莫知其处。"传说他归隐枉山，即今常德一带。常德有"善卷坛""善卷台"。善卷台在德山下。唐齐己《寄武陵微上人》："善卷台边寺，松筠绕祖堂。"关于"善卷"，今人阮先有《善卷考》，可参见，载《常德鼎城区善卷文化高峰论坛》网站。

（4）烟霞：此指山水、山林。《旧唐书·隐逸传·田游岩》："臣泉石膏肓，烟霞痼疾,既逢圣代,幸得逍遥。"

（5）岩根：山麓。

（6）枯坐：心中无念地静坐着。　结胎：道家用语,指道教内丹修炼之术。明陆
　　西星《金丹就正篇·自序》："嘉靖丁末,偶以因缘遭际,得遇法祖吕公于北海
　　之草堂,弥留款洽。""嗣后常至其家。""以上乘之道勉进潜虚,并授以结胎之
　　歌,入室之旨,及吕公自记数十则,终南山人集十卷。"

沅江晚泊二首[一]

校勘

[一] 二首：《居夷集》无。

考释

当作于正德五年春从贵州返回时之事。

（一）

　　去时烟雨沅江暮[1],此日沅江暮雨归。水漫远沙村市改,泊依
旧店主人非。草深廨宇无官住[2],花落僧房有鸟啼。处处春光萧
索甚[3],正思荆棘掩岩扉。

笺注

（1）参见前《天心湖阻泊既济书事》,时"日暮入沅江,抵石舟果圮。补敝诘朝发,
　　冲风遂龃龉"。

（2）廨宇：官舍。《南史·蔡凝传》："及将之郡,更令左右修中书廨宇。"

（3）萧索：萧条,凄凉。晋陶潜《自祭文》："天寒夜长,风气萧索,鸿雁于征,草木

黄落。"

（二）

春来客思独萧骚⁽¹⁾，处处东田没野蒿⁽²⁾。雷雨满江喧日夜，扁舟经月住风涛⁽³⁾。流民失业乘时横⁽⁴⁾，原兽争群薄暮号⁽⁵⁾。却忆鹿门栖隐地⁽⁶⁾，杖藜壶榼饷东皋⁽⁷⁾。

笺注

（1）客思：旅中之思。唐韦述（或作张谔诗）《广陵送别宋员外佐越郑舍人还京》："秋风将客思，川上晚萧萧。" 萧骚：凄凉孤寂。宋范成大《公辨再赠复次韵》："书生活计极萧骚，爝火微明似束蒿。"

（2）东田：泛指农田。唐储光羲《同王十三维偶然作》之九："我念天时好，东田有稼穑。"

（3）经月：途中已有月余。

（4）流民：因灾害而流亡，生活无着落之民。《明通鉴》：正德五年三月，镇守湖广总兵官毛伦奏："安陆、汉、襄、沔阳地方，连年凶荒，寇盗蜂起。"

（5）原兽：野兽。

（6）鹿门：东汉庞德隐居鹿门山。已见前注。

（7）壶榼：盛茶酒的器具。三国魏嵇康《家诫》："有壶榼之意，束修之好，此人道所通，不须逆也。" 东皋：见前《霁夜》诗注（5）。

夜泊江思湖忆元明

扁舟泊近渔家晚，茅屋深环柳港清⁽¹⁾。雷雨骤开江雾散，星河不动暮川平[2]。梦回客枕人千里[3]，月上春堤夜四更。欲寄愁心无过雁[4]，披衣坐听野鸡鸣[5]。

考释

江思湖：不详。考其位置，当在自沅陵顺沅江入洞庭湖之间。现常德市有柳叶湖、柳岸等地名，或即在附近。

元明，湛若水字。

笺注

（1）柳港：湖南常德沅江一带。

（2）暮川：夜幕中的川流。唐卢藏用《宋主簿鸣皋梦赵六予未及报而陈子云亡今追为此诗答宋兼贻平昔游旧》："暮川罕停波，朝云无留色。"

（3）客枕：客中使用之枕。指旅途过夜。唐李商隐《酬令狐郎中见寄》："朝吟揹客枕，夜读漱僧瓶。"

（4）愁心：忧愁的思绪。唐李白《闻王昌龄左迁龙标遥有此寄》："我寄愁心与明月，随君直到夜郎西。"

（5）野鸡鸣：荒野的鸡鸣。宋刘克庄《满庭芳》："钟动野鸡鸣。"

睡起写怀

江日熙熙春睡醒，江云飞尽楚山青。闲观物态皆生意，静悟天机入窅冥[1]。道在险夷随地乐，心忘鱼鸟自流形。[2]未须更觅羲唐事[3]，一曲沧浪击壤听[4]。

笺注

（1）天机：宇宙的机微。唐杜甫《独立》："天机近人事，独立万端忧。"　窅冥：幽

深遥远。唐李白《春日行》:"安能为轩辕,独往入窅冥。" 此指思绪深入机

微,广致遥空。

(2)心忘鱼鸟:明吴宽《与诸友出城东散步水际》:"侧足冈峦浑不畏,会心鱼鸟自

相亲。"流形:变化成形。《易·乾·象曰》:"云行雨施,品物流形。"上两句意

为:在人生途中任凭险夷波折,俱心置物外,任其自然、随缘而乐。

(3)羲唐事:此指理想中的上古社会。羲唐,伏羲、唐尧。

(4)沧浪:《楚辞·渔父》:"沧浪之水清兮可以濯我缨,沧浪浊兮可以濯我足。"

击壤:指尧时壤夫击壤而歌。晋皇甫谧《高士传》卷上:"壤夫者,尧时人也。

帝尧之世,天下太和,百姓无事。壤夫年八十余而击壤于道中,观者曰:'大

哉! 帝之德也。'壤夫曰:'吾日出而作,日入而息,凿井而饮,耕田而食。帝

力于我何有哉?'"

三山晚眺

南望长沙杳霭中⁽¹⁾,鹅羊只在暮云东⁽²⁾。天高双橹哀明月,江

阔千帆舞逆风。⁽³⁾花暗渐惊春事晚⁽⁴⁾,水流应与客愁穷⁽⁵⁾。北飞亦

有衡阳雁,上苑封书未易通。⁽⁶⁾

考释

三山:殆指长沙北部的明月山、达摩山、玉池山,史有"三山"之称。

此诗言洞庭水色月光,与苏东坡、张孝祥所咏不同。

笺注

(1)南望长沙:守仁由沅江入洞庭湖再由北南下长沙,故曰"南望"。可见已近长

沙。 杳霭:杳渺的云气、烟霭。宋欧阳修《送吴颖归庐山》:"香炉云雾间,

杳霭疑有无。"

（2）鹅羊山：在长沙市北。明王伟《北庄清隐八景诗序》："北庄去长沙百十里许，在桐树山中，静室山人之隐居也。山自平江发脉，至此起十二峰峦，左右拱在峨眉峰下。山阴二里许，巍然特立，以捍水口，曰鹅羊山，即道家所谓七十二福地之一。"

（3）此二句可见仍由水路而行。在沅江和洞庭湖中感到天高水阔，月哀风逆，乃此时心情。

（4）花暗：花色暗淡，花残。宋吕本中《减字木兰花》："花暗长堤柳暗船。"

（5）客愁：旅愁。唐孟浩然《宿建德江》："移舟泊烟渚，日暮客愁新。"

（6）衡阳雁：典出《汉书·苏武传》："数月，昭帝即位。数年，匈奴与汉和亲。汉求武等，匈奴诡言武死。后汉使复至匈奴，常惠请其守者与俱，得夜见汉使，具自陈道。教使者谓单于，言天子射上林中，得雁，足有系帛书，言武等在某泽中。使者大喜，如惠语以让单于。"

鹅羊山

福地相传楚水阿[1]，三年春色两经过[2]。羊亡但有初平石[3]，书罢惟笼道士鹅[4]。礼斗坛空松影静[5]，步虚台迥月明多[6]。岩房一宿犹缘薄[7]，遥忆开云住薜萝[8]。

考释

清顾祖禹《读史方舆纪要》卷八十"湖广·长沙四"："又鹅羊山，在府（长沙府）北二十里，一名石宝山，又名东华山。《道书》以为七十二福地之一。"

笺注

（1）福地：见考释。　阿：曲隅之处。

（2）三年春色：指正德二年春至五年春整整三年时间。

（3）晋葛洪《神仙传》载：丹溪人皇初平十五岁时外出牧羊，被道士携至金华山石室中，四十余年不复念家。其兄初起，行山寻找，历年不得。后经道士指引于山中见之。问羊何在，初平叱白石成羊数万头。初起乃弃家从初平学道。

（4）《晋书·王羲之传》："山阴有一道士好养鹅。羲之往观焉，意甚悦，固求市之。道士云：'为写《道德经》，当举群相赠耳。'羲之欣然写毕，笼鹅而归。"以上说山名。

（5）礼斗坛：道教礼拜北斗星君之祭坛。唐陆龟蒙《袭美题郊居十首次韵》之七："几时当斗柄，同上步罡坛。"

（6）步虚：道教斋醮科仪的一种。道士行走唱经礼赞。

（7）岩房：岩石堆砌之屋。

（8）开云：比喻出现光明的境界。《后汉书·袁绍传》："赵太仆以周邵之德，衔命来征，宣扬朝恩，示以和睦，旷若开云见日，何喜如之！"亦作"开云见天"。薜萝：薜荔和女萝。两者皆野生植物，常攀缘于山野林木或屋壁之上。《楚辞·九歌·山鬼》："若有人兮山之阿，被薜荔兮带女萝。"汉王逸《注》："女萝，兔丝也。言山鬼仿佛若人，见于山之阿，被薜荔之衣，以兔丝为带也。"后借指隐者之衣服或住所。

泗州寺

渌水西头泗洲寺(1)，经过转眼又三年(2)。老僧熟认直呼姓，笑我清癯只似前(3)。每有客来看宿处，诗留佛壁作灯传(4)。开轩扫榻还相慰,惭愧维摩世外缘⁽⁵⁾。

考释

泗州寺,见前《醴陵道中风雨夜宿泗州寺次韵》。

笺注

（1）渌水：河川名。在湖南省东部。有南北二源：北源源自江西省万载县南,南源源自江西省萍乡县南,于湖南醴陵会合后,西流注入湘江。

（2）三年,见前《鹅羊山》注(2)。

（3）清癯：清瘦;消瘦。

（4）灯传：佛教语,犹传灯。佛教称佛法如明灯,指引迷途,以传灯比喻传授佛法。

（5）维摩：维摩诘的省称。本为《维摩诘经》中的维摩居士。多指在家的大乘佛教居士。此盖阳明自称也。

再经武云观书林玉玑道士壁⁽¹⁾

碧山道士曾相约⁽²⁾,归路还来宿武云。月满仙台依鹤侣⁽³⁾,书留苍壁看鹅群⁽⁴⁾。春岩多雨林芳淡⁽⁵⁾,暗水穿花石溜分⁽⁶⁾。奔走连年家尚远,空余魂梦到柴门⁽⁷⁾。

笺注

（1）武云观：见前"入黔诗"中《宿萍乡武云观》。在萍乡武云山上。　林玉玑：不详,待考。

（2）曾相约：殆王阳明前往贵州时,曾与林玉玑有约。

（3）仙台：此指武云观中的台阁。　鹤侣：鹤伴侣。唐李端《奉和秘书元丞杪秋忆终南旧居》：“凤雏终食竹,鹤侣暂巢松。”

（4）鹅群：道观中的鹅群。参见前《鹅羊山》注(4)。

（5）林芳：林中花开。唐赵冬曦《奉和张燕公早霁南楼》：“川霁湘山孤,林芳楚郊缛。”此句指花色淡然。

（6）暗水：伏流。潜藏不显露的水流。　石溜：见前。岩石间的水流。

（7）柴门：此指故乡家门。

再过濂溪祠用前韵^{[一]（1）}

曾向图书识面真⁽²⁾,半生长自愧儒巾⁽³⁾。斯文久已无先觉⁽⁴⁾,圣世今应有逸民⁽⁵⁾。一自支离乖学术⁽⁶⁾,竟将雕刻费精神⁽⁷⁾。瞻依多少高山意⁽⁸⁾,水漫莲池长绿萍⁽⁹⁾。

校勘

［一］日本九州大学藏《阳明先生文录》卷四所收,作“后谒濂溪祠”。

考释

此诗和前往贵州时所作的对比,可以看到王阳明思想的变化。

诗曰：“一自支离乖学术,竟将雕刻费精神。”可见对当时学术倾向的批判。反映了经过被贬龙场挫折的王阳明的变化。钱德洪《年谱》“(弘治)五年壬二十一岁”下,记王阳明在京师时,“官署中多竹。即取竹格之,沉思其理不得,遂遇疾”。又《传习录》卷下：“先生曰：‘众人只说格物要依晦翁,何曾把他的说去用。我着实曾用来。初年与钱友同论做圣贤,要格天下之物,如今安得这等大的力量？因指亭前竹子,令去格看。钱子早夜去穷格竹子的道理,竭其心思,至于三日,便致劳神成疾。当初说他这是精力不足,某因自去穷格,早夜不得其理。到七日,亦以劳思致疾。遂相与叹圣贤做不得,无他大力量去格物了。及在夷中三年,颇见此意思。方知天下之物本无可格者,其格物之功,只在身心上做。决然以圣人为人人可到,便自有担当了。这里意思,却要与诸公知道。'"也谈到以一人之力,不可能"格天下之物"。对此,日本学者吉田公平指出:"可以说,没有其他证据能确认这样的体验是在二十一岁,也没有证据反证不是在二十一岁。"而这样的体验,"在王阳明心中留下了深刻伤痕","在龙场,大悟心即理说,从朱子学的迷梦中解放出来。这样的原始体验,乃是其根源所在"(见所著《传习录》,277 页。日本角川书店《鉴赏中国的古典》丛书,1988 年)。可供参考。

　　此时王阳明是否"从朱子学的迷梦中解放出来",可再考。诗中又有"瞻依多少高山意",反映王阳明这时对于周敦颐之学还是非常景仰,所以,他当时所批评的还只是程朱理学的支离部分。并非"大悟",要与程朱之学对峙,别开儒学宗门。

笺注

(1)濂溪祠:见前《萍乡道中谒濂溪祠》诗。

(2)图书:指《太极图说》《通书》,乃周敦颐所著。《宋史·道学传》:"至宋中叶,周敦颐出于舂陵,乃得圣贤不传之学,作《太极图说》《通书》,推明阴阳之埋,命于天而性于人者,了若指掌。" 面真:真实的面目。

(3)儒巾:古代儒生所戴的头巾。明代通称方巾,为生员的服饰。宋林景熙《元日得家书喜》诗:"爆竹声残事事新,独怜临镜尚儒巾。"

(4)先觉:指认识事理较一般人为早之人。《孟子·万章下》:"使先知觉后知,使先觉觉后觉也。"

(5)逸民:古代节行超逸、避世隐居之人。《论语·微子》:"逸民:伯夷、叔齐、虞仲、夷逸、朱张、柳下惠、少连。"

(6)支离:没有条理、残缺不全。此指支离经义、饾饤章句的支离之学。

（7）雕刻：本指在木、石、骨、金属上刻镂。对经文之寻章摘句、字斟句酌，故为支
离之学，不得要领。

（8）瞻依：瞻仰依恃。表示对尊长的敬意。《诗经·小雅·小弁》："靡瞻匪父，靡
依匪母。"汉郑玄《笺》："此言人无不瞻仰其父取法则者，无不依恃其母以长
大者。" 高山意：比喻对高尚的品德的仰慕。见《诗经·小雅·车辖》："高
山仰止，景行行止。"

（9）莲池：周敦颐晚年辞官，在庐山西北麓讲学，遗迹有莲池。又，周敦颐有《爱
莲说》。后朱熹调任南康知军，仰慕周敦颐，重修爱莲池，建立爱莲堂。

卷　三

庐陵诗六首 正德庚午年三月迁庐陵尹作。

考释

庐陵：今江西吉安。正德庚午为正德五年。《年谱》："先生（正德五年）三月至庐陵。为政不事威刑，惟以开导人心为本。""在县七阅月，遗告示十有六，大抵谆谆慰父老，使教子弟，毋令荡僻。""至今数十年犹踵行之。"正德四年除夕，王阳明已经离开龙场，途经三个月，方到庐陵。在庐陵实际六个月。见湛若水《阳明先生墓志铭》。

游瑞华二首

考释

瑞华：山名。清顾祖禹《读史方舆纪要》卷八十七"江西五·吉安府"："瑞华山，在府北五里，俯瞰大江。""周围十里，上祀许旌阳，因名。"

其一

簿领终年未出郊⁽¹⁾，此行聊解俗人嘲。忧时有志怀先达⁽²⁾，作县无能愧旧交⁽³⁾。松古尚存经雪干,竹高还长拂云梢。溪山处处堪行乐,正是浮名未易抛⁽⁴⁾。

笺注

（1）簿领：指文书等行政事务。《后汉书·南匈奴传》："当决轻重,口白单于,无文书簿领焉。"

（2）先达：德行高、学问深的知名先辈。唐王维《酌酒与裴迪》："白首相知犹按剑,朱门先达笑弹冠。"欧阳修系庐陵人,朱熹曾在庐陵任职。

（3）旧交：老朋友。

（4）浮名：虚名。南朝宋谢灵运《初去郡》："伊余秉微尚,拙讷谢浮名。"

其二

万死投荒不拟回⁽¹⁾,生还且复荷栽培⁽²⁾。逢时已负三年学⁽³⁾,治剧兼非百里才⁽⁴⁾。身可益民宁论屈⁽⁵⁾,志存经国未全灰⁽⁶⁾。正愁不是中流砥,千尺狂澜岂易摧!⁽⁷⁾

笺注

（1）投荒：被贬、流放至荒远之地。唐柳宗元《别舍弟宗一》："一身去国六千里,万死投荒十二年。"

（2）生还：活着归来。　复荷栽培：《明史·职官志》："知县一人,正七品。""驿丞,典邮传迎逆之事。凡舟车、夫马、廪糗、厄撰、稿帐。"为从九品。王阳明由驿丞(从九品)被提为县令(正七品)。

（3）在龙场整三年,见前。

（4）剧：剧县。汉代时以郡县治理的难易,而分县为剧县、平县。　百里才：指能治百里之才。《三国志·蜀书·庞统传》："先主领荆州,统以从事守耒阳

令。在县不治,免官。吴将鲁肃遗先主书曰:'庞士元非百里才也。'"此乃王
阳明谦辞。

（5）宁论屈:还说什么"屈"呢?

（6）未全灰:指经世心志尚存。心灰参见前《冬至》注(4)。

（7）中流砥:中流砥柱。《晏子春秋·内篇·谏下》:"吾尝从君济于河,鼋衔左
骖,以入砥柱之中流。" 这两句可见王阳明复出时的心态。

古道

　　古道当长坂⁽¹⁾,肩舆入暮天⁽²⁾。苍茫闻驿鼓⁽³⁾,冷落见炊烟。
冻烛寒无焰⁽⁴⁾,泥炉湿未燃⁽⁵⁾。正思江槛外⁽⁶⁾,闲却钓鱼船⁽⁷⁾。

笺注

（1）长坂:长坡道。

（2）肩舆:人肩抬行之具。《资治通鉴·梁武帝天监四年》:"(萧渊藻)乃乘平肩
舆巡行贼垒。"元胡三省《注》:"肩舆,平肩舆也,人以肩举之而行。"殆,使人
肩扛之,故曰平肩。

（3）驿鼓:驿站的鼓声。宋宋祁《送俞给事知宣州》:"枕底潮鸡参驿鼓,船头沙鸨
避牙旗。"

（4）冻烛:寒冷中的蜡烛。唐钱珝《未展芭蕉》:"冷烛无烟绿蜡干,芳心犹卷怯
春寒。"

（5）泥炉:泥制的炉子。古人以泥做炉灶。唐白居易《问刘十九》:"绿蚁新醅酒,
红泥小火炉。"

（6）江槛:临江的栏杆。唐杜甫《将赴成都草堂途中有作先寄严郑公五首》其四:

"常苦沙崩损药栏，也从江槛落风湍。"

（7）钓鱼船：唐杜牧《旅宿》："远梦归侵晓，家书到隔年。沧江好烟月，门系钓
鱼船。"

立春日道中短述

腊意中宵尽⁽¹⁾，春容傍晓生⁽²⁾。野塘冰转绿⁽³⁾，江寺雪消晴。
农事沾泥犊⁽⁴⁾，羁怀听谷莺⁽⁵⁾。故山梅正发，谁寄欲归情？

笺注

（1）腊意：腊月的寒意。宋曹彦约《春至》："借留腊意梅藏玉，指点春容柳转金。"
中宵：半夜。

（2）春容：春天的景色、气息。五代齐己《南归舟中》："春容含众岫，雨气泛
平芜。"

（3）野塘：野外的池塘或湖泊。

（4）泥犊：沾着泥的牛犊。宋胡寅《和单令除夕二首》："泥犊戒耕呈岁岁，户灵呵
鬼换年年。"

（5）羁怀：寄旅情怀。宋陆游《秋日怀东湖》二首："病思羁怀惟付酒，西风落日更
催诗。" 谷莺：殆出《诗经·小雅·伐木》"鸟鸣嘤嘤。出自幽谷，迁于乔
木"。《刘宾客嘉话录》"今谓进士登第为迁莺者久矣，盖自《毛诗·伐木篇》。"

公馆午饭偶书⁽¹⁾

行台依独寺⁽²⁾，僧屋自成邻。殿古凝残雪，墙低入早春。巷泥

晴淖马⁽³⁾,檐日暖堪人⁽⁴⁾。雪散小岩碧,松梢挂月新。

笺注

（1）公馆：公署、住所。庐陵县衙在府城南门。

（2）行台：魏晋时代,帝王等出行时临时设置的办事机构。北朝后期,尚书称大
　　　行台。后指地方官僚的官署。宋黄庭坚《送顾子敦赴河东》之三:"揽辔都城
　　　风露秋,行台无妄护衣簇。"　此句指衙门在寺庙边上。

（3）淖马：殆言巷泥深湿,晴天犹陷马蹄。

（4）堪人：宜人。

午憩香社寺

　　修程动百里^{[一](1)},往往饷僧居^{[二](2)}。佛鼓迎官急,禅床为客
虚。桃花成井落^{[三](3)},云水接郊墟。不觉泥途涩⁽⁴⁾,看山兴有余。

校勘

〔一〕修程：《舒城县志·艺文》本作"严程"。

〔二〕饷：《舒城县志·艺文》本作"向"。

〔三〕成：《舒城县志·艺文》本作"沉"。

考释

　　此诗清嘉庆《舒城县志·艺文》收录,作"午憩桃城香社寺",如是,则此诗非在
庐陵,而是在安徽舒城之作。待考。香社寺：寺名。或云指安徽舒城桃溪镇春秋
山上的南岳庙(又名龙云寺)。

笺注

（1）修程：漫长的行程。

（2）饷：此指僧舍提供饮食。

（3）井落：村落。

（4）泥途涩：道途泥泞,滞涩难行。

京师诗二十四首 正德庚午年十月,升南京刑部主事。辛未年入觐,调北京吏部主事作。

考释

　　王阳明入京的时间,记录有出入。此云"正德庚午年十月,升南京刑部主事。辛未年(正德六年)入觐"。黄绾《阳明先生行状》："是岁(正德五年)冬,以朝觐入京,调南京刑部主事。"又云："先是先生升南都,甘泉与黄绾言于冢宰杨一清,改留吏部。"所以入京当在正德五年冬,并没有到南京去,就由原来拟任的"南京刑部主事"改为"北京吏部主事"。在京师一直到正德七年底,升为太仆寺少卿。旋离京。

　　以下诗为这一时期之作。

夜宿功德寺次宗贤韵二绝

考释

　　功德寺：功德寺位于北京颐和园西侧的青龙桥以西,此寺庙建筑年代不详,元代时称为"大承天护圣寺"。黄绾《阳明先生行状》："是岁冬,以朝觐入京,调南京刑部主事,馆于大兴隆寺。"又《年谱》："(正德五年十一月)先生入京,馆于大兴隆寺,时黄宗贤绾为后军都督府都事,因储柴墟罐请见。"此"大兴隆寺"或即"功德寺"。

宗贤，黄绾。上古本《全集》卷七有《别黄宗贤归天台序》。《明史》有传："字宗贤，黄岩人，侍郎孔昭孙也。承祖荫官后府都事。尝师谢铎、王守仁。"有《明道编》《石龙集》等著作。他后来把女儿嫁给王阳明之子。并撰有《阳明先生行状》。

（一）

山行初试夹衣轻⁽¹⁾，脚软黄尘石路生⁽²⁾。一夜洞云眠未足⁽³⁾，湖风吹月渡溪清。

笺注

（1）夹衣：春秋天穿的双层衣服。

（2）脚软：指行程疲惫。 黄尘石路生：唐刘长卿《酬滁州李十六使君见赠》："幢盖方临郡，柴荆忝作邻。但愁千骑至，石路却生尘。"

（3）洞云：云洞。多代隐逸者或仙人的居处。此指所宿的功德寺。

（二）

水边杨柳覆茅楹⁽¹⁾，饮马春流更一登。坐久遂忘归路夕，溪云正泻春山青⁽²⁾。

笺注

（1）茅楹：即茅屋。楹，堂屋前部的柱子，引为计算房屋的单位。

（2）溪云：溪水上漂浮的云。唐许浑《咸阳城西楼晚眺》："溪云初起日沉阁，山雨欲来风满楼。"

别方叔贤四首

考释

　　方叔贤,方献夫。《明史》有传:"字叔贤,南海人。生而孤。弱冠举弘治十八年进士,改庶吉士。乞归养母,遂丁母忧。正德中,授礼部主事,调吏部,进员外郎。与主事王守仁论学,悦之,遂请为弟子。"又见《明儒学案》卷三十。《年谱》:"(正德六年)二月,为会试同考试官。是年僚友方献夫受学。献夫时为吏部郎中,位在先生上,比闻论学,深自感悔,遂执贽事以师礼。是冬告病归西樵,先生为叙别之。"上古本《文集》卷十有《答方叔贤》(辛巳)。王阳明在诗中谈到对物理心性的看法,可见当时和方献夫等论学的状况。

(一)

　　西樵山色远依依⁽¹⁾,东指江门石路微⁽²⁾。料得楚云台上客⁽³⁾,久悬秋月待君归。

笺注

(1)西樵:指广东海南西樵山。方献之乃海南人。

(2)江门:今广东江门市。此或指方献夫师从陈白沙之学。陈白沙,名献章,字公甫,号石斋,又号碧玉老人,新会白沙乡人,世称白沙先生。创立了"岭南学派",亦称"江门学派"。见《明儒学案》卷五"白沙学案"。

(3)楚云台:清王夫之《南窗漫记》:"楚云台,白沙筑于岭南以馆大崖者。"大崖,即李承箕,字世卿,号西峤居士,又号大崖居士,时称李大崖。生于明景泰二年(1451)。成化二十二年(1486)举人。在大崖观建真静所,师事陈白沙。以理学闻名于世,时人将其与其兄承芳并称为"嘉鱼二李"。见《明儒学案》卷五"白沙学案"。

（二）

自是孤云天际浮，筮中枯蠹岂相谋⁽¹⁾。请君静后看羲画⁽²⁾，曾有陈篇一字不⁽³⁾？

笺注

（1）筮：筮卜。《礼记·曲礼上》："龟为卜，策为筮。卜筮者，先圣王之所以使民信时日，敬鬼神，畏法令也；所以使民决嫌疑，定犹与也。故曰：疑而筮之。"　枯蠹：枯萎腐蠹。唐元结《二风诗·乱风诗·至伤》："将蠹枯矣，无人救乎？蠹枯及矣，不可救乎？嗟伤王！自为人君，变为人奴！为人君者，忘戒乎。"此指筮卜多陈腐，不可信，故不相与谋。

（2）羲画：此指《易经》。传说《易经》八卦为伏羲所作。

（3）陈篇：犹陈编，陈旧篇章，陈旧之辞。此指读《易》。

（三）

休论寂寂与惺惺⁽¹⁾，不妄由来即性情⁽²⁾。笑却殷勤诸老子⁽³⁾，翻从知见觅虚灵⁽⁴⁾。

笺注

（1）寂寂：寂寞冷清状。宋苏轼《纵笔三首》其一："寂寂东坡一病翁，白须萧散满霜风。"　惺惺：清醒貌。唐杜甫《喜观即到复题短篇》其二："应论十年事，愁绝始惺惺。"

（2）不妄：即无妄。有理性、有规律。《周易·无妄·彖》："无妄，刚自外来，而为主于内。"

（3）殷勤：勤奋努力。　诸老子：或是对方叔贤诸友的敬称。有揶揄之意。

（4）知见：认知、识见，指对外在万物的感知。　虚灵：虚空之灵。此指万物本原的空灵状态。也就是宋代理学所主的"无极而太极"（此为朱熹对周敦颐《太极图》的解说，参见拙译《气的思想》第三编第一章《易学的新发展》）。此诗反对只通过对外"格物"而得的"知见"来寻求事物的本原。王阳明《传习录》卷上："虚灵不昧，众理具而万事出。"又："朱本思问：'人有虚灵，方有良知。若草、木、瓦、石之类，亦有良知否？'先生曰：'人的良知，就是草、木、瓦、石的良知。若草、木、瓦、石无人的良知，不可以为草、木、瓦、石矣。岂惟草、木、瓦、石为然，天、地无人的良知，亦不可为天、地矣。盖天、地、万物与人原是一体，其发窍之最精处，是人心一点灵明。风、雨、露、雷、日、月、星、辰，禽、兽、草、木、山、川、土、石，与人原只一体。"可见王阳明对"虚灵"的认识。

（四）

　　道本无为只在人(1)，自行自住岂须邻(2)？坐中便是天台路(3)，不用渔郎更问津(4)。

笺注

（1）道本无为：《老子》三十七章："道常无为而无不为。"

（2）邻：此处的"邻"当指自身以外者。

（3）天台路：典出《太平御览》卷九六七引《幽冥录》："剡县刘晨，阮肇共入天台山取谷皮，迷不得返。"原指误入仙境而迷途。此反其意，指通往仙境之路。天台，山名，在今浙江省天台县北。

（4）渔郎更问津：见晋陶潜《桃花源记》："晋太元中，武陵人捕鱼为业，缘溪行，忘路之远近。"后入桃花源，"停数日，辞去。"宋谢枋得《庆全庵桃花》："寻得桃源好避秦，桃红又见一年春。花飞莫遣随流水，怕有渔郎来问津。"

白湾六章

　　宗岩文先生居白浦之湾,四方学者称曰白浦先生,而不敢以姓字。某素高先生,又辱为之僚,因为书"白湾"二字,并诗以咏之。

　　浦之湾,其白漫漫。⁽¹⁾彼美君子,在水之盘⁽²⁾。
　　湾之浦,其白浟浟⁽³⁾。彼美君子,在水之涘⁽⁴⁾。
　　云之溶溶⁽⁵⁾,于湾之湄⁽⁶⁾。君子于处,民以为期⁽⁷⁾。
　　云之油油⁽⁸⁾,于湾之委⁽⁹⁾。君子于兴⁽¹⁰⁾,施及四海。
　　白湾之渚⁽¹¹⁾,于游以处。彼美君子兮,可以容与⁽¹²⁾。
　　白湾之洋⁽¹³⁾,于濯以湘⁽¹⁴⁾。彼美君子兮,可以徜徉⁽¹⁵⁾。

考释

　　宗岩:文森。考明文徵明《莆田集》(三十五卷本)卷二十六,有《先叔父中宪大夫都察院右佥都御史文公行状》,云:"公讳森,字宗严。成化丙午中应天乡试。明年丁未,中礼部试,廷试赐同进士出身。弘治四年辛亥授河间府沧州庆云县知县。"后因上疏下诏狱。因疾乞归。"庚午更化,再起为河南道监察御史,升南京太仆寺少卿。""以都察院右佥都御史致仕。"又《文氏族谱续集·历世生卒配葬志》:"中丞公森,生于天顺八年甲申。"文岩或即此文严。其为"南京太仆寺少卿"时,正是守仁从贵州东返之时。后王阳明继之为"南京太仆寺少卿"。白浦:地名。今江苏吴江县太湖边,有白浦港桥,或为太湖附近之地。

笺注

（1）浦:水滨。　湾:水流弯曲处。　漫漫:空阔无际貌。
（2）盘:屈曲。《文选·南都赋》:"溪壑错缪而盘纡。"

（3）瀰瀰：同"弥弥"。充溢弥漫状。

（4）涘：水涯。

（5）溶溶：河水流动状。唐杜牧《阿房宫赋》："二川溶溶，流入宫墙。"

（6）于：发语词。　湄：水草交际之处。河水之岸也。

（7）期：期望，期待。

（8）油油：云之流动貌；厚重貌。

（9）委：曲折状。《楚辞·九歌·远游》："委两馆于咸唐。"此指河水曲折处。

（10）兴：兴起。

（11）渚：水中小洲。

（12）容与：安闲自得状。《楚辞·九歌·湘夫人》："时不可兮骤得，聊逍遥兮
　　　容与。"

（13）洋：宽广的水域。

（14）濯：洗濯。　湘：烹煮也。见《诗经·召南·采蘋》："于以湘之，维锜及釜。"

（15）徜徉：安闲自得貌。唐韩愈《送李愿归盘谷序》："从子于盘兮，终吾生以
　　　徜徉。"

寄隐岩

　　每逢山水地，便有卜居心。终岁风尘里，何年沧海浔⁽¹⁾？洞寒
泉滴细⁽²⁾，花暝石房深⁽³⁾。青壁须留姓，他时好共寻。

考释

　　寄隐岩：在安徽池州齐山。束景南《王阳明佚文辑考编年》有考，并认为此诗
是正德十五年暮春三月王阳明自南京献俘还江西，途经齐山所作。可参。

笺注

（1）浔：水边。

（2）泉滴：唐刘损《愤惋》："莫道诗成无泪下，泪如泉滴亦须干。"

（3）花暝：暮色中的花。宋史达祖《双双燕咏燕》："红楼归晚，看足柳昏花
　　　暝。"　石房：石屋。唐鲍溶《送僧文江》："吴王剑池上，禅子石房深。"

香山次韵⁽¹⁾

　　寻山到山寺，得意却忘山。岩树坐来静⁽²⁾，壁萝春自闲⁽³⁾。楼
台星斗上，钟磬翠微间⁽⁴⁾。顿息尘寰念，清溪踏月还⁽⁵⁾。

笺注

（1）香山：此殆指北京香山。

（2）岩树：岩石间的树。唐李中《宿钟山知觉院》："笼灯吐冷艳，岩树起寒声。"

（3）壁萝：壁上的女萝。

（4）翠微：青翠的山色。唐杜甫《秋兴八首》之二："千家山郭静朝晖，百日江楼坐
　　　翠微。"

（5）踏月：在月光下行走。唐李商隐《袜》："好借常娥着，清秋踏月轮。"

夜宿香山林宗师房次韵二首

考释

　　林宗师：或指林俊，已见前注。

（一）

　　幽壑来寻物外情⁽¹⁾，石门遥指白云生。林间伐木时闻响，谷口逢僧不记名。天壁倒涵湖月晓⁽²⁾，烟梯高接纬阶平⁽³⁾。松堂静夜浑无寐⁽⁴⁾，到枕风泉处处声。

笺注

（1）物外：世尘之外。汉张衡《归天赋》："苟纵心于物外，安知荣辱之所如。"

（2）天壁：高耸的崖壁。唐宋之问《初至崖口》："崖口众山断，嵚崟耸天壁。" 倒涵：指山崖倒映在湖中。

（3）烟梯：高山烟雾中的小路。唐刘得仁《和段校书冬夕寄题庐山》："烟梯缘薜荔，岳寺步攲危。" 纬阶：殆指横陈的台阶。纬，《说文》曰："纬，织横丝也。"

（4）松堂：松林间的房屋。唐郑谷《喜秀上人相访》："他夜松堂宿，论诗更入微。"

（二）

　　久落泥途惹世情⁽¹⁾，紫崖丹壑是平生⁽²⁾。养真无力常怀静⁽³⁾，窃禄未归羞问名⁽⁴⁾。树隐洞泉穿石细⁽⁵⁾，云回溪路入花平。道人只住层萝上⁽⁶⁾，明月峰头有磬声。

笺注

（1）泥途：本指泥泞的道路。此比喻污浊的尘世。宋范仲淹《桐庐郡严先生祠堂记》："归江湖得圣人之清，泥途轩冕，天下孰加焉。" 惹：招引。

（2）平生：指平素的志趣、情谊、业绩等。晋陶潜《停云》："人亦有言，日月于征。安得促席，说彼平生？" 此句合上句，意谓自己虽久陷污浊的尘世，但一直心怀归隐紫崖丹壑的愿望。

（3）养真：涵养真性。晋陶潜《辛丑岁七月赴假还江陵夜行涂口》："养真衡茅下，庶意善自明。"

（4）窃禄：无功受禄。唐杜荀鹤《自叙》："宁为宇宙闲吟客，怕作乾坤窃禄人。"

（5）穿石细：指在石间的水流潺细。

（6）层萝：层层的萝蔓。见前《来仙洞》诗注。

别湛甘泉二首[一]

校勘

[一] 据束景南《辑考编年》，《增城沙堤湛氏族谱》卷二十八《别湛甘泉》为三首，第二首"结茅湖水阴"以下为另一诗。

考释

湛甘泉：已见前注。此时湛若水有安南之行。见《王阳明年谱》"正德六年十月"："升文选清吏司员外郎。送甘泉奉使安南。先是先生升南都，甘泉与黄绾言于冢宰杨一清，改留吏部。职事之暇，始遂讲聚。方期各相砥切，饮食启处必共之。至是甘泉出使安南封国，将行，先生惧圣学难明而易惑，人生别易而会难也，乃为文以赠。"考《泉翁大全集》卷五十三《交南赋》："予奉命往封安南国王睭，正德七年二月出京。"如是，则王阳明此诗当作于此前后。

其一

行子朝欲发(1)，驱车不得留。驱车下长坂(2)，顾见城东楼。远别情已惨,况此艰难秋⁽³⁾! 分手诀河梁⁽⁴⁾,涕下不可收。车行望渐杳,飞埃越层丘⁽⁵⁾。迟回歧路侧⁽⁶⁾,孰知我心忧!

笺注

(1)行子:此指湛若水。奉命出使安南国册封安南王。次年正月到达安南,回国后作有《南交赋》。

(2)长坂:高坡。

(3)艰难秋:指当时各地灾荒不断,民间抗争蜂起,周边不安,时政艰难。

(4)河梁:指送别分手之地。旧题汉李陵《与苏武》之三:"携手上河梁,游子暮何之?"

(5)飞埃:飞扬的尘埃。　层丘:层层的山丘。

(6)迟回:犹豫不定。《后汉书·东海恭王彊传》:"(彊)数因左右及诸王陈其恳诚,愿备蕃国。光武不忍,迟回者数岁,乃许焉。"

其二

我心忧以伤,君去阻且长。一别岂得已? 母老思所将⁽¹⁾。奉命危难际⁽²⁾,流俗反猜量⁽³⁾。黄鹄万里逝,岂伊为稻梁?⁽⁴⁾栋火及毛羽⁽⁵⁾,燕雀犹栖堂⁽⁶⁾。跳梁多不测⁽⁷⁾,君行戒前途。达命谅何滞⁽⁸⁾,将毋能忘虞。安居尤阽护⁽⁹⁾,关路非歧岖。令德崇易简⁽¹⁰⁾,可以知险阻。

结茅湖水阴⁽¹¹⁾,幽期终不忘。伊尔得相就⁽¹²⁾,我心亦何伤! 世艰变倏忽,人命非可常。斯文天未坠⁽¹³⁾,别短会日长。南寺春月夜,风泉闲竹房。逢僧或停楫,先扫白云床。

笺注

（1）将：供养，奉养。《诗经·小雅·四牡》："不遑将父。"

（2）危难际：明朝与安南的关系，一直不稳。正统时，张辅征讨之。后又有反复。正德初，封谊为王，不德，内乱，被逼自杀。立其弟伯胜为王。国人黎广等又讨诛之。七年，明朝册封新王。事见《明史·外国二·安南传》。

（3）流俗：世俗之辈。　此句可见当时对于湛若水此行，多有议论。

（4）典出汉韩婴《韩诗外传》卷二："田饶事鲁哀公而不见察，谓哀公曰：'……夫黄鹄一举千里，止君园池，食君鱼鳖，啄君黍粱，无此五德者，君犹贵之者何也？以其所以来者远也。故臣将去君，黄鹄举矣！'"　黄鹄：神话传说中的大鸟，能一举千里。　稻粱：稻粱谋。原喻人谋求衣食生计，引申喻无所作为贪恋禄位。

（5）栋火：屋栋之火。此指家中失火，将烧及羽毛。比喻事态紧急。

（6）燕雀：指无志庸碌之辈。《史记·陈涉世家》："嗟乎，燕雀安知鸿鹄之志哉！"此句指庸碌之辈还安逸地栖息在殿堂之上。

（7）跳梁：指东窜西跳、猖獗之徒。《庄子·逍遥游》："子独不见狸狌乎？卑身而伏，以候敖者；东西跳梁，不辟高下。"

（8）达命：知命，了悟人生。《庄子·达生》："达命之情者，不务知之所无奈何。"谅：想必。

（9）阱护：捕抓野兽的用具。《尚书·费誓》"今惟淫舍牿牛马"汉孔安国《传》"护，捕兽机槛"条下唐孔颖达《正义》："《周礼》，冥氏掌'为阱护以攻猛兽'。知'阱''护'皆是捕兽之器也。护以捕虎豹，穿地为深坑，又设机于上，防其跃而出也。阱以捕小兽，穿地为深坑，入必不能出，其上不设机也。"

（10）令德：高尚之德。《老子》："上德无德，是以有德。"　崇易简：王阳明《传习录》:"吾辈用功,只求日减,不求日增。减得一分人欲,便是复得一分天理。何等轻快脱洒,何等简易。"

(11) 结茅:建造简易的房屋。刘宋鲍照《观圃人艺植》:"抱锸垄上餐,结茅野中宿。"

(12) 伊尔:第二人称。指代词。 相就:靠近,交往。唐元稹《螟子》:"将身远相就,不敢恨无辜。"

(13) 斯文:指礼乐教化。《论语·子罕》:"天之将丧斯文也,后死者不得与於斯文也。"《论语·子张》:"文武之道,未坠于地,在人。""天未坠"出此。

赠别黄宗贤⁽¹⁾

古人戒从恶,今人戒从善。从恶乃同污,从善翻滋怨⁽²⁾。纷纷嫉媚兴⁽³⁾,指谪相非讪⁽⁴⁾。自非笃信士⁽⁵⁾,依违多背面⁽⁶⁾。宁知竟漂流,沦胥亦污贱⁽⁷⁾。卓哉汪陂子⁽⁸⁾,奋身勇厥践⁽⁹⁾。拂衣还旧山⁽¹⁰⁾,雾隐期豹变⁽¹¹⁾。嗟嗟吾党贤,白黑匪难辩!⁽¹²⁾

考释

黄绾《阳明先生行状》:"(正德七年)壬申冬,予以疾告归。公为文及诗送予,且托予结庐天台、雁荡之间而共老焉。"可知此诗作于正德七年冬。又,王阳明送黄绾文,即上古本《全集》卷七所载《别黄宗贤归天台序》,可参见。

笺注

(1) 黄宗贤:黄绾。见前《夜宿功德寺次宗贤》题注。

(2) 翻:反而;却。 滋怨:滋生、积蓄怨恨。《国语·楚语下》:"积货滋多,蓄怨滋厚,不亡何待。"

（3）嫉媢：嫉妒。明黄绾《明道篇》："所以猜忌日深，嫉媢日盛，人无以自立。"

（4）非讪：诽毁讪谤。宋王安石《上仁宗皇帝言事书》："见朝廷有所任使，非其资序，则相议而讪之。"

（5）自非：假定词。　笃信：《论语·泰伯》："笃信好学，守死善道。"

（6）依违：此指模棱两可、顺从状。《宋书·郑鲜之传》："（高祖）为宰相，颇慕风流，时或言论，人皆依违之，不敢难也。"　背面：以背相向。此或指相见时稍事敷衍，便离开。不见真面。

（7）沦胥：相率牵连。《诗经·小雅·雨无正》："若此无罪，沦胥以铺。"　污贱：卑污下贱。宋曾巩《谢章学士书》："广听博观，不遗污贱厄辱之士者，此所以无弃士也。"

（8）汪陂子：东汉黄宪，字叔度。《后汉书·黄宪传》谓："叔度汪汪若千顷陂，澄之不清，淆之不浊，不可量也。"后以"叔度陂湖""千顷陂""汪汪陂量""陂湖禀量"比喻人度量宽大。此处以黄氏先贤黄宪喻黄绾也。

（9）厥践：那样践行。指戒恶从善，直言直行。

（10）拂衣：振衣而去。谓归隐。晋殷仲文《罪衅解尚书表》："进不能见危授命，忘身殉国；退不能辞粟首阳，拂衣高谢。"

（11）典出汉刘向《列女传·陶答子妻》："妾闻南山有玄豹，雾雨七日而不下食者，何也？欲以泽其毛而成文章也，故藏而远害。"后因以"南山豹雾""豹雾""豹雾隐""豹隐"喻洁身自好，隐居不仕。宋陆游《昼睡》："静如豹雾隐，湛若珠藏渊。"豹变：《易·革》："大人虎变，小人革面，君子豹变。"此指等待变化。

（12）嗟嗟：感叹声。　吾党：指志同道合者。　此时守仁对流行的科举所用道学，已有比较明确看法。

归越诗五首　正德壬申年,升南京太仆寺少卿,便道归越作。

考释

王阳明《给由疏》:"本年(正德七年)十二月初八日,蒙升南京太仆寺少卿。"南京太仆寺:设于南京,最高长官为太仆寺卿(从三品),属官有太仆寺少卿(正四品)。《年谱》:正德癸酉(1513),先生四十二岁,"在越"。乃是以"归省"为由。直到次年十月,到滁州就任。"归越诗"为此期间之作。

《年谱》:"先生初计,至家即与徐爱同游台、荡,宗族亲友绊弗能行。五月终,与爱数友期候黄绾不至,乃从上虞入四明,观白水,寻龙溪之源;登杖锡,至雪窦,上千丈岩,以望天姆、华顶;欲遂从奉化取道赤城。适久旱,山田尽龟坼,惨然不乐,遂自宁波还余姚。""先生兹游虽为山水,实注念爱、绾二子,盖先生点化同志,多得之登游山水间也。"

四明观白水二首

考释

四明白水:四明白水冲等瀑布。乾隆《绍兴府志》卷五:"白水山在县西南六十里。是西,四明山壁峭立其上,有泉四十二道,投空而下,其色如练,冬夏不绝,是曰白水,亦名瀑布泉。"

(一)

邑南富岩壑[1],白水尤奇观;兴来每思往,十年就兹观[2]。停驻指绝壁⁽³⁾,涉涧缘危蟠⁽⁴⁾。百源旱方歇⁽⁵⁾,云际犹飞湍。霏霏洒林薄⁽⁶⁾,漠漠凝风寒。前闻若未惬,仰视终莫攀。石阴暑气薄,流触溯回澜⁽⁷⁾。兹游讵盘乐⁽⁸⁾?养静意所关⁽⁹⁾。逝者谅如斯⁽¹⁰⁾,哀此岁月残。择幽虽得所,避时时犹难。⁽¹¹⁾刘樊古方外⁽¹²⁾,感慨有余叹!

笺注

（1）邑南：指余姚的南面。

（2）十年：殆指过了十年又到此游览。王阳明弘治十六年间,在家乡养病,或曾游此。

（3）停驻：停下坐骑。

（4）危蟠：盘旋高险的山路。

（5）指天旱"方歇"。

（6）霏霏：指水汽飞扬状。　林薄：丛生的草木。《楚辞·九章·涉江》:"露申辛夷,死林薄兮。"汉王逸《注》:"丛木曰林,草木交错曰薄。"

（7）流触：水流触到石块等。南朝宋谢灵运《富春渚》:"泝流触惊急,临圻阻参差。"

（8）讵：反问词。岂,怎。　盘乐：《尚书·五子之歌》"盘游无度"、《无逸》"文王弗敢盘于游田"。盘即般乐,即游乐义。

（9）养静：宁静地修养身心。三国蜀汉诸葛亮《诫子书》:"夫君子之行,静以修身,俭以养德。"

（10）《论语·子罕》:"子在川上曰:逝者如斯夫,不舍昼夜。"

（11）择幽：选择幽静居所。唐寒山《卜择幽居地》:"卜择幽居地,天台更莫言。"避时：逃避现实之世。　此两句意为:虽然找到了一个幽居之地,但是避世还是很难的。

(12) 典出晋葛洪《神仙传》卷六:"刘纲者,上虞县令也。与妻樊夫人俱得道术,二

人俱坐林上,纲作火烧屋,从东边起,夫人作雨,从西边上,火灭。……纲与

夫人入四明山,路值虎,以面向地,不敢仰视。夫人以绳缚虎,牵归系于床脚

下。纲每共试术,事事不胜。将升天,县厅侧先有大皂荚树,纲升树数丈,力

能飞举。夫人即平坐床上,冉冉如云气之举,同升天而去矣。"唐天宝三年

(744),唐玄宗遣使祷祠,在刘、樊修道的故居建观。宋政和六年(1116),宋

徽宗下令扩建祠观,并书"第九丹山赤水洞天"匾额,悬挂祠内。元明以降,

一直存续。

(二)

千丈飞流舞白鸾[1],碧潭倒影镜中看[2]。藤萝半壁云烟湿,殿

角长年风雨寒[3]。野性从来山水癖[4],直躬更觉世途难[5]。卜居

断拟如周叔[6],高卧无劳比谢安[7]。

考释

此诗或云明沈明臣作,名《潺涛洞》。沈明臣,字嘉则,号句章山人,晚号栎社

长,鄞县(今属浙江宁波)人。与王叔承、王稚登同称为万历年间三大"布衣诗人"。

著有《丰对楼诗选》四十三卷、《越草》一卷。另著有《荆溪唱和诗》《吴越游稿》《通

州志》等。光绪《鄞县志》卷三十六有传。

笺注

(1)白鸾:白鸾绫。白色鸾形花纹的绫子。此用以喻飞流。

(2)镜中:此指潭水清澈如镜。唐元稹《遣春十首》:"镜皎碧潭水,微波粗成文。"

(3)殿角:大殿的屋脊或飞檐。

（4）野性：喜欢原野、自然山水的性情。

（5）直躬：正直处世。典出《论语·子路》："叶公语孔子曰：'吾党有直躬者，其父攘羊，而子证之。'孔子曰：'吾党之直者异于是：父为子隐，子为父隐。直在其中矣。'"

（6）周叔：指周公。《史记·鲁周公世家》："周公往营成周洛邑，卜居焉，曰吉，遂国之。"

（7）《晋书·谢安传》："安虽受朝寄，然东山之志始末不渝，每形于言色。"但是他实际上时时心在天下。淝水之战捷报传来，史称其"既罢，还内，过户限，心喜甚，不觉展齿之折，其矫情镇物如此"。此指无须把自己比作如谢安那样。

杖锡道中用张宪使韵

　　山鸟欢呼欲问名，山花含笑似相迎。风回碧树秋声早[1]，雨过丹岩夕照明。雪岭插天开玉帐[2]，云溪环碧抱金城[3]。悬灯夜宿茅堂静，洞鹤林僧相对清。

考释

　　杖锡：杖锡山。清顾祖禹《读史方舆纪要》卷九十二《浙江四·绍兴府》："四明山，府西南百五十里。亘奉化、慈溪及县境。其最近者曰杖锡山，前有七峰。又有石楼、松岩诸山，回环相属。县东三十里有龙山，蜿蜒如龙，与定海县陈山接，四明垂尽处也。志云：府境由西南以达于东，参差竞秀，凡数十山，皆四明之支陇也。今详《名山》。"清徐兆昺《四明谈助》谓"唐僧纪飞锡至此"，故名杖锡。宋元以降，多有吟咏该山诗作。又有杖锡寺，指杖锡延胜禅寺，清黄宗羲《四明山志》卷二"伽蓝"谓其创建于唐龙纪元年(889)。

宪使,刑部或都察部门的官员。张宪使,或指张琦。琦字君玉,鄞县人。明弘治十二年(1499)进士。累官兴化府知府,加布政使参政,致仕归。工于诗,有《白斋竹里集》七卷。原诗待考。

笺注

(1)秋声早:或为初秋时所作。

(2)玉帐:玉饰之帐。晋王嘉《拾遗记·周穆王》:"西王母乘翠凤之辇而来。……共玉帐高会。"此殆以天穹比作玉帐。

(3)金城:坚固之城。《后汉书·班固传上》:"建金城其万雉,呀周池而成渊。"唐李贤《注》:"金城,言坚固也。"

又用曰仁韵

每逢佳处问山名,风景依稀过眼生。归雾忽连千嶂暝(1),夕阳偏放一溪晴。晚投岩寺依云宿(2),静爱枫林送雨声。夜久披衣还起坐,不禁风月照人清(3)。

考释

曰仁:徐爱字。已见前。

笺注

(1)归雾:散而复起之雾。宋宋祁《望仙亭》:"来波澹天末,归雾灭岩鳞。"

(2)岩寺:此当指下诗中的"杖锡寺"。

(3)风月:清风明月。《南史·褚彦回传》:"尝聚袁粲舍,初秋凉夕,风月甚美。"

书杖锡寺

　　杖锡青冥端⁽¹⁾，涧壁环天险。垂岩下陡壑，涉水攀绝巘⁽²⁾。砠深听喧瀑^{[一](3)}，路绝骇危栈。扪萝登峻极⁽⁴⁾，披翳见平衍⁽⁵⁾。僧逋寄孤衲⁽⁶⁾，守废遗荒殿。伤兹穷僻墟，曾未诛求免⁽⁷⁾。探幽冀累息⁽⁸⁾，愤时翻意惨⁽⁹⁾。拯援才已疏⁽¹⁰⁾，栖迟心益眷⁽¹¹⁾。哀猿啸春嶂⁽¹²⁾，悬灯宿西崦⁽¹³⁾。诛茅竟何时⁽¹⁴⁾？白云愧舒卷⁽¹⁵⁾。

校勘

［一］砠：上古本《全集》作"溪"。

考释

　　杖锡寺：即杖锡延胜禅寺。见前《杖锡道中用张宪使韵》考释。

笺注

（1）杖锡：此当兼指山和在山上之寺。　青冥：青苍幽远之天空。

（2）绝巘：极高的山峰。晋张协《七命》："于是登绝巘，溯长风。"

（3）喧瀑：发出声响的瀑布。唐李白《蜀道难》："飞湍瀑流争喧豗，砯崖转石万壑雷。"

（4）扪萝：攀援葛藤。南朝梁范云《送沈记室夜别》："扪萝正忆我，折桂方思君。"

（5）披翳：拨开云雾。　平衍：平坦、宽广的地势。

（6）僧逋：僧侣逃亡。此指避世之僧侣。　孤衲：孤独的僧人。

（7）诛求：勒索。《左传·襄公三十一年》："以敝邑褊小，介于大国，诛求无时，是以不敢宁居。"

（8）累息：呼吸急促，反复喘息。《梁书·柳忱传》："朝迁狂悖，为恶日滋，顷闻京师长者，莫不重足累息。"　此句意：探幽原是想得以喘息。

（9）愤时：对世事不满。

（10）拯援：救援。唐裴铏《传奇·崔炜》："龙王能施云雨，阴阳莫测，神变由心，行藏在己,必能有道,拯援沉沦。"

(11) 栖迟:游玩休憩。《诗经·陈风·衡门》:"衡门之下,可以栖迟。"

(12) 春嶂:春天的群山。宋朱熹《寄题咸清精舍清晖堂》:"千岚蔽夕阴,百嶂明晨暾。"

(13) 西崦:西山。唐戴叔伦《北山游亭》:"西崦水泠泠,沿冈有游亭。"

(14) 诛茅:芟除茅草。指结庐安居。唐吴融《和峡州冯君题所居》:"三年拔薤成仁政,一朝诛茅莫其所居。"

(15) 唐焦郁《白云向空尽》:"白云升远岫,摇曳入晴空。乘化随舒卷,无心任始终。"此指自己愧于没有白云般舒卷的心态。

滁州诗三十六首　正德癸酉年到太仆寺作。

考释

　　滁州:清顾祖禹《读史方舆纪要》卷二十九《南直十一·滁州》:"东至扬州府二百六十里,南至和州一百五十里,西至庐州府二百六十里,西北至凤阳府二百二十里,北至凤阳府泗州二百十四里。"今安徽滁州市一带。癸酉年:正德八年。《年谱》:"冬十月,至滁州。滁山水佳胜,先生督马政,地僻官闲,日与门人遨游琅琊、瀼泉间。……旧学之士皆日来臻。于是从游之众自滁始。"为时半年。

梧桐江用韵[一]

　　凤鸟久不至,梧桐生高冈。(1)我来竟日坐,清阴洒衣裳。援琴俯流水⁽²⁾，调短意苦长。遗音满空谷，随风递悠扬。人生贵自得，外慕非所臧⁽³⁾。颜子岂忘世⁽⁴⁾？仲尼固遑遑⁽⁵⁾。已矣复何事，吾道归沧浪⁽⁶⁾。

校勘

［一］此诗据王浩远《王守仁滁州事迹考》：明赵廷瑞辑、高燿续辑《南滁会景长编》卷二著录，题作："坐龙潭梧桐冈用韵"。

考释

《南滁会景长编》卷二收录此诗，诗题作"坐龙潭梧桐冈用韵"。按全诗诗意，当写山谷潭边之景。又，明南京太仆寺在滁州，柏子潭在其西南。故诗题当以《南滁会景长编》为是。殆因吴方言"江""冈"同音致误。

柏子潭又称柏子龙潭，滁州十二景中又称柏子灵湫。明尹梦璧《滁州十二景》之十一"原画跋"："水有龙斯灵。潭为汉时采铜而凿。宋太祖濯缨潭滨，乃有龙瑞，建祠祀之。明太祖祷雨辄应，敕祀不绝，今踵行之。"《光绪滁州志》卷三之四："柏子龙潭庙，在城西南三里柏子潭侧。旧名会应。宋元符旧志云：乾德四年，知州高保绪建祠，绘五龙像。元丰二年，郡守吕希道奏赐今额。大观二年祷雨应，五龙神各封王爵。元因之。明洪武甲午夏七月，趾趼于滁。丁旱暵，躬祷，甘霖大作。洪武六年，有旨创建祠宇，改封为柏子龙潭之神。十六年，浚龙潭，潭周为楼，极其壮丽，有御制碑记及祭文。"

笺注

（1）凤鸟：凤凰。古代传说的瑞鸟。其"非梧桐不止，非竹实不食，非醴泉不饮"。被视为祥瑞。《论语·子罕》："子曰：'凤鸟不至，河不出图。吾已矣夫。'"

（2）援琴：弹琴。《韩非子·十过》："乃招师涓，令坐师旷之旁，援琴鼓之。"

（3）外慕：外在的追求。对身外之物的企慕。明王阳明《传习录》卷上："若除去了比较分两的心,各人尽着自己力量精神,只在此心纯天理上用功,即人人自有,个个圆成,便能大以成大,小以成小,不假外慕,无不具足。" 臧:善,好。《诗经·卫风·碓雉》:"不忮不求,何用不臧。"《传》:"臧,善也。"

（4）颜子:颜回。《孟子·离娄下》:"颜子当乱世,居于陋巷,一箪食,一瓢饮;人不堪其忧,颜子不改其乐,孔子贤之。"或认为颜回甘居陋巷,超然世外,而王阳明似对此有所疑问。

（5）《孟子·滕文公下》:"孔子三月无君,则皇皇如也。"遑遑:通"皇皇"。惊慌不安的样子。此指孔子欲求仕,或指其"忧时"。

（6）沧浪:已见前。《楚辞·渔父》:"沧浪之水清兮,可以濯吾缨;沧浪之水浊兮;可以濯吾足。"此指自由地处于自然之间。

林间睡起

林间尽日扫花眠⁽¹⁾,只是官闲愧俸钱⁽²⁾。门径不妨春草合⁽³⁾,斋居长对晚山妍。每疑方朔非真隐⁽⁴⁾,始信扬雄误《太玄》⁽⁵⁾。混世亦能随地得,野情终是爱丘园⁽⁶⁾。

考释:

此诗王守仁又手书赠吴一鹏。其真迹尚存,见清端方的《壬寅消夏录》,个别文字有出入,见下《补遗》中所收《小园睡起次韵寄乡友》诗。

笺注

（1）扫花眠:唐许浑《题灞西骆隐居》:"拚死酒中老,谋生书外贫。扫花眠石榻,捣药转溪轮。"

（2）愧俸钱:有愧于俸禄。唐韦应物《寄李儋元锡》:"身多疾病思田里,邑有流亡愧俸钱。"

（3）春草合：指长满了春草。宋陆游《思夔州》："遗碛故祠春草合，略无人解两
　　公心。"

（4）方朔：东方朔。《史记·滑稽列传》："（东方朔）时坐席中，酒酣，据地歌曰：
　　'陆沉於俗，避世金马门。宫殿中可以避世全身，何必深山之中、蒿庐之
　　下！'"后多借指虽仕而隐的高士。唐李白《玉壶吟》："世人不识东方朔，大隐
　　金门是谪仙。"王阳明以为未必也。

（5）扬雄：《汉书·扬雄传》："扬雄字子云，蜀郡成都人也。"扬雄以为"经莫大于
　　《周易》，故作《太玄》"。

（6）野情：不受世事拘束的天然之情。唐包佶《送日本国聘贺使晁巨卿东归》：
　　"野情偏得礼，木性本含真。"

赠熊彰归

　　门径荒凉蔓草生，相求深愧远来情[1]。千年绝学蒙尘土[2]，何
处澄江无月明[3]？坐看远山凝暮色，忽惊废叶起秋声。归途望岳
多幽兴，为问山田待耦耕[4]。

考释

　　此诗乃送别熊彰所作。熊彰，不详。考上古本《全集》卷七《紫阳书院集序》有
徽州之守为"豫章熊侯世芳"，或与此熊氏有关。

　　诗中有曰"千年绝学蒙尘土"，《紫阳书院集序》："世之学者，往往遂失之支离
琐屑，色庄外驰而流入于口耳声利之习。"又，据明杨廉《杨文恪文集》卷三十二《紫
阳书院题名记》，书院"乃正德庚午复建于熊侯世芳，所以祀朱子者"。可见王阳明

对当时所谓"朱子"之学的批判。

此书院建于正德庚午,乃正德五年。又《紫阳书院集序》原稿,或认为作于正德七年。此诗或当作于此期间。

诗曰"忽惊废叶起秋声",殆作于秋季。

笺注

（1）远来情:远道而来之情。宋苏轼《侄安节远来夜坐三首》:"永夜思家在何处,残年知汝远来情。"

（2）绝学:此指守仁所理解的儒学。宋张载:"为天地立心,为生民立命,为往圣继绝学,为万世开太平。"（见《横渠语录》）

（3）元张可久《越调·凭阑人》:"江水澄澄江月明,江上何人捣玉筝。"

（4）耦耕:二人并耕。泛指农事。《礼记·月令》:"(季冬之月)命农计耦耕事,修末耜,具田器。"此指归隐。

别易仲

辰州刘易仲从予滁阳,一日问:"道可言乎?"予曰:"哑子吃苦瓜,与你说不得。尔要知我苦,还须你自吃。"易仲省然有悟。久之辞归,别以诗。

迢递滁山春,子行亦何远。累然良苦心⁽¹⁾,惝恍不遑饭⁽²⁾。至道不外得⁽³⁾,一悟失群暗⁽⁴⁾。秋风洞庭波,游子归已晚。⁽⁵⁾结兰意方勤⁽⁶⁾,寸草心先断⁽⁷⁾。末学久仳离⁽⁸⁾,颓波竟谁挽⁽⁹⁾?归哉念流光,一逝不复返。

考释

　　易仲：刘观时，字易仲，沅陵人，郡庠生，学者称沙溪先生。见《沅陵县志》卷三十。正德八年(1513)冬十月至九年四月，守仁在滁州。刘观时专程从湖南来滁州问学。

笺注

（1）累然：羸惫貌。《大戴礼记·文王官人》："惧色薄然以下，忧悲之色累然而静。"

（2）惝恍：迷茫状。《史记·司马相如列传》："视眩眠而无见兮，听惝恍而无闻。"

（3）至道：最高深的道理、准则。《礼记·学记》："虽有嘉肴，弗食，不知其旨也；虽有至道，弗学，不知其善也。"《荀子·儒效》："以从俗为善，以货财为宝，以养生为己至道，是民德也。"　此言至道非得于自身之外。此乃王阳明之学最关键所在。

（4）群暗：指各种迷茫不解的问题。

（5）刘观时乃湖南辰州人，故有"洞庭波""游子"之说。

（6）结兰：义结金兰。意气相投，结为至交。《世说新语·贤媛》："山公与嵇、阮一面，契若金兰。"

（7）寸草心：指对家人父母的情意。唐孟郊《游子吟》诗："谁言寸草心，报得三春晖。"　先断：指先搁置了对家人的情感。

（8）末学：指当时流行之俗学。　仳离：离散；离去。《诗经·王风·中谷有蓷》："有女仳离。"郑玄注："有女遇凶年而见弃，与其君子别离。"此指末学早就离开了至道。

（9）颓波：指当时儒学之道衰落的趋势。

送守中至龙盘山中

未尽师生六日情，天教风雪阻西行。茅堂岂有春风坐，江郭虚留一月程⁽¹⁾。客邸琴书灯火静，故园风竹梦魂清。何年稳闭阳明洞，榾柮山炉煮石羹⁽²⁾。

考释

守中：姓朱，名节，字守中。《明史》卷二八三有传："朱节，字守中。正德八年进士。为御史，巡按山东。大盗起颜神镇，蔓州县十数。驱驰戎马间，以劳卒。赠光禄少卿。"或云为正德九年进士。阳明弟子。明黄宗羲《明儒学案》卷十一"浙中王门学案"有传，曰："朱节，字守中，号白浦，亦白洋人。举进士，官御史，以天下为己任。……巡按山东，流贼之乱，勤事而卒。"明祝允明《怀星堂集》卷一八《朱守中家传》："余少尝述交友为《金石契》，其时守中且幼。无守中，守中且刻之木。"又，王道《顺渠先生文录》有《答朱守中》，可参见。

龙盘山，清顾祖禹《读史方舆纪要》卷二十九"南直十一·滁州"："龙蟠山，在州南十三里，泉石洞壑，亦甚奇胜。"滁州十二景有"龙蟠叠翠"。

笺注

（1）江郭：濒江的城郭。唐元稹《酬乐天东南行诗一百韵》："江郭船添店，山城木竖郛。" 一月程：或朱节在滁州留居月余。

（2）榾柮：木柴块，树根疙瘩。宋陆游《霜夜》诗之二："榾柮烧残地炉冷，喔咿声断天窗明。" 石羹：或指石髓羹类的饮食。宋孟元老《东京梦华录·食店》："大凡食店，大者谓之'分茶'，则有头羹、石髓羹……寄炉面饭之类。"

龙蟠山中用韵

无奈青山处处情,村沽日日办山行⁽¹⁾。真惭廪食虚官守⁽²⁾,只把山游作课程⁽³⁾。谷口乱云随骑远,林间飞雪点衣轻⁽⁴⁾。长思淡泊还真性,世味年来久絮羹⁽⁵⁾。

考释

龙蟠山与前"龙盘山"当为一处。

笺注

(1)村沽:即村酤。村酒。唐虚中《赠秀才》:"谁解伊人趣,村沽对郁陶。"

(2)廪食:公家供给食粮。《韩非子·内储说上》:"齐宣王使人吹竽,必三百人。南郭处士请为王吹竽。宣王悦之,廪食以数百人。" 官守:官吏的职责。

(3)课程:为达教育目标,由学校及老师安排指导学生所从事的一切活动。

(4)点衣:沾点衣服。宋杜范《次赵贵方九里松独行韵》:"残雪点衣消酒醉,晚风吹鬓带诗还。"

(5)世味:人世滋味;社会人情。唐韩愈《示爽》诗:"吾老世味薄,因循致留连。"絮羹:加盐、梅于羹中以调味。《礼记·曲礼上》:"毋絮羹。"汉郑玄《注》:"絮,犹调也。"

琅琊山中三首⁽⁻¹⁾

校勘

[一]王杏刊《新刊阳明先生文录续编》,此三首分为二题。第一首同此,第二第三首题作"游琅琊用韵二首"。

考释

清顾祖禹《读史方舆纪要》卷二十九"南直十一·滁州":"州南十里。晋伐吴,命琅琊王伷出涂中。时尝驻此,因名。山谷深七八里,下有琅琊溪,源出两峰间,谓之酿泉。其余泉涧溪洞,类皆幽胜。"

考此三首,俱写冬天雪景,当为正德七年冬之事。束景南辑有王阳明《琅琊题名》:"正德癸酉冬旱,滁人惶惶。乃正月乙丑雪,丁卯大雪。太仆少卿、白湾文宗岩森与阳明子王阳明,同登龙潭之峰以望。再明日霁,又登琅琊之峰以望,又登丰山之峰以望,见金陵、凤阳诸山皆白,喜是雪之被广矣。回临日观,择月洞,憩了了堂。风日融丽,泉潝鸟嘤,意兴殊适。门人蔡宗兖、朱节辈二十有八人壶榼携至,遂下饮庶子泉上。及暮既醉,皆充然有得。相与盥濯,咏歌而归。庶几浴沂之风焉。后三月丁亥,御史张侁、行人李校、员外徐爱、寺丞单麟复同游,始刻石以记。余姚王阳明伯安题。"

此下三诗当为正月游山之事。

(一)

　　草堂寄放琅琊间,溪鹿岩僧且共闲[(1)]。冰雪能回草木死,春风不化山石顽。六经散地莫收拾[(2)],丛棘被道谁刊删? 已矣驱驰二三子,凤图不出吾将还[(3)]。

笺注

(1)溪鹿:溪边之鹿,宋苏辙《五郡》:"观形随阜饮溪鹿,云气侵山食叶蚕。" 岩僧:山僧。

(2)六经:传统指儒学的《易》《诗》《书》《礼》《乐》《春秋》。

(3)凤图不出:《论语·子罕》:"子曰:'凤鸟不至,河不出图,吾已矣夫!'"多喻天下不太平,政治不清明,无希望。

(二)

狂歌莫笑酒杯增,异境人间得未曾。绝壁倒翻银海浪[1],远山真作玉龙腾[2]。浮云野思春前动[3],虚室清香静后凝[4]。懒拙惟余林壑计[5],伐檀长自愧无能[6]。

笺注

(1)银海:银色的海洋。云、水、冰雪与日、月光华辉映产生的景色。宋陆游《月夕》:"天如玻璃钟,倒覆湿银海。"

(2)玉龙:此当指远山带雪,起伏如玉龙。

(3)野思:闲散自适的心思。唐李嘉祐《送严维归越州》:"乡心缘绿草,野思看青枫。"

(4)虚室:空室。

(5)林壑计:林壑心。退隐之心。

(6)伐檀:语出《诗经·魏风·伐檀》。《诗序》云:"《伐檀》,刺贪也。在位贪鄙,无功而受禄,君子不得进仕尔。"这是王阳明反思之词。

(三)

风景山中雪后增,看山雪后亦谁曾?隔溪岩犬迎人吠,饮涧飞猱踔树腾[1]。归骑林间灯火动,鸣钟谷口暮光凝。尘踪正自韬笼在[2],一宿云房尚未能[3]。

笺注

(1)飞猱:善于攀援腾跃的猿猴。三国魏曹植《白马篇》:"扬手接飞猱,俯身散马蹄。”唐李白《梁甫吟》:“手执飞猱搏雕虎,蹑足焦原未云苦。”

(2)尘踪:又作踪尘。尘世的事情。唐韩愈《送惠师》:“脱冠剪头发,飞步遗踪尘。” 韬笼:皮套,网笼。此殆喻世俗之网罗。

(3)云房:僧道或隐者所居住的房屋。唐韦应物《游琅琊山寺》:“填壑跻花界,叠石构云房。”

答朱汝德用韵

东去蓬瀛合有津(1),若为风雨动经旬(2)。同来海岸登舟者(3),俱是尘寰欲渡人(4)。弱水洪涛非世险(5),长年三老定谁真(6)。青鸾眇眇无消息(7),怅望烟花又暮春。

考释

朱汝德:名勋。《万历滁阳志》卷十二有传:“朱勋,字汝德。指挥原中子。少从王阳明先生游,涵养沉邃。应正德十六年贡入都。……授安福训导,掌白鹿洞事。历升泉州府教授,致仕归。二十年执吟社牛耳。”

笺注

(1)蓬瀛:蓬莱、瀛洲。相传为仙人所居之处。亦泛指仙境。晋葛洪《抱朴子·对俗》:“(得道之士)或委华驷而辔蛟龙,或弃神州而宅蓬瀛。”考此句意,殆朱勋有东行之事。

(2)经旬:十日为一旬。

(3)登舟:或指乘之以登岸之舟。

(4)此乃翻用渡尘寰之人于彼岸仙境之说。

(5)弱水、洪涛:泛指蓬莱、瀛洲等处的环境。唐杜光庭《墉城集仙录》卷之一“金母元君"："在龟山之春山、昆仑玄圃阆风之苑,有金城千重,玉楼十二,琼华之阙,光碧之堂,九层玄台,紫翠丹房,左带瑶池,右环翠水,其山之下,弱水九重,洪涛万丈,非飙车羽轮不可到也。"

（6）长年三老：川峡一带对舵手、篙师的敬称。唐杜甫《拨闷》："长年三老遥怜汝,捩舵开头捷有神。"清仇兆鳌引蔡注："峡中以篙师为长年,舵工为三老。" 定谁真：选定何人为真有本事者。

（7）青鸾：传说中似凤凰的神鸟。赤色多为凤,青色多为鸾。为神仙坐骑。唐李白《凤凰曲》："嬴女吹玉箫,吟弄天上春。青鸾不独去,更有携手人。"

送惟乾二首

考释

　　惟乾：冀元亨,字惟乾,武陵人。正德十一年乡试中举。后从王阳明于赣,王阳明属以教子。曾与王阳明论学。宸濠败灭,权臣诬王阳明与宸濠通,逮元亨,加以炮烙,械系京师。世宗嗣位,言者白其冤,出狱五日而卒。事见《明史·王守仁传》。

（一）

　　独见长年思避地⁽¹⁾,相从千里欲移家⁽²⁾。惭予岂有万间庇⁽³⁾？借尔刚余一席沙⁽⁴⁾。古洞幽期攀桂树⁽⁵⁾,春溪归路问桃花⁽⁶⁾。故人劳念还相慰,回雁新秋寄彩霞⁽⁷⁾。

笺注

（1）避地：此指隐遁。《汉书·叙传上》："始皇之末,班壹避地於楼烦。"

（2）千里：指冀元亨自武陵至滁州。

（3）万间庇：唐杜甫《茅屋为秋风所破歌》："安得广厦千万间，大庇天下寒士俱欢颜。"

（4）一席沙：沙鸥等栖息的一点沙地。

（5）幽期：隐逸之期约。《文选》谢灵运《富春渚诗》："平生协幽期，沧颐困微弱。"唐吕延济《注》："往时已有幽隐之期，但以沉顿，困于微弱，常不能就。" 攀桂树：登科中举。唐和凝《柳枝》："不是当年攀桂树，岂能月里索嫦娥。"

（6）春溪归路：指冀元亨于是年春离滁返乡应乡试也。

（7）此句盖预祝是年秋冀元亨乡试高中（添新彩），届时来书（回雁）报讯。

（二）

　　簦笈连年愧远求(1)，本来无物若为酬。春城驿路聊相送，夜雪空山且复留。江浦云开庐岳曙(2)，洞庭湖阔九疑浮(3)。悬知再鼓潇湘柁(4)，应是芙蓉湘水秋(5)。

笺注

（1）簦笈：指携行李包裹奔走于官吏显贵之门，企其汲引任用。此指冀元亨多年来从王阳明受学。簦，古代有柄的笠。笈，书箱。

（2）庐岳：庐山。

（3）九疑：九嶷山。

（4）典出唐杜甫《忆昔行》："南浮早鼓潇湘柁。" 鼓柁：本指摇动船舵。多谓泛舟。 潇湘：潇水、湘水。

（5）此句是遥想乡试后北上会试时的情景，湘水之上，芙蓉花开。

别希颜二首

考释

希颜：蔡宗充,字希颜,或作希渊。山阴(今浙江绍兴)白洋人。明黄宗羲《明儒学案》卷十一"浙中王门学案"有传,云其"乡书十年而取进士,留为庶吉士,不可,以教授奉母。孤介不为当道所喜,辄弃去"。考此诗,有"且留南国春山兴"句,当作于正德九年春天。和下《送蔡希颜三首》当为前后之作。说见下。

(一)

中岁幽期亦几人[1]？是谁长负故山春？道情暗与物情化[2],世味争如酒味醇[3]！耶水云门空旧隐[4],青鞋布袜定何晨[5]？童心如故容颜改[6],惭愧年年草木新。

笺注

（1）中岁：中年。唐王维《终南别业》："中岁颇好道,晚家南山陲。" 幽期：隐逸之期约。参前《送惟乾二首》(一)笺注(5)。

（2）道情：道义;情理。 物情：世情,民心。《后汉书·爰延传》："事多放滥,物情生怨。"

（3）世味：人世滋味,世间人情。唐韩愈《示爽》："吾老世味薄,因循致留连。"

（4）耶水：若耶溪。 云门：云门山,即东山。若耶溪、云门山皆在绍兴。

（5）青鞋布袜：原指平民的服装。比喻隐士的生活。唐杜甫《奉先刘少府新画山水障歌》："吾独胡为在泥滓? 青鞋布袜从此始。"

（6）童心：童稚之心;本性;真心。

(二)

后会难期别未轻[1],莫辞行李滞江城[2]。且留南国春山兴[3],

共听西堂夜雨声⁽⁴⁾。归路终知云外去⁽⁵⁾，晴湖想见镜中行⁽⁶⁾。为寻洞里幽栖处，还有峰头双鹤鸣⁽⁷⁾。

笺注

（1）未轻：未敢轻易处之。

（2）行李：行程、行踪。唐杜牧《闻范秀才自蜀游江湖》："归时慎行李，莫到石城西。"（按，一作许浑诗）　江城：指滁阳。下《送蔡希颜三首》诗序："正德癸酉冬，希渊赴南宫试，访予滁阳，遂留阅岁。"

（3）春山兴：唐戴叔伦《与友人过山寺》："共有春山兴，幽寻此日同。"

（4）西堂：客居之堂。《禅林象器笺·称呼门》："他山前住人，称西堂。盖西是位，他山退院人来此山，是宾客，故处西堂。"　西堂雨：金元好问《少林雨中》："西堂三日雨，气节变萧森。"

（5）云外：世外。

（6）似指晴日鉴湖，水平如镜，泛舟其上。

（7）双鹤：此喻友好同道者。魏曹植《诗》："双鹤俱遨游，相失东海傍。"

山中示诸生五首^[一]

校勘

［一］明孟津编《良知同然录》，第一首题为《来仙洞》，第二、三、四首题为《忆滁阳诸生》，凡四首，第五首未收。又，第四首上古本、浙古本《全集》均未收。

考释

　　《王阳明年谱》："（正德）八年癸酉，先生四十二岁。……冬十月，至滁州。滁山水佳胜，先生督马政，地辟官闲，日与门人遨游琅琊、瀼泉间。月夕则环龙潭而坐者数百人,歌声振山谷。"

殆可见当时王阳明聚徒讲学之况。

其一

路绝春山久废寻,野人扶病强登临[1]。同游仙侣须乘兴,共探花源莫厌深[2]。鸣鸟游丝俱自得[3],闲云流水亦何心? 从前却恨牵文句[4],展转支离叹陆沉[5]!

笺注

（1）野人：此乃守仁自称。

（2）花源：桃花源。见陶渊明《桃花源记》。

（3）游丝：飘荡在空中的蜘蛛丝等。

（4）牵文句：拘泥于文章辞句。

（5）展转：犹辗转。翻来覆去,不能安定。 支离：残缺不全,烦琐杂乱。错乱不成文理。 陆沉：昏沉愚昧。汉王充《论衡·谢短》："夫知古不知今,谓之陆沉。"此乃守仁感叹以往拘泥文辞而致昏沉愚昧,未能悟生生不息的自然之道。

其二

滁流亦沂水,童冠得几人? 莫负咏归兴,溪山正暮春。[1]

笺注

（1）《论语·先进》："莫春者,春服既成,冠者五、六人,童子六、七人,浴乎沂,风乎舞雩,咏而归。"

其三

桃源在何许？西峰最深处。不用问渔人，沿溪踏花去。

其四

池上偶然到，红花间白花。小亭闲可坐，不必问谁家。

其五

溪边坐流水，水流心共闲。不知山月上，松影落衣斑。

龙潭夜坐^[一]

何处花香入夜清？石林茅屋隔溪声。幽人月出每孤往⁽¹⁾，栖鸟山空时一鸣⁽²⁾。草露不辞芒履湿⁽³⁾，松风偏与葛衣轻⁽⁴⁾。临流欲写猗兰意⁽⁵⁾，江北江南无限情。

校勘

［一］坐：孟津编《良知同然录》作"步"。

考释

龙潭：在滁州。又称柏子潭。参前《梧桐江用韵》考释。

关于龙潭之行，参见上《琅琊山中三首》考释所引王阳明《琅琊题名》。

笺注

（1）幽人：隐士。幽居之士。宋苏轼《定惠院寓居月夜偶出》："幽人无事不出门，偶逐东风转良夜。"

（2）唐王籍《入若耶溪》："蝉噪林逾静，鸟鸣山更幽。"

（3）芒履：草鞋。唐孟浩然《白云先生王迥见访》："手持白羽扇，脚步青芒履。"

（4）葛衣：葛布制成的夏衣。《韩非子·五蠹》："冬日麑裘，夏日葛衣。"

（5）猗兰：古琴曲《猗兰操》的省称。宋郑樵《通志》卷四十九《乐略》第一："《猗兰操》，亦曰《幽兰操》。世言孔子作。孔子伤不逢时，以兰荠麦自喻，且云：我虽不用，于我何伤？言霜雪之时，荠麦乃茂，兰者取其芬香也。今此操只言猗兰，盖省辞也。"此指作者心情如《猗兰操》。

送德观归省二首(1)

（一）

雪里闭门十日坐，开门一笑忽青天。茅檐正好负暄日(2)，客子胡为思故园？椿树惯经霜雪老(3)，梅花偏向岁寒妍。琅琊春色如相忆(4)，好放山阴月下船(5)。

笺注

（1）德观：待考。殆为当时到滁州问学的故乡绍兴之人。

（2）暄日：风和日暖。明汪廷讷《狮吼记·赏春》："风和日暄，燕交飞触碎胭脂片。"

（3）椿树：《庄子·逍遥游》："上古有大椿者，以八千岁为春，八千岁为秋。"

（4）琅琊：滁州琅琊山。

（5）山阴：今浙江绍兴一带。或德观故乡。

（二）

琅琊雪是故园雪，故园春亦琅琊春。天机动处即生意⁽¹⁾，世事到头还俗尘⁽²⁾。立雪浴沂传故事⁽³⁾，吟风弄月是何人⁽⁴⁾？到家好谢二三子⁽⁵⁾，莫向长沮错问津。⁽⁶⁾

笺注

（1）天机：天意。此指自然变化。　生意：生机，生命力。

（2）俗尘：世俗之事。唐李颀《题璿公山池》："此外俗尘都不染，惟余玄度得相寻。"

（3）立雪：指程门立雪。意为尊重师长。《宋史·杨时传》："见程颐于洛，时盖年四十矣。一日见颐，颐偶瞑坐，时与游酢侍立不去。颐既觉，则门外雪深一尺矣。"　浴沂：见《论语·先进》。已见前《南屏》笺注(2)。

（4）吟风弄月：指文人吟咏风月。唐范传正《唐左拾遗翰林学士李公新墓碑并序》："吟咏风月，席天幕地，但贵乎适其所适，不知夫所以然而然。"

（5）二三子：诸位，几个人。《左传·僖公三十三年》："孤违蹇叔，以辱二三子，孤之罪也。"此殆指弟子。

（6）典出《论语·微子》："长沮、桀溺耦而耕。孔子过之，使子路问津焉。长沮曰：'夫执舆者为谁?'子路曰：'为孔丘。'曰：'是鲁孔丘与?'曰：'是也。'曰：'是知津矣!'"长沮，春秋时隐者。问津，问路。

送蔡希颜三首^[一]

正德癸酉冬，希渊赴南宫试，访予滁阳，遂留阅岁。既而东归，问其故，辞以疾。希渊与予论学琅琊之间,于斯道既释然矣,别之以诗。

校勘

[一] 日本九州大学藏《阳明先生文录》卷四,分别收有三首同名的《别希颜》诗,
　　　即此《送蔡希颜三首》,疑此诗名乃后来编者所加。

考释

　　蔡希颜:蔡宗兖。见前《别希颜二首》考释。南宫:礼部的别称。职掌会试。
阅岁:过了年。蔡希颜正德八年冬访守仁,至次年春而归。此诗和前《别希颜二
首》当作于正德九年春。斯道:指儒学之道。释然:指王阳明和蔡宗兖对于"斯
道"的学问自觉已疑释顿消。

(一)

　　风雪蔽旷野,百鸟冻不翻[1]。孤鸿亦何事,嗷嗷溯寒云[2]?岂伊
稻粱计,独往求其群?之子眇万钟[3],就我滁水滨。野寺同游请,春山
共攀援。鸟鸣幽谷曙,伐木西涧曛。[4]清夜湛玄思[5],晴窗玩奇文[6]。
寂景赏新悟[7],微言欣有闻[8]。寥寥绝代下[9],此意冀可论。

笺注

（1）翻:鸟飞。唐王维《辋川闲居》:"青菰临水映,白鸟向山翻。"

（2）嗷嗷:悲叫声。三国魏曹植《杂诗六首》之三:"飞鸟绕树翔,嗷嗷鸣索群。"

（3）之子:指蔡宗兖。　眇:眇视。小看、轻视也。　万钟:优厚的俸禄。《孟
　　　子·告子上》:"万钟则不辩礼义而受之,万钟于我何加焉。"

（4）此两句典出《诗经·小雅·伐木》。后世多以"伐木"为表达朋友间深情厚谊
　　　的典故。　西涧:滁州西涧。　曛:落日余光。

（5）湛:深湛。　玄思:远思。《文选》江淹《杂体诗·效张绰杂述》:"亹亹玄思

清,胸中去机巧。"唐吕延济《注》:"玄,远也。"

（6）晴窗:明亮的窗户。宋陆游《临安春雨初霁》:"矮纸斜行闲作草,晴窗细乳戏
分茶。" 奇文:奇特美妙之文。晋陶潜《移居》之一:"奇文共欣赏,疑义相
与析。"

（7）寂景:静寂的景色。

（8）微言:精微之言。《逸周书·大戒》:"微言入心,凤喻动众。"

（9）寥寥:广阔;空旷。遥远。三国魏曹操《善哉行》之三:"寥寥高堂上,凉风入
我室。" 绝代:远古年代。晋郭璞《尔雅序》:"总绝代之离词,辩同实而殊号
者也。"宋邢昺《疏》:"绝代,犹远代也。"

（二）

群鸟喧北林,黄鹄独南逝。⁽¹⁾北林岂无枝? 罗弋苦难避⁽²⁾。之子
丹霞姿⁽³⁾,辞我云门去⁽⁴⁾。山空响流泉,路僻迷深树。长谷何盘纡,
紫芝春可茹⁽⁵⁾。求志暂栖岩⁽⁶⁾,避喧宁遁世。系予辱风尘,送子愧云
雾。⁽⁷⁾匡时已无术,希圣徒有慕⁽⁸⁾。倘入阳明峰⁽⁹⁾,为寻旧栖处。

笺注

（1）北林:此指北方京城的官场。 黄鹄:《商君书·画策》:"黄鹄之飞,一举千
里。"多喻高才贤士。此喻蔡宗兖。蔡宗兖本拟赴京参加会试,然在滁与王
阳明论学"阅岁",于"斯道"释然,即告东归。此两句指士子(群鸟)纷纷北赴
京城,以求一第;而独有蔡宗兖(黄鹄)却于儒学有得后,东返绍兴。

（2）罗弋:罗网和箭弋。泛指捕鸟工具。唐白居易《犬鸢》:"上无罗弋忧,下无羁
锁牵。"

（3）丹霞姿:光彩妍丽之姿。丹霞,红霞。三国魏曹丕《丹霞蔽日行》:"霞蔽日,

采虹垂天。"

（4）云门：即归隐云门也。虚、实并举：一者,蔡为绍兴人,云门山在绍兴境,归乡也。二者,蔡正德癸酉冬拟赴南宫试,留滁阳阅岁。既而东归,王阳明问其故,蔡"辞以疾"。盖即归隐也。

（5）紫芝：木芝。似灵芝。此泛指山中的菌类。　茹：食也。

（6）栖岩：栖息于山岩。隐居山林。南朝宋谢灵运《初去郡》："庐园当栖岩,卑位代躬耕。"

（7）系,牵系。　风尘：此指世俗事务。　此两句协诗律而变换语序,当解作"风尘系予(而致予)辱,送子云雾(而予)愧"。

（8）希圣：效法、仰慕圣人。

（9）阳明峰：此指自己家乡之山峰。

（三）

何事憧憧南北行⁽¹⁾？望云依阙两关情⁽²⁾。风尘暂息滁阳驾,鸥鹭还寻鉴水盟⁽³⁾。悟后六经无一字⁽⁴⁾,静余孤月湛虚明。从知归路多相忆,伐木山山春鸟鸣⁽⁵⁾。

笺注

（1）憧憧：《周易·咸·九四》："憧憧往来,朋从尔思。"唐陆德明《经典释文》引王肃曰："憧憧,往来不绝貌。"

（2）望云：企求自由。《文选》陶潜《始作镇军参军经曲阿作》："望云惭高鸟,临水愧游鱼。"唐李善《注》："言鱼鸟咸得其所,而己独违其性也。"　依阙：依傍宫阙,希望为官。

（3）鸥鹭盟：与鸥鹭为友。比喻隐退。　鉴水：绍兴鉴湖。

（4）此乃守仁自得之语，说六经皆出自心中。

（5）伐木：典出《诗经·小雅·伐木》。后因以"伐木"为表达朋友间深情厚谊的
　　　典故。见《送蔡希颜三首》(一)笺注(4)。

赠守中北行二首

考释

　　守中，朱节。见前《送守中至龙盘山中》考释。又《明史》本传："正德八年进士，为御史，巡按山东。"王阳明或为此送之。

（一）

　　江北梅花雪易残，山窗一树自家看。临行掇赠聊数颗，珍重清香是岁寒。

（二）

　　来何匆促去何迟，来去何心莫漫疑(1)。不为高堂双雪鬓(2)，岁寒宁受北风欺?

笺注

（1）漫疑：随意猜疑。宋孔武仲《次韵苏翰林西山诗》："漫疑踪迹尘埃暗，从此出
　　　跃樊山隈。"

（2）高堂：指父母。古代父母居正屋，故用高堂代称父母。

郑伯兴谢病还鹿门雪夜过别赋赠三首

考释

郑伯兴：据《明清进士题名录》，郑伯兴为嘉靖二十九年三甲进士。明王廷相《王廷相家藏集》卷十一《扬州与鹿门子饮酒歌》诗题下小注曰："鹿门子，襄阳郑伯兴也。"明湛若水《泉翁大全集》中有与其交往文字，如《与扬州郑节推伯兴辞孙太守赙金》《和郑伯兴上陵三首》《与郑伯兴朱守中余子华昌平道中遇风》《宿谏议祠，次韵余子华太史兼呈郑伯兴朱守中二进士》等。《顺治襄阳府志》卷十四："郑杰，字伯兴，襄阳人。以进士除扬州推官，一以洗冤泽物为己任。历升吏部文选司郎中，拔幽滞，抑侥幸，舆论归之。因言事谪临邛，即单车就道。迁广东佥事、南京大理寺丞，持法平允，无异维扬。卒于官。"

鹿门山，《顺治襄阳府志》卷四："鹿门山，县东南三十里。光武梦苏岭山神，命习郁立神祠。按：此刻二石鹿夹道口，故名。汉庞德公、唐庞蕴、孟浩然、皮日休俱隐于此。"

此数诗可见王阳明此时的思想已颇明晰。

(一)

之子将去远[1]，雪夜来相寻。秉烛耿无寐，怜此岁寒心[2]。岁寒岂徒尔，何以赠远行？圣路塞已久[3]，千载无复寻[4]。岂无群儒迹？蹊径榛茅深[5]。浚流须寻源，积土成高岑[6]。揽衣望远道[7]，请君从此征。

笺注

（1）之子：指郑伯兴。

（2）岁寒心：喻坚贞不屈的节操。唐张九龄《感遇》之七："岂伊地气暖？自有岁寒心。"

（3）圣路：通往圣人之路。此指儒学学统。

（4）无复寻：指无法再寻找。此可见对当时儒学的批判。

（5）蹊径：小路。《荀子·劝学》："将原先王，本仁义，则礼正其经纬蹊径也。"

　　榛茅：榛莽，茅草。草木丛生。唐杜甫《畏人》："门弩从榛茅，敛心走马蹄。"

（6）高岑：高山。

（7）揽衣：披着衣服。唐白居易《长恨歌》："揽衣推枕起裴回，珠箔银屏逦迤开。"

（二）

浚流须有源，植木须有根。根源未浚植，枝派宁先蕃（1）？谓胜通夕话，义利分毫间。（2）至理匪外得（3），譬犹镜本明。外尘荡瑕垢，镜体自寂然。（4）孔训示克己（5），孟子垂反身（6）。明明贤圣训，请君勿与谖（7）。

笺注

（1）蕃：繁茂。《传习录》卷上："后世著述，是又将圣人所画，摹仿誊写，而妄自分析加增，以呈其技，其失真愈远矣。"

（2）义利：道义利益。此两句或指，明确义、利之细微的区分，胜过通宵的话语。《传习录》卷上："因时致治，不能如三王之一本于道。而以功利之心行之，即是伯者以下事业。后世儒者，许多讲来讲去，只是讲得个伯(即霸)术。"

（3）至理：最根本、最精深的道理。王阳明认为至理离不开人本身的体知，而不求于外。《传习录》卷上："人只要成就自家心体，则用在其中。……诸君要实见此道，须从自己心上体认，不假外求始得。"

（4）《传习录》卷上："心犹镜也。圣人心如明镜，常人心如昏镜。近世格物之说，如以镜照物,照上用功,不知镜尚昏在,何能照?先生之格物,如磨镜面使之明,磨上用功,明了后,亦未尝废照。"

（5）孔训:孔子之训。　克己:克己复礼。《论语・颜渊》:"颜渊问仁。子曰:'克己复礼为仁。一日克己复礼,天下归仁焉。为仁由己,而由人乎哉?'"

（6）反身:反于自身。《孟子・尽心上》:"万物皆备于我矣。反身而诚,乐莫大焉。"

（7）谖:忘记。《诗经・卫风・考槃》:"独寐寤言,永矢弗谖。"

（三）

鹿门在何许?君今鹿门去。千载庞德公,犹存栖隐处。[1]洁身匪乱伦[2],其次乃避地[3]。世人失其心,顾瞻多外慕[4]。安宅舍弗居[5],狂驰惊奔骛[6]。高言诋独善[7],文非遂巧智[8]。琐琐功利儒[9],宁复知此意!

笺注

（1）鹿门、庞德公。参前《诸生来》注(14)。

（2）乱伦:此指不合伦理。《论语・微子》:"欲洁其身而乱大伦,君子之仕也,行其义也。"

（3）避地:避世隐居。《论语・宪问》:"子曰:'贤者避世,其次避地,其次避色,其次避言。'"

（4）外慕:追慕身外事物。南朝梁江淹《殷东阳仲文兴嘱》:"求仁既自我,玄风岂外慕。"

（5）安宅:典出《孟子・离娄上》:"仁,人之安宅也;义,人之正路也。旷安宅而弗居,舍正路而不由,哀哉!"指以仁居心,以义行事。

（6）奔骛：胡乱奔走。宋陈造《再次韵酬俞君任》："闯首亨衢属壮年,即今奔骛恐徒然。"

（7）高言：大言,过甚之辞。《管子·任法》："群臣无诈伪,百官无奸邪,奇术技艺之人莫敢高言孟行以过其情、以遇其主矣。"　独善：独善自身。《孟子·尽心上》："穷则独善其身,达则兼善天下。"

（8）文非：文饰过失。宋苏轼《论时政状》："近日之事,乃有文过遂非之风。"　巧智：机巧智谋。《老子》第十九章："绝圣弃智,民利百倍。"

（9）琐琐：琐碎、渺小。指人品卑微。《诗经·小雅·节南山》："琐琐姻亚,则无膴仕。"汉郑玄《笺》："琐琐姻亚,妻党之小人。"

门人王嘉秀实夫、萧琦子玉告归,书此见别意,兼寄声辰阳诸贤

王生兼养生[(1)],萧生颇慕禅;迢迢数千里,拜我滁山前。吾道既匪佛,吾学亦匪仙。[(2)]坦然由简易[(3)],日用匪深玄[(4)]。始闻半疑信,既乃心豁然。譬彼土中镜,暗暗光内全。外但去昏翳[(5)],精明烛媸妍。[(6)]世学如剪彩[(7)],妆缀事蔓延[(8)];宛宛具枝叶[(9)],生理终无缘。[(10)]所以君子学,布种培根原;萌芽渐舒发,畅茂皆由天。秋风动归思,共鼓湘江船。湘中富英彦[(11)],往往多及门[(12)]。临歧缀斯语,因之寄拳拳。[(13)]

考释

王嘉秀,字实夫,沅陵人。《乾隆辰州府志》卷三十六："当王文成公自龙场归时,慨然从学。其后随之上下。"又见《沅陵县志》卷三十。《传习录》卷上有答王嘉

秀问佛道与"圣人"之道不同语。萧琦子玉：不详。《年谱》中有守仁弟子"萧惠"。又《传习录》卷上："萧惠好仙释。"与诗中"萧生颇慕禅"相类。和王嘉秀同为守仁早期门生，同问仙释之学。或与此人有关。辰阳诸贤：辰州诸弟子，守仁在辰州一带的弟子门人，据考有唐愈贤、蒋信、徐珊、冀元亨等。萧琦当也是辰州人。

笺注

（1）王生：此指王嘉秀。　养生：此指道家。

（2）参见《传习录》卷上："吾自幼笃专二氏，自谓既有所得，谓儒者为不足学。其后居夷三载，见得圣人之学，若是其简易广大，始自叹悔，错用了三十年气力。大抵二氏之学，其妙与圣人只有毫厘之间。汝今所学，乃其土苴，辄自信自好若此，真鸱鸮窃腐鼠耳。"

（3）坦然：坦荡平静。《传习录》卷下："先生曰：'惟天下至圣，为能聪明睿知。'旧看何等玄妙，今看来，原是人人自有的。耳原是聪，目原是明，心思原是睿知，圣人只是一能之尔。能处正是良知。众人不能，只是个不致知。何等明白简易。"此思想，在此时已经可见。

（4）日用：日常所用。指平常，通用。　深玄：深奥玄妙。

（5）昏翳：昏暗，隐晦。

（6）精明：明朗，光亮。　烛：辨别。　媸妍：美丑。　以上四句把人心比作土中的镜子。

（7）世学：世间之学，指俗学。　剪彩：此殆指用绢帛剪成的彩花。

（8）妆缀：化妆点缀。宋杨樵云《水龙吟》："一枝斜堕墙腰，向人颤袅如相媚。是谁剪取，断云零玉，轻轻妆缀。"　蔓延：像蔓草一样延伸扩展。此喻繁复冗长。

（9）宛宛：真切可见貌；清楚貌。《释名·释丘》："中央下曰宛丘。有丘宛宛如偃器也。"

(10) 生理：生存、存活之理。 以上四句,把世学比作人工制作的绢花。

(11) 英彦：英俊之士；才智卓越的人。晋袁宏《后汉纪·光武帝纪二》："愿陛下更
选英彦,以充廊庙。"

(12) 及门：拜师受业的学生。后以"及门"指一般的受业弟子。

(13) 拳拳：恳切之心意。两句指：临别赠言,奉上拳拳之意。

滁阳别诸友

> 滁阳诸友从游,送予至乌衣,不能别。及暮,王性甫汝德
> 诸友送至江浦,必留居,俟予渡江。因书此促之归,并寄诸贤,
> 庶几共进此学,以慰离索耳[1]。

滁之水,入江流,江潮日复来滁州。相思若潮水,来往何时休？
空相思,亦何益？欲慰相思情,不如崇令德[2]。掘地见泉水,随处
无弗得。何必驱驰为？千里远相即。[3]君不见尧羹与舜墙[4],又不
见孔与跖对面不相识[5]？逆旅主人多殷勤[6],出门转盼成路人。

考释

《年谱》："(正德)九年甲戌,先生四十三岁,在滁。四月,升南京鸿胪寺卿。"
《万历滁阳志》卷一："乌衣河南岸属州,北岸属来安县。"今滁州市东南有乌衣镇,
乃南谯区首镇,地处苏皖交界处。王汝德,不详。

笺注

（1）离索：离群索居。唐杜甫《夜听许十一诵诗爱而有作》："离索晚相逢,包蒙欣
有击。"

（2）令德：美德。

（3）此四句以掘地寻水为喻，谓良知如水，随处发掘可得，无须不远千里来从学于我。

（4）尧羹、舜墙：见《后汉书·李固传》："昔尧殂之后，舜仰慕三年，坐则见尧于墙，食则睹尧于羹。"比喻念念不忘之情。

（5）见《庄子·盗跖》："孔子与柳下季为友，柳下季之弟，名曰盗跖。盗跖从卒九千人，横行天下，侵暴诸侯；穴室枢户，驱人牛马，取人妇女；贪得忘亲，不顾父母兄弟，不祭先祖。所过之邑，大国守城，小国入保，万民苦之。"孔子往见之，"谒者入通，盗跖闻之大怒，目如明星，发上指冠"。"孔子复通曰：'丘得幸于季，愿望履幕下。'谒者复通，盗跖曰：'使来前！'孔子趋而进，避席反走，再拜盗跖。盗跖大怒，两展其足，案剑瞋目，声如乳虎，曰：'丘来前！若所言，顺吾意则生，逆吾意则死。'"最后"孔子再拜趋走，出门上车，执辔三失，目芒然无见，色若死灰，据轼低头，不能出气"。此指孔子与跖虽相见而道不同也。

（6）逆旅：旅居。唐刘长卿《早春赠别赵居士还江左时长卿下第归嵩阳旧居》："逆旅乡梦频，春风客心醉。"

寄浮峰诗社

晚凉庭院坐新秋，微月初生亦满楼⁽¹⁾。千里故人谁命驾⁽²⁾？百年多病有孤舟⁽³⁾。风霜草木惊时态⁽⁴⁾，砧杵关河动远愁⁽⁵⁾。饮水曲肱吾自乐⁽⁶⁾，茅堂今在越溪头⁽⁷⁾。

考释

浮峰即前所言王阳明家乡的牛峰，在越地。见前《游牛峰四首》注。

笺注

（1）微月：新月。指农历月初的月亮。晋傅玄《杂诗》："清风何飘飖，微月出西方。"

（2）命驾：命人驾车马，也指乘车出发。《晋书·嵇康传》："东平吕安服康高致，每一相思，辄千里命驾。康友而善之。"此指友朋间探讨学问和交往的真情。

（3）唐杜甫《登岳阳楼》："亲朋无一字，老病有孤舟。"

（4）《后汉书·卢植传论》："风霜以别草木之性，危乱而见贞良之节。"

（5）砧杵：亦作"碪杵"。捣衣石和棒槌。亦指捣衣。南朝宋鲍令晖《题书后寄行人》："砧杵夜不发，高门昼常关。"

（6）《论语·述而》："饭疏食饮水，曲肱而枕之，乐在其中矣。"曲肱，谓弯着胳膊作枕头。后以"曲肱"比喻清贫而闲适的生活。

（7）茅堂：茅屋。　越溪：越地的溪流。此指王阳明的故乡。

栖云楼坐雪二首

考释

栖云楼：在滁州。明雷礼《南京太仆寺志》卷之九："弘治十七年，本寺卿陈璧于正堂后作栖云楼。"清彭绍升《居士传》卷四十二："殷时训，名迈，号秋溟居士，应天人也。……官太仆日，居滁阳栖云楼，作偈曰……"

（一）

绕看庭树玉森森⁽¹⁾，忽漫阶除已许深⁽²⁾。但得诸生通夕坐，不妨老子半酣吟⁽³⁾。琼花入座能欺酒⁽⁴⁾，冰溜垂檐欲堕针⁽⁵⁾。却忆征南诸将士⁽⁶⁾，未禁寒夜铁衣沉⁽⁷⁾。

笺注

（1）森森：阴沉貌。唐杜甫《蜀相》："丞相祠堂何处寻，锦官城外柏森森。"

（2）阶除：台阶。

（3）老子：王阳明自称。

（4）琼花：此指雪花。唐皮日休《奉和鲁望早春雪中作吴体见寄》："威仰噤死不敢语，琼花云魄清珊珊。" 欺酒：宋吴文英《莺啼序》："残寒正欺病酒，掩沉香绣户。燕来晚。"

（5）冰溜：冰凌，冰柱。明李东阳《次丹山屠都宪韵》："碧树春阴高比盖，玉堂冰溜大於椽。"

（6）征南：指征讨当时南方各地的动乱。《明通鉴》卷四十四"正德六年"春，正月"巡抚林俊大破泸州之贼于江津"；又该年二月，"巡视四川高宠熙奏：'播州杨友之乱，请抚之。'"此外，江西、福建、广东等地多有起事者。南方征战不绝。事见《武宗实录》，不赘录。

（7）铁衣：古代战士用铁片制成的战衣。盔甲。《乐府诗集·木兰诗》："朔气传金柝，寒光照铁衣。"

（二）

此日栖云楼上雪，不知天意为谁深。忽然夜半一言觉，又动人间万古吟⁽¹⁾。玉树有花难结果，天机无线可通针。晓来不觉城头鼓⁽²⁾，老懒羲皇睡正沉⁽³⁾。

笺注

（1）《栖云楼坐雪二首》其一曰：众人沉浸在"通夕坐""酣吟"中，一句"却忆征南诸将士,未禁寒夜铁衣沉"使众人回到时下南方动荡不安的现实中来("一言觉"),故作此忧国忧民之"万古吟"也。

（2）城头鼓:城头的戒备的鼓声。唐王昌龄《出塞》之二:"城头铁鼓声犹振,匣里金刀血未干。"

（3）羲皇:晋陶潜《与子俨等疏》:"少学琴书,偶爱闲静,开卷有得,便欣然忘食。见树木交荫,时鸟变声,亦复欢然有喜。常言五六月中,北窗下卧,遇凉风暂至,自谓是羲皇上人。"后多用以喻无忧无虑、生活闲适的人。

与商贡士二首[一]

其一

见说浮山麓(1),深林绕石溪。何时拂衣去,三十六岩栖。

校勘

[一] 商:王杏刊《新刊阳明先生文录续编》作"高"。

考释

贡士,原指诸侯推荐给天子之士。《后汉书·左雄传》:"郡国孝廉,古之贡士。"明清时称会试中试者为"贡士"。商贡士:《康熙安庆府志》卷七:"明贡士,望江商佑,成安主簿。"

又王乐群《枞阳文物:田野调查手记》之《浮山篇·浮山摩岩石刻（一）》一文谓此两诗刻枞阳浮山风景区会圣岩景区潜龙峡西侧朝阳洞内石壁上。诗旁置款:"桐城生高上舍来访,谈浮山之胜,书此。阳明山人。"诗之二旁置款曰:"王元卿谈浮山,欣然书此。归见钱素坡,并书此致意。阳明山人。"并曰吴道新《浮山志》收录这两诗,并加按语:"正德庚辰,公擒宸濠,因拜抚江西之命,张忠、朱泰谗之不已。时上驻跸金陵,二人趣上召公。公即就道,忠、泰复泥之于芜湖,使不复陛见。公入九华,宴坐寄题浮山,盖其时也。忧谗畏讥,故动拂衣之想。"姑录于此,聊备参考。

笺注

(1)浮山:《嘉靖安庆府志》:"桐城东九十里曰浮山,又曰浮渡山。自地视之如滀,自江视之如浮。……其崖三百有五十,其最著者三十有六,其峰七十有二。"

其二

见说浮山胜,心与浮山期。三十六岩内,为选一岩奇[一]。

校勘

[一]为:枞阳浮山风景区会圣岩景区潜龙峡西侧朝阳洞内石壁上摩岩石刻作"惟"。

南都诗四十七首 正德甲戌年四月升南京鸿胪寺卿作。

考释

据《给由疏》:王阳明任职南京鸿胪,从正德甲戌(九年)四月到十一年九月,凡二十九个月。其间,王阳明曾离开南京。如《年谱》所云:正德十年,王阳明在"京师",八月拟《谏迎佛疏》。后又回南京。故此部分,有并非在南京所作者。

鸿胪寺卿,《明史·职官志》:"鸿胪掌朝会、宾客、吉凶仪礼之事。凡国家大典礼、郊庙、祭祀、朝会、宴飨、经筵、册封、进历、进春、传制、奏捷,各供其事。外吏朝觐,诸蕃入贡,与夫百官使臣之复命、谢恩,若见若辞者,并鸿胪引奏。……鸿胪寺,卿一人,左、右少卿各一人。"

题岁寒亭赠汪尚和

一觉红尘梦欲残,江城六月滞风湍⁽¹⁾。人间炎暑无逃遁,归向山中卧岁寒⁽²⁾。

考释

岁寒亭,束景南《王阳明年谱长编》"正德九年"云在南京瞻园,中山王徐达府邸。

汪尚和,《康熙休宁县志》卷六"学林"有传:"汪尚和,字节夫,汉口人。孝友曲至,不干禄仕,有志理学,简求身心。尝游甘泉、阳明、泾野诸公之门,所著有《紫峰家训》《畜德录》《紫阳道脉录》四卷。"王阳明《与汪节夫书》曰:"足下数及吾门,求一言之益,足知好学勤勤之意。"吕楠《泾野先生文集》卷之一有《紫阳道脉录序》:"休宁人汪尚和,年已五十余。尝数及予门。一日出所辑朱夫子授受诸贤名姓行实一帙曰《道脉录》,谓予曰:'尚和亦尝从学于阳明王先生。王先生讲知行合一之义,切中时学浮泛之病,顾学者听之不审,传之太过,遂至于贬吾朱夫子焉。尚和是以深痛之,仿《伊洛渊源》,有是录也。'"盖早年师事王阳明,晚年复归朱子之学也。

笺注

(1)江城:临江之城。此指南京。

(2)岁寒:指岁寒亭。或云在瞻园内。

与徽州程毕二子[一]

句句糠粃字字陈(1)，却于何处觅知新？紫阳山下多豪俊(2)，应有吟风弄月人(3)。

校勘

[一] 此诗在日本九州大学藏嘉靖刊《阳明先生文录》卷四，题作"与徽州陈毕二子二首"，此为二首中的第二首。

考释

"程"或指程默。王阳明作《谥襄惠两峰洪公墓志铭》曰：休宁程默"负笈千里，从学阳明"。"毕"，据束景南《王阳明年谱长编》，或为毕珊。当系守仁门生。

笺注

（1）糠粃：谷皮和瘪谷。或指当时的一些诗句。

（2）紫阳山：清顾祖禹《读史方舆纪要》卷二十八"南直十·附见·玉屏山"："紫阳山，在府南三里。山高百九十仞，周四十里，一名城阳山，以山在城南也。山之南坞，别号南山。"

（3）吟风弄月：指吟诗作文。唐范传正《李翰林白墓志铭》："吟诵风月，席地幕天，但贵乎适其所适，不知夫所以然而然。"

山中懒睡四首

（一）

竹里藤床识懒人(1)，脱巾山麓任吾真(2)。病夫已久逃方外(3)，不受人间礼数嗔⁽⁴⁾。

笺注

（1）藤床：藤制成的床。又称蛮床。宋李清照《孤雁儿》："藤床纸帐朝眠起，说不
　　尽无佳思。"　懒人：懒散之人。作者自称。

（2）脱巾：脱去头巾。　任吾真：任情抒发自己的本性真情。

（3）病夫：体弱多病之人。此乃作者自称。　方外：尘世之外。

（4）礼数：礼节。　嗔：嗔斥。怪罪。

（二）

　　扫石焚香任意眠⁽¹⁾，醒来时有客谈玄⁽²⁾。松风不用蒲葵扇⁽³⁾，
坐对青崖百丈泉。

笺注

（1）扫石：清扫山中场地。多指修身养性者的居处。

（2）谈玄：谈论空玄之理。

（3）宋王安石《游土山示蔡天启秘校》："岂无华屋处，亦捉蒲葵箑。"

（三）

　　古洞幽深绝世人，石床风细不生尘。日长一觉羲皇睡⁽¹⁾，又见
峰头上月轮。

笺注

（1）羲皇睡：参见《别方叔贤四首》之二注(3)。指白日睡觉。唐李白《经乱离后
　　天恩流夜郎》："百里独太古，陶然卧羲皇。"

（四）

人间白日醒犹睡，老子山中睡却醒[1]。醒睡两非还两是，溪云漠漠水泠泠[2]。

笺注

（1）老子：作者自称。

（2）漠漠：寂静无声状。　泠泠：水流声。唐刘长卿《听弹琴》："泠泠七弦上，静听松风寒。"此引水声借指清幽的琴声。

题灌山小隐二绝

考释

灌山：今南京雨花区有罐子山，或即诗中之灌山。

（一）

茅屋山中早晚成，任他风雨任他晴。男婚女嫁多年毕，不待而今学向平[1]。

笺注

（1）向平：东汉高士向长，字子平，隐居不仕，子女婚嫁既毕，遂漫游五岳名山，后不知所终。见《后汉书·逸民传·向长》。唐白居易《闲吟赠皇甫郎中亲家翁》："最喜两家婚嫁毕，一时抽得向平身。"

（二）

一自移家入紫烟⁽¹⁾，深林住久遂忘年⁽²⁾。山中莫道无供给，明月清风不用钱。

笺注

（1）紫烟：山谷中的紫色烟雾。

（2）忘年：忘记年月。唐太上隐者《答人》："山中无历日，寒尽不知年。"

六月五章

　　六月乙亥，南都熊峰少宰石公以少宗伯召。南都之士闻之，有恻然而戚者，有欣然而喜者。其戚者曰："公端介敏直，方为留都所倚重，今兹往，善类失所恃，群小罔以严。辩惑考学者曷从而讨究？剖政断疑者曷从而咨决？南都非根本地乎，而独不可以公遗之？"其喜者曰："公之端介敏直，宁独留都所倚重？其在京师，独无善类乎？独无群小乎？独无辩惑考学、剖政断疑者乎？且天子之召之也，亦宁以少宗伯，将必大用。大用则以庇天下，斯汇征之庆也。"公闻之曰："戚者非吾之所敢，喜者乃吾之所忧也。吾思所以逃吾之忧者而不得其道，若之何？"阳明子素知于公，既以戚众之戚、喜众之喜，而复忧公之忧。乃叙其事，为赋《六月》，庸以赠公之行。

考释

　　熊峰少宰石公：石珤(1464—1528)，字邦彦，河北藁城人。喜封龙山熊耳峰风景，故别号熊峰，人称熊峰先生。《明史》卷一百九十《石珤传》："正德改元，擢南京侍读学士。历两京祭酒，迁南京吏部右侍郎，召改礼部，进左侍郎。"《国榷》卷四十九："正德十年五月戊戌，南京吏部左侍郎石珤为礼部右侍郎。"

　　宗伯：周代六卿之一。《周礼·春官·大宗伯》："大宗伯之职，掌建邦之天神、人鬼、地祇之礼，以佐王建保邦国。""小宗伯之职，掌建国之神位，右社稷，左宗庙。"宗伯乃掌宗庙祭祀等事，为后世礼部之职。后因称礼部尚书为大宗伯或宗伯，礼部侍郎为少宗伯。

　　此诗颇可见王阳明对当时时局的忧虑。

<h2 style="text-align:center">（一）</h2>

　　六月凄风⁽¹⁾，七月暑雨⁽²⁾。倏雨倏寒，道修以沮⁽³⁾。允允君子⁽⁴⁾，迪尔寝兴⁽⁵⁾。毋沾尔行⁽⁶⁾，国步斯频^{[一](7)}。

校勘

[一] 频：原作"颜"，据上古本《全集》改。

笺注

（1）凄风：寒风。《左传·昭公四年》："春无凄风，秋无苦雨。"晋杜预《注》："凄，寒也。"

（2）暑雨：夏天的雨。《尚书·君牙》："夏暑雨，小民惟曰怨咨；冬祁寒，小民亦惟曰怨咨，厥惟艰哉！"蔡沈《集传》："祁，大也。暑雨祁寒，小民怨咨，自伤其生之艰难也。"

（3）修：长，漫长。

（4）允允：性情平易，处事公允貌。

（5）迪：发语词。　寝兴：睡下和起床。泛指日夜或起居。晋潘岳《悼亡诗》之二："寝兴目存形，遗音犹在耳。"

（6）毋沾：此指不要牵扯。行：殆指行程。

（7）国步：国家的命运。　频：危急。《诗经·大雅·桑柔》："於乎有哀，国步斯频。"毛《传》："频，急也。"

<h2 style="text-align:center">（二）</h2>

　　哀此下民[1]，靡届靡极[2]。不有老成[3]，其何能国[4]？吁嗟老成，独遗典刑[5]。若屋之倾，尚支其楹[6]。

笺注

（1）下民：被统治的民众。《诗经·大雅·荡》："荡荡上帝，下民之辟。"三国魏曹植《与杨德祖书》："吾虽德薄，位为蕃侯，犹庶几勠力上国，流惠下民，建永世之业，留金石之功，岂徒以翰墨为勋绩、辞赋为君子哉！"

（2）靡届靡极：同《诗经·大雅·荡》："侯作侯祝，靡届靡究。"没有穷尽之意。

（3）老成：成熟练达。宋欧阳修《为君难论上》："忠言谠论，皆沮屈而去，如王猛、符融，老成之言也，不听。"

（4）国：此指治理国家。

（5）典刑：典范。

（6）楹：厅堂前部的柱子。

<h2 style="text-align:center">（三）</h2>

　　心之忧矣[1]，言靡有所[2]。如彼暗人[3]，食荼与苦[4]。依依长

谷⁽⁵⁾，言采其芝⁽⁶⁾。人各有时，我归孔时⁽⁷⁾。

笺注

（1）心忧：《诗经·王风·黍离》："知我者谓我心忧，不知我者谓我何求。"

（2）言：发语词。《诗经·小雅·北山》："陟彼北山，言采其杞。"

（3）喑人：哑人。

（4）荼：苦菜。《诗经·邶风·谷风》："谁谓荼苦？"毛《传》："荼，苦菜也。"

（5）依依：依恋不舍状。　长谷：深山穷谷。

（6）采芝：指隐逸。《史记·留侯世家》谓秦末有四皓，隐于商洛，曾作歌曰："莫
　　莫高山，深谷逶迤。晔晔紫芝，可以疗饥。唐虞世远，吾将何归？驷马高盖，
　　其忧甚大，高贵之畏人，不及贫贱之肆志。"后多以"采芝"指求仙或隐居。

（7）孔时：适时；及时。《诗经·大雅·既醉》："威仪孔时，君子有孝子。"

（四）

昔彼叔季⁽¹⁾，沉湎以逞⁽²⁾。耄集以咨⁽³⁾，我人自靖⁽⁴⁾。允允君
子，淑慎尔则⁽⁵⁾。靡曰休止⁽⁶⁾，民何于极⁽⁷⁾！

笺注

（1）叔季：殆指春秋时管叔、蔡叔。

（2）沉湎：沉溺。此指不良癖好。　逞：显示，施展，炫耀。

（3）耄集：殆典出《尚书·泰誓》："尚猷询兹黄发，则罔所愆。"　咨：征求意见。

（4）我人：吾辈。

（5）淑慎：贤良谨慎。南朝梁沈约《奏弹秘郎萧遥昌》："淑慎之迹未彰，违惰之容
　　已及。"

（6）休止：停息，中止。

（7）民何于极：指民何以堪。

(五)

日月其逝,如彼沧浪⁽¹⁾。南北其望,如彼参商⁽²⁾。允允君子,毋沾尔行。如日之升,以曷不光⁽³⁾!

笺注

(1) 沧浪:流水。

(2) 参商:参星和商星。二星均是二十八宿之一,此出彼没,不同时在天空中出现。此指不相见。唐杜甫《赠卫八处士》:"人生不相见,动如参与商。"

(3) 曷:同"何"。

守文弟归省携其手歌以别之

尔来我心喜,尔去我心悲。不为倚门念⁽¹⁾,吾宁舍尔归?长途正炎暑,尔行慎兴居!凉茗勿频啜,节食但无饥。勿出船旁立,勿登岸上嬉。收心每澄坐⁽²⁾,适意时观书。申洪皆冥顽⁽³⁾,不足长嗔答。见人勿多说,慎默真如愚。接人莫轻率,忠信持谦卑。从来为己学,慎独乃其基⁽⁴⁾。纷纷多嗜欲⁽⁵⁾,尔病还尔知。到家良足乐,怡颜报重闱⁽⁶⁾。昨秋童蒙去,今夏成人归。⁽⁷⁾长者爱尔敬,少者悦尔慈。亲朋称啧啧⁽⁸⁾,羡尔能若兹。信哉学问功,所贵在得师。吾匪崇外饰⁽⁹⁾,欲尔沽名为⁽¹⁰⁾?望尔日愬愬⁽¹¹⁾,圣贤以为期。九兄及印弟⁽¹²⁾,诵此共勉之!

考释

　　守文：王阳明异母弟。明杨一清《海日先生墓志铭》："子男四：长即伯安，守仁名，别号阳明子。……次守俭，太学生。次守文，郡庠生。次守章。女一，适南京工部都水郎中同邑徐爱。"又据明陆深《海日先生行状》，知守仁为郑氏夫人所生，守文为继室赵氏夫人所生。

　　王守文乃正德九年到南京从王阳明学（见邹守益《王阳明先生图谱》）。诗中有"昨秋童蒙去，今夏成人归"句，此诗当作于正德十年夏。

笺注

（1）倚门念：父母盼望子女归来的迫切心情。《战国策·齐策六》："女朝出而晚来，则吾倚门而望。女暮出而不还，则吾倚闾而望。"

（2）澄坐：静坐。

（3）申洪：或为王守文的随从。

（4）慎独：独处自律的修养。《礼记·中庸》："道也者，不可须臾离也，可离非道也。是故君子戒慎乎其所不睹，恐惧乎其所不闻。莫见乎隐，莫显乎微，故君子慎其独也。"

（5）嗜欲：嗜好与欲望。《荀子·性恶》："妻子具而孝衰于亲，嗜欲得而信衰于友，爵禄盈而忠衰于君。"

（6）重闱：此指父母、家人长辈。

（7）童蒙：与下"成人"对，即蒙童也。典出《论语·宪问》："子路问成人。子曰：'若臧仲武之知，公绰之不欲，卞庄子之勇，冉求之艺，文之以礼乐，亦可以为成人矣。'曰：今之成人者何必然？见利思义，见危授命，久要不忘平生之言，亦可以为成人矣。"

（8）啧啧：赞叹之声。

（9）外饰：粉饰外表，虚饰。

(10) 为：语助词。《史记·卫将军骠骑列传》："匈奴不灭，无以家为也。"

(11) 慥慥：忠厚诚实的样子。《礼记·中庸》："庸德之行，庸言之谨，有所不足，不敢不勉，有余不敢尽；言顾行，行顾言，君子胡不慥慥尔！"

(12) 九兄、印弟：当为族中兄弟。

书扇面寄馆宾[1]

湖上群山落照晴[2]，湖边万木起秋声。何年归去阳明洞[3]，独棹扁舟鉴里行[4]？

考释

诗中有"湖边万木起秋声"句，当作于秋季。

笺注

（1）馆宾：塾师或幕宾。

（2）落照：夕阳的余晖。南朝梁简文帝《和徐录事见内人作卧具》："密房寒日晚，落照度窗边。"

（3）阳明洞：此或指故乡的阳明洞。

（4）鉴：绍兴鉴湖。

用实夫韵[1]

诗从雪后吟偏好，酒向山中味转佳。岩瀑随风杂钟磬，水花如雨落袈裟[2]。

笺注

（1）实夫：王嘉秀。见前《门人王嘉秀实夫萧琦子玉告归书此见别意兼寄声辰阳
　　　诸贤》诗考释。

（2）袈裟：佛教僧尼的法衣。钱德洪《王阳明年谱》"正德九年"："王嘉秀、萧惠好
　　　谈仙佛。"故用此语。

游牛首山

　　春寻指天阙[1]，烟霞眇何许[2]。双峰久相违，千岩来旧主。浮
云刺中天[3]，飞阁凌风雨[4]。探秀涧阿入[5]，萝阴息筐筥[6]。灭迹
避尘缨[7]，清朝入深沮[8]。风磴仰扪历[9]，淙壑屡窥俯[10]。梯云跻
石阁，下榻得吾所。释子上方候，鸣钟出延伫[11]。颓景耀回盼[12]，
层飙翼轻举[13]。暧暧林芳暮[14]，泠泠石泉语[15]。清宵耿无寐[16]，
峰月升烟宇[17]。会晤得良朋，可以寄心腑。

考释

　　牛首山：清顾祖禹《读史方舆纪要》卷二十《南直二·应天府》："牛首山，府南
三十里，一名仙窟山，以山后有石窟也。本名牛头山，有二峰东西相对。……《金
陵记》：'牛首山周回四十七里，高百四十丈，其南为祖堂山。'"在今南京城南中华
门外。

笺注

（1）春寻：寻春。游赏春景。　　天阙：此指牛首山东西二峰相对，形似双阙。南朝
　　　陈徐陵《劝进梁元帝表》："何必西瞻虎踞，乃建王宫；南望牛头，方称天阙。"

（2）眇：同"渺"。远，高。

（3）浮云：此指高空之云。《古诗十九首·西北有高楼》："西北有高楼,上与浮
　　云齐。"

（4）飞阁：高阁。三国魏曹植《赠丁仪》："凝霜依玉除,清风飘飞阁。"

（5）探秀：此指探寻秀丽景色。　涧阿：山涧弯曲处。宋黄庭坚《筇竹颂》："郭
　　子遗我,扶余涧阿。"

（6）筐筥：方形为筐,圆形为筥。亦泛指竹器。《诗经·周颂·良耜》："或来瞻
　　女,载筐及筥。"汉郑玄《笺》："筐筥,所以盛黍也。"

（7）灭迹：隐藏行迹。北周庾信《五月披裘负薪画赞》："离巢欲远,鱼穴惟深,消
　　声灭迹,何必山林!"　尘缨：世俗之事。《文选·孔稚珪·北山移文》："昔闻
　　投簪逸海岸,今见解兰缚尘缨。"唐李周翰《注》："尘缨,世事也。"

（8）清朝：清晨。　沮：湿地。古人探山,多缘水而行。此"深沮"极言其僻深。

（9）风磴：山岩上的石级。岩高多风,故称。唐杜甫《谒文公上方》："窈窕入风
　　磴,长萝纷卷舒。"　扪历：即扪参历井。参、井分别为蜀秦分野之星宿。指
　　自秦入蜀,可以摸到参、井两星宿。形容山势高峻,道路险阻。唐李白《蜀道
　　难》："扪参历井仰胁息,以手抚膺坐长叹。"

(10) 淙壑：有溪水的壑谷。淙,流水声。

(11) 延伫：久立;久留。《楚辞·离骚》："悔相道之不察兮,延伫乎吾将反。"

(12) 颓景：此指夕阳。明李东阳《杂诗》之一："凉飙激颓景,奄忽不可攀。"

(13) 层飙：一阵阵的风。宋宋庠《题江南程氏家清风阁》："临波飞阁迓层飙,溽暑
　　狂酲此并销。"

(14) 暧暧：迷蒙隐约貌。晋陶潜《归园田居》诗之一："暧暧远人村,依依墟里烟。"
　　林芳：林中的花。唐赵冬曦《奉和张燕公早霁南楼》："川霁湘山孤,林芳楚郊
　　缛。"此指山林景色。

(15) 泠泠：此指清越的泉水声。晋陆机《招隐诗》之二："山溜何泠泠,飞泉漱

鸣玉。"

（16）清宵：清静的夜晚。南朝梁萧统《钟山讲解》："清宵出望园，诘晨届钟岭。"

（17）烟宇：雾气弥漫的天空。

送徽州洪侹承瑞

　　平生举业最疏慵[1]，挟册虚烦五月从[2]。竹院检方时论药[3]，茅堂放鹤或开笼[4]。忧时漫有孤忠在[5]，好古全无一艺工[6]。念我还能来夜雪[7]，逢人休说坐春风[8]。

考释

　　洪侹承瑞：《嘉靖徽州府志》卷十二："岁贡，洪侹，字承瑞。歙人。丰城教谕。"《道光歙县志》卷七之二："洪侹，字廷瑞，洪坑人，国子监典籍。"洪侹字"承瑞"或"廷瑞"，生平待考。

笺注

（1）举业：为应科举考试而准备的学业。　疏慵：疏懒；懒散。

（2）挟册：携带书籍。谓勤奋读书。宋叶适《汉阳军新修学记》："今吴、越、闽、蜀，家能著书，人知挟册，以辅人主取贵仕，而江汉盖鲜称焉，岂其性与习俱失之哉？"　虚烦：空虚烦躁。中医以"虚烦"为阴虚内热之症。《金匮要略·虚劳篇》："虚劳虚烦不得眠。"此指为应考而不安，身体不适状。　五月从：殆指跟从了五个月。洪氏从王阳明，殆在甲戌五月守仁至南京以后。

（3）竹院：栽竹的庭院。　检方：此指检讨处方。　论药：讨论药理。　唐张籍《寻徐道士》："寻师远到晖天观，竹院森森闭药房。"

（4）宋沈括《梦溪笔谈》卷十："林逋隐居杭州孤山，常畜两鹤，纵之则飞入云霄，盘旋久之,复入笼中。逋常泛小艇,游西湖诸寺,客至逋所居,则一童子出应门,延客坐,为开笼纵鹤,良久,逋必棹小船而归。"

（5）忧时:忧念时事。 孤忠:忠贞自持,不求人察。宋曾巩《韩魏公挽歌词》:"覆冒荒遐知大度,委蛇艰急见孤忠。"

（6）好古:不趋时尚,信奉古典。《论语·述而》:"子曰:述而不作,信而好古。"艺:殆指六艺。古代儒家要求学生掌握六种基本才能:礼、乐、射、御、书、数。 全无一艺工:或典出《论语·子罕》:"达巷党人曰:'大哉孔子！博学而无所成名。'子闻之,谓门弟子曰:'吾何执？执御乎？执射乎？吾执御矣。'" 阳明明似自谦而实自负语。

（7）用"山阴夜雪"典。南朝宋刘义庆《世说新语·任诞》:"王子猷居山阴,夜大雪,眠觉,开室命酌酒,四望皎然。因起仿偟,咏左思《招隐诗》……忽忆戴安道。时戴在剡,即便夜乘小船就之。经宿方至,造门不前而返。人问其故,王曰:'吾本乘兴而行,兴尽而返,何必见戴！'"此隐有时而严厉之意。

（8）坐春风:像坐在春风之中。比喻同品德高尚且有学识的人相处并受到熏陶。宋朱熹《伊洛渊源录》卷四:"朱公掞见明道于汝州,逾月而归。语人曰:'光庭在春风中坐了一月。'"

病中大司马乔公有诗见怀次韵奉答二首

考释

大司马:官名。周六卿之一。《周礼·夏官·大司马》:"设仪辨位,以等邦国。"掌军旅之事。此指兵部尚书。乔公:乔宇。《明史·乔宇传》:"乔宇,字希大,山西乐平人。祖毅,工部左侍郎。父凤,职方郎中。皆以清节显。宇登成化二十年进士,授礼部主事。弘治初,王恕为吏部,调之文选,三迁至郎中。门无私谒。

擢太常少卿。武宗嗣位,遣祀中镇、西海。还朝,条上道中所见军民困苦六事。已,迁光禄卿,历户部左、右侍郎。刘瑾败,大臣多以党附见劾,宇独无所染。拜南京礼部尚书。……久之,改兵部,参赞机务。"考陈璘《乔宇行状》:称乔宇"乙亥,改兵部,参赞机务"(载明焦竑《献征录》卷二十五)。又,明谈迁《国榷》卷四十九:正德十年,五月戊子,"南京礼部尚书乔宇改南京兵部尚书"。此诗当在乔宇改兵部,即正德十年五月戊子以后作。当在守仁病后。有诗见怀:乔宇诗待考。

(一)

十日无缘拜后尘[1],病夫心地欲生榛[2]。诗篇极见怜才意[3],伎俩惭非可用人[4]。黄阁望公长秉轴[5],沧江容我老垂纶[6]。保厘珍重回天手[7],会看春风万木新[8]。

笺注

(1)拜后尘:投见与追随。唐许浑《和人贺杨仆射致政》:"莲府公卿拜后尘,手持优诏挂朱轮。"

(2)心地:心境,心情。 榛:榛棘。汉王粲《从军诗》:"城郭生榛棘,蹊径无所由。"

(3)诗篇:指乔宇所赠诗。 怜才:爱惜人才。唐杜甫《不见》:"不见李生久,佯狂真可哀。世人皆欲杀,吾意独怜才。"

(4)伎俩:技艺;本领。唐贯休《战城南》之一:"邯郸少年辈,个个有伎俩。"

(5)黄阁:宰相公署。汉卫宏《汉旧仪》卷上:"(相)听事阁曰黄阁。"后以黄阁指宰相官署,也指宰相。唐钱起《送张员外出牧岳州》:"自怜黄阁知音在,不厌彤幨出守频。"因乔宇为"兵部尚书",参与机密,故称。 秉轴:秉掌枢轴。指官居要职,执掌枢要。

（6）沧江：江湖。已见前。　垂纶：垂钓。归隐。三国魏嵇康《兄秀才公穆入军赠诗》之十五："流磻平皋,垂纶长川。"

（7）保厘：保护治理百姓。《尚书·毕命》："以成周之众,命毕公保厘东郊。"　回天：比喻力量大,能移转艰难,挽回颓势。

（8）唐刘禹锡《酬乐天扬州初逢席上见赠》："沉舟侧畔千帆过,病树前头万木春。"

（二）

一自多歧分路尘⁽¹⁾,堂堂正道遂生榛。⁽²⁾聊将肤浅窥前圣⁽³⁾,敢谓心传启后人⁽⁴⁾？淮海帝图须节制⁽⁵⁾,云雷大造看经纶⁽⁶⁾。枉劳诗句裁风雅,欲借《盘铭》献日新⁽⁷⁾。

笺注

（1）多歧：《列子·说符》："心都子曰:'大道以多歧亡羊,学者以多方丧生。'"因岔路太多无法追寻而丢失了羊。比喻事物复杂多变,没有正确的方向就会误入歧途。也比喻学习的方面多了就不容易精深。

（2）生榛：此指草木丛生。　此二句指当时的儒学之状。

（3）窥前圣：窥测前辈圣贤之学。此乃守仁自谦语。

（4）心传：不依文字、经卷,而以师弟心心相传之法。宋代儒家以《尚书·大禹谟》中"人心惟危,道心惟微,惟精惟一,允执厥中"十六字为"十六字心传"。

（5）《明通鉴》卷四十五：正德九年二月甲辰,乔宇上疏,列举明武宗当视朝勤政,经筵讲学等十件当务之事,其中有"京师土木之繁兴,南京织造之工费"。此"淮海帝图"或指当时武宗重建乾清宫以及南京织造衙门等大兴土木的宏图规划。

（6）《周易·屯》："《象》曰:云雷,屯。君子以经纶。"唐孔颖达《疏》："经谓经纬,

　　纶谓纲纶，言君子法此屯象有为之时，以经纶天下，约束於物。"　大造：大功
　　劳，大功德。

（7）《礼记·大学》："汤之盘铭曰：'苟日新，日日新，又日新。'"汉郑玄《注》："盘
　　铭，刻戒于盘也。"

送诸伯生归省

　　天涯送尔独伤神[1]，岁月龙山梦里春[2]。为谢江南诸故旧，起
居东岳太夫人[3]。闲中书卷堪时展，静里工夫要日新[4]。能向尘
途薄轩冕[5]，不妨蓑笠老江滨[6]。

考释

　　诸伯生：名升。王阳明妻诸氏之侄。诸伯生乃诸用文之子。见《赠阳伯》诗
注。钱明《阳明学的形成与发展》(江苏古籍出版社，2002年，272页)载《别诸伯
生》诗，前有序："予妻之侄诸升伯生将游岳麓，爰访舅氏，酌别江浒，寄怀于言。"该
诗上古本、浙古本《全集》均未收，时在"正德甲戌十月初三日"。该诗手迹原件为
纸本，现藏台北故宫博物院。则此诗也当在前后所作。

笺注

（1）伤神：伤感。南朝梁江淹《别赋》："造分手而衔涕，咸寂寞而伤神。"

（2）龙山：当指故乡余姚的龙山。

（3）东岳太夫人：王阳明岳母。

（4）静里工夫：指守静之功。

（5）尘途：世俗之路。　薄：轻视。　轩冕：车乘、冕服，指官位爵禄。晋陶潜
　　《感士不遇赋》："既轩冕之非荣，岂缊袍之为耻?"

（6）唐柳宗元《江雪》："孤舟蓑笠翁,独钓寒江雪。"

寄冯雪湖二首

（一）

竿竹谁隐扶桑东⁽¹⁾？白眉之叟今庞公⁽²⁾。隔湖闻鸡谢墅接⁽³⁾,渡海有鹤蓬山通⁽⁴⁾。卤田经岁苦秋雨⁽⁵⁾,浪痕半壁惊湖风⁽⁶⁾。歌声屋低似金石⁽⁷⁾,点也此意当能同⁽⁸⁾。

考释

冯雪湖:冯兰,字佩之,号雪湖,冯本清曾孙,余姚临山卫冯村(现黄家埠)人。明黄宗羲《姚江逸诗》卷六:"成化己丑进士,选庶吉士,仕至江西副使。"他和李东阳、谢迁、王华等交游。善诗文,撰有《雪湖咏史录》。见《百川书志》卷六。

笺注

（1）竿竹:钓竿。唐贯休《渔父》:"一叶一竿竹,眉须雪欲零。" 扶桑:此泛指东部。

（2）白眉:《三国志·蜀志·马良传》:"马良,字季常,襄阳宜城人也。兄弟五人,并有才名,乡里为之谚曰:'马氏五常,白眉最良。'良眉中有白毛,故以称之。"后因以喻兄弟或侪辈中的杰出者。 庞公:隐居的庞德公,已见前。

（3）湖:雪湖,即今余姚的千金湖。 闻鸡:听得到鸡叫声。指相距不远。《老子》:"邻国相望,鸡犬之声相闻,民至老死不相往来。" 谢墅:或指谢迁之墅,银杏山庄。谢迁,见《明史》本传。

（4）蓬山:即蓬莱山。相传仙人所居。唐李商隐《无题》:"蓬山此去无多路,青鸟殷勤为探看。"

（5）卤田：盐碱地。汉蔡邕《京兆樊惠渠颂》："昔日卤田，化为甘壤。"此指贫瘠
之地。

（6）浪痕：波浪冲击的痕迹。唐章八元《新安江行》："雪晴山脊现，沙浅浪痕交。"

（7）汉韩婴《韩诗外传》卷一："原宪乃徐步曳杖，歌《商颂》而反，声满于天地，如
出金石。"

（8）《论语·先进》："（点）鼓瑟希，铿尔，舍瑟而作，对曰：'异乎三子者之撰。'子
曰：'何伤乎？亦各言其志也。'曰：'莫春者，春服既成，冠者五六人，童子六
七人，浴乎沂，风乎舞雩，咏而归。'夫子喟然叹曰：'吾与点也！'"点：曾点，字
子皙，亦称曾皙。孔子弟子。

（二）

海岸西头湖水东⁽¹⁾，他年蓑笠拟从公。钓沙碧海群鸥借⁽²⁾，樵
径青云一鸟通⁽³⁾。席有春阳堪坐雪⁽⁴⁾，门垂五柳好吟风⁽⁵⁾。于今
犹是天涯梦，怅望青霄月色同。

笺注

（1）湖：此指雪湖。

（2）钓沙：垂钓之沙滩。

（3）樵径：打柴人走的小道。唐李华《仙游寺》："舍事入樵径，云木深谷口。"

（4）坐雪：面雪而坐。指其居所朝阳。或隐含与其人交如浴春阳意。

（5）晋陶潜《五柳先生传》："宅边有五柳树，因以为号焉。"喻隐居志趣。

诸用文归用子美韵为别

　　一别烟云岁月深，天涯相见二毛侵[1]。孤帆江上亲朋意[2]，樽酒灯前故国心[3]。冷雪晴林还作雨，鸟声幽谷自成吟。饮余莫上峰头望，烟树迷茫思不禁[4]。

考释

　　诸用文：参见前《送诸用文归省》考释。王阳明之妻诸氏家族中人，前有《寄诸用明》，诸用明为用文之兄。可并参见。子美韵：杜甫用"侵""心"韵之七律，有《秋兴八首》之一、《登楼》等，不知此指何诗。

　　诗云"冷雪晴林"，或作于冬去春来之际。

笺注

（1）二毛：指头发斑白。

（2）唐李白《黄鹤楼送孟浩然之广陵》："孤帆远影碧空尽，惟见长江天际流。"

（3）樽酒：代指酒食。　故国：故乡。

（4）烟树：云烟缭绕的树木、丛林。南朝宋鲍照《从登香炉峰》："青冥摇烟树，穹跨负天石。"

题王实夫画

　　随处山泉着草庐，底须松竹掩柴扉[1]。天涯游子何曾出？画里孤帆未是归。小酉诸峰开夕照[2]，虎溪春寺入烟霏[3]。他年还向辰阳望[4]，却忆题诗在翠微[5]。

考释

　　王实夫，即王嘉秀，见前。此诗当与前《门人王嘉秀实夫萧琦子玉告归书此见别意兼寄声辰阳诸贤》相近之时作。

笺注

（1）底须：何须；何必。

（2）小酉：小酉山。在今湖南省沅陵县境西北。

（3）虎溪：沅陵县有虎溪山。山麓有龙兴寺。见前《辰州虎溪龙兴寺闻杨名父将到留韵壁间》。

（4）辰阳：湖南辰州。因王嘉秀是辰州沅陵人，故有此说。

（5）翠微：青翠的山。

赠潘给事

五月沧浪濯足归⁽¹⁾，正堪荷叶制初衣⁽²⁾。甲非乙是君休问⁽³⁾，酉水辰山志未违⁽⁴⁾。沙鸟不须疑雀舫⁽⁵⁾，江云先为扫鱼矶⁽⁶⁾。武陵溪壑犹深僻⁽⁷⁾，莫更移家入翠微⁽⁸⁾。

考释

给事：给事中，朝廷中经手章奏，稽察六部百司的官员。《明史·职官志三》："洪武六年设给事中十二人，秩正七品，始分为六科，每科二人……二十四年更定科员，每科都给事中一人，正八品；左右给事中二人，从八品；给事中共四十人，正九品。"

潘给事：据束景南《辑考编年》考证为潘棠。《乾隆辰州府志》卷三十六："字希召，号云巢，辰州卫人。少聪颖，学识甚优。弘治乙卯举于乡。乙丑成进士。"曾任"南京吏科给事中"。上疏反对恢复宁王护卫（关于此事，另有考）。后为内江知县，许州知府。著有《云巢集》《济渎灵异辨》等。

笺注

（1）《楚辞·渔父》："渔父莞尔而笑，鼓枻而去。乃歌曰：'沧浪之水清兮，可以濯吾缨；沧浪之水浊兮，可以濯吾足。'"

（2）初衣：入仕前的衣着。唐李白《送贺监归四明应制》："久辞荣禄遂初衣，曾向长生说息机。"或指将要入仕。

（3）此乃劝导之语，处官场之要诀。或隐指潘棠言宁王之事。

（4）酉水：水名。《后汉书·郡国志》："武陵郡酉阳县，酉水所出，东入湘。" 辰山：在湖南安化，又名神山、白云山。

（5）沙鸟：沙滩或沙洲上的水鸟。 雀舫：形似鸟状的游船。华丽假造之鸟。北周庾信《奉和濬池初成清晨临泛》："时看青雀舫，遥逐桂舟回。"此隐指官场。

（6）鱼矶：可供垂钓的水边岩石。元陈普《野步》之八："鸟影鱼矶日暮，豆花村屋秋深。"

（7）武陵溪堑：指桃花源。典出晋陶潜《桃花源记》。

（8）翠微：青翠之山。见前。

与沅陵郭掌教

记得春眠寺阁云[1]，松林水鹤日为群。诸生问业冲星入[2]，稚子拈香静夜焚[3]。世事暗随江草换[4]，道情曾许碧山闻[5]。别来点瑟还谁鼓[6]？怅望烟花此送君[7]。

考释

掌教：本指主管教授。汉徐幹《中论·治学》："故先王立教官，掌教国子，教以六德。"明、清时对府、县学教官或书院主讲人的称呼。

　　郭掌教,据束景南《辑考编年》考证,或为郭辚。《乾隆辰州府志》卷三十六:"郭辚,闽县人。正德三年,教谕沅陵。勤于课诲。士之有才者,多方振拔。改学官。建书院,皆力为之倡,学者敬爱之。去之日,绘其象,留祀名宦祠。"

　　此诗或作于正德十一年春。

笺注

（1）王阳明正德五年春从龙场归,居常德潮音阁。诗或言此时相会,待考。

（2）问业:请问学业。唐韩愈《送温处士赴河阳军序》:"小子后生,於何考德而问业焉。"　冲星:犹冲斗。气势旺盛。唐王勃《上明员外启》:"词条郁雾,遥腾驾日之阴;辨锷横霜,直上冲星之气。"

（3）稚子:小孩。长辈对年轻人的爱称。　拈香:撮香焚烧。表示敬意。

（4）江草:江边之草。此指时间流逝,世态变迁。

（5）道情:此指超脱凡俗的真情。唐元稹《伴僧行》:"春来求事百无成,因向愁中识道情。"

（6）点瑟:曾点之瑟。《论语·先进》:"'点!尔何如?'鼓瑟希,铿尔,舍瑟而作。"

（7）怅望:唐杜甫《咏怀古迹》之二:"怅望千秋一洒泪,萧条异代不同时。"　烟花:指春天的景色,已见前。

别族太叔克彰

　　情深宗族谊同方[1],消息那堪别后荒[2]。江上相逢疑未定,天涯独去意重伤[3]。身闲最觉湖山静,家近殊闻草木香[4]。云路莫嗟迟发轫[5],世途崎曲尽羊肠[6]。

考释

太叔克彰:《王文成公全书》卷十四,钱德洪跋守仁手迹《与克彰太叔》:"克彰,号石川,师之族叔祖也。听讲,就弟子列;退坐私室,行家人礼。"

笺注

(1)同方:同在一体。《文选》晋陆机《演连珠》:"是以天殊其数,虽同方不能分其感;理塞其通,则并质不能共其休。"

(2)消息:消长。《周易·丰》之《彖》:"日中则昃,月盈则食,天地盈虚,与时消息,而况于人乎?况于鬼神乎?" 荒:久远。《广雅·释诂》:"荒,远也。"

(3)重伤:再度受损伤。

(4)殊闻:特别能闻到。 草木香:唐《韦庄谒庙诗》:"乱猿啼处访高唐,路入烟霞草木香。"

(5)云路:指遥远的路程。唐钱起《登复州南楼》:"故人云路隔,何处寄瑶华。"此或指仕途之路。 发轫:取掉支轮之木,使车起动。开始。《楚辞·远游》:"朝发轫于太仪兮,夕始临乎微闾。"

(6)世途:尘世之道。 羊肠:崎岖曲折的小路。已见前注。

登凭虚阁和石少宰韵

山阁新春负一登[1],酒边孤兴晚堪乘[2]。松间鸣瑟惊栖鹤[3],竹里茶烟起定僧[4]。望远每来成久坐,伤时有涕恨无能。峰头见说连闉阓[5],几欲排云尚未曾。[6]

考释

明葛寅亮《金陵梵刹志》卷十七谓鸡笼山鸡鸣寺"傍有凭虚阁,俯视京城大内,直望郊坰,峰壑无极。"并录明南刑部郎晋陵吕律《凭虚阁略记》:"凭虚阁,在鸡鸣山之阳山,高三十丈余而阁驾出其上。"现在的凭虚阁为清乾隆时重建。

石少宰:石珤。已见前。《明史·石珤传》:"正德改元,擢南京侍读学士。历两京祭酒,迁南京吏部右侍郎,召改礼部,进左侍郎。"则其先为吏部,后召改礼部。故此诗当作于其改礼部之前。当在正德十年作《六月五章》前。可补《明史》未及。

笺注

(1)新春:春天。　负:承受,义近"堪"。

(2)孤兴:孤独无伴之心绪。晋陆机《文赋》:"或托言于短韵,对穷迹而孤兴。"

(3)鸣瑟:琴瑟之声。　栖鹤:栖息之鹤。唐元稹《清都夜境》:"栖鹤露微影,枯松多怪形。"

(4)茶烟:烧茶煮水时的烟雾。唐刘禹锡《秋日过鸿举法师寺院便送归江陵》:"客至茶烟起,禽归讲席散。"　定僧:坐禅入定的僧人。

(5)阊阖:天门。《楚辞》屈原《离骚》:"吾令帝阍开关兮,倚阊阖而望予。"

(6)排云:排开云层。晋郭璞《游仙诗》之六:"神仙排云出,但见金银台。"此两句谓因"伤时有涕恨无能",时有排云归隐之意也。

登阅江楼[一]

绝顶楼荒旧有名(1),高皇曾此驻龙旌(2)。险存道德虚天堑(3),守在蛮夷岂石城(4)。山色古今余王气(5),江流天地变秋声(6)。登临授简谁能赋(7)? 千古新亭一怆情(8)!

守仁顿首,上石楼老先生执事[二](9)。

校勘

［一］ 束景南《辑考编年》根据余姚市文管会编《王阳明先生遗墨》所载北京故宫
　　　博物院所藏真迹,收录此诗,作为《七律》之一,题作"遂登阅江楼故址"。

［二］ 此据束景南《辑考编年》引真迹后之跋语"守仁顿首上石楼老先生执事"补。
　　　上古本、浙古本《全集》均未载。

考释

　　阅江楼:在南京城西北狮子山,濒临长江。明太祖朱元璋称帝后,洪武七年
(1374)曾登山,下诏建造。自撰《阅江楼记》,宋濂也奉旨撰写《阅江楼记》,载《宋
文宪公全集》卷七。又,"石楼"为李瀚,字叔渊,一字冰心,号石楼,山西沁水人。
明何景明《大复集》卷二十三有《上李石楼方伯》,束景南《辑考编年》据明张壁《李
瀚墓表》,定此诗与后《登狮子山》俱为正德十年所作。计文渊《王阳明法书集》认
为作于正德九年。

笺注

（1）绝顶:最高峰顶。唐杜甫《望岳》:"会当凌绝顶,一览众山小。"　楼荒:荒芜
　　　之楼。

（2）高皇:指明太祖朱元璋。　龙旌:龙旗。天子仪仗之一。此指明太祖曾
　　　到此。

（3）道德:指以道德服天下。明宋濂《阅江楼记》:"见波涛之浩荡,风帆之下上,
　　　番舶接迹而来庭,蛮琛联肩而入贡,必曰:'此朕德绥威服,覃及外内之所及
　　　也。'"　天堑:此指长江。

（4）石城:石头城,即金陵城。

（5）唐刘禹锡《金陵怀古》:"王濬楼船下益州,金陵王气黯然收。"

（6）秋声:指秋天的自然之声。唐刘禹锡《登清晖楼》:"浔阳江色潮添满,彭蠡秋
　　　声雁送来。"

（7）授简：给予简札。嘱人写作。语出南朝宋谢惠连《雪赋》："梁王不悦，游於兔园。……授简於司马大夫，曰：'抽子秘思，骋子妍辞，侔色揣称，为寡人赋之。'"明杨慎《八月二日经筵纪事》："宠高梁授简，恩迈汉临雍。"

（8）典出"新亭对泣"。南朝宋刘义庆《世说新语·言语》："过江诸人，每至美日，辄相邀新亭，藉卉饮宴。周侯中坐而叹曰：'风景不殊，正自有山河之异。'皆相视流泪。"表示痛心国难而无可奈何的心情。 新亭：古地名，故址在今南京市的南面。 怆情：伤感。伤心。

（9）石楼：李瀚，见本诗考释。

附录

宋濂奉旨撰写的《阅江楼记》（见《古文观止》）：

金陵为帝王之州。自六朝迄于南唐，类皆偏据一方，无以应山川之王气。逮我皇帝，定鼎于兹，始足以当之。由是声教所暨，罔间朔南；存神穆清，与天同体。虽一豫一游，亦可为天下后世法。京城之西北，有狮子山，自卢龙蜿蜒而来。长江如虹贯，蟠绕其下。上以其地雄胜，诏建楼于巅，与民同游观之乐。遂锡嘉名为"阅江"云。

登览之顷，万象森列，千载之秘，一旦轩露。岂非天造地设，以俟大一统之君，而开千万世之伟观者欤？当风日清美，法驾幸临，升其崇椒，凭阑遥瞩，必悠然而动遐想。见江汉之朝宗，诸侯之述职，城池之高深，关阨之严固，必曰："此朕沐风栉雨、战胜攻取之所致也。"中夏之广，益思有以保之。见波涛之浩荡，风帆之上下，番舶接迹而来庭，蛮琛联肩而入贡，必曰："此朕德绥威服，罩及外内之所及也。"四陲之远，益思所以柔之。见两岸之间、四郊之上，耕人有炙肤皲足之烦，农女有将桑行馌之勤，必曰："此朕拔诸水火而登于衽席者也。"万方之民，益思有以安之。触类而推，不一而足。臣知斯楼之建，皇上所以发舒精神，因物兴感，无不寓其致治之思，奚此阅夫长江而已哉！

彼临春、结绮,非弗华矣;齐云、落星,非不高矣。不过乐管弦之淫响,藏燕赵之艳姬。一旋踵间而感慨系之,臣不知其为何说也。虽然,长江发源岷山,委蛇七千余里而始入海,白涌碧翻。六朝之时,往往倚之为天堑。今则南北一家,视为安流,无所事乎战争矣。然则果谁之力欤? 逢掖之士,有登斯楼而阅斯江者,当思帝德如天,荡荡难名,与神禹疏凿之功同一罔极。忠君报上之心,其有不油然而兴者耶?

臣不敏,奉旨撰记。欲上推宵旰图治之切者,勒诸贞珉。他若留连光景之辞,皆略而不陈,惧亵也。

狮子山[一]

残暑须还一雨清[1],高峰极目快新晴[2]。海门潮落江声急[3],吴苑秋深树脚明[二][4]。烽火正防胡骑入[5],羽书愁见朔云横[三][6]。百年未有涓埃报[7],白发今朝又几茎?

校勘

[一] 束景南《辑考编年》,此诗合前《登阅江楼》,作为《七律》之一,题为《秋日陪登狮子山》。

[二] 深:故宫博物院所藏真迹作"生"。

[三] 羽:故宫博物院所藏真迹作"雁"。

考释

狮子山:在南京城西北。清顾祖禹《读史方舆纪要》卷二十《南直二》:"狮子山,府西北二十里。亦曰卢龙山。晋元帝初渡江见此山绵延,因以拟北地卢龙。志云:山在城西北隅,周回十二里,西临大江。明初陈友谅趣建康,太祖亲总大军驻狮子山,友谅犯江东桥转向龙江,至山下,登岸立栅,太祖率诸军大战,友谅败走。寻建阅江楼于此。《金陵记》:'狮子山在金川门外。'"此诗当作于正德十一年夏秋之际,参见前《登阅江楼》。

笺注

(1)须还:犹"还须"。

(2)新晴:刚放晴的天气。晋潘岳《闲居赋》:"微雨新晴,六合清朗。"

(3)海门:内河通海处。唐韦应物《赋得暮雨送李冑》:"海门深不见,浦树远含滋。"此当指南京江口。

(4)吴苑:吴地苑林。此指南方风光。

(5)烽火:古时边防报警的烟火。 胡骑:此指外敌,即北方奄答小王子的军队。《明通鉴》卷四十六:"(正德十年)八月丙寅,小王子以十万余骑自花马池入固原,联营七十余里,肆行劫杀,城堡为空。"时北方多有战事。

(6)羽书:古代紧急文书,插有羽毛,必须速递。《后汉书·西羌传论》:"伤败踵系,羽书日闻。"唐李贤《注》:"羽书即檄书也。" 朔云横:指北方云气翻腾。事态紧急。

(7)涓埃报:涓报。微小的报答。

游清凉寺三首

考释

清凉寺:即清凉广惠禅寺。宋张敦颐《六朝事迹编类》卷十一《寺院门·清凉广惠禅寺》:"伪吴顺义中徐温建,为兴教寺,南唐升元初改石头清凉禅寺,后主复改清凉大道场,本朝太平兴国五年闰三月改为今额。旧传尝为李氏避暑宫,寺中有德庆堂,今法堂前旧基是也。"明顾起元《客座赘语·登览》谓其在南京西部清凉山上,为禅宗寺庙。

其三有"不顾尚书此日期"句,此"尚书",束景南《辑考编年》认为指邓庠。邓庠成化八年进士,湖广宜章人,字宗周,号东溪。《献征录》卷三十一有张璧所撰其《墓志铭》。《明史》卷一六六载有其事。《国榷》谓"正德十年十二月丙寅,南京副都御史邓庠为南京户部尚书",则王阳明此诗当作于正德十一年。其一曰"春寻",当作于是年春。

其一

春寻载酒本无期⁽¹⁾,乘兴还嫌马足迟⁽²⁾。古寺共怜春草没⁽³⁾,远山偏与夕阳宜。雨晴涧竹消苍粉⁽⁴⁾,风暖岩花落紫蕤⁽⁵⁾。昏黑更须凌绝顶,高怀想见少陵诗。⁽⁶⁾

笺注

(1)无期:没有约定。指随性而行。

(2)马足:指代车马。宋洪迈《容斋续笔·李林甫秦桧》:"一旦别去,何时复望车尘马足邪?"

(3)古寺:清凉寺。

(4)涧竹:山涧边的竹子。南朝梁简文帝《山斋》:"玲珑绕竹涧,间关通槿藩。"
苍粉:殆指灰白色的竹粉。

(5)紫蕤:紫色的花草。宋陈造《闲居》之一:"红糁紫蕤今次第,迁莺来燕费商量。"

(6)唐杜甫《望岳》:"会当凌绝顶,一览众山小。"

其二

积雨山行已后期⁽¹⁾，更堪多病益迟迟⁽²⁾。风尘渐觉初心负⁽³⁾，丘壑真与野性宜⁽⁴⁾。绿树阴层新作盖⁽⁵⁾，紫兰香细尚余蕤⁽⁶⁾。辋川图画能如许⁽⁷⁾，绝是无声亦有诗⁽⁸⁾。

笺注

（1）积雨：长久下雨。　后期：延误了日期。

（2）迟迟：迟缓状。徐行貌。《诗经·大雅·谷风》："行道迟迟，中心有违。"毛《传》："迟迟，舒行貌。"

（3）风尘：指世俗纷扰。　初心：本意。《首楞严经》："一曰：'复有无量辟支无学，并其初心，同来佛所。'"指本初纯朴之心。

（4）丘壑：山丘与壑谷。多借指隐者居所。　野性：喜爱自然，乐居田野的性情。唐郑谷《自遣》："谁知野性真天性，不扣权门扣道门。"

（5）阴层：指层层树荫。宋欧阳修《伏日赠徐焦二生》："平湖绿波涨渺渺，高樹古木阴层层。"

（6）香细：幽幽飘逸的香味。

（7）辋川：水名。即辋谷水。唐朱景玄《唐朝名画录》："（王维）画《辋川图》，山谷郁盘，云水飞动，意出尘外，怪生笔端。"指风景幽胜之处。

（8）无声诗：指画中有诗意。宋苏轼《东坡志林·题王维〈蓝关烟雨图〉》："味摩诘之诗，诗中有画；观摩诘之画，画中有诗。"

其三

不顾尚书此日期，欲为花外板舆迟。⁽¹⁾繁丝急管人人醉⁽²⁾，竹径松堂处处宜⁽³⁾。双树暗芳春寂寞⁽⁴⁾，五峰晴秀晚羲葳⁽⁵⁾。暮钟杳杳催归骑，惆怅烟光不尽诗⁽⁶⁾。

笺注

（1）尚书：南京户部尚书邓庠。　花外：花丛之外。温庭筠（一说李煜）《更漏子》："柳丝长，春雨细，花外漏声迢递。"　板舆：人抬的代步工具。

（2）繁丝急管：管弦之音繁密而急促。丝、管，犹丝竹，乐器。

（3）松堂：松林间屋舍。唐郑谷《喜秀上人相访》："他夜松堂宿，论诗更入微。"

（4）双树：娑罗双树。也称双林。释迦牟尼入灭之处。南朝梁慧皎《高僧传》卷八："释迦缄默于双树，将致理致渊寂，故圣为无言。"　暗芳：暮色中的花。唐杜甫《大云寺赞公房四首》之三："天黑闭春院，地清栖暗芳。"

（5）五峰：不详。或云南京清凉寺仿五台山清凉寺，称周围山峰为五峰。

（6）烟光：云霭雾气。唐元稹《饮致用神曲酒三十韵》："雪映烟光薄，霜涵霁色泠。"

寄张东所次前韵

远趋君命忽中违⁽¹⁾，此意年来识者稀⁽²⁾。黄绮曾为炎祚出⁽³⁾，子陵终向富春归⁽⁴⁾。江船一话千年阔，尘梦今惊四十非⁽⁵⁾！何日孤帆过天目⁽⁶⁾，海门春浪扫渔矶⁽⁷⁾。

考释

张东所：张诩。《明儒学案》卷六："张诩字廷实，号东所，南海人，白沙弟子。登成化甲辰进士第。养病归，六年不出，部檄起之，授户部主事。寻丁忧，累荐不起。正德甲戌，拜南京通政司左参议，又辞，一谒孝陵而归。卒年六十。"此当为张东所在南京辞官时所作。由此可见守仁与白沙之学的关系。

笺注

（1）远趋君命：指远在南海的张东所于正德甲戌受命赴南京为通政司左参议。

中违：中途改变。指他又辞职。

（2）此意：指张东所不愿为官之意。

（3）黄绮：指汉初"商山四皓"中的夏黄公、绮里季。《汉书·王贡两龚鲍传》："汉兴有园公、绮里季、夏黄公、用里先生，此四人者，当秦之世，避而入商洛深山，以待天下之定也。自高祖闻而召之，不至。其后吕后用留侯计，使皇太子卑辞束帛致礼，安车迎而致之。四人既至，从太子见，高祖客而敬焉，太子得以为重，遂用自安。语在《留侯传》。"炎祚：汉朝的国统。五行家谓刘汉、赵宋皆以火德王，因以"炎祚"指其国统。此指"四皓"为汉高祖的继承人而出。

（4）子陵：汉代高士严光，字子陵。隐居垂钓富春江。

（5）尘梦：尘世的梦幻。五代齐己《送禅者游南岳》："尘梦是非都觉了，野云心地更何妨。"四十非：殆用"五十知非"典。典出《淮南子·原道训》："蘧伯玉年五十而知四十九年非。"

（6）天目：天目山。天目山在南京和广东南海之间。《读史方舆纪要》卷八十九"浙江"："天目山，在杭州府临安县西五十里，于潜县北四十里，又湖州府安吉州西南七十五里。高峻盘郁，为西面之巨镇。"

（7）海门：见前。张东所为南海人，临海，故称。鱼矶：钓鱼之矶。

别余缙子绅

不须买棹往来频[1]，我亦携家向海滨[2]。但得青山随鹿豕[3]，未论黄阁画麒麟[4]。丧心疾已千年痼[5]，起死方存六籍真[6]。归向兰溪溪上问⁽⁷⁾,桃花春水正迷津⁽⁸⁾。

考释

　　余缙子绅:不详。日本九州大学藏嘉靖刊《阳明先生文录》卷四有《与俞子伸》诗,此诗与下"赣州诗"中的《坐忘言岩问二三子》文字相同。或俞子伸与此"余子绅"为一人?

笺注

(1)买棹:雇船。

(2)海滨:此处或指隐居。

(3)鹿豕:鹿和猪。此句见《孟子·尽心上》:"舜之居深山之中,与木石居,与鹿豕游,其所以异于深山之野人者几希。"

(4)黄阁:已见前,指宰相官署。　麒麟:汉代阁名。在未央宫中。《三辅黄图·阁》:"麒麟阁,萧何造,以藏秘书,处贤才也。"汉宣帝时曾图霍光等十一功臣像于阁上,表彰其功绩。后以画像麒麟阁指受到皇上最高表彰。

(5)丧心:或指心学之丧。

(6)起死:儒学复兴。　六籍:此指六经。

(7)兰溪:水名,在浙江。《水经注·浙江水注》:"浙江东与兰溪合。"

(8)桃花春水:春汛。唐孟浩然《送元公之鄂渚寻观主张骖鸾》:"桃花春水涨,之子忽乘流。"　迷津:找不到渡口、桥梁,迷失了道路。宋梅尧臣《寄题苏子美沧浪亭》:"曩子初去国,我勉勿迷津。"

送刘伯光^[一]

　　五月茅茨静竹扉⁽¹⁾,论心方洽忽辞归⁽²⁾。沧江独棹冲新暑⁽³⁾,

白发高堂恋夕晖⁽⁴⁾。谩道六经皆注脚⁽⁵⁾,还谁一语悟真机⁽⁶⁾? 相知若问年来意,已傍西湖买钓矶⁽⁷⁾。

校勘

[一] 光:日本九州大学藏嘉靖刊《阳明先生文录》卷四作"元"。

考释

刘伯光,《乾隆安福县志》卷十一"人物"有传:"刘晓,字伯光,南乡三舍人。正德八年乡举为新宁令,有善政,时称循史。初,王守仁为南鸿胪,吉郡士未有及门者,惟晓最先受学,与徐曰仁、薛侃辈切磋久之,归而有得。守仁别以诗,期许甚至。"上古本《全集》卷十一《寄邹谦之》:"但刘伯光以家事促归,魏师伊乃兄适有官务,仓卒往视,何廷仁近亦归省,惟黄正之尚留彼。意以登坛说法,非吾谦之身自任之不可。"为"丙戌"年所写。可知刘伯光与王阳明交往之一斑。

笺注

(1)茅茨:用茅草覆盖屋顶。指茅屋。《韩非子·五蠹》:"尧之王天下也,茅茨不剪,采椽不斫。"

(2)论心方洽:谈论心性之学正非常契和之际。

(3)独棹:独自乘着舟船。

(4)白发高堂:唐李白《将进酒》:"君不见,高堂明镜悲白发,朝如青丝暮成雪。"夕晖:夕阳的光辉。此句指刘伯光思念母亲之情。

(5)《宋史·儒林四·陆九渊传》:人劝陆九渊著书,他说"六经注我,我注六经",又说"学苟知道,六经皆我注脚"。

(6)真机:玄妙之理。

(7)钓矶:本指垂钓之矶石。此借指隐居之处。唐刘沧《赠颛顼山人》诗:"知君济世有长策,莫问沧浪隐钓矶。"

冬夜偶书^[一]

百事支离力不禁⁽¹⁾，一官栖息病相侵。星辰魏阙江湖迥⁽²⁾，松柏茅茨岁月深。欲倚黄精消白发⁽³⁾，由来空谷有余音⁽⁴⁾。曲肱已醒浮云梦⁽⁵⁾，荷蒉休疑击磬心⁽⁶⁾。

校勘

[一] 此诗有手迹传世。清端方《壬寅消夏录》收录。束景南《辑考编年》收录，与上古本《全集》中所载《夜坐偶怀故山》一起为《乡思二首》，此为其一。《乡思二首》下有"次韵答黄舆"。

考释

《辑考编年》据季本《说理会编》卷十六"黄礨子姓王，名文辕，字司舆，山阴人"，认为王文辕即"黄舆"；此二诗当作于"弘治十五年岁终"；《文录》的编者钱德洪对守仁的"怨叹有所顾忌"，故意分列二处。其说备考。

笺注

（1）支离：繁琐杂乱。汉扬雄《法言·五百》："或问：'天地简易而法之，何五经之支离？'曰：'支离盖其所以为简易也。'"汪荣宝义疏："支离、支缭，皆繁多歧出之意。"

（2）星辰：此指岁月。唐孟郊《感怀》诗之三："中夜登高楼，忆我旧星辰。" 魏阙：指朝廷，已见前。

（3）黄精：药草名。中医以根茎入药。魏嵇康《与山巨源绝交书》："又闻道士遗言，饵朮黄精，令人久寿，意甚信之。"

（4）空谷余音：《庄子·徐无鬼》："闻人足音，跫然而喜矣。"

（5）《论语·述而》："饭疏食饮水，曲肱而枕之，乐在其中矣。不义而富且贵，于我如浮云。"后以"曲肱"比喻清贫而闲适的生活。浮云梦，"不义而富且贵"

之梦。

（6）典出《论语·宪问》："子击磬于卫,有荷蒉而过孔氏之门者,曰:'有心哉,击磬乎!'既而曰:'鄙哉,硁硁乎! 莫己知也,斯已而已矣。深则厉,浅则揭。'"宋朱熹《集注》:"此荷蒉者亦隐士也。"蒉,用草编的筐子,一般用来盛土。

寄潘南山

秋风吹散锦溪云⁽¹⁾,一笑南山雨后新⁽²⁾。诗妙尽从言外得⁽³⁾,《易》微谁见画前真⁽⁴⁾? 登山脚健何妨老⁽⁵⁾,留客情深不计贫⁽⁶⁾。朱吕月林传故事⁽⁷⁾,他年还许卜西邻[一]⁽⁸⁾。

校勘

［一］卜:上古本《全集》作"上"。

考释

潘南山,《明儒学案·诸儒学案》:"潘府号南山,浙之上虞人。弘治辛丑进士。累官至提学副使,终养不出。后以荐升太仆寺少卿,改太常寺,致仕。嘉靖五年六月癸酉卒。"然考弘治无"辛丑"年,疑为"辛酉"(十四年)之误。

笺注

（1）锦溪:当指叠锦溪。上虞附近有"叠锦溪",束景南《王阳明年谱长编》引《光绪上虞县志校续》卷二十二:"叠锦溪,在县北马融故宅之西。宋朱文公晦庵讲学于此。"

（2）南山:殆指南山书院。《光绪上虞县志校续》卷二十八:"南山书堂,在县北寒山之麓,明太常潘府建。"

（3）宋严羽《沧浪诗话·诗辨》:"诗者,吟咏情性也。盛唐诸人惟在兴趣,羚羊挂角,无迹可求。故其妙处透彻玲珑,不可凑泊,如空中之音、相中之色、水中之月、镜中之象,言有尽而意无穷。"

（4）《易》微:《易》的机微。《周易·系辞下》:"夫《易》彰往而察来,而微显阐幽。开而当名辨物,正言断辞则备矣。"汉韩康伯《注》:"《易》无往不彰,无来不察,而微以之显,幽以之阐。" 画前:指《周易》爻、卦之"画"。此句指当探讨有形的卦爻之画以外的真微。

（5）脚健:腰腿健康。宋刘克庄《贺新郎》:"尚喜暮年腰脚健,不碍登山临水。"

（6）宋晁冲之《赠山人沈广汉》:"忍情断酒非关病,随意收书不计贫。"

（7）朱吕:殆指朱熹、吕祖谦。 月林:清王梓材、冯云濠《宋元学案补遗》卷六十九《沧洲诸儒学案补遗上·补抚干潘先生友恭》:"云濠谨案:《上虞县志》于《潘直阁传》云,长子友端爲太常博士,次子友恭为江淮宣抚干官。又言直阁建月林书院,延朱子相与讲明性命之学,并以文学著云。" 潘時:《宋元学案·元城学案》:"潘時,字德鄜,金华人。父良佐,始以儒学教授,诸弟皆从受学,而中书良贵遂以清直致大名。先生生颖悟,少长,庄重如成人。既孤,叔父中书爱而收教之,欲使后己,先生以亲没无所受命辞,乃任以为登仕郎,为娶李庄简女,庄简亦器许焉。调分宜簿,未尝求荐而当路争知之,改通直郎、知兴化军。……官至安抚,进直显谟阁,除尚书左司郎中,不就。卒,年六十三。"此殆以朱吕之交比自己和潘氏的关系,仿"月泉书院"之名,为"月林书院",殆因潘時和"潘氏"及上虞有关。

（8）西邻:上虞在守仁故乡余姚西南,故称。

送胡廷尉

钟陵雪后市灯残[1],箫鼓江船发晓寒[2]。山水总怜南国好[3],

才猷须济朔方艰⁽⁴⁾。彩衣得侍仙舟远⁽⁵⁾，春色行应故里看⁽⁶⁾。别去中宵瞻北极，五云飞处是长安⁽⁷⁾。

考释

胡廷尉：据束景南《辑考编年》考证，为胡冬皋。明焦竑《献征录》卷五十六颜鲸《胡公东皋传》："公讳东皋，字汝登，别号方冈。世为余姚梅川里人。"弘治乙丑（十八年）进士，正德丙子，授南京刑部四川司郎中。他和王阳明为同乡，后王阳明之子王正宪聚胡氏之女为妻。

廷尉：官名。掌司法刑狱。始置于秦，后多有把执掌刑法的官员称"廷尉"。时胡东皋正在刑部为官，故如此称之。

笺注

（1）钟陵：本指南京钟山。此当指南京。

（2）箫鼓：箫与鼓。多泛指乐奏。南朝梁江淹《别赋》："琴羽张兮箫鼓陈，燕赵歌兮伤美人。"

（3）南国：泛指南方地区。唐王维《相思》："红豆生南国，春来发几枝。"

（4）才猷：才干谋略。唐钱起《巨鱼纵大壑》："喻士逢明主，才猷得所施。" 朔方艰：指此时北方小王子等入犯。见前《狮子山》诗注。 以此观之，胡氏似前往北方。

（5）彩衣：典出汉刘向《列女传》："老莱子孝养二亲，行年七十，婴儿自娱。着五色采衣，尝取浆上堂，跌仆，因卧地为小儿啼。或弄乌鸟于亲侧。"后因以为孝顺父母的典故。 仙舟：《后汉书·郭太传》载：李膺与郭泰同舟而济，从宾望之，以为神仙。后"李郭仙舟"用为友人相亲之典。

（6）此句似指春色还只能在故乡看到。

（7）五云：五色瑞云。指吉祥的征兆。 长安：或指京城。

与郭子全[一]

相别翻怜相见时[1]，碧桃开尽桂花枝[2]。光阴如许成虚掷，世故催人总不知[3]。云路不须朱绂去[4]，归帆且得彩衣随[5]。岚山风景濂溪近[6]，此去还应自得师[7]。

校勘

[一] 日本九州大学藏嘉靖刊《阳明先生文录》卷四题作"与郭完"。

考释

郭子全：不详，待考。或名"完"。见校勘。

笺注

（1）翻怜：反而留恋。唐许稷《闰月定四时》："乍觉年华改，翻怜物候迟。"

（2）此句指和郭子全春天相见，秋天离别。

（3）唐李商隐《为贺拔员外上李相公启》："世故推迁，年华荏苒。"此两句指时光流逝，世事催人。

（4）云路：遥远的路程。唐钱起《登复州南楼》："故人云路隔。" 朱绂：朱色系带。指官服，升官。唐杜牧《书怀寄中朝往还》："朱绂久惭官借与，白头还叹老将来。"

（5）彩衣：见前《送胡廷尉》诗注。

（6）岚山：雾气笼罩的山峰。此具体不详，或指岚角山。在今湖南永州，近道县。濂溪：湖南省道县水名。宋周敦颐世居溪上。见前。

（7）自得：自己有所心得。自己有心得体会。《孟子·离娄下》："君子深造之以道，欲其自得之也。自得之则居之安，居之安则资之深，资之深则取之左右逢其原，故君子欲其自得之也。"

次栾子仁韵送别四首

　　子仁归，以四诗请用其韵答之，言亦有过者，盖因子仁之病而药之，病已则去其药。

考释

　　栾子仁：名惠。见《年谱》。又上古本《全集》有《书栾惠卷》："栾子仁访予于虔，舟遇于新淦。嗟乎！子仁久别之怀，兹亦不足为慰乎？"时在"庚辰"年。《两浙名贤录》卷六："栾惠，字子仁，西安(今衢州)人。师事王文成，潜心理学。"《天启衢州府志》卷之九："明栾惠，字子仁，布衣，祀乡贤。师王阳明，事父母曲尽孝道。母尝患疯疾，手足拘挛者十三年。每扇枕、温衾、饮食、搔摩，必躬必亲，终始不怠。"

　　又，此诗可见王阳明这一时期的思想变化。

(一)[一]

　　从来尼父欲无言⁽¹⁾，须信无言已跃然。悟到鸢鱼飞跃处⁽²⁾，工夫原不在陈编⁽³⁾。

校勘

[一] 此诗在日本九州大学藏嘉靖刊《阳明先生文录》卷四，题作"与徽州陈毕二子二首"，此为二首中的第一首。

笺注

(1) 尼父：孔子。　欲无言：《论语·阳货》："子曰：'予欲无言。'子贡曰：'子如不言，则小子何述焉？'子曰：'天何言哉？四时行焉，百物生焉，天何言哉？'"

(2) 鸢鱼飞跃：《诗经·大雅·旱麓》："鸢飞戾天，鱼跃于渊。"毛《传》："言上下察也。"唐孔颖达《疏》："毛以为大王、王季德教明察，著地上下。其上则鸢鸟得飞至于天以游翔,其下则鱼皆跳跃于渊中而喜乐。"后以"鱼跃鸢飞"谓世间生物任性而动,自得其乐。

（3）陈编：古籍、古书。又王阳明《示诸生诗》："但致良知成德业,漫从故纸费精神。"

（二）

操持存养本非禅[1]，矫枉宁知已过偏。此去好从根脚起[2]，竿头百尺未须前[3]。

笺注

（1）操持：出处行藏。唐李商隐《漫成》诗之二："李杜操持事略齐,三才万象共端倪。" 存养：存心养性。《孟子·尽心上》："存其心,养其性。"乃儒家修身之法。

（2）根脚：事物的本源。此指学问根基。《朱子语类》卷一二一："须尽记得诸家说方有个衬簟处,这义理根脚方牢。"

（3）未须前：过犹不及之意。

（三）

野夫非不爱吟诗[1]，才欲吟诗即乱思[2]。未会性情涵咏地[3]，《二南》还合是淫辞[4]。

笺注

（1）野夫：王阳明自称。

（2）乱思：此指思绪散乱。

（3）性情：性,人的本性。情,人的情感。有各种阐述。《礼记·乐记》："人生而静,天之性也。"唐李翱《复性书》："人之所以为圣人者,性也;人之所以惑其性者,情也。喜、怒、哀、惧、爱、恶、欲七者,皆情之所为也。情既昏,性斯匿矣。非性之过也,七者循环而交来,故性不能充也。……虽然,无性则情无所生矣。是情由性而生,情不自情,因性而情,性不自性,由情以明。" 涵咏:亦作"涵泳"。浸润,沉浸。深入领会。

（4）二南:《诗经》之《周南》《召南》,是整部《诗经》的开端,《毛诗序》认为"二南"是"正始之道,王化之基"。 淫辞:放乱不正之辞。此句意为:不好好涵咏性情,即便是如《二南》那样的"正始之道,王化之基",也还只是如淫辞一般。

（四）

道听途传影响前[1],可怜绝学遂多年[2]。正须闭口林间坐,莫道青山不解言。[3]

笺注

（1）道听途传:道听途说。路上传播的话。泛指没有根据的传闻。《汉书·艺文志》:"小说家者流,盖出于稗官,街谈巷语,道听途说者之所造也。" 影响:此指对人起作用。北齐颜之推《颜氏家训·书证》:"若文章著述,犹择微相影响者行之,官曹文书,世间尺牍,幸不违俗也。"

（2）绝学:失传之学。《汉书·韦贤传论》:"汉承亡秦绝学之后,祖宗之制,因时制宜。"此泛指王守仁认为的儒学之"真"。此两句意为:世间以道听途说、似是而非之言流传,先人的学问(指儒家真谛)已经多年断绝。

（3）林间、青山:此指青山丛林间。此两句意为:勿以为青山会不理解人意,即使在林间坐也会有感悟。

书悟真篇答张太常二首

考释

《悟真篇》：内丹派道教的主要著作之一。北宋熙宁八年(1075)张伯端撰。由诗词歌曲等组成。其中七言律诗一十六首,绝句六十四首,五言一首;《西江月》词十二首,以及歌曲三十二首。《四库全书提要》:"是书专明金丹之要,与伯阳《参同契》,道家并推为正宗。"太常:汉代官名。汉应劭《汉官仪》:"欲令国家盛大,社稷常存,故称太常。"《宋书·百官志》云:"太常……舜摄帝位,令伯夷作秩宗,掌三礼,即其任也。周时曰宗伯,是为春官,掌邦礼。秦改曰奉常,汉因之。景帝中六年,更名曰太常。"后指朝廷掌宗庙礼仪之官。明有太常寺。见《明史·职官志》。

张太常:束景南考证,指张芮。此二诗,以《悟真篇》为例,批判当时流传的俗学。

（一）

《悟真篇》是误真篇[1],三注由来一手笺[2]。恨杀妖魔图利益,遂令迷妄竞流传。造端难免张平叔[3],首祸谁诬薛紫贤[4]。直说与君惟个字[5],从头去看野狐禅[6]。

笺注

(1)误真:误解真道。真,道教术语。原指仙人。后衍生为道教中的一个重要概念,如《常清静经》:"真常得性。"参见诗(二)笺注(4)。

(2)三注:指宋薛道光、陆子野和元陈致虚的《悟真篇三注》。今有《正统道藏》本、《道藏辑要》本。薛道光之注的有无,学界尚有争议,或认为系翁葆光之注。

(3)张平叔:即张伯端,字平叔,号紫阳。北宋浙江天台人。薛道光《悟真篇记》:"张平叔先生者,天台人,少业进士,坐累谪岭南兵籍。"

（4）薛紫贤：宋薛道光，事迹见《道藏》所收《薛紫贤事迹》。《道藏》中收有《悟真篇三注》刊本中，有"紫贤真人薛道光注"的标记，故后人或以"紫贤"为薛道光之号。《悟真篇本末事迹》："道源姓薛名式，陕府鸡足山人也，尝为僧，法号紫贤。……崇宁丙戌岁冬，寓郿县青镇，听讲佛事，适遇凤翔府扶风县杏林驿人石泰。……稽首皈依，请因受业，卒学大丹，及复受得口诀真要，且戒往通邑大都依有德有力者，可即图之。道源遂来京师，弃僧伽梨，幅巾缝掖，和光同尘，混于常俗，觑了此事。岂患学仙道流，得遇平叔诗曲，随其所见，致有差殊，而意之所疑，又须展转，心生迷谬，莫能晓悟，孰从而语之《参同》哉？……于是慨然首为训释，条达宗旨，通玄究微，开蒙发昧。……道源因以推广其意为注解，明白真要，洞阐玄微，法事悉备，表里焕然，余蕴无所藏矣。"

（5）个字：个别词语。

（6）野狐禅：非正宗的对禅的解释。见《五灯会元·百丈怀海禅师》。

（二）

悟真非是《悟真篇》，平叔当时已有言。[1]只为世人多恋着，且从情欲起因缘[2]。痴人前岂堪谈梦[3]？真性中难更说玄[4]。为问道人还具眼[5]，试看何物是青天[6]？

笺注

（1）张伯端《悟真篇序》："仆幼亲善道，涉猎三教经书，以至刑法、书算、医卜、战陈、天文、地理、吉凶生死之术，靡不留心详究。"此句谓张伯端早就有言在先，"悟真"的并非《悟真篇》。

（2）因缘：《四十二章经》卷十三："沙门问佛，以何因缘，得知宿命，会其至道？"《翻译名义集·释十二支》："前缘相生，因也；现相助成，缘也。"

（3）典出"痴人说梦"。宋惠洪《冷斋夜话》卷九："僧伽龙朔中游江淮间,其迹甚异。有问之曰:'汝姓何?'答曰:'姓何。'又问:'何国人?'答曰:'何国人。'唐李邕作碑,不晓其言,乃书传曰:'大师姓何,何国人。'此正所谓对痴人说梦话耳。"原形容对蠢人说荒唐话,而蠢人竟信以为真。后用来讽刺不着边际的荒诞言论。　痴人:愚笨、平庸之人。北齐颜之推《颜氏家训·归心》:"世有痴人,不识仁义,不知富贵,并由天命。"

（4）真性:本真之性;天性。《庄子·马蹄》:"马,蹄可以践霜雪,毛可以御风寒,龁草饮水,翘足而陆:此马之真性也。"佛教谓人本具有的不妄不变的心体。唐慧能《坛经·般若品》:"一切般若智,皆从自性而生,不从外入,莫错用意,名为真性自用。"　玄:玄奥,玄妙之意。按道教之说,玄乃自然的起源。《抱朴子内篇·畅玄》:玄乃"自然之始祖""万殊之大宗","得之乎内,守之者外,用之者神,忘之者器,此思玄道之要言也"。对于"真性""玄",儒道释各有多种阐述。

（5）具眼:谓有识别事物的眼力。宋严羽《沧浪诗话·考证》:"具眼者,自默识之耳。"

（6）何物是青天:《悟真篇》:"见了真空空不空,圆明何处不圆通。根尘身法都无物,妙用方知与物同。"此指识得事物的本真。

赣州诗三十六首[一]　正德丙子年九月升南赣金都御史以后作。

校勘

[一]三十六:原作"二十二",据上古本《全集》改。

考释

关于王阳明升任南赣佥都御史的时间,《明史》本传、《明通鉴》《年谱》《明史纪事本末》等,有"八月""九月""十月"诸说。考《武宗实录》,王阳明正德十一年九月升右佥都御史。正德圣旨:"王阳明升都察院右佥都御史,巡抚南赣、汀、漳等处地方,写敕与他。"当以《实录》为是。该年七月,李东阳去世,八月,杨一清致仕,中央政坛发生变化。

丁丑二月征漳寇进兵长汀道中有感[一]

将略平生非所长(1),也提戎马入汀漳(2)。数峰斜日旌旗远[二],一道春风鼓角扬。莫倚贰师能出塞[三](3),极知充国善平羌[四](4)。疮痍到处曾无补(5),翻忆钟山旧草堂[五](6)。

校勘

[一] 据赵广军《方志对文化史料的补充》:此诗《上杭府志》收录,题作《征寇经永定道中》,《上杭县志》作《驻上杭行台时往漳寇》。束景南《辑考编年》云,《嘉靖汀州府志》卷十七收录,题作《长汀道中□□诗》,题下有注:"夜宿行台,用韵于壁,时正德丁丑三月十三日阳明□□□□□。"

[二] 日:《嘉靖汀州府志》作"阳"。

[三] 莫倚贰师:《嘉靖汀州府志》作"暮□□□"。

[四] 极知:《嘉靖汀州府志》作"由来"。

[五] 翻忆钟山:《嘉靖汀州府志》作"深愧湖边"。又,钟山,《上杭县志》作"湖边"。

考释

漳寇:《明通鉴》卷四十六:"初,南赣之贼,为陈金、俞谏先后讨之,稍戢,不数年,复啸聚为乱。谢志山据横水左溪、桶冈,池仲容据浰头,皆称王,与大庾陈曰能、乐昌高快马、柳州龚福全等攻剽府县,而大帽山贼詹师富等又起。于是江西、福建、广东、湖广之交,千余里皆乱。"《明史纪事本末》卷四十八《平南赣盗》:"南安、横水、桶冈诸寨有贼首谢志山、蓝天凤,漳州、浰头等寨有贼首池大鬓等。"此当指在征讨谢志山、池仲容之前,前往征讨大帽山詹师富等的途中。是王阳明初试锋芒之战。

长汀:汀州府城,此以代汀州。清顾祖禹《读史方舆纪要》卷九十八《福建四》:"汀州府,东至延平府五百二十里,东北至建宁府七百三十里,东南至漳州府六百三十里,南至广东潮州府六百六十里,西至江西赣州府五百里,西北至江西石城县百九十里,北至邵武府五百五十里。"

笺注

(1)将略:用兵的谋略。《三国志·蜀书·诸葛亮传》:"然亮才,于治戎为长,奇谋为短,理民之干,优于将略。"

(2)汀漳:汀州、漳州。见前考释。

(3)贰师:汉贰师将军李广利。《史记·大宛列传》:"天子已尝使浞野侯攻楼兰,以七百骑先至,虏其王,以定汉等言为然,而欲侯宠姬李氏,拜李广利为贰师将军。"李广利出塞征讨事,见《汉书·张骞李广利传》。

(4)充国:汉代后将军赵充国。西汉宣帝神爵元年(前61)命"安国行视诸羌",经略西域。事见《汉书·赵充国传》《汉书·宣帝纪》。

(5)疮痍:创伤。此喻灾害或战乱后民生凋敝的情形。汉桓宽《盐铁论·国疾》:"然其祸累世不复,疮痍至今未息。"

(6)钟山:指南京。 旧草堂:指南京讲学之处。

回军上杭[一]

山城经月驻旌戈^(1)，亦复幽寻到薜萝[二](2)。南国已欣回甲马[三](3)，东田初喜出农蓑(4)。溪云晓度千峰雨(5)，江涨新生两岸波[四]。暮倚七星瞻北极，绝怜苍翠晚来多[五]。

雨过南泉庵(6)，梁郡伯携酒来，即席漫书，遂录呈。守仁顿首。[六]

校勘

[一] 此诗《上杭府志》收录，题作《上杭南泉庵》，《上杭县志》则作《题南泉庵》。据浙古本《全集》卷四十三《补遗》：此诗有王阳明手迹，存上海博物馆。计文渊《王阳明法书集》收录。又束景南《辑佚编年》据《嘉靖汀州府志》卷十七所收辑录，跋文与诸本不同。

[二] 幽寻：《上杭县志》作"寻幽"。

[三] 欣：《上杭县志》作"看"。

[四] 新生：《上杭县志》作"新春"。计文渊《王阳明法书集》作"春深"。

[五] 翠：原作"卒"，据计文渊《王阳明法书集》改。

[六] 此跋据手迹本补。《嘉靖汀州府志》，跋文作："雨中过南泉庵，书壁。是日，梁郡伯携酒来问，因并呈。时正德丁丑四月五日，阳明山人守仁顿首。"

考释

此诗乃征讨大帽山时作。《明通鉴》："（正德十二年五月）巡抚南赣王阳明讨大帽山贼，平之。"《明通鉴考异》认为《明史》本传"系之是年正月，似误也。……《宪章录》《纪事本末》皆系之五月。而证之《实录》，六月丙辰始以捷闻，则五月破大帽山贼可证也。若其《年谱》谓'是年二月平漳寇，四月班师，驻军上杭'，则正与

《明史》本传合"。考此诗"东田初喜出农蓑"乃春天景色,当是王阳明率军亲征,得捷报而返回上杭。

笺注

（1）旌戈：旌旗、矛戈,指军队。宋庞籍《渔家傲》："旌戈矛戟山前后。"

（2）幽寻：犹寻幽。寻求幽胜。唐李商隐《闲游》："寻幽殊未极,得句总堪夸。"

（3）甲马：铠甲、战马。唐杜甫《严氏溪放歌行》："天下甲马未尽销,岂免沟壑常漂漂。"此指南方福建一带战事。此时殆已经取胜回师。

（4）东田：泛指农田。唐储光羲《同王十三维偶然作》之九："我念天时好,东田有稼穑。" 农蓑：农家的蓑衣,此指农家在田中耕作。

（5）溪云：溪间升腾的云雾。唐许浑《咸阳城东楼》："溪云初起日沉阁,山雨欲来风满楼。"

（6）南泉庵：据《上杭县志》,南泉庵在琴冈。

喜雨三首[一]

校勘

[一] 此诗《上杭府志》收录,题作《春雨二首》,仅收第一、二首,第三首题为《岩前剿寇班师纪事》,《嘉靖汀州府志》卷十七题作《题察院壁》,题下有注："四月戊午班师上杭道中,都御史□□□书。"

（一）

即看一雨洗兵戈,便觉光风转石萝[一][(1)]。顺水飞樯来贾泊[(2)],绝江喧浪舞渔蓑[(3)]。片云东望怀梁国[(4)],五月南征想伏波[(5)]。长拟归耕犹未得,云门初伴渐无多⁽⁶⁾。

校勘

［一］石:《上杭县志》作"薛"。

笺注

（1）光风:《楚辞·招魂》:"光风转蕙,氾崇兰些。"汉王逸《注》:"光风,谓雨已日出而风,草木有光也。"　石萝:附生石上的女萝。唐杜甫《奉观严郑公厅事岷山沱江画图》:"霏红洲蕊乱,拂黛石萝长。"

（2）飞樯:飞快航行的船。

（3）喧浪:喧腾的浪。　渔蓑:渔人的蓑衣。宋苏轼《乘舟过贾收水阁收不在见其子三首》其一:"青山来水槛,白雨满渔蓑。"

（4）考《明通鉴》正德十二年二月,给事中任忠言:"陕西地瘠早旱寒,民多穴居,衣皮铺藋,无他生计。"江西时尔旱灾。此云"怀梁国",或用唐梁国公房玄龄求雨事。《大唐新语》卷十一"褒锡第二十四":"贞观末,房玄龄避位归第。时天旱,太宗将幸芙蓉园以观风俗。玄龄闻之,戒其子弟曰:'銮舆必当见幸。'亟使洒扫备馔,俄顷,太宗果先幸其第,便载入宫。其夕大雨,咸以为优贤之应。"

（5）五月南征:指征讨大帽山。见前《回军上杭》考释。　伏波:指汉代马援。《后汉书·马援传》:"马援字文渊,扶风茂陵人也。……援年十二而孤,少有大志,诸兄奇之。……转游陇汉间,常谓宾客曰:'丈夫为志,穷当益坚,老当益壮。'……援曰:'……男儿要当死于边野,以马革裹尸还葬耳,何能卧床上在儿女手中邪!'"王阳明敬重马援,有诗,见下。

（6）云门初伴:或指早年的同伴。云门,山名,在浙江绍兴南,亦名东山,山有云门寺。南朝梁处士何胤曾居于此。

(二)

辕门春尽犹多事(1),竹院空闲未得过。特放小舟乘急浪,始闻幽碧出层萝[一]。山田旱久兼逢雨[二](2),野老欢腾且纵歌。莫谓可塘终据险(3),地形原不胜人和(4)。

校勘

[一] 碧:《上杭县志》作"磐"。

[二] 兼:《上杭县志》据石碑作"俄"。

笺注

(1)辕门:古代帝王、将军外出野营,以两辕相对为拱门。后多指将帅营帐。《周礼·天官·掌舍》:"设车宫、辕门。"此指在军旅之中。 春尽:此指在正德十二年春天以后。

(2)旱久、逢雨:见前《祈雨赋》。

(3)可塘:指闽粤交界的可塘峒。当时詹师富据险为王,王阳明征讨之。《王阳明全集》卷十六《巡抚南赣钦奉敕谕通行各属》:"近因督征象湖、可塘诸处贼巢,悉已擒斩扫荡。"又见《明通鉴》正德十二年五月纪事。

(4)地形、人和:《孟子·公孙丑下》:"天时不如地利,地利不如人和。"

(三)

吹角峰头晓散军(1),横空万骑下氤氲[一](2)。前旌已带洗兵雨(3),飞鸟犹惊卷阵云(4)。南亩渐忻农事动(5),东山休共凯歌闻[二](6)。正思锋镝堪挥泪(7),一战功成未足云(8)。

校勘

［一］骑：《嘉靖汀州府志》所录作"马"。

［二］共：《嘉靖汀州府志》所录作"作"。

笺注

（1）吹角：吹号角。唐王维《从军行》："吹角动行人,喧喧行人起。"　散军：本指分散在各处之军队。此喻雾气渐渐散去。

（2）氤氲：云雾弥漫状。曹魏曹植《九华扇赋》："效虹龙之蜿蝉,法虹霓之氤氲。"

（3）前旌：前行的旗帜。此指前军。　洗兵雨：汉刘向《说苑·权谋》："武王伐纣,晨举脂烛。……风霁而乘以大雨,水平地而啬。散宜生又谏曰：'此其妖欤?'武王曰：'非也! 天洒兵也。'"后遂以"洗兵"表示用兵得天之助。

（4）阵云：浓重厚积形似战阵的云。唐杜荀鹤《塞上伤战士》："野火烧人骨,阴风卷阵云。"

（5）南亩：谓农田。《诗经·小雅·大田》："俶载南亩,播厥百谷。"

（6）典出《晋书·谢安传》："玄等既破坚,有驿书至,安方对客围棋,看书既竟,便摄放床上,了无喜色,棋如故。客问之,徐答云：'小儿辈遂已破贼。'既罢,还内,过户限,心喜甚,不觉屐齿之折。"东山,东晋谢安曾隐居东山。　此句意谓前期虽取得小胜,但并没有像淝水之战一样有根本性改变,尚不能过分高兴。

（7）锋镝：刀刃和箭镞。指刀兵,战事。《史记·秦汉之际月表》："堕坏名城,销锋镝,锄豪桀,维万世之安。"

（8）一战功成：殆指大帽山之战后。尚有其他地方未平,事态远不足乐观。

闻曰仁买田雪上携同志待予归二首[一]

校勘

[一] 束景南《辑考编年》云:《嘉靖汀州府志》卷十七录此诗中第一首题为《四月
壬戌复过行台□□□》,第二首题为《夜坐有怀故□□□次韵》。又赵广军
据《上杭县志》,云此诗中第一首题为《过行台有怀》,第二首作《行台夜坐
怀友》。

考释

曰仁:指徐爱。已见前。考徐爱卒于正德十二年五月十七日,见《横山遗集》
附录萧鸣凤《徐君墓志铭》。又《姚江书院志略》卷上《徐曰仁传》:"丁丑(正德十二
年)请告,买田雪上,为诸友久聚计。时王子抚南赣,五月遗二诗以慰。"雪上:浙
江省湖州市的别称,因境内有雪溪而得名。《万历湖州府志》卷之二:"曰雪溪,以
雪然有声也,出北门外毗山,大会苕溪,下大钱港,入太湖。……故湖城旧称雪城、
雪川、雪上。"

(一)

见说相携雪上耕[一],连蓑应已出乌程(1)。荒畲初垦功须倍(2),
秋熟虽微税亦轻。雨后湖舠兼学钓(3),饷余堤树合闲行[二]。山人
久有归农兴[三](4),犹向千峰夜度兵(5)。

校勘

[一] 见说相携雪上耕:《汀州府志》《上杭县志》作"再说相期雪上耕"。

[二] 饷:《上杭县志》本作"饭"。

[三] 山人久有归农兴:《嘉靖汀州府志》本作"山人久办归农具"。

笺注

（1）连蓑：携带蓑衣。　乌程：清顾祖禹《读史方舆纪要》卷九十一："菰城，府南二十五里，楚春申君黄歇立菰城，起楼连延十里。秦因之，置乌程县。"

（2）荒畬：荒芜了的农田。

（3）湖魟：湖中的刀形小渔船。唐陆龟蒙《秋赋有期因寄袭美》："烟霞鹿弁聊悬著，邻里渔魟暂解还。"

（4）山人：此乃守仁自称。

（5）夜度兵：夜间行军。《史记·郦生陆贾列传》："淮阴侯闻郦生伏轼下齐七十余城，乃夜度兵平原袭齐。"此时守仁仍主赣南战事。

（二）

　　月色高林坐夜沉[一](1)，此时何限故园心[二]！山中古洞阴萝合[三](2)，江上孤舟春水深[四]。百战自知非旧学，三驱犹愧失前禽(3)。归期久负云门伴[五](4)，独向幽溪雪后寻[六](5)。

校勘

［一］月色高林坐夜沉："色"，上古本《全集》作"夜"。"高林"，《嘉靖汀州府志》《上杭县志》作"虚堂"。

［二］何：《嘉靖汀州府志》《上杭县志》作"无"。

［三］山中古洞阴萝合：《嘉靖汀州府志》作"山中茅屋□□□"，《上杭县志》作"山中茅屋烟萝合"。

［四］孤舟春水：《上杭县志》作"衡妃湘水"。

［五］云门伴：《嘉靖汀州府志》作"黄徐约"，《上杭县志》本作"黄徐辈"。

［六］溪：《上杭县志》作"寒"。

笺注

（1）高林：高大的树林。唐常建《题破山寺后禅院》："清晨入古寺,初日照高林。"

（2）阴萝：生在背阳处的藤萝。唐李益《入华山访隐者经仙人石坛》："阳桂凌烟紫,阴萝冒水绿。"

（3）典出《周易·比》："九五,显比;王用三驱,失前禽,邑人不诫,吉。"唐孔颖达《疏》："褚氏诸儒皆以为三面着人驱禽。必知三面者,禽唯有背己、向己、趣己,故左右及于后,皆有驱之。爱于来而恶于去者,来则舍之,是爱于来也;去则射之,是恶于去也。故其所施常。失前禽者,言独比所应,则所比为失。如三驱所施,爱来憎去,则失在前禽也。用其中正,征讨有常,伐不加邑,动必讨叛者。"三驱,古王者田猎时须让开一面,三面驱赶,以示好生之德。

前禽：在前面逃逸的禽兽。古时以不逐前禽喻统治者的怀柔政策。《晋书·李雄李班等载记论》："授甲晨征,则理均于困兽;斩关宵遁,则义殊于前禽。"

（4）云门伴：见前《喜雨三首》（一）注释（6）。

（5）雪后寻：典出《世说新语·任诞》"访戴"。已见前《送徽州洪偘承瑞》注释（7）。

祈雨二首[1]

（一）

旬初一雨遍汀漳[2],将谓汀虔是接疆[3]。天意岂知分彼此?人情端合有炎凉。月行今已虚缠毕[4],斗杓何曾解挹浆[5]!夜起中庭成久立[6],正思民瘼欲沾裳[7]。

笺注

（1）参见前《祈雨赋》考释。

（2）汀漳：汀州、漳州。

（3）虔：虔州。今赣州。

（4）虚缠毕：虚宿，毕宿，都是二十八宿之一。古代把天空按星宿分为二十八个天区。《诗经·小雅·渐渐之石》："月离于毕，俾滂沱矣。"毛《传》："毕，噣也。月离阴星则雨。"唐孔颖达《疏》："以月为毕所离而雨，是阴雨之星，故谓之阴星。"

（5）典出《诗经·小雅·大东》："维北有斗，不可以挹酒浆。" 斗杓：指北斗星的第五至第七颗星。《淮南子·天文训》"斗杓为小岁"汉高诱《注》："斗，第五至第七为杓。"此谓虔州虽地近汀州，但未曾下雨，故有此"祈雨"也。

（6）中庭：庭院之中。

（7）民瘼：民众的疾苦。《诗经·大雅·皇矣》："监观四方，求民之莫（瘼）。"

（二）

　　见说虔南惟苦雨⁽¹⁾，深山毒雾长阴阴⁽²⁾。我来偏遇一春旱，谁解挽回三日霖⁽³⁾？寇盗郴阳方出掠⁽⁴⁾，干戈塞北还相寻⁽⁵⁾。忧民无计泪空堕，谢病几时归海浔⁽⁶⁾？

笺注

（1）见说：犹听说。 虔南：虔州南部。南赣地区。 苦雨：久下成灾的雨。《左传·昭公四年》："春无凄风，秋无苦雨。"晋杜预《注》："霖雨为人所患苦。"

（2）毒雾：瘴气。唐骆宾王《兵部奏姚州破贼设蒙俭等露布》："水积炎氛，山涵毒雾。"

（3）霖：甘霖。久旱后下的雨；及时雨。

（4）寇盗郴阳：指在郴阳一带尚未平息之乱。主要是龚福全等之乱。明高岱《鸿猷录》卷十四《平郴桂寇》："郴、桂在湖广东南隅，介江西南赣、广东韶州、广西平乐间，地险恶，故多寇，官兵累剿之，不能绝。正德间，土人龚福全等倡乱。"

（5）干戈塞北：北边鞑靼小王子等少数民族的入侵。见前。是时，北边又有土尔番侵肃州。见《明通鉴》卷四十七"正德十二年春正月"："壬寅，甘肃守臣以土尔番侵肃州羽书上闻。"

（6）海浔：海边。王阳明家余姚，地近海。故此以"海浔"代家乡。

还赣

积雨雩都道⁽¹⁾，山途喜乍晴。溪流迟渡马，冈树隐前旌。野屋多移灶⁽²⁾，穷苗尚阻兵⁽³⁾。迎趋勤父老⁽⁴⁾，无补愧巡行。

考释

此指从闽粤交界的上杭一带回军赣州。时当在雨后。

笺注

（1）雩都：今于都县。

（2）野屋：村野房屋；农舍。　移灶：移，或通"遗"。即溃散的苗民留下的灶台。

（3）穷苗：困迫的苗民。　阻兵：仗恃军队抵抗。《周书·异域传上·宕昌羌》："（羌酋）与渭州民郑五丑扇动诸羌，阻兵逆命。"

（4）迎趋：犹趋迎。向前迎接。

借山亭

借山亭子近如何？乘兴时从梦里过。尚想清池环醉影[1]，犹疑花径驻鸣珂[2]。疏帘细雨灯前局[3]，碧树凉风月下歌。传语诸公合频赏[4]，休令岁月亦蹉跎。

考释

此诗或为回忆在南京借山亭时事之作。借山亭，束景南据《三希堂法帖》、清端方《壬寅消夏录·王阳明诗真迹卷》录有王阳明《和大司马白岩乔公诸人送别》五首，其题跋曰："正德丙子九月，守仁领南赣之命。大司马白岩乔公、太常白楼吴公、大司成莲北鲁公、少司成双溪汪公，相与集饯于清凉山，又饯于借山亭，又再饯于大司马第，又出饯于龙江。诸公皆联句为赠，即席次韵奉酬，聊见留别之意。……阳明山人王守仁拜书于龙江舟中。余数诗稿亡，不及录，容后便觅得补呈也。守仁顿首，白楼先生执事。"知正德十一年（1516）九月巡行南、赣前，与诸人于清凉山、借山亭、大司马第、龙江诸处皆有酬唱。故借山亭当在南京。此诗乃追忆是次欢会也。

笺注

（1）醉影：摇晃的身影。唐·李白《月下独酌》："我歌月徘徊，我舞影零乱。"明陈献章《半江十咏，为谢德明赋》："独速溪边舞短蓑，月明醉影共婆娑。"

（2）鸣珂：显贵所乘之马以玉为饰，行则作响，因名。唐王昌龄《朝来曲》："月昃鸣珂动，花连绣户春。"

（3）疏帘：编织的有缝隙的窗帘。　灯前局：或指灯下的棋局。

（4）频赏：频加赏玩。

桶冈和邢太守韵二首

考释

桶冈:今江西崇义县。邢太守:邢珣,字子用,号三湖。《明史》卷二百有传:"邢珣,当涂人,弘治六年进士。正德初,历官南京户部郎中。忤刘瑾,除名。瑾诛,起南京工部,迁赣州知府。"又明高岱《鸿猷录》卷十三"再平江西":"守仁檄湖广兵夹攻桶冈贼,檄江西副使杨璋、参议黄宏、知府邢珣等为偏裨。"可知其为赣州知府,参与讨伐。

崇义县整理明代《平茶寮碑》时,发现王阳明草书的石碑,其中有七言律诗二首,即此二诗。当为王阳明讨平桶冈左溪蓝天凤、谢志山等人之后所作。

关于王阳明平桶冈等地反叛事,见明高岱《鸿猷录》卷十三、清谷应泰《明史纪事本末》卷四十八"平南赣盗"等记载。可参见拙著《王阳明传》(上海古籍出版社,2021 年)第十四章。

(一)

处处山田尽人畬⁽¹⁾,可怜黎庶半无家。兴师正为民痍甚⁽²⁾,陟险宁辞鸟道斜⁽³⁾!胜世真如瓴水建^{[一](4)},先声不碍岭云遮⁽⁵⁾。穷巢容有遭驱胁⁽⁶⁾,尚恐兵锋或滥加⁽⁷⁾。

校勘

[一] 世:现存崇义县《平茶寮碑》作"势"。

笺注

(1)畬:治田。

(2)民痍:民众的创伤。

(3)宁:表反问。 鸟道:山间小道。

（4）胜世：胜势；取胜之势。　瓴水建：《周书·韦孝宽传》："窃以大周土宇，跨据关河，蓄席卷之威，持建瓴之势。"

（5）先声：兵贵先声。指用兵贵在先以自己的声势震慑敌人。《史记·淮阴侯列传》："兵固有先声而后实者，此之谓也。"

（6）穷巢：困迫的巢穴。此指桶冈等地的山寨。　驱胁：驱使胁迫。

（7）兵锋：兵器的锐利部分。此指兵力，兵势。或指兵刃武器。

（二）

　　戡乱兴师既有名[一]，挥戈真已见风行(1)。岂云薄劣能驱策(2)？实仗皇威自震惊。烂额尚惭为上客，徙薪尤觉费经营。(3)主恩未报身多病，旋凯须还陇上耕。(4)

校勘

[一]戡：现存崇义县《平茶寮碑》作"戡"。

笺注

（1）挥戈：挥动武器。形容勇猛进军。

（2）薄劣：浅薄拙劣。此守仁自谦之辞。　驱策：驾御、驱使。《三国志·魏书·蒋济传》："行称一州，智效一官，忠信竭命，各奉其职，可并驱策，不使圣明之朝有专吏之名也。"

（3）《汉书·霍光传》："人为徐生上书曰：臣闻客有过主人者，见其灶直突，傍有积薪。客谓主人，更为曲突，不者且有火患。主人嘿然不应。俄而家果失火，邻里共救之，幸而得息。于是杀牛置酒，谢其邻人，灼烂者在于上行，余各以功次坐，而不录言曲突者。人谓主人曰：向使听客之言，不费牛酒，终亡火患。今论功而请宾，曲突徙薪亡恩泽，焦头烂额为上座耶？主人乃寤而请之。"

（4）此两句指王阳明因多病,想凯旋后退隐乡间。

通天岩^[一]

青山随地佳,岂必故园好？但得此身闲,尘寰亦蓬岛⁽¹⁾。西林日初暮,明月来何早！醉卧石床凉⁽²⁾,洞云秋未扫⁽³⁾。

　　正德庚辰八月八日,访邹、陈诸子于玉岩题壁。阳明山人王守仁书。^[二]

校勘

[一] 通天岩：据计文渊《王阳明法书集》,此诗有手书石刻存。在赣州通天岩。题名作《忘归岩题壁》。

[二] 此跋据上引计文渊《王阳明法书集》补。

考释

　　通天岩：位于赣州市西北郊石窟中。通天岩石窟开凿于唐朝,兴盛于北宋,至今保留着唐宋时代的石龛造像以及摩崖题刻。石窟区有观心岩、忘归岩、龙虎岩、通天岩、翠微岩等五大岩洞。

　　据跋语,此诗当作于庚辰八月,即正德十五年夏。此后《游通天岩次邹谦之韵》《又次陈惟浚韵》《忘言岩次谦之韵》《圆明洞次谦之韵》等,当为同时之作。正德十三年,正值王阳明平定南赣"盗贼"忙碌之际,似无暇作此游。

　　《全集》卷二十中此后直至《栖禅寺雨中与惟乾同登》,似都当在十五年作。原书编者未能细考而次于此。

笺注

（1）尘寰：人世间。　蓬岛：即蓬莱，又称蓬壶，传说中的神山之一。唐李白《古风》之四八："但求蓬岛药，岂思农扈春？"

（2）石床：平缓之山石。

（3）洞云：同"云洞"。云雾缭绕之山洞。　秋未扫：指秋天还没有到来。

游通天岩次邹谦之韵

　　天风吹我上丹梯(1)，始信青霄亦可跻(2)。俯视氛寰成独慨(3)，却怜人世尚多迷。东南真境埋名久(4)，闽楚诸峰入望低(5)。莫道仙家全脱俗，三更日出亦闻鸡(6)。

考释

　　通天岩：见《通天岩》考释。邹谦之：邹守益，字谦之，号东廓。江西安福县北乡澂源人。《明史》有传，又见《明儒学案·江右王门学案》。此时他引疾归里，专心学问。专程去赣州，见王阳明，"释然格致之即慎独也"，遂称干门弟子。有《邹东廓集》。

笺注

（1）丹梯：指高入云霄的山峰。唐李白《夜泛洞庭寻裴侍御清酌》："遇憩裴逸人，岩居陵丹梯。"

（2）跻：《说文》："跻，登也。"

（3）氛寰：亦即尘世。

（4）真境：道教之地。亦指仙境。

（5）闽楚：福建、江西等地。此指通天岩如仙境般，可鸟瞰闽楚。

（6）闻鸡：听到鸡叫。指即使出家成仙之人，仍处在现实的社会中。

又次陈惟浚韵

四山落木正秋声⁽¹⁾，独上高峰望眼明。树色遥连闽峤碧⁽²⁾，江流不尽楚天清⁽³⁾。云中想见双龙转⁽⁴⁾，风外时传一笛横⁽⁵⁾。莫遣新愁添白发，且呼明月醉沉觥⁽⁶⁾。

考释

陈惟浚：陈九川，字惟浚，号竹亭，后号明水。江西临川人。曾为太常博士，事见《明史》《同治临川县志》《江西通志》。湛若水《泉翁大全》卷八有《答太常博士陈惟浚六条》。《王阳明全集》卷六有《与陈惟浚》，丁亥（嘉靖六年）撰，叙与陈惟浚相见情况："江西之会极草草，尚意得同舟旬日，从容一谈，不谓既入省城，人事纷沓，及登舟时，惟浚已行矣。沿途甚快快。抵梧后，即赴南宁，日不暇给，亦欲遣人相期来此，早晚略暇时可闲话。而此中风土绝异，炎瘴尤不可当，家人辈到此，无不病者。区区咳患亦因热大作，痰痢肿毒交攻。度惟浚断亦不可以居此，又复已之。"可见当时相会情景。

笺注

（1）秋声：秋天自然界的声响。

（2）闽峤：福建的山峦。

（3）楚天：楚国的天空。此泛指南方天空。唐杜甫《暮春》："楚天不断四时雨，巫峡常吹万里风。"

（4）双龙转：晋张华善望气，见斗牛间常有紫气，故命雷焕为丰城令访之。焕到县，掘狱屋基，得龙泉、太阿两宝剑，华与焕各佩其一。后华死，失剑所在。

焕死,焕子持剑行经延平津,剑忽跃出堕水,使人没水取之,但见两龙各长数

丈,蟠萦有文章,光彩照水,波浪惊沸。事见《晋书·张华传》。后以"贯斗双

龙"形容才能拔萃超群。

（5）唐杜牧《题宣州开元寺水阁阁下宛溪夹溪居人》:"深秋帘幕千家雨,落日楼

台一笛风。"

（6）觥:酒器。

忘言岩次谦之韵二首[1]

意到已忘言[2],兴剧复忘饭[3]。坐我此岩中,是谁凿混沌[4]?
尼父欲无言[5],达者窥其本[6]。此道何古今[7]?斯人去则远。空
岩不见人,真成面墙立[8]。岩深雨不到,云归花亦湿。[9]

笺注

（1）忘言岩:见前《通天岩》考释。　谦之:见前《游通天岩次邹谦之韵》考释。

（2）忘言:见《庄子·外物》:"荃者所以在鱼,得鱼而忘荃;蹄者所以在兔,得兔而
忘蹄;言者所以在意,得意而忘言。吾安得夫忘言之人而与之言哉!"

（3）兴剧:兴致高涨。剧,厉害,猛烈。　忘饭:《论语·述而》:"发愤忘食,乐以
忘忧,不知老之将至。"

（4）凿混沌:《庄子·应帝王》:"南海之帝为倏,北海之帝为忽,中央之帝为浑沌。
倏与忽时相与遇于浑沌之地,浑沌待之甚善。倏与忽谋报浑沌之德,曰:'人
皆有七窍,以视听食息,此独无有,尝试凿之。'日凿一窍,七日而浑沌死。"此
指破坏了原本自然状况。

（5）《论语·阳货》:"子曰:'予欲无言。'子贡曰:'子如不言,则小子何述焉?'子

曰:'天何言哉? 四时行焉,百物生焉,天何言哉?'"

(6)达者:通达之人。《庄子·齐物论》:"凡物无成与毁,复通为一。唯达者知通为一,为是不用,而寓诸庸。"《论语·颜渊》:"夫达也者,质直而好义,察言而观色,虑以下人。在邦必达,在家必达。" 窥其本:探察其本原之意。朱熹《论语集注》卷九《阳货》"予欲无言"句注:"学者多以言语观圣人,而不察其天理流行之实,有不待言而著者。是以徒得其言,而不得其所以言,故夫子发此以警之。"

(7)此道:指孔子等先哲所探求的天人之道。

(8)面墙:《尚书·周官》:"不学墙面,莅事惟烦。"汉孔安国《传》:"人而不学,其犹正墙面而立。"宋苏轼《答王幼安宣德启》:"杜门面壁,安心静修。"

(9)此两句意为忘言岩即使没有下雨,其间的云气亦将谷中的花木打湿。极言其谷深幽僻也。

圆明洞次谦之韵(1)

群山走波浪,出没龙蛇脊。(2)岩栖寄盘涡(3),沉沦遂成癖(4)。我来汲东溟(5),烂煮南山石。(6)千年熟一炊,欲饷岩中客。(7)

笺注

(1)圆明洞:不详。殆也是赣州之洞窟。 谦之:邹守益。参前。

(2)此二句喻山峦起伏如波浪,如走龙蛇。

(3)岩栖:住在山中。 盘涡:本指水旋流形成的深涡。此或喻幽深盘旋的山谷。王阳明此前所作诗中多有忧谗畏讥之感。于此"岩栖"隐遁,方能超脱,故此"沉沦"以致"成癖"也。

（4）沉沦：沉溺。

（5）东溟：东海。

（6）先秦宁戚《饭牛歌》："南山矸，白石烂，生不遭尧与舜禅。短布单衣适至骭，从昏饭牛薄夜半，长夜曼曼何时旦！"多喻怀才不遇。

（7）《道藏》"洞真部"《疑仙传》卷下："沈敬，浙右人也。自幼学道，后游钟山遇一老姥，谓之曰：'尔骨秀神清，心复正。后十年当得道，但修炼之。'仍与一块白石，教之曰：'但以山泉煮此石，不停火，待软如药剂，即食之。若未软，不得停火。'言讫而不见老姥。敬奇之，因于山中结茅而居，汲泉以煮此石，不停火，十载此石不软，敬乃不煮。忽一夜，此老姥复来谓敬曰：'始教尔以山泉煮此石，今何不煮之？'敬曰：'我自奉教，十载煮此石而不可食。'老姥曰：'此石非常石，不可得也。君既得之，何不虔诚息虑以煮，即不待十载而可食。若信之与疑交生于心，虽煮之十载，亦不可食也。'敬曰：'此石何石也？如非人间之石，自然有异，可食。既有异，又何必煮之，然后可食也？'老姥曰：'此石是琼树之实也，不知谁得，遗于此山。被人间深毒之风吹之，故坚硬。若以山泉虔诚煮之，即复软，软而食，即得道矣。'敬乃拜谢之，遽又不见其老姥。敬遂斋戒，汲山泉以煮之。至明日，其石忽软，仍香馥满山。敬沐浴而尽食之，顿变童颜，髭发如漆，仍心清体轻。山中人皆怪焉。后数日，不见所之。"此煮石事，多借为道家修炼的典实。此喻岩栖。

潮头岩次谦之韵[一]

　　潮头起平地，化作千丈雪。棹舟者何人⁽¹⁾？试问岩头月。

校勘

［一］潮头岩："潮"当为"湖"，赣州有"湖头"。邹守益《湖头岩》："巨灵翻沧溟，涌

此潮头雪。醉卧莲叶舟,长风棹明月。"守仁殆和此诗。

笺注

（1）棹舟：划船。《诗经·卫风·竹竿》"桧楫松舟"毛《传》："楫,所以棹舟也。"汉
　　孔融《与王朗书》："知棹舟浮海,息驾广陵。"

天成素有志于学。兹得告东归林居静养,其所就可知矣。临别以此纸索赠,漫为赋此,遂寄声山泽诸贤

予有山林期⁽¹⁾,荏苒风尘际⁽²⁾。高秋送将归,神往迹还滞⁽³⁾。
回车当盛年⁽⁴⁾,养疴非遁世⁽⁵⁾。垂竿鉴湖云⁽⁶⁾,结庐浮峰树⁽⁷⁾。爱
日遂庭趋⁽⁸⁾,芳景添游诣⁽⁹⁾。摅生悟玄魄⁽¹⁰⁾,妙静息缘虑⁽¹¹⁾。眇眇
素心人⁽¹²⁾,望望沧洲去⁽¹³⁾。东行访天沃⁽¹⁴⁾,云中倘相遇。

考释

天成：不详。殆守仁绍兴的晚学、弟子。东归：从下诗意看,殆归绍兴一带。

笺注

（1）山林：此指隐居。南朝梁沈约《与谢朏敕》："尝谓山林之志,上所宜弘。"

（2）荏苒：时间不知不觉流逝。晋潘岳《悼亡诗》："荏苒冬春谢,寒暑忽流易。"
　　风尘：此指宦途。唐高适《人日寄杜二拾遗》："一卧东山三十春,岂知书剑老
　　风尘。"

（3）迹：行迹。

（4）回车：喻归隐。不与污秽合流。晋陶渊明《读山海经·孟夏草木长》："穷巷
　　隔深辙,颇回故人车。"

（5）养疴：养病。　遁世：避世隐居。

（6）鉴湖：在绍兴，已见前注。

（7）浮峰：在余姚，见前《游牛峰寺四首》考释。

（8）爱日：指供养父母的时日。典出汉扬雄《法言·孝至》："事父母自知不足者，其舜乎！不可得而久者，事亲之谓也，孝子爱日。"李轨《注》："无须臾懈于心。"　庭趋：犹趋庭。承受父教。《论语·季氏》："尝独立，鲤趋而过庭。曰：'学诗乎？'对曰：'未也。''不学诗，无以言。'"

（9）芳景：美好的景色。唐刘驾《效古》："融融芳景和，杳杳春日斜。"　游诣：游逸，使心志逸乐。晋陶渊明《桃花源诗》："童孺纵行歌，班白欢游诣。"

（10）掎生：延长生命。　玄魄：太玄魄。元虞集《赋神蛙》："误食至阴精，返此太玄魄。"

（11）妙静：寂静微妙的心境。　缘虑：缘虑心。指攀缘境界，思虑事物之心。唐宗密《摩诃止观》卷一《禅源诸诠集都序卷上之一》所说"四心"（肉团心、缘虑心、集起心、坚实心）之一。

（12）眇眇：微小。《尚书·顾命》："眇眇予末小子，其能而乱四方，以敬忌天威。"唐孔颖达《传》："眇眇，微也。"　素心：本心；素愿。《晋书·孙绰传》："播流江表，已经数世，存者长子老孙，亡者丘陇成行，虽《北风》之思，感其素心，目前之哀，实为交切。"

（13）望望：瞻望、依恋貌。《礼记·问丧》："其往送也，望望然，汲汲然，如有追而弗及也。"汉郑玄《注》："望望，瞻顾之貌也。"

（14）天沃：天赐丰沃之地。晋葛洪《抱朴子·守塉》："余今让天下之丰沃，处兹邦之褊塉。"

坐忘言岩问二三子^[一]

几日岩栖事若何？莫将佳景复虚过。未妨云壑淹留久⁽¹⁾，终是尘寰错误多。涧道霜风疏草木，洞门烟月挂藤萝。不知相继来游者，还有吾侪此意么？

校勘

［一］日本九州大学藏嘉靖刊《阳明先生文录》卷四，此诗题作"与俞子伸"。

考释

忘言岩：见前《通天岩》考释。

此诗和上自《通天岩》以降诸诗当都是正德十五年王阳明自南昌回赣州以后所撰。当时和邹守益、陈九川等同游通天岩等，"几日岩栖"，互有唱和。现次于"江西诗"中的《游通天岩示邹陈二子》，当也是同时之作。

笺注

（1）云壑：云气遮覆的山谷。南朝齐孔稚珪《北山移文》："诱我松桂，欺我云壑。"

留陈惟浚⁽¹⁾

闻说东归欲问舟⁽²⁾，清游方此复离忧⁽³⁾。却看阴雨相淹滞，莫道山灵独苦留⁽⁴⁾。薜荔岩高兼得月，桂花香满正宜秋。烟霞到手休轻掷，尘土驱人易白头⁽⁵⁾。

笺注

（1）陈惟浚：见前《又次陈惟浚韵》考释。

（2）东归：惟浚为临川人，在赣州以东。 问舟：寻找船只，此指欲乘舟而回。

（3）清游：清雅之游。晋潘岳《萤火赋》："翔太阴之玄昧，抱夜光以清游。"　离忧：离别之忧。

（4）山灵：山神。《文选》班固《东都赋》："山灵护野，属御方神。"唐李善《注》："山灵，山神也。"

（5）尘土：尘世；尘事。唐沈亚之《送文颖上人游天台》："莫说人间事，崎岖尘土中。"

栖禅寺雨中与惟乾同登

绝顶深泥冒雨扳[1]，天于佳景亦多悭[2]。自怜久客频移棹[3]，颇羡高僧独闭关[4]。江草远连云梦泽[5]，楚云长断九疑山[6]。年来出处浑无定[7]，惭愧沙鸥尽日闲。

考释

栖禅寺：指宜春仰山栖隐禅寺。古称仰山寺、栖隐寺、太平兴国寺、兴国古寺，为沩仰宗开山祖师慧寂禅师创建于唐朝会昌年间。见《宜春县志》。惟乾：冀元亨。《明史》卷一百九十五："守仁弟子盈天下，其有传者不复载。惟冀元亨尝与守仁共患难。冀元亨，字惟乾，武陵人。笃信守仁学。举正德十一年乡试。从守仁于赣，守仁属以教子。宸濠怀不轨，而外务名高，贻书守仁问学，守仁使元亨往。宸濠语挑之，佯不喻，独与之论学，宸濠目为痴。他日讲《西铭》，反复君臣义甚悉。宸濠亦服，厚赠遣之，元亨反其赠于官。已，宸濠败，张忠、许泰诬守仁与通。诘宸濠，言无有。忠等诘不已，曰：'独尝遣冀元亨论学。'忠等大喜，捞元亨，加以炮烙，终不承，械系京师诏狱。世宗嗣位，言者交白其冤，出狱五日卒。"又见《明儒学案》卷二十八"楚中王门学案"。

此诗写作时间不详。从王阳明和冀元亨的交往考之,似当在王阳明从龙场返回时作。参见前《送惟乾二首》。

笺注

(1)绝顶:山巅。　扳:通攀。

(2)悭:吝啬,不肯多给予。此指数量少。

(3)久客:久居于外。　移棹:移动船身。

(4)高僧:殆指栖禅寺中僧人。

(5)云梦泽:《周礼·职方》:荆州"其泽薮曰云梦"。汉司马相如《子虚赋》:"云梦者,方九百里。"

(6)九疑山:已见前。

(7)出处:用世或退隐。

茶寮纪事

万壑风泉秋正哀⁽¹⁾,四山云雾晚初开。不因王事兼程入⁽²⁾,安得闲行向北来⁽³⁾?登陟未妨安石兴⁽⁴⁾,纵擒徒羡孔明才⁽⁵⁾。乞身已拟全师日⁽⁶⁾,归扫溪边旧钓台⁽⁷⁾。

考释

茶寮:在今江西崇义县。关于茶寮,王阳明有《设立茶寮隘所》,曰:"照得抚属上犹等县所辖桶冈天险,四面青壁万仞,中盘二百余里,连峰参天,深林绝谷,不睹日月。贼众屯据其间,东出西没,游劫殆遍,人民遭其茶毒,地方受其扰害。先年亦尝用兵夹剿,坐困数月,不能俘其一卒,竟以招抚为名而罢。近该本院奉命征剿,伏赖天威,悉已扫荡。但恐官兵撤后,四方流贼,乘间复聚;必须于紧关去处,

设立隘所,分拨军兵,委官防御,庶使地方得以永宁。本院见屯茶寮,亲督知府邢

珣、唐淳等遍历各处险要,相视得茶寮正当桶冈之中,自来盗贼据以为险,西通桂

东、桂阳,南连仁化、乐昌,北接龙泉、永新,东入万安、兴国,堪以设隘保障。当因

湖广官兵未至,各营屯兵坐候,因以其暇,责委千户孟俊等督领兵夫,先行开填基

址,伐木立栅,起盖营房。见今规模草创已具,本院即欲移营上犹,必须委官督工,

庶几垂成之功不致废弛。及照茶寮既设隘所,就合摘拨官兵防御。查得皮袍洞隘

兵原非紧要,合改移茶寮,及于邻近上保、古亭、赤水、鲜潭、金坑编选隘夫,兼同防

守,庶一劳永逸,事可经久。为此仰钞案回道,坐委能干县官一员,前去茶寮督工

完造,务要坚固永久,不得因循迟延。"可见王阳明设立"茶寮"经纬。现有碑存。

　　考此诗意,当是由南方的龙南、九连山一带向北到崇义时所撰。当与前《桶冈

和邢太守韵二首》及以下诸诗为同时之作。

　　由此到下《回军龙南》,当作于正德十二年到十三年春,王阳明率军讨平左溪、

横水、桶冈等"南赣"的反乱势力时。

笺注

(1) 秋正哀:殆在秋季。时当在正德十二年深秋。

(2) 王事:王命差遣的公事。《诗经·小雅·北山》:"四牡彭彭,王事傍傍。"武宗

　　　有敕令其经营茶寮。见上考释。

(3) 向北来:殆由南方龙南向北到桶冈一带。

(4) 安石兴:典出《世说新语·雅量》:"谢太傅盘桓东山时,与孙兴公诸人泛海

　　　戏。风起浪涌,孙、王诸人色并遽,便唱使还。太傅神情方王,吟啸不言。舟

　　　人以公貌闲意说,犹去不止。既风转急,浪猛,诸人皆喧动不坐。公徐云:

　　　'如此,将无归?'众人人即承响而回。于是审其量,足以镇安朝野。"谢安字

　　　安石。唐李白《与南陵常赞府游五松山》咏此事曰:"安石泛溟渤,独啸长风

　　　还。逸韵动海上,高情出人间。"后人遂以"安石兴"代登临游览之兴。清绵

愉《步孙符卿游园韵》："我师谢安石，游兴满东山。"清钱万里《东山丝竹》：

"由来山水有清音，万籁萧然意自深。何必也乘安石兴，教成歌舞费黄金。"

（5）此句用三国诸葛孔明南征"擒纵"孟获事。此事见《华阳国志》卷四《南中

志》、《三国志·蜀书·诸葛亮传》注引《汉晋春秋》。

（6）乞身：请求辞职。

（7）钓台：用汉严子陵典，已见前。此指归隐。

回军九连山道中短述

百里妖氛一战清⁽¹⁾，万峰雷雨洗回兵⁽²⁾。未能干羽苗顽格，⁽³⁾深愧壶浆父老迎⁽⁴⁾。莫倚谋攻为上策⁽⁵⁾，还须内治是先声⁽⁶⁾。功微不愿封侯赏，但乞蠲输绝横征⁽⁷⁾。

考释

九连山：在广东省北部、粤赣两省边境。东北接武夷山，西南延伸到北江清远市飞来峡、英德市浈阳峡等地。此当是征战逃到九连山的"三浰"池仲容残部以后，回军时作。考《明通鉴》卷四十七，王阳明率军讨平九连山池氏残部，在正德十三年一月。后奏请设和平县。此诗当在此后作。

笺注

（1）妖氛：不祥的云气。喻凶灾、祸乱。唐李白《塞下曲》之六："横气负勇气，一战净妖氛。"

（2）回兵：返回的军队。参见考释及前《喜雨三首》(三)注(3)。

（3）典出《尚书·大禹谟》："舞干羽于两阶，七旬有苗格。"干羽，本指古代舞者所执的舞具。文舞执羽，武舞执干。此指文德教化。苗顽，此指当时在南方反

抗的苗民。格,感通。如格于皇天。

（4）壶浆：《孟子·梁惠王下》："以万乘之国伐万乘之国,箪食壶浆以迎王师,岂有他哉? 避水火也。"原谓竹篮中盛着饭食,壶中盛着酒浆茶水,以欢迎王者的军队。后多用指百姓欢迎、慰劳自己所拥护的军队。

（5）谋攻：谋划进攻之事。《孙子·谋攻》："必以全争于天下,故兵不顿而利可全,此谋攻之法也。"

（6）内治：治理国政。《淮南子·诠言训》："外交而为援,事大而为安,不若内治而待时。"

（7）蠲输：免除输运之劳役。 横征：滥征税捐。

回军龙南,小憩玉石岩,双洞绝奇,徘徊不忍去,因寓以阳明别洞之号,兼留此作三首

考释

龙南：清顾祖禹《读史方舆纪要》卷八十八"江西六·赣州"："龙南县,府南四百十里。东南至广东和平县二百二十里,南至广东河源县二百十里,西南至广东翁源县三百里,西至广东始兴县二百三十里,北至信丰县二百七十里。……明成化初增修,甃以砖石,以御粤寇。弘治元年,闽寇犯境,复缮修防御。明年,增葺。正德七年、九年、十三年,皆经营治。"玉石岩双洞："玉石岩,县北五里。有石莹如白玉。山半有洞,广数十丈。宋太宗赐书百二十卷,邑人依岩建阁藏之。旁有巨人迹,下有玉迹寺。治平间,赐额曰普和。此为上岩。岩后层层深入,登高台,有大窦通天,亦谓之通天岩,空阔明爽。明正德十二年,督臣王阳明平龙川浰寇,班师,作《平南记》,刻于洞壁。此谓下岩。下岩之后有洞六七,视二岩尤胜。"诗中有"春暖兼欣农务开"句,殆是正德十三年春,平定三浰等地反乱之后回军时作。

（一）

甲马新从鸟道回⁽¹⁾，览奇还更陟崔嵬⁽²⁾。寇平渐喜流移复⁽³⁾，春暖兼欣农务开。两窦高明行日月⁽⁴⁾，九关深黑闭风雷⁽⁵⁾。投簪最好支茅地⁽⁶⁾，恋土犹怀旧钓台⁽⁷⁾。

笺注

（1）甲马：铠甲和战马。此指军队。唐杜甫《严氏溪放歌行》："天下甲马未尽销，岂免沟壑常漂漂。" 鸟道：山间小道。

（2）览奇：探奇访胜。游览奇山异水、名胜古迹。 崔嵬：崎岖不平的山。亦泛指高山。《诗经·周南·卷耳》："陟彼崔嵬，我马虺隤。"

（3）寇：此指桶冈、三浰等地反叛民众。 流移：流离失所之人。

（4）两窦：此指玉石岩双洞。

（5）九关：九重天门。此殆借指朝廷。

（6）投簪：丢下固冠用的簪子。比喻弃官。晋陆机《应嘉赋》："苟形骸之可忘，岂投簪其必谷。" 支茅：支茅屋。

（7）恋土：留恋乡土。 钓台：严子陵钓台。此指归隐之所。

（二）

洞府人寰此最佳，当年空自费青鞋⁽¹⁾。麾幢旖旎悬仙仗⁽²⁾，台殿高低接纬阶⁽³⁾。天巧固应非斧凿⁽⁴⁾，化工无乃太安排⁽⁵⁾？欲将点瑟携童冠⁽⁶⁾，就揽春云结小斋⁽⁷⁾。

笺注

（1）青鞋：草鞋。唐杜甫《发刘郎浦》："白头厌伴渔人宿，黄帽青鞋归去来。"清仇兆鳌《注》:"沈氏曰:黄帽,䇲冠。青鞋,芒鞋。"

（2）麾幢:官员出行时仪仗中的旗帜。《三国志·吴书·全琮传》裴松之注引晋虞溥《江表传》:"琮还,经过钱唐,修祭坟墓,麾幢节盖,曜于旧里。" 旖旎:旌旗从风飘扬貌。《文选》扬雄《甘泉赋》:"夫何旗旄郅偈之旖旎也。"唐李善《注》引服虔曰:"旖旎,从风柔弱貌。"

（3）纬阶:横阶。王阳明诗中多用此词,如"烟梯高接纬阶平,松堂静夜浑无寐""扳依俨龙象,陟降临纬阶"。

（4）天巧:神功天巧。非人力所能为。

（5）化工:自然造化。

（6）《论语·先进》:"'点,尔何如?'鼓瑟希,铿尔。舍琴而作,对曰:'异乎三子者之撰。'……曰:'莫春者,春服既成,冠者五六人,童子六七人,浴乎沂,风乎舞雩,咏而归。'"

（7）春云:春天之云。唐李中《春云》:"阴去为膏泽,晴来媚晓空。无心亦无滞,舒卷在东风。"

（三）

　　阳明山人旧有居⁽¹⁾,此地阳明景不如⁽²⁾。但在乾坤俱逆旅⁽³⁾,曾留信宿即吾庐⁽⁴⁾。行窝已许人先号⁽⁵⁾,别洞何妨我借书⁽⁶⁾。他日巾车还旧隐⁽⁷⁾,应怀兹土复乡闾⁽⁸⁾。

笺注

（1）阳明山人:此乃守仁自称。 旧有居:指绍兴故乡的阳明洞。

（2）阳明:指该地的双洞,也就是阳明别洞。 此句意:不妨让我给此双洞起个"阳明别洞"之名。

（3）逆旅：旅居。《庄子·山水》："阳子之宋，宿于逆旅。"

（4）信宿：连宿两夜。《诗经·豳风·九罭》："公归不复，于女信宿。"毛《传》：
"再宿曰信；宿，犹处也。"

（5）行窝：当地人为接待邵雍仿其所居安乐窝而为之建造的居室。宋邵伯温《闻
见前录》卷二十："十余家如康节先公所居安乐窝起屋，以待其来，谓之行窝。
故康节先公没，乡人挽诗有云：春风秋月嬉游处，冷落行窝十二家。"

（6）别洞：指此地玉石岩双洞，也就是"阳明别洞"。

（7）巾车：以帷幕装饰的车子。晋陶渊明《归去来辞》："或命巾车，或棹孤舟，既
窈窕以寻壑，亦崎岖而经丘。"后多指归隐。

（8）乡闾：家乡，故里。三国魏阮籍《大人先生传》："少称乡闾，长闻邦国。"

再至阳明别洞和邢太守韵二首

考释

阳明别洞：见前诗注，即玉石岩双洞。邢太守：邢珣，见前《桶冈和邢太守韵
二首》考释。诗中有"春山随处款归程"句，又云"再至"，当作于《回军龙南》之后，
乃是正德十三年春以后所作。

（一）

春山随处款归程⁽¹⁾，古洞幽虚道意生⁽²⁾。涧壑风泉时远近⁽³⁾，
石门萝月自分明⁽⁴⁾。林僧住久炊遗火⁽⁵⁾，野老忘机罢席争⁽⁶⁾。习
静未缘成久坐⁽⁷⁾，却惭尘土逐虚名⁽⁸⁾。

笺注

（1）款：款待，款留。

（2）古洞：指阳明别洞。　幽虚：幽静虚空。　道意：道家无为的主旨。晋葛洪《抱朴子·塞难》："儒教近而易见，故宗之者众焉。道意远而难识，故达之者寡焉。"

（3）风泉：风动泉水。唐孟浩然《宿业师山房期丁大不至》："松月生夜凉，风泉满清听。"

（4）萝月：藤萝间的明月。

（5）遗火：残留火种。

（6）野老：乡野之人。　忘机：消除机巧之心。　罢席争：指停止争席。表示彼此融洽无间，不拘礼节。唐王维《积雨辋川庄作》："野老与人争席罢，海鸥何事更相疑。"

（7）习静：习养静寂的心性。　未缘：未有缘分。

（8）尘土：世间。见前。　虚名：与实际不符的声名。

（二）

　　山水平生是课程⁽¹⁾，一淹尘土遂心生⁽²⁾。耦耕亦欲随沮溺⁽³⁾，七纵何缘得孔明⁽⁴⁾？吾道羊肠须蠖屈⁽⁵⁾，浮名蜗角任龙争⁽⁶⁾。好山当面驰车过⁽⁷⁾，莫漫寻山说避名⁽⁸⁾。

笺注

（1）课程：此指日常修炼的活动。

（2）尘土：世间尘务。

（3）耦耕：原指两人并耕，此指从事农业。　沮溺：长沮、桀溺两位古代隐者。

见前。

（4）七纵：孔明七纵七擒孟获事。见前。

（5）蠖屈：比喻人不遇时，则屈身求隐。《周易系辞下》："尺蠖之屈，以求信也。"

（6）典出《庄子·则阳》："有国于蜗之左角者曰触氏，有国于蜗之右角者曰蛮氏，时相与争地而战，伏尸数万，逐北旬有五日而后反。"

（7）驰车：驱使车马。

（8）避名：隐姓埋名。《后汉书·逸民传·韩康》："时有女子从康买药，康守价不移，女子怒曰：'公是韩伯休那？乃不二价乎？'康叹曰：'我本欲避名，今小女子皆知有我，何用药为？'乃遁入霸陵山中。"

夜坐偶怀故山^[一]

独夜残灯梦未成，萧萧窗外故园声⁽¹⁾。草深石径鼪鼯笑⁽²⁾，雪静空山猿鹤惊。漫有缄书怀旧侣⁽³⁾，常牵缨冕负初情⁽⁴⁾。云溪漠漠春风转⁽⁵⁾，紫菌黄花又自生。

校勘

［一］此诗束景南《辑考编年》作《思乡二首》第二首，与前《冬夜偶书》并列。参见前《冬夜偶书》校勘、考释。

笺注

（1）萧萧：象声词。风雨流水、草木摇落声等。《诗经·小雅·车攻》："萧萧马鸣，悠悠旆旌。"

（2）鼪鼯：鼪鼠与鼯鼠。宋黄庭坚《送彦孚主簿》："伏藏鼪鼯径，犹想足音跫。"鼪鼯径指鼠鼬类往来的小路。引申为荒凉偏僻的小道。

（3）缄书：书信。唐杜甫《奉汉中王手札》："前后缄书报，分明馈玉恩。"　旧侣：旧友。

（4）缨冕：仕宦的代称。

（5）云溪：云雾缭绕的溪谷。晋张协《七命》："右当风谷，左临云溪。"　漠漠：迷濛状。唐杜甫《茅屋为秋风所破歌》："俄顷风定云墨色，秋天漠漠向昏黑。"

怀归二首

考释

怀归：指归还故里之怀。唐李白《春思》："当君怀归日，是妾断肠时。"

考诗中有"狼烟幸息昆阳患"句，当是在平定宸濠之乱后所作。不当次于此。

（一）

深惭经济学封侯(1)，都付浮云自去留(2)。往事每因心有得(3)，身闲方喜世无求。狼烟幸息昆阳患(4)，蠡测空怀杞国忧(5)。一笑海天空阔处，从知吾道在沧洲(6)。

笺注

（1）经济：经世济民。　封侯：封拜侯爵。

（2）浮云：飘浮的云彩。此喻虚无缥缈。

（3）心有得：《论语·季氏》："君子有三戒：少之时，血气未定，戒之在色；及其壮也，血气方刚，戒之在斗；及其老也，血气既衰，戒之在得。"得，宋朱熹《集注》曰"贪得也"。此指贪求之欲。

（4）昆阳患：公元 23 年，绿林军进围宛城（今河南南阳），攻克昆阳（今河南叶县）

等县。王莽派王寻、王邑率军四十二万包围昆阳。王凤等率起义军八九千
人奋战坚守,刘秀等突围求援。各地起义军进援昆阳时,刘秀乘莽军轻敌懈
怠,率精兵三千集中突破敌军中坚,杀死王寻。各军奋勇作战,城内守军也
乘胜出击,内外夹攻,歼灭了王莽主力。事见《后汉书·光武本纪》《资治通
鉴》卷三十九。此或指宸濠之乱。

（5）蠡测:用贝壳瓢测量海水。喻对事物的观察狭窄片面。　杞国忧:杞人
之忧。

（6）吾道:守仁所主张之道。殆指在龙场以后所渐渐形成的"心学"。　沧洲:
在野的世间江湖。见前。

（二）

身经多难早知非,此事年来识者稀。老大有情成旧德[1],细谋
无计解重围[2]。意常不足真夷道[3],情到方浓是险机[4]。怅望衡
茅无事日[5],漫吹松火织秋衣[6]。

笺注

（1）老大:年老。　旧德:往日的恩德。

（2）重围:重重包围。

（3）意常不足:《老子》第四十四章:"故知足不辱,知止不殆,可以长久。" 夷道:
平坦之道。《淮南子·原道》:"驰骋夷道。"　此句指意常虚涵,方履坦途。

（4）《后汉书·李固传》:"穷高则危,大满则溢,月盈则缺,日中则移。凡此四者,
自然之数也。"

（5）衡茅:衡门茅屋,简陋的居室。晋陶潜《辛丑岁七月赴假还江陵夜行涂口》:
"养真衡茅下,庶以善自名。"

（6）松火：燃松柴的火。唐戴叔伦《南野》："茶烹松火红，酒吸荷杯绿。"

送德声叔父归姚并序^{[一]（1）}

　　守仁与德声叔父共学于家君龙山先生^{（2）}。叔父屡困场屋，一旦以亲老辞廪归养^{（3）}。交游强之出^{（4）}，辄笑曰："古人一日养，不以三公易。吾岂以一老母博一弊儒冠乎？"^{（5）}呜呼！若叔父真知内外轻重之分矣。今年夏，来赣视某，留三月。飘然归兴不可挽，因谓某曰："秋风莼鲈^{（6）}，知子之兴，无日不切。然时事若此，恐即未能脱，吾不能俟子之归舟。吾先归，为子开荒阳明之麓，如何？"呜呼！若叔父可谓真知内外轻重之分矣。某方有诗戒^{（7）}，叔父曰："吾行，子可无言？"辄为赋此。

　　犹记垂髫共学年^{（8）}，于今鬓发两苍然^{（9）}。穷通只好浮云看^{（10）}，岁月真同逝水悬^{（11）}。归鸟长空随所适，秋江落木正无边^{（12）}。何时却返阳明洞，萝月松风扫石眠^{（13）}。

校勘

［一］日本九州大学藏《阳明先生文录》卷四，此诗题作"闲咏"。

笺注

（1）德声叔父：王阳明父王华兄弟五人：长王荣半岩先生，次王华德辉，又次王衮德章易直先生，又次王德声廿一叔，又次二十四叔，不知名字。

（2）龙山先生：王阳明之父王华。

（3）辞廪：辞去廪膳生员，归养老亲。

（4）交游：朋友。《管子·权修》："观其交游，则其贤不肖可察也。"

（5）三公：古代中央三种最高官衔的合称。周以太师、太傅、太保为三公。《尚书·周官》："立太师、太傅、太保，兹惟三公，论道经邦，燮理阴阳。"《汉书·百官公卿表序》以司马、司徒、司空为三公。后代各有不同。　儒冠：儒生戴的帽子。此指廪膳生员的位置。

（6）莼鲈：典出南朝宋刘义庆《世说新语·识鉴》："张季鹰辟齐王东曹掾，在洛，见秋风起，因思吴中莼菜羹、鲈鱼脍，曰：'人生贵得适意尔，何能羁宦数千里以要名爵？'遂命驾便归。俄而齐王败，时人皆谓为见机。"后因以为思乡赋归之典。

（7）诗戒：殆指不写诗之戒。

（8）垂髫：指儿童。古时儿童不束发，头发下垂。

（9）苍然：苍白状。宋楼钥《赠黄真护道人游茅山》："襄衣相见黑虎谷，苍然白发犹朱颜。"

（10）穷通：困顿和通达。《吕氏春秋·高义》："然则君子之穷通，有异乎俗者也。"

（11）逝水：逝去的流水。《论语·子罕》："子在川上曰：逝者如斯夫，不舍昼夜。"

（12）唐杜甫《登高》："无边落木萧萧下，不尽长江滚滚来。"

（13）萝月：藤萝间的明月。

示宪儿

幼儿曹，听教诲：勤读书，要孝弟；学谦恭，循礼义；节饮食，戒

游戏;毋说谎,毋贪利;毋任情,毋斗气;毋责人,但自治。能下人,
是有志;能容人,是大器。凡做人,在心地;心地好,是良士;心地
恶,是凶类。譬树果,心是蒂;蒂若坏,果必坠。吾教汝,全在是。
汝谛听,勿轻弃!

考释

　　《年谱》正德十年正月:"立再从子正宪为后。正宪字仲肃,季叔易直先生兖之
孙,西林守信之第五子也。先生年四十四,与诸弟守俭、守文、守章俱未举子,故龙
山公为先生择守信子正宪立之,时年八龄。"

赠陈东川

　　白沙诗里莆阳子[(1)],尽是相逢逆旅间。开口向人谈古礼,拂衣
从此入云山[(2)]。

考释

　　陈东川:即陈惟浚,见前《又次陈惟浚韵》诗注。

笺注

(1)白沙:陈献章,字公甫,号石斋、玉台居士、江门渔父、南海樵夫等,因曾在白
　　沙村居住,人称白沙先生。见《明史·陈献章传》。　莆阳子:或陈东川有此
　　号。　前人谓王阳明无一处提及白沙,不确。明黄宗羲《明儒学案》卷五:
　　"二先生之学最为相近,不知阳明后来从不提起,其故何也?"明顾宪成《小心
　　斋札记》:"阳明目空千古,直不数白沙,故生平并无一语及之。至勿忘勿助
　　之辟,乃是平地生波。白沙曷尝丢却有事,只言勿忘勿助? 非惟白沙,从古

未闻有此等呆议论也。"(明顾宪成《小心斋札记》,台北广文书局,1975 年,页
426)所说皆不确。王阳明言及陈白沙,此为一例。

（2）拂衣：振衣而去。谓归隐。唐李白《侠客行》:"事了拂衣去,深藏身与名。"